国家社会科学基金重大项目
"《文心雕龙》汇释及百年'龙学'学案"
（批准号：17ZDA253）阶段性成果

国家出版基金项目

NATIONAL PUBLICATION FOUNDATION

「龙学」前沿书系

《文心雕龙》的写作学

戚良德
王万洪　主编
　　　　著

长江出版传媒

崇文书局

总 序

《文心雕龙》是一部什么书？

戚良德

四十年前的 1983 年，中国《文心雕龙》学会在青岛成立，《人民日报》在同年 8 月 23 日以《中国〈文心雕龙〉学会成立》为题予以报道，其中有言："近三十年来，我国出版了研究《文心雕龙》的著作二十八部，发表了论文六百余篇，并形成了一支越来越大的研究队伍。"因而认为："近三十年来的'龙学'工作，无论校注译释和理论研究，都取得了丰硕的成果。"至少从此开始，《文心雕龙》研究便有了"龙学"之称。如果说那时的二十八部著作和六百余篇论文已经是"丰硕的成果"，那么自 1983 年至今的四十年来，"龙学"可以说取得了令人瞩目的巨大成就。据笔者统计，目前已出版各类"龙学"著述近九百种，发表论文超过一万篇。然而，《文心雕龙》是一部什么书？这一看起来不成问题的问题，却在"龙学"颇具规模之后，显得尤为突出，需要我们予以认真回答。

众所周知，在《四库全书》中，《文心雕龙》被列入集部"诗文评"之首，以此经常为人所津津乐道。近代国学天才刘咸炘在其《文心雕龙阐说》中却指出："彦和此篇，意笼百家，体实一子。故寄怀金石，欲振颓风。后世列诸诗文评，与宋、明杂说为伍，非其意也。"他认为，《文心雕龙》乃"意笼百家"的一部子书，将其归入"诗文评"，是不符合刘勰之意的。无独有偶，现代学术大家刘永济先生虽然把《文心雕龙》当作文学批评之书，但也认为其书性质乃属于子书。他在《文心雕龙校释》中说，《文心雕龙》为我国文学批评论文最早、最完备、最有系统之作，而又"超出诗文评之上而成为一家之言"，从中"可以推见彦和之学术思想"，因而"按其实质，名为一子，允无愧色"。此论更为具体而明确，可以说是对刘咸炘之说的进一步发挥。王更生先生则统一"诗文评"与"子书"之说，指出"《文心雕龙》是'文评中的子书，子书中的文评'"，并认为这一认识"最能看出刘勰的全部人格，和《文心雕龙》的内容归趣"（《重修增订文心雕龙导读》）。这一说法既照顾了刘勰自己所谓"论文"的出发点，又体现了其"立德""含道"的思想追求，应该说更加切合刘勰的著述初衷与《文心雕龙》的理论实际。不过，所谓"文评"与"子书"皆为传统之说，它们的相互包含毕竟只是一个略带艺术性的概括，并非准确的定义。

那么，我们能不能找到更为合乎实际的说法呢？笔者以为，较之"诗文评"和"子书"说，明清一些学者的认识可能更为符合《文心雕龙》一书的性质。明人张之象论《文心雕龙》有曰："至其扬榷古今，品藻得失，持独断以定群嚣，证往哲以觉来彦，盖作者之章程，艺林之准的也。"这里不仅指出其"意笼百家"的特点，更明白无误地肯定其创为新说之功，从而具有继往开来之用；所谓"作者之章程，艺林之准的"，则具体地确定了《文心雕龙》一书的性质，那就是写作的章程和标准。清人黄叔琳延续了张之象的这一看法，论述更为具体："刘舍人《文心雕龙》一书，盖艺苑之秘宝也。观其苞罗群籍，多所折衷，于凡文章利病，抉摘靡遗。缀文之士，苟欲希风前秀，未有可舍此而别求津逮者。"所谓"艺苑之秘宝"，与张之象的定位可谓一脉相承，都肯定了《文心雕龙》作为写作章程的独一无二的重要性。同时，黄叔琳还特别指出了刘勰"多所折衷"的思维方式及其对"文章利病，抉摘靡遗"的特点，从而认为《文心雕龙》乃"缀文之士"的"津逮"，舍此而别无所求。这样的评价自然也就不"与宋、明杂说为伍"了。

清代著名学者章学诚在其《文史通义》中则有着流传更广的一段话："《诗品》之于论诗，视《文心雕龙》之于论文，皆专门名家，勒为成书之初祖也。《文心》体大而虑周，《诗品》思深而意远；盖《文心》笼罩群言，而《诗品》深从六艺溯流别也。"这段话言简意赅，历来得到研究者的肯定，因而经常被引用，但笔者以为，章氏论述较为笼统，其中或有未必然者。从《诗品》和《文心雕龙》乃中国文论史上两部最早的专书（即所谓"成书"）而言，章学诚的说法是有道理的，但"论诗"和"论文"的对比是并不准确的。《诗品》确为论"诗"之作，且所论只限于五言诗；而《文心雕龙》所论之"文"，却决非与"诗"相对而言的"文"，乃是既包括"诗"，也包括各种"文"在内的。即使《文心雕龙》中的《明诗》一篇，其论述范围也超出了五言诗，更遑论一部《文心雕龙》了。

与章学诚的论述相比，清人谭献《复堂日记》论《文心雕龙》可以说更为精准："并世则《诗品》让能，后来则《史通》失隽。文苑之学，寡二少双。"《诗品》之不得不"让能"者，《史通》之所以"失隽"者，盖以其与《文心雕龙》原本不属于一个重量级之谓也。其实，并非一定要比出一个谁高谁低，更不意味着"让能""失隽"者便无足轻重，而是说它们的论述范围不同，理论性质有异。所谓"寡二少双"者，乃就"文苑之学"而谓也。《文心雕龙》乃是中国古代的"文苑之学"，这个"文"不仅包括"诗"，甚至也涵盖"史"（刘勰分别以《明诗》《史传》论之），因而才有"让能""失隽"之论。若单就诗论和史论而言，《明诗》《史传》两

篇显然是无法与《诗品》《史通》两书相提并论的。章学诚谓《诗品》
"思深而意远"，尤其是其"深从六艺溯流别"，这便是刘勰的《明
诗》所难以做到的。所以，这里有专论和综论的区别，有刘勰所谓"执
一隅之解"和"拟万端之变"（《文心雕龙·知音》）的不同；作
为"弥纶群言"（《文心雕龙·序志》）的"文苑之学"，刘勰的《文
心雕龙》确乎是"寡二少双"的。

令人遗憾的是，当西方现代文学观念传入中国之后，我们对《文
心雕龙》一书的认识渐渐出现了偏差。鲁迅先生《题记一篇》有云：
"篇章既富，评骘遂生，东则有刘彦和之《文心》，西则有亚理士
多德之《诗学》，解析神质，包举洪纤，开源发流，为世楷式。"
这段论述颇类章学诚之说，得到研究者的普遍肯定和重视，实则仍
有不够准确之处。首先，所谓"篇章既富，评骘遂生"，虽其道理
并不错，却显然延续了《四库全书》的思路，把《文心雕龙》列入"诗
文评"一类。其次，《文心》与《诗学》的对举恰如《文心》与《诗
品》的比较，如果后者的比较不确，则前者的对举自然也就未必尽
当。诚然，《诗学》不同于《诗品》，并非诗歌之专论，但相比于
《文心雕龙》的论述范围，《诗学》之作仍是需要"让能"的。再次，
所谓"解析神质，包举洪纤，开源发流，为世楷式"，这四句用以
评价《文心雕龙》则可，用以论说《诗学》则未免言过其实了。

鲁迅先生之后，传统的"诗文评"演变为文学理论与批评，《文
心雕龙》也就理所当然地成了文学理论或文艺学著作。1979 年，中
国古代文学理论学会在昆明成立，仅从名称便可看出，中国古代文
论已然等同于西方的所谓"文学理论"。作为中国古代文论的代表，
《文心雕龙》也就成为继承和发扬中国古代文学理论的重点研究对
象。在中国《文心雕龙》学会成立大会上，周扬先生对《文心雕龙》
作出了高度评价："《文心雕龙》是一个典型，古代的典型，也可

以说是世界各国研究文学、美学理论最早的一个典型，它是世界水平的，是一部伟大的文艺、美学理论著作。……它确是一部划时代的书，在文学理论范围内，它是百科全书式的。"一方面是给予了崇高的地位，另一方面则把《文心雕龙》限定在了文学理论的范围之内。这基本上代表了 20 世纪对《文心雕龙》一书性质的认识。

实际上，《文心雕龙》以"原道"开篇，以"程器"作结，乃取《周易》"形而上者谓之道，形而下者谓之器"之意。前者论述从天地之文到人类之文乃自然之道，以此强调"文"之于人类的重要性和必要性；后者论述"安有丈夫学文，而不达于政事哉"，强调"摛文必在纬军国，负重必在任栋梁"，从而明白无误地说明，刘勰著述《文心雕龙》一书的着眼点在于提高人文修养，以便达成"纬军国""任栋梁"的人生目标，也就是《原道》所谓"观天文以极变，察人文以成化，然后能经纬区宇，弥纶彝宪，发挥事业，彪炳辞义"。因此，《文心雕龙》的"文"，比今天所谓"文学"的范围要宽广得多，其地位也重要得多。重要到什么程度呢？那就是《序志》篇所说的："唯文章之用，实经典枝条：五礼资之以成，六典因之致用，君臣所以炳焕，军国所以昭明。"即是说，社会生活的各个方面——政治、经济、军事、法律、制度、仪节，都离不开这个"文"。如此之"文"，显然不是作为艺术之文学所可范围的了。因此，刘勰固然是在"论文"，《文心雕龙》当然是一部"文论"，却不等于今天的"文学理论"，而是一部中国文化的教科书。我们试读《宗经》篇，刘勰说经典乃"恒久之至道，不刊之鸿教"，即恒久不变之至理、永不磨灭之思想，因为它来自于对天地自然以及人事运行规律的考察。"洞性灵之奥区，极文章之骨髓"，即深入人的灵魂，体现了文章之要义。所谓"性灵镕匠，文章奥府"，故可以"开学养正，昭明有融"，以至"后进追取而非晚，前修久用而未先"，犹如"太山遍雨，河润千里"。这一番论述，把中华优秀文化的功效说得透彻而明白，其文化教科书的特点也就不言自明了。

明乎此，新时代的"龙学"和中国文论研究理应有着不同的思路，那就是不应再那么理所当然地以西方文艺学的观念和体系来匡衡中国文论，而是应当更为自觉地理解和把握《文心雕龙》以及中国文论的独特话语体系，充分认识《文心雕龙》乃至更多中国文论经典的多方面的文化意义。

序 言

洪威雷 [①]

一

20世纪上半叶，经刘师培、黄侃、范文澜、刘永济、杨明照等一批国学大师的校注、评释，《文心雕龙》研究成为一门"显学"，先后引发日本、韩国、俄罗斯、英国、意大利、法国、美国等国学者的翻译、研究热潮，被称为"龙学"。之后，国内对《文心雕龙》的研究在相当长的一段时间内失踪、失语、失声，直到改革开放后"龙学"才逐步恢复"显学"的地位，山东大学则是这门"显学"研究中的重镇。山东大学作为中国《文心雕龙》学会的创会单位，陆侃如、牟世金、戚良德等"龙学"研究名家传承有序，冯春田教授等学者有多种专门论著推出，李飞教授等青年一代也已经崭露头角。在此祝贺山东大学的"龙学"研究继续引领全国！

2022年7月底，王万洪对我说：由戚良德教授牵头、山东大学资助、崇文书局出版的"龙学前沿书系"展开第一辑的征稿活动了。戚良德教授不因为他年轻、名气小而忽略他，反而欣然同意了他汇报的写作学研究这个选题，将其纳入"书系"第一辑中，这一鼓励后进的善举显示了戚良德教授廓达的胸怀！祝贺戚良德教授主编"龙学前沿书系"的壮举获得成功！

之前，我读过王万洪寄来的八部《文心雕龙》及书法史研究著作，其中的《〈文心雕龙〉雅丽思想研究》和《儒家诸子对〈文心雕龙

[①] 洪威雷，湖北武汉新洲人，当代著名应用写作学家，曾任中国应用写作研究会会长、中国写作学会副会长，现任国际汉语应用写作学会常务副会长。

成书的贡献》分别获得 2015、2017 年度山东大学儒家文明协同创新中心后期资助项目立项，由中心提供全额经费，在中华书局和齐鲁书社出版；现在又读到他的新作《〈文心雕龙〉的写作学》，继续由山东大学组织出版，我对山东大学在传统文化特别是《文心雕龙》研究方面展现出的博大而开放的气象充满敬意！现在，王万洪以深入浅出的表达形式，从《文心雕龙》这一写作理论研究者和写作教学工作者"取经"的宝库中汲取营养、推出新论，使我对祖国悠久而灿烂的文化探赜索隐、后继有人感到格外开心欣慰！现应王万洪之请，为本书写作序言如下。

二

《文心雕龙》是一部什么性质的书？在过去曾有多种不同的见解。在中国写作学会内部，我有两位老朋友曾对此提出过自己的看法。一是福建师范大学的潘新和教授曾在《福建师范大学学报》上撰文呼吁：应当还《文心雕龙》以写作学著作的本来面目。潘新和教授曾任中国写作学会副会长，还是语文教育研究的名家，他的这一呼吁曾引起较大反响。二是现任中国《文心雕龙》学会副会长、国际汉语应用写作学会副会长及内蒙古写作学会会长的万奇教授，曾在《语文学刊》撰文讨论《文心雕龙》的写作学性质。作为王志彬先生的高足，万奇教授继承了王先生将《文心雕龙》研究、写作研究、语文教育结合起来研究的优良传统，发表了多篇相关研究论文，在《文心雕龙》研究界、写作学界、语文教育界产生了较大的影响。这两位具有代表意义的学者，从《文心雕龙》中汲取了很多写作学研究的养分，多年来在学术研究阵地上古为今用、继承创新，是坚持将《文心雕龙》当作写作学著作来研究的名家。

在他们之前，中国写作学研究界、中国《文心雕龙》研究界将二者结合起来研究并产生较大学术影响的代表学者是内蒙古师范大学写作学科的创建者、著名"龙学"专家王志彬教授。王志彬教授曾任中国写作学会常务理事、内蒙古写作学会会长，被誉为"内蒙古写作学界重要的奠基人和学术带头人"。王志彬教授几十年如一日，长期致力于写作学科建设和《文心雕龙》研究，相继编写、出版了一系列学术论著，主要有《写作简论》《写作技法举要》《中国写作理论辑评》《中国写作理论史》，以及"全本全注全译"《文心雕龙》和《文心雕龙批评论新诠》等，计20余册，产生了较大的影响。其中，《回眸文心路》《文心雕龙创作论疏鉴》《文心雕龙例文研究》《中国写作理论辑评（近代部分）》《20世纪中国写作理论史》及《写作学高级教程》等，曾获内蒙古自治区社会科学优秀成果一等奖、二等奖及原国家教委普通高等学校优秀教材一等奖等学术科研奖励，这是目前为止，中国写作学界将《文心雕龙》与写作教研结合起来研究所获得的最高学术荣誉。记得2001年初，王志彬教授寄来《文心雕龙文体论今疏》，我在拜读后收获颇丰，深感他古汉语功底扎实，从"提要"到"辨析"，可洞见一个学者的才识、智慧、胸襟与格局，他的"疏""鉴"可以说既见树木又见森林。然我亦直言不讳：这本大作的重点放在"创作"上，对《文心雕龙》有点不公，因为《文心雕龙》几乎一半的篇章是有关应用文的，而"创作"与"写作"是有较大区别的。长期以来，文学评论界把《文心雕龙》作为一面大旗，作为"创作"的经典，视为"文学评论界唯一的大法典"（方孝岳《中国文学批评》语）。而应用文写作界当时未能形成合力，尚无合法平台，以至于本应成为应用写作的一部法典、一面旗帜的《文心雕龙》，反而被文学批评界"抢注"去了。没想到心胸宽广的王志彬教授虚心接受了我的这一建议，时隔15年，他寄来由中华书局出版的中华经典名著全本全注全译丛书《文心雕龙》，将带有文学色彩的"颂赞""祝盟"等类，作为"高级应用文的一种"，将《文心雕龙》定性由"创作"改为"写作"。平心而论，读完万字《前言》，感觉是一篇今后研究《文心雕龙》绕不开的经典论文。2005年，上海古籍出版社推出了山东大学"龙学"专家戚良德教授的《文心雕龙学分类索引》，将王志彬先生与纪昀、黄侃、鲁迅、杨明照、周振甫、詹锳等名家并举，纳入"古今龙学十二家"之列，研究写作学起家的王志彬先生，得到了《文心雕龙》研究界的最高评价。在追思王志彬先生做出的巨大贡献的同时，我更想强调一下他对《文心雕龙》性质做出的阐述，他曾说："将'作文法则''写作指导''文章作法'合三为一，统称之为'写作理论'……更符合《文心雕龙》实际内容和学术层次的高度。……《文心雕龙》是一部具有中国作风和中国气派的典型的写作理论专著。……一切类型的文章的体制、规格和源流，一切写文章的规律、原则和方法，一切文章的风格、鉴赏和批评都包容于'写作理论'之中。"这是迄今为止，将《文心雕龙》视为写作学著作而能提出的最清楚的意见！在《文海泛舟六十年——我的学文自述》一文中，王志彬先生深情地说："回眸六十年来的漫漫历程……（我）做了两件比较有价值、有影响的实事。一是致力于写作学科的基本建设，建构写作教学和理论研究的完整体系；二是倾心于《文心雕龙》的研读，把它作为一部独具中国特色的文章写作理论著作，揭示它的本体性质和内涵。我满怀着兴趣和决心，试图把写作学科与《文心雕龙》联系起来，使之相互渗透、相互作用，提升写作学科的学术品位；强化《文心雕龙》古为今用的实践意义。"正是在这样自觉的学术追求和思想观念的引导下，王志彬教授不仅自己取得了写作学、"龙学"交叉研究的大丰收，还为内蒙古师范大学、中国写作学界、《文心雕龙》研究界培养了万奇教授等著名学者，以及李金秋、白建忠等一大批传承人。截至目前，据中国知网显示，内蒙古师范大学已经有 30 多位硕士研究生以《文心雕龙》为选题完成了学位论文，在数量上高居全国第一，其中不少人已经成长起来，产生了较大的学术影响和社会影响。

王志彬教授开创的两结合事业，在他仙逝之后，传承有序，后继有人，这又是国内其他很多高校、很多地方一旦名师辞世或退休，相关研究即出现后继无人的情况所不可比拟的。仅以曾出过《文心雕龙》研究大家杨慎、刘咸炘、杨明照、王利器、王叔岷和中国《文心雕龙》学会创会秘书长牟世金先生的四川为例，在举世公认的"龙学泰斗"杨明照先生于 21 世纪初去世以后，赓即陷入沉寂，不仅四川大学、四川省，乃至整个川渝两地都没有了研究《文心雕龙》的有影响力的学者。反而是杨明照先生弟子祖保泉先生、李建中教授东传其学于安徽、湖北，并在全国开枝散叶，培养了陶礼天教授、李平教授、吴中胜教授等多位当代"龙学"研究名家，其学术影响远非四川所能及。毗邻四川的云南，也在张文勋先生带领下，近年来培养了杨园、朱供罗等后起之秀，加上胡辉等人，云南"龙学"研究人才队伍建设如今已经超过四川很多。

三

2019 年 7 月中旬，国际汉语应用写作学会第十四届学术研讨会在山东日照召开。会后，我与来自香港、澳门和内地高校的学者一道，驱车来到《文心雕龙》作者刘勰的祖宅——现在山东省日照市莒县东莞镇沈庄一个被保护得很好的地方，看到刘勰祖宅里悬挂的一块匾牌，称杨明照先生为"龙王"，意即研究《文心雕龙》这本名著的学术之王，这是对杨明照先生最高的赞誉！期间，刚当选为学会理事、来自四川的青年学者王万洪，对着"龙王"匾牌深深鞠躬，他眼中的赤诚和意在恢复四川为《文心雕龙》研究重镇的决心，令我感动。

我认识他是在 2005 年 8 月中旬。当时，国际汉语应用写作学会委托四川师范大学承办第八届学术研讨会，我见到深交二十余年的老朋友、写作学家马正平教授，知道他当年新招了 8 个写作学的研究生，是四川师范大学从 1999 年开始招写作学研究生以来人数最多的一届，可谓人才大丰收。兴高采烈的老马指着在会场服务的一个学生介绍说："这个是中学来的语文教师。"这个青年教师就是王万洪。

王万洪后来对我说：马正平教授的研究生彭薇、周立和他曾在会议茶歇期间向我请教怎样加入国际汉语应用写作学会的"小问题"，以及怎样做写作学研究的"大问题"。对后一个"大问题"，我没有具体回答他们，一则时间不够，二来搞研究主要是个人的事情，且术业有专攻，不好回答。当时，我曾对他们说：

> 你们年轻人精力旺盛，现在一定要有学科交叉、学科综合的视野，不要只是在写作学内部来搞研究。比如学了一样东西，你就有个 A；学了两样东西，你就有了 A，也有了 B，还有 AB 或 BA 的四种组合，可以分出主次，还可以展开交叉。如果你们学了 A、B、C 三样呢，就至少有了十二种不同的组合。这些组合就是你们未来展开学术研究的空间，甚至是创新的空间。你们在写作学研究怪才马正平教授门下学习，按马老师的要求研究写作学，就很难超过老师。但如果将中国文化、中西美学、哲学与写作学等学科交叉研究，就可能产生学术化学反应，必达到青出于蓝而胜于蓝的效果。再结合自己的兴趣展开其他领域的研究，就可以在

> 学科交叉中走出自己的学术之路，未来不仅可能超越老师，还会
> 形成自己独有的专长……

王万洪认为这段对话是他这些年成长的关键，不仅打开了困扰他怎样读研究生的雾中山门，还对他的学术研究和个人特点的形成起了重要作用。他在读研到博士后出站的 8 年时间中，既接受学术训练，又展开兴趣研究，走的就是两结合甚至三结合的路子。在硕士阶段，他发现当代写作学理论有很多来自于对古代文学理论、艺术理论、写作理论的吸收或借鉴，以及对西方文论、哲学理论的转化或吸收，这些理论的提出走的是"古代文论的现代转化，西方文论的中国转化"的路径，于是对古代文论产生了极大的兴趣，转而向上溯源，在基本贯通学习古代文论的基础上，将眼光盯在了著名的《文心雕龙》上面。当时，写作学硕士点和李天道教授负责的美学硕士点经常互动交流，写作学的学生必须上李教授开设的"《文心雕龙》与古代文论精讲"课程，而李天道教授正是四川大学曹顺庆教授的高足，曾于 1996 年出版过专著《文心雕龙审美心理学》，从美学角度对杨明照先生开创的《文心雕龙》研究作了新的推进和拓展。当时，尽管李教授主讲美学，仍然对写作学的学生严格要求，督促他们精读静思，深入理解《文心雕龙》的主要美学范畴、美学理论和美学专题篇章。在李教授对《原道》《神思》《体性》《风骨》篇的详细讲读和严格检查中，王万洪脱颖而出，不仅得到了很高的课程分数和"我看这个娃娃就可以研究《文心雕龙》，有啥子好怕的呢"的评价，还以此为基础，经过曲折的开题论证和毕业答辩，在著名写作学家李保均教授、著名美学家皮朝纲教授、著名音乐文献学家王小盾教授的"论难"与鼓励下，写成了《风趣刚柔，数穷八体——〈文心雕龙〉写作风格类型理

论研究》的学位论文，在提交盲审后获得一个 94 分、一个 97 分的高分，被评为（校级）优秀硕士论文。李凯教授认为他可以培养，于是招他读博士，并指导他写成了《〈文心雕龙〉雅丽思想研究》的博士学位论文，先后获得省优论文奖及纳通国际儒学奖，立项为四川省社科项目，申请到山东大学儒家文明协同创新中心 12.6 万元的后期资助经费，在中华书局出版后，获得四川省第十九届社会科学优秀成果奖（三等奖）等多项学术奖励。2019 年 8 月，中国《文心雕龙》学会第十五次年会在曲阜师范大学召开，经秘书长陶礼天教授、副会长戚良德教授等名家推荐，王万洪新增为学会理事；2021 年 7 月，因为在《文心雕龙》研究领域的学术贡献，王万洪被新增为中国古代文学理论学会理事、中国文学地理学会理事。

我之所以要简述王万洪这 17 年的成长过程，既是因为我亲眼目睹了一个没有学术基础的青年经过不懈努力逐渐成长起来的艰苦经历，更是因为他始终坚守在看似"无学"的写作学研究阵地和"很难"的《文心雕龙》研究阵地，并能将二者有机结合，产生新的学术观点，推出新的研究论著。他的求学经历和创造能力，令我感到写作学研究有了新人，《文心雕龙》研究有了新人。

2021 年 10 月底，国际汉语应用写作学会第十五届学术研讨会在成都召开，由西华大学承办，王万洪带着研究生在会务组做服务工作，一如他 2005 年刚考上研究生做会务工作时一样的热情。他向我汇报说：当代写作学研究成果对他启发颇深，促使他运用马正平教授创构的写作思维学原理，从选题背景、选题原因、内容构成、研究功能、实现路径等方面综合考量，最终在李凯教授大力支持下拟定了博士论文题目，发现了《文心雕龙》书中隐伏的雅丽文学思想，从而回答了"《文心雕龙》的文学思想是什么"这一长期悬而未决的问题，推进了中古文学思想研究和当代《文心雕龙》研究。他正视了当代写作学的研究成果和应用价值，运用在一向号称难做的《文心雕龙》研究上去，并能解决一个重要的理论问题，同时继续探究其当代文学美学价值，这是当代写作学研究成果反哺于《文心雕龙》研究并拓展"龙学"研究空间的一个新的收获。

四

翻开本书，《文心雕龙》写作理论研究这个选题并不新颖，因为《文心雕龙》中包含着丰富的写作理论，这已经是学术界公认的事情，这本书不是第一次提这样的两结合思路。但这个选题很难完成，因为之前没有这样的研究专著推出，个别、局部、就某一点讨论《文心雕龙》写作理论的论文有过不少，成体系地、综合性地研究《文心雕龙》写作理论的论文、著作则都还没有见到过。所以，虽然王万洪在硕士阶段研究《文心雕龙》的风格类型理论，博士阶段研究《文心雕龙》的雅丽文学思想，已经做过这方面的尝试，但难度仍然不小。盖因《文心雕龙》包含的写作理论众多，相关的论证材料众多，研究动笔之前首先要能找得出来，其次要能找得准确，找不出来或找不准确，都将是材料方面、观点方面的遗憾。同时，必须对这些丰富的写作理论分类归纳，在深思熟虑的基础上思考怎样将其论证出来，还要能写出新意，这就不容易了。在面对《文心雕龙》的时候，寻找材料是文献方面的功夫，许多人有这个实力；创新提炼观点并展开深入研究，体现的是思维方面和研究方面的功夫，许多人缺少这个实力。

我认为：要进行当代写作学理论建构，必须要从以《文心雕龙》为代表的古代写作学理论中汲取养分，做到回归渊薮，古为今用，这是当代写作学研究创新发展的必由路径之一。因此，实事求是地看待《文心雕龙》的写作学性质，研究其写作理论体系与具体的写作理论、写作技法，是当代写作学人需要做的一件分内之事，也是当代《文心雕龙》研究者需要做的一项有创新意义的工作。

本书指出：《文心雕龙》以宏大的宇宙意识和厚重的人文意识为写作出发点，包含了立体而深刻的写作理论体系，全面论述了写作哲学、写作美学、写作思维论、写作文化论、写作行为论、写作技法论、写作主体论、写作对象论、写作学史、写作批评论、写作动力论等内容，是迄今为止中国写作学史上结构体系最严密、理论成就最高、历史影响最大的名著。从上述角度展开对《文心雕龙》写作理论体系的分析，不仅可以实事求是地在原著内证中寻找坚实的证据，还可以用雄辩的事实来证明《文心雕龙》写作学著作的本质属性，直契"写"的真谛。由此，本书弥补了此前一直没有对《文心雕龙》写作理论进行系统研究的论著成果出现这一遗憾。

从本书的具体内容来看，本书创造性地探究了以《文心雕龙》原道说和物感说为主的两种文学写作创生机制，这是一种普适性的共时探究，较有新意。中国写作学界曾提出的双重转化理论、三级飞跃理论、"前写作—显写作—后写作"的三个阶段理论，这类主要针对写作过程论的探究，不能超越由陆机《文赋》提炼出来的"物—意—文"过程论，古人早在西晋时期就总结出来的这一理论，今天的写作学研究还不能超越，而南朝齐梁年间的刘勰将此继续上推，从"文学原道"的高度解决了文学创生的根本哲学原理，并赋予文学"自然有采"的审美本质。对这两种文学创生机制的阐述，表明本书的研究具有了综合审视的视野，并进行了探本溯源的梳理。

本书的第二章到第六章，主要是根据刘勰在《序志》篇中自述的"文之枢纽"论、"论文叙笔"论和"剖情析采"论进行结构安排，体现了从"枢纽"到"纲领"再到"毛目"的结构顺序，在作者之前提出的贯通雅丽思想的主张下，分成了写作枢纽论、写作纲领论、写作思维论、写作风格论、写作技法论五章，连接了《文心雕龙》的枢纽论、文体论和创作论。虽然没有加入《文心雕龙》的批评论，但做到了"实事求是地研究《文心雕龙》"（牟世金先生语），尤其其中的写作思维论较有特色，较有新意，其显示出的写作学价值一目了然，可以说意义非凡。

本书第七章则别开生面，以写作导师论为题，集中笔力深入探究了"至圣先师"孔子对《文心雕龙》写作理论的全方位影响，是对刘勰从陆机处拿来"为文之用心"的纯粹写作学研究的综合提升，将《文心雕龙》全书与儒学宗师孔子紧密联系起来，既尊重了刘勰"征之周孔，文有师矣"的文学征圣论，又从人生经历、精神导师、文艺思想、文学史论、写作技法等方面深刻阐述了孔子对中国文学创作、中国文学思想、中国文艺理论及古代写作理论建构的重要影响，明确提出刘勰创作《文心雕龙》的根本目的在于立言以不朽，向孔子学习，并自觉地以孔子为精神导师，意在成为孔子思想在齐梁文坛的代言人。所以，本章虽然题目叫导师论，实则属于溯源探本的思想论、历史论，具有解剖刘勰写作学思想及其根源的新意。可以说，既有高屋建瓴的态势，又有辨析毫厘的精细。

本书的不足之处在于：在《绪论》中提到的《文心雕龙》写作理论体系没有得到全面地展示。原本写作哲学论、写作美学论、写作文化论均已写成，其中的写作文化论还发表在C刊上面，但因为三部分都各只有一万多字，王万洪认为尚未达到纳入本书的状态，故而最终删去了，想在以后真正写成之时再拿出来接受审视和批评；写作主体论部分在阐述主体建构尤其是修养时展开太宽，有收不住口子的嫌疑；而非常重要的写作对象论一章，与他目前正在展开研究的课题"《文心雕龙》文学地理批评研究"——这是他在陶礼天教授启发下推出的另一新作——有较多重合之处，所以也没有将对象论纳入本书。此外，写作学史论、写作知音论、写作动力论、写作功能论等专题，其实都值得撰文展开，值得继续深入研讨。

《文心雕龙》具有非常丰富的写作理论，并具有多样的当代价值，特别是其在以应用写作为主的文体写作学方面，诸如诏策、奏启、章表、封禅、檄移、议对、书记等，是非常值得研究的一个应用写作资源宝库。王万洪目前还没有进入《文心雕龙》对当代应用写作学的范式作用和价值转化研究的阶段，而这方面是《文心雕龙》对当代写作学建设具有重大价值的领域。

总之，读完此著，深感作者胸中有谱，笔下有料；别出手眼，芟剪繁芜；采摘与写作相关的精华，神会《文心雕龙》的写作妙理、真意与妙法。我们期待作者继续加油，在写作历史逻辑、写作理论逻辑、写作实践逻辑上再发力，在"经师"和"人师"相统一的奋进路上，推出更新的、更有当代价值的成果，把写作学研究推向一个新的高度。我怀着这样一种期望，写了上面这些文字。

是为序。

2022 年 8 月 1 日于武汉

目　录

绪　论

一、《文心雕龙》的写作学性质

有关《文心雕龙》性质的研究，学术界目前主要有以下八种意见：一是文学理论著作。在《四库全书》中，《文心雕龙》被置于集部"诗文评"之首，由是，《文心雕龙》被誉为文学理论著作就有了最为坚实的证据。在当代，赵仲邑、张文勋、杜黎均先生认为《文心雕龙》是中国古代杰出的文学理论著作；王运熙先生主张《文心雕龙》是一部文学理论书籍，相当于今天的文学概论，他的学生杨明先生认为《文心雕龙》是魏晋南北朝文学自觉时代文章学、文学理论的总结性著作；牟世金先生也认为《文心雕龙》是一部古代中国的文学概论，他的学生戚良德先生认为《文心雕龙》是一部文论巨典；李建中先生认为用骈体写成的《文心雕龙》是中国文学批评史上最伟大的理论巨著。中国台湾作为"龙学"研究重镇，主流的研究意见也认为该书是一部文学批评著作。二是文章学著作。范文澜先生认为《文心雕龙》的根本宗旨在于讲明作文的法则，是文学方法论，是文学批评书，是西周以来文学的大总结；詹锳先生认为《文心雕龙》是从文艺学的角度来讲文章作法和修辞学的；罗宗强先生则认为它是一部文章学的理论巨著；台湾徐复观先生认为《文心雕龙》实际上是一部讲文体论的书；吴中胜先生还由此获得了新的国家社科基金项目立项。三是哲学著作。吴林伯先生认为该书不仅是文论经典，也是一部哲学要籍；他的学生易中天先生进一步认为《文心雕龙》是古代唯一一部艺术哲学著作。四是美学著作。寇效信、缪俊杰、易中天、刘纲纪、韩湖初、戚良德等学者曾以论文或专著的形式大力研究该书的美学思想。五是审美心理学著作。对此，李天道先生有专著出版，黄琳先生则有专文论及。六是认为《文心雕龙》属于子书。四川20世纪初期著名学者刘咸炘著《文心雕龙阐说》，认为其书是"意笼百家"的子书。刘永济先生《文心雕龙校释》也认为该书意义已超出诗文评之上而成为一家之言，与诸子著书之意相同类；台湾王更生先生认为《文心雕龙》乃子书中的文评，文评中的子书，绝非文学评论或文学批评所能范围。七是归类为写作理论专著。20世纪30年代，老舍先生就曾指出：《文心雕龙》并不是真正的文学批评，而是一种文学源流、文学理论、修辞、作文法的混合物；王运熙先生曾主张《文心雕龙》是一部文学理论书籍，相当于今天的文学概论，后来进一步修正说它是一部写作指导或文章作法；周森甲、林飞、李兆新等研究者曾发表专文，从不同角度讨论了《文心雕龙》的写作学性质。中国写作学会的历届领导、会员主要将《文心雕龙》视为写作学著作，马正平先生曾将《文心雕龙》纳入其国家社科基金项目"时空美学原理研究"之中，并从时空美学角度创新讨论了该书性质和写作美学理论；潘新和先生曾直接撰文呼吁：应当还《文心雕龙》以写作学著作之真面目。对此，王志彬（林杉）先生的意见最具有代表性，他说："将'作文法则''写作指导''文章作法'合三为一，统称之为'写作理论'……更符合《文心雕龙》实际内容和学术层次的高度。……《文心雕龙》是一部具有中国作风和中国气派的典型的写作理论专著。……一切类型的文章的体制、规格和源流，一切写文章的规律、原则和方法，一切文章的风格、鉴赏和批评都包容于'写作理论'之中。"他的学生万奇先生发表了多篇《文心雕龙》性质研究、《文心雕龙》与写作技法、《文心雕龙》与语文教学方法关联的论文，并培养了一大批《文心雕龙》研究与写作学研究的青年学者①。八是认为《文心雕龙》是中国文化教科书。戚良德教授在多年来主张"文论巨典"说之后，于2021年12月6日在《光明日报》理论版发表《〈文心雕龙〉是一部什么书》一文，认为明清学者将《文心雕龙》视为写作章程和标准的说法比较接近其真正面目，并提出了《文心雕龙》"是一部中国文化的教科书"的新观点，指出"不应再那么理所当然地以西方文艺学的观念和体系来匡衡中国文论，而是应当更为自觉地理解和把握《文心雕龙》以及中国文论的独特话语体系，充分认识《文心雕龙》乃至更多中国文论经典的多方面的文化意义"。

随着对《文心雕龙》思想渊源、理论体系、审美范畴、文学思想等进行研究的成果越来越多，《文心雕龙》的性质得到了渐趋一致的认同：文学理论著作、文章学著作和写作理论著作是其中的三类主要意见。在古代中国，文学、文章这一概念，实际上大部分时间都泛指广义的写作及其产物，又特别倾向于应用写作，且带有明显的抒情性或审美性，因此，从《文心雕龙》全书结构组织、实际内容来看——比如文体论涉及的80多种文体，近九成是应用写作文体——归属于写作学著作是最为合理的。这一点，不仅有王运熙、王志彬先生等老一辈"龙学"研究名家的意见为基础，还有以潘新和、万奇先生为代表的中年学者和越来越多的青年学者的主张为申发。探究并还原《文心雕龙》写作学著作的性质，将是必要的、必须的、必然的。

二、《文心雕龙》写作理论的研究现状

仅据中国知网检索显示，从写作学角度研究《文心雕龙》的成果数量众多，截至吴中胜先生于2022年10月在《写作》发表

---

① 就2017年呼和浩特"龙学"年会盛况来看，内蒙古师范大学是海内近四十年来培养《文心雕龙》研究与写作理论研究人才最多的地方，令人敬仰！

论文讨论《文心雕龙》与创意写作学科建设时止，已达 80 余篇，加上维普、龙源、万方等收录平台的检索结果，数量在 300 篇以上。在时间上，从写作学角度研究《文心雕龙》的成果早在 1961 年即已有之，黄肃秋先生先后在《新闻业务》上推出《〈文心雕龙〉中关于写作问题研究》的系列论文，从之一、之二到之三、之四，综合讨论了文章写作的内容、形式、风格等问题，首开《文心雕龙》写作理论及其当代价值研究之门。在作者群体上，既有杜黎均、蒋祖怡、周振甫、周森甲、黄霖、潘新和、万奇等《文心雕龙》研究界、写作学研究界的著名学者，也有赵红梅等后起之秀，更多的是许多任职于中小学、政府机关、新闻部门、文秘单位的作者，这表明《文心雕龙》不仅在"龙学"研究界、写作学研究界等学术理论界受重视，更在当代社会各行各业中受到欢迎和重视，具有广阔的研究空间和深厚的研究基础，因此，《文心雕龙》研究绝不仅仅是大学、研究机构的专业学者的事，更是社会各方面有所需求的从业者都可以展开研讨的事。在研究内容上，既有关于《文心雕龙》性质的深度探究，也有从公文写作、申论写作、新闻写作、秘书写作、作文教学、语文研究、教学改革等众多方面展开的具有新意的讨论，还有研究《文心雕龙》写作文化、写作理论体系、写作艺术、写作辩证法等问题的综合性成果，以及撰文推介当代《文心雕龙》写作研究名家的成果，呈现出紧扣《文心》、百家争鸣、百花齐放的繁荣局面。由此可见，当代纯粹的《文心雕龙》研究可能确实"冷"了，但其强大的应用性、综合性、交叉性研究成果与队伍群体，实则多之又多，纯理论界特别是掌握了学术话语权的学会领导，应该鼓励并扶持这些方面的研究与涉猎者。在论文所发表的期刊级别上，既有《文学遗产》《文艺理论研究》等顶级中文核心期刊，也有《语文建设》等顶级语文教研刊物，还有《福建师范大学学报》《四川师范大学学报》等众多师范大学学报，以及《广西社会科学》《名作欣赏》《殷都学刊》等一大批很有影响的涉及各行各业的期刊、杂志、报纸；在中国写作学会、中国应用写作学会、国际汉语应用写作学会成立之后，发行的代表性刊物如《写作》《应用写作》《秘书之友》等期刊上，刊载了数量众多的这类研究成果；在这方面的专业阵地上，内蒙古师范大学做得最好，他们创办的《语文学刊》杂志，专门开辟出一个专栏，每期刊载3篇左右的《文心雕龙》研究及《文心雕龙》与语文教育、《文心雕龙》与写作教学研究等方面的约稿和投稿，目前已累计发表文章数十篇。

整体上看，《文心雕龙》写作理论研究在当代的闪光点主要有两个方面：一是其丰富的、实用性极强的应用写作理论在今天的写作理论、应用写作理论及其实践应用、教学应用方面具有极高的理论地位和极强的实践操作性；二是其写作理论对当代大、中、小学写作教学、语文教育理念转变和语文教学研究具有极强的指导意义。从这两方面分开来看，内蒙古师范大学做得最好；将这两方面结合起来看，同样是他们做得最好。尽管这两方面并不是纯粹的《文心雕龙》文本、理论研究，但他们独辟蹊径的"双结合"研究，带来了"双一流"的丰硕成果。自"龙学"名家王志彬先生开创"《文心雕龙》与写作研究"之路开始，半个多世纪以来，内蒙古师范大学先后培养了高林广、万奇、李金秋、白建忠等一大批知名学者，以及三十余位专门研究《文心雕龙》的硕士研究生，他们在《文心雕龙》研究、写作理论研究、应用写作研究、三者结合运用于语文教育及其改革研究等多块阵地上辛勤耕耘，收获颇丰，已经产生了巨大的学术影响和社会影响，其代表学者是目前担任中国《文心雕龙》学会副会长、国际汉语应用写作学会副会长及原中国写作学会秘书长的万奇教授。

中国写作学会下属各分会在二十世纪八九十年代曾热烈讨论写作思维学、写作文化学、写作措辞学、写作行为学、写作过程论、写作美学、写作哲学等问题，形成了一批有影响的论文与著作，但进入新世纪后，这样的讨论成果已经极为罕见了。其主要原因有三：一是写作学学科地位一直无法独立，直到现在，中国文学一级学科下面所分出的文艺学等八个二级学科中仍然没有写作学，写作学就一直没有阵地可言。许多二十世纪八九十年代忘情投入写作研究的学者只能转向做其他研究，比如搞写作理论建构很有名的马正平、高楠、颜纯钧等先生，纷纷转向了美学、文艺学、影视研究，并成名成家。二是当时的大部分研究成果属于对古代文论的借鉴或对西方文论的平移，中国写作学界自己原创、整合、提出的并不多。四十年岁月淘沙，能够沉淀下来的成果与影响相当有限。三是前辈写作学家在保持古今结合或中西结合的基础上培养出来的新一代学生，转向其他学科甚至逃离学术阵地的人远比上一代更多，继续研究写作学的人才很少，甚至有断档的趋势。目前，除了莫恒全先生、万奇先生等少数坚守阵地的学者还在带着一批学生孜孜不倦地进行传统写作理论与《文心雕龙》的结合研究，很少有其他研究者从《文心雕龙》中、古代文论中汲取养分，从而推进当代写作学的研究工作了。以中国写作学会前副会长马正平先生门下为例，马老师在四川师范大学培养了52名研究生，1名博士生，到目前还在高校教写作、研究写作的学生不到十分之一，在中学从事语文教学、写作教研的学生不到五分之一。

我们把目光从传统写作学、现代写作学拓展到当代非常红火的创意写作学研究，可以发现：创意写作学界目前还没有展开从古代写作学理论中取法的研究之路。据上海大学创意写作学科带头人葛红兵教授介绍：创意写作目前主要是从事现当代文学研究、西方文论研究的一批学者在做，我们还没有这样的专门人才。① 笔者认为，要进行当代写作学理论建构，必须要从以《文心雕龙》为代表的古代写作学理论中去吸收养分，做到回归渊薮，古为今用，这是当代写作学研究创新发展的必由路径之一。因此，"实事求是地研究《文心雕龙》"②，研究其写作理论体系与具体的写作理论，是当代写作学人必须要做的工作，也是当代《文心雕龙》研究者需要做的一项有创新意义的工作。

笔者认为：《文心雕龙》以宏大的宇宙意识和厚重的人文意识为写作出发点，包含了立体而深刻的写作理论体系，全面论述到了写作哲学、写作美学、写作思维论、写作文化论、写作行为论、写作技法论、写作主体论、写作对象论、写作学史、写作批评论、写作动力论等内容，是迄今为止中国写作学史上结构体系最严密、理论成就最高、历史影响最大的名著。从上述角度展开对《文心

---

① 2021 年 9 月 12 日，笔者与福建师范大学平颖副教授一起到上海大学中国创意写作研究中心领取脱产访学证书，晚间聆听葛红兵老师指导。在谈到这个问题时，葛老师说：美国的、西方的创意写作学史都已经写出来了，亚洲其他国家的创意写作学史也好写，但中国的创意写作学史很难，还写不出来。因为现在创意写作学界缺少既精通古代写作学史，又掌握当代创意写作学史的双结合人才。当代创意写作学研究主要是一批从事现当代文学研究和西方文论研究的学者在做，在推进，这就存在一个不足，即尚未真正向传统写作学学习，并转化其理论成果，为我所用。

② 这句话是牟世金先生的名言，为当年牟先生答马宏山先生所发。引用在此，向牟先生致敬！

雕龙》写作理论体系的分析，不仅可以实事求是地在原著内证中寻找坚实的证据，还可以用雄辩的事实来证明《文心雕龙》写作学著作的本质属性。当然，比较遗憾的是：目前还没有对《文心雕龙》写作理论进行系统研究的论著成果出现，需要《文心雕龙》研究界、写作学研究界继续做出不懈的努力。

三、《文心雕龙》的写作理论体系

《文心雕龙》讨论有关人类写作各个方面的问题，这本名著的写作理论主要包括以下方面。

第一，是以时间为纵向脉络的写作历史。《文心雕龙》全书论述有关写作问题的历史时，从天地自然开始，人类源生于天地之间，经过若干岁月的发展演化之后，才有了模仿自然而作图象文学的创举，实现这一创举的代表作家是伏羲，其代表作品是先天八卦，这是上古旧石器时代原始人类仰观俯察、取法自然而创制文学作品的起点，事见《原道》篇。自此以后，《文心雕龙》记述的人类写作历史历经三皇、五帝、三代、秦汉、三国、两晋、南朝，在齐梁成书之际，号称"九代"之文，事见《才略》《时序》等篇。其纵向的时间轴，至少有一万年历史。因为具有这样宏大深远的宇宙意识和历史意识，作者刘勰才能够在博大的历史视野下纵意渔猎、深刻比较、取精用宏，使《文心雕龙》在古今同类著作中居于视野最广、历史最长、论证最全的位置。

第二，是以空间为横向坐标的文学区系。当代学者将中国的主要文学区系划分为三晋、荆楚、巴蜀等八大块，将八大块反推到《文心雕龙》，我们会发现，该书对当代文学地理学界提出的秦陇、三晋、齐鲁、巴蜀、荆楚、吴越、燕赵、闽粤八大文学区系皆有所涉及，而以位于黄河、长江流域的前六者为主要空间区系。① 当然，在《文心雕龙》成书的时代，并没有今天八大块的说法和区分，但刘勰身处南北朝对立的特殊历史时期，他本来就是一个国家分裂、区域分野的历史见证者。在《文心雕龙》中，论述到三皇、五帝、夏、商、周、春秋、战国、前汉、后汉、晋室南迁以及江左、齐文学的时候，无不带有鲜明的区域分野的意味，特别是《诗经》十五国风与屈原《楚辞》，不仅有内容、写法、风格等差异，仅从命名上看，其地域区别就尤为明显——《物色》篇就指出：屈原创作的成功，很大程度上是得到了外在的"江山之助"！

第三，是有关写作的各个方面的具体内容。美国文学理论家艾布拉姆斯认为：文学具有四大要素，分别是世界、作者、作品与读者，这四个要素之间是相互渗透、相互依存、相互促进的②，这一理论在世界文学研究中都广有影响。但是，将四要素论与《文心雕龙》的写作理论体系放在一起比较的时候，在向上的理论高度和向下的操作性方面，它们就显得比较薄弱而且笼统了。《文心雕龙》论述到有关写作的方方面面的具体问题，比如：

1. 写作动力论。在《序志》篇中，刘勰自述创作《文心雕龙》这本书的目的是想树德建言，立论不朽。一千五百多年的历史证明，他确实做到了！在萌芽了写作本书流传后世的想法时，刘勰记述了两个梦："予生七龄，乃梦彩云若锦，则攀而采之。齿在逾立，则尝夜梦执丹漆之礼器，随仲尼而南行。旦而寤，乃怡然而喜：大哉！

① 中国《文心雕龙》学会副会长陶礼天教授多年来积极主张从文学地理学角度研究《文心雕龙》，并产生了部分研究成果。在 2017 年 8 月初的第十四届学术研讨会上，陶礼天教授作了《〈文心雕龙〉文学地理批评研究（上篇）》的报告，回答了"《文心雕龙》的文学地理批评思想包括哪些"这一宏大的设问。笔者以为：《文心雕龙》包含鲜明而众多的文学地理因素，本书中间或涉及的文学地理之论，即受陶教授启发而来。

② 〔美〕M.H.艾布拉姆斯著，郦稚牛等译：《镜与灯——浪漫主义文论及批评传统》，北京：北京大学出版社，1989 年，第 5—6 页。

圣人之难见哉，乃小子之垂梦欤！"①第一个梦，是一个高飞彩云的美丽之梦，表明了作者内心的崇高理想和文学美丽的精神品格②，这是与南朝崇尚文学、为文华丽的时代风气息息相关的。第二个梦，是梦见孔子，"执丹漆之礼器，随仲尼而南行"，举着周代大红的礼器，代表的是本书在儒家雅正的礼乐制度规范下的指导思想选择。我们知道，刘勰原籍山东，祖辈在战乱中迁徙江东镇江，他在梦中跟随孔子从北向南，实际上是自己从黄河流域的齐鲁大地来到长江南岸的吴越之地的写照。向孔子取法，这是他将孔子当作自己的精神导师，决心传播雅丽的文风，写作《文心雕龙》这本书的根本动力！③

2. 写作起源论与审美本质论。《原道》指出，写作学起源于自然，与天地并生，与日月、山川、草木、云霞、林籁、泉石、龙凤、虎豹等自然事物同时存在，而且采集其精华，在天、地、人三才共同作用下，在从西部地区的伏羲、大禹、周公到东部地区的孔子等上古杰出人才的共同努力下，经历了图像文学、口语文学、文字文学等不同阶段的漫长发展，不仅具有强大的功能，体现出"为德也大矣"的作用，而且能"经纬区宇，弥纶彝宪，发辉事业，彪炳辞义"，写作是一件有重大作用的事情。并且，文章的写作天然地具有审美的本质属性，因为源自自然事物的声文、形文等"无识之物，郁然有采"，那么，由"五行之秀，天地之心"的人形成的人文，作为"有

---

① 杨明照：《增订文心雕龙校注》，北京：中华书局，2000 年，第 610 页。按：本书征引《文心雕龙》原文，均出自杨先生大著，自此以下的脚注采用简化格式；其他专著有二次及以上征引者，也采用简化格式。

② 文学的"美丽精神"一说，由笔者从王岳川先生"中国文化的美丽精神"一说演化而出。王先生是以汉字的书写之美看待中国文化（意蕴、视觉）之美；《文心雕龙》论述文学特质，重美尚丽，主张文学的美丽精神，这与其时代风气也有密切的关联。

③ 参见笔者博士论文《〈文心雕龙〉雅丽思想研究》，中华书局 2019 年 10 月版。本书中有关雅丽文学思想及其在《文心雕龙》中批评运用的说法，均为笔者所论。

心之器"，"其无文欤"一定是顺应逻辑，具有华美的文采属性的。这是《文心雕龙》全书主张尚美尚丽的理论渊源。在刘勰看来：一切文章都具有美的属性、美的创造、美的风格，这一属性的最佳代表，最终落实在经历伏羲、文王、孔子而成书的《周易》一书。推演开来，《情采》以为"圣贤书辞，非采而何"，儒道诸子的经典作品都具有华美的文采；而《宗经》篇论述了从儒家五经中流出的后代几十种体裁，它们在逻辑上同样具有这一特点。这就将写作尚美的本质从宏观到微观各个层面都阐释清楚了。

3. 写作枢纽论。在《文心雕龙》的前五篇中，以《宗经》为核心，褒扬经典"六义"，批评"楚艳汉侈"，原道征圣，尊经抑纬，提倡骚体之新变，得出合观诗骚的雅丽文学创作纲领[①]，这是褒美"郑伯入陈""宋置折俎"的区域国别文学、融合《诗经》《楚辞》南北文风、化合以《诗》《骚》为代表的古今各类文体、创造全新理论的总结性成果。这一总结性成果的得出有其文体内在的学理发展脉络：《原道》篇梳理了儒家先圣在写作历史上的特殊地位，阐明了写作尚美的本质属性；《征圣》篇举证周公与孔子为写作师法的最著名作家，经过他们删述、写作而成的儒家圣文，具有"衔华佩实"的雅丽之美；在《宗经》篇中扬雄关于"五经含文"的论述，成为《文心雕龙》证明儒家经典有文采之美的直接来源，扬雄提出的"丽淫丽则"论不仅是经典"六义"之"六则文丽而不淫"的源头，而且广泛地运用于《铨赋》《体性》《通变》《情采》《夸饰》《物色》等篇，雅丽成为《文心雕龙》主张的核心审美主张；《正纬》篇论述纬书之起源，与经典共同"原道"而来，而"河出图，洛出书，圣人则之"，

①　"创作纲领"一说，由王运熙先生提出，是指《文心雕龙》序言中论述的"文之枢纽"，即写作的核心指导思想与创作原则规范。"雅丽文学创作纲领"一说，则是笔者提出的研究意见。

河洛之地，就成了上古文学发生的核心起源地。刘勰认为华美的纬书具有"无益经典，而有助文章"的特点，虽然在内容上荒诞不经，但有助于各体文章的写作。在北方儒家经典之后，《辨骚》篇论述南方楚辞体裁，特别是屈原的一系列作品，在内容上"论山水，则循声而得貌；言节候，则披文而见时"，它们作为后代辞赋作家的模仿对象，"吟讽者衔其山川，童蒙者拾其香草"，不仅有地理区域与国别差异，而且是具体写作的操作性体现。以上内容可以简单图示为：

原道 — 征圣 — 宗经 — 正纬 — 辨骚
本质尚美 — 圣文雅丽 — 核心六义 — 丽而不雅 — 雅丽兼备

文体之外，从作家论角度来看，枢纽论五篇为全书设定了一个尊崇儒家作者及其文艺思想的高标：先秦儒家的周公和孔子，在《征圣》中被认为是最著名的作家；汉代儒家大师扬雄在《宗经》篇中作为理论批评建构的来源出场，"扬子比雕玉以作器，谓五经之含文也"，扬雄关于"五经美文""丽淫丽则"的论述，成为《文心雕龙》证明儒家经典有文采之美的直接来源。在儒家思想熏陶下成长起来的汉代文学家司马相如、王褒联袂在《辨骚》篇中出现，不仅是学习屈原楚辞最成功的代表作家，而且在关键的纲领论中成为刘勰笔下选拔出来的、历代文学仅有的两位最著名的代表作家，是古今文学的标杆式人物！

经过以上内容的坚实铺垫，刘勰提出"若能凭轼以倚雅颂，悬辔以驭楚篇，酌奇而不失其真，玩华而不坠其实，则顾盼可以驱辞力，欬唾可以穷文致，亦不复乞灵于长卿，假宠于子渊矣"[1] 这一全书

① 杨明照：《增订文心雕龙校注》，第51页。

写作之"枢纽"理论，这就表明《文心雕龙》所论述的"文之枢纽"，是对前述五篇文章核心内容的高度综合，体现了儒家思想主导全书、折衷诗骚特点以求新变的主张，包含着历史动态因素和古今新变规律。当然，类似楚辞、汉赋这样成功的新变，不能离开儒家经典和儒家思想的归正，需要雅丽结合，才能成功。

4.文体创作论。《文心雕龙》专列二十篇文体论，讨论三十余大类、八十余小类的古今文体及其历史演变、成败得失与创作要求、处处体现"原始以表末"的历史意识、"释名以章义"的寻根意识、"选文以定篇"的精品意识和"敷理以举统"理论意识。在二十篇文体论中，不仅可见历代名家名作，还可以看到各类文体的不同写作技法和写作纲领，顺流而下，《文心雕龙》下半部分中的创作论、批评论诸篇，均以这二十篇厚重的文体论为基础建立起来，审美风格论、修辞技法论、作家作品批评论，其根源都在这里。而贯通这二十篇文体论的根本理论，或者说核心创作纲领，是前述"文之枢纽"所总结提炼出来的雅丽思想。比如，在《乐府》篇中，多次出现《韶》《夏》雅乐与郑、卫俗乐的对比论述，刘勰本着尚雅贬俗的态度，对郑、卫之声多次批评指责，直到建安曹氏父子文学之作，也被视为不雅之作："至于魏之三祖，气爽才丽，宰割辞调，音靡节平。观其《北上》众引，《秋风》列篇，或述酣宴，或伤羁戍，志不出于滔荡，辞不离于哀思。虽三调之正声，实《韶》《夏》之郑曲也。"[①]并用这种态度评论以下的历代乐府，如"师旷觇风于盛衰，季札鉴微于兴废""雅声浸微，溺音腾沸""淫辞在曲，正响焉生？"等等。我们可以清楚地看到，在《乐府》篇"原始以表末"部分对于音乐文学发展的整体历史梳理中，贯穿着孔子雅乐郑声、尚雅贬俗的理论主张，以及季札观乐与荀子《乐论》、《毛诗序》、《乐记》的诗

---

① 杨明照：《增订文心雕龙校注》，第82—83页。

乐政教理论。在其余的文体论中，儒家思想因素层出不穷，而且占据主导的地位，比如《明诗》认为诗歌创作的"纲领之要"是："若夫四言正体，则雅润为本；五言流调，则清丽居宗：华实异用，惟才所安。"①四言"雅润"与五言"清丽"的结合，就是雅丽的风格。刘勰指出"华实异用"，即以雅润为质实，清丽为华美，既包含了文质之分，又指出了诗歌发展由质趋文的整体趋势，与《原道》"英华日新，文胜其质"、《通变》"从质及讹"的整体趋势是一致的。《铨赋》指出辞赋创作的纲领要求："原夫登高之旨，盖睹物兴情。情以物兴，故义必明雅；物以情观，故词必巧丽。丽词雅义，符采相胜，如组织之品朱紫，画绘之著玄黄。文虽新而有质，色虽糅而有本，此立赋之大体也。"②辞赋创作的"大体"有两点：一是"睹物兴情"的创作"物感"说，这是与《原道》《物色》贯通而与《乐记》《文赋》相接的观点，认识到了文学创作的内容来源与写作本质状态；二是"丽词雅义"的雅丽标准，刘勰主张"义必明雅"与"词必巧丽"的理想状态，这是对辞赋创作提出的总体要求，是《文心雕龙》雅丽思想在文体论中的直接运用。因此，在本篇的赞语中，刘勰直接运用了扬雄"丽淫丽则"之说，主张辞赋创作要"风归丽则"，成为既雅且丽，"衔华佩实"的作品。辞赋"丽词雅义"的创作"大体"，在《文心雕龙》书中凡是涉及辞赋问题的地方，都可以看到其影响。《辨骚》篇主张《诗》《骚》结合，"华实"结合；《情采》篇在"为文造情"与"为情造文"的论述中指出辞赋虚诞淫丽；《比兴》篇认为辞赋"比"体太过；《夸饰》篇认为辞赋夸而不当；《物色》篇指出"辞人之赋丽以淫"……凡此种种，既可以看到"风归丽则""丽词雅义"对辞赋创作若干问题的规范，更体现了雅丽思

---

① 杨明照：《增订文心雕龙校注》，第 65—66 页。

② 杨明照：《增订文心雕龙校注》，第 97 页。

想对《文心雕龙》全书的贯通。《颂赞》指出："夫化偃一国谓之风，风正四方谓之雅，雅容告神谓之颂。风雅序人，故事兼变正；颂主告神，故义必纯美。"①《祝盟》指出："凡群言务华，而降神务实；修辞立诚，在于无愧。祈祷之式，必诚以敬；祭奠之楷，宜恭且哀：此其大较也。"②《章表》指出："必雅义以扇其风，清文以驰其丽。然恳恻者辞为心使，浮侈者情为文使。必使繁约得正，华实相胜，唇吻不滞，则中律矣。"③类似这样的例证，在二十篇文体论中数不胜数，并有不同词语的各类表达，它们或偏于雅正庄严，或偏于华丽浮艳，或二者结合，雅丽兼备，在此不赘。

5.写作技法论。集中于《镕裁》到《总术》十三篇，综合论述了有关写作的诸多技法，以裁剪、声律、篇章、对偶、比兴、夸张、用典、用字、语病、结构等为主，鲜明地体现了本书写作学著作的性质归属问题。这些技法，有许多是与儒家思想密切相关的，不仅时时可见诸多短小的文句，而且有许多长句与宏论，带有极为鲜明的思想倾向，任举数例证明之：

> 《诗》人综韵，率多清切；《楚辞》辞楚，故讹韵实繁。及张华论韵，谓士衡多楚，《文赋》亦称知楚不易：可谓衔灵均之余声，失黄钟之正响也。（《声律》）④
>
> 造化赋形，支体必双；神理为用，事不孤立。夫心生文辞，运裁百虑；高下相须，自然成对。（《丽辞》）⑤

① 杨明照：《增订文心雕龙校注》，第108页。
② 杨明照：《增订文心雕龙校注》，第123页。
③ 杨明照：《增订文心雕龙校注》，第307页。
④ 杨明照：《增订文心雕龙校注》，第432页。
⑤ 杨明照：《增订文心雕龙校注》，第447页。

楚襄信谗，而三闾忠烈，依《诗》制《骚》，讽兼比兴。（《比兴》）①

夫形而上者谓之道，形而下者谓之器。神道难摹，精言不能追其极；形器易写，壮辞可得喻其真；才非短长，理自难易耳。故自天地以降，豫入声貌，文辞所被，夸饰恒存。（《夸饰》）②

夫文象列而结绳移，鸟迹明而书契作，斯乃言语之体貌，而文章之宅宇也。（《练字》）③

隐之为体，义生文外，秘响旁通，伏采潜发，譬爻象之变互体，川渎之韫珠玉也。故互体变爻，而化成四象；珠玉潜水，而澜表方圆。（《隐秀》）④

以上例证之中，既有写作技法规律论和技法渊源论，比如《丽辞》《夸饰》《练字》《隐秀》技法来源于与天地自然，具有美的本质属性或《周易》之坤象品格等；也有区域与国别文学论，比如《诗》、《诗》人、楚国、《楚辞》、《洛汭之歌》、《南风》之歌等；还有文学发展脉络论与写作技法的传承，比如"依《诗》制《骚》""织综比义"之说；更有写作对象的取材，比如"图状山川，影写云物"等内容的描述。所以，我们不能认为写作技法论部分仅仅只是谈技法的，这一部分的十三篇专文，实际上是包含有关写作各方面问题的综合论述，这是继二十篇文体论之后，最为集中的写作学专论。其中的若干专题，带有众多特色鲜明、内容丰富的儒家思想内容。仅仅以司马相如、王褒、扬雄为代表的巴蜀文学家及其作品为例，即可看出这一特点：

---

① 杨明照：《增订文心雕龙校注》，第456页。
② 杨明照：《增订文心雕龙校注》，第465页。
③ 杨明照：《增订文心雕龙校注》，第484页。
④ 杨明照：《增订文心雕龙校注》，第495页。

他们不仅在各类技法论中均作为扛鼎之对象出现，是当时热门的写作技法——声律、章句、丽辞、比兴、夸饰、指瑕的代表，在冷门技法练字等专题之中也作为汉代最著名的文字学大师身份出场，是历史上编纂字书、运用奇字、创作辞赋最成功的杰出人物。至于《事类》专论征引儒家经典有助文章深度和写作，那就是扬雄、刘向为代表的汉代文学的时代特征了。

6.写作历史论。《时序》可称第一篇中国文学史论，其中从尧开始、历经舜、禹、西周、春秋战国、秦汉、魏、两晋、南朝宋、齐的"九代文学"，概述数千年，包含历朝历代，《文心雕龙》中众多的时代、作家、作品构成了精彩的文学史，其中的"江左"等历史阶段，还有文学地理学的意味。在贯通数千年的文学历史发展中，将全中国地域空间范围内的文学发展历史拉通梳理，这是《文心雕龙》的独创。稍微考察一下从帝尧到齐的都城或部落联盟所处的核心地理空间，就可以发现：今河南、河北、山西、山东所在的黄河中下游地区，是历代文学发展的主要地理区域；而长江中下游地区，则是"近代文学"不断转移、变化的新的区域。除《时序》外，《通变》论述历代文学的时代风格特征与继承、新变的问题，以及《原道》论述从伏羲到孔子的上古文学发展问题，都具有史论意味。李建中教授以为：《文心雕龙》充满了史学意识，《原道》篇即可看作一篇简明的上古文明史。[①]笔者对此深以为然。

7.写作对象论。上古部落领袖、帝王将相宣扬美德、刻石记功、封禅勒铭，著名作家抒情咏物、宣泄感情、歌唱谣辞，普通人物发表议论、记录日常生活，等等，只要能够进入写作的东西，都可以

---

① 2017年8月初，中国《文心雕龙》学会第十四届学术研讨会在内蒙古师范大学举行，在8月6日下午的大会报3告中，李建中教授作了题为《"龙学"研究四通》的报告，其中提到了上述观点。

是写作的素材或对象。在《文心雕龙》中，但凡用文字记录下来的东西都是广义的文学写作，其对象当然也包括天地自然等一切内容。《原道》认为伏羲仰观俯察，受河图启发而画成八卦，这种图像文学也是一种写作行为，而且是"肇自太极"的"人文之元"；大禹受洛书启发，制定了历史上第一部政治法规《洪范》，属于文字文学的经典；《正纬》认为纬书与经典同源，也是河图洛书、神秘文化的衍生产物；《明诗》认为抒情言志、政治军事、妇女感伤、玄言创作都是诗歌的内容——凡此等等，不一而足。《物色》篇以"春秋代序，阴阳惨舒；物色之动，心亦摇焉"的外物感染论为中心观点，将引发写作情思、灵感、激情的因素归于"天高气清""霰雪无垠""清风与明月同夜，白日与春林共朝"，于是"《诗》人感物，联类不穷。流连万象之际，沉吟视听之区。写气图貌，既随物以宛转；属采附声，亦与心而徘徊"，继而"《离骚》代兴，触类而长，物貌难尽，重沓舒状"，发展到汉代，"长卿之徒，诡势瑰声，模山范水，字必鱼贯"，从先秦北方《诗经》到南方《楚辞》，再到汉代辞赋大作，最著名的诗赋文学，莫不是自然景物描写的产物。而自"近代以来，文贵形似，窥情风景之上，钻貌草木之中"，则走向了片面、浮浅的景物描写之途。对于地理、山川、景物的描写，贯通了整个文学发展的历史，是全部文学体裁重要的取材对象，其成败得失与当代发展，正是《文心雕龙》得以建构批评理论的重要内容之一：必须归正商周，取法丽则，摆落丽淫。其中，以"长卿之徒"为代表的辞赋创作，是最主要的作品批评对象；扬雄在《法言》中提出的"丽淫丽则"审美论，被刘勰直接拿过来演化为"诗人丽则而约言，辞人丽淫而繁句"，成为诗赋对比、文学批评的核心标准。他们在作品创作与理论创造方面，为《文心雕龙》写作对象论的建构作出了最重要的贡献。

8.以上全书序论一篇、枢纽论五篇、文体论二十篇、技法论十余篇、文学史论一篇、写作对象论一篇，就已经占到了全书五十篇之中的四十篇以上，而考察剩下的风格论、作家论诸篇，也包含着非常鲜明的儒家思想因素。比如，儒家经典"典雅"的风格是《文心雕龙》全书综论所有作家、作品、时代风格的最高标准，《体性》篇说："若总其归途，则数穷八体：一曰典雅……典雅者，熔式经诰，方轨儒门者也。"将一切文章的最高风格标准树立起来。《定势》论文体风格说"模经为式者，自入典雅之懿；效《骚》命篇者，必归艳逸之华"①，要求后世作家在学习、创作的时候，一定要以经典儒家著作为标准。这是诗骚对比、《诗经》典雅与《离骚》华艳的巨大反差，这种反差，在《情采》《比兴》《夸饰》《物色》中多次直接出现过，而刘勰采用的办法是合观统照，化解对立，走向雅丽结合之路："渊乎文者，并总群势：奇正虽反，必兼解以俱通；刚柔虽殊，必随时而适用。若爱典而恶华，则兼通之理偏；似夏人争弓矢，执一不可以独射也。"②《通变》篇高度概括地论述历代文风时说"黄唐淳而质，虞夏质而辨，商周丽而雅，楚汉侈而艳，魏晋浅而绮，宋初讹而新"③，以商周雅丽文风为上古纯质、后代繁缛这两端的折中标准。而在作家作品的范围内，汉末魏初的潘勖《九锡》一文"典雅逸群"（《诏策》），是学得最好的，《风骨》篇以之为"潘勖锡魏，思摹经典，群才韬笔，乃其骨髓峻也"，是取法经典、学习经典的结果。在各类文体的创作范围内，章、表、奏、议因为直接与帝王相通，事关国家政治治理等大事，是文出五经之后在功能上的最佳代表，故而要求"准的乎典雅"。《才略》篇论述上古名家名作，常常出现"五子作歌，辞

① 杨明照：《增订文心雕龙校注》，第 406 页。
② 杨明照：《增订文心雕龙校注》，第 406 页。
③ 杨明照：《增订文心雕龙校注》，第 397 页。

义温雅，万代之仪表也""吉甫之徒，并述诗颂，义固为经，文亦足师矣""荀况学宗，而象物名赋，文质相称，固巨儒之情也""马融鸿儒，思洽登高，吐纳经范，华实相扶"等直接的论述。在详细论述两汉四百余年文学发展史之后，给出了四个最伟大的作家："自卿、渊已前，多役才而不课学；向、雄以后，颇引书以助文：此取与之大际，其分不可乱者也。"司马相如、王褒、刘向、扬雄，是刘勰笔下的汉四家，巴蜀文学家占据了三个席位，而且鲜明地体现了从"役才而不课学"到"引书以助文"的变化：由天赋纵横到熏染儒家经典，是前汉与后汉时代风格有所差异的根本原因。

上面简单讨论的若干方面，实际上只是《文心雕龙》论述较多、体现较为鲜明的有关写作问题的内容，还有许多涉及写作问题的细小观点，比如以下各个方面。

9.写作思维论。集中于《神思》篇，散见于文体论、技法论等其余篇章，这是古代文论、古代写作学理论中的第一篇，也是理论成就最高的写作思维专论。

10.写作过程论。即"物—意—文"的写作行为论[1]，直接提出于论述"三准"说的《镕裁》篇，散见于《原道》《物色》等论述写作对象写作发展的篇章之中。

11.写作主体修养论。集中于《体性》《养气》《程器》等篇，要求作家具有才、气、学、习的综合写作能力，先天禀赋与后天修养都有较高要求，平时注意涵养身心，培养写作状态，并在品德高度、写作动力与"为文有用"等方面提出了严格要求。

12.写作风格论。集中于《体性》《风骨》《通变》《定势》《情采》

---

[1] 在当代写作学界，写作过程论也称写作行为论，研究写作从前到后的全过程，主要有"物—意—文"的双重转化说、三级飞跃说、知行递变说、三阶段说（前写作、显写作、后写作）等理论成果。

等篇，散见于文体论诸篇与技法论诸篇，综合论述了刚柔、八体等共时风格与作家情性风格论、文体风格论、时代风格论、风格理想论等诸多问题。

13. 写作批评论。集中于《知音》《才略》《程器》等篇，散见于全书各处。

14. 写作主导思想论。集中于《序志》与枢纽论诸篇。本书以儒家思想为主导，广泛吸收了先秦诸子、魏晋玄学等哲学思想流派理论成果与书画、音乐等艺术理论，在万千作家作品中独尊儒家，显示了作者在六朝儒学式微大环境下复归商周、宗法两汉的思想观、文论观。

15. 全书的写作组织体系论。以《序志》篇提出的"大《易》之数，其为文用，四十九篇而已"为理论基础，与之对应的是全书共分五十篇，其中具体内容四十九篇，序言一篇。由此可知，《周易》是《文心雕龙》组织体系的方法论渊源所在。

16. 思维方法论。主要指写作全书采用的"折中"思维方法论，在这一方法论指导下，全书客观公正地取法百家，正反对比，合观统照，从而独出机杼，创新立论，这是我们今天研究该书、写作论文时都必须要注意采纳的方法，这一方法的主要来源，是儒、道、兵、法等先秦诸子名著中的中和思维方法论，也包括后来的佛典思维方法论。

17. 雅丽思想论。综合全书内容，可以抽绎出一条贯通全书的理论红线：雅丽思想。这条隐伏在《文心雕龙》中的理论红线，是全书从序论到枢纽论、从文体论到审美论、从创作论到批评论的理论核心，是《文心雕龙》总结古代写作学理论而原创的最重要原理，不仅救弊当时，成为对汉魏六朝"文学自觉"的"自觉"，而且具有显著的当代价值。

上述各个方面，限于绪论的性质和写作的篇幅，不再展开讨论。

通过以上分析，我们可以发现：《文心雕龙》的写作理想，在远景上，是想复归"商周丽而雅"的文风，因为这是儒家礼乐制度建立的时代，是儒家"圣文雅丽，衔华佩实"之五经产生的时代；在近源上，是突出乃至独尊汉代思想与汉代文学，因为汉代是儒家地位上升、孔子称圣人、儒家著作称经的历史转折时期，也是真正意义上的作家文学成熟并大量涌现的时期，其得失，为刘勰提供了正反两面的批评依据。没有这个前提，儒家思想及其代表人物、代表著作不可能在中国历史上居于优越的先在位置，不可能拥有两千余年的特殊地位，《文心雕龙》也就不会独立地、坚定地展开自己注经不成，从而改为文章的立言不朽的写作理想。

所以，讨论《文心雕龙》的写作理论体系，需要在商周、汉代这两个时段上体现主导历代的历史视野和文学史论意识，在儒家思想、孔子地位、儒家著作上体现独尊的优先标准。尽管这一史论意识与优先标准并不符合文学发展的历史真实情况，但作为《文心雕龙》这一特定对象所表现出来的"一家之言"，我们在研究的时候，要理解并尊重这一事实。

回到有关写作的属性上来。写作，最核心的是作家与作品，是历代各类文体的名家与名作，在《文心雕龙》中，伏羲、尧、舜、伯益、后稷、大禹、周文王、周公与孔子，是《原道》篇论述上古文明史、上古写作学史举证的最有代表性的作家。显然，他们不是今天纯文学意义上的作家，主要的身份应该是政治家、思想家，时间跨度从原始社会早期到两周交汇之际，但刘勰认为他们才是最伟大的作家。在《征圣》篇中，刘勰认为写作应该"征之周孔"，周公与孔子是最优秀的代表作家，周公制订礼乐制度，孔子删述儒家经典，仍然以政治、伦理思想为写作的主要内容与批评标准。在《宗经》篇"文出五经"的定论之后，我们发现：一切上古名作均汇聚到五经之中，一切后代文体都从儒家经典中生发出去，五经成为渊薮。这样，前述著名政治家、思想家，成为儒家典籍中的代表，成为写作上的著名作家。儒家思想统摄了《文心雕龙》各方面的写作要素，被确立为全书的主导思想。

这样的统摄，有利也有弊，仅以"文出五经"为例说明之。我们从《易经》中可以看到源自伏羲、历经文王、成于孔子的《易》学历史渊源，以及《文心雕龙》组织全书的思想体系与关键范畴，诸如通变、刚柔、八体等等，这是全书的组织结构与理论范畴之源；从《书》经中可以看到尧、舜、禹与夏、商、周的政治得失与历史事件；从《诗》经中可以看到夏、商、周的国别诗歌、音乐文学、风格差异和孔子选定诗篇的中和标准；从《礼》经中可以看到儒家先贤早已将伏羲、五帝、大禹、夏、商、周的历代著名政治领袖纳入自身体系之中，在全书主导思想、作家作品与理论地位上，这就没有其他诸子什么大事可言了；从《春秋》经及其三《传》中，我们可以看到以齐鲁儒学、中原文化为核心的历史观、思想观与政治观：一句话，上古一切皆我源，后代一切皆我有！包括几十种文体及其写作技法、美学特点的千百变化，虽万变而不能离其宗，这个宗，即儒家思想。这是其有利的一面。在齐梁政治动荡、军事不振、佛教昌盛、儒学衰微、文体讹滥、纤丽流弊的时代背景下，《文心雕龙》远溯先秦、近取两汉，高举儒家思想理论大旗，其目的，就是要归正文学发展的不良风气，使之健康、有序、雅丽地发展下去，那就必须坚定立场，复古返本，归正于儒。

通观文学发展史，我们知道，刘勰坚定持有的"文出五经"的观点，源头上始自孔子，历经荀子、汉代王充等众多思想家，对此都有明确的论述。但这种观点只有在儒家思想体系中才能成立，因为它带有强烈的规定性色彩，这种规定性是建立在汉代儒学为尊的政治思想体制及其影响之下的。刘勰所举证的五经与集大成的作家孔子，并不能代表文学发展的真实状态。以《易》为例：据《帝王世纪》等诸多文献记载，伏羲画八卦之后，历代皆有其学，神农氏重之为六十四卦，黄帝、尧、舜重而申之，分为二《易》；在夏代因炎帝曰《连山》，商代因黄帝曰《归藏》，周文王广六十四卦，著九六之爻，是谓《周易》[①]；孔子的集大成制作，也远未穷尽，比如郭沫若先生就以为《易传》最终成于战国荀子。在《文心雕龙》成书之前，汉代、魏晋时期的《易》学，是学术界的显学，是《易》学史上的两大高峰时段。刘勰对汉魏《易》学成果多有征引，比如《声律》篇"声有飞沉"之说，即有京房易学"飞伏"论的理论背景；其余"四象精义以曲隐"、"余味曲包"、刚柔、八体、风骨、隐秀等等，皆有明显的上古易学与汉魏易学成果在内。但他不予承认，不便提及，只肯将孔子作为《易》学的最高峰，实际上终结了、否定了易学的后续发展。这是其弊端与局限性。

既然从主导思想到具体的写作内容，《文心雕龙》在宏观与微观层面均以儒家思想为宗法，那么，它的核心写作理论，或曰主导文学思想，就应该是与儒家经典一致的文学思想——圣文雅丽，衔华佩实。笔者曾对此有过一定程度的研究，提出并证明了这一大胆假设。[②]

综上所述，《文心雕龙》的写作理论体系是：一是在时间上纵论从古至今的写作历史；二是在空间上总论历代不同的区域版图；三是在内容上涉及有关写作的方方面面；四是在指导思想上以儒家思想为宗，并能化合百家，为我所用；五是在创作、审美与批评上

---

① 〔晋〕皇甫谧：《帝王世纪》，沈阳：辽宁教育出版社，1997年，第3页。
② 参见笔者《〈文心雕龙〉雅丽思想研究》，中华书局 2019 年 10 月版。

以雅丽思想为核心，并贯通全书。《文心雕龙》以宏大的宇宙意识和厚重的人文意识为写作出发点，包含了写作哲学、写作美学、写作思维学、写作行为论、写作技法论、写作主体论、写作对象论、写作学史、写作批评论、写作动力论等内容，是迄今为止中国写作学史上结构体系最严密、理论成就最高的名著。

以上所论，仅仅是笔者对《文心雕龙》写作理论体系及其构成要素的粗浅认识，仅仅是对当代写作理论创新建构需要借鉴古代优秀写作理论、特别是写作学经典巨著《文心雕龙》的粗浅认识，具体的深度研究和创新探究，乃至全新的写作理论的建构，绝非此处三言两语所能概括。

当前，中国写作学会正在带领全国会员进行新时代写作理论的创新研究，笔者认为：创新研究的路径之一，是走"深度发掘，古为今用"的路子。这不是复古，不是裹足不前，不是闭关自守，不是菲薄今人，而是适应新时代发展脉搏，进行理论创新的重要途径。中国写作学会下属各分会在二十世纪八九十年代热烈讨论写作思维学、写作文化学、写作措辞学、写作行为学、写作过程论、写作美学、写作哲学，形成了一批论文或著作，大部分属于对古代文论的借鉴或对西方文论的平移，整合或原创的并不多。古人的智慧结晶，我们还没有学到手，还没有充分发掘出来，甚至还没有认识到古代写作学理论的高度、深度与创新方法论，这些，都是值得我们学习、借鉴、运用、发挥和研究的，值得从中汲取养分，可以古为今用的。

四、《文心雕龙》写作理论的当代价值

当代写作学研究参与者众多，取得了较多的有影响的成果。在具体研究方面，特别是写作技法、写作批评、写作教学、文体写作方面，裴显生、王志彬、万奇、马正平、潘新和、任遂虎、史为恒等学者已有较多成果问世，这其中的部分成果借鉴、转化了《文心

雕龙》的写作学理论；在整体研究方面，杜福磊先生出版了《中国写作学理论研究与发展》，王志彬教授出版了《20世纪中国写作理论史》，尉天骄先生倡导建立当代写作理论体系；在跨学科研究方面，从神话学、哲学、军事学、文学地理学、新闻传播学、西方文论视野（如拉康理论视域、世界诗学视野、区域国别文学视野、文本话语体系、比较文学视野）等角度进行《文心雕龙》当代价值研究的成果也有不少；但真正从写作学理论建构角度出发，从体系严密、构成丰富、深度创新的写作理论巨著《文心雕龙》借鉴、转化、运用的研究并不多。以公认的、当代写作学理论建构成果最为丰硕的四川师范大学写作与思维研究所为例，马正平教授进行了写作哲学、写作文化、写作美学、写作思维、写作行为、写作分形、写作措辞等方面的深入研究，全面论述了从底层的哲学到中层的审美与思维再到表层的措辞与表达等问题，使得当代写作学理论体系的大厦得以建立起来①，并鲜明地体现了吸收西方文论、转化古代文论，以及去弊整合、为我所用的特点。这其中，马正平教授对古代文论、古代写作学理论的借鉴、吸收与转化、整合是很多的，但不得不说，对《文心雕龙》及其写作理论涉及甚少。因此，笔者认为：研究《文心雕龙》，从其丰富的写作理论体系中学习、借鉴，转化、运用于当代写作理论建构和文学艺术创作与评论中，不仅具有可操作性，还有助于建构并深化当代写作理论体系。试以其写作动力论与写作思维论证明之。

其一，写作动力论。《序志》篇明确告诉读者，《文心雕龙》的写作动机有三：一是求得令名。刘勰以为生命脆弱，为了"树德建

① 马正平教授自论语。见吕峰、马正平《在重建中崛起：中国古代写作理论的现代转化》（《现代中文学刊》2005年第4期）、孙绍振《中国当代写作学走向成熟的标志性建筑——评马正平主编〈高等写作学教程系列〉》（《西南民族大学学报（人文社会科学版）》2002年第S4期）等文。

言"，一定要写本书留下来，这是《左传》"三不朽"说与孔子、司马迁、扬雄等人"名德"思想影响的结果。二是方向选择。写作最好的是进行注解儒家经书的工作，但是前人已经达到了很高的水平，"就有深解，未足立家"，很难超越。刘勰认为文章之"运用"是儒家经典的"枝条"，功能巨大，于是选定写作"文章"。三是写作的针对性。刘勰写作"文章"，不是写诗赋之类的文学作品借以名家，而是写理论专著，专门研究"为文之用心"，针对当下文坛讹滥的离本趋势而发。近代文学不遵守经典的根本规范，形成了很严重的弊病。因此，《文心雕龙》的直接写作动机就是为了纠正文坛当下的不良创作，间接动机则是为了著书留名，以求不朽。这就首先确立了一个尊崇儒家、崇古抑今的基调：古代经典是好的，近代文学是该批评的——魏晋"文学自觉"时代大量的文学创作，不入刘勰法眼，可见刘勰的文学思想标准，一定会高于"文学自觉"时代的理论水平。

带着明确、清楚的写作动力来完成本书，这种发自内心的一定要超越前人的理论建构动力，是《文心雕龙》流传千年的基本原因，而当代写作学理论建构的若干研究者中，只有极个别的学者以"写作学理论建构"为基本动力和出发点，不半途而废，不移情别恋。但不同于欧美大学，中国写作学学科地位始终无法独立，于是写作学研究留不住人，其结果，当然就是出不了成果，至少不能像语言学和文学那样出成果。但愿这一摆在学术界实际台面上的情况能得到有效扭转，中国写作学的研究才会后继有人！

其二，写作思维论。二十世纪八十年代以来，高楠先生首倡写作思维研究，他指出：写作思维不是线性的，而是具有非线性的特征，因此，写作学界提出的"物—意—文"的双重转化或三级飞跃过程论不是写作的真正状态，这是从写作的操作层面进行写作思维真实状态的第一次论述。此后，王东成、马正平等学者对此有较多论述。马正平教授在二十世纪八十年代末期提出"非完成线性"的概念，在九十年代初受李后强博士数学分形论演讲启发提出"写作分形论"的自我生长、自我复制理论，在九十年代末提出重复与对比的赋形思维、路径思维模式，在 2001 年提出非构思写作学原理，2015 年则提出以默会知识为写作技能训练基本方法的新论。以上当代写作学关于思维原理的研究成果，其理论渊源主要来自于两个方面：一是西方后现代主义思潮特别是解构主义理论在写作学界产生的一系列"非非主义"学说；二是古代哲学、艺术学、文学中关于思维、创作的相关理论，比如庄子逍遥游、陆机写作思维论、苏轼随物赋形论等。因此，古代文论的现代转化，占据了当代写作思维学理论建构的大半江山。

然而，无论是庄子逍遥之游与鲲鹏物化之变，还是司马相如"控引天地，错综古今"的辞赋创作论，或者最早由陆机在《文赋》中提出的"物—意—文"的写作过程论思维，再或者是苏轼、郑板桥主张的随物赋形、胸无成竹的绝对天赋、自由创作状态论——它们都是零散的、不成体系的，最多表现了写作思维的某一阶段的具体状态，而没有将写作思维的整体、贯通状态熔为一炉；它们更多地体现了天赋才情决定论的属性，而不具有一般写作者都能掌握的可操作性；它们主要针对纯文学与艺术创作，而不涉及应用文体、事务文书与公文写作；它们主要是模糊论述，而不是针对若干特定文体的具体表达；它们主要表现的是写作思维中非构思乃至不构思的一面，而忽略了大部分写作需要构思甚至需要反复构思的真实状态——凡此种种，在《文心雕龙》的写作思维理论中，却都包含在内并有着深刻的论述，本书在《写作思维论》一章中对此作了简要分析和讨论。

上述写作动力论与写作思维论的探讨，有助于我们重新认识《文心雕龙》的卓越理论价值，更有助于写作学研究界认识其当代价值。简单说，《文心雕龙》写作学理论的当代价值集中于以下三个方面。

第一，创作论。当代写作主要分为文学写作与应用写作：文学写作面临创作大众化、作家围城化、传统消解化、形式多样化、载体网络化、手法西方化等新的改变，精英文学与大众文学、庙堂文学与民间文学难以和谐，写作主体涵盖一切能打字的人，客体选择前所未有地多，创作心态前所未有地浮躁；应用写作也面临大环境、文体、工具、样式、载体飞速发展的改变。《文心雕龙》以优美的骈文写就，措辞高明，内容全面，结构立体，对有关写作的方方面面都有深刻的论述，全书所涉及的文学体裁和应用文体裁80余种，论述到的作家160余家，作品800余篇，全面、立体、有深度，是当今各类写作者取之不尽、用之不竭的理论宝库、作品宝库，在写作动机、思维方法、主体修养、客体选择、技法锻炼、文体创造、风格选择等方面，是值得借鉴的。

第二，批评论。当代文学批评主要以西方文论话语进行，具有不同于传统文论的理论性、逻辑性、新颖性、指导性等特点，但在经济至上、片面西化、文论失语、浮躁焦灼的评论大环境下，二十世纪的中国学者，尚未真正建立起属于自己的批评论话语体系，也就是说：中西结合与古今转化失衡，文学批评做到借鉴他人尚可，但鲜明的可操作性和理论原创性则比较弱化。《文心雕龙》早就阐释清楚了的批评理论，应该被重视起来，运用起来，结合西方引进的批评理论话语，不仅可以操作，还可以在古人基础上创建具有中古特色的新评论话语，乃至话语体系。实现古代文论的现代转化，这是可以期待的。

第三，审美论。在创作表面繁荣而精品极少、评论话语失衡且自身体系尚未建立起来的当代文坛，写作美学思想的研究成果极为匮乏，玄幻消极、黄色暴力、虚无消沉、缺少精神正能量的作品充斥着大众文学市场和青少年阅读圈，《文心雕龙》及其雅丽文学思想在当代具有积极的现实作用，崇尚雅正，辨析丽辞，言之有物，创造美文，将思想性和艺术性很好地结合起来，在文学审美领域，在写作美学建构方面，在文艺思潮引领方面，在继承和运用古代优秀文化遗产方面，是相当重要的。当代写作学研究应该高举雅丽文学思想理论大旗，提倡深度的精神文化，提倡人文关怀，提倡诗意的追求，批判当代社会和写作现象中一些浅薄的、俗气的、丑恶的和反文化的东西，重视文化发展中的人文维度，将文艺审美问题、写作学问题纳入到理论研究、审美运用的范围。以汇通古今的宏观视野，审视《文心雕龙》审美理论的卓越成就，思考其当代运用意义，进行正确的审美创造，创造出既有美丽精神，又有雅正思想的作品。

比如《辨骚》篇，笔者认为：《辨骚》篇是学术论文写作的百代经典！现以《辨骚》篇为例，简述《文心雕龙》在当代文学评论写作、学术论文写作方面的卓越示范价值。

第一，开门见山地提出研究对象。刘勰开宗明义地指出："自《风》《雅》寝声，莫或抽绪，奇文郁起，其《离骚》哉！固已轩翥诗人之后，奋飞辞家之前，岂去圣之未远，而楚人之多才乎！"[①]在时间上，《离骚》出现于《诗经》之后、辞赋之前，位于二者之间，是一种很特殊的"奇文"，《离骚》的出现，还有赖于"楚人之多才"，是作家屈原"多才"的产物。这样开篇提出研究对象，并对其基本文体特征进行归纳总结，从《诗经》、辞赋文学发展史的角度对其进行总体定位，有助于当代学术论文写作者简化程序，突出问题意识，直接切入要讨论、研究的问题中，不出现繁语冗言。翻阅许多学术

---

① 杨明照：《增订文心雕龙校注》，第51页。

期刊，评审许多硕士论文，经常绕来绕去，半天不能提出究竟要研究什么问题，这种现象值得当代学者、硕博士研究生反思。

第二，简明扼要地进行研究现状综述。汉代是中国文学史上的著名的评屈高峰，当代已有辞赋学、楚辞学等专门学问对其进行深入研究，产出了许多成果！凡针对某一问题的解决，研究论文必定会进行研究现状的综述和研究趋势的预测，相比于刘勰，当代楚辞学家们一般达不到他这样的精简、精准、精确的程度，刘勰说：

> 昔汉武爱《骚》，而淮南作《传》，以为：“《国风》好色而不淫，《小雅》怨诽而不乱，若《离骚》者，可谓兼之。蝉蜕秽浊之中，浮游尘埃之外，皭然涅而不缁，虽与日月争光可也。”班固以为：“露才扬己，忿怼沉江。羿浇二姚，与《左氏》不合；昆仑悬圃，非经义所载。然其文辞丽雅，为词赋之宗：虽非明哲，可谓妙才。”王逸以为：“诗人提耳，屈原婉顺。《离骚》之文，依经立义。驷虬乘鹥，则‘时乘六龙’；昆仑流沙，则《禹贡》敷土。名儒辞赋，莫不拟其仪表，所谓‘金相玉质，百世无匹’者也。”及汉宣嗟叹，以为“皆合经术”。扬雄讽味，亦言“体同诗雅”。[1]

本段概述了汉代评屈学术观点中最著名的五家——西汉的淮南王刘安、汉宣帝和扬雄，东汉的班固、王逸——及其核心观点。在刘勰看来，刘安、王逸、汉宣帝、扬雄四家对屈原及《离骚》的评价是从正面进行的，所站的立场是儒家思想，采用的评论方法是“依经立义”，得出的结论非常好。而班固则从屈原性格、言行和《离骚》内容方面作出了否定批判，与前述四家截然不同。尽管班固依据的还是儒家思想和儒家经典，得出的结论却相差如此之大，这是

---

[1] 杨明照：《增订文心雕龙校注》，第51页。

一般读者无法接受的。站在纯文学作品的角度看，班固也没有全盘否定《离骚》，认为其"文辞丽雅，为词赋之宗"，肯定了《离骚》的语言成就、审美价值和垂范后世的创新意义。其实，经当代楚辞学著名专家李诚教授搜集整理，汉代评屈凡五十余家，有很多意见不逊色于上述五家，有的甚至更有文学批评意味，如司马迁等。但是，刘勰只选了这五家，并对主要持反对意见的班固也是一分为二地看待，表明了他精选代表性学者、进行客观性述评的基本学术态度，因此，他说："四家举以方经，而孟坚谓不合传；褒贬任声，抑扬过实，可谓鉴而弗精，玩而未核者也。"① 也就是说：这五家的意见，集中起来看，都有一个明显的缺点："褒贬任声，抑扬过实。"上述五家完全凭借自己的喜好，仅仅站在自己的立场而不是整体观照的立场来做出了或褒扬过度、或贬损过度的《离骚》评论，这两种情况都是错误的，以至于"鉴而弗精，玩而未核"，并未根据《离骚》的实际情况来做出准确评价。由此可知，学术写作一定不能先入为主，不能仅凭主观好恶来投入实践操作，这首先是一个态度问题，其次是一个方法问题，再次是一个高度问题。

第三，评论征言，进行对比鲜明的创新批评。为了尊重作品本身，作出准确评论，刘勰提出了一个重要的研究方法论："将核其论，必征言焉。"所谓征言，就是回到评论对象本身去，对《离骚》这一著名作品本身写了什么进行内证分析，通过引用原文原句，先不要看是否符合儒家经典描写内容，而是让《离骚》自己站出来说话，用文句、用描写，实事求是地研究《离骚》，评价《离骚》。这对今天的研究者来说，同样是一个非常重要的态度和方法：研究的对象说了什么，文章著作本身是什么，要从内证出发，不要太多地从论著本身之外的事情上去说，这促使研究者保持独立的学术品格，不

---

① 杨明照：《增订文心雕龙校注》，第51页。

为外界因素所干扰，不为已有研究成果所干扰，能独立地说出自己的客观公正的话，这是很重要的。刘勰指出：《离骚》与儒家经典相比，有明显的四同，也有明显的四异，具体异同如下：

> 故其陈尧舜之耿介，称禹汤之祗敬，典诰之体也；讥桀纣之猖披，伤羿浇之颠陨，规讽之旨也；虬龙以喻君子，云蜺以譬谗邪，比兴之义也；每一顾而掩涕，叹君门之九重，忠怨之辞也：观兹四事，同乎《风》《雅》者也。
>
> 至于托云龙，说迂怪，丰隆求宓妃；鸩鸟媒娀女，诡异之辞也；康回倾地，夷羿弹日，木夫九首，土伯三目，谲怪之谈也；依彭咸之遗则，从子胥以自适，狷狭之志也；士女杂坐，乱而不分，指以为乐，娱酒不废，沉湎日夜，举以为欢，荒淫之意也：摘此四事，异乎经典者也。①

"四同"中的典诰之体、规讽之旨、比兴之义、忠怨之辞，对应写作要素中的写作体裁、诗歌中心、写作手法和语言表达，既有内容，也有形式，是内外结合、从始至终的整体表现，《离骚》的这四个方面与儒家经典一致。这是对《离骚》正面的评价。

"四异"中的诡异之辞、谲怪之谈、狷狭之志、荒淫之意，对应写作要素中的语言、题材、思想、价值观，既有形式，也有内容，也是内外结合、从始至终的整体表现，《离骚》的这四个方面与儒家经典相悖。这是对《离骚》反面的评价。

这种正反对比的评论意见，在写法上对当代研究者具有启示意义。其后，《辨骚》篇在"正—反—合"的折衷思维方法论的指导下，经过正反对比之后，进入"合"的阶段，对《离骚》及屈原作品作

---

① 杨明照：《增订文心雕龙校注》，第51页。

了非常高的评价，认为是"自铸伟辞，惊采绝艳"的作品，回应了开篇"奇文"的总体特征。接着，将屈原及其作品逐一点评，指出了屈原及其作品对战国作家、汉代作家的巨大影响。宋玉、枚乘、司马相如、扬雄等人，都是辞赋史上著名的大家，刘勰认为，这些作家继承了屈原开创的楚辞文学并有所发展，实现了楚辞到汉赋的衔接发展，并各有独创性的贡献。最后，《辨骚》篇告诉天下的写作者，只要能够继承《诗经》雅正的写法，加入辞赋的奇丽写法，做到"执正驭奇"，走二者结合的新路，以雅丽结合的审美标准来进行创造，就可以写好文章，创作出新的文学作品。掌握这个方法之后，就不必向辞赋大家司马相如和王褒学习了，可以自己独立原创了。

通观《辨骚》篇，开头提出研究对象，接着综述研究现状，再进行独立的分析和实事求是的评论，既注意到了《离骚》本身，也拓展到了屈原作品全貌，还在继承与发展的视野之下概述了屈原及其作品的历史影响。最后，在上述论证基础上进行提炼和概括，总结出了"文之枢纽"部分真正的写作枢纽，或称写作纲领，用以统摄《文心雕龙》全书阐述的各类写作理论。由此可知：作为一篇成功的学术评论，《辨骚》篇具有鲜明的当代价值，值得学习者好好揣摩之，模仿之，学习之。

《文心雕龙》作为一部成书于一千五百年前的古代写作学巨著，迄今为止，中西方尚无其他写作理论著作可以与之媲美，现有著作尚未达到或者接近它的理论高度、论证深度、创新程度，尚未达到或接近它建构起来的严密理论体系、理论范畴与运用的组织方法原理，但当代的写作学研究很少从《文心雕龙》中汲取养分，这是一件遗憾的事情。所以，笔者推出本书，意在抛砖引玉，希望有更多的研究者将《文心雕龙》的写作理论尤其是应用写作理论发掘出来、研究出来，实现古为今用、理论转化为实践操作技法的目的[①]！鉴于《文心雕龙》论述的写作理论体系既严密又深刻，以及笔者粗浅的研究能力和一般的思辨能力，本书无法在全面的角度上完整研讨《文心雕龙》的写作理论，而是选择了其中的部分内容进行了力所能及的分析论证，仅为一家之言，不成体系，乞望各位学者、方家批评指正！

笔者有信心：在中国《文心雕龙》学会、中国写作学会等国家一级学会的引领之下，在全国《文心雕龙》研究界、写作学研究界的共同努力之下，"《文心雕龙》写作学理论及其当代价值研究"与新时期的中国写作理论创新建构这样宏大的命题，一定能得到完满的研究与解决。这样，作为研究《文心雕龙》与写作学理论的一份子，我们将倍感自豪！

---

① 中国应用写作学会、国际汉语应用写作学会有许多专家学者颇具远见卓识，如澳门大学邓景滨教授、湖北大学洪威雷教授、内蒙古师范大学万奇教授等，他们一致认为《文心雕龙》含有丰富的应用写作理论，主要体现在近 70 种应用文体及其写作技法专题上，多次叮嘱笔者要不忘初心、潜心研究，争取将《文心雕龙》丰富的应用写作理论研究出来，实现从古代到当代、从理论到操作的双重转化。

第一章 《文心雕龙》写作发生机制论

以曹丕《典论·论文》的出现为标志，中国文学批评理论成果开始摆脱经学、诸子著述的附庸地位，走向独立发展、独立著述的崭新阶段。以《典论·论文》为开端，陆机《文赋》、刘勰《文心雕龙》、钟嵘《诗品》等名作相继登场，另有曹植、陆云、沈约、萧统等诸家散论不断涌现，魏晋南北朝时期成为中国文学理论发展史的成熟期和高峰期，在许多方面开创了中国古代文论的新局面，并在某些方面达到了古代文论发展的顶峰。在这一阶段，既有各类文学体裁和题材创作的成熟，也有很多与之相对应的文学理论——即广义的写作学理论，这些理论在以往的研究成果中并没有得到写作学界的相应重视和研究，使得成果丰硕的魏晋南北朝文学理论在"写作学理论"这一特定领域内，目前还处于相当薄弱的局面。本章将对《文心雕龙》中具有特殊理论价值的写作发生机制理论展开力所能及的分析与研究。鉴于魏晋南北朝文学理论既有普适性——有的通用于各体文学，也有特殊性——有的专门适用于山水文学等新出现的题材，所以本章的论述将遵循普适性与特殊性相结合的思路，以六朝新出现的山水文学为例，整体上从山水文学史论、生成机制、审美标准入手，进行梳理和研究。

第一节 六朝山水文学概论

山水文学作品在六朝特别是晋宋时期大量涌现，在诗歌、散文领域以及萧统《文选》新分出的"赋"这一体裁领域内迅猛发展。

相应的文学理论著作对山水文学进行了关注，并做出了当时视野下的文学史评判，代表理论家是齐梁时期的刘勰和钟嵘。

刘勰对山水诗的文学史论述集中体现于《文心雕龙》的《明诗》篇，他说：

> 江左篇制，溺乎玄风，嗤笑徇务之志，崇盛忘机之谈，袁孙已下，虽各有雕采，而辞趣一揆，莫与争雄，所以景纯《仙篇》，挺拔而为隽矣。宋初文咏，体有因革。庄老告退，而山水方滋；俪采百字之偶，争价一句之奇，情必极貌以写物，辞必穷力而追新，此近世之所竞也。[①]

刘勰指出的"江左篇制，溺乎玄风"，实则针对东晋玄言诗而言，玄言诗的出现和发展自然也有其内在的和外在的各种因素，但玄言诗笼罩了整个东晋诗坛，使之出现了一家独大、活力不足的情况，好在还有郭璞创作的游仙诗挺拔不同，有一定的新意。随着诗歌发展各种因素的交织作用，"宋初文咏，体有因革。庄老告退，而山水方滋"，时代进入南朝，刘宋时期的诗歌体裁在"通变"规律的影响下，题材发生了新变，深受老庄思想影响的玄言诗逐渐"告退"，山水诗歌开始兴起并蓬勃发展。但是，同玄言诗一样，山水诗歌在新变的同时，在创作兴盛发展的同时，也体现了优缺点并存的整体特点，"俪采百字之偶，争价一句之奇，情必极貌以写物，辞必穷力而追新"，追求新声新句，对山水景物进行穷尽式的细致刻画，在诗歌语言上不断创新——这既是优点，也出现了因为在创新中走得太快，读者、批评者一时之间难以接受"这么新颖"的情况。

除了专门论述诗歌发展简史的《明诗》篇，《文心雕龙》还在

---

① 杨明照：《增订文心雕龙校注》，第65页。

关于整体文学发展史的专门篇目《时序》篇中对以山水诗歌为主的山水文学有所评论，刘勰指出：

> 自中朝贵玄，江左称盛，因谈余气，流成文体。是以世极迍邅，而辞意夷泰，诗必柱下之旨归，赋乃漆园之义疏。故知文变染乎世情，兴废系乎时序，原始以要终，虽百世可知也。自宋武爱文，文帝彬雅，秉文之德，孝武多才，英采云构。自明帝以下，文理替矣。尔其缙绅之林，霞蔚而飙起。王、袁联宗以龙章，颜、谢重叶以凤采，何、范、张、沈之徒，亦不可胜数也。盖闻之于世，故略举大较。①

这一部分的论述内容和思想基调，与《明诗》篇大体相同，不同在于三点：第一是全面批评玄言诗歌，与《明诗》篇相比，玄言诗在《时序》篇中被更加猛烈地批评，所谓"诗必柱下之旨归，赋乃漆园之义疏"者，意指玄言诗歌内容相对单一，尽是老子、庄子的思想言论的写照，思想性足够，但艺术性、抒情性不足。第二是刘勰用"文变染乎世情，兴废系乎时序"这样的《时序》篇核心思想来总结玄言诗的古代思想渊源和当代实际创作情况，得出文学发展的"时序"论——这是通观整个《时序》篇"蔚映十代，辞采九变"的文学史而得出的具有普适性规律的精华。第三是对宋代英明的君主与著名的作家进行了点评式简述——在皇帝的英明指导和积极参与下，宋代文学的发展出现了非常繁荣的局面，"龙章凤采"不断涌现，文坛形势"霞蔚而飙起"，有特色的作家作品"不可胜数"，一时之间，东晋玄言诗坛那种枯燥单一的局面被打破了，这是山水文学了不起的贡献：有新意，有发展，还繁荣。以"时序"规律为中轴，刘勰

---

① 杨明照：《增订文心雕龙校注》，第 541 页。

批评玄言诗，赞赏山水诗的"为文之用心"（《文心雕龙·序志》语），十分明显。

和刘勰相似，钟嵘对待玄言诗和山水诗的态度也差不多，他在《诗品序》中指出：

> 永嘉时，贵黄老，尚虚谈。于时篇什，理过其辞，淡乎寡味。爰及江表，微波尚传。孙绰、许询、桓、庾诸公，诗皆平典似道德论，建安风力尽矣。先是，郭景纯用俊上之才，变创其体；刘越石仗清刚之气，赞成厥美。然彼众我寡，未能动俗。逮义熙中，谢益寿斐然继作。元嘉中，有谢灵运，才高辞盛，富艳难踪，固已含跨刘、郭，陵轹潘、左。①

将钟嵘的言论与《文心雕龙》的《明诗》篇和《时序》篇比照可知：山水诗是对玄言诗的反叛，是站在玄言诗的对立面出现的，是诗歌发展在旧的体裁中逆向运动、新变发展的结果。稍有不同的是，钟嵘将玄言诗的起始时间上提到永嘉年间，比刘勰主张的"江左"（东晋）要更早，而且是从"贵黄老，尚虚谈"开始逐渐发展到"理过其辞，淡乎寡味"程度的，这种风气波及、影响到了"江表"（东晋）诗坛，但此时已经属于"微波尚传"的时候，并非刘勰所说的玄言诗的鼎盛时期。文学的发展具有在旧的体裁中逐渐孕育出新的体裁的发展规律，新变可以是对以往的继承，也可以是对以往的反叛与逆向运动。玄言诗的兴盛发展时期就逐渐孕育了新的体裁，郭璞等人通过摸索和创作实践，逐渐"创变其体"，但当时玄言诗规模大、实力强，所以势单力薄的郭璞等人"未能动俗"，直到刘宋时期，以谢灵运

---

① 〔清〕严可均：《全上古三代秦汉三国六朝文·全梁文》，北京：中华书局，1965年，第3275页。

为代表的卓越诗人闪亮登场，才将山水诗歌这一新的体裁真正奉献给中国诗歌发展史，并成为南朝文学发展的新的标志。

刘勰和钟嵘论述山水诗歌发展史的这些意见，如果提炼成玄言诗和山水诗前后整体变化的内在规律，在《周易》中被称为"通变"规律，在文学理论中也被作为重要的范畴进行了阐释。"通变"是魏晋南北朝文学理论成果的重要收获，这一思想集中体现在《文心雕龙》的《通变》篇中。《通变》篇的主要思想有二：新时代的文学发展对前代文学会有继承和吸收，也会有扬弃和新变，文学就是在这种不断继承、吸收与不断扬弃、新变的规律中不断向前发展的。前述简要分析证明：山水文学（山水诗歌）确实是在对玄言诗的部分继承，主要是扬弃、反叛和新变中发展出来的新题材、新体裁、新文学类型。《通变》在简要概括中国文学发展史的总体特点时说："黄唐淳而质，虞夏质而辨，商周丽而雅，楚汉侈而艳，魏晋浅而绮，宋初讹而新。"[①] 中国文学从上古五帝时代的淳朴、质朴文风，经过几千年的发展，到魏晋时期是浅薄而华丽的，刘宋时期则是讹滥（写得特别多）但是又有新变气象的。新出现在中国文学史上的山水文学是晋宋南朝的代表性文学成就之一，刘勰认为其"新"，是《明诗》所述"俪采百字之偶，争价一句之奇，情必极貌以写物，辞必穷力而追新"的产物，但同时也因为职业诗人、作家太多，山水诗、山水文学突然间出现了太多作品，以至于有"讹滥"的弊端。《明诗》以为："此近世之所竞也。"《通变》则接着指出："从质及讹，弥近弥澹。何则？竞今疏古，风末气衰也。"[②] 他认为，这是山水文学作家"竞今疏古"——不能吸收古代文学的优秀特点特别是质朴特

---

① 杨明照：《增订文心雕龙校注》，第 397 页。
② 杨明照：《增订文心雕龙校注》，第 397 页。

点带来的后果，山水文学新则新矣，不能复古，所以该打板子——这一方面是通变的继承性要求，另一方面也体现了他的复古文学思想——古代的比当代的好，不复古，无以言。所以，他继续批评山水文学作家作品及其后代影响，说："今才颖之士，刻意学文，多略汉篇，师范宋集，虽古今备阅，然近附而远疏矣。夫青生于蓝，绛生于茜，虽逾本色，不能复化。"①显然，这里所说的"今才颖之士"，他们"多略汉篇，师范宋集"，是齐梁时期的新作家，是受山水文学影响的新的文学群体，同样体现了"近附而远疏"的取法、习染弊端，也是要不得的。

由此可见，刘勰对待山水文学和钟嵘不同，他既有与钟嵘一致的一面：盛赞山水文学作家作品，为山水文学的新变、新意、新出而高兴与欢呼；也有钟嵘没有谈到的另外一面，将山水文学放到久远宏大的中国文学发展史的整体脉络上去看，去进行审视，他指出了山水文学作家作品在新变之外的缺点与不足，以及新变的时候不能正确吸收古代文学精华的错误发展趋势，还谈到了山水文学作家在"通变"规律作用下对齐梁文坛产生的不利影响——这种有正面、有反面，既论优点也谈缺点的论证方式和论证内容，整体上比钟嵘的单方面激赏评价来得全面，也在一定程度上显得更加客观公正。究其原因，则来自于《文心雕龙》在全书写作中主张的"折衷"思维方法，正反兼备，所以能有这样的结论。

当然，刘勰的结论不一定是正确的，他对魏晋、刘宋、齐梁文学的"不健康发展趋势"的认识，是整体文学观念复古造成的，有一定保守性和滞后性，这点需要特别说明。因为不是本文论述的重点，此不赘述。

---

① 杨明照：《增订文心雕龙校注》，第 397 页。

第二节 《文心雕龙》论文学的创作机制

六朝文学理论中，有一个非常重要的贡献，就是阐释到了文学何以被创造出来的理论机制问题，这些关于文学何以创生的机制论述的理论成果，集中体现在关于山水、自然题材的文学作品创作过程与创作思维理论之中。通观整个中国文学理论史，魏晋南北朝时期是对山水、自然题材文论成果最多、理论成就最高的时期，也是中国文学理论关于"文学作品何以创生"、写作何以从思维到文字得以实现这一复杂现象论述最集中、理论成就最高的时期，在魏晋南北朝之前与之后，这方面的理论探究，都远远比不上这一时期。

关于文学艺术作品怎样被创造出来的原理性探究，在文艺理论史上有两种不同的思维路径和方法路径，一是道家老庄为代表的有无论、虚静说与心物论，二是儒家从音乐艺术入手提倡的观乐论与政教说，在魏晋南北朝玄学思想兴起、儒道二者汇通之后，形成了新的文学创生机制论——物感说，以及比物感说更进一步上推哲学依据的原道说。整体来看，物感说是其中最主要，也最被公认的文学（最直接的是山水文学）生成机制。整个中国文学理论史上，《文心雕龙》兼物感说与原道说而有之，且论述深刻，具有很高的理论地位。

刘勰曾在《文心雕龙·明诗》篇中说，山水诗歌的兴起是因为"庄老告退，山水方滋"，也就是玄言诗歌热潮逐渐消退之后，山水诗歌才出现的。从中国诗歌发展史来说，这是一种正确的描述：在时间上，山水诗确实晚于玄言诗，玄言诗是魏晋玄学在诗歌领域上的影响载体，那么，为什么魏晋南北朝诗坛会出现玄言诗与山水诗的更迭现象呢？更进一步说，为什么"庄老告退"之后，不仅山水诗，与之密切相关的田园诗及山水赋等新的题材与作品也会跟着出现，并一度兴盛发展呢？这其中是否隐含着内在的规律或生成的机制呢？如果有,这样的文学新变规律或机制,是否具有普适性的特点,同样也适用于解释其他文学体裁的出现与发展呢？本节就来讨论这一问题。

一、道家的文学艺术创生机制

中国古代文学艺术理论在涉及作品生成的规律或机制的时候,主要体现为两种不同的"心—物"观念,一种是以道家老子、庄子为代表的"心—物"观,一种是以儒家孔子以及汉代音乐艺术理论为代表的"心—物"观。道家文艺思想由老子发端,列子、庄子等进一步吸收了神仙家等其他思想流派的文艺思想,在继承的基础上予以新变并发扬光大,其中以庄子为代表。

（一）老子"从无到有"的创造论

老子的文艺思想主要体现在他的代表作品《道德经》之中。老子认为：事物产生的规律是一个从无到有再到无的过程,比如一个人,出生之前是无,存世期间为有,去世之后又归于无。"无"是世间万物存在的主要方式,我们能够感知到的各类事物,都是事物运行的规律从"无"当中创生出来的,所以他在《道德经》开篇第一章中就说："无名,天地之始;有名,万物之母。"[1]世界万物本生并没有名字,这是它们的原初状态,当我们对一个具体的事物进行了命名之后,它才有了名字,这样的有名字的事物,是从"无"当中创生出来的。在远古神话故事中,世界一片混沌,盘古开天辟地,才上有具体的天,下有具体的地,这样,人就有了生存发展的空间和可能,清晰的有形世界在混沌的无形世界基础上发展出来。《文心雕龙》专列《原道》一篇,作为"文之枢纽"的第一篇,阐述文学作品怎样创生的问题。刘勰说：

---

① 〔春秋〕李聃著,赵炜编译：《道德经》,西安：三秦出版社,2018年,第2页。

人文之元，肇自太极，幽赞神明，《易》象惟先。庖牺画其始，仲尼翼其终。而《乾》《坤》两位，独制《文言》。言之文也，天地之心哉！若乃《河图》孕乎八卦，《洛书》韫乎九畴，玉版金镂之实，丹文绿牒之华，谁其尸之？亦神理而已。[①]

从上古蒙昧时期一直到了伏羲时代，才由伏羲通过仰观天象、俯察地理等方式，逐渐摸索、认识、掌握了天地运行的规律，于是创生了八卦这一图象文学的最初形式，《易》作为有形的作品，被从"无"中创造出来；又经过三皇五帝、夏商历代圣人（作家）的不断增补，发展到周文王时代，才由他将伏羲创造的先天八卦拓展为后天六十四卦，《易》的内容增加、深化了；西周晚期，孔子又接踵增补，创作了《文言》等篇章，不断拓展《易》的内容，终于使《易》经传兼备[②]，这是之前没有过的伟大壮举，孔子成为《易》学史上的著名大家。

由上述简单举例可知：文学作品以及万事万物，实际上都是从"无"当中被作家（人）创造出来的，从而成为"有"（图像文学、文字文学）的一个部分。在老子之前，世上没有《道德经》，是老子以其卓越的智慧和创造力，首创性地为中国文学史、哲学史、思想史贡献了这本名著。魏晋南北朝山水文学作品及其之前、之后的所有文学作品，实际上也都遵循着这一"从无到有"的创生、创造规律。这是万物运行的规律，老子把它叫作"道"；刘勰站在齐梁相交的历史时期，接受儒释道结合而新出的玄学思想，以"原道"作为文学作品生成的终极理论，除了老庄、玄学的影响，也与他自

---

① 杨明照：《文心雕龙校注》，第1页。

② 这里采用通行的说法。笔者认为：《易传》的创作并非孔子一人之功，比如郭沫若先生就认为《易传》最终形成于荀子。

觉探究文学原理的深邃思想有关。具体论述见后文。

（二）老子"虚静作物"的创造论

老子《道德经》第十六章说："致虚极，守静笃，万物并作，吾以观复。夫物芸芸，各复归其根。归根曰静，是谓复命。复命曰常，知常曰明。"后来的理论家将这一部分文字的核心思想归纳为虚静说，并认为虚静思想是道家哲学思想、文艺思想的核心范畴。仅从字面上看，"虚静"含义有二：第一是虚，意指空虚，这个空虚指的是人内心不要堆满情绪和想法，要空，只有空，才能装得下更多的东西；第二是静，静与躁相对，一个作家，一个写作者，不能急躁，不能烦躁，要能静得下来，才能使读书、思考、写作活动处于一个良性循环的状态。

虚静说首先适用于个人的性格修养。司马迁《史记》中记载了老子教导孔子的两个故事，很能说明虚静说的智慧价值。在《孔子世家》中，司马迁这样说道：

> 鲁南宫敬叔言鲁君曰："请与孔子适周。"鲁君与之一乘车，两马，一竖子俱，适周问礼，盖见老子云。辞去，而老子送之曰："吾闻富贵者送人以财，仁人者送人以言。吾不能富贵，窃仁人之号，送子以言，曰：'聪明深察而近于死者，好议人者也。博辩广大危其身者，发人之恶者也。为人子者毋以有己，为人臣者毋以有己。'"孔子自周反于鲁，弟子稍益进焉。[1]

老子以"聪明深察而近于死者，好议人者也。博辩广大危其身者，发人之恶者也。为人子者毋以有己，为人臣者毋以有己"的智慧语

---

[1] 〔汉〕司马迁：《史记》（影印本），北京：中华书局，1997年，第1909页。

言告诫孔子：一个人如果天分高超、才情过人，就更需要懂得修养和慎言的重要性，特别是要"虚位"，不要把自己看得很高很重要，要懂得让位给他人，才能获得自己的生存发展空间。

在《老子列传》中，对这个故事的记载更为细化：

> 孔子适周，将问礼于老子。老子曰："子所言者，其人与骨皆已朽矣，独其言在耳。且君子得其时则驾，不得其时则蓬累而行。吾闻之，良贾深藏若虚，君子盛德容貌若愚。去子之骄气与多欲，态色与淫志，是皆无益于子之身。吾所以告子，若是而已。"孔子去，谓弟子曰："鸟，吾知其能飞；鱼，吾知其能游；兽，吾知其能走。走者可以为罔，游者可以为纶，飞者可以为矰。至于龙，吾不能知，其乘风云而上天。吾今日见老子，其犹龙邪！"①

在这一段记载中，老子直接指出了孔子的很多弱点，建议"去子之骄气与多欲，态色与淫志，是皆无益于子之身"，《论语》的记载和历史事实证明：除了老子这里讲的骄傲自满、欲望众多、喜怒形于色以及个人想法太多的弱点，孔子还有性格急躁，好臧否人物等问题，执掌国家权力的一段时间，对内对外连续杀了好几个人，其中就包括他在教学上、政治上的竞争对手少正卯。二十多岁前往老子处访问学习"礼"这一学科的孔子，当时还没有虚静之能，老子对他的缺点看得很准。后来，孔子将老子的教导融入言行修养之中，逐渐克服了一些修养弊端，为他成为伟大的儒学思想家和教育家打下了基础。

转用于文学写作，金庸先生《射雕英雄传》有一段阐述武学哲学的话，特别能说明虚静的创造性功能。在该书的第十七回中，因

---

① 〔汉〕司马迁：《史记》（影印本），第2140页。

郭靖救了被毒蛇咬伤的周伯通，老顽童于是将自创的"空明拳"传给郭靖：

> 周伯通道："老子《道德经》里有句话道：'埏埴以为器，当其无，有器之用。凿户牖以为室，当其无，有室之用。'这几句话你懂么？"郭靖也不知那几句话是怎么写，自然不懂，笑着摇头。周伯通顺手拿起刚才盛过饭的饭碗，说道："这只碗只因为中间是空的，才有盛饭的功用，倘若它是实心的一块瓷土，还能装甚么饭？"郭靖点点头，心想："这道理说来很浅，只是我从未想到过。"周伯通又道："建造房屋，开设门窗，只因为有了四壁中间的空隙，房子才能住人。倘若房屋是实心的，倘若门窗不是有空，砖头木材四四方方的砌上这么一大堆，那就一点用处也没有了。"郭靖又点头，心中若有所悟。周伯通道："我这全真派最上乘的武功，要旨就在'空、柔'二字，那就是所谓'大成若缺，其用不弊。大盈若冲，其用不穷'。"跟着将这四句话的意思解释了一遍。郭靖听了默默思索。……但周伯通在洞中十五年悟出来的七十二手"空明拳"，却也尽数传了给他。[①]

老顽童自创的拳法叫作"空明拳"，先空，后明；他的解释，则是先空虚思想与身体，才能装得下东西，才能创造出新的武学。文学写作与之类似，虚静说是作家构思、专心写作的心理前提，是能够写出高质量作品的重要心理基础和生理基础。在道家文艺思想这里，不能虚静，则不能空明，则不能有好的创造。其后《西京杂记》记载司马相如如何写作辞赋时说："司马相如为《上林》《子虚》赋，意思萧散，不复与外事相关，控引天地，错综古今，忽然如睡，焕

---

① 金庸：《射雕英雄传》，广州：广州出版社，2004年，第84—85页。

然而兴，几百日而后成。"就是虚静生创造的典型代表。

（三）庄子"以心创物"的创造论

在列子吸收神仙家思想，将原始道家代表人物老子的思想新变为仙道结合的思想之后，庄子又在老子、列子等道家思想家的基础上进一步新变思想，这些思想比较集中地记载于《庄子》书中。一般认为，《庄子》内七篇是庄子的作品，其中的著名篇章《逍遥游》《养生主》等与文学艺术关系比较密切。《庄子》提出的巨大鲲鹏和梦中之蝶，实际上并非真实的物象，而是庄子根据自己内心的理想或预设创造出来的外在幻象，也就是说，是由作家主体创作出来的虚构物象，以《逍遥游》为例，开篇就说：

> 北冥有鱼，其名为鲲。鲲之大，不知其几千里也；化而为鸟，其名为鹏。鹏之背，不知其几千里也；怒而飞，其翼若垂天之云。是鸟也，海运则将徙于南冥。南冥者，天池也。《齐谐》者，志怪者也。《谐》之言曰："鹏之徙于南冥也，水击三千里，抟扶摇而上者九万里，去以六月息者也。"[1]

在这个鲲鹏变化、直飞九万里之高的神话般的故事里，"北冥有鱼，其名为鲲。鲲之大，不知其几千里也"，北冥之鲲作为一种鱼，巨大无比，大到不知几千里也。世界上怎么可能有这么大的鱼呢？原来，这是庄子的艺术夸张，无比巨大的鱼倏忽之间异化为鸟，由鲲到鹏的变化之后，"鹏之背，不知其几千里也；怒而飞，其翼若垂天之云"，无比硕大的鱼变成无比硕大的鸟，所以，当大鹏迁徙，从北冥去往南冥的时候，会"水击三千里"，展翅高飞，会达到无比惊人的"扶摇而上者九万里"，如同飓风，甚至是龙卷风。在整个中国文学史上，

---

① 〔战国〕庄子著，贾云编译：《庄子》，西安：三秦出版社，2018 年，第 1 页。

使用夸张手法创造的物象，以及从夸张的艺术结果来看，没有任何文学家能超越庄子的"直上九万里"的夸张程度，屈原的一百七十多个"天问"达不到，李白惊人的"四万八千丈"也达不到。

其实，世上并无鲲鹏，这种宏大的夸张艺术手法下创造的异化物象，以及庄子在梦中创造的不断追寻的翩翩蝴蝶，表现的是中国文学创作的一种生成机制：由心到物的预设性生成机制。这一机制将作家主体（人）置于核心位置，通过人心（思维）的冥想、创构，将自己想要的东西、想写的东西以题材、对象（物）的方式呈现出来，外物的形象是虚构的，是作家主体心理创设出来的。这种虚拟式、想象式的创构生成方式，为后代的文学艺术提供了无穷无尽的想象空间，解除了作家目力所见、学识所限的主观局限，从而达到了无限自由、创意写作的全新境界。

二、儒家"由物到心"的创作机制

与道家老子提出的有无论、虚静说创造原理和庄子"以心创物"的创造想象不同，儒家文艺思想对于作品的生成机制有另外一种描述，这种描述概括起来的基本特点是"由物到心"，与庄子的描述在前后关系或者说因果关系上恰恰相反。

儒家重视礼乐，讲究"成人以礼"的培养制度，其中，音乐艺术是"成人以礼"的重要内容。在《诗经》的第一篇作品《关雎》中，喜欢窈窕淑女的翩翩君子，起先得不到淑女的喜欢，甚至到了"辗转反侧，寤寐思服"的地步。后来，这位君子运用自身才艺，通过音乐艺术的媒介，逐渐"琴瑟友之"，终于达到"钟鼓乐之"的仪式感满满的美好过程，暗示着有情人终成眷属的大结局。《关雎》后来被解读为"后妃之德"，但实际上同样体现了礼乐教化对一个贵族青年婚恋的巨大帮助。

早在儒家著作《尚书·舜典》之中，就记载了舜帝命令夔掌管音乐，借此培养品质高尚的贵族子弟的故事。其中，对受教的贵族子弟的要求准则是："直而温，宽而栗，刚而无虐，简而无傲。"[①] 即通过音乐教育的手段，来培养具有这些品质的合格的接班人。从这个角度看，《关雎》中君子对音乐的运用，正是学习礼乐"成人"之后的正常才艺展示，也表明其文质彬彬的个人修养，确实是值得赞美的。

不仅如此，儒家在个人修养之外，特别重视并宣扬"以乐观政"的社会政治实践活动，其表现主要有二。

一是赞美功德伟大的儒家先圣，认为圣人的时代才会出现与之匹配的先代音乐。据说孔子在向蜀人苌弘请教完《韶》乐的内涵与特征之后，曾在齐国欣赏《韶》乐，甚而至于达到"三月不知肉味"的专注程度，从心底发出"不图为乐之至于斯也"（《论语·述而》）的感慨。《孔子家语》等文献记载他曾向师襄学习演奏《文王操》，通过不断地演奏、聆听、感悟，孔子居然能够通过音乐的节奏、旋律进行理解的不断深入和意境的升华，他感慨于音乐中这位伟大的圣人，面色凝重而深沉，长得怎么样，品质如何好，德政多么美——这就是文王啊！由此，音乐不仅具有教化、成人的功能，还具有了观政教、察盛衰、彰美德的功能。

二是通过先秦两汉儒家学者与著作的不断推进与引导，儒家音乐特别是以《诗经》为代表的音乐[②]，完全成为政教与治理的载体。这一转化最著名的案例是《左传》中记载的"季札观乐"故事，季札能通过观看乐舞，准确地进行特点评价，并推断出是哪一首音乐。顺着这一思路往下发展，汉代出现的《毛诗大序》说："情发于声，声成文谓之音。治世之音安以乐，其政和；乱世之音怨以怒，其政乖；

---

① 周秉钧注译：《尚书》，长沙：岳麓书社，2001年，第12页。

② 在这一特定语境下，这里的音乐就是配乐演唱的诗歌，诗歌就是音乐。

亡国之音哀以思，其民困。故正得失，动天地，感鬼神，莫近于诗。先王以是经夫妇，成孝敬，厚人伦，美教化，移风俗。"[1] 这一段文字不仅提出了"情—声—音"的由内到外、内外相符的音乐生成机制，还进一步将音乐的特点直接与国家治理、国政兴衰联系并等同起来，表明了音乐艺术巨大的社会、政治承载功能。

在上述代表性人物、案例和理论铺垫之下，汉代产生的《礼记·乐记》在继承的基础上，最终归纳出了"由物到心"的音乐（诗歌）生成机制：

> 凡音之起，由人心生也。人心之动，物使之然也。感于物而动，故形于声。声相应，故生变；变成方，谓之音；比音而乐之，及干戚羽旄，谓之乐。乐者，音之所由生也；其本在人心之感于物也。是故其哀心感者，其声噍以杀。其乐心感者，其声啴以缓。其喜心感者，其声发以散。其怒心感者，其声粗以厉。其敬心感者，其声直以廉。其爱心感者，其声和以柔。六者，非性也，感于物而后动。[2]

本段论述的核心理论是"乐者，音之所由生也；其本在人心之感于物也"一句，本句在《毛诗大序》提出的"情发于声，声成文谓之音"的"双重转化"[3] 的基础上更进一步，阐明了"乐者，音之所由生也"的从"双重转化"到"三重转化"的递进关系，我们可以梳理其递进关系于下：

---

[1] 蒋鹏翔：《阮刻毛诗注疏》，杭州：西泠印社，2013 年，第 61 页。

[2] 〔元〕陈澔注，金晓东校点：《礼记》，上海：上海古籍出版社，2016 年，第 424 页。

[3] "双重转化"说是现代写作学理论中关于"写作过程论"的一个理论结晶，二十世纪八十年代，由写作学研究者根据陆机《文赋》所述归纳提出。

情—声—音（《毛诗大序》）

情—声—音—乐（《礼记·乐记》）

通过声与音的三层转化与递进，人情最终转化为音乐（诗歌）。由此，《乐记》提出了"其本在人心之感于物也"这一具有普适性特点的音乐（诗歌）生成机制。在儒家音乐文献的范围内，我们通过上述分析与《乐记》开篇直接所说"凡音之起，由人心生也。人心之动，物使之然也。感于物而动，故形于声。声相应，故生变；变成方，谓之音；比音而乐之，及干戚羽旄，谓之乐"的话，还可以将这一由情到乐的生成机制反推回去：

声变成音—音由心生—心因物动

所以，音乐产生的根本原因（或机制）其实是外物，这些外物可以是自然事物，也可以是社会现象，还可以是政治治理状况，因此"物"是一个广义的概念。

这一机制，一般被称为物感说，其本质是"由物到心""物感心动"的递变过程。在这一过程中，外物是音乐（诗歌）产生的直接起因，音乐（诗歌）是外物动心的最终产品和结果，这是通过声、音等中介，展示因果关系的一种文学艺术生成机制。

由此可知，道家心物论是以心（理想、情感、志趣等）为因，以物（故事、文学、思想结晶等）为果的一种体现"以心创物"的文学艺术生成机制，而儒家心物论则是以物（自然、人情、社会现象等）为外在起因，而以心（体察外在事物后的情感、音乐、诗歌等）为最终结果的"物感动心"的文学艺术生成机制。可以简要表示于下：

　　道家心物论：心（因）—物（果）

　　儒家物感说：物（因）—心（果）

　　以上两种因果关系不同的文学艺术生成机制，都是文艺创作、结晶作品的普适性规律，可以广泛地适用于多样的文艺种类与不同体裁的创造之中。在魏晋南北朝文学作品中，既有体现道家心物论关系的作品，也有体现儒家物感说的作品。

三、文学作品生成的物感说

　　文学艺术作品的生成机制中的物感说，在魏晋南北朝文学理论中得到了进一步的发展，其理论成就之高，处于中国古代文论的巅峰位置。刘勰在《文心雕龙》的《明诗》篇指出：

　　大舜云："诗言志，歌永言。"圣谟所析，义已明矣。是以"在心为志，发言为诗"，舒文载实，其在兹乎？诗者，持也，持人情性。……人禀七情，应物斯感；感物吟志，莫非自然。①

《明诗》篇继承了儒家音乐物感说的内容，从《舜典》诗歌、音乐、舞蹈三合一的"诗言志"功能说开始讲起，核心在于"在心为志，发言为诗"的观点，心是诗人情感的皈依之所，诗人具有七情，所以，一定会"应物斯感"，且"感物吟志"，创作出诗歌来。这是相对于《乐记》更为简化版的物感说。

　　刘勰不仅在诗歌创作上主张物感说，在辞赋创作上同样如此，《文心雕龙》的《铨赋》篇指出："原夫登高之旨，盖睹物兴情。情

---

① 杨明照：《增订文心雕龙校注》，第 64 页。

以物兴，故义必明雅；物以情观，故词必巧丽。"①所谓的"登高之旨"，在这里指的是辞赋作品，其创作规律是"睹物兴情"，也就是感物生情，创作作品。因为"情以物兴"，且"物以情观"之故，二者相互融合，成为当代现象学意义上的主体与客体，因此，刘勰不仅对创作机制进行阐述，还提出了辞赋思想必须"明雅"和辞赋语言必须"巧丽"的主张，这比《明诗》所论更加清晰化、可操作化。于是，集中论述物感说观点的《物色》篇顺应而出。刘勰指出：

> 春秋代序，阴阳惨舒，物色之动，心亦摇焉。盖阳气萌而玄驹步，阴律凝而丹鸟羞，微虫犹或入感，四时之动物深矣。若夫珪璋挺其惠心，英华秀其清气，物色相召，人谁获安？是以献岁发春，悦豫之情畅；滔滔孟夏，郁陶之心凝；天高气清，阴沉之志远；霰雪无垠，矜肃之虑深。岁有其物，物有其容；情以物迁，辞以情发。一叶且或迎意，虫声有足引心，况清风与明月同夜，白日与春林共朝哉！②

这段描写文字优美，内容丰富，体现了刘勰对自然事物与自然美景的由衷赞美。自然景物气、形、声、色的变化会使人们的心情产生变化，"物色相召，人谁获安"，之所以如此，是因为人与自然同禀七情，能够互相感应。人"睹物兴情"，看到"物"而兴发情感，自然景致因为融入了人的情感而得到表现。于是，"岁有其物，物有其容；情以物迁，辞以情发"，写景状物类的文学作品由此可以创造出来，可以写作出来。《物色》篇举出《诗经》和《楚辞》中描写景物、山水、自然的大量例证，占据了本篇篇幅的百分之五十

---

① 杨明照：《增订文心雕龙校注》，第97页。
② 杨明照：《增订文心雕龙校注》，第566页。

以上，从若干方面详细举例论证了"物色动心"的因果关系和如何
描写的方法。接着指出：

> 自近代以来，文贵形似，窥情风景之上，钻貌草木之中。吟
> 咏所发，志惟深远，体物为妙，功在密附。故巧言切状，如印之
> 印泥，不加雕削，而曲写毫芥。①

显然，这是在对山水诗歌、山水文学进行整体评价，山水文学作品
的大量出现以及"文贵形似"的特点，在文学作品的思想内容方面
有所不足，但其描写与技法，"窥情风景，钻貌草木"，"体物为妙"
而能"巧言切状"，是对"物色"的精彩描绘，有可观之处。

在钟嵘的《诗品序》中，他毫不掩饰自己对自然物象激发诗人
情志从而创作诗歌这一规律的直白表达，《诗品序》说：

> 气之动物，物之感人，故摇荡性情，形诸舞咏。照烛三才，
> 晖丽万有，灵祇待之以致飨，幽微藉之以昭告。动天地，感鬼神，
> 莫近于诗。②

在中国哲学、美学中，"气"是一个具有生命感和运动性的范畴，
许多思想家都把"气"作为化生万物的本体。钟嵘把"气"引入诗
歌写作的物感理论之中，使物与我一气贯之，充满了氤氲化生的生
命感。钟嵘在儒家传统物感说的物、情、乐（诗）三要素之外，增
加了气这一要素，他的物感说可以概括为：气—物—人—情—形。

舞咏作为最终的结晶，是诗歌、音乐、舞蹈三合一的原始儒家

---

① 杨明照：《增订文心雕龙校注》，第 567 页。

② 〔清〕严可均：《全上古三代秦汉三国六朝文·全梁文》，第 3275 页。

文论《舜典》的再现，诗歌因为外界事物的运动变化被人感知而生成，并具有"动天地，感鬼神"的巨大功能。进一步，钟嵘将"物"的内涵范围扩大，并将"物感""摇荡"的含义扩大，他说：

> 若乃春风春鸟，秋月秋蝉，夏云暑雨，冬月祁寒，斯四候之感诸诗者也。嘉会寄诗以亲，离群托诗以怨。至于楚臣去境，汉妾辞宫。或骨横朔野，或魂逐飞蓬。或负戈外戍，杀气雄边。塞客衣单，孀闺泪尽。或士有解佩出朝，一去忘返。女有扬蛾入宠，再盼倾国。凡斯种种，感荡心灵，非陈诗何以展其义？非长歌何以骋其情？故曰："诗可以群，可以怨。"使穷贱易安，幽居靡闷，莫尚于诗矣。①

本段在继续论述自然物色感召心灵、激荡情感、创生诗歌的同时，还将"物"的内涵从自然景物扩大到了社会事务、政治事件和个人生活事件，实现了自然与人生、物色与社会相结合的整体性观照，将物感说扩大化，认为一切事物都有感动诗人、创作作品的可能，"凡斯种种，感荡心灵"，因此，"非陈诗何以展其义？非长歌何以骋其情"，诗歌不得不被创作出来——也许只有诗歌，才是表达上述感情的最佳载体。山水诗歌、山水文学同样遵循这一扩大化的物感说机制，谢灵运将愤懑转移到山水文学的创作中，就不仅是在"感物吟志"，还而是对内心情感不满的抒发，对现实处境不满的表达，这些书写是委婉而变异化的，山水文学为他提供了一个托身立命的安居之所——尽管最后他还是逃不开政治斗争的牵连。例证繁多，此不赘述。

在刘勰、钟嵘之后，南朝文论继续主张物感说，较有代表性的

---

① 〔清〕严可均：《全上古三代秦汉三国六朝文·全梁文》，第 3275 页。

论述是南朝陈后主在《与江总书悼陆瑜》中阐述的创作意见：

> 每清风明月，美景良辰，对群山之参差，望巨波之混漾，或玩新花，时观落叶，既听春鸟，又聆秋雁，未尝不促膝举觞，连情发藻，且代琢磨，间以嘲谑，俱怡耳目，并留情致。自谓百年为速，朝露可伤，岂谓玉折兰摧，遽从短运，为悲为恨，当复何言。遗迹余文，触目增泫，绝弦投笔，恒有酸恨。以卿同志，聊复叙怀，涕之无从，言不写意。①

在这一段文字中，陈后主既继承了古已有之、南朝为盛的物感说理论，描述了从观察自然、物象激发到"连情发藻，且代琢磨"的写作全过程，还特别提出了山水文学、写景文学作品"并留情致，俱怡耳目"的文学功能，这一功能是纯粹的、审美的、抒情的，不再是教化的、伦理的、思想化的。此外，他还谈到山水文学创作"言不写意"的思维问题和措辞问题，虽然这是对文学写作的感性描述，但仍然体现出了较强的理论色彩，可以看作是刘勰、钟嵘高峰阶段之后的余绪。

南朝另外一位著名的文学家、理论家徐陵，是历经梁、陈二朝的名臣，在《与李那书》中也曾简要论述到近似物感说的山水文学创作理论，他说："籍甚清徽，常怀虚眷，山川缅邈，河渭像于经星，顾望风流，长安远于期日，青要戒节，白露为霜，君子为宜。"②表明自己向往的、追求的生活内容和生活情趣之所在，是寄情山水的"君子为宜"。对于山水文学的创作，则是"山泽奄霭，松竹参差，若见三峻之峰，依然四皓之庙。甘泉卤簿，尽在清文，扶风辇路，

---

① 〔清〕严可均：《全上古三代秦汉三国六朝文·全陈文》，第3423页。
② 〔清〕严可均：《全上古三代秦汉三国六朝文·全陈文》，第3453页。

悉陈华简"①的过程与状态，这一论述是典型的物感说理论。

由此可见魏晋南北朝的物感说理论，在被刘勰、钟嵘等齐梁文论家推向顶峰之后，在陈代仍然有相似的理论阐述出现，但其理论高度已经远不如齐梁时期，影响力也弱了很多。

迄今为止，物感说仍然是中国古代文学理论史和现当代文学理论史上关于作品生成规律最有理论色彩的成果。直到二十世纪八十年代现代写作学理论建构过程中，还在对这一古代文论、写作学理论进行营养吸收和现代转化运用，而在当代最有影响的创意写作学学科建设与理论建构的过程中，都还没有提出接近这一理论高度的成果。物感说本身作为粗线条的、描述性质的文学作品生成理论，从原理上、规律上来说，确实是正确的，有其理论贡献，并确实起到了很大的作用；但是，物感说并不是万能的，它不能解释文学作品的全部生成、创作问题，实际上也不能解释道家庄子的心物论机制，更不能解释写作过程中出现的非线性（物感说主要是一种线性的、按照"意在笔先"建构起来的创作论成果）、非稳态写作过程，以及灵感思维的出现和其他引发写作动机的原因。所以说，以儒家乐感说为基础建构起来的魏晋南北朝物感说理论，有其合理的一面和可操作性的一面，但也有其局限性，我们要正确看待这一理论的功能，正确理解并运用之，而不是无限崇拜并将其绝对化。

四、文学作品生成的原道论

在物感说这一普遍被接受与多样阐释过的文学作品生成机制之外，六朝文论中还有一种文学生成的原理性机制，这一机制比物感说更有哲学理论意味，这就是来自《文心雕龙·原道》篇的文学原道说。

---

① 〔清〕严可均：《全上古三代秦汉三国六朝文·全陈文》，第 3453 页。

《原道》是《文心雕龙》自述的"文之枢纽"的第一篇，专门论述文学何以产生、有何特点、有何功能等原理性的问题。文章一开篇，刘勰指出：

> 文之为德也大矣，与天地并生者。何哉？夫玄黄色杂，方圆体分，日月叠璧，以垂丽天之象；山川焕绮，以铺理地之形：此盖道之文也。仰观吐曜，俯察含章，高卑定位，故两仪既生矣。惟人参之，性灵所钟，是谓三才。为五行之秀，实天地之心，心生而言立，言立而文明，自然之道也。①

可知，"自然之道"是文学的根本来源，这在物感说的基础上更进一步，将文学的来源上升到天地自然及其运行的规律，带有更强的普适性和哲理性。在刘勰看来，文学作品不仅是感受外物激发创作的结果，更是"与天地并生"的——是永恒存在的——与日月、山川、地理一样。这就把文学一下子拔高到了无以复加的地步，是"为德也大"的具有永久的宏大功能的载体——中国文学史上，还没有其他理论家将文学拔高到这个地位！在天地日月永恒存在的基础上，作为五行之秀、天地之心的人——写作主体，处于天地之间，与天地成为天、地、人的三才——人是天地之心，人有语言，运用语言描述这样壮丽的天地日月，文学就产生了——这是自然而然的规律，叫作"自然之道"。

那么，文学产生之后，它的本质特点是什么样的呢？刘勰接着论述道：

> 傍及万品，动植皆文：龙凤以藻绘呈瑞，虎豹以炳蔚凝姿；

---

① 杨明照：《增订文心雕龙校注》，第1页。

> 云霞雕色，有逾画工之妙；草木贲华，无待锦匠之奇。夫岂外饰，盖自然耳。至于林籁结响，调如竽瑟；泉石激韵，和若球锽：故形立则章成矣，声发则文生矣。夫以无识之物，郁然有采，有心之器，其无文欤？[①]

按照刘勰的说法，世界上所有的动物和植物，都具有华丽的文采，是非常美丽的。他举出龙凤、虎豹等大型动物，举出云霞、草木等自然景观，认为它们天然地具有华美的文采——这是自然界赋予它们的啊！这一类大自然的"有形之文"，华美异常。接着，刘勰又指出，除了这些"有形之文"，大自然还同样赋予那些"有声之文"以好听的声音，也就是华美的文采——声文。由此推导可知：作家将天地自然各类事物及其华美文采吸收并创生出文学作品之后，文学作品同样具有华美的文采！

这就是《原道》篇主张的文学作品本质特点——文学尚美，也尚丽！刘勰说："无识之物，郁然有采，有心之器，其无文欤？"自然界的山水等静态景物，以及天籁等动态事物，即形文、声文都是华美的，文学作品还是作家主体从更高更远的天地日月中观察、创造出来的，怎么会没有文采呢？

六朝文学作品注重辞藻的运用、文采的创造、多样技法的尝试，并具有新变的时风和数量众多的成果，特别是南朝文学，尚美尚丽，这是文学史、理论史、批评史、思想史一致认定的基本特点。《原道》篇创作于南朝齐梁年间，刘勰为什么要这么说？除了将文学地位拔高之外，最主要的目的，就是为南朝文学创作及其华美时风寻找理论依据。

他寻找的内容依据、哲学理论和分类的三种文学形态，无一不

---

① 杨明照：《增订文心雕龙校注》，第1页。

是观照山水自然的直接结果——也就是说，《原道》篇将山水文学放在全部文学作品的最高位置，《原道》篇论述文学产生及其本质特点（还有"鼓动天下"的功能），都是在重视山水景物、深度阐述山水景物及其特点的基础上写作出来的。这里面当然有魏晋玄学、道家哲学等思想流派的影响，但是，《原道》选择山水景物为例——而不是其他自然事物或社会、生活事物为例，证明了山水文学在这时期的特殊地位，居于文学写作及其理论建构的核心位置。

在整体上提出"文学原道"的"枢纽"性理论之后，《文心雕龙》在全书很多地方都继续阐述着这一原理，比如，在全书下半部分的创作技法论中，就随处可见"原道"思想的细化或局部运用情况。《丽辞》篇说："造化赋形，支体必双；神理为用，事不孤立。夫心生文辞，运裁百虑；高下相须，自然成对。"[1]声律理论本是南朝文论的重要成果与收获，但是刘勰认为声律源自于自然之道，是天然就具有的，自然事物本就如此，源自于自然事物的文学作品，当然具有这一属性——这就为声律说找到了最高的哲学依据，南朝其他论述声律乃至批评声律的理论家（比如钟嵘），就都比不上刘勰的看法深刻。《夸饰》篇说："夫形而上者谓之道，形而下者谓之器。神道难摹，精言不能追其极；形器易写，壮辞可得喻其真；才非短长，理自难易耳。故自天地以降，豫入声貌，文辞所被，夸饰恒存。"[2]与声律论一样，文学写作中的夸饰手法同样是源自天地自然的，是自然赋予文学作品的基本属性，所以，各类作品中出现不同程度的夸饰，那不是很正常的吗？如此等等，不再赘述。

除了《文心雕龙》，文学原道的思想还出现在南朝不同文论家的不同文学理论著作之中，这些理论著作有的成体系，有的是零星

---

① 杨明照：《增订文心雕龙校注》，第 447 页。
② 杨明照：《增订文心雕龙校注》，第 465 页。

论述，但原道说广有市场，则是南朝文论不争的事实。比如，汉末建安年间的文学家、理论家应场的《文质论》指出："盖皇穹肇载，阴阳初分，日月运其光，列宿曜于文，百谷丽于土，芳华茂于春。是以圣人合德天地，禀气淳灵，仰观象于玄表，俯察式于群形，穷神知化，万物是经。故否泰易趋，道无攸一，二政代序，有文有质。"① 萧统《文选序》指出："伏羲氏之王天下也，始画八卦，造书契，以代结绳之政，由是文籍生焉。《易》曰：观乎天文，以察时变，观乎人文，以化成天下。"② 将文学原道的第一作者身份归于神话传说时代的伏羲——这与《文心雕龙》的论述一致，也与南朝、隋唐写成的众多史书在《文学传》序言、赞语中的主张一致。无论哪一家文论主张，都一致认同文学原道的对象是山水自然。

第三节 《文心雕龙》的文学审美标准

刘勰指出：文学原道而生，因而天然地具有华美的属性，这是文学的本质特点。也就是说，文学的本质是审美。山水文学当然具有美的特点，而且，因为题材、对象等与其他文学类型不同，更具有美的描写的展开空间，更能运用多样化的写作手法创造美。这就使得山水文学更有可能在南朝文学尚美的时风影响之下，越来越华美，以至于可能过度。刘勰认为，这是不对的，超过了文学作品应该具有的美的属性太多，是不正常的。《文心雕龙》的《通变》篇在论述上古黄唐到宋初十代文学的整体特点时指出："魏晋浅而绮，宋初讹而新。"并指出齐梁时代的"今才略之士"就近学习"宋集"而忽略"汉篇"，也就是取法不古的弊端，而上古文学是质朴的，

---

① 穆克宏主编:《魏晋南北朝文论全编》,上海: 上海远东出版社, 2012 年, 第 4 页。
② 穆克宏主编:《魏晋南北朝文论全编》, 第 451 页。

逐渐发展到商周时代，则呈现出"商周丽而雅"的特点，也就是说：商周文学，是华丽的，具有文学尚美的特点，同时还是典雅的，具有上古文学质朴的遗风，而向下发展的后代文学，则是越来越华丽的，要不得。由此可见，刘勰在《通变》中主张的历代文学的核心审美标准是"商周丽而雅"，文学作品既华丽，又典雅，可以用"雅丽"这一范畴术语来称呼之。我们可以将《通变》篇的时代文风高度概括如下：

> 夏代及其以前—商周—秦汉至齐梁
> 质朴胜过华丽—丽而雅—华丽胜过质朴

"雅丽"这一《文心雕龙》核心审美标准的归纳，不是偶然间出现在《通变》篇之中的，而是散布在《文心雕龙》全书各处，以及众多零散分布的魏晋南北朝各家文论之中的。山水文学作为这时期重要的新变文学、新出文学题材，同样应该保有雅丽的审美标准。

在《文心雕龙》最能体现山水文学创作与评论观点的《物色》篇中，刘勰不仅论述了"物色动心"的物感说，还直接提出了山水文学审美的雅丽标准。他说：

> 是以《诗》人感物，联类不穷。流连万象之际，沉吟视听之区。写气图貌，既随物以宛转；属采附声，亦与心而徘徊。故"灼灼"状桃花之鲜，"依依"尽杨柳之貌，"杲杲"为出日之容，"漉漉"拟雨雪之状，"喈喈"逐黄鸟之声，"喓喓"学草虫之韵。"皎日""嘒星"，一言穷理；"参差""沃若"，两字连形：并以少总多，情貌无遗矣。虽复思经千载，将何易夺？
>
> 及《离骚》代兴，触类而长，物貌难尽，故重沓舒状，于是"嵯

峨"之类聚，葳蕤之群积矣。及长卿之徒，诡势瑰声，模山范水，字必鱼贯，所谓诗人丽则而约言，辞人丽淫而繁句也。[①]

在刘勰看来，《诗经》的作者"《诗》人感物，联类不穷"，也就是说，《诗经》中有很多关于自然景物的描写，作者们"流连万象之际，沉吟视听之区。写气图貌，既随物以宛转；属采附声，亦与心而徘徊"，这是为《诗经》作品的写景状物特点找依据，目的是为了继续证明物感说的正确。但是，后续跟进的若干自然景物及其描写语句，在刘勰看来，是"诗人丽则而约言"的，而紧接着以《离骚》为代表的楚辞，以及以司马相如为作家代表的汉赋，辞赋作品"触类而长，物貌难尽，重沓舒状"，以至于出现"类聚"和"群积"的辞藻堆砌、景物繁复的现象，甚至于"诡势瑰声，模山范水，字必鱼贯"，汉赋比楚辞更进一步，出现了奇诡、专写山水与遣词用字专门求新求异的现象——汉赋写山水、景物，比楚辞已经出现的弊端还要多，还要严重，所以说"辞人丽淫而繁句也"。

"诗人丽则，辞人丽淫"的评价，语出汉代著名文学家、思想家扬雄撰写的《法言·吾子》，其说曰："诗人之赋丽以则，辞人之赋丽以淫。"[②]扬雄针对景差、唐勒、宋玉、枚乘等战国、西汉涌现的著名辞赋大家及其作品，以"丽以淫"——华美过度评价之；而对《诗经》中采用赋这一手法写作的作品评价为"丽以则"——是正确的、符合文学审美规则的创作。"诗人丽则，辞人丽淫"说表现了扬雄倾向复古的文学批评观，背后是他尊崇儒家及其经典著作、贬斥辞赋及其经典著作的整体文学、美学观念。尽管扬雄本人就是

---

① 杨明照：《增订文心雕龙校注》，第 566 页。
② 李守奎、洪玉琴译注：《扬子法言译注》，哈尔滨：黑龙江人民出版社，2003 年，第 16 页。

"汉赋四大家"之一，但他在晚年曾追悔自己早年模仿司马相如并独立创作辞赋的人生经历，他认为辞赋是"童子雕虫篆刻"——也就是后来曹植说的"辞赋小道"——应该"壮夫不为"，而他写了很多，很后悔，还是研究儒学、沉浸经典才好。这些思想与看法，都集中体现在他的代表性思想巨著《法言》之中，又相对集中于第二卷《吾子》篇开头七则之中。刘勰借用扬雄的评价和意见，评论《诗经》与楚辞景物描写的总体特点，同样认为商周文学的代表作品《诗经》具有"丽则"——即"雅丽"的审美特点，而后代楚辞、汉赋文学作品则不是雅丽之作，而是华丽过度的"丽淫"之作——文学发展到战国、两汉，就已经并不雅丽了，推而论之，越往后的文学作品——包括"俪采百字之偶，争价一句之奇，情必极貌以写物，辞必穷力而追新"的山水文学，也是这种情况，所以《通变》认为"宋初讹而新"，必须往雅丽的中和审美标准一端回拉才行。

刘勰在《明诗》篇指出：诗歌以四言为正体，是典雅的；以五言为流调，是清丽的。典雅与清丽的结合，就是雅丽的审美标准。山水诗歌必须遵循这一标准——尽管文坛现实并非如此，但在理论主张上必然如此。《铨赋》篇在论述辞赋创作的"大体"时说："情以物兴，故义必明雅；物以情观，故词必巧丽。丽词雅义，符采相胜。"辞赋创作的核心审美标准是"丽词雅义，符采相胜"，也就是雅丽的审美批评。这是对历代辞赋代表作品进行通论之后提出的，同样适用于刘宋山水赋的审美。以谢灵运为代表的南朝山水赋作，确实在创新出奇的基础上，体现了"丽淫"的弊端，需要回拉。

在《文心雕龙》的创作技法论部分，比如《情采》《比兴》《夸饰》篇等，都同样提到了《诗经》作品在运用这些技法的时候，是"雅丽"的；而《诗经》之后的辞赋以及其他作品在运用这些技法创作的时候，是"丽淫"的。比如《夸饰》篇说："若能酌《诗》《书》之旷旨，翦扬马之甚泰，使夸而有节，饰而不诬，亦可谓之懿也。"① 也就是要求将过度的华丽文采往回拉，向《诗经》靠拢，成为雅丽的作品。

南朝作家王僧孺在《詹事徐府君集序》中说："搦札含毫，必弘靡丽，摛绮縠之思，郁风霞之情，质不伤文，丽而有体。"② 他虽然没有正式提出"雅丽"的准则，但分析其论说的含义，就是要主张这一审美的标准。而这一段话，包含了山水文学的创作在内。可见，雅丽审美标准不仅是刘勰的主张，还是其他文论家的主张。齐梁著名作家、文论家刘孝绰在《昭明太子集序》中说："深乎文者，兼而善之，能使典而不野，远而不放，丽而不淫，约而不俭，独擅众美，斯文在斯。"③ 他化用孔子关于"文质彬彬"的论述，提出的文学总体审美标准，还是"雅丽"。《文选》作为中国文学史上的第一部文学总集，收录了众多山水诗、山水文、山水赋，刘孝绰的雅丽之论，同样适用于众多山水文学作品的创作和审美批评。编纂《文选》的萧统，则在《答湘东王求文集及诗苑英华书》中直接说道："夫文，典则累野，丽亦伤浮。能丽而不浮，典而不野，文质彬彬，有君子之致。"④ 论点与刘勰、刘孝绰一致。在上述南朝文论家之外，西晋的成公绥在他写的《天地赋》序言之中，著名辞赋家左思在他的代表作《三都赋》序言之中，都明确提出了创作需要"丽则"而不能"丽淫"的主张。

由此可知，南朝文论虽然诸家分流，论点各不相同，但主张雅丽审美标准的文论家是很多的，雅丽标准既是文学创作的总的审美标准，也是新兴的山水文学需要遵守的标准。虽然文学的创作与后

---

① 杨明照：《增订文心雕龙校注》，第 466 页。
② 郑奠、谭全基：《古汉语修辞学资料汇编》，北京：商务印书馆，1980 年，第 76 页。
③ 穆克宏主编：《魏晋南北朝文论全编》，第 466 页。
④ 穆克宏主编：《魏晋南北朝文论全编》，第 455 页。

代发展事实并非如此，但理论主张与创作实际有区别，是文学发展的正常现象。本书在初步讨论了以《文心雕龙》物感说、原道论为核心的两种文学创作机制之后，提出了《文心雕龙》的雅丽文学思想及其审美标准，这一标准将成为本书讨论相关写作问题时的核心思想。

第二章　《文心雕龙》写作枢纽论

根据刘勰在《序志》篇的自述可知："文之枢纽"包括《原道》至《辨骚》五篇。[①]《原道》篇集中论述"文源于道"的发生论与人文有采的尚丽本质，同时提出"道—圣—文"的经典生成模式，为《宗经》确立了哲学依据；《征圣》篇集中提出"圣文雅丽，衔华佩实"的审美特点与儒家经典在四个方面的写作技法，成为指导全书的审美原则与文术理论；《宗经》具体论述儒家五经的内容、特点，重申"文出五经"的观点，为二十篇文体论建立儒家统摄的理论框架，同时提出"六义"说，作为"五经含文"的重要依据，贯穿于全书，成为雅丽思想的具体化，并指导对创作、审美、批评、修养的论述；《正纬》篇重点论述纬书"不经"的思想内容，同时，指出文学写作可资取法的"事丰奇伟，辞富膏腴"的英华之美；《辨骚》篇集中指出了《离骚》与经典的四同与四异，提出其"取镕《经》旨，自铸伟辞"的鲜明特点，然后指出向屈原楚辞学习写作的必要性，提炼出《诗》《骚》结合的"酌奇不失贞，玩华不坠实"的创作原则，阐明了雅丽创作论的总纲。枢纽论的五篇文章，以《宗经》为核心，以正反合的思维模式组织成一个严密整体，共同确立了雅丽思想的理论地位。同时，体现了华美与质实结合、宗经与新变结合、创作

---

① 有的研究者认为《辨骚》篇应该归属于文体论部分，这是从文体归类的角度来看的，其说不妥：一则因为刘勰自述是将本篇列于枢纽论；二则《辨骚》篇在论述《离骚》特点的同时，还有一个重要的目的是总结枢纽论五篇的核心内容，即：文学创作应该在经典雅正得法的基础上进一步突出华丽之美，雅丽结合。从这个角度讲，纬书与《离骚》在本质上都是"丽而不经"的作品，《辨骚》以归入枢纽论为宜。

与审美结合、雅正与奇丽结合的特点。这些特点，是雅丽思想源出儒家而能积极新变的反映，体现了巨大的包容性与尊重文学创作规律的实践精神。

第一节　人文原道，郁然有采

《原道》篇最基本的问题有三个：一是"文源于道"的文学发生论；二是"郁然有采"的文学尚丽属性；三是"道—圣—文"的思维模式。而真正的目的，是在为经典尚丽寻找理论依据，即宗经征圣。

一、自然之道，人文有采

首先，《原道》主张"自然之道"的哲学规律，认为文学是自然规律转化生成的结果：

> 夫玄黄色杂，方圆体分，日月叠璧，以垂丽天之象；山川焕绮，以铺理地之形：此盖道之文也。仰观吐曜，俯察含章，高卑定位，故两仪既生矣。惟人参之，性灵所钟，是谓三才。为五行之秀，实天地之心，心生而言立，言立而文明，自然之道也。[1]

日月山川等天地万物，是"道"的外在体现，是"道之文"。"道之文"光彩焕烂，美丽无比。在这个基础上，人居于天地之间，"为五行之秀，实天地之心"，人的仰观俯察，体会自然规律，"心生而言立，言立而文明"，人文于是因此产生。从最根本的规律层面上讲，人文是"自然之道"的产物。关于"自然之道"，曾有佛道、儒道、玄学之道多种研究意见，但是从《文心雕龙》开篇的这段论述来看，"自然之道"显然更具有道家老子"人法地，地法天，天法道，道法自然"

---

[1] 杨明照：《增订文心雕龙校注》，第 1 页。

的特性，因此笔者认同"自然之道"源出道家说。

在论述了文学产生的自然规律之后，人文就有了一个与"道之文"的日月山川同样的本质属性：具有文采华丽之美。因此，刘勰接着说：

> 傍及万品，动植皆文：龙凤以藻绘呈瑞，虎豹以炳蔚凝姿；云霞雕色，有逾画工之妙；草木贲华，无待锦匠之奇。夫岂外饰，盖自然耳。至于林籁结响，调如竽瑟；泉石激韵，和若球锽：故形立则章成矣，声发则文生矣。夫以无识之物，郁然有采，有心之器，其无文欤？ [1]

自然万物与文学作品，都是"自然之道"的产物，刘勰将它们分成色彩艳丽的形文、声音动听的声文、有心之器的人文。这三类道之文的共性是文采华美。形文的视觉美与声文的听觉美，来自其自然属性，不是外饰的结果。这里蕴含的思想是：自然之美胜过人工修饰之美。但是，刘勰并不否定人文的文采，他认为，形文与声文是"无识之物"，人文是"有心之器"，人的思维与创作是要超过没有思维能力的云霞林籁的，当然更是文采华美的。这又转化到肯定人工修饰美的角度上，对文学的创造指出了取法自然、"润色取美"的基本途径，指出了写作应该重视自然物色之美与肯定人为创造的艺术美两条创作之路。这就为全书取法"自然之道"、主张"自然会妙"、倡导"自然之势"，同时重视"物色相召"、提倡"润色取美"建立了理论根据，刘勰据此写出了《定势》《隐秀》《物色》等重要篇目，并且在《情采》篇中反复对声文、形文、情文的尚丽特点与本源自然的属性做出论述。

当然，本篇最重要的一点是主张文学的尚丽特质。这个尚丽的

---

[1] 杨明照：《增订文心雕龙校注》，第1页。

特质，不只是外在形式美的华丽，还具有自然规律的如下特点：一是外在华美，内在质实。自然万物是在以天地为内容的扎实根基上派生出艳丽文采的，是华实相胜、文质彬彬的，绝对不是只有外在艳丽的形式，而不具有内在充实的内容。这就表明，内容的充实，是文学作品文采华美的根本前提。二是循环相因，文采新变。自然物色必须要遵循的一个基本运动规律是：日月有升降，四时有交替。那么仅仅看到外在文采之美，显然是对自然之道的片面理解。日月不可能一直挂在天上，虎豹不可能四季都有美纹，而是有谢有荣，循环更迭的。文采之谢，是为了积蓄能量，尊重规律，求得新变。《文心雕龙》全书重视新变、主张"质文代变"，论述"循环相因""丽辞雅义""质待文"与"文附质"等理论命题，依据均在于此。

因此，《文心雕龙》列出《原道》作为枢纽论的首篇，是在主张文学尚丽的基础上，更主张内容充实而形式华美的充实之美，主张文学发展的新变之美。

二、文源于道，征圣宗经

从本质上讲，文学当然不是"自然之道"的产物，而是人主动创造的产物。刘勰之所以要这么说，是有其良苦用心的。《序志》表明："古来文章，以雕缛成体"，具有华美的属性；"文之枢纽"的《征圣》篇，刘勰指出"圣文雅丽，衔华佩实"，经典是"古来文章"，文采华丽是经典的主要属性之一；《宗经》篇则列出经典"六义"，指出"五经含文"的尚丽特点。众所周知，儒家五经雅正有余而文采显然不足。但是，刘勰的目的是为了证明"文出五经"，后世文学都是从五经中流出来的，如果说五经不丽，那么，如何解释纬书之瑰丽、楚辞之奇丽、汉赋之巨丽、魏晋文学之艳丽的特点呢？这个问题不得到合理的理论解释，那么"文出五经"的说法就站不住脚。再进一步，既然后世文学那么美丽，而五经不丽，五经怎么会统摄各体文学呢？

文学创作为什么要宗经呢？五经既然雅而不丽，又怎么会是人文有采的最高经典，乃至成为"不刊之鸿教"呢？

因此，刘勰列出《原道》篇，提出"文源于道"，是将儒家五经上升到"自然之道"的产物这个文学发生的哲学层面来观照的。而儒家著名的先圣，比如伏羲、文王、周公、孔子等优秀人物，是天地之间最优秀的伟大作家，是人文的第一作者，作为人文之首的《周易》就是他们的取法自然、积极创作的第一产物。《周易》被称为群经之首，是《原道》篇中唯一被真正提到的人文作品，于是，人文都应该是《周易》派生的产物——后世所有体裁的文学作品都是儒家先圣观摩天地自然化生的产物。这样，不仅"道—圣—文"的人文生成模式建立了起来，而且，这个人文，指的是儒家经典，而不是其他文章。这样，就将人文的范围限定在儒家经典的特定范围内。于是，儒家经典既然是"自然之道"的产物，经过圣人取法自然的创作与删述，当然是"郁然有采"、文采焕然的。

这样，《原道》篇的真正写作目的就发生了转移，从"文源于道"的文学发生论、人文有采的本质论——这是具有普适性特点的两大原理——首先缩小范围到经过儒家圣人创作的区区《周易》上，其次为五经"衔华佩实"的审美特点找到了哲学依据。而且，尽管"自然之道"从道家而出，但是一点也不讨论道家经典，《文心雕龙》思想宗法儒家，于此明显地表露出来。

综上，《原道》篇假借"自然之道"立论的根本目的，是要为"五经含文"寻找哲学基础，以便对五经雅丽、文出五经、独尊儒家找到理论依据。再按照"道—圣—文"的文学创作规律，为《征圣》《宗经》篇的自然引出埋下扎实的论说根据。同时，也将"雕缛成体"的文章之美上升到了自然属性的层面。全篇核心，从"论丽"开始，到"宗经"结束，是《宗经》篇的理论准备。

第二节 圣人崇文，雅丽兼备

在寻找到了经典华实相胜的雅丽依据之后，《文心雕龙》顺次列出《征圣》《宗经》两篇，鲜明地提出"圣文雅丽，衔华佩实"的理论主张，而这两篇的核心目的都是为了证明经典"雅丽"特点是如何体现的。然后提出"文出五经"与经典"六义"，作为对此后文体论与创作论的指导原则。

一、师范周孔，文术得法

《征圣》篇开头就说："夫作者曰圣，述者曰明。陶铸性情，功在上哲。夫子文章，可得而闻，则圣人之情，见乎文辞矣。"[1]在"道—圣—文"之间，加上了一个"情"的中介，阐释出了圣人内化物色、体物抒情的创作本质。实际上，这就是源自《文赋》、体现于《物色》的"物—意—文"的写作思维模型，这个模型是对"道—圣—文"原理的细化，更加接近写作的真实面貌。不过，本篇的重点是在论述儒家经典的文采与文术上。首先，刘勰指出：

> 是以远称唐世，则焕乎为盛；近褒周代，则郁哉可从：此政化贵文之征也。郑伯入陈，以文辞为功；宋置折俎，以多文举礼：此事迹贵文之征也。褒美子产，则云"言以足志，文以足言"；泛论君子，则云"情欲信，辞欲巧"：此修身贵文之征也。然则志足而言文，情信而辞巧，乃含章之玉牒，秉文之金科矣。[2]

在论述文学"政化贵文""事迹贵文""修身贵文"功能的同时，继续大力主张文学尚丽之说。"焕乎为盛"是孔子赞美尧帝时代文

---

① 杨明照：《增订文心雕龙校注》，第17页。
② 杨明照：《增订文心雕龙校注》，第17页。

学创作的话；"郁哉可从"是孔子赞美"周监二代，郁郁乎文"的话。以此类推，"多文举礼"与"褒美子产"诸说，仍然是在强调经典功能的前提下继续尚丽，其目的是：以此证明儒家文学作品的巨大作用与华丽文采，既雅且丽。儒家经典既然这么美好，是怎样创作出来的呢？

> 夫鉴周日月，妙极机神；文成规矩，思合符契。或简言以达旨，或博文以该情，或明理以立体，或隐义以藏用。①

本段上承《原道》，下述风格。核心转移到论述圣人所创制的文学作品上来。"简言、博文、明理、隐义"四项，是儒家经典最主要的特点，具体而言：

> 《春秋》一字以褒贬，《丧服》举轻以包重，此简言以达旨也。《邠》诗联章以积句，《儒行》缛说以繁辞，此博文以该情也。《书》契断决以象《夬》，文章昭晰以象《离》，此明理以立体也。四象精义以曲隐，五例微辞以婉晦，此隐义以藏用也。②

五经"繁、简、明、隐"的风格特点，对后代文体风格类型论有积极的影响。徐复观先生以为《体性》"八体"中，有"典雅、远奥、繁缛、精约、显附"五体出于五经文体风格，③这是有一定道理的。文体风格论是汉魏晋代文学理论的重要内容。风格属于审美论，这就对五经之美进行分析，为《宗经》篇"五经含文"做出基本理论

---

① 杨明照：《增订文心雕龙校注》，第17页。
② 杨明照：《增订文心雕龙校注》，第17页。
③ 徐复观：《中国文学精神》，上海：上海世纪出版社，2006年，第179页。

铺垫。而这些不同风格之美的创造，则是由相应的文术运用而成：

> 故知繁略殊形，隐显异术，抑引随时，变通适会，征之周、孔，则文有师矣。①

刘勰提出五经优良的创作技法是其风格特点得来之源，从儒家圣人与五经中学习写作，是最理想的办法。"繁略殊形，隐显异术，抑引随时，变通适会"四条，包含了风格论、方法论、时序论、通变论，为全书创作论的展开做出了铺垫。于是，"文源于道"的"华实相胜、循环新变"的基本特点，具体扩展为这四条创作原则。而定型六经、删述五经的周公与孔子，就成为人文产生以来最伟大的杰出作家。因为圣文"郁然有采"，圣人功德无量，甚至被诋毁中伤："颜阖以为，仲尼'饰羽而画'，徒事华辞。虽欲訾圣，弗可得已。"②关于颜阖"訾圣"一事，见于《庄子·列御寇》：

> 鲁哀公问乎颜阖曰："吾以仲尼为贞干，国其有瘳乎？"曰："殆哉圾乎！仲尼方且饰羽而画，从事华辞，以支为旨，忍性以视民而不知不信；受乎心，宰乎神，夫何足以上民！彼宜女与？予颐与？误而可矣。今使民离实学伪，非所以视民也，为后世虑，不若休之。难治也。"③

颜阖诋毁孔子可以说不遗余力，他说孔子一心想着粉饰装扮、追求和讲习虚伪的言辞、没有诚信、难以治国，等于是在鲁哀公面前把

---

① 杨明照：《增订文心雕龙校注》，第 17 页。
② 杨明照：《增订文心雕龙校注》，第 18 页。
③ 陈鼓应：《庄子今注今译》，北京：中华书局，1983 年，第 841 页。

孔子的政治前途堵死了，其用心与晏子向齐景公分析儒家难以治国完全不一样。①所以孔子说："恶利口之覆邦家者。"（《论语·阳货》）并对"巧言令色"的家伙多次批评。孔子文学观在雅正的基础上明显尚丽，追求美文。孔子认为周代文学文采斐然，是他学习的对象。而颜阖借此诋毁他的政治水准。反面来看颜阖之訾圣，证明五经文采之美非常明显，圣人的言辞、政见、文章，华丽而且充实。因此说：

> 然则圣文之雅丽，固衔华而佩实者也。天道难闻，犹或钻仰；文章可见，胡宁勿思？若征圣立言，则文其庶矣。②

五经出于圣人对自然之道的仰观俯察，当然具有"衔华佩实"的特点，刘勰提出"雅丽"一说，为五经之质实与文采兼备的特点做出了肯定性的判断。同时认为"天道难闻"，而圣人的"文章可见"——即五经尚存，就是说，征圣立言，学习写作，必须要到五经中去学习。这显然是扬雄"在则人，亡则书"宗经思想的直接运用。与《原道》一样，《征圣》篇的根本目的，还是在于《宗经》。因此本篇赞语说：

> 精理为文，秀气成采。鉴悬日月，辞富山海。③

---

① 事见《史记·孔子世家》。齐景公非常欣赏孔子的治国策略，准备重用他。这时候晏子站出来，向景公分析儒家治国难以成功的原因："晏婴进曰：'夫儒者滑稽而不可轨法；倨傲自顺，不可以为下；崇丧遂哀，破产厚葬，不可以为俗；游说乞贷，不可以为国。自大贤之息，周室既衰，礼乐缺有间。今孔子盛容饰，繁登降之礼，趋详之节，累世不能殚其学，当年不能究其礼。君欲用之以移齐俗，非所以先细民也。'后景公敬见孔子，不问其礼。异日，景公止孔子曰：'奉子以季氏，吾不能。'以季孟之间待之。"晏子的分析主要建立在理性基础上，与颜阖诋毁孔子不一样。

② 杨明照：《增订文心雕龙校注》，第18页。

③ 杨明照：《增订文心雕龙校注》，第18页。

这是对五经创作特点、审美特点与文学原道尚丽的总结，是对《原道》《征圣》两篇的总结，其核心意见是认为五经雅正华丽，可为百世法。

二、文出五经，"六义"含文

《宗经》篇位居枢纽论五篇的正中，实际上也是整个枢纽论的理论核心。这个核心的主要内容，是在阐明"宗经"的必要性与经典百世不易的理论地位。《文心雕龙》论述"为文之用心"，为什么文？得向经典寻找文体的渊源。怎样为文？得向经典学习"六义"之法。首先，为了再次强调经典的特殊理论地位，刘勰说：

> 三极彝训，其书曰经。经也者，恒久之至道，不刊之鸿教也。故象天地，效鬼神，参物序，制人纪，洞性灵之奥区，极文章之骨髓者也。[1]

着重点明了经典的重大意义与崇高地位，经典是"恒久之至道，不刊之鸿教"；经典之来源与基本内容是"象天地，效鬼神，参物序，制人纪"，因此在功能上"洞性灵之奥区，极文章之骨髓"。为文不宗经，还学习什么呢？

而经典经过孔子删述以后，具有了丰富的内容与更为多样的写作技法：

> 于是《易》张"十翼"，《书》标"七观"，《诗》列"四始"，《礼》正"五经"，《春秋》"五例"。义既埏乎性情，辞亦匠于文理，故能开学养正，昭明有融。[2]

---

[1] 杨明照：《增订文心雕龙校注》，第26页。
[2] 杨明照：《增订文心雕龙校注》，第26页。

"十翼""七观""四始""五经""五例"等具体内容与基本写法的展开，是五经有益"后生之虑"，论述"先哲之诰"的集中表现。经典"义埏性情，辞匠文理"，能够"开学养正，昭明有融"，"为文之用心"的功能、本质、文辞、修养论都在其中。为文不宗经，还学习什么呢？

仅仅以《春秋》为例。《春秋》一书是孔子所作，《史记·儒林传序》记载了孔子著此书事："因史记作《春秋》，以当王法，其辞微而指博，后世学者多录焉。"①记述了《春秋》一书的资料来源、功能、风格、写法及成为泽被后世的名著。司马迁在《史记·孔子世家》中对此另有详细的说明。孔子自述在政治追求失败后，写作《春秋》一书的缘起与目的时说：

> 子曰："弗乎弗乎，君子病没世而名不称焉。吾道不行矣，吾何以自见于后世哉？"乃因史记作《春秋》，上至隐公，下讫哀公十四年，十二公。据鲁，亲周，故殷，运之三代。约其文辞而指博。故吴楚之君自称王，而《春秋》贬之曰"子"；践土之会实召周天子，而《春秋》讳之曰"天王狩于河阳"：推此类以绳当世。贬损之义，后有王者举而开之。《春秋》之义行，则天下乱臣贼子惧焉。②

除了阐释《春秋》的详细内容、写作目的与特点功能外，孔子非常担心名节不彰，"君子病没世而名不称"，不能"自见于后世"，故而著述立论，写作《春秋》，是想以此载道之外，更能彰显名节。《文心雕龙》"树德建言"的写作目的显然也有此意。孔子的

---

① 〔汉〕司马迁：《史记》（影印本），第 3115 页。
② 〔汉〕司马迁：《史记》（影印本），第 1943 页。

意见对司马迁论说《春秋》有积极的影响。司马迁的精辟见解是这样的：

> 上大夫壶遂曰："昔孔子何为而作《春秋》哉？"太史公曰："余闻董生曰：'周道衰废，孔子为鲁司寇，诸侯害之，大夫壅之。孔子知言之不用，道之不行也，是非二百四十二年之中，以为天下仪表，贬天子，退诸侯，讨大夫，以达王事而已矣。'子曰：'我欲载之空言，不如见之于行事之深切著明也。'夫《春秋》，上明三王之道，下辨人事之纪，别嫌疑，明是非，定犹豫，善善恶恶，贤贤贱不肖，存亡国，继绝世，补弊起废，王道之大者也。"①

《春秋》记载历史，其根本目的是为了以史为鉴，明道治国。所以史称"春秋笔法"者，一则纪实，二则秉承儒家"怨而不怒""主文谲谏"之"义"。孔子与司马迁的这些意见，是刘勰对《春秋》艺术性与价值意义判断的重要来源。《文心雕龙》论述《春秋》之"义"，是这样说的：

> 《春秋》一字以褒贬，《丧服》举轻以包重，此简言以达旨也。（《征圣》）②
> 《春秋》"五例"。（《宗经》）③
> 《春秋》辨理，一字见义：五石六鹢，以详略成文；雉门两观，以先后显旨。其婉章志晦，谅已邃矣。（《宗经》）④

---

① 〔汉〕司马迁：《史记》（影印本），第 3297 页。
② 杨明照：《增订文心雕龙校注》，第 17 页。
③ 杨明照：《增订文心雕龙校注》，第 26 页。
④ 杨明照：《增订文心雕龙校注》，第 26 页。

　　　　《春秋》则观辞立晓，而访义方隐。(《宗经》)①
　　　　记传盟檄，则《春秋》为根。(《宗经》)②

　　这些集中在《征圣》《宗经》篇中的论述，可以看出刘勰对《春秋》
的几个看法：一是具有言简意赅，"一字褒贬"的精约的特点；二
是具有"五例"的写法；三是"一字见义"之约与"婉章志晦"之
隐和谐统一；四是"观辞立晓，访义方隐"，并不直言；五是从《春
秋》中流出了"记传盟檄"等多种文体。很显然，这些论述，其核
心集中在《春秋》"五例"上，即《春秋》的五种写作手法上。范
文澜先生注"五例"曰：

　　　　杜预《春秋左氏传序》："为例之情有五：一曰微而显；二曰
　　志而晦；三曰婉而成章；四曰尽而不污；五曰惩恶而劝善。"③

　　"微而显"即"一字见义"之精约昭明；"志而晦""婉而成章"
即"婉章志晦"之隐义婉约；"尽而不污"即实录史记；"惩恶劝善"
即因"一字褒贬"而使"乱臣贼子惧"的警诫作用。所以，《春秋》
最核心的一条是"观辞立晓，而访义方隐"，本着儒家"主文谲谏""温
柔敦厚""尊贤隐讳"的言说方式进行写作。这就是"其义则丘窃
取之矣"之"义"的意思。《春秋》与《诗》，二者在"隐义"与
讽谏方式上殊途同归，其目的均指向政教、治国、致用这一核心主题，
在写法上差不多。
　　"五例"之"隐"，是《春秋》最主要的特点。《文心雕龙·史传》

---

① 杨明照：《增订文心雕龙校注》，第27页。
② 杨明照：《增订文心雕龙校注》，第27页。
③ 范文澜：《文心雕龙注》，北京：人民文学出版社，1958年，第20页。

篇简述孔子作《春秋》与左丘明作《左氏传》时说：

> 昔者夫子闵王道之缺，伤斯文之坠，静居以叹凤，临衢而泣麟，
> 于是就太师以正《雅》《颂》，因鲁史以修《春秋》。举得失以表
> 黜陟，征存亡以标劝戒；褒见一字，贵逾轩冕；贬在片言，诛深
> 斧钺。然睿旨幽隐，经文婉约，丘明同时，实得微言。乃原始要终，
> 创为传体。①

在刘勰看来，《春秋》的特点主要就是"睿旨幽隐，经文婉约"，
孔子以这种手法来进行"举得失以表黜陟，征存亡以标劝戒"的警
诫讽谏，促使《春秋》的价值"褒见一字，贵逾轩冕；贬在片言，
诛深斧钺"，非同凡响。《春秋》在儒家文献中以"隐义"为特色，
刘勰在《文心雕龙》中对此多有论述。仅《征圣》《宗经》两篇，
与此相关的论述就有许多：

> 五例微辞以婉晦。（《征圣》）②
> 隐显异术。（《征圣》）③
> 虽精义曲隐，无伤其正言；微辞婉晦，不害其体要。（《征圣》）④
> 《春秋》则观辞立晓，而访义方隐。（《宗经》）⑤

刘勰并举数经，以为《春秋》与《周易》在"隐义"上具有一
致性，而且"体要与微辞偕通"，很好地做到了隐与显、隐义与史

---

① 杨明照：《增订文心雕龙校注》，第 205 页。
② 杨明照：《增订文心雕龙校注》，第 17 页。
③ 杨明照：《增订文心雕龙校注》，第 17 页。
④ 杨明照：《增订文心雕龙校注》，第 18 页。
⑤ 杨明照：《增订文心雕龙校注》，第 27 页。

记文体的结合；又认为《春秋》与《尚书》在"辞约旨丰，事近喻远"上具有一致性；因此总结出"繁略殊形，隐显异术，抑引随时，变通适会"的特点。《春秋》记载历史，在简约、显隐、征时等方面具有鲜明的特色。

顺此，刘勰以"隐"为写作技法来论述各家文体与"隐秀"之美，使之成为《文心雕龙》一书中重要的写作技法与审美追求，这一思想贯通全书。《隐秀》篇作为核心重点，有另文专述。现略举《文心雕龙》用"隐"之例以证之。

首先，是用于"记传盟檄"等出自《春秋》的文学体裁或写作纲领的评价：

> 实录无隐之旨。(《史传》)[1]
> 若乃尊贤隐讳，固尼父之圣旨，盖纤瑕不能玷瑾瑜也。(《史传》)[2]
> 露板以宣众，不可使义隐。(《檄移》)[3]

其次，是用于具有"隐"这一特点的其他文体，往往与《周易》之"隐"合用：

> 经显，圣训也；纬隐，神教也。(《正纬》)[4]
> 观夫荀结隐语，事数自环，宋发夸谈，实始淫丽。(《诠赋》)[5]

---

[1] 杨明照：《增订文心雕龙校注》，第 206 页。
[2] 杨明照：《增订文心雕龙校注》，第 208 页。
[3] 杨明照：《增订文心雕龙校注》，第 282 页。
[4] 杨明照：《增订文心雕龙校注》，第 41—42 页。
[5] 杨明照：《增订文心雕龙校注》，第 96 页。

隐心而结文则事怩，观文而属心则体奢。(《哀吊》)[1]

谲者，隐也。遁辞以隐意，谲譬以指事也。(《谐谳》)[2]

事以明核为美，不以环隐为奇：此纲领之大要也。(《议对》)[3]

特别在《谐谳》篇中，重点论述了"隐语隐言"之用：

昔还社求拯于楚师，喻智井而称麦麹；叔仪乞粮于鲁人，歌珮玉而呼庚癸；伍举刺荆王以大鸟，齐客讥薛公以海鱼；庄姬托辞于龙尾，臧文谬书于羊裘。隐语之用，被于纪传。(《谐谳》)[4]

昔楚庄、齐威，性好隐语。至东方曼倩，尤巧辞述。但谬辞诋戏，无益规补。自魏代以来，颇非俳优，而君子嘲隐，化为谜语。谜也者，回互其辞，使昏迷也。或体目文字，或图象品物，纤巧以弄思，浅察以衒辞，义欲婉而正，辞欲隐而显。荀卿《蚕赋》，已兆其体。至魏文、陈思，约而密之。高贵乡公，博举品物，虽有小巧，用乖远大。观夫古之为隐，理周要务，岂为童稚之戏谑，搏髀而忭笑哉！然文辞之有谐谳，譬九流之有小说，盖稗官所采，以广视听。若效而不已，则髡朔之入室，旃孟之石交乎？(《谐谳》)[5]

最主要的，还是用于对文学写作"隐"之手法、风格、文采、思维、写作过程、写作规律、文辞修饰、声律练字等各个方面问题的论述。这种运用，往往与《周易》之"隐"结合起来。具体又可以分为如下几类。

---

① 杨明照：《增订文心雕龙校注》，第168页。
② 杨明照：《增订文心雕龙校注》，第195页。
③ 杨明照：《增订文心雕龙校注》，第333页。
④ 杨明照：《增订文心雕龙校注》，第195页。
⑤ 杨明照：《增订文心雕龙校注》，第195页。

一是写作发展史论：

逮及商周，文胜其质，《雅》《颂》所被，英华日新。文王患忧，繇辞炳曜，符采复隐，精义坚深。(《原道》)[1]

世夐文隐，好生矫诞。(《正纬》)[2]

暨乎后汉，小学转疏，复文隐训，臧否亦半。(《练字》)[3]

二是写作风格理论：

子云沈寂，故志隐而味深。(《体性》)[4]

士衡矜重，故情繁而辞隐。(《体性》)[5]

经典隐暧，方册纷纶。(《练字》)[6]

奥者复隐，诡者亦曲。(《总术》)[7]

三是写作规律探索：

神宝藏用，理隐文贵。(《正纬》)[8]

枢机方通，则物无隐貌。(《神思》)[9]

---

[1] 杨明照：《增订文心雕龙校注》，第2页。
[2] 杨明照：《增订文心雕龙校注》，第40页。
[3] 杨明照：《增订文心雕龙校注》，第484页。
[4] 杨明照：《增订文心雕龙校注》，第380页。
[5] 杨明照：《增订文心雕龙校注》，第380页。
[6] 杨明照：《增订文心雕龙校注》，第485页。
[7] 杨明照：《增订文心雕龙校注》，第530页。
[8] 杨明照：《增订文心雕龙校注》，第41页。
[9] 杨明照：《增订文心雕龙校注》，第369页。

沿隐以至显，因内而符外。(《体性》)①

斯斟酌乎质文之间，而隐括乎雅俗之际，可与言通变矣。(《通变》)②

是以联辞结采，将欲明理，采滥辞诡，则心理愈翳。固知翠纶桂饵，反所以失鱼。言隐荣华，殆谓此也。(《情采》)③

隐括情理，矫揉文采。(《镕裁》)④

丹青初炳而后渝，文章岁久而弥光。若能隐括于一朝，可以无惭于千载也。(《指瑕》)⑤

四是修辞技法、写作手法论(《隐秀》篇略)：

割弃支离，宫商难隐。(《声律》)⑥

比显而兴隐。(《比兴》)⑦

巧言易标，拙辞难隐。(《指瑕》)⑧

五是写作功能阐释：

立德何隐，含道必授。(《诸子》)⑨

五都隐赈而封。(《论说》)⑩

---

① 杨明照：《增订文心雕龙校注》，第 379 页。
② 杨明照：《增订文心雕龙校注》，第 397—398 页。
③ 杨明照：《增订文心雕龙校注》，第 416 页。
④ 杨明照：《增订文心雕龙校注》，第 425 页。
⑤ 杨明照：《增订文心雕龙校注》，第 501 页。
⑥ 杨明照：《增订文心雕龙校注》，第 432 页。
⑦ 杨明照：《增订文心雕龙校注》，第 456 页。
⑧ 杨明照：《增订文心雕龙校注》，第 500 页。
⑨ 杨明照：《增订文心雕龙校注》，第 230 页。
⑩ 杨明照：《增订文心雕龙校注》，第 247 页。

警郡守以恤隐。(《诏策》) [1]

从《文心雕龙》上述对"隐"的使用情况来看,刘勰特别重视"隐显异术"的写作方法论,而这种方法,是《春秋》与《周易》互通的。据此,儒家经典对于《文心雕龙》所论述的写作技法、写作规范、审美标准的渊源作用彰显无遗;复次,儒家经典对于《文心雕龙》全书写作理论的贯通与所起到的主导作用,得到了具体充分的实证。

上述所论,仅仅是《春秋》一经的运用与功能。通过这样的分析我们可以知道,"圣文雅丽"之"雅",是指思想内容正确规范,符合儒家礼乐雅正之义;"丽"是指经典之美,这种美可以是外显的华丽之美,也可以是内隐的含蓄之美。于是,《原道》篇声文、形文听觉与视觉的和谐动态美与华丽文采美,就从外显的唯一表现方式,内化为人文有采的外显与内隐两种表现方式。人文虽然源自"自然之道",但人文之采,则有自身的特点。同时,"隐显异术"各自成为贯通《文心雕龙》全书的写作技法与审美评价标准,这是后代各体文章都要向经典学习之处。

刘勰以为,儒家五经的每一经都不同凡响,其具体内容无限丰富,包含了后代各种写作技法与风格理论,五经可以统摄一切文体:

> 故论说辞序,则《易》统其首;诏策章奏,则《书》发其源;赋颂歌赞,则《诗》立其本;铭诔箴祝,则《礼》总其端;记传盟檄,则《春秋》为根:并穷高以树表,极远以启疆,所以百家腾跃,终入环内者也。若禀经以制式,酌《雅》以富言,是即山而铸铜,煮海而为盐也。[2]

---

① 杨明照:《增订文心雕龙校注》,第 266 页。
② 杨明照:《增订文心雕龙校注》,第 27 页。

"文出五经"的意见，颜之推在《颜氏家训》之中虽然也说过，但是很有可能是从刘勰这里转化过去的。①《宗经》篇此说，表明枢纽论之后的文体论部分，是在经典统摄之下的发展论述，长达二十篇的"论文叙笔"，是经典的"枝条"。而经典雅丽的风格与审美、创作、鉴赏、功能论，就是统摄后代文体的法宝。这也就是说，文体论的基本核心、指导思想，是雅丽思想。这在原理上首先成立。

在综合分析了五经的内容、特点、风格、功能之后，《宗经》篇提出了重要的"六义"说：

> 故文能宗经，体有六义：一则情深而不诡，二则风清而不杂，三则事信而不诞，四则义贞而不回，五则体约而不芜，六则文丽而不淫。故扬子比雕玉以作器，谓五经之含文也。②

经典"情深、风清、事信、义贞、体约、文丽"的"六义"，是从审美、

---

① 《颜氏家训·文章》篇以为："夫文章者，原出《五经》：诏命策檄，生于《书》者也；序述论议，生于《易》者也；歌咏赋颂，生于《诗》者也；祭祀哀诔，生于《礼》者也；书奏箴铭，生于《春秋》者也。"颜之推文体分类及"文出五经"的意见与刘勰大同小异。除此之外，《颜氏家训》还有一些明显受到《文心雕龙》影响的论述，比如以下数端：一是"文章当以理致为心肾，气调为筋骨，事义为皮肤，华丽为冠冕"，与《文心雕龙·附会》篇"情志为神明，事义为骨髓，辞采为肌肤，宫商为声气"极为近似；二是颜之推"今世相承，趋末弃本，率多浮艳。辞与理竞，辞胜而理伏；事与才争，事繁而才损。放逸者流宕而忘归，穿凿者补缀而不足。时俗如此，安能独违？但务去泰去甚耳。必有盛才重誉，改革体裁者，实吾所希"之说，痛斥今世文风之严重弊端，与刘勰所论也几乎一致，而其"改革体裁者"之愿望，刘勰实勘此任；三是颜氏以为"古人之文，宏材逸气，体度风格，去今实远；但缉缀疏朴，未为密致耳。今世音律谐靡，章句偶对，讳避精详，贤于往昔多矣。宜以古之制裁为本，今之辞调为末，并须两存，不可偏弃也"，其说折衷古今，合取两长，而折衷观照的思维方法与古今备阅的文学发展观点，是《文心雕龙》雅丽思想所自觉运用的思维方法与文学史观，"古今两存，不可偏废"，正是雅丽思想能够被提出的根本原因。如此等等。

② 杨明照：《增订文心雕龙校注》，第 27 页。

创作角度提出来的基本原则，是全书文体论、创作论、批评论的具体指导标准，是对五经"衔华佩实"的具体展开，五经之雅丽一分为六，体现了情深而隐、风清而纯、事信而真、义贞而正、体约而简、文丽而美的"为文之用心"，是统摄文学创作、审美的思想标准与艺术标准。①

刘勰引用扬雄"丽则丽淫"的辞赋评论，转而运用于"文丽而不淫"的经典"丽则"说。刘勰借扬雄对"五经美玉"的论述，建立起了"五经含文"的尚丽主张。雅丽思想具体化的"六义"创作标准与审美标准提出之后，《宗经》篇立刻将其运用于文学批评之中：

> 夫文以行立，行以文传，四教所先，符采相济。励德树声，莫不师圣，而建言修辞，鲜克宗经。是以楚艳汉侈，流弊不还，正末归本，不其懿欤！②

"符采相济"，即"文质彬彬"，是雅丽"正采"的表现，是经典的文风。刘勰批评辞赋丽而不雅，艳丽繁缛，违背了这个规范。这样，雅丽思想不仅运用于文学的审美批评，《文心雕龙》尊崇经典，崇经贬骚的基本态度也树立起来，其基本目的，是主张雅而且丽，反对丽而不雅。这个崇经贬骚的态度与评价，在全书中举不胜举，在《辨骚》

---

① 对于"六义"的研究意见颇多。易中天先生将"六义"与风、骨、采二合一地对接观照，得出"风骨"就是雅丽之文审美理想的看法；王志彬先生认为单看"六义"尚属片面，还应该结合《知音》篇"六观"说，二者的结合，才是《文心雕龙》批评论的整体意见；还有的研究者以为这是《文心雕龙》的创作论。实际上，"六义"的排列顺序是由情到文（采），转化来看，就是《情采》篇论述的文质关系说，以及如何正确创造彬彬"正采"的方法论。"雅丽"是一个整体的概念，分而为六是对雅丽的细化，合六为一是对雅丽的整合。雅丽即"六义"，不仅是创作原则，同时是审美原则与批评原则。

② 杨明照：《增订文心雕龙校注》，第27页。

《铨赋》《情采》《比兴》《夸饰》《事类》等文体论、创作论中都有非常明显的体现。

这样，通过《原道》篇"人文有采"的哲学依据与《征圣》篇"衔华佩实"的理论基础，再加上本文对经典"六义"的详细论述，儒家经典在思想雅正、内容质实的基本特征上，得到了"从道及文"的文采华美的美誉，雅丽思想不仅在《文心雕龙》中提出来，而且扎实地建立起来。《原道》《征圣》《宗经》这三篇的基本核心是《宗经》篇，在确立儒家思想指导文学写作的基础上，高举雅丽一说，并详细阐释细化雅丽思想的经典"六义"，在审美、创作、批评上以之为极则。

第三节　正纬辨骚，执正驭奇

《文心雕龙》枢纽论的核心是《宗经》。前三篇《原道》《征圣》《宗经》正向论述，目的是为了得出"圣文雅丽，衔华佩实"的结论；后两篇《正纬》《辨骚》则是反向论述，核心是为了证明纬书与《离骚》的"丽而不经"，借以突出经典"丽而且雅"的正确范式，并以之为规范，欲以在经典之后，对后代不能正确新变的文学创作给予能够正确新变、正确创造的指导。最后，在上述正反对比的基础上，得出"合"的结论，提出枢纽论在雅丽思想统摄下的论述一切文学创作的总原则。

一、经纬同源，经正纬奇

《正纬》篇的提出，有一个刘勰无法绕开而又必须解决的文学创作实际问题。依照《原道》所述，一切"人文"——先是《周易》，后是经典，最后是百体文学作品——都是从"自然之道"华实相胜的物色规律中化生而出的。按理说，就都应该是质实美好的作品，而且"文出五经",五经那么美好,后代文学向五经学习,是不应该出现讹滥绮靡之弊端的。但是,上述假设,只是《文心雕龙》论述文学创作的理想设计,而没有关注儒家思想是否真的在人文、社会、政治生活中占据了主导地位;同时,忽略了社会思潮、作家选择的重要影响。确立儒家的思想指导,确立五经的写作之道的意见,还不是文学创作的真实面貌。两汉时代,尤其是后汉时代,谶纬神学因为与皇权结合,以及汉代经学的神学化趋势,使得经学发展部分地走上了神秘主义的歧途。扬雄《法言》中对此多有批判,王充《论衡》一书所高举的"疾虚妄"大旗,其主要就是针对谶纬神学而发。刘勰继承了这些意见,在《正纬》篇集中地对图箓谶纬的神秘纬书进行了批评,分清经纬,以正视听。

纬书是刘勰重点批评的文体之一。这一文体,本是神秘文化的产物,"原夫图箓之见,乃昊天休命,事以瑞圣,义非配经。"[1] 在这种情况下,方士为宣传迷信思想,大肆宣扬纬书:

> 于是伎数之士,附以诡术:或说阴阳,或序灾异,若鸟鸣似语,虫叶成字,篇条滋蔓,必假孔氏。通儒讨核,谓伪起哀平;东序秘宝,朱紫乱矣![2]

这些图箓符咒的东西,对文献典籍产生了混淆的错误作用,因为宣传皇权神秘力量之需,谶纬神学在东汉大行其道:

> 至于光武之世,笃信斯术。风化所靡,学者比肩。沛献集纬以通经,曹褒选谶以定礼:乖道谬典,亦已甚矣。是以桓谭疾其

---

① 杨明照:《增订文心雕龙校注》,第41页。
② 杨明照:《增订文心雕龙校注》,第41页。

虚伪，尹敏戏其浮假，张衡发其僻谬，苟悦明其诡诞：四贤博练，论之精矣。①

纬书虚伪、浮假、僻谬、诡诞的特点，在思想内容上"乖道谬典"，不合经典正体，是需要批判的。刘勰认为"按经验纬，其伪有四"：

> 盖纬之成经，其犹织综，丝麻不杂，布帛乃成。今经正纬奇，倍摘千里，其伪一矣。经显，圣训也；纬隐，神教也。圣训宜广，神教宜约。而今纬多于经，神理更繁，其伪二矣。有命自天，乃称符谶，而八十一篇，皆托于孔子，则是尧造绿图，昌制丹书，其伪三矣。商周以前，图箓频见；春秋之末，群经方备：先纬后经，体乖织综，其伪四矣。伪既倍摘，则义异自明；经足训矣，纬何预焉？②

纬书主要扮演的角色是这样子的：犹如孔子口中的"朱紫之紫，雅郑之郑"，是讹滥、不雅、不经的东西。但是，纬书虽然内容荒诞不经，但是从来源上看，却是和经书一样的源于自然：

> 夫神道阐幽，天命微显，马龙出而大《易》兴，神龟见而《洪范》耀，故《系辞》称："河出图，洛出书，圣人则之。"斯之谓也。但世夐文隐，好生矫诞；真虽存矣，伪亦凭焉。③

---

① 杨明照：《增订文心雕龙校注》，第41页。
② 杨明照：《增订文心雕龙校注》，第40—41页。
③ 杨明照：《增订文心雕龙校注》，第40页。

纬书是和《易》一样，本是"河图洛书"的产物，是最早的"文源于道"的产物。只不过《易》由图箓走向文字，经圣人而成经典，历千岁而生众书。纬书一直在图箓符咒的圈子里打转转，所以有"六经彪炳，而纬候稠叠；《孝》《论》昭晰，而《钩》《谶》葳蕤"①的结果。但是纬书文采绚烂，有助于文学的写作：

> 若乃羲农轩皞之源，山渎钟律之要，白鱼赤乌之符，黄金紫玉之瑞，事丰奇伟，辞富膏腴，无益经典，而有助文章。是以后来辞人，采摭英华。②

在内容上，纬书不足为训，但是在艺术手法上，在文采之美上，纬书是后来文学尚丽的一个重要来源。任何事物都是一柄双刃剑，纬书有这样的丽而不经、文采华美的优点，为后来辞人所学习效仿，这也成为后世文学讹滥绚丽、内容虚诞不实、想象丰富多彩的源头之一。

刘勰以严正的态度批判纬书的思想内容，又以开明的态度看待纬书在文学创作上的优点。《文心雕龙》论述文学写作，确立儒家思想主导地位，而能正确分清经学与文学的异同，因此赞语说："世历二汉，朱紫腾沸。芟夷谲诡，採其雕蔚。"③指出纬书主要是两汉特殊政治环境与儒学发展的特殊产物，主张去伪存真，去粗取精，"採其雕蔚"，为文所用。

二、辨骚重丽，执正驭奇

纬书的主要特点是"丽而不经"，刘勰有褒有贬。对于《离骚》

---

① 杨明照：《增订文心雕龙校注》，第40页。
② 杨明照：《增订文心雕龙校注》，第41页。
③ 杨明照：《增订文心雕龙校注》，第41页。

的主要特点"奇丽之文",《辨骚》篇开头就说:"自《风》《雅》寝声,莫或抽绪,奇文郁起,其《离骚》哉!"①《离骚》是《风》《雅》之后的奇文,这里有一个暗中的指向:《离骚》是从《诗经》中流出来的。那么,《离骚》"奇"在哪里呢?根据全文,一是奇在思想内容上,二是奇在审美特点上。《离骚》不是雅丽正统,但是奇丽非凡,故而引来两汉众多的评价论述:淮南王刘安作《离骚传》,上呈汉武帝,认为《离骚》风格上兼备《风》《雅》"好色不淫,怨诽不乱"的正美,是远离浊秽的雅正产物;班固批评屈原《离骚》思想不经,而称赞其文辞丽雅;王逸则认为《离骚》"依经立义",泽被后世;汉宣帝、扬雄等人也认为《离骚》"皆合经术""体同《诗》雅"。这五家的批评,整体上看,都是站在经学立场上来对《离骚》进行或正或反的论述,总体上认识有二:一是《离骚》具有《诗》的讽谏中和特点;二是《离骚》具有雅丽之美。②实际上,《文心雕龙》引用的上述评屈意见,是在为班固"赋者,古诗之流"的论断做理论准备。刘勰主张"赋颂歌赞,《诗》立其本",又主张楚辞为汉赋先声,汉赋"受命于《诗》人,拓宇于楚辞",有《诗》《骚》两个源泉;顺次类推,则楚辞也为《诗经》所出。因此,尽管他认为前人所述并不完美,但是自己所论,无论是思想内容还是艺术特点,仍然不出《诗》与经,意欲以经统骚。故有"四同四异"之说。"典诰之体""规讽之旨""比兴之义""忠怨之辞"的"四事","同乎《风》《雅》",在典诰体裁、讽喻主旨、比兴手法、忠怨文辞上与经典相同,这是追摹经典雅正的一面;而在"诡异之辞""谲怪之谈""狷狭之

---

① 杨明照:《增订文心雕龙校注》,第50页。
② 对于两汉评屈与楚辞学研究是学术界的热门显学,诸家成果已多。李大明先生《汉楚辞学史》,李诚先生《论两汉评屈》《论班固评屈》,董运庭先生《论〈离骚〉称"经"与刘勰〈辨骚〉》等论著阐述较详。

志"荒淫之意"这"四事"上"异乎经典",在遣词诡异、虚谈谲怪、心志狂妄、享乐荒淫上迥异于经典,这是违背经典丽而不经的一面。《离骚》的特点,一言以蔽之,即"丽而不雅",是"雅义奇辞"的典型:

> 故论其典诰则如彼,语其夸诞则如此。固知楚辞者,体宪于三代,而风杂于战国,乃《雅》《颂》之博徒,而词赋之英杰也。观其骨鲠所树,肌肤所附,虽取镕《经》旨,亦自铸伟辞。①

"取镕《经》旨",内容雅正;"自铸伟辞",独创奇丽。这就是《离骚》被称为"奇文"的原因。因此,《离骚》体裁上取法上古典诰,源出儒家;受到战国诸子"飞辩"之术的影响,取法阴阳纵横;可以说是"思想雅正而风格奇丽"之文。

据前述,经典是雅丽之文,思想雅正而文采华丽;纬书是丽而不雅之文,文采瑰丽而思想不经;《离骚》是雅义伟辞之文,文采奇丽而思想雅正。《离骚》虽然不同于经典那么优秀,但是从整体上来看,也是源出经典的优秀后裔。也就是说,《离骚》"雅""丽"兼备,是经典之后、文学作品之中最优秀的代表。《文心雕龙》从《原道》开始尚丽论丽,主张经典雅丽、纬书瑰丽、《离骚》奇丽,越往后发展,文学尚丽的特点就越是明显。因此,以《离骚》为代表的屈原楚辞作品,就是明显华丽的作品,这正好体现了"郁然有采"的哲学思想:

> 故《骚经》《九章》,朗丽以哀志;《九歌》《九辩》,绮靡以伤情;《远游》《天问》,瑰诡而慧巧;《招魂》《大招》,耀艳而采华;《卜居》标放言之致,《渔父》寄独往之才。故能气往轹古,辞来

---

① 杨明照:《增订文心雕龙校注》,第51页。

切今，惊采绝艳，难与并能矣。①

楚辞系列作品，以"朗丽哀志、绮靡伤情、瑰诡慧巧、耀艳采华"的"艳丽多才"特征光耀文坛，是文学史上"惊采绝艳"的最佳作品。刘勰尚丽崇丽之心，于此分外明显。因此，从枢纽论五篇《原道》自然之美、《征圣》雅丽之美、《宗经》"六义"之美、《正纬》瑰丽之美、《辨骚》奇丽之美，《文心雕龙》在崇丽尚丽这个特点上，是与序论部分"心哉美矣""古来文章，雕缛成体"的说法一脉相承的，而且这五篇贯通的尚丽特点，正是对"雕缛成体"的理论支持与全面展开。所以"文之枢纽"的用意，除了宗经尚雅，确立救弊之法，另外一个就是大力主张文学尚丽，并重点强调。刘勰是雅丽并举的理论家。

文学尚丽，受到魏晋时代重情尚美、创作绮丽的风气与背景影响，刘勰顺应了这个影响。同时，他与时代诸家不同的是，看到了文学片面尚丽的不足，提出经典雅丽说来拉回正道。不仅要重视艺术审美，也要重视思想内容，这就是雅丽思想产生的时代背景和创作环境。提出雅丽思想的积极意义，是为了指导文学创作与理论研究的正确健康发展。

楚辞作品因为丽辞雅义，有益后生之虑，所以影响巨大，"衣被词人"：

> 自《九怀》以下，遽蹑其迹，而屈宋逸步，莫之能追。故其叙情怨，则郁伊而易感；述离居，则怆怏而难怀；论山水，则循声而得貌；言节候，则披文而见时。是以枚贾追风以入丽，马扬

---

① 杨明照：《增订文心雕龙校注》，第51页。

> 沿波而得奇：其衣被词人，非一代也。①

楚辞对后代文学，尤其是对汉赋诸家产生了巨大的影响。同时，指出楚辞选材描写的体物写情、物色美丽，这一说法上承《原道》，下启《铨赋》，开启《情采》《比兴》《夸饰》《物色》诸篇的文学内容与创作手法探讨。"物色之丽"，是《文心雕龙》论述文学之丽的一个重要来源；《物色》篇"江山之助"一说，就是对此而发。刘勰认为屈原能写出《离骚》，他本人"多才"也是一个重要原因，后代向楚辞取材学习写作的人，才华各异，少长不同：

> 故才高者苑其鸿裁，中巧者猎其艳辞，吟讽者衔其山川，童蒙者拾其香草。②

"鸿裁艳辞"，是从审美角度论其结构与语言；"山川香草"，是从内容角度看其比兴之手法。刘勰看到了楚辞在内容与形式两个维度的优秀示范作用及其影响。所以，尽管他对"楚艳汉侈"有所不满。对"辞赋丽淫"多加责难，但是楚辞特殊的独创性与文学价值，是不容抹杀的。据此可知，《序志》篇论述结构时说的"变乎骚"，而"枢纽论"篇目所记则为"辨骚"，实非笔误，而是为楚辞辩护、公允评价之意。首先，楚辞出于《诗》，具有经典雅丽的风格；其次，楚辞"变于《诗》"，吸收了"诡丽"辩辞的特点，在雅丽的基础上再进一步，体现出奇丽的鲜明特点。这一奇丽的特点，是在经典雅丽的基础上新变而成的。经典虽是文体之源，但毕竟不是事实上的后世文体；经典可以是统摄原则，但不是后代文学本身。而楚辞是"由

---

① 杨明照：《增订文心雕龙校注》，第 51 页。
② 杨明照：《增订文心雕龙校注》，第 51 页。

经典到文体"演化过程中的杰出代表、成功典范。《文心雕龙》所列《辨骚》一篇，只能归入枢纽论之中，而不能归入文体论之中。

"文之枢纽"最重要的是《宗经》篇，以"宗经"为核心的贡献有四点：一是经典的地位最为崇高；二是经典的内容无所不包；三是"文出五经"的统摄意见；四是"六义含文"说的提出。刘勰以为"圣文雅丽，衔华佩实"；而辞赋文学"楚艳汉侈，流弊不还"，实有宗经贬骚之意。其后的纬书内容不经，而文采绮丽；楚辞"奇文郁起"，丽而不雅。于是主张折衷诗骚，奇正结合，华实统观。这就在经典雅正美丽与纬骚奇丽壮采的基础上合观各种优点，化成一家，显示了宗经的核心，崇儒的取法，尚丽的提倡，以及开阔的眼界，多元的思维。这是雅丽思想能够贯通枢纽论的根本原因。《序志》篇以后，作为全书最重要的理论核心部分，是对《序志》若干"尚美、宗经、救弊、论文"意见的初步展开。我们可以看到，枢纽论部分的理论主张与"序论"部分是完全一致的。都是在崇儒尊雅的基础上尚丽尚美，重视文学发生、发展的本质探索，并有意识地合观统照文学新变及其优点，将各类文体的优点吸收进来，使雅丽思想成为指导全书文体论、创作论、批评论的基本思想。因此，枢纽论五篇综合提出来的雅丽思想，就将顺势运用到具体的文体发展论、剖情析采论、批评鉴赏论中去，成为探索文学发展规律、指导写作实践、总结写作技法、进行审美鉴赏的基本思想与理论红线。

第三章 《文心雕龙》文体写作纲领论

刘勰在枢纽论五篇的基本内容写作完成以后，总结五文，折衷前说，得出了覆盖全书的创作论总纲，其说曰：

> 若能凭轼以倚《雅》《颂》，悬辔以驭楚篇，酌奇而不失其贞，玩华而不坠其实，则顾盼可以驱辞力，欬唾可以穷文致。[①]

在刘勰看来，写作原本是一件很简单的事。只要做到折衷《诗》《骚》、"执正驭奇""衔华佩实"即可，浓缩起来，就是告诉我们什么是创作纲领意义上的雅丽思想。上段引文从手法、思想、文采、思维方法几个角度，言简意赅地论述了文学创作的几大核心要素。这几个要素的展开，将在文体论，主要是在创作论中大显身手，成为《文心雕龙》指导创作、贯通全书、评价鉴赏的最重要原则。而这一原则，是屈原最先实践得出来的。《辨骚》赞语对此再作褒赞："惊才风逸，壮采烟高。山川无极，情理实劳。"[②] 赞语将文学创作所必备的"物色—情感—才华—文采"这个顺序模式解释出来，即在"物—意—文"的线性模式中，重点强调情理的内在决定作用与才华的外在决定作用，使得文学写作的思维过程与表达过程更加有规律可循，有操作性可言，暗中为下篇论述思维问题和谋篇布局做出相应铺垫。

在《宗经》篇确立了"文出五经"之后，《明诗》以下至《书记》

---

① 杨明照：《增订文心雕龙校注》，第51页。

② 杨明照：《增订文心雕龙校注》，第51页。

的二十篇文体论进行"论文叙笔"的工作。这是在具体文体发展史、具体作家作品鉴赏论的大量创作实践中来检验雅丽思想是否贯通的重要环节。本章篇目众多，写作时特按《宗经》所述，列为五组；加入《杂文》《谐谐》，合计六组。笔者取其核心精义的创作"纲要"为主要内容，进行分类分体的观照。

第一节　文出五经，统摄百家

《宗经》中有一段话："故论说辞序，则《易》统其首；诏策章奏，则《书》发其源；赋颂歌赞，则《诗》立其本；铭诔箴祝，则《礼》总其端；记传盟檄，则《春秋》为根：并穷高以树表，极远以启疆，所以百家腾跃，终人环内者也。"[①] 这段话的核心意思是"文出五经"。刘勰提出这样的主张，主要有以下几个依据：

第一，是文源于道，独尊儒家。"自然之道"虽然在发明权上出自道家，但在具体运用中所起到的作用是为儒家五经的尚丽特点作理论外衣。在《原道》中，刘勰以为一切文章都是"自然之道"的产物，而文章的具体代表是儒家五经之首的《易》经，"文源于道"排除了儒家之外的道家、阴阳家、兵家、法家、名家等先秦诸子著作，也就是说，只有儒家著作，才算是"文源于道"的正统代表。

第二，是圣文雅丽，最为美好。《易》经之后，经过历代圣人的创作发展，儒家五经得以形成，五经具有高超的写作技法、"衔华佩实"的审美风格、为文致用的功能、笼罩一切的内容——五经之所以这么美好，是通过具体分析得出的结果，于是"文源于道，五经最优"的推论得以成立。

第三，是文章功能，乃经典枝条。《序志》以为："文章之用，

---

① 杨明照：《增订文心雕龙校注》，第 27 页。

实经典枝条，五礼资之以成文，六典因之致用，君臣所以炳焕，军国所以昭明，详其本源，莫非经典。"① 这句话的核心有二：一是说"经典"高于"文章"，功能上尤其如此，但是"经典"需要借助"文章之用"来实现"炳焕君臣，昭明军国"的功能，于是"文章"从经典中流出；二是《文心雕龙》在"论文叙笔"部分列出的数十种文体，是冲着"为文致用"这个目标去的，所以，刘勰赞美诗赋章表等文体，贬斥杂文谐谑等文体，就是出于"用"与"不用"的原因。

第四，是论文叙笔，文出五经。顺着"文源于道"的哲学依据、五经最优的理论分析，"论文叙笔"部分设置了二十个专门篇章，重点论述了三十多种文体，实际上涉及八十多种细化的文体，来作为"文出五经"的具体例证。这一论证的脉络可以通过以下三个方面的分析得以还原。

一是依据《宗经》篇自身的论述，可以表示为：

论说辞序，《易》统其首
诏策章奏，《书》发其源
赋颂歌赞，《诗》立其本
铭诔箴祝，《礼》总其端
记传盟檄，《春秋》为根

《宗经》列出了二十类文体，每四类为一组，每一组均源出五经中的具体一经。尽管这里没有论述到《杂文》《谐谑》《乐府》《诸子》《书记》等俗文学或泛文体专篇，但从整体上看，"文出五经"在文体分类上得以确立。

二是依据《定势》篇论述文体风格的说法，"文出五经"在风

---

① 杨明照：《增订文心雕龙校注》，第610页。

格特点上有分类一致的整体属性，《定势》："章表奏议，则准的乎典雅；赋颂歌诗，则羽仪乎清丽；符檄书移，则楷式于明断；史论序注，则师范于核要；箴铭碑诔，则体制于宏深；连珠七辞，则从事于巧艳：此循体而成势，随变而立功者也。虽复契会相参，节文互杂，譬五色之锦，各以本采为地矣。"[①]据此分类为：

> 章表奏议，准的典雅
>
> 赋颂歌诗，羽仪清丽
>
> 符檄书移，楷式明断
>
> 史论序注，师范核要
>
> 箴铭碑诔，体制宏深
>
> 连珠七辞，从事巧艳

"章表奏议"等六组二十二类文体分类与前述"诏策章奏"等五组分类近似，多出了《宗经》不论的"书体、连珠、七辞"等类型。刘勰为每一组文体进行了风格的归纳，列出"典雅、巧艳"等六体风格，其核心所指，显然是"雅丽"之风格美。这一论述的用意在于：从文体风格来看，"论文叙笔"的几十类文体，以经典雅丽文风为中心；或者说，经典雅丽的文风统摄了后代文体的风格。"文出五经"在文体风格上得以成立。

三是"论文叙笔"部分的细化文体分析。文体论的二十个专篇包含了数十种文体，累计有以下情况：

《明诗》篇重点论述了四言与五言诗歌，简述了"三六杂言、离合之发、回文所兴、联句共韵"等诗体；《乐府》篇以"乐辞曰诗、咏声曰歌"的标准，论述了"艳歌、怨诗、淫辞、正响"诸类，并

---

① 杨明照：《增订文心雕龙校注》，第406—407页。

将"戎丧殊事"之作也包含于内;《铨赋》论述了赋"受命于《诗》人,拓宇于楚辞"的来源,以为荀子五赋"与诗画境",同时将"殷人辑《颂》,楚人理赋"归入赋类,"鸿裁"与"小制"并举,抒情与夸饰共论,以蜀中辞赋三名家为例①,汉赋就有巨丽壮美之大赋、写景体物之抒情小赋之分,流于魏晋,分类更多;《颂赞》篇合观辞赋与颂赞二体,并与其他文体相通,显示了文体分类交错的现象;②而"祝盟"等文体"祭而兼赞""哀策流文""内史执策","诔碑"等文体与铭体、赞体、史传交织,同样体现了这一特点;《杂文》一篇包含文体甚多,大的类型有"对问、连珠、七辞"三体,小的类型则有"名号多品"的"典诰誓问,览略篇章,曲操弄引,吟讽谣咏"③等十六类;《谐谳》论述"谐辞谳言",对"谐语④、隐语、谜语"等游戏娱乐体裁分析深刻;《史传》一篇内含文体很多,因为"言经则《尚书》,事经则《春秋》"之故,直接论述到的显性文体就有"典、谟、诰、誓、法、历、史、策、经、纪、传、赞、序"等,并隐含了从"言、书"两经中流出的八种文体,简称"史传"者,是因为史书与纪传在刘勰之前已经蔚然成风,著作非常多,故而列此篇专论史传文学"纪传

---

① "蜀中辞赋三名家"是指两汉蜀中最优秀的三位赋家司马相如(今成都市人)、王褒(今资阳市雁江区人)与扬雄(今成都市郫都区人)。《文心雕龙》论述赋作或创作理论时以蜀中三家为主要对象,或褒或贬,不离三家情采二端与文字小学造诣。由此可见,蜀中文学与学术水平在汉代居于全国第一流的地位,三家开汉赋巨丽大赋与体物小赋之先河,成为汉赋最有代表性的作家。顺流而下,从李白、苏轼到郭沫若,蜀中杰出文学家多矣,而整体上有着趋同的一致性:想象奇瑰、文风壮丽、神奇飘逸,具有鲜明的西蜀地域文化特点。对相如赋与西蜀文化的关系,李天道先生《司马相如赋的美学思想与地域文化心态》《西部地域文化心态与民族审美精神》等专著与李凯先生《司马相如与巴蜀文学范式》等文章阐释甚详。

② 刘勰认为"三闾《橘颂》,辞采芬芳",将屈原楚辞与颂体合流;又说颂体"敷写似赋","敬慎如铭";而赞体为"颂家之细条";可证此说。

③ 杨明照:《增订文心雕龙校注》,第182页。

④ "谐语"一说,是笔者自己的归纳。细查刘勰所论,是在以"谐音双关"的修辞技法论述"谐言",因其后有"隐语""谜语"之论,故有此说。

为式，编年缀事"之得失；《诸子》更不用说，从"六国以前"直到"两汉以后"，所论百家之书，虽不言"体"而其"体"甚多；"言语"皆为论为说，从先秦百家到魏晋再兴，故知《论说》篇同于《诸子》；《诏策》具体论述的文体至少有先秦"命、诰、誓、制"与两汉"策书、制书、诏书、戒敕"及"教"体九类；《檄移》与《封禅》专门针对特定对象或事件而发，变体不多；《章表》在古代称为"陈、谢、上书"，秦代改称"奏"，汉代细分为"章、奏、表、议"四类；《奏启》以为"奏"在秦代称为"上疏"，又可以根据"按劾、弹事"的不同而有别称，如"谠言""封事"等；《议对》以为"议贵节制，经典之体也"，发展到汉代，则"始立驳议"，整体上看，"议之别体"主要有"对策"与"射策"等；[①]《书记》篇泛论文体，涉及详细论述的"书、笺、记"等体与泛论的"总领黎庶，则有谱籍簿录；医历星筮，则有方术占式；申宪述兵，则有律令法制；朝市征信，则有符契券疏；百官询事，则有关刺解牒；万民达志，则有状列辞谚"等二三十种文体。

这样，"论文叙笔"部分重点讨论到三十多种功能较大的文体及其历史演变、创作要求、审美特点；而全部所论，当有八十余种。[②]这几十种文体，从渊源上来说，"百家腾跃，终入环内"，都是经典之"枝条"，"文出五经"于是得到了最坚实地论证。

---

① 仔细分辨，可见"议对"与"论说"在本质上都是以语言阐述观点的文体，其区别在于："议对"是"对策揄扬，大明治道"的"经典之体"，具有的功能与所指的对象均远非"论说"可比。为文致用、效法经典，是雅丽思想的主要内涵特点，"论说"以个人见解为主，难以与用于"军国"之"议对"争衡。

② 关于"论文叙笔"部分包含的文体数量，实际上是无法准确统计的。前人曾有三十多种、三四十种、七十多种等不同的说法；笔者对此下了很大功夫，清理出八十三种。但是，因为文体交织的现象与文体重叠的现象非常普遍，无法确切地对此进行计数。最好的办法是：以二十篇文体论的标题为准，可见《明诗》《铨赋》等篇仅论一体，《诔碑》《檄移》等分述二体，《杂文》《书记》等包罗甚多等几种情况；基本理清即可，不必细究。

第二节 文体纲领，尚雅论丽

依据"文出五经"的还原论证，我们可以顺势推论上一章总结的创作论总纲是"论文叙笔"部分文体创作的核心纲领，是作品批评与审美鉴赏的主导标准，总纲在这一部分的贯通体现，具有立体交织、三位一体的特点。事实是否如此呢?

一、赋颂歌赞，丽词雅义

《文心雕龙》安排"论文叙笔"的前后顺序，基本上与《宗经》篇论述"文出五经"的顺序一致。从《明诗》到《颂赞》的四篇，主要是从《诗经》流出，实际上应该再加上近似于闲情小赋的《杂文》三体，不过为了尊重刘勰原文的安排顺序，不作调整。《宗经》篇说:"《诗》主言志，诂训同《书》，摘风裁兴，藻辞谲喻，温柔在诵，故最附深衷矣。"① "诗言志"，这是其最根本的特点，朱自清先生以为这是中国诗歌开山的纲领。通观《文心雕龙》，刘勰最重视《诗》在文学创作中的源头地位与理论纲领地位。一方面，《诗》是五经中唯一可称纯文学作品的经典;另一方面，《文心雕龙》论述文学而不是经学，故而最重视《诗》。

1.《明诗》。《诗经》为五经之一，刘勰将《明诗》列为文体论的第一篇，可见其地位之重要，也可见诗歌历史之悠久。《明诗》首先论述诗歌的缘起是"诗持情性，应斯感物"，是对"情动于中"与"文源于道"的双向结合，总体上属于儒家"诗言志"(《尚书·尧典》)与"诗缘情"(出自《乐记》《诗序》而成于陆机《文赋》)一脉。刘勰阐述诗之"纲领":

> 故铺观列代，而情变之数可监;撮举同异，而纲领之要可明矣。

① 杨明照:《增订文心雕龙校注》，第26页。

> 若夫四言正体，则雅润为本；五言流调，则清丽居宗：华实异用，
> 惟才所安。故平子得其雅，叔夜含其润，茂先凝其清，景阳振其丽；
> 兼善则子建、仲宣，偏美则太冲、公干。①

四言"雅润"与五言"清丽"的结合，就是雅丽的风格。刘勰指出"华实异用"，即以雅润为质实，清丽为华美，既包含了文质之分，又指出了诗歌发展由质趋文的整体趋势，与《原道》"英华日新，文胜其质"、《通变》"从质及讹"的整体趋势是一致的。因此，雅丽是作为指导诗歌创作的最高原则，刘勰据此严厉批评玄学思想盛行时候的诗歌创作：

> 及正始明道，诗杂仙心；何晏之徒，率多浮浅。……江左篇制，
> 溺乎玄风，嗤笑徇务之志，崇盛忘机之谈。②

在刘勰看来，整个正始、江左两代，能值得一读的诗歌简直屈指可数。《通变》所谓"从质及讹"之讹滥，新奇与浮浅玄虚均为其弊。在批评玄学思潮对诗歌创作发展的"浮浅"不良影响时，反面体现了推崇儒家思想的意思。据此可知，《文心雕龙》对玄学思潮及其影响非常不满，结合《诸子》《时序》等篇的论述来看，在书中儒、道、佛、玄、兵、法、阴阳、纵横等诸家中，玄学的地位最低，遭受的批评最严厉。同样，尽管佛学在魏晋宋齐年间大盛，但是《文心雕龙》书中绝少佛学思想的影响。所以，刘勰尽管身处宋齐梁代，但是在雅丽思想主导之下，《文心雕龙》论文疏离时风，可资明证。另外，还体现了对新近以来晋宋山水诗创作的不满：

---

① 杨明照：《增订文心雕龙校注》，第65—66页。
② 杨明照：《增订文心雕龙校注》，第65页。

> 俪采百字之偶，争价一句之奇，情必极貌以写物，辞必穷力
> 而追新，此近世之所竞也。①

玄言诗歌浮浅玄虚之弊与山水诗歌新奇之弊，都是刘勰所看不起的
东西。意思是说，远奥、新奇的作品并不可取，既为体性"八体"
做出铺垫，也为宗经复古提供论据。最后，刘勰提出"英华弥缛，
万代永耽"②的美好愿望，希望诗歌创作在未来能继续坚持其雅丽
的审美特质，良性发展。

2.《乐府》。《乐府》篇的主要观点来自以孔子、《礼记·乐记》
为代表的儒家雅乐正声理论。《礼记·乐记》继承了《毛诗序》音
乐感化人心、反映政治的功能与特点，刘勰的《文心雕龙》同样主
张文学与音乐相通，认为文学与音乐的政教功能都是巨大的。顺此，
雅乐正声的主张，又带来了尚雅贬俗的《乐府》专题。《乐府》篇
开始就说：

> 乐府者，声依永，律和声也。钧天九奏，既其上帝；葛天八阕，
> 爰乃皇时。③

首先，乐府声诗是指一种音乐文学的表达方式，这种表达以《尚书·舜
典》"声依永，律和声"的咏歌长言为特点，《礼记·乐记》"说之，
故言之，言之不足，故长言之。长言之不足，故嗟叹之，嗟叹之不足，
故不知手之舞之、足之蹈之也"④是其具体阐释；其次，诗乐一体，

---

① 杨明照：《增订文心雕龙校注》，第 65 页。
② 杨明照：《增订文心雕龙校注》，第 66 页。
③ 杨明照：《增订文心雕龙校注》，第 82 页。
④〔汉〕郑玄注，〔唐〕孔颖达正义：《礼记正义》，上海：上海古籍出版社，1992年，
第 1545 页。

诗乐不分，这就将萌芽状态的声乐与《诗经》合观统照，刘勰的目的，是要将有关《诗经》的种种神秘理论与政教功能转移到对乐府诗歌的评价上来，也就是说，将源自孔子的音乐理论中雅乐正声、贬斥郑声的观念运用过来。这一方面显示了刘勰宏观的诗歌发展研究视野，另一方面也显示了他先入为主、尚雅贬俗的理论局限。这种特点贯穿《乐府》全篇：

> 师旷觇风于盛衰，季札鉴微于兴废，精之至也。
> 雅声浸微，溺音腾沸，秦燔《乐经》，汉初绍复。
> 迄及元、成，稍广淫乐：正音乖俗，其难也如此。
> 至于魏之三祖，气爽才丽，宰割辞调，音靡节平。观其《北上》众引，《秋风》列篇，或述酣宴，或伤羁戍，志不出于滔荡，辞不离于哀思。虽三调之正声，实《韶》《夏》之郑曲也。
> 若夫艳歌婉娈，怨诗诀绝，淫辞在曲，正响焉生？ [①]

通过这些摘录，我们可以清楚地看到，在《乐府》篇"原始以表末"部分对于音乐文学发展的整体历史梳理中，贯穿着孔子雅乐郑声、尚雅贬俗的理论主张，以及季札观乐与《荀子·乐论》《毛诗序》《礼记·乐记》的诗乐政教理论。这些主张与理论，既有尚雅尚正的鲜明立场与正道正行的归化之功，也显示了刘勰雅丽思想在尚雅贬俗方面的局限。这就是，不能正确、通达地正视文学的新变现象，固守儒家礼乐政教观念，固守贵族上层阶级的思想立场，必然会或多或少地忽略民间文学、忽略雅体雅言之外的俗文学，并导致对它们的不公正评价。

---

① 杨明照：《增订文心雕龙校注》，第82—83页。按：因以上引文均出一篇，故集中注释。

　　抱着"岂惟观乐，于焉识礼"的鉴赏立场与诗乐致用的功能目的，刘勰对于"乐府"诗体在发展过程中出现的"雅郑"分流现象进行了深刻地探索。首先，他提出"乐本心术，故响浃肌髓，先王慎焉，务塞淫滥。敷训胄子，必歌九德，故能情感七始，化动八风"的教化感染"正教正风"说，以此为准，评骘历代。其次，对汉代乐府诗歌改变前代中正典雅之变多有不满。刘勰认为，一则汉乐府融入了辞赋体裁与辞赋技法，"延年以曼声协律，朱马以骚体制歌，《桂华》杂曲，丽而不经；《赤雁》群篇，靡而非典"，汉乐府靡丽之风大盛，而典雅之风渐衰。二则汉乐府对秦代乐府声诗的制度多有效法。"秦世不文""法家少文"本是刘勰定论，汉代乐府声诗"虽摹《韶》《夏》，而颇袭秦旧，中和之响，阒其不还"。顺流而下，"魏之三祖"则"或述酣宴，或伤羁戍，志不出于慆荡，辞不离于哀思"，内容多写自我，不及家国；思想慆荡哀思，怨而且露。这可不是"乐而不淫，哀而不伤""主文谲谏"的论述，更不是"发乎情，止乎礼义"的中和之响。所以刘勰对他们打着"正声"的牌子，写的却是"郑曲"的创作很不以为然。汉魏乐府虽然各有不足，但是毕竟还有可取之处，还没有完全背离雅乐正道。然而近代乐府声诗的创作则简直惨不忍睹：

　　　　然俗听飞驰，职竞新异，雅咏温恭，必欠伸鱼睨；奇辞切至，则拊髀雀跃：诗声俱郑，自此偕矣！①

　　对比《文心雕龙》全书的论述可知，刘勰此处所论，当是"近代以来"，即晋宋齐三代以来的乐府声诗创作。刘勰以之为"俗听飞驰"、标新立异、"奇辞切至"的"诗声俱郑"的不良创作。近代

————————
　　① 杨明照：《增订文心雕龙校注》，第83页。

文学在刘勰眼里基本上是不值得一提的，而且是越往近代发展，文学讹滥诡异的趋向就越是严重，不仅取法不高，"竞今疏古"，而且内容不雅，言辞反正，故而文风新奇，一无是处。这种贬斥近代文学的反向，是尊崇古代文学。崇古抑今的思想倾向，与尚雅贬俗的思想倾向一样，都是过于尊崇经典雅正的弊端产物。类似的意见，在《杂文》《谐谑》《诸子》等篇中也比较明显。

3.《铨赋》。《文心雕龙》所谓的赋体，主要指的是辞赋文学体裁，不再是《诗》"六义"之赋体，《宗经》篇说"赋颂歌赞，则《诗》立其本"，赋体是从《诗》中发展出来的，这应该是班固《两都赋序》"赋者，古诗之流"说法的翻版。《铨赋》开头就对"赋"的理解提出了三种不同的意见：一是"《诗》有'六义'，其二曰赋。赋者，铺也，铺采摛文，体物写志"的写作方法说；二是"昔邵公称：'公卿献诗，师箴瞍赋'。《传》云：'登高能赋，可为大夫。'"的"不歌而颂"的诵诗方法与致用方式；三是"班固称'古诗之流也'"的赋体文学。方法说属于《诗》"六义"之一，诵诗说是论《诗》之用，赋体说是刘勰"铨赋"的主要目的。班固以为，辞赋的源头是《诗经》，楚辞的代表作家是屈原，《辨骚》篇引用班固"文辞丽雅，为词赋之宗"的评屈意见，实际上也是刘勰对屈赋出于古诗以及对屈原的评价意见，因此他说楚辞是"《雅》《颂》之博徒，而词赋之英杰。"同篇中，王逸更认为屈赋泽被后世，"名儒辞赋，莫不拟其仪表"，对后来宋玉、唐勒与汉赋诸家的影响深远。在确立了"讨其源流，信兴楚而盛汉"的赋体之源后，刘勰认为，作为楚汉代表文学体裁，辞赋创作有其巨大的成就，"六义附庸，蔚成大国"；有描写"京殿苑猎，述行序志"鸿篇巨制的大赋，也有体物抒情"触兴致情，因变取会"的小赋；不管是"鸿裁之寰域，雅文之枢辖"，还是"小制之区畛，奇巧之机要"，都有巨大的影响力，辞赋尚丽的创作影响，对后代文学绮丽巧艳的创作有借鉴之源的意义。因此，辞赋同时也存在一些不良倾向，"繁华损枝，膏腴害骨，无贵风轨，莫益劝戒"，并举出"扬子所以追悔于雕虫，贻诮于雾縠"的案例来做论据证明之。扬雄晚年曾追悔自己作赋一事，深感后悔，以"童子雕虫篆刻，壮夫不为"目之，这主要是辞赋劝而不止的功能与往往适得其反的讽谏效果决定的，也有对辞赋作家地位低下，颇似俳优处境的愤懑。刘勰的主要目的，是要阐述"立赋之大体"：

> 原夫登高之旨，盖睹物兴情。情以物兴，故义必明雅；物以情观，故词必巧丽。丽词雅义，符采相胜，如组织之品朱紫，画绘之著玄黄。文虽新而有质，色虽糅而有本，此立赋之大体也。[1]

辞赋创作的"大体"有两点：一是"睹物兴情"的创作物感说，这是与《原道》《物色》贯通而与《乐记》《文赋》相接的观点，认识到了文学创作的内容来源与写作本质状态；二是"丽词雅义"的雅丽标准，刘勰主张"义必明雅"与"词必巧丽"的理想状态，这是对辞赋创作提出的总体要求，是《文心雕龙》雅丽思想在文体论中的直接运用。因此，在本篇的赞语中，刘勰直接运用了扬雄"丽淫丽则"之说，主张辞赋创作要"风归丽则"，成为既雅且丽、"衔华佩实"的作品。

辞赋"丽词雅义"的创作"大体"，在《文心雕龙》书中凡是涉及辞赋问题的地方，都可以看到其影响。《辨骚》篇主张《诗》《骚》结合，"华实"结合；《情采》篇在"为文造情"与"为情造文"的论述中指出辞赋虚诞淫丽；《比兴》篇认为辞赋"比"体太过；《夸饰》篇认为辞赋夸而不当；《物色》篇指出"辞人之赋丽以淫"——凡此

---

① 杨明照：《增订文心雕龙校注》，第97页。

种种，既可以看到"风归丽则""丽词雅义"对辞赋创作若干问题的规范，更体现了雅丽思想对《文心雕龙》全书的贯通。

4.《颂赞》。《文心雕龙》认为，"颂"既是文体，又是手法。《铨赋》"殷人辑《颂》，楚人理赋"是将"颂"作为《诗》之一体来看待的。同时，又往往将辞赋引以为颂体，《颂赞》篇"三闾《橘颂》，辞采芬芳"一说，是将赋体与颂体同等的论述，带有"赋者，古诗之流"的影响。另一方面，又大力宣扬"颂"作为写作手法的特点与功能，《颂赞》曰："四始之至，颂居其极。颂者，容也，所以美盛德而述形容也。"刘勰以为"颂"主要是"美盛德而述形容"的赞美手法，是形容美德、赞美政教的修饰技法。同篇又说"风""雅""颂"三种手法：

> 夫化偃一国谓之风，风正四方谓之雅，雅容告神谓之颂。风雅序人，故事兼变正；颂主告神，故义必纯美。[1]

"风"是最主要的教化方法，教化归正就叫作雅，将雅正的结果禀告神灵就叫作颂。可见，"风生雅，雅生颂，颂告神"这一发展顺序，最终是指向政治教化与敬天法地的宗庙祭祀的，因此，"颂"一定要内容"纯美"，不得玷污神灵，不得淆乱国家秩序。在古代，"颂"于是从"诗六义"之一，成为神秘文化的一个类型，成为功能远远超越"风""雅"作用的最高文体与表现手法。

顺次，刘勰论述到了历代以来著名的颂体文文学与颂体之用，并举"秦政刻文，爰颂其德"为例，显示了秦始皇一统天下之后，为了"褒德显容"，登峰跨海、彰显大德的做派。这样，颂体文学就直接衍生出了两类性质相同的文体：一是铭体，二是封禅文。见以下例证：

---

[1] 杨明照：《增订文心雕龙校注》，第 108 页。

> 故铭者，名也。观器必名焉，正名审用，贵乎慎德。(《铭箴》)①
>
> 至于始皇勒岳，政暴而文泽，亦有疏通之美焉。(《铭箴》)②
>
> 夫正位北辰，向明南面，所以运天枢、毓黎献者，何尝不经道纬德，以勒皇迹者哉? (《封禅》)③
>
> 秦皇铭岱，文自李斯；法家辞气，体乏弘润；然疏而能壮，亦彼时之绝采也。(《封禅》)④

铭体是为"正名贵德"而生，封禅体是为"经道纬德"而作，与"美盛德而述形容"的颂体功能完全一致。《文心雕龙》列出《颂赞》《铭箴》《封禅》三篇，均举秦始皇刻石记功之事为例，实际上意在以下几个方面：

一是强化"文出五经"的经典意识；二是实际上背离这一说法，因为"赋颂歌赞，则《诗》立其本；铭诔箴祝，则《礼》总其端"，"文出五经"的归类并非绝对真理；三是认为"颂"这种手法具有广泛的作用，可以延伸渗透到其他文体的写作中去；四是明确地告诉读者，所谓"论文叙笔，囿别区分"的文体论二十篇者，并不取颜延年"有韵为文，无韵为笔"之说，而是文笔合观，文笔不分的。因为《封禅》处于第二十一篇，并非《颂赞》《铭箴》所在的"有韵为文"的位置，刘勰论其曰"美"，这不是"美盛德"之美，而是文采美丽之美。三篇文章同举李斯刻石七处的作品，这些作品纯用四言，清人严可均以为都是"有韵之文"，并不属"笔"；《封禅》所举相如、扬雄、班固佳制数篇，皆以鸿、美、雅、丽称，极为尚丽。由此可见颂体

---

① 杨明照：《增订文心雕龙校注》，第 139 页。
② 杨明照：《增订文心雕龙校注》，第 139 页。
③ 杨明照：《增订文心雕龙校注》，第 295 页。
④ 杨明照：《增订文心雕龙校注》，第 295 页。

文学功能巨大，尚雅为之，尚丽稍减。而对于赞体，刘勰论其创作
要领为：

> 然本其为义，事生奖叹，所以古来篇体，促而不旷，必结言
> 于四字之句，盘桓乎数韵之辞。约举以尽情，昭灼以送文，此其
> 体也。①

赞体文学"约举""昭灼"的创作要求，具有《体性》八体"精约""显附"
的特点；"促而不旷、结言四字、盘桓数韵"一说，具有雅乐典雅之势。
赞体文学主要是文风雅正而"致用盖寡"的体裁。

二、铭诔箴祝，雅正宏深

《宗经》篇说："《礼》以立体，据事制范，章条纤曲，执而后显，
采撷片言，莫非宝也。"显示了《礼》规范秩序、注重事实、尊崇
典雅、不尚靡丽的基本特点。"论文叙笔"从《礼》流出的"铭诔
箴祝"等文体，就是对《礼》上述特点的分流反映。

1.《祝盟》。刘勰曾将盟体归入"记传盟檄，则《春秋》为根"
的史传文学之中，不过《祝盟》合论祝体与盟体，所以在此还是合
观二者为宜。首先，论述祝体之"大较"：

> 凡群言务华，而降神务实；修辞立诚，在于无愧。祈祷之式，
> 必诚以敬；祭奠之楷，宜恭且哀：此其大较也。班固之祀涿山，
> 祈祷之诚敬也；潘岳之祭庚妇，祭奠之恭哀也：举汇而求，昭然
> 可鉴矣。②

---

① 杨明照：《增订文心雕龙校注》，第 109 页。
② 杨明照：《增订文心雕龙校注》，第 123 页。

"修辞立诚""宜恭且哀"这是祝体之"大较",真诚肃敬的内容情感需要诚挚的言辞来表达,这个在创作中要求注重尚雅的一面。因为"凡群言务华,而降神务实",祈祷于神灵,求其保护庇佑,不得华丽的言辞。雅丽之间,祝体尚雅。盟体的创作"大体"则为:

> 夫盟之大体,必序危机,奖乎忠孝,存亡戮力;祈幽灵以取鉴,指九天以为正;感激以立诚,切至以敷辞:此其所同也。然非辞之难,处辞为难。后之君子,宜存殷鉴。忠信可矣,无恃神焉。[①]

这是盟体的创作内容要求与创作规范要求,"感激以立诚,切至以敷辞",祈祷幽灵,赌咒发誓,最重要的是要做到"忠信"而"无恃神焉"。盟体因此与祝体极为类似,明显尚雅。

这两种文体的共同特征是尚雅求实,"立诚昭然",是雅而不丽的文体,列在上半部分,也是文笔不分的证明。实际上,文体交叉的现象非常明显:

> 若乃礼之祭祝,事止告飨;而中代祭文,兼赞言行:祭而兼赞,盖引神而作也。又汉代山陵,哀策流文;周丧盛姬,内史执策。然则策本书赗,因哀而为文也。是以义同于诔,而文实告神;诔首而哀末,颂体而视仪。太祝所读,固祝之文者也。[②]

祝体文学在具体内容、宣读仪式、情感表达、发展历史上变化颇大,

---

① 杨明照:《增订文心雕龙校注》,第124页。按:杨先生"必序危机,奖乎忠孝,存亡戮力"之语,戚良德先生《文心雕龙校注通译》作"序危机,奖忠孝,共存亡,戮心力"。
② 杨明照:《增订文心雕龙校注》,第123页。

具有颂、赞、哀、诔等各体文学的特点。这种现象的出现，不止一体，在颂体、诔体、哀体等专题论述中都有。

2.《铭箴》。《文心雕龙》论述铭体与箴体文学的创作"大要"为：

> 夫箴诵于官，铭题于器；名目虽异，而警戒实同。箴全御过，故文资确切；铭兼褒赞，故体贵弘润。其取事也必核以辨，其摘文也必简而深：此其大要也。然矢言之道盖阙，庸器之制久沦，所以箴铭寡用，罕施后代。惟秉文君子，宜酌其远大者焉。①

箴体诵官，铭体题器，形式虽异，"警戒实同"。箴体文学以"御过"为内容，因而确切显附；铭体文学兼有记功褒赞，因而体贵弘润。其"取事核辨，摘文简深"的写作特点，明显具有《体性》八体"精约""显附""典雅"之风，故而铭箴二体以尚雅为主。篇末赞语"义典则弘，文约为美"也清楚地总结了这个特点。于此可知，上古文体，凡是以诚挚肃敬为内容的文章，主要是以雅正为主，而缺少华丽之美。

3.《诔碑》。诔体文学的创作之"旨"是：

> 详夫诔之为制，盖选言录行；传体而颂文，荣始而哀终。论其人也，暧乎若可觌；道其哀也，凄焉如可伤：此其旨也。②

诔体"选言录行，论人道哀"，因为是记述、褒赞去世之人一生的言行，相当于一篇人物传记，"传体而颂文，荣始而哀终"，交织具有颂、传、哀体的特点。而碑体文学之"制"是：

---

① 杨明照：《增订文心雕龙校注》，第140页。
② 杨明照：《增订文心雕龙校注》，第155页。

> 夫属碑之体，资乎史才；其叙则传，其文则铭。标叙盛德，
> 必见清风之华；昭纪鸿懿，必见峻伟之烈：此碑之制也。夫碑实
> 铭器，铭实碑文；因器立名，事先于诔。是以勒石赞勋者，入铭
> 之域；树碑述亡者，同诔之区焉。[①]

在内容与形式上，碑体有"叙传文铭"而"同诔之区"的交叉特点，
立碑的目的，主要是为了"标叙盛德，昭纪鸿懿"的"勒石赞勋"，
是国家政治大事的记载体裁。在"树碑述亡"之时，有同于诔体文
学的功能。"清风""峻伟"的风格之说，表明诔碑以尚雅肃敬
为主。

4.《哀吊》。刘勰论"哀辞大体"为：

> 原夫哀辞大体，情主于痛伤，而辞穷乎爱惜。幼未成德，故
> 誉止于察惠；弱不胜务，故悼加乎肤色。隐心而结文则事惬，观
> 文而属心则体奢。奢体为辞，则虽丽不哀。必使情往会悲，文来
> 引泣，乃其贵耳。[②]

哀辞与前述诔、碑、铭、箴、祝、盟数体稍有不同，前述文体主要
以诚挚之情，用于国家政治或敬天法地的重大场合。哀辞主情，主
张夸饰与真情结合，即丽与哀结合，追求"情往会悲，文来引泣"
的真情宣泄与感染力量，具有雅丽结合的特点。而吊体文学的创作
原则是：

> 夫吊虽古义，而华辞末造；华过韵缓，则化而为赋。固宜正

---

① 杨明照：《增订文心雕龙校注》，第 155—156 页。
② 杨明照：《增订文心雕龙校注》，第 168 页。

义以绳理，昭德而塞违；剖析褒贬，哀而有正：则无夺伦矣！[①]

"华过韵缓，则化而为赋"，主张哀而有正，即情感与正采兼备，丽辞与雅义兼备，雅丽兼备。因此，哀体与吊体在尚雅为主的基础上，有了尚丽的因素。这与哀吊二体的基本内容与作用有关，也与其出现的时代晚于铭诔箴祝数体有关。《文心雕龙》正视文学发展由质趋文的整体趋势，哀吊二体尚丽因素的增多，正是这一趋势的体现。

上述主要出自于《礼》的四篇文体论，其核心特征是尚雅少丽，"体制宏深"，注重文学的应用功能与发展历史，同时呈现出文体交织的特点。刘勰"文出五经"的基本分法是对的，在个别意见上略有差异。

三、记传盟檄，核要昭整

《文心雕龙》对史传文学极为重视，因为史传文学源出《春秋》，而《春秋》是孔子所作。从本书"序论"与"枢纽论"可以看出，儒家圣人中，孔子既是伟大的作家，又是伟大的精神导师；同时，《文心雕龙》论述文学创作时主张"镕铸经典之范，翔集子史之术"（《风骨》），史传文学占据了重要的地位，是后代文学取法的重要对象——而前述铭诔箴祝数体，对后代文学的影响则要小得多。一方面，史传文学记述了数千年的珍贵历史；另一方面，史传文学"实录"与"爱奇"的特点并存，内中记录了许多精彩的前人文章与语言论辩。《文心雕龙》是在坚持儒家雅丽思想的指导下，以非常开明宏大的视野，论述文学发展的真实面貌。另外，《文心雕龙》对史传文学仅仅列出一篇，笔者依据"记传盟檄，《春秋》为根"的说法，对以记载历史事实为主的数种文体进行了排列上的调整，将《檄移》《封禅》《书

---

① 杨明照：《增订文心雕龙校注》，第 169 页。

记》三篇归于史传论述。

1.《史传》。《史传》篇的篇幅远在其他文体论的篇幅之上，这显示了刘勰对史传的重视，一切文体都离不开历史的传承发展，《史传》不仅记述历史，还表现了刘勰强烈的史学意识，这个史学意识，集中地体现在枢纽论"诗骚结合"的创作原则与《通变》《时序》篇文学发展史的论述之中。雅丽思想源出儒家，刘勰将其运用于写作问题的各个方面，同时救弊近代文学的不良创作与理论研究，本身就是史学意识的表现。史传体裁的基本特点是：

> 原夫载籍之作也，必贯乎百氏，被之千载，表征盛衰，殷鉴兴废，使一代之制，共日月而长存，王霸之迹，并天地而久大。是以在汉之初，史职为盛：郡国文计，先集太史之府，欲其详悉于体国也。必阅石室，启金匮，抽裂帛，检残竹，欲其博练于稽古也。是立义选言，宜依经以树则；劝戒与夺，必附圣以居宗。然后诠评昭整，苛滥不作矣。[1]

刘勰以为，史传"依经以树则，附圣以居宗"，史书的源出是孔子所作的《春秋》。史书"表征盛衰，殷鉴兴废"，是重要的文献，其"实录"写法十分重要，史书以尚雅为主。在《文心雕龙》写作之时，刘勰能看到的史书至少有今传二十四史与十三经中的《春秋》三书与《史记》《汉书》《后汉书》《三国志》《宋书》等。《文心雕龙》写作素材的主要取法对象，就是传统的"经、史、子、集"四部，所以刘勰重点论述史传，是顺理成章的事情。

2.《檄移》。檄移文学主要用于两国之交、军事对垒的重大场合，有时也用于昭告百姓、移风易俗的目的。刘勰论"檄之大体"有二，

---

① 杨明照：《增订文心雕龙校注》，第 207 页。

一是其主要写作内容与风格特点，二是其创作规范。檄体内容与风格主要是：

> 凡檄之大体，或述此休明，或叙彼苛虐。指天时，审人事，算强弱，角权势；标著龟于前验，悬鞶鉴于已然，虽本国信，实参兵诈；谲诡以驰旨，炜晔以腾说。凡此众条，莫之或违者也。①

带有取法天地、卜筮阴阳与真诚狡诈的内容和计谋特点，其"谲诡驰旨，炜晔腾说"的风格特点与陆机《文赋》"说炜晔而谲诳"的说体类同，文辞明丽晓畅与诡奇虚妄交织一体。因此，檄体文学的创作规范要求严格：

> 故其植义扬辞，务在刚健。插羽以示迅，不可使辞缓；露板以宣众，不可使义隐。必事昭而理辨，气盛而辞断，此其要也。②

创作檄体文学务必做到"辞义刚健，示迅宣众，事昭理辨，气盛辞断"的要求。文章气势刚健，说理清楚明白，要让敌对国家或敌对方阅读之下，知难而退，望风披靡；要让百姓民众阅读之后"移风易俗，草偃风迈"，拥有强大的教化作用：

> 故檄移为用，事兼文武。其在金革，则逆党用檄，顺众资移；所以洗濯民心，坚同符契。③

---

① 杨明照：《增订文心雕龙校注》，第 282 页。
② 杨明照：《增订文心雕龙校注》，第 282 页。
③ 杨明照：《增订文心雕龙校注》，第 282 页。

檄体文学感染教化力强，是有阳刚之美的文体。因此，檄移在记述军国历史的同时，极端注重文采美的修饰，特别追求其感染力量，这是比其他文体更高的要求。

3.《封禅》。刘勰以为封禅文是敬天法地、褒德显荣的最高文体。这一类文体，又以秦国李斯的七处刻石为古今封禅文的主要转折点，往后的两汉三文，体式宏大，文才美丽。封禅文的创作，同样体现了"由质趋文"的文学尚丽发展趋势。这类文体的"大体"是：

> 兹文为用，盖一代之典章也。构位之始，宜明大体：树骨于"训""典"之区，选言于宏富之路；使意古而不晦于深，文今而不坠于浅；义吐光芒，辞成廉锷，则为伟矣。虽复道极数禅，终然相袭，而日新其采者，必超前辙焉。[①]

封禅文首先确立典诰之体，言辞宏富；意古文今，叙事重大。是"日新其采"的"维新之作"。根据这个论述，封禅文具有经典的体裁、重大的意义、宏富的言辞、新变的特点，回观枢纽论可知，这就是原道有采、新变其文的重要文体。

笔者之所以要将《封禅》调整到史传文学类别里来，其主要的原因就是封禅文记述了国家最重大的敬天祭祀、称述功德的历史事件。历史上敢于登山封禅的帝王是很少的，只有功德宏大、治国有方、"必超前辙"的少数帝王才会登山封禅。这一神秘色彩极为浓厚的文体与作品，是文学"雅丽"的重要来源。"雅"指其内容规格，是政治制度下的产物，与王权君命息息相关，在功能上意义重大；"丽"指其祭祀言辞、敬奉天地，是虚诞凭空的，成为后代想象力丰富、故事虚假、言辞讹滥之"丽"的取法对象。比如《史记》记载司马

---

① 杨明照：《增订文心雕龙校注》，第296页。

相如《封禅文》一篇，《文心雕龙》对其大加赞美：

> 观相如《封禅》，蔚为唱首。尔其表权舆，序皇王，炳玄符，镜鸿业；驱前古于当今之下，腾休明于列圣之上；歌之以祯瑞，赞之以介丘：绝笔兹文，固维新之作也。①

"鸿业""绝笔""维新"，是刘勰对这篇文章内容功能、文采新变的赞美核心。这三点，正是与辞赋类似的"巨丽"或"新变"之作。同篇又论述扬雄《剧秦美新》文曰：

> 观《剧秦》为文，影写长卿，诡言遁辞，故兼包神怪；然骨制靡密，辞贯圆通，自称"极思"，无遗力矣。②

扬雄在辞赋创作上极力追摹司马相如，在封禅文的写作上同样如此，说白了，封禅文赞天美地，从李斯的七处刻石开始，就是"有韵"（严可均语）为"文"的美文丽文，就是讴歌皇命、兼包神怪的神秘祭祀文化"问苍穹要法则，回人间称老大"的产物。班固《典引》则在原来尚丽稍过的基础上回归尚雅的正途：

> 《典引》所叙，雅有懿采，历鉴前作，能执厥中；其致义会文，斐然余巧。③

通观刘勰对封禅文的若干评价，可以看出以下两个主要内容：一是

---

① 杨明照：《增订文心雕龙校注》，第295—296页。
② 杨明照：《增订文心雕龙校注》，第296页。
③ 杨明照：《增订文心雕龙校注》，第296页。

崇尚美丽之文，内容不雅也可以，能做到既雅且丽更好；二是文体论二十多篇，其真正的排列先后的原因，并不是"先文后笔"的有韵文与无韵文的顺序。

4.《书记》。《书记》论述文体最多，论述语言最简，但是历代以来的这些次要文体主要是在政教、民用、私人几个层面的总结。《书记》篇说：

> 三代政暇，文翰颇疏。春秋聘繁，书介弥盛。[①]
> 及七国献书，诡丽辐辏；汉来笔札，辞气纷纭。[②]

因此，《书记》篇是典型的雅丽相杂、"文笔"相杂的文体合论。其主要的写作特点是：

> 详总书体，本在尽言，所以散郁陶，托风采，故宜条畅以任气，优柔以怿怀；文明从容，亦心声之献酬也。[③]

书记体裁的主要特点是"散郁陶，托风采"，文由心生，文显情性。所以需要写作者"条畅任气，优柔怿怀"，养气修心，"文明从容"。这是从作家修养与文辞表达的结合角度来看的，《文心雕龙》下篇独列《养气》一篇，论述"从容率情，优柔适会"的写作心态，《书记》篇下启养气理论，不应该被仅仅视为闲杂文体的集合论。而若干书记体裁的整体风格是"既驰金相，亦运木讷"，是文质结合、华实结合的作品，雅丽思想是其中轴核心。

---

① 杨明照：《增订文心雕龙校注》，第346页。
② 杨明照：《增订文心雕龙校注》，第346页。
③ 杨明照：《增订文心雕龙校注》，第346页。

四、诸子论说，飞辩致用

《宗经》以为："《易》惟谈天，入神致用。故《系》称：旨远、辞文、言中、事隐。韦编三绝，固哲人之骊渊也。"《周易》是最古老、最神秘、衍生功能最强大的经书。由《周易》派生而出的"论说辞序"诸体，主要以《诸子》《论说》两篇为主，部分文体归入到了《书记》等篇中。《诸子》《论说》这两篇最核心的内容是虚诞、飞辩、神奇、致用，正好体现了"《易》惟谈天，入神致用"的基本渊源。

1.《诸子》。《诸子》篇与其他篇目不同，泛论先秦两汉直到魏晋诸子百家甚多，而没有对诸子作品进行创作论的原则总结。在论述的过程中，刘勰以"雅丽华实"为其基本评价主线，贯穿了雅丽批评论与审美论。比如：

> 至如商、韩，六虱、五蠹，弃孝废仁；辕药之祸，非虚至也。公孙之白马、孤犊，辞巧理拙；魏牟比之鸮鸟，非妄贬也。昔东平求诸子、《史记》，而汉朝不与；盖以《史记》多兵谋，而诸子杂诡术也。然洽闻之士，宜撮纲要；览华而食实，弃邪而采正，极睇参差，亦学家之壮观也。[1]

法家"弃孝废仁"、名家"辞巧理拙"，"《史记》多兵谋，诸子杂诡术"，诸子或者违背仁义孝道，或者诡辩取巧，刘勰提出应该"览华食实，弃邪采正"，运用儒家雅丽思想"华实相胜，执正驭奇"的主张来看待与统摄诸子百家。于是，刘勰对先秦诸子给予了很高的评价：

---

[1] 杨明照：《增订文心雕龙校注》，第 229—230 页。

> 研夫孟、荀所述，理懿而辞雅；管、晏属篇，事核而言练；
> 列御寇之书，气伟而采奇；邹子之说，心奢而辞壮；墨翟、随巢，
> 意显而语质；尸佼、尉缭，术通而文钝；鹖冠绵绵，亟发深言；
> 鬼谷眇眇，每环奥义；情辨以泽，文子擅其能；辞约而精，尹文
> 得其要；慎到析密理之巧，韩非著博喻之富；吕氏鉴远而体周，
> 淮南泛采而文丽：斯则得百氏之华采，而辞气之大略也。①

先秦诸子的"百氏华采，辞气大略"，总结来看，雅丽为其根本，
依据《宗经》"六义"的标准，诸子各在一个方面与众不同，而整
体上笼罩于雅丽审美鉴赏论之中。这是意义非凡的一次大论述，刘
勰主张"翔集子史之术"，诸子百家的优点，都应该是后代学习写
作者所掌握的东西。刘勰写作《文心雕龙》就是这么做的，《文心
雕龙》"体大虑周"，以儒家统摄诸子，又以诸子补充儒家，为我
所用。这正是雅丽思想巨大包容性与新变精神的最佳表现。

2.《论说》。《文心雕龙》以为论体文学于古于今都很盛行，孔
子《论语》开头，战国诸子继踵，魏晋诸子盛行，论辩独见频出，
是一种非常重要、非常流行的文体。论体文学的写作之"体"是：

> 原夫论之为体，所以辨正然否。穷于有数，追于无形，钻坚求通，
> 钩深取极；乃百虑之筌蹄，万事之权衡也。故其义贵圆通，辞忌
> 枝碎，必使心与理合，弥缝莫见其隙；辞共心密，敌人不知所乘：
> 斯其要也。②

论体文学是为"辨正然否"而作，思辨特性与逻辑体系要求非常之高，

---

① 杨明照：《增订文心雕龙校注》，第 230 页。
② 杨明照：《增订文心雕龙校注》，第 247 页。

所以其基本要求是"义贵圆通，辞忌枝碎"，整体绵密，不留破绽，刘勰列举了非常多的历代优秀论体文章来证明这个特点。由此可知，《文心雕龙》体系严密，组织有序，不是刘勰仅从佛典思维学习而来，古代典籍具有严密逻辑的论著是非常多的，而论体文仅仅是其中的一小部分。

对于说体，刘勰以为说体的目的是听众心悦，因此技法要求极高；但是心悦不能过度，因为"过悦必伪"，所以要注意真诚与技法的和谐统一。其"枢要"为：

> 凡说之枢要，必使时利而义贞；进有契于成务，退无阻于荣身。自非谲敌，则唯忠与信；披肝胆以献主，飞文敏以济辞，此说之本也。而陆氏直称"说炜晔以谲诳"，何哉？[①]

"时利而义贞"即经典"抑引随时"的特点与"义贞而不回"的要求，刘勰以"唯忠与信"为"说之本"，同时重视"进能成务，退能荣身"的说之能用。这显然是儒家正言正行的言语观的直接反应。刘勰最赞赏的是"说之美者"是"伊尹以论味隆殷，太公以辨钓兴周；及烛武行而纾郑，端木出而存鲁"，这与孔子贬斥宰予"利口辩辞"、孟子责难纵横诸家完全是一个路子。所以，他对陆机"说炜晔以谲诳"的论述极为不满，尤其是"谲诳"之论，绝非儒家中正所本。笔者曾在《〈文心雕龙〉文学思想渊源论》一书中简单分析了儒家言语艺术的优点与不足，刘勰对于说体"枢要"的论述，同样体现了这样的特点与局限。

在《诸子》《论说》两篇文体论中，刘勰以儒家统摄诸子，以雅丽思想评价各家作品与创作。"《易》惟谈天，入神致用"的开放式评价，是以雅正为主导、华美为外饰的"雅而丽"为论述准则。

刘勰反对虚辞、诡辩、谲诳，主张尚正、忠信、华实结合的"正丽"。

五、诏策章奏，中正雅丽

《宗经》曰："《书》实记言，而训诂茫昧，通乎《尔雅》，则文意晓然。故子夏叹《书》'昭昭若日月之明，离离如星辰之行'，言照灼也。"文字深奥，文意照灼。《尚书》包含文体众多，《文心雕龙》经常说到的"典诰之体"，即出于《尚书》；同时，《尚书》多为上古先王经纬军国、君臣交流、政教化民的语言记录，故而具有史书的性质。《史传》篇说："古者，左史记事者，右史记言者。言经则《尚书》，事经则《春秋》也。唐虞流于典谟，商夏被于诰誓。"据此，《文心雕龙》将有关"诏策章奏"的《诏策》《章表》《奏启》《议对》几篇文体论合为一组。这一组的基本内容，均为军国大事、君臣之交、为政致用，因此意义重大。

1.《诏策》。本篇以为，不重视儒学的时候，诏策浮杂；尊重儒学之后，诏策模仿五经，"劝戒渊雅、典雅逸群、符采炳耀"的雅丽之作层出不穷，刘勰对此大加赞美。在这个基础上，他论述"诏策之大略"为：

> 夫王言崇秘，"大观在上"，所以百辟其刑，万邦作孚。故授官选贤，则义炳重离之辉；优文封策，则气含风雨之润；敕戒恒诰，则笔吐星汉之华；治戎燮伐，则声有洊雷之威；"眚灾肆赦"，则文有春露之滋；明罚敕法，则辞有秋霜之烈：此诏策之大略也。[1]

仔细对照宗经"六义"与《知音》"六观"诸说，诏策光辉灿烂的文采美与雅正严肃的内容美都体现出来了，诏策是华丽雅正、功能

---

① 杨明照：《增订文心雕龙校注》，第 265 页。

巨大的典范作品。

2.《章表》。相比于诏策的严正之雅与华美之丽，章表体裁更进一步，在"繁约得正，华实相胜"的中和雅丽指导下进行创作：

> 原夫章表之为用也，所以对扬王庭，昭明心曲；既其身文，且亦国华。章以造阙，风矩应明；表以致禁，骨采宜耀：循名课实，以文为本者也。[①]

章表的写作"既其身文，且亦国华"，对作家、对国家都有重要意义。而其核心要求是"章以造阙，风矩应明；表以致禁，骨采宜耀"，光华灿烂，"以文为本"，特别注重文采。同时，章表之功能在于典谟致用，绝非一般华而不实的文章：

> 是以章式炳贲，志在典谟；使要而非略，明而不浅。表体多包，情伪屡迁。必雅义以扇其风，清文以驰其丽。然恳恻者辞为心使，浮侈者情为文出。必使繁约得正，华实相胜，唇吻不滞，则中律矣。子贡云"心以制之"，"言以结之"，盖一辞意也。荀卿以为"观人美辞，丽于黼黻文章"，亦可以喻于斯乎？[②]

"雅义以扇其风，清文以驰其丽"一说，直接指出了章表写作"雅义清丽""华实相胜"的雅丽之美。在此基础上，特别突出章表"丽于黼黻文章"的尚丽要求。在所有文体论中，《明诗》《铨赋》《章表》三篇最为明显地论述雅丽之美与雅丽之法。对比古今中外的写作理论，对应用文体的文采华丽之美提到如此高度来重视的，只有

---

① 杨明照：《增订文心雕龙校注》，第307页。
② 杨明照：《增订文心雕龙校注》，第307页。

我国古代文论才有。在全世界其他国家的应用写作理论与我国当代的应用写作理论中，都看不到这样的论述。

3.《奏启》。《奏启》篇详细论述奏体与启体文学，二者略有差异。写作奏体时要以"明允笃诚为本，辨析疏通为首"，故而写作者必须要有"强志成务"的目的与"博见穷理"的修养，能够"酌古御今，治繁总要"，懂得取舍，古今备阅，这是奏体文学之"体"。而在整体要求上，奏体之"体要"为：

> 必使理有典刑，辞有风轨；总法家之裁，秉儒家之文。"不畏强御"，气流墨中；"无纵诡随"，声动简外：乃称绝席之雄，直方之举耳。[①]

严正典雅，兼备儒法，是奏体最重要的特点；奏体是经典与子史结合创作的典型例证。而启体"大略"与之不同：

> 必敛饬入规，促其音节，辨要轻清，文而不侈：亦启之大略也。[②]

启体"辨要轻清，文而不侈"，音节和谐，雅正规范，是典型的既雅且丽的文体。奏启二体，奏体雅正，启体雅丽，各有差异，尚雅为主。

4.《议对》。议体文学的"纲领之大要"是：

> 故其大体所资，必枢纽经典，采故实于前代，观通变于当今；理不谬摇其枝，字不妄舒其藻。又郊祀必洞于礼，戎事宜练于兵，

---

① 杨明照：《增订文心雕龙校注》，第318页。
② 杨明照：《增订文心雕龙校注》，第319页。

田谷先晓于农，断讼务精于律。然后标以显义，约以正辞，文以辨洁为能，不以繁缛为巧；事以明核为美，不以环隐为奇：此纲领之大要也。①

议体宗法经典，古今备阅，辞理雅正，精约明核，美而不繁，是典型的具有雅丽之美的文体。对体文学与议体有时出现的"异见"不同，是治理国家的重要应用文体：

> 对策揄扬，大明治道。使事深于政术，理密于时务。酌三五以镕世，而非迂缓之高谈；驭权变以拯俗，而非刻薄之伪论。风恢恢而能远，流洋洋而不溢：王庭之美对也。②

对体针砭时弊，经世致用，质实雅正，"深于政术"，抑扬王庭，"大明治道"。对体在议体优点的基础上，舍弃了议论可能会出现的虚美刻薄、偏执异见，明道治国，作用巨大。

这四篇文体论的核心是兼备雅正与华丽，而突出华美的一面。刘勰的论述，明确告诉我们：文学尚丽与重情的本质，古已有之，不减后代。文学发展由质趋文的趋势，古即如此，当代为甚。也就是说，《文心雕龙》论述文学重情尚美，不见得就只是魏晋玄学与文学自觉的产物，相反地，魏晋文学是讹滥的创作，还不如古代文学的雅丽之美。文学之丽，自"文源于道"之时就有，古代文学在儒家思想指导下，是雅丽之作；当代文学背弃经典，是淫丽之作，不足取法。

---

① 杨明照：《增订文心雕龙校注》，第 332—333 页。
② 杨明照：《增订文心雕龙校注》，第 334 页。

六、杂文谐谑，巧艳俗作

二十篇文体论的排列顺序与《宗经》"文出五经"的归类不太和谐的地方在于：《杂文》《谐谑》两篇属于流浪孤儿，无人认领；因此单独列出，归为一类。刘勰认为：文章属于经典"枝条"，杂文又属于文章之"暇豫末造"，是枝条之枝条，地位不高，限于娱乐，难登大雅之堂。《杂文》论述以宋玉《对问》、枚乘《七发》、扬雄《连珠》为代表的三类文体，其源起是：

> 宋玉含才，颇亦负俗，始造《对问》，以申其志，放怀寥廓，气实使文。及枚乘摛艳，首制《七发》，腴辞云构，夸丽风骇。盖七窍所发，发乎嗜欲，始邪末正，所以戒膏粱之子也。扬雄覃思文阁，业深综述，碎文琐语，肇为《连珠》；珠连其辞，虽小而明润矣。凡此三者，文章之枝派，暇豫之末造也。[1]

这三类文体的基本特点是抒情尚丽、巧艳明润，在功能上主要用于娱乐目的，因为对国家政治关系不大，所以刘勰对其评价不高。以《对问》为代表的这类文体基本创作要求是：

> 原夫兹文之设，乃发愤以表志。身挫凭乎道胜，时屯寄于情泰；莫不渊岳其心，麟凤其采：此立体之大要也。[2]

情深文丽，发愤抒情，是其创作"大要"。先秦孔子指出"诗可以怨"的抒情功能，汉代司马迁提出"发愤抒情"的主张，认为历代优秀作品主要都是"发愤为作"的产物。但是，发愤抒情说不合"主文

---

① 杨明照：《增订文心雕龙校注》，第180页。
② 杨明照：《增订文心雕龙校注》，第181页。

谲谏"的儒家诗教，因此，刘勰不认为宋玉《对问》以及后代的模拟之作是优秀的。这些作品只不过是个人怨气的抒发，对于国家政教作用有限。对于始自枚乘的七体文学，刘勰认为这是"腴辞云构，夸丽风骇"的作品，模拟之作也是如此：

> 自桓麟《七说》以下，左思《七讽》以上，枝附影从，十有余家。或文丽而义暌，或理粹而辞驳。观其大抵所归，莫不高谈宫馆，壮语畋猎。穷瑰奇之服馔，极蛊媚之声色；甘意摇骨髓，艳词洞魂识。虽始之以淫侈，终之以居正，然讽一劝百，势不自反。子云所谓"犹骋郑卫之声，曲终而奏雅"者也。唯《七厉》叙贤，归以儒道；虽文非拔群，而意实卓尔矣。①

七体艳丽淫侈，壮语瑰奇，虽有居正之意，但是讽一劝百，作用有限。七体类同于汉代大赋之虚辞滥说、文丽用寡，所以"十有余家"中，仅有归于儒道的《七厉》一篇可观。整体上，七体是属于丽而不雅的文体。连珠一体小巧可爱，刘勰提出了"义明词净，事圆音泽"的创作要求，点明其尚丽之风。对问、七体、连珠三体尚丽少雅，十分明显。故而赞语说其"飞靡弄巧"，使得这三体有巧艳、靡丽之嫌，刘勰有轻视的意味。因为这三体文学属于"文章之枝派，暇豫之末造"，在作用上抒情娱乐尚可，经国纬业不行。《文心雕龙》以雅丽思想论述美文，如果不尚雅正，没有政治作用，是会给予批评的。

相比于《杂文》篇"连珠"三体虽然"丽而不雅"，但是能够抒情寄兴而言，《谐讔》则地位最低，是最不值一提的民间文体。刘勰以为"文辞之有谐讔，譬九流之有小说，盖稗官所采，以广视

---

① 杨明照：《增订文心雕龙校注》，第181页。

听"①，是为了声色耳目、娱乐游戏的目的写作的。如果"效而不已"就会像东方朔那样滑稽搞怪，误入歧途。整体上，谐讔二体是刘勰不看好的文体，比杂文更糟糕。因为有很多名人贵族乃至帝王在写作，同时见于经典，故而论述之。赞语以为"空戏滑稽，德音大坏"②，谐讔二体"本体不雅，其流易弊"③，既不尚雅，也不尚丽，除了娱乐，没有可取之处。

第三节　探究文体写作纲领的意义

综上所述，"论文叙笔"的二十篇文体论及其写作纲领论内容贯通体现了雅丽思想，而且呈现出两个主要特点：一是所有文体均在五经统摄之中，"文出五经"；二是创作原则、批评鉴赏与审美评价的立体交织，"三位一体"。

第一，"文出五经"。如果将前述文体论二十篇分成若干类，可以看到如下几种类型，以及每种类型所对应的篇目与思想倾向。

> 丽词雅义：《明诗》《铨赋》《诏策》《章表》等，这是最理想的"雅丽"载体；
> 尚雅贬俗：《乐府》《杂文》《谐讔》等，批评民间文学与"无用"文学；
> 新变不足：《明诗》《乐府》等，批评魏晋宋齐诗歌与魏晋乐府；
> 雅而不丽：《祝盟》《铭箴》《诔碑》《史传》等，质实雅正有余而文采不足；
> 丽而不雅：《诸子》《论说》《杂文》等，文采飞扬但不合雅正儒道。

① 杨明照：《增订文心雕龙校注》，第195页。
② 杨明照：《增订文心雕龙校注》，第195页。
③ 杨明照：《增订文心雕龙校注》，第194页。

这五种分类以"丽词雅义"为核心，论述雅俗，规范文丽，不满新变，雅丽思想贯穿、黏合文体论的所有篇目与体裁。我们可以清楚地看到刘勰以儒家经典"衔华佩实"的审美特点为基准，衡量并评价从古至今的所论文体，将其置于五经雅丽文风统摄之中，体现的正是《宗经》篇"百家腾跃，终入环内"的"文出五经"的基本观点，在文体渊源上树立了五经的崇高地位。

第二，"三位一体"。同时，雅丽思想体现了创作、审美、鉴赏立体交织、"三位一体"的基本特点。

在创作理论上，二十篇文体论涉及七八十种具体文体，重点论述的有三十余种，每一种文体都有独特的创作原则。这些原则，往往以"纲领""纲要""大体""体""旨"等异语同义的术语总结在各篇之中。所有的几十条文体创作原则论，或尚雅或尚丽，或者雅丽并重，丽词雅义。雅丽思想是文体创作论的核心。

在审美风格上，以上的文体创作要求部分，可以集中地看出刘勰雅丽思想的贯通式影响。按照《定势》篇论述文体风格"各以本采为地"的说法，以一类风格为核心，有一大类主要的文体，分类可知，文体创作原则与文体风格论的要求是对应一致的。文体风格论从"典雅"到"巧艳"，明显体现出"雅丽"这一中心；文体创作论则从具体文体的角度分别体现了雅丽思想的贯通与指导。实际上，不仅《定势》文体风格论，《体性》篇风格"八体"类型论与《通变》篇时代风格论，都是雅丽思想在体制风格上的侧面体现。

在批评鉴赏论上，《知音》篇提出了"位体、置辞、通变、奇正、事义、宫商"的"六观"说，这六观，在各体创作原则与审美鉴赏的论述中有许多体现。《文心雕龙》论述写作，是将创作、批评、审美结合起来看待的，体现了三者交织，共同立论的特点。

长期以来，对"论文叙笔"部分的研究处于沉寂状态，这直接导致了对其他部分理论研究的不充分。而对雅丽思想在"论文叙笔"部分所做的上述"文出五经，三位一体"之具体表现的分析，给了我们一些重要的启示，这些启示或者与"剖情析采"部分所述高度吻合，或者有利于一些矛盾论争的消解。

一是文笔之争，刘勰主张不分文笔。文体论开始的几篇是赋颂歌赞，核心是丽词雅义；文体论结束的一块是诏策章奏，核心仍然是典雅华丽；上半部分的铭诔箴祝雅而少丽，下半部分的论说诸子则丽而缺雅。所以，前人关于文体论排列顺序"先文后笔"的说法不能成立。李斯刻石被用于颂体、铭体、封禅文数体之中而论述一致，也是明证。

二是前代有关刘勰文学思想折衷论的论述，还可以再进一步。王运熙、周勋初等先生认为齐梁文论可以分为质实的复古派、尚丽的新变派、文质合观的折衷派三大体系，刘勰属于折衷派。这一说法的合理之处在于：将时代风气与文学实践进行了系统合理的归纳，《文心雕龙》写于此时，应该是时代风气的骄子。这个说法不合理的地方在于：《文心雕龙》固然是时代风气的产物，但更是刘勰本人独立创作的产物，《文心雕龙》的尚雅与尚丽根基，并不是魏晋时代风气影响的结果，而是远取儒道与楚辞的结果。儒家尚雅、道家尚美、楚辞奇丽，雅丽文学思想是在《宗经》《原道》与《辨骚》基础上建立起来的，而不是取法魏晋时风得来的。刘勰在枢纽论所提出的雅丽思想，是形而上的道，而不是形而下的器，具有鲜明的哲学之道的高度，而不仅是化合当下创作实践、理论主张的成果。特殊作家的特殊作品，往往与时代风气并不一致，与当下写作时尚并不一致，这种现象并不少见。

三是《文心雕龙》思想渊源的取与舍。顺着上述主张推论，非常明显的是，《文心雕龙》贬斥玄学、少见佛学这两家时代学术思潮。这看起来不太可能，实际上正是如此。因为玄佛思想首先不见于全书的序论部分，更不见于作为理论总纲的枢纽论部分，而在全书最为细致的"论文叙笔"部分。尽管论述了千年以降的几十种文体，佛学思想却在其中仅见一处影子，几乎可以忽略不计。同时，刘勰以为玄学思想远奥玄虚，为文不用，不与文学雅丽思想相容，甚至带来断代文学创作的极端不良风气，其地位还在佛学之下。但是对于法家、纵横数家思想，明确地论述了儒家需要结合它们进行文体创作的观点，这是玄佛二家所不能比拟的。所以，尽管《文心雕龙》创作于齐梁之交，在思想取法上却非常清晰地远离佛学，对玄学虽有"本末""情性"之所取，但是批评也很明显。

四是《文心雕龙》下篇的若干创作理论，根植于二十篇文体论之中。没有文体论的坚实支撑，就得不出下篇创作论的若干理论。比如体制风格理论，《体性》"八体"尽管在数理上以《周易》为法，但在风格类型与各体特点论述上，完全是文体风格论与作品风格论的总结提炼，各体并有鲜明的时代性；《风骨》篇风骨感染力之说，在《章表》等篇中极为明显；《通变》思想见于若干文体原则之中；《定势》文体风格论渊源即在文体论中；《情采》篇崇诗抑骚、正采彬彬的论述，坚实的支撑在于赋颂歌赞部分；又以《养气》为例，《书记》篇从容优柔的论述，就是如何养气为文的同样论述；至于夸饰手法、比兴手法、"经典子史"结合的创作论、"指瑕"文术的作品技法论，都可以在文体论部分得到扎实的论述证明与案例证明。顺此，有关风格"八体"来源之争、"风骨"内涵之争等长期悬而不决的论争，可以得到解决：风格"八体"是对历代文学作品风格与各类文体风格的总结，带有鲜明的历时性；"风骨"则是对风格"八体"的进一步提升，是《文心雕龙》的审美理想论，具有鲜明的共时性。

综上所述，"论文叙笔"部分，以雅丽思想为主导核心来组织篇目专题并进行论述，上承"文之枢纽"诗骚结合、雅丽兼备的纲领，下启"剖情析采"的创作、审美、文术理论，具有重要的作品支撑地位与理论衔接地位。

第四章 《文心雕龙》写作思维论

《文心雕龙》含有丰富的写作思维理论,既有专篇性质的《神思》,是古代文论中专门讨论写作思维的集大成者;也有论述了《文心雕龙》宇宙思维、全书结构体系、历史思维和折衷思维的《序志》篇;还有专门探究文章篇章逻辑结构思维的《附会》篇,专门论述写作过程论思维的《镕裁》篇"三准"说;至于著名的《原道》篇,则将文学何以创生、何以发展、何以美丽等哲学美学问题阐述得清楚明白,具有综合的创意写作思维特点。在以往的《文心雕龙》研究成果中,专门探究其写作思维的论著成果不多,本章将在这些方面展开力所能及的初步分析。

第一节 《文心雕龙》之前的写作思维理论

在《文心雕龙》问世之前,历史上已有多位名家阐述过不同类型的写作思维理论,现概述于下。

一、庄子与"逍遥游"

从写作思维来看,先秦老子提出"虚实""有无"等重要范畴,但因其过于简略,对文学艺术的发展影响有限,本文暂不讨论。《庄子》中有《逍遥游》《知北游》等著名篇章,具有原理性和操作性兼备的性质,是真正的创意写作思维理论,又以"逍遥神游"影响最大。《庄子·逍遥游》记载:"北冥有鱼,其名为鲲。鲲之大,不知其几千里也;化而为鸟,其名为鹏。鹏之背,不知其几千里也;怒而飞,其翼若垂天之云……"本篇充满奇特的想象和浪漫的色彩,寓说理于寓言和生动的比喻中，追求精神世界的绝对自由。"逍遥游"体现了多层内涵，对创意写作思维理论建构具有重要的启示意义。

第一，动物异化带来的丰富想象力。鲲鹏本为二物，但在庄子笔下，它们可以相互转变，这实际上是一种动物异化行为，从大鱼变成大鹏，从海中遨游到飞空翱翔，改变了鲲鹏的生存方式和运动方式，也从二维平面环境变为立体三维空间。这种跨越式的变化，既符合《庄子》"无端崖之辞"的语言特点，随着动物变形、异化的开端，更为后代小说故事的写作带来了无穷无尽的丰富想象力，比如《封神榜》《西游记》《聊斋志异》中随意变换形体的各类动物，以及当代网络小说、神魔文学中随意变形的动物、植物、器物等，都受其影响。

第二，"扶摇直上九万里"引出的卓越夸张手法。中国写作史上不乏想象丰富、夸张过人的作家作品，比如屈原笔下的一百七十多个天问，李白笔下的"飞流直下三千尺""尔来四万八千岁"等等，豪壮不已，但要说夸张第一，还是首推庄子，"鹏之背，不知其几千里也"，展翅高飞，可以"扶摇直上九万里"，没有谁能像他这样进行艺术夸张。之后的文学作品，凡进行奇异诡怪的卓绝夸张者，无不带有庄子的影子。比如《柳毅传》中的赤龙，身长千里，夸张吓人；《西游记》中的孙悟空，一个筋斗云，可以有十万八千里；如此等等。尽管这其中有外来佛教故事、佛教法力的新增因素，但动物意象结合神仙法力的组合方式，仍然是其中的主要建构因素。

第三，"逍遥神游"带来的宏大艺术构思空间。庄子之后，无论文学、写作、绘画、书法、音乐等各个艺术部类，均有以神游进行艺术构思乃至宏大艺术构思的传统。这类成果已经比较多，此不赘述。

二、司马相如与"赋家之心"

据刘歆编纂的《西京杂记》卷二记载："司马相如为《上林》

《子虚》赋，意思萧散，不复与外事相关，控引天地，错综古今，忽然如睡，焕然而兴，几百日而后成。其友人盛览，字长通，牂牁名士，尝问以作赋。相如曰：'合綦组以成文，列锦绣而为质。一经一纬，一宫一商，此赋之迹也。赋家之心，苞括宇宙，总览人物，斯乃得之于内，不可得而传。'览乃作《合组歌》《列锦赋》而退，终身不复敢言作赋之心矣。"从具体操作层面来看，司马相如写作辞赋的时候，"意思萧散，不复与外事相关，控引天地，错综古今，忽然如睡，焕然而兴，几百日而后成"，这是一种忘我投入、心无杂念、倾力思考、专注写作的状态，类似于庄子所说的"浑沌"状态，也是自由思考、自由写作的"逍遥神游"状态。从更高一层的视野看，司马相如提出"赋家之心，苞括宇宙，总览人物，斯乃得之于内，不可得而传"的著名论断，认为其这既是文章材料的来源，也是写作的根本出发点，还是构思谋篇的宏大叙事之来源，构成了整体上宏观层面的写作哲学、中观层面的写作思维学。司马相如以"赋圣""辞宗"的文学创作成就，以本篇精炼的核心创作理论，成为古代写作思维理论建构史上的著名代表。

三、陆机的"物—意—文"创作思维论

早在物感说正式出现于齐梁年间的代表性文论巨著《文心雕龙》和《诗品》之前，西晋著名文学家、文学理论家陆机就在《文赋》中运用辞赋的写法，全面阐述了文学作品创作的构思过程和写作过程。在进行创作思维论述的同时，陆机提出了另外一种可以表述为"物—意—文"的作品写作思维模式。这一模式看起来和物感说差不多，但在相似的同时，也具有自身的特殊性和更强的、更细致的操作性。

《文赋》是一篇用赋体写成的文论名作，在序言中，陆机指出：他之所以要写作《文赋》，是想探索文士为文的"用心"，并认为自

己已经探究清楚了，是"窃以为得其用心"。所谓"用心"，指的是文学创作的奥秘、写法，简单说，就是文学创作的思维过程，是写作思维专题研究。《文心雕龙》在《序志》篇也提出过"文心者，盖为文之用心也"这一论断，表明《文心雕龙》一书是受了陆机《文赋》的影响写成的，这本书要展开对写作思维与写作各方面问题的理论与实践的深度探索，从而超越了《文赋》。

从实际内容看，《文赋》尽管是在探究文学创作的思维问题，并总结出了"每自属文，尤见其情，恒患意不称物，文不逮意，盖非知之难，能之难也"①的思维与措辞之间的规律性难题，但是《文赋》的写作内容、运用的写作手法、采用的喻体批评方式以及举出的若干例证，则是典型的山水景物文学作品创作论、思维论，所以，说《文赋》是专为山水文学创作贡献的一篇专论，进而升级为文学创作思维的通论，并不为过。

在动笔之前的写作状态准备阶段，陆机指出："遵四时以叹逝，瞻万物而思纷。悲落叶于劲秋，喜柔条于芳春，心懔懔以怀霜，志眇眇而临云……慨投篇而援笔，聊宣之乎斯文。"②写作动机确定之后，作家心态的养成以及写作准备的完成，是在"遵四时以叹逝，瞻万物而思纷。悲落叶于劲秋，喜柔条于芳春"的观察物象、感受万物之美，激发自身悲喜之情，想象该怎么写的基础上实现的，也就是说，写作依靠的是外界景物的触动。

动笔写作之后，则应直抒胸臆，将储备的写作状态运用适当的措辞表达出来："其始也……精骛八极，心游万仞。其致也……浮天渊以安流，濯下泉而潜浸。于是沈辞怫悦，若游鱼衔钩，而出重渊之深；浮藻联翩，若翰鸟缨缴，而坠曾云之峻。……观古今于须臾，

① 〔清〕严可均：《全上古三代秦汉三国六朝文·全晋文》，第2013页。
② 〔清〕严可均：《全上古三代秦汉三国六朝文·全晋文》，第2013页。

抚四海于一瞬。"① 写作要专注，不要分心，要迅速动笔，运用思维能力控制文章的结构和内容，达到"观古今于须臾，抚四海于一瞬"的状态。这是一种非凡的传达能力和思维控制能力，需要极高的天赋，非常人所能及。陆机是天才型的文学大师，他有这方面的思维能力和写作经验，所以谈起来头头是道，好像写作确实应该如此这般一样。动笔阶段全部是关于山水景物的论述，这种喻体批评的文学理论建构方式，是整个魏晋南北朝文论创作的一大亮点、一大特色，在之前很少，在之后虽然有，数量还多，但其理论高度和理论影响力，远不如这一阶段。所以，我们如果把以《文赋》为代表的魏晋南北朝山水文学理论、景观文学理论单独提出来，命名为"绿色文论"，也是可以成立的。② 因为这一部分全部是以山水景物为例证，来阐述文学创作的动笔阶段的写作状态和措辞问题。

其后，《文赋》在写作的中间过程、结束阶段，所有的论述，都以山水景物为喻，深度阐述写作的全过程，以及运用山水景物描述可能出现的言不达意、思维阻塞、豁然开朗、符合文体特色、解决语言措辞等问题。由此可见，《文赋》作为通篇运用山水景物这一喻体评论方式来写成的理论著作，确实是山水文学创作思维的经典代表。作为具有普适性意义的文学创作思维通论，也同时具有特殊性意义，是山水文学创作最直接的可以取法的写作思维论，甚至可以说是山水文学写作模板论。

---

① 〔清〕严可均：《全上古三代秦汉三国六朝文·全晋文》，第 2013 页。

② "绿色文论"一说，出自童庆炳先生。童先生曾在《江汉大学学报》2005 年第 6 期发表《刘勰的〈文心雕龙〉"阴阳惨舒"说与中国"绿色"文论的起点》指出：《文心雕龙》的《物色》篇，是中国文论史上的第一篇"绿色文论"。但是，梳理魏晋南北朝文论之后，我们可以发现，"绿色文论"早已有之，陆机的《文赋》是第一篇成体系的、有深度的、影响至今的"绿色文论"。

此外，《文赋》还论述到写作思维的灵感论、写作主体情性论、文体风格特点论等问题，主要的论证方式，还是喻体批评，采用的主要比喻手段，还是借用山水景物。因此，《文赋》通篇都在通过山水景物来论证文学的创作思维。

和《文心雕龙》的《明诗》《铨赋》《物色》等篇章以及钟嵘《诗品》对物感说的论述相比较来看，陆机《文赋》所站的理论高度，没有儒家大道、没有政教功能、没有复古性质的文学写作内容要求，虽有玄学影响，但更接近于纯粹的写作理论，这是《文赋》与《文心雕龙》的不同；《文赋》也没有将写作限定于诗歌体裁，而是通论文学创作，没有钟嵘那种非诗歌不能为之的绝对化表述，这是《文赋》不同于《诗品》的地方。《文赋》提出的"物—意—文"写作思维模式，看起来虽然也是线性的，和物感说差不多，但是《文赋》深度关注到了写作过程的非线性状态——言不达意的状态、灵感爆发的状态、措辞与思维矛盾的状态等真实的写作问题，这是刘勰、钟嵘、陈后主等人主张的粗线条物感说未曾论述到的内容，更接近于写作的真实状态。所以，陆机"物—意—文"的写作思维论，处于宣扬政教大道的纯粹儒家音乐创生论之下，又比《文心雕龙》和《诗品》粗线条的物感说更细致，更具有操作性，更符合文学作品生成的真正写作原理，是纯粹的文学作品创作机制和绿色文论。

第二节　《文心雕龙》的写作思维理论

陆机之外，魏晋南北朝文论中探究文学创作思维的代表成果是刘勰《文心雕龙》中的《神思》篇，该篇和《文赋》一起，成为整个中国文学理论史（古代与现当代）上成就最高的创作思维理论，之前以及之后，都没有相关成果能够与之媲美。

一、写作思维总论：《神思》篇

首先，《文心雕龙》的写作思维论最为鲜明地体现在《神思》篇中。该篇详细论述了写作思维的基本特点、写作思维的养成问题、言意关系问题、写作思维的不可言说性、作家思维的迟速问题、作家思维"博而能一"的训练问题以及灵感思维的养成问题等，是中国古代文论中最全面、最深刻、最具理论性的思维论专篇。如果与《养气》篇综合观照之，则更可以看出刘勰对写作思维养成、创作实际心态、主题修养方法论的论述深入独到之处，曹顺庆先生硕士学位论文《文心雕龙的灵感思维》论之甚详，可参。

《神思》篇论述思维概念、思维过程、思维迟速、思维养成、言意关系等诸多问题，有其独到的一面，也有其不如《文赋》论述细致、操作性不如《文赋》的一面。在《神思》篇中，刘勰阐述深奥的思维之谜、探索其特点，运用最多的论证方式，还是与陆机一脉相承的喻体批评，特别是山水景物批评方式。比如，在《神思》开篇，刘勰就说：

> 古人云："形在江海之上，心存魏阙之下。"神思之谓也。文之思也，其神远矣。故寂然凝虑，思接千载；悄焉动容，视通万里；吟咏之间，吐纳珠玉之声；眉睫之前，卷舒风云之色；其思理之致乎！故思理为妙，神与物游。[1]

作家的形体和心灵状态是可以分开的，这就是神奇的写作思维！刘勰指出：神思的最关键因素是"思理为妙，神与物游"，神思不是只受外在事物的激发，还有与山水景物一起变化的特点——很显然，这一论断不同于他在《明诗》《铨赋》等篇章中主张的粗线条的物

---

[1] 杨明照：《增订文心雕龙校注》，第 369 页。

感说。下一步，怎样培养神思呢？刘勰指出："陶钧文思，贵在虚静，疏瀹五藏，澡雪精神。"①这是深受老子、庄子"虚静"思想影响的创作状态养成论，比《文赋》论述更深刻。进入具体的写作操作之后，则"登山则情满于山，观海则意溢于海，我才之多少，将与风云而并驱矣"②。登山、观海一说，与《文赋》几乎一致，宣扬的都是从山水景物中借来理论证据进行创作过程论述的理论——不是其他的事物，而是山水景物。《文赋》与《神思》都一致选择了这一路径，借山水来阐述文学创作的普适性思维规律。这一规律当然同样适用于新兴的山水文学的创作思维，而且还更有亲近感和模板意义。

《神思》是《文心雕龙》的第二十六篇，主要探讨艺术构思问题。从《神思》到《总术》的十九篇，是《文心雕龙》的创作论部分。刘勰把艺术构思列为其创作论的第一个问题，除了他认为艺术构思是"驭文之首术，谋篇之大端"外，更如众多"龙学"研究者所说，《神思》篇是刘勰创作论的总纲。创作论以下各篇所讨论的问题，《神思》从物与情、物与言和情与言三种关系的角度，概括地提出了他的基本主张和要求。

二、逻辑结构思维

（一）《文心雕龙》的组织结构体系

成书于南朝齐梁之际的《文心雕龙》是我国写作学理论的巅峰之作。围绕《文心雕龙》的成书时间、主导思想、体例结构、专题范畴等问题，学术界进行了深入而全面地研究，并为此而形成了一门专门的学科——"龙学"，具有世界性的影响。据李建中先生统计，

---

① 杨明照：《增订文心雕龙校注》，第 369 页。
② 杨明照：《增订文心雕龙校注》，第 369 页。

每年所发表的"龙学"研究论文，在比例上占到了全部古代文论研究论文的40%以上，与"红学"研究一样，堪称显学。[1]《文心雕龙》全书五十篇，清人章学诚以"体大而虑周"目之，被"龙学"研究界公推为定论。在《序志》篇中，刘勰自述其书之结构体系曰：

> 盖《文心》之作也，本乎道，师乎圣，体乎经，酌乎纬，变乎骚：文之枢纽，亦云极矣。若乃论文叙笔，则囿别区分，原始以表末，释名以章义，选文以定篇，敷理以举统，上篇以上，纲领明矣。至于剖情析采，笼圈条贯，摛《神》《性》，图《风》《势》，苞《会》《通》，阅《声》《字》，崇替于《时序》，褒贬于《才略》，怊怅于《知音》，耿介于《程器》，长怀《序志》，以驭群篇，下篇以下，毛目显矣。位理定名，彰乎大《易》（衍）之数，其为文用，四十九篇而已。[2]

据此可知，《文心雕龙》全书五十篇，主要可以分为四大部分：从《原道》至《辨骚》的五篇以"文之枢纽"目之，可称为枢纽论；从《明诗》到《书记》的二十篇属于"论文叙笔，囿别区分"的文体论；《神思》到《程器》的二十四篇属于全面的"剖情析采，笼圈条贯"部分，学术界一般将其分为创作论（《神思》至《总术》十九篇）与批评论（《时序》至《程器》五篇）；最后是总纲性质的《序志》一篇，称为序论。[3] 根据以上主要内容的划分，可以归纳出刘勰建构的以下理论体系：

---

[1] 李建中：《文心雕龙讲演录》，桂林：广西师范大学出版社，2007年。
[2] 杨明照：《增订文心雕龙校注》，第610—611页。
[3] 这样的板块划分，起自范文澜先生，百年"龙学"研究中对此多有论述，各家分类并不一致，对有些篇目的归属迄今争论仍存。范文澜、杨明照、王运熙、周振甫、杜黎均、祖保泉、夏志厚等先生各出所见。笔者采纳的主要是王运熙先生的归纳意见。

序　论：《序志》——以驭群篇

枢纽论：《原道》至《辨骚》——文之枢纽

文体论：《明诗》至《书记》——论文叙笔，囿别区分——纲领

创作论：《神思》至《总术》——剖情析采，笼圈条贯——毛目

批评论：《时序》至《程器》——剖情析采，笼圈条贯——毛目

《文心雕龙》建构的这一"体大虑周"的理论体系，仅在《序志》篇中，就可找到三大依据。

第一，全书根据《周易》"大《易》之数五十"来安排五十篇专题与理论结构。序言为总论一篇，其余四十九篇为具体的"为文之用心"，讨论有关"为文"的各个方面的问题，这表明《周易》是《文心雕龙》的核心理论来源。这在全书中有很多直接的证据，比如刚柔与八体之风格论、通变论、写作起源论等，均出自《周易》。仅在《原道》之中，《周易》就经历了伏羲画卦、文王继作、孔子集其大成的历史发展脉络——实际上将上古最著名的部落首领、政治家、思想家、作家统统纳入到《周易》作者之序列，纳入到儒家历史与思想体系之中——那么，《周易》丰富的内容和严整的体系，对《文心雕龙》产生重大的组织结构影响，岂不顺理成章？

第二，全书采用"同之与异，不屑古今；擘肌分理，唯务折衷"的折衷思维方法论，在论述的时候正反兼备、古今结合，从正、反、合的基本模式中演化出若干句型、专题、篇章，这是《文心雕龙》在具体写作时能够客观、公正论述古今写作现象的主要原因，也是

这本名著历久不衰、至今迷人的根本原因。它不受一时一地的局限，在从上古伏羲到南朝齐梁几千年的历史时空中选取、渔猎，在公正客观的基础上立论、出新，它的成功，离不开折衷思维方法论。而关于这一方法论的理论来源，曾有若干佛学渊源说的文章出现，但考察中国古代诸子文献，其真实的理论来源，还是在古典著作之中，而以儒家中庸思想为根本。

第三，全书的写作目的极为清晰，立论的出发点很高，故能超越众往，自成体系。在根本的写作目的层面上，是因为生命脆弱，在刘勰看来，一个人想要名垂青史，就应该立言不朽，而追思儒家代表思想家孔子，则成为刘勰创作《文心雕龙》最主要的写作动力之源。在中间的写作体裁层面上，刘勰认为注解经书本是最好的工作，但考虑到自己超不过郑玄、马融等汉代名儒，于是看到"文章"写作是军国、政治大事的"枝条"与体现，那就选定写作"文章"，可以树德建言，以期立言不朽。在直接的现实层面上，针对的对象则有两个：一是近代不良的文学创作，"辞人爱奇，言贵浮诡；饰羽尚画，文绣鞶帨：离本弥甚，将遂讹滥"，那就需要归正，于是要主张《周书》之词、尼父之旨，这是儒家经典在作品层面的标准；二是"近代之论文者"虽多，从东汉桓谭、魏文帝曹丕到西晋二陆兄弟，整整十家文论著作，没有一篇称得上是成功的，它们要么"各照隅隙，鲜观衢路"，要么"未能振叶以寻根，观澜而索源；不述先哲之诰，无益后生之虑"，出现了碎、乱、不精、疏略等弊端，反推过来，《文心雕龙》就一定是追求振叶寻根、观澜索源的著作，一定是"述先哲之诰，益后生之虑"的体系严密、内容全面、卓有建树的著作，这就决定了这本书理论体系建构必须要"体大虑周"，否则，刘勰批评那么多的文学创作和文学理论著作，一旦《文心雕龙》写不好、超不过"近代之论文者"，他对自己都无法交代。

实际上，在具体阅读或研究的时候，一般将序论性质的《序志》篇放在最前面，枢纽论的五篇紧随其后，文体论二十篇、创作论十九篇以及批评论五篇作为展开的主体，放在后面。这样安排顺序的好处是由小到大，可以清晰地看出《文心雕龙》从序言、枢纽、纲领、毛目立体、全面地建构自身理论体系的脉络顺序。

（二）篇章结构论思维

在《序志》篇阐述《文心雕龙》全书整体组织结构之后，落实到具体的写作层面，《附会》篇阐述了文章写作的篇章结构及其思维模式，是《文心雕龙》写作思维理论的重要组成部分。

《附会》篇开宗明义，论述篇章结构，其说曰：

> 何谓附会？谓总文理，统首尾，定与夺，合涯际，弥纶一篇，使杂而不越者也。若筑室之须基构，裁衣之待缝缉矣。夫才量学文，宜正体制：必以情志为神明，事义为骨髓，辞采为肌肤，宫商为声气；然后品藻玄黄，摛振金玉，献可替否，以裁厥中：斯缀思之恒数也。①

开篇阐明"附会"在写作中的必要性及其基本原则。刘勰强调，"附会"的工作，就像"筑室之须基构，裁衣之待缝缉"一样重要，写作之前，谋篇布局、轻重判定，必须考虑清楚。他认为构成作品的情志、事义、辞采和宫商四个部分，情志是最主要的，其次是表达情志所用的素材（事义），辞采和音节虽是更次要的组成部分，但和人必有肌肤、声色一样，也是不可缺少的。必须首先明确这个原则，才能轻重适宜地处理好全篇作品。刘勰要求作者从大处着眼，有全

---

① 杨明照：《增订文心雕龙校注》，第 519 页。按：引文中"才量"一词，一般写作"才童"，指读书、就学的儿童。

局观点。

到了具体的习染、学习和操作层面，《附会》指出"才量学文，宜正体制：必以情志为神明，事义为骨髓，辞采为肌肤，宫商为声气；然后品藻玄黄，摛振金玉，献可替否，以裁厥中：斯缀思之恒数也"，则直接告诉我们：儿童学习文章写作，"正体制""裁厥中"的意义是多么重要，因为这是"缀思之恒数"，是学习文章及其写作技法的"恒数"，是基本规律，具有普遍的价值。在刘勰看来，学写文章，需要"以情志为神明，事义为骨髓，辞采为肌肤，宫商为声气"，情志、事义、辞采、宫商四者，与《宗经》篇"六义"说及《知音》篇"六观"说如出一辙，刘勰以人的身体作比，认为从内到外、从内容到形式的四者，如同人的精神、骨髓、肌肤和声气一样，需要合观统照，各自特别重视，只有打好这样的基础之后，才能操笔为文，进行写作。在《附会》篇末，刘勰还提出：必须写好一篇作品的结尾，使之"首尾相援"，才能达到理想的地步：

> 若夫绝笔断章，譬乘舟之振楫；会词切理，如引辔以挥鞭。克终底绩，寄深写远。若首唱荣华，而腰句憔悴，则遗势郁湮，余风不畅：此《周易》所谓"臀无肤，其行次且"也。惟首尾相援，则附会之体，固亦无以加于此矣。①

从真实的写作状态来说，这种严格布局、首尾照应、前后圆合的要求，是对写作思维的严格要求、严密控制、严谨表达，写作思维绝非随物赋形、心无成竹，而是严谨而严密的，因此刘勰在充分论证思维的不可把握、言不达意或灵感状态的非构思思维状态之余，

---

① 杨明照：《增订文心雕龙校注》，第520—521页。按：本段引文中的"寄深写远"一句，有的版本写作"寄在写以远送"。

更看重构思论乃至严格的构思论思维理论，将二者合并起来看待，充分应对了写作中不同的真实思维状态，整个论述是合理的、严谨的、充分的、可信的。

《附会》是《文心雕龙》的第四十三篇，主要是论述整个作品的统筹兼顾问题。所谓"附会"，分而言之，"附"是对表现形式方面的处理，"会"是对内容方面的处理。这两个方面是不能截然分开的。《附会》强调的是"统文理"，所以虽有"附辞会义"之说，并未提出分别的要求或论述。《附会》所提出的"必以情志为神明，事义为骨髓，辞采为肌肤，宫商为声气"尤为重要，是刘勰的重要文学写作观点之一，不仅是儿童学习文章写作进行"附会"的原则，也是整个文学创作通用的普遍原则。这种以人体所作比喻，既明确了作品各个部分的主次地位，也说明了各个部分在作品中的不同作用和相互关系。

三、写作过程论思维

严格来说，《物色》篇物感说的写作机制论和与之对应的"物—意—文"写作过程论，应该是《文心雕龙》写作过程思维论的代表，但前文已经对此进行过深入讨论，故这一部分主要针对《镕裁》篇"三准"说进行分析。

《镕裁》篇是《文心雕龙》的第三十二篇，位于专论写作思维的《神思》篇及专论写作风格的《体性》至《情采》之后，讨论文学创作中怎样镕意裁辞，是《文心雕龙》创作论的重要篇目。从篇名来看，"镕裁"和我们今天所说的"剪裁"有些近似，但也有很大的区别。刘勰自己解释说："规范本体谓之镕，剪截浮词谓之裁。"所以，"镕"是对作品内容的规范；"裁"是对繁文浮词的剪截。"镕裁"的工作，从"思绪初发"开始，到作品写成后的润饰修改，是贯彻在整个创作过程之中的。其主要目的是写成"情周而不繁，辞运而不滥"的作品。该篇在提出文章写作的"三准"说时指出：

> 凡思绪初发，辞采苦杂；心非权衡，势必轻重。是以草创鸿笔，先标三准：履端于始，则设情以位体；举正于中，则酌事以取类；归余于终，则撮辞以举要。然后舒华布实，献替节文。绳墨以外，美材既斫，故能首尾圆合，条贯统序。若术不素定，而委心逐辞，异端丛至，骈赘必多。[①]

所谓"三准"，即进行写作的三个阶段，在每一个阶段都有不同的写作要求和思维要求，可以排列于下：

> 一准：履端于始，则设情以位体
>
> 二准：举正于中，则酌事以取类
>
> 三准：归余于终，则撮辞以举要

在一准阶段，即计划写作阶段，应该"设情以位体"，主要考虑好文章情志和适应体裁的问题，如果文体选择不当，则不能准确传达情志；在二准阶段，即展开构思阶段，应该"酌事以取类"，主要进行写作题材的选择与归纳运用的问题，如果题材不当，或取舍不当，则不能准确地辅助情志的表达；在三准阶段，即构思结束阶段，则应该进入"撮辞以举要"的写作实践阶段，主要进行语言表达的具体写作工作，并注意写作的"举要"问题，不要繁杂。

这三个阶段，简要概括了从写作立意、写作构思、写作实践的线性操作过程，所以称之为写作过程论或写作过程思维论，是合适的。在二十世纪八十年代，中国写作学界研究写作思维的有识之士

---

① 杨明照：《增订文心雕龙校注》，第 425 页。

即提出"前写作—显写作—后写作"的三阶段写作过程论,与之对应,《文心雕龙》提出的"三准"说,在内容和操作要求上明显可以与"前写作"阶段吻合起来,并将"前写作"的笼统说法又细化为"立意、构思、动笔"三个具体阶段,在可操作性、实践性、理论性三个方面,均比"前写作"说更优!

而对应"显写作"即具体进入写作表达阶段的则是"然后舒华布实,献替节文"之论,对应"后写作"即修改定稿阶段的则是"绳墨以外,美材既斫,故能首尾圆合,条贯统序。若术不素定,而委心逐辞,异端丛至,骈赘必多"之论。刘勰还特别指出:"故三准既定,次讨字句。句有可削,足见其疏;字不得减,乃知其密。精论要语,极略之体;游心窜句,极繁之体:谓繁与略,适分所好。引而申之,则两句敷为一章;约以贯之,则一章删成两句。思赡者善敷,才核者善删。善删者字去而意留,善敷者辞殊而义显。字删而意缺,则短乏而非核;辞敷而言重,则芜秽而非赡。"[1] 将写作过程中需要注意的问题如字句、详略、繁简、删改等做了详细说明,既是对"三准"说的进一步延续,也是对怎样写作的操作性说明。

由此可知,远在一千五百多年前就已经成书的《文心雕龙》,其写作过程思维理论到今天还没有落伍,甚至还比当代写作学建构的线性写作过程论更具体、更有操作性。

这种真实面对前写作、显写作、后写作不同思维状态的论述,不仅具有很强的学术理论性,更具有很强的可操作性,远比陆机《文赋》"物—意—文"的粗线条、模糊性写作过程论思维阐述得清楚明白,也比二十世纪八十年代写作学界提倡的双重转化、三级飞跃理论更具有实践操作意义。

《镕裁》是全书第三十二篇,《附会》是全书第四十三篇,正处

---

[1] 杨明照:《增订文心雕龙校注》,第 425 页。

于《文心雕龙》创作技法论的一首一尾，这不是偶然的。刘勰先论述写作语言的裁剪问题，结尾论述篇章结构的总体布局问题，写作由语言表达开始，由全篇完成结束，把控期间的技法，除了若干修辞理论，就是不同的思维理论。在完成《附会》后，以《总术》篇对十几篇创作论进行大总结，本身就体现了一种严密的篇章结构布局思维能力。此外，刘勰在《物色》篇举例实证，深刻地论述了"物—意—文"的写作过程论思维，在《章句》篇中详细论述了微观措辞论思维，在《知音》篇首次提出了读者批评论思维及其操作模型，这些都是带有原创性的写作思维理论。类似的情况，例证繁多，此不赘述。

四、《序志》篇的写作思维论

与上述间或出现的分散式论述不同，《序志》篇作为全书序言，集中地论述了以下四种思维方法论。

（一）创生文学写作的宇宙思维

《文心雕龙》论述文学写作的起点，并不是通常意义上的文字书写，也不是伏羲创造的以八卦为代表的图像文学，而是更进一步，将文学写作的起点无限上推，直接与浩渺宏大的宇宙思维相联系，《序志》篇在解释了何为"文心"与"雕龙"之后，阐述了这一思维："夫宇宙绵邈，黎献纷杂；拔萃出类，智术而已。岁月飘忽，性灵不居；腾声飞实，制作而已。夫人肖貌天地，禀性五才，拟耳目于日月，方声气乎风雷：其超出万物，亦已灵矣。形同草木之脆，名逾金石之坚，是以君子处世，树德建言。岂好辩哉？不得已也！"[1] 这一思维的提出与阐述，与魏晋玄学有较大关系。所谓"宇宙绵邈，黎献纷杂；拔萃出类，智术而已"者，指宇宙浩大无垠，而普通人又如

---

① 杨明照：《增订文心雕龙校注》，第 610 页。

此之多，人们怎样才能在无穷尽的宇宙空间和凡人世界冒出头来呢？只有凭借超凡的智力因素。因为拥有绝对智力和高级智慧的人毕竟是少数，也只有这样的少数人，才能在宇宙空间和历史长河中留下英名来。所谓"人肖貌天地，禀性五才，拟耳目于日月，方声气乎风雷：其超出万物，亦已灵矣"者，站在玄学天地人三才说和情性说的基础上，认为人模仿天地自然万事万物，既有吸收天地精华的一面，也有独立于天地之间的一面，人具有自然的普遍特征和独立的特殊性，因而能超越其他事物，成为万物之灵。刘勰在这里倡导的宇宙思维，将人（作家）置于无限的时空之中；将人吸收天地精华而超越万物的特征比较出来，给予了人（作家）以无限创造的可能；在这两个时空基础和智慧基础上，人（作家）就具有了写作文学作品（超越万物）的无限可能。

这种宇宙意识、宇宙思维的提出，将作家置于宇宙的智慧至高点，人可以进行各方面的智慧创造，写作是其中必然的一种活动内容。因此，这既是《文心雕龙》独立的、特殊的写作起源论，也是中国创意写作理论阐述写作何以起源、作家何以能创作作品的独到见解。这一见解在《原道》篇中经过进一步推衍和深度论证，通过三才中人及人心的中介转化，在增加了人文有采的尚美本质阐释之后，成为《文心雕龙》论证文学创生与文学美丽的智慧结晶，也是中国写作理论史上论述文学何以产生、文学何以美丽的最高水平的理论结晶。因为本书对《原道》多有阐释，这里不再赘述。

（二）阐述全书组织结构体系的整体思维

通过《序志》篇刘勰自述其书之体系结构，我们可以看到，《文心雕龙》全书五十篇，采用"位理定名，彰乎大《易》之数，其为文用，四十九篇而已"的《周易》数理来确定篇目数量，吸收道家"自然之道"来作为论文根本，以儒家圣人和经典为论文之体、宗法之经，吸收纬书、《离骚》的优点，在思想取法上广取各家，为我所用，因而立论深刻，论述充分，见解独到。全书"论文叙笔"部分采用"原始以表末，释名以章义，选文以定篇，敷理以举统"的综合立体方法，篇目众多，"囿别区分"，比上述曹丕、陆机、桓谭等十家细致、完备、深刻。"剖情析采，笼圈条贯"的二十四个篇章，论述思维论、风格论、技法论、文学史、心物论、鉴赏论、修养论等有关写作的全方位问题，并且非常具有可操作性——这是前述十家所不可比拟的。刘勰以为"铨序一文为易，弥纶群言为难"，也就是说，前述十家的文论主张，最多不过是"铨序一文"而已，远没有达到"弥纶群言"的地步。"弥纶群言"就会"照隅隙，观衢路"，文论功能与影响上就会"振叶以寻根，观澜而索源；述先哲之诰，益后生之虑"。一千五百多年的历史证明，《文心雕龙》论述写作之道，理论体系完备充分，在功能影响上确实比前述十家更高更深，而且迄今没有任何文论专著可以超越。因为本章曾在结构思维论部分对此有过阐述，这里不再赘述。

（三）"原始表末"的历史思维

自孔子以下，《序志》篇纵横历代，在西汉、东汉、三国、魏晋注经、论文名家中举证取舍，直到证成己说。受此影响，刘勰在《原道》篇论述文学发生论的时候，一一列举出"爰自风姓，暨于孔氏，玄圣创典，素王述训"的历代著名作家，包罗了伏羲、炎帝、黄帝、尧、舜、禹、周文王、周公、孔子等最著名的人物，可以看作一部简明的文明发展史。在《通变》篇论述历代文学内部发展的继承与新变关系、《时序》篇论述"蔚映十代，辞采九变"的简明文学史、《明诗》到《书记》篇论述八十余类分体文学史中，都有鲜明、深刻、准确的论述。

《文心雕龙》论述的文学发展时间跨度接近一万年，从上古淳质的伏羲时代一直到魏晋宋齐时代，刘勰从文学史的角度来论述文学的千年发展，论述发展中的成败得失，这种成败得失以具体的作家作品、文学思潮、文人集团、风格流派等形式或载体表现出来，因此全书有着浓厚的史论意识。这种史论意识在枢纽论部分即有所体现：人文产生以后，经典成为人文最优秀的代表，而后的文学新变有得有失，纬骚各有思想内容不经但是文采奇丽的优点；于是，从历史线索的角度可以看到，"道—经—骚"的文学发展表明雅丽思想是在对文学史的总结提炼中产生的这一事实。文学史以外，刘勰以为史传文学功能巨大："原夫载籍之作也，必贯乎百氏，被之千载，表征盛衰，殷鉴兴废，使一代之制，共日月而长存，王霸之迹，并天地而久大。"① 因此，综观古今、总结得失、探寻规律，就成为雅丽文学思想的题中应有之义。总体上看，雅丽思想所包含的史论意识体现在以下两个方面。

第一，纵贯古今的论述脉络。面对以前的作品，刘勰只能是从读者的角度而不是作家的角度或当时生活者的角度来评价鉴赏。因此，除了一以贯之的儒家主导思想，刘勰要面对的最重要的一个问题就是历史已往而文本独存，只能从现存文本上来反观文学的发展情况。这种反观，最重要的内容是上篇"论文叙笔"的文体论二十篇，每一篇都是具体的分体文学史，在对分体文类进行"史"的梳理的同时，举证众多的作家作品为例来证明这些文体的文体特点、创作要求、发展过程、文体功能等问题，这是一种通盘考虑，整体布局的思路，《序志》篇将其归纳为"原始以表末"的论述方法。任举数例：

　　蔡邕铭思，独冠古今。(《铭箴》)②

① 杨明照：《增订文心雕龙校注》，第 207 页。
② 杨明照：《增订文心雕龙校注》，第 139 页。

自教以下，则又有命。《诗》云："有命自天。"明命为重也。《周礼》曰："师氏诏王。"明诏为轻也。今诏重而命轻者，古今之变也。(《诏策》)①

夫书记广大，衣被事体；笔札杂名，古今多品。(《书记》)②

是以属意立文，心与笔谋：才为盟主，学为辅佐。主佐合德，文采必霸；才学褊狭，虽美少功。夫以子云之才，而自奏不学；及观书石室，乃成鸿采：表里相资，古今一也。(《事类》)③

《尚书大传》有"别风淮雨"，《帝王世纪》云"列（按：同烈）风淫雨"："别""列""淮""淫"，字似潜移；"淫""列"义当而不奇，"淮""别"理乖而新异。傅毅制诔，已用"淮雨"；元长作序，亦用"别风"：固知爱奇之心，古今一也。(《练字》)④

上引五例，分别是关于作家创作论、文体发展史、文体分类学、作家修养论、文本创作现象五种不同方面的论述，其共同特点是跨越古今，从文学史的角度纵向观照，这使得刘勰的论述深刻准确，论能服人。《文心雕龙》中，刘勰经常谈古论文，纵横驰骋，比如：

新奇者，摈古竞今，危侧趣诡者也。(《体性》)⑤

古之教歌，"先揆以法"，使"疾呼中宫，徐呼中徵"。(《声律》)⑥

观夫后汉才林，可参西京；晋世文苑，足俪邺都。然而魏时话言，

---

① 杨明照：《增订文心雕龙校注》，第 266 页。
② 杨明照：《增订文心雕龙校注》，第 347 页。
③ 杨明照：《增订文心雕龙校注》，第 473 页。
④ 杨明照：《增订文心雕龙校注》，第 485—486 页。
⑤ 杨明照：《增订文心雕龙校注》，第 380 页。
⑥ 杨明照：《增订文心雕龙校注》，第 431 页。

必以元封为称首；宋来美谈，亦以建安为口实。何也？岂非崇文之盛世，招才之嘉会哉？嗟夫，此古人所以贵乎时也！(《才略》)[1]

这些以"古"论文的例子，涉及方法论、风格论、文学史等方面，全书凡七十一例之多。与用"古"相似，刘勰对应的使用论"今"之法，凡十九例，兹举数例：

> 采故实于前代，观通变于当今。(《议对》)[2]
>
> 今操琴不调，必知改张；摛文乖张，而不识所调。(《声律》)[3]
>
> 今一字诡异，则群句震惊；三人弗识，则将成字妖矣。(《练字》)[4]
>
> 今之常言，有"文"有"笔"，以为无韵者"笔"也，有韵者"文"也。夫"文以足言"，理兼《诗》《书》；别目两名，自近代耳。(《总术》)[5]
>
> 今圣历方兴，文思光被；海岳降神，才英秀发；驭飞龙于天衢，驾骐骥于万里。(《时序》)[6]

从中我们可以看出，刘勰用"今"，指出了文学发展的繁盛局面，但其主要用意在于指出文学发展的今不如昔，近代不如古代。体现了一种惋惜当代、追思往古的复古倾向。比如，刘勰经常贬斥"近代辞（词）人"，动辄将他们钉上文学发展反面典型的耻辱柱：

---

① 杨明照：《增订文心雕龙校注》，第 576 页。
② 杨明照：《增订文心雕龙校注》，第 332—333 页。
③ 杨明照：《增订文心雕龙校注》，第 431 页。
④ 杨明照：《增订文心雕龙校注》，第 484 页。
⑤ 杨明照：《增订文心雕龙校注》，第 529 页。
⑥ 杨明照：《增订文心雕龙校注》，第 542 页。

俪采百字之偶，争价一句之奇，情必极貌以写物，辞必穷力而追新，此近世之所竞也。(《明诗》)[1]

近世为文，竟于诋诃，吹毛取瑕，次骨为戾，复似善骂，多失折衷。(《奏启》)[2]

自近代辞人，率好诡巧。(《定势》)[3]

近代辞人，率多猜忌。(《指瑕》)[4]

自近代以来，文贵形似。(《物色》)[5]

近代词人，务华弃实。(《程器》)[6]

整体上看，刘勰对"近代以来"的作家作品、文学理论、修辞技法、德行修养、小学水平、写作取法深表不满，几无褒赞之意，而多痛斥之心。这样的论述，还体现在对"远"代文学的褒赞、对"前"代文学的赞美以及对"后"代文学的批评上。通过对上述数以百计的术语资料运用情况的分析，结合有关"时""世"的贯通论述以及"铺观列代"对"陶唐""商周""楚汉""建安""魏晋""宋初""皇齐"的评价，可以看出《文心雕龙》文学发展观整体上具有"原始要终"的特点，这一特点显然是伴随尊崇儒家的思想、尊崇经典的意识以及复古宗经、以经为法的文学史论观念而生的。优点之外，这种观念也有其局限性，对于文学新变的种种弊端固然痛心疾首，但是新变并非完全没有可取之处，对于新变的若干优点，

---

① 杨明照：《增订文心雕龙校注》，第 65 页。
② 杨明照：《增订文心雕龙校注》，第 318 页。
③ 杨明照：《增订文心雕龙校注》，第 407 页。
④ 杨明照：《增订文心雕龙校注》，第 501 页。
⑤ 杨明照：《增订文心雕龙校注》，第 567 页。
⑥ 杨明照：《增订文心雕龙校注》，第 598 页。

因为不合"复古宗经"的观念，而被刘勰无情地抹杀掉了。这个抹杀，集中地体现在刘勰忽略晋宋山水田园诗人谢灵运、陶渊明等大家这一问题上。

第二，循环新变的文学规律。《原道》篇提出"文源于道"的主张，并以自然物色之"声文""形文"与"人文"合观，认为这是"道之文"的三种表现形式，这就从本质上规定了文学发展所具有的循环新变的基本特征。因为四季更迭，万物复生，文学与万物一样有着内在循环发展的规律；而万物新生，以新代旧，决定了文学将有着新变发展的本质属性。简而言之，即文学有着"文律运周，日新其业"的"通变"发展的基本规律。

《文心雕龙》雅丽思想所包含的文学循环新变的发展规律集中体现在《通变》篇之中。该篇论述文学发展的数千年历史与各段整体的时代文风，言简意赅，准确深刻：

> 是以九代咏歌，志合文则：黄歌断竹，质之至也；唐歌在昔，则广于黄世；虞歌卿云，则文于唐时；夏歌雕墙，缛于虞代；商周篇什，丽于夏年。至于序志述时，其揆一也。暨楚之骚文，矩式周人；汉之赋颂，影写楚世；魏之篇制，顾慕汉风；晋之辞章，瞻望魏采。榷而论之，则黄唐淳而质，虞夏质而辨，商周丽而雅，楚汉侈而艳，魏晋浅而绮，宋初讹而新：从质及讹，弥近弥澹。何则？竞今疏古，风末气衰也。[1]

本段所论，包含如下意见：一是文学发展"蔚映十代，辞采九变"，每一代有各自不同的特点；二是文学的发展历史是"从质及讹"，从质朴淳辨到雅丽相谐再到艳丽新奇，越来越具有尚丽尚美的美丽

---

[1] 杨明照：《增订文心雕龙校注》，第397页。

精神；三是发展整体上趋向于不良的倾向，"弥近弥澹"而"风末气衰"；四是指出这种不良倾向的原因，是"竞今疏古"，即习染不良所致；五是综合观照"辞采九变"，显然是以"商周丽而雅"为中轴主线，来折衷合观，从而上推淳质，下论艳丽的。对文学循环新变特征进行论述的这种"知世论文"的方法，从本源上来说，是孟子"知人论世"方法论影响所致，而源出《周易》的"日新"观念，则是这一规律的基本哲学依据。

不仅在"蔚映十代"的整体文学发展史中可以看到循环与新变交织的规律，而且在断代文学史中一样可以看到这个特点。《通变》篇中有一个例子：

> 夫夸张声貌，则汉初已极。自兹厥后，循环相因，虽轩翥出辙，而终入笼内。枚乘《七发》云："通望兮东海，虹洞兮苍天。"相如《上林》云："视之无端，察之无涯；日出东沼，入乎西陂。"马融《广成》云："天地虹洞，固无端涯；大明出东，月生西陂。"扬雄《校猎》云："出入日月，天与地沓。"张衡《西京》云："日月于是乎出入，象扶桑于濛汜。"此并广寓极状，而五家如一。诸如此类，莫不相循。[1]

上面这个例子论述的是汉代辞赋"夸张声貌"的夸饰手法，举出"广寓极状，而五家如一"的文本实例来证明"循环相因"这一写作习染的"通"的一面，对于"丽天日月"的描写大同小异。循环特点有一个不足：会使文学写作陷入近似或相似的圈子中，而不能独出机杼，难以创新为文。诸如此类的例子还有很多，比如以下两例：

---

[1] 杨明照：《增订文心雕龙校注》，第 398 页。

> 自中朝贵玄，江左称盛，因谈余气，流成文体。是以世极迍邅，而辞意夷泰，诗必柱下之旨归，赋乃漆园之义疏。(《时序》)[①]
>
> 自近代以来，文贵形似，窥情风景之上，钻貌草木之中。吟咏所发，志惟深远，体物为妙，功在密附。(《物色》)[②]

洛阳、江左"辞意夷泰"的玄学文学与晋宋文学"文贵形似"的山水诗歌的创作，以内在学术思潮为动因，而以整体高度一致的创作特点为外表，体现的是断代文学"莫不相循"的习染与"竞今疏古"的取法之失。《通变》指出：

> 今才颖之士，刻意学文，多略汉篇，师范宋集，虽古今备阅，然近附而远疏矣。夫青生于蓝，绛生于茜，虽逾本色，不能复化。桓君山云："予见新进丽文，美而无采；及见刘扬言辞，常辄有得。"此其验也。故练青濯绛，必归蓝茜；矫讹翻浅，还宗经诰。[③]

本段的核心意思是指出"近附而远疏"的学习失误，"今才颖之士"虽然"刻意学文"，但是取法不古，"多略汉篇，师范宋集"，必然会走入"文贵形似""曲写毫芥"的创作误区。以辞赋为代表的"汉篇"原本是被刘勰批评甚多的文学体裁，但是比起"宋集"来，也要好得多了。现在的学习者，不要说"还宗经诰"，就是连"汉篇"都已"多略"之，如何写得好文章？刘勰痛斥这种"体物为妙，功在密附"的山水诗歌，并且对夸饰巨丽、"为文造情"的辞赋深恶痛疾，认为辞赋等体裁在文学发展史上起了极端不良的作用。《情

---

① 杨明照：《增订文心雕龙校注》，第 541 页。
② 杨明照：《增订文心雕龙校注》，第 567 页。
③ 杨明照：《增订文心雕龙校注》，第 397 页。

采》篇说:

> 昔诗人什篇，为情而造文；辞人赋颂，为文而造情。何以明
> 其然？盖《风》《雅》之兴，志思蓄愤，而吟咏情性，以讽其上：
> 此为情而造文也。诸子之徒，心非郁陶，苟驰夸饰，鬻声钓世：
> 此为文而造情也。故为情者要约而写真，为文者淫丽而烦滥。而
> 后之作者，采滥忽真，远弃《风》《雅》，近师辞赋：故体情之制
> 日疏，逐文之篇愈盛。①

辞赋文学"淫丽而烦滥"，因其"苟驰夸饰，鬻声钓世"，声色感人，
闳侈巨衍，"后之作者，采滥忽真，远弃《风》《雅》，近师辞赋：
故体情之制日疏，逐文之篇愈盛"。通过这样的"论文知世"，刘
勰反对"淫丽"而主张"正采"：

> 使文不灭质，博不溺心；正采耀乎朱蓝，间色屏于红紫：乃
> 可谓雕琢其章，彬彬君子矣。②

"雕琢其章"是刘勰"古来文章，以雕缛成体"的一贯主张，文采趋正、
文质彬彬，才是丽词雅义、衔华佩实的标准审美状态。

雅丽思想所包含的文学史论意识不仅体现在复古宗经、崇古抑
今的整体文学史论观念上，也体现在其断代文学发展史论上，还体
现在对具体文学体裁的发展评价上。这是一种立体贯通，纵横交错
的思维意识与操作方法论。在整体的文学史论之中，刘勰将阐释的
重点放在"辞采"问题上，核心在于论述"从质及讹"的风格发展，

---

① 杨明照：《增订文心雕龙校注》，第 416 页。
② 杨明照：《增订文心雕龙校注》，第 416 页。

提出"商周丽而雅"的雅丽文风作为"十代"文学的折衷准绳；顺此，评价诗骚文学为"诗人丽则而约言，辞人丽淫而繁句""诗人什篇，为情而造文；辞人赋颂，为文而造情"，提出"还宗经诰"的习染原则与"丽词雅义"的辞赋创作要求，主张文质彬彬的"正采"之美。在数千年的文学史论中将雅丽思想彻底贯通，并以之为核心审美理论评价历代文学。

（四）"唯务折衷"的写作思维方法论

《文心雕龙》论述写作之道，当观点与前人相同或存异之时，刘勰提出了"唯务折衷"的写作思维方法论：

> 及其品评成文，有同乎旧谈者，非雷同也，势自不可异也；有异乎前论者，非苟异也，理自不可同也。同之与异，不屑古今；擘肌分理，唯务折衷。按辔文雅之场，环络藻绘之府，亦几乎备矣。[1]

刘勰说，在论文中我会遇到观点与前人相同或相异的情况，这些都是不可避免的，我不会因为时间的古今而有所轻重，我会"擘肌分理"而中行，这样来研究文学问题，才是对的。[2]《文心雕龙》从写作完成到流传至今，能够成为不朽经典，对它的研究著作和文章

---

① 杨明照：《增订文心雕龙校注》，第 611 页。

② "擘肌分理"一语，出于张衡《西京赋》："剖析毫厘，擘肌分理。"（《文选》卷二）关于"折衷"的含义，《说文》："折，断也。"《广韵》："衷，当也。"《韵会》："折衷，平也。""折衷"即公平允当的评价。另，"折衷"也称折中，语见《史记·孔子世家·赞》："言六艺者，折中于夫子。"索隐："《离骚》：'明五帝以折中。'王叔师云：'折中，正也。'宋均云：'折，断也。中，当也。言欲折断其物而用之，与度相中当也。'"牟世金先生《文心雕龙译注》："折衷：即折中。折是判断，中是恰当。是比喻对文学理论的分析。"詹锳先生《文心雕龙义证》："中与衷通。喻剖判之精密也。"周振甫先生认为"折衷"即"求至当，求恰当。"很明显地，刘勰主张折衷的方法论，是要力求在前人理论的基础上，对历代文学创作、作家作品以及理论成果做出一个恰当客观的评断。

如此之多，在海内外受重视程度如此之高，根本原因还在于它的理论价值深刻博大、历久弥新，而这些价值的得来是刘勰借鉴前人、广采百家、独出机杼的结果，从思维方法论来看就是运用了"唯务折衷"方法论的结果。①折衷方法论的最基本特点是"分而为二""执两用中"，讲究兼解执中，使自己的评价客观公允、准确深刻。这既是公正评价的方法，也是创新求变的方法，是具有普适性意义的哲学方法论。

《文心雕龙》雅丽文学思想本身就是儒道结合、诗骚结合、奇正结合、华实结合的产物，带有折衷儒道的意味与明显的史学意识。此外，折衷方法论的主要表现还有以下三点。

第一，思想渊源上合观各家，为我所用。《文心雕龙》思想渊源众多，刘勰对此进行合观统照，选取其中对文学发展有利的因素或理论主张，为我所用，这是《文心雕龙》深刻无涯、博大精深的最主要原因。而对各家理论进行选择、运用的过程中所持有的方法，则是折衷思维方法。笔者曾在《〈文心雕龙〉文学思想渊源论》一书中重点讨论了儒家、道家、阴阳纵横家以及魏晋玄学思想的影响，其实还有两家，对雅丽文学思想的影响虽然不及上述几家，但是也有一定的影响，这两家是先秦法家和兵家。兵法二家虽然不是雅丽文学思想的直接来源，但是其理论主张对雅丽思想是有辅助作用的。

---

① 关于刘勰的"折衷"论，老一辈的研究者主要将心得看法附注于字词的注疏之中，见解深刻而相对零散。当前能看到的研究文章在三十篇以上，这些文章主要集中于三个层面：一是刘勰"折衷"思想之来源，主要集中于源出佛家或儒家两说；第二，顺势向上，又讨论到刘勰的文学思想属于释、道、儒或魏晋玄学四家中哪一家或者是否综合数家的问题；第三，最终讨论到刘勰《文心雕龙》一书主导思想归属是什么的问题。这三个层面，呈现出由表层到深层、由现象到本质的追问。除此，还有的研究文章涉及"折衷"方法论在《文心雕龙》一书的运用举证，比如《刘勰美学思想发微》《刘勰"折衷"文学批评思想及其运用》《"折衷"是刘勰〈文心雕龙〉批评理论的精髓》《〈文心雕龙〉"折衷"四论》等。

现以《文心雕龙》对法家思想的吸收与运用为例，简介于下。

《文心雕龙》书中若干次谈论到"法家辞气"及其代表作家李斯等人，因此法家思想对先秦文学，尤其是秦国文学，产生了很大的影响。这种影响的余绪，一直延续到汉代文学，对汉代文学的文体发展、制度确立、文学兴盛起了积极作用。《文心雕龙》的文学发展基本观点之一，是文学的"崇替"受时代政治思潮与帝王"在选"因素影响，秦国文学是刘勰眼中文学不兴、质木无文的反面典型。刘勰论法家如下：

> 魏之初霸，术兼名法。(《论说》)[1]
> 法家辞气，体乏弘润。(《封禅》)[2]
> 秦始立奏，而法家少文。(《奏启》)[3]
> 总法家之式，秉儒家之文。(《奏启》)[4]
> 商鞅变法，而甘龙交辩。(《议对》)[5]
> 申宪述兵，则有律、令、法、制。(《书记》)[6]

在《文心雕龙》看来，法家依法治国，严明赏罚，等级森严。在秦国历史上的著名法家人物中，以韩非在秦国时间最短而思想影响最大，李斯作品丰富多样而才学与成就最高。《文心雕龙》对李斯的评价非常之高，甚至按照《风骨》篇文学何以具有"风骨"的评价标准来看，全书仅有两人的作品符合《文心雕龙》设定的"风""骨"

---

① 杨明照：《增订文心雕龙校注》，第 246 页。
② 杨明照：《增订文心雕龙校注》，第 295 页。
③ 杨明照：《增订文心雕龙校注》，第 317 页。
④ 杨明照：《增订文心雕龙校注》，第 318 页。
⑤ 杨明照：《增订文心雕龙校注》，第 332 页。
⑥ 杨明照：《增订文心雕龙校注》，第 347 页。

兼备的标准，这两人一个是郭璞，另一个就是李斯。^①最紧要的是，讲究秩序、追求法度，这是法家思想对《文心雕龙》的极大启示。这个启示，与刘勰受儒家礼乐制度的秩序法度影响，心中追求的文学发展"尚法"思想暗合。故而刘勰论文，时时以"法"为要：

　　　　周命维新，姬公定法。(《史传》)^②

---

　　① 《文心雕龙》论述郭璞时给予其"逆时代潮流而动"的看法，主要有六处。1.《明诗》："江左篇制，溺乎玄风，嗤笑徇务之志，崇盛忘机之谈，袁孙已下，虽各有雕采，而辞趣一揆，莫与争雄，所以景纯《仙篇》，挺拔而为隽矣。"2.《铨赋》："景纯绮巧，缛理有余。"3.《颂赞》："景纯注《雅》，动植赞之；义兼美恶，亦犹颂之变耳。"4.《杂文》："郭璞《客傲》，情见而采蔚。"5.《时序》："景纯文敏而优擢。"6.《才略》："景纯艳逸，足冠中兴，《郊赋》既穆穆以大观，《仙诗》亦飘飘而凌云矣。"钟嵘《诗品序》"永嘉时，贵黄老，尚虚谈。于时篇什，理过其辞，淡乎寡味。爰及江表，微波尚传，孙绰、许询、桓、庾诸公诗，皆平典似《道德论》，建安风力尽矣。先是郭景纯用俊上之才，变创其体。刘越石仗清刚之气，赞成厥美。然彼众我寡，未能动俗"的论述与刘勰相合。刘勰、钟嵘都对郭璞于"建安风力尽矣"的时代环境中以"俊上之才"力挽狂澜的创作给予了高度评价。而《文心雕龙》对李斯的评价主要有八处。1.《论说》："范雎之言疑事，李斯之止逐客，并顺情入机，动言中务；虽批逆鳞，而功成计合，此上书之善说也。"2.《封禅》："秦皇铭岱，文自李斯；法家辞气，体乏弘润；然疏而能壮，亦彼时之绝采也。"3.《奏启》："李斯之奏骊山，事略而意径：政无膏润，形于篇章矣。"4.《事类》："相如《上林》，撮引李斯之书：此万分之一会也。"5.《练字》："及李斯删籀而秦篆兴，程邈造隶而古文废。"6.《练字》："夫《尔雅》者，孔徒之所纂，而《诗》《书》之襟带也；《仓颉》者，李斯之所辑，而史籀之遗体也。《雅》以渊源诂训，《颉》以苑囿奇文；异体相资，如左右肩股：该旧而知新，亦可以属文。"7.《指瑕》："向秀之赋嵇生，方甠于李斯：与其失也，虽'宁僭无滥'；然高厚之诗，'不类'甚矣。"8.《才略》："苏秦历说壮而中，李斯自奏丽而动：若在文世，则扬班俦矣。"上述评价非常之高，李斯不仅文章写得好，对于文学发展所必需的文字小学功夫也极为精深，是一位才学双绝的文学家和学者（李斯同时还是著名的书法家与书法理论家）。郭璞、李斯二人在各自的时代独领风骚，李斯作品虽有"法家辞气"的不足，但内容质实且"自奏丽而动"，郭璞《仙诗》"飘飘而凌云"。对比《风骨》所论可知，二作实为有风骨之美的优秀作品。《风骨》篇以"骨髓峻"与"风力遒"衡量文学之风骨美，笔者遍查全书上百位作家（一说 163 人，不确定），能将风与骨兼备的作家，仅李斯、郭璞二人而已。

　　② 杨明照：《增订文心雕龙校注》，第 205 页。

汉运所值，难为后法。(《史传》)①

"眚灾肆赦"，则文有春露之滋；明罚敕法，则辞有秋霜之烈：此诏策之大略也。(《诏策》)②

秦有御史，职主文法。(《奏启》)③

望今制奇，参古定法。(《通变》)④

效奇之法，必颠倒文句；上字而抑下，中辞而出外：回互不常，则新色耳。(《定势》)⑤

古之教歌，"先揆以法"，使"疾呼中宫，徐呼中徵"。(《声律》)⑥

汉初草律，明著厥法。(《练字》)⑦

骊牡异力，而"六辔如琴"；驭文之法，有似于此。(《附会》)⑧

刘勰主张"参古定法"，研究"驭文之法"，反对"效奇之法"，这样才能能够"执正驭奇"，因而"执术驭篇"。他对古人教歌之法、崇盛丽辞之法、修辞聘会之法、法孔题"经"之举非常赞赏。尤其在文学发展的制度建设与秩序确立上，对秦汉设置专门官吏"职主文法"的制度规定、对汉代重视文学与文字书写规范的"明著厥法"的法律规定相当赞赏，而对史书中为高贵妇女立传这样不合礼法的写作现象大加贬斥，认为是"汉运所值，难为后法"。从这些"尚法"的文学观念中，我们可以看出刘勰受法家影响的

---

① 杨明照：《增订文心雕龙校注》，第 206 页。
② 杨明照：《增订文心雕龙校注》，第 265 页。
③ 杨明照：《增订文心雕龙校注》，第 318 页。
④ 杨明照：《增订文心雕龙校注》，第 398 页。
⑤ 杨明照：《增订文心雕龙校注》，第 407 页。
⑥ 杨明照：《增订文心雕龙校注》，第 431 页。
⑦ 杨明照：《增订文心雕龙校注》，第 484 页。
⑧ 杨明照：《增订文心雕龙校注》，第 520 页。

痕迹，更可以看出他为了寻找文学发展之正途所做的艰辛努力与积极探索。《文心雕龙》下篇从《神思》到《总术》的十九篇，主要讨论风格审美、谋篇布局、修辞技法三大类问题，全部涉及贯通性的或专题性的写作方法。《神思》提出"研阅穷照""博而能一"的思维修炼方法，《体性》提出习染雅正文风的学习方法，《风骨》提出"镕铸经典之范，翔集子史之术"的创作方法，《定势》提出"执正驭奇"的解蔽"新色"的方法，《养气》主张养气为文的修养之法，《总术》总结"执术驭篇"的基本写作方法。除此，还具体讨论了裁剪、结构、声律、对偶、用典、比兴、夸饰、练字、修改等写作技法。雅丽思想主张"丽辞雅义"，这部分内容主要就在阐述运用什么样的方法，才能达到"丽辞雅义"的理想状态。对方法的追求与探索，是《文心雕龙》的重要组成内容。当然，法家思想虽然部分开启了《文心雕龙》的"尚法"文学观念，但只具有方法论的影响。先秦儒家经过《荀子》一书尚法论术的转化，到刘勰这里，注重的是对文术方法的研讨，不再是法家治国之法。

第二，理论阐释时的"唯务折衷"。《文心雕龙》以雅丽思想为核心，书中论述了非常之多的正反对比的范畴，比如华与实、文与质、雅与丽、正与反、奇与正、古与今、显与隐、新与旧、风格论、隐秀论、丽淫与丽则等众多的范畴，这些范畴并不是绝对的对立，而是共同走向"折衷"这一目标。现任举两例论述之。

《情采》篇论述文采之美的生成，举出了一对正反对比的例子：

> 圣贤书辞，总称"文章"，非采而何？夫水性虚而沦漪结，木体实而花萼振：文附质也。虎豹无文，则鞹同犬羊；犀兕有皮，而色资丹漆：质待文也。若乃综述性灵，敷写器象；镂心鸟迹之中，

织辞鱼网之上：其为彪炳，缛采名矣。①

本段"文附质""质待文"的两种文采之美，是以自然界的"无识之物"为例来比喻文章应该是二者的结合状态，即"文不灭质，博不溺心；正采耀乎朱蓝，间色屏于红紫：乃可谓雕琢其章，彬彬君子"的状态。文质彬彬之美，就是雅丽中和、衔华佩实之美。结合该篇论述"诗人什篇，为情而造文；辞人赋颂，为文而造情"的方法来看，《情采》篇的组织显然使用的是"正—反—合"的行文思维与折衷合观的方法。

《神思》篇提出解决写作思维难题的方法，并论述到"博"与"能"的修养关系：

> 若夫骏发之士，心总要术；敏在虑前，应机立断。覃思之人，情饶歧路；鉴在虑后，研虑方定。机敏故造次而成功，虑疑故愈久而致绩。难易虽殊，并资博练。②

刘勰以为，思维的快慢迟速，并没有高低优劣之分，机敏有机敏的好处，覃思有覃思的积淀。解决思维与写作语言表达问题的根本途径，还是要依靠博练，多读多学，借鉴修炼。这样，这一组句子的关系，就呈现出正—反—合的折衷合观的结构，这使得刘勰解决思维难题的主张顺理成章而具有极强的可操作性。这是从正面来说博练的方法论价值的。紧接着，又从反面指出"若学浅而空迟，才疏而徒速，以斯成器，未之前闻"③，学养不深厚，才华不出众，只想一味地写作求快，只会是误入歧途。因此，归结出了后面既要博练，又能

① 杨明照：《增订文心雕龙校注》，第415页。
② 杨明照：《增订文心雕龙校注》，第370页。
③ 杨明照：《增订文心雕龙校注》，第370页。

专一于思维表达训练的观点：

> 是以临篇缀虑，必有二患：理郁者苦贫，辞溺者伤乱。然则
> 博见为馈贫之粮，贯一为拯乱之药；博而能一，亦有助乎心力矣。[①]

这个观点的得出，是先从反面起笔，"理郁辞溺"是写作的两大难题，
"博见贯一"则是解决这些问题的不二良方。

第三，具体鉴赏批评时的公允评价。对于最尊崇的儒家，刘勰
也能公正地看到其不足之处，比如谈到孟子和墨子论战以猪羊之辞
相互谩骂时，指出他们影响到了后代奏体文章"竞于诋诃，吹毛取瑕，
次骨为戾，复似善骂，多失折衷"（《奏启》）之弊；在谈到汉儒繁
冗的解经行为时说"秦延君之注《尧典》，十余万字；朱文公之解《尚
书》，三十万言：所以通人恶烦，羞学章句"（《论说》），从而认为
玄学家王弼注解《易》经"要约明畅，可为式矣"（《论说》）。最
明显的例子是对曹丕和曹植兄弟的评价，《才略》篇说："魏文之才，
洋洋清绮。旧谈抑之，谓去植千里。然子建思捷而才俊，诗丽而表
逸；子桓虑详而力缓，故不竞于先鸣，而乐府清越，《典论》辩要，
迭用短长，亦无懵焉。但俗情抑扬，雷同一响，遂令文帝以位尊减才，
思王以势窘益价，未为笃论也。"[②] 刘勰认为前代人因为政治因素的
掺入，对曹氏兄弟的评价"俗情抑扬""未为笃论"，不准确，不真
实。还原到"笃论"的状态，就是二人先天才气各异，思维迟速不同，
一个"思捷而才俊"，一个"虑详而力缓"，结合《神思》篇论述思
维迟速时所举的相如、祢衡等十二名家来看，刘勰认为二曹之作各
有优点，并无高下。这就从一般评价者以个人好恶为标准和悲悯弱

---

① 杨明照：《增订文心雕龙校注》，第 370 页。
② 杨明照：《增订文心雕龙校注》，第 574 页。

势的心态提升到观文论才与公正评价的高度，殊为不易。

综上所述，无论是当代的构思论、线性论、"物—意—文"的双重转化论、三级飞跃论还是非构思论、非线性论、非完成线性论、分形论、思维模型论，尽在《文心雕龙》写作思维理论的统摄之下、囊括之中，只不过术语运用和刘勰的表述不一样。当代写作学在写作思维理论的研究方面，并没有超越《文心雕龙》。而新近提出的默会知识论，实则是随物赋形、心无成竹、不学而能、自然会写的文雅表达，充分突出了天赋与悟性的作用，脱离了语言必须通过思维来进行措辞表达的物质载体属性，对少数天分极高的写作者进行文学写作是适合的，对多数人进行的各类写作来讲则是不适合的。

第五章　《文心雕龙》写作风格论

刘勰所撰写的《文心雕龙》一书，多方面地总结了前人关于文章写作和文学创作的经验，同时广泛地汲取前人的文学和美学思想，从而构筑成了中国文论史上迄今为止最全面、最系统的文学理论体系。笔者以为，《文心雕龙》的风格理论是古代风格学说的集大成者。其中，在风格类型方面，《体性》篇"总其归途，数穷八体"，系统地归纳出了典雅、远奥、精约、繁缛等八种风格类型，并将"八体"之间视为可以两两相对的二元对立的关系。由"八体"基本风格类型出发，可以演化出无限多样的风格类型，在《文心雕龙》中，刘勰将其移用于对"自然之势""本采为地"的文体风格、"时运交移，质文代变"的时代风格等的研究；同时，在《定势》《镕裁》等篇目中零散地提出了刚柔风格类型说；然后，在《风骨》篇中提出著名的风骨说，作为"八体"与刚柔两类风格类型论的标准规范、最高美学理想。

在当代，对《文心雕龙》刚柔与"八体"风格类型论进行研究的文章与专著其实并不多见，其中，较有代表性的研究者是詹锳先生与王小盾先生。詹锳先生所著之《〈文心雕龙〉的风格学》一书，是研究《文心雕龙》风格理论的首部专著。在书中，詹锳先生详细讨论了作家个性与风格的关系、时代风格、文体风格、《定势》篇之"势"、《隐秀》篇补文的真伪问题，并集中主要笔墨讨论了自新中国成立以来到二十世纪八十年代初众多学者对"风骨说"的研究意见，并提出了自己的看法，具有重大的理论价值。存在的遗憾主要有两方面：一是对《文心雕龙》的风格类型理论没有列出专门章节进行研究，只是在书中零散地引述到了刚柔与"八体"类型，对二者之特征、在《文心雕龙》中的运用等问题未作讨论；二是有些说法值得斟酌，比如：

1. 詹锳先生认为，隐秀之"隐"与远奥的风格接近，但却不是远奥；隐秀之"秀"与新奇的风格接近，但却不是新奇。[①]笔者认为，隐秀之"隐"，并非一种风格类型，远奥的风格谈不上与隐秀之"隐"相近或相通；隐秀之"秀"更不是新奇的风格。

2. 与前述将"隐"与"秀"分别视为一种风格类型相矛盾，詹著又主要将"隐秀"看作是一种阴柔风格。[②]

3. "风骨"是刚性或阳性风格的典型形象，而"隐秀"则是与风骨相对的柔性的风格。[③]风骨和隐秀是对立的两种风格，一偏于刚，一偏于柔。[④]

在詹锳先生之后，2005 年，王小盾教授撰《〈文心雕龙〉风格理论的〈易〉学渊源》一文，贺其师王运熙先生八十华诞，将《体性》"八体"——纳入《周易》八卦中去，王先生说：

> "典雅""远奥""精约""显附""繁缛""壮丽""新奇""轻靡"八体分别对应于"乾""坤""震""艮""兑""离""巽""坎"八卦，所以统一列入《体性》篇。"雅与奇反，奥与显殊，繁与约舛，壮与轻乖"的分组关系表明，刘勰构建风格学体系之时，是以文王八卦序列为模型的；而其理论基础，则是主要由《周易》表述的古代宇宙哲学。[⑤]

---

① 詹锳：《〈文心雕龙〉的风格学》，北京：人民文学出版社，1982 年，第 9 页。

② 詹锳：《〈文心雕龙〉的风格学》，第 104 页。

③ 詹锳：《〈文心雕龙〉的风格学》，第 104 页。

④ 詹锳：《〈文心雕龙〉的风格学》，第 95 页。

⑤ 王小盾：《〈文心雕龙〉风格理论的〈易〉学渊源》，《清华大学学报（哲学社会科学版）》，2005 年第 5 期。

王先生认为，这个风格（类型）学体系与八卦的关联，可以具体地表现为八种方式：（一）典雅，取材于乾。（二）远奥，取材于坤。（三）精约，取材于震。（四）显附，取材于艮。（五）繁缛，取材于兑。（六）壮丽，取材于离。（七）新奇，取材于巽。（八）轻靡，取材于坎。据此，他做出了一幅九宫八卦图：①

东南 巽 新奇	南 离 壮丽	西南 坤 远奥
东 震 精约	阳（风骨） 阴（隐秀）	西 兑 繁缛
东北 艮 显附	北 坎 轻靡	西北 乾 典雅

在这幅图中，阴阳两仪居于正中，其结合与变化生成了八卦。八体风格与八卦一一对应。刘勰正是依据《周易》的阴阳刚柔说与八卦数理关系，创立了文心雕龙的刚柔与八体风格类型理论。王小盾先生从《周易》是《文心雕龙》思想来源的角度出发所提出的上述观点，是颇为新颖而有深度的研究。他的这一见解包含了三个方面的意见：一是回答了刘勰创立刚柔与八体风格论的理论依据；二是辨明了刚柔说与八体说之间是简与繁的关系，八体说是刚柔（阴阳）说细化而生成的；三是回答了刘勰的风格类型最终为什么是"总其归途，数穷八体"而不是其他数目的难题。

① 王小盾：《〈文心雕龙〉风格理论的〈易〉学渊源》，《清华大学学报（哲学社会科学版）》，2005 年第 5 期。

笔者认为：在《体性》篇成体系的具体阐释八体风格类型之外，《风骨》篇讨论风格类型的理想问题，"风骨"是一种共时性、抽象化的风格理想。

对于"风骨"，历代以来，研究者之多，可谓"少长咸集，群贤毕至"，研究成果也蔚为大观，见解不一。在当代，一些学者的意见是将其视作阳刚的风格；另有一些学者认为，"风骨"就是后代学者倡导的"建安风骨""建安风力""汉魏风骨"诸说，倾向于阳刚美。进一步，从阴阳对立的角度出发，认为"风骨"与"隐秀"是阳刚与阴柔的关系。笔者认为，这些说法，似可作进一步的推敲。首先，"建安风骨""建安风力""汉魏风骨"主要指建安时代以曹氏父子作品风格为代表的时代文风，与刘勰提倡的"风骨"并不是一回事。其次，刚柔风格是从文气角度划分出来的，"隐秀"论述的不是文气问题，而是写作策略与写作智慧的选择问题，"隐秀"不是阴柔风格。而"风骨"呢？在倡导"刚健既实"的同时，其内涵包括了八体风格的精华，是刘勰标举的风格理想。

总之，对《文心雕龙》的风格类型理论进行研究是十分有价值的。它不仅在文论史上正式确立了刚柔与八体风格类型说，而且一直影响到后世千年以来的风格类型研究。本文将主要深度讨论《文心雕龙》的刚柔与八体风格类型论的特征、内涵与运用情况，然后指出："风骨"说是对"八体"类型精华的高度浓缩与熔铸，是其美学理想。

第一节　《文心雕龙》写作风格理论溯源

笔者认为，《文心雕龙》风格理论的理论来源主要有二：远师《周易》，近承魏晋时代的曹丕与陆机。

先看其对魏晋风格学说的继承。在刘勰之前的魏晋文论中，涉及论述风格的论文主要有曹丕的《典论·论文》与陆机的《文赋》，二者对《文心雕龙》的风格理论产生了很大的影响。曹丕的《典论·论文》既论述有作家风格，如"应玚和而不壮，刘桢壮而不密。孔融体气高妙，有过人者"诸语；也有著名的文体风格论："夫文本同而末异，盖奏议宜雅，书论宜理，铭诔尚实，诗赋欲丽"；并指出文体各有特点，鲜能兼精："此四科不同，故能之者偏也；唯通才能备其体。"此外，曹丕还首次在文论史上以"文气"论文风，指出："文以气为主，气之清浊有体（类型、类别或差异），不可力强而致。譬诸音乐，曲度虽均，节奏同检，至于引气不齐，巧拙有素，虽在父兄，不能以移子弟。"曹丕的文气"清浊"说开启了后世以文气论刚柔风格类型的先河。

陆机的风格理论则不如曹丕那样全面，《文赋》论述的风格理论主要有二：一是"夫夸目者尚奢，惬心者贵当，言穷者无隘，论达者唯旷"的作家情性论，即"文如其人"论。二是精彩的文体风格论："诗缘情而绮靡，赋体物而浏亮。碑披文以相质，诔缠绵而凄怆。铭博约而温润，箴顿挫而清壮。颂优游以彬蔚，论精微而朗畅。奏平彻以闲雅，说炜晔而谲诳。"陆机以"绮靡、浏亮、相质、凄怆、温润、清壮、彬蔚、精微、朗畅、闲雅、炜晔、谲诳"等术语论述风格类型，大大超越了曹丕"雅、理、实、丽"的术语形态，体现了丰富的多样性特征。

刘勰对陆机情性论的继承是极为明显的。《体性》篇倡导"吐纳英华，莫非情性"的主张，列出"贾生俊发，故文洁而体清；长卿傲诞，故理侈而辞溢"等十二位汉魏文章名家，"触类以推，表里必符"，认为作家情性决定其作品之风格特点。而对于陆机风格类型论的继承主要体现在术语运用上，《体性》篇所列"典雅、远奥、精约、显附、繁缛、壮丽、新奇、轻靡"之八种基本风格类型，与陆机归纳的文体风格类型有明显的继承性关系。

刘勰继承了陆机的写作主体情性论与风格形态多样性的思想，但更主要的还是对曹丕风格理论的继承与超越。刘勰不仅在《文心雕龙》中明确倡导"风趣刚柔""刚柔以立本"的刚柔风格类型说，成为后代文论对风格类型划分简分法的滥觞，更是在全书中以大量的篇幅论述作为繁分法的风格八体，并将其移用于对时代风格、作家风格、作品风格、文体风格的研究中去，提出了"典雅""风骨""通变""本采""正采"等一大批专论风格的理论范畴，超越了曹丕，建立起了自己的风格类型理论。

由魏晋再往上溯源，刘勰的风格类型理论，在源头上则来自于《周易》的阴阳刚柔说以及八卦数理关系。

首先看刚柔说。《易传》认为，天地之间存在着"阴""阳"二气，天地万物的产生就是"阴""阳"二气交互作用的结果，而阳性事物的特点在于刚健，阴性事物的特点在于柔顺，所以阴阳的对立也就具体化为刚柔的对立。比如：

> 柔上而刚下，二气感应以相与。（《咸·彖》）
> 大哉乾乎！刚健中正，纯粹精也。（《乾·文言》）
> 刚柔者，立本者也。（《乾·文言》）
> 乾，阳物也；坤，阴物也。阴阳合德，而刚柔有体。（《乾·文言》）
> 观变于阴阳而立卦，发挥于刚柔而生爻。（《说卦》）
> 乾刚坤柔。（《杂卦》）

阴阳刚柔的对立、转化和统一也就成为大千世界的规律，所谓"立天之道曰阴与阳，立地之道曰柔与刚"（《说卦》），最终概括为"一阴一阳之谓道"（《系辞上》）。刘勰借上述刚柔哲学思想以"论文"，形成了《文心雕龙》风格理论的重要观念。《体性》篇说："气有刚柔""风趣刚柔，宁或改其气"；《风骨》篇说："刚健既实，辉光乃新""文明以健"；《定势》篇则说："势有刚柔"；《镕裁》篇总括性地提出："刚柔以立本，变通以趋时。"这些散见于各篇的刚柔风格论思想，与《周易》阐述的刚柔思想是一脉相承的。"刚柔以立本"，就是说风格有刚与柔两种类型。这就是二分法，或者称之为简分法。

　　然而，刚柔二分法虽有很大的包容性，却显得过于笼统，不能准确地概括形态多样的风格类型。刘勰汲取了《周易》刚柔生八卦，八卦生万物的哲学思想，将刚柔风格"数穷八体"，演化为"典雅、远奥、精约、显附、繁缛、壮丽、新奇、轻靡"八种基本风格类型，并认为八体之间是两两相对的阴阳对立关系。八体之间再相互结合、转化，可以生成无限多样的风格类型。因此，繁分的八体说就是对简分的刚柔说的拓展、丰富。那么，刘勰为什么要说"数穷八体"呢？为什么要把基本风格类型限于"八"之数呢？王小盾先生认为，《文心雕龙》依据《周易》阴阳八卦理论来确立自己的风格类型。且看下面的摘录：

　　　　是故《易》有太极，是生两仪，两仪生四象，四象生八卦，八卦定吉凶，吉凶生大业。（《系辞上》）
　　　　刚柔相摩，八卦相荡。（《系辞上》）
　　　　刚柔相推，而生变化。（《系辞上》）
　　　　刚柔相推，变在其中矣。（《系辞下》）

依照上述思想，八卦是由阴阳二仪变化、衍生出来的，与之相对应，刚柔风格结合、衍生出了八体风格类型。可见，刘勰正是依据《周易》的阴阳刚柔说与八卦数理关系，创立了《文心雕龙》的刚柔、八体两种风格类型理论。

第二节 “刚柔以立本”的刚柔风格论

刚柔风格类型说就是古代文论中关于风格类型划分的二分法，也称简分法。所谓简，是因为分类简单、包容性大。这种分法是将风格分为“刚”和“柔”两大类，也有采用“阴”与“阳”或统称“阳刚”与“阴柔”等说法，在内涵上是一致的。这种分类方法虽然简单，却有很大的包容性，文学史上出现的很多具体的风格类型，大体上都可以分别归入到“阳刚”和“阴柔”两大类型模式中去。刚柔论在古代文论中一直存在。从《周易》开始，一直到现当代，都有以刚柔分类的痕迹。阴阳、刚柔本是中国古代的哲学概念，后来用来解释文艺现象。关于阴阳刚柔之说，最早见于《易·系辞》：“一阴一阳之谓道，继之者善也，成之者性也。”又《易·说卦》云：“分阴分阳，迭用柔刚，故《易》六位而成章。”广义的阴阳概念，用之于天地、日月、昼夜、男女，但是却有一个共同之处，即阳表示刚，阴表示柔。《易传》认为宇宙万物都是由阴阳两极结合而成的，阳刚阴柔。在卦象中，只有乾卦六爻为全刚，坤卦六爻为全柔，其余各卦均为“分阴分阳，迭用柔刚”而成，也就是说刚柔并用，刚柔相济。这些具有深厚文化内涵的观念，很自然地被引进文学审美意识之中，用以象征文学风格的阳刚与阴柔、壮美与优美之别，这在《礼记·乐记》中已有所论述：“合生气之和，道五常之行，使之阳而不散，阴而不密，刚气不怒，柔气不慑。”这就是主张要阴阳调和，刚柔相济，也就是《乐记》提倡的中和之美。《周易》与《乐记》关于阴阳刚柔的论述，对后世影响很大。这一说法后来被引入文论中，以论述文学作品的风格及作家的个性。在魏晋南北朝时，文论家便纷纷以这种观点论文学创作及风格类型了。刚柔说既可以用来论作品风格，如曹丕、刘勰，也可以用来评作家风格，如钟嵘等，应用范围十分广泛，故而影响极大。

一、从"文气清浊"到"风趣刚柔"

如第一节"理论溯源"所述，刘勰的刚柔风格论深受《周易》刚柔思想的影响，并紧接曹丕而来，是以文气说为理论支撑的。在《体性》篇中，刘勰说："风趣刚柔，宁或改其气。"他的刚柔风格类型论，从写作主体的气质与文气的角度出发，将风格归纳为刚、柔两大类。

在古代文论史上，曹丕首倡以"文气"论风格之说，他在《典论·论文》中正式提出"文以气为主，气之清浊有体"一说，将文气分为清、浊二体：

> 文以气为主，气之清浊有体，不可力强而致。譬诸音乐，曲度虽均，节奏同检，至于引气不齐，巧拙有素，虽在父兄，不能以移子弟。

"气之清浊有体"就是说气有"清浊"两种类型、类别，"清浊"是否有优劣之分或高下之别呢？曹丕本人并没有在文中言明。只是以音乐类比作文，"曲度虽均，节奏同检"是说音乐的曲式、节奏等方面即使是一样的要求，由不同的人来演奏或演唱，也会出现"引气不齐，巧拙有素"的现象。类推之，写作也是一样，即使是面对同样的文体、同样的素材和要求，不同的人写出来的文章也是各不相同的，"虽在父兄，不能以移子弟"。曹氏父子乃文章三杰，但他们所擅长的体裁、表现出来的风格就是不一样的。比如《文心雕龙·才略》说："魏武以相王之尊，雅爱诗章；文帝以副君之重，妙善辞赋；陈思以公子之豪，下笔琳琅。"曹操"雅爱诗章"，其风格"清俊通脱"（鲁迅先生语）、慷慨沉雄。曹植擅长五言诗歌，"建安之初，五言腾踊，文帝陈思，纵辔以骋节"，其文风偏于华艳，故而"下笔琳琅"。曹丕则"妙善辞赋"，刘勰评论曹丕说："魏文之才，洋洋清绮。旧谈抑之，谓去植千里，然子建思捷而才俊，诗丽而表逸；子桓虑详而力缓，故不竞于先鸣。而乐府清越，《典论》辩要，迭用短长，亦无懵焉。但俗情抑扬，雷同一响，遂令文帝以位尊减才，思王以势窘益价，未为笃论也。"曹丕的文风"洋洋清绮"，就和曹操、曹植的作品风格有异，是介于曹操和曹植之间的。刘勰高度赞扬他在文学创作与理论研究两方面做出的巨大贡献，为他因政治斗争原因而在文学史上受到的误解平反昭雪。

对曹丕"气之清浊有体"的理解，学者们看法不一。郭绍虞先生的解释是："清浊，意近于《文心雕龙·体性》所说的气有刚柔，刚近于清，柔近于浊。"这里的气，是主体先天之气。在他主编的《中国历代文论选》中则进一步说："清是俊爽超迈的阳刚之气，浊是凝重沉郁的阴柔之气。"李壮鹰先生在其所编《中国古代文论》中也持同样的看法："清，指俊爽豪迈的阳刚之气；浊，指凝重沉郁的阴柔之气。"有的学者则对此有不同意见，比如，罗宏梅撰文认为："既然人禀气而生，气分清浊，则性分清浊；性有清浊，则其文亦有清浊。曹丕虽未在文中言明对清浊的态度，但从其后与音乐的类比'引气不齐，巧拙有素'可体味到曹丕尊清而贬浊。……如郭、李之说，把美学中的阳刚与阴柔搬到曹丕所说的'清浊'之辨上，并试图将之一一对应，是不确切的。阳刚与阴柔属美学的两大范畴，二者无高下之分，只是风格不同；而曹丕所说的'清浊'是有高下之分的。参考其他文章及曹丕的实际创作，大致可以说，'清浊'并非以刚柔分，也不单指某一种风格，而是丰富多样的。'清'，侧重于文风的纯、逸、清俊、慷慨、华丽等等；'浊'，主要指文风的杂、滞、弱，行文不是一气贯通，往往较呆板、混乱、孱弱。"笔者不同意罗宏梅的上述意见，而支持"气之清浊近于气有刚柔，刚近于清，柔近于浊"的说法。理由如下。

第一，曹丕提出的"清浊"之气，主要是指作家先天形成的气质类型，这种气质类型是独特的、排他的，是"虽在父兄，不能以移子弟"的。对"清浊"是否有优劣的问题，曹丕本人并没有在文中表明自己的态度。也就是说，在曹丕本意中，"清浊"实际上只是"有体"，即类型上的不同，不存在孰优孰劣的问题。

第二，从曹丕以文气论作家风格的论述来看。曹丕以文气论风格，有以下几处：

> 徐干时有齐气
>
> 应玚和而不壮
>
> 刘桢壮而不密
>
> 孔融体气高妙，有过人者

归纳一下，可以表示如下：

> 作家—文气—特征
>
> 徐干—齐气
>
> 应玚—和气—不壮
>
> 刘桢—壮气—不密
>
> 孔融—高妙—过人

应玚与刘桢二人一个"和而不壮"，一个"壮而不密"，可见"和气"与"壮气"最有可能就是指文气之"清浊",是一枚硬币的两面,虽相反而实相成,没有优劣。曹丕最赞赏孔融,称其"体气高妙,有过人者",但也没有以"高妙"为文气标准,批评"齐气""和气"或"壮气"。

第三,从刘勰在《风骨》篇中对曹丕文气说的继承与阐释看。《风骨》论述文气时引述曹丕的话说:

> 故魏文称:"文以气为主,气之清浊有体,不可力强而致。"故其论孔融,则云"体气高妙"。论徐干,则云"时有齐气"。论刘桢,则云"有逸气"。公干亦云:"孔氏卓卓,信含异气;笔墨之性,殆不可胜。"并重气之旨也。

除了论刘桢"有逸气"与"刘桢壮而不密"不同外,刘勰几乎是全盘照搬了曹丕的原话,并加入了刘桢对孔融"信含异气"的评价。可见,刘勰论"风骨"之文气,主要来自曹丕"文以气为主,气之清浊有体"的文气说观点。"风骨"偏向于阳刚、刚健之美,这是不少学者的看法,而阳刚风格正是从文气刚柔角度划分出来的。郭预衡先生指出:"当刘勰以气代言风骨的时候,这气已经不是可清可浊、可刚可柔的气,而是一种刚健之气了,刘勰当时以这样的气来论文,实际上也是提倡一种刚健的文风。"以此逆推,"清"就是"刚",曹丕"清浊"就是"刚柔"说,不过是偏向于主体先天之气而已。

刘勰进一步将曹丕所说的气之"清浊"变化为"气有刚柔",清即刚,浊即柔。《体性》篇有"气有刚柔""风趣刚柔,宁或改其气"的论述。可见,刚柔首先指写作主体的气质;灌注在作品中,就成了论述风格类型的刚柔论了。在《风骨》篇里，刘勰说：

> 是以缀虑裁篇，务盈守气，刚健既实，辉光乃新。
> 若能确乎正式，使文明以健，则风清骨峻，篇体光华。
> 相如赋仙，气号凌云，蔚为辞宗，乃其风力遒也。

鲜明地表明了自己对"刚健既实""文明以健"，有"凌云壮气"的刚健文风的赞赏之情。

第四，罗宏梅对"气之清浊"的解释值得商榷。曹丕说"气之清浊有体，不可力强而致"之"力"，主要是指外力或外界因素，曹丕的意思就是说不能以外力强行改变主体先天具有的"清浊"之气。而罗说是从"巧拙有素"入手的。"巧拙有素"已经是音乐作品的内容与形式相统一的表现特征了，是结合了气息、情感、技法、节奏等因素在内的结果，远远大于"气之清浊"的内涵。因此，"曹丕尊清而贬浊"的结论是缺乏说服力的。

同时，罗宏梅认为："'清'，侧重于文风的纯、逸、清俊、慷慨、华丽等等；'浊'，主要指文风的杂、滞、弱，行文不是一气贯通，往往较呆板、混乱、孱弱。"是将"清浊"理解为文章的气韵是否生动，行文是否一气贯通，从读者接受与文章批评角度把"清浊"视为流畅与呆板的关系，这是不符合"清浊"乃主体先天气质类型的原意的。

在笔者看来，曹丕所说的"引气不齐，巧拙有素"，是没有高低贵贱之分的。"气之清浊有体"只是说气有"清"与"浊"的类型差异，不是说文气有优劣之别，更不存在"清"气优于"浊"气的道理。每个人有不同的"气"，所以无论在音乐上还是在写作上，都会出现各不相同的风格特点。可见，"气之清浊有体""虽在父兄，不能以移子弟"的文气说，实际上近似于写作主体的才性差异论，文气与才情、才性相近，曹丕的文气说与刘勰主张的情性论二者是异语同义的。

综上所述，刚柔首先是天地间的元气，后来在作家主体身上体现出来，再灌注在作品里，就使作品形成了刚与柔的风格类型。刘勰的"气有刚柔"是对曹丕"气有清浊"的继承、吸收与转化，然后再以刚柔论风格，提出了"风趣刚柔""刚柔以立本"的说法。在文论史上创立了刚柔风格类型说。

二、《文心雕龙》的刚柔风格类型说

继曹丕之后，刘勰论文，也倡文气，以文气论作家作品，并进而论述作家作品的风格。经检索，在《文心雕龙》全书中，共有 79 处论及"气"这一术语。笔者对此做了一一搜集，以作穷尽式研究，探求刘勰"气"这一范畴之本义或多义。刘勰所谓的"气"，含义颇多。

1.指自然界的风云之气："写气图貌，既随物以宛转；属采附声，亦与心而徘徊""滔滔孟夏，郁陶之心凝；天高气清，阴沉之志远"。（《物色》）

2.指音乐、歌曲的特点要素："韵气一定，则余声易遣；和体抑扬，故遗响难契。"（《声律》）

3.由指音乐要素发展为指音乐的地域风格特点："暨武帝崇礼，始立乐府，总赵代之音，撮齐楚之气。"（《乐府》）

4.与之相似，指作家风格的地域特征："论徐干，则云'时有齐气'。"（《风骨》）

5.指写作主体的先天气质："然才有庸俊，气有刚柔，学有浅深，习有雅郑，并情性所铄，陶染所凝，是以笔区云谲，文苑波诡者矣。"（《体性》）"若夫八体屡迁，功以学成，才力居中，肇自血气。"（《体性》）"夫人肖貌天地，禀性五才，拟耳目于日月，方声气乎风雷：

其超出万物，亦已灵矣。"(《序志》)

6. 或者指作家需要修养、积蓄的养身之气，即气息、精神："精气内销，有似尾闾之波；神志外伤，同乎牛山之木""若销铄精胆，蹙迫和气……岂圣贤之素心，会文之直理哉""是以吐纳文艺，务在节宣，清和其心，调畅其气，烦而即舍，勿使壅滞"。(《养气》)

7. 或者指时代文风、特征："观其时文，雅好慷慨，良由世积乱离，风衰俗怨，并志深而笔长，故梗概而多气也""自中朝贵玄，江左称盛，因谈余气，流成文体"。(《时序》)

8. 更多的是指由作家主体气质灌注在作品中以后所呈现出的风格特征。如《风骨》篇中论文气时说："是以缀虑裁篇，务盈守气，刚健既实，辉光乃新""相如赋仙，气号凌云，蔚为辞宗，乃其风力遒也"。

刘勰的文气论源自《周易》，近师曹丕。论风格之文气，则主要来自曹丕 "文以气为主，气之清浊有体"的观点。曹丕将自己所说的气之"清浊"化为"和气"与"壮气"，刘勰则进一步将其变化为"刚柔"，清即刚，浊即柔。《体性》篇有 "气有刚柔""风趣刚柔，宁或改其气"的论述，可见 "刚柔"首先指主体气质，灌注在作品中就成了论述风格类型的刚柔论了。刘勰赞赏"刚健既实""风力遒也"的"刚"的文风。但是他也说"气有刚柔"，"刚柔虽殊，必随时而适用"，"刚柔以立本，变通以趋时"，意思是各有所适，不可偏废。在《文心雕龙》全书中，刘勰直接使用"刚柔"一词的情况共有五处：

　　然才有庸俊，气有刚柔，学有浅深，习有雅郑，并情性所铄，陶染所凝，是以笔区云谲，文苑波诡者矣。(《体性》)
　　风趣刚柔，宁或改其气。(《体性》)

奇正虽反，必兼解以俱通；刚柔虽殊，必随时而适用。(《定势》)

然文之任势，势有刚柔，不必壮言慷慨，乃称势也。(《定势》)

刚柔以立本，变通以趋时。(《镕裁》)

在上述五例之中，第一处"气有刚柔"主要指作家的个性气质有刚有柔，与曹丕之"气之清浊有体"相同。而后之"风趣刚柔""刚柔虽殊""势有刚柔""刚柔以立本"四种说法，均指刚柔之风格而言。

在《文心雕龙》中，刘勰论述"刚"这一术语共计十三处，除去前述"刚柔"同论的五处，现将余下的八处征引于下：

故其植义扬辞，务在刚健。(《檄移》)

及刘歆之《移太常》，辞刚而义辨，文移之首也。(《檄移》)

议惟畴政，名实相课。断理必刚，摛辞无懦。(《议对》)

是以缀虑裁篇，务盈守气，刚健既实，辉光乃新。(《风骨》)

夫吃文为患，生于好诡，逐新趣异，故喉唇纠纷；将欲解结，务在刚断。(《声律》)

陈思之《黄雀》，公干之《青松》，格刚才劲，而并长于讽谕。(《隐秀》)

长虞笔奏，世执刚中。(《才略》)

陆机倾仄于贾郭，傅玄刚隘而詈台，孙楚狠愎而讼府。诸有此类，并文士之瑕累。文既有之，武亦宜然。(《程器》)

将上述八条摘句论述的内容浓缩一下，来看刘勰论"刚"这一术语的所指：

植义扬辞，务在刚健——论义、辞，即内容与形式的结合，作品的整体风格

辞刚而义辨——论言辞，属于形式

断理必刚——论文理，属于内容

缀虑裁篇，务盈守气，刚健既实，辉光乃新——论文气刚健，倡导刚健的文风

喉唇纠纷；将欲解结，务在刚断——对音律要以果断的态度加以处理

陈思之《黄雀》，公干之《青松》，格刚才劲——论作品风格

长虞笔奏，世执刚中——论作品风格

傅玄刚隘而晋台——论作家刚愎狭隘的情性

其中，"刚"这一术语用于论述风格的有四处，论文章内容方面的义理一处，形式方面的言辞一处，论作家情性一处，论对声律的处理方法一处。可见，"刚"这一术语主要偏重于论风格，与上文所述之"刚柔"连用时主要用于论述风格的情况在整体上相一致。

那么，"柔"这一术语是否也是这样的呢？对此，笔者也作了搜集与整理。以下是刘勰论"柔"诸语（不含合论"刚柔"之五句）五处：

《诗》主言志，诂训同《书》，摛风裁兴，藻辞谲喻，温柔在诵，故最附深衷矣。（《宗经》）

晋世群才，稍入轻绮。张潘左陆，比肩诗衢，采缛于正始，力柔于建安。（《明诗》）

详总书体，本在尽言，言所以散郁陶，托风采，故宜条畅以任气，优柔以怿怀；文明从容，亦心声之献酬也。（《书记》）

> 王褒《洞箫》云"优柔温润，如慈父之畜子也"，此以声比心者也。(《比兴》)
>
> 故宜从容率情，优柔适会。(《养气》)

简要概括之，则为：

> 《诗》主言志……温柔在诵——论作品风格
>
> 晋世群才……力柔于建安——论作家风格与时代风格
>
> 散郁陶，托风采，故宜条畅以任气，优柔以怿怀——论情性与写作心态
>
> 优柔温润……此以声比心者也——论音乐风格
>
> 从容率情，优柔适会——论写作主体气质与写作心态

可见，"柔"这一术语主要也是用于论述风格特征的。

由上述对于《文心雕龙》刚柔术语的分析，我们可以看出以下特点：

第一，刘勰在曹丕首倡"文气清浊"之后，明确地以文气刚柔论述风格刚柔，开文论史刚柔风格类型说之滥觞。

第二，"刚"主要指阳刚的风格类型，后世之豪放、雄浑、壮丽、壮美诸说可纳入其中；"柔"主要指优美的风格类型，可以包含冲淡、蕴藉、飘逸、闲适、优美等类型，具有极强的包容性。

第三，"刚"与"柔"之间主要是二元对立的关系，但没有高下之别。

第四，与《体性》篇系统的阐述"八体"不同，《文心雕龙》对刚柔风格类型说只是一些零散的、只言片语的阐述，其见解分别出现在不同的篇目中，没有形成系统的理论体系，在《文心雕龙》

的风格类型学说中处于次要的地位。

刘勰提出的刚柔风格说在文论史上影响很大。南朝沈约在《宋书·谢灵运传论》中提出"刚柔迭用，喜愠分情"说；明代张綖在《诗余图谱·凡例》中归纳宋词的风格为豪放与婉约说（明人徐师曾也倡导此说），在文论史上影响巨大；南宋严羽在《沧浪诗话》中提出的"沉著痛快"与"优游不迫"说、清末王闿运在《湘绮楼说诗》中将诗分为和劲两派、王国维在《人间词话》中提出的优美与宏壮说、当代学者王之望先生在《文学风格论》中提出的刚柔浑穆说等理论也颇有影响。清中叶桐城派文论家姚鼐在《海愚诗钞序》等著述中不仅区分了刚柔之别，更看到了二者的内在联系，主张二者的对立统一，提倡刚柔相济，认为两者不可偏废，成为文论史上研究刚柔风格的集大成之说。

第三节 "总其归途，数穷八体"的八体风格论

在《文心雕龙》中，刘勰系统地提出的风格类型论是八体说。《体性》篇中谈到风格的八种基本类型时说："若总其归途，则数穷八体：一曰典雅，二曰远奥，三曰精约，四曰显附，五曰繁缛，六曰壮丽，七曰新奇，八曰轻靡。"在归纳出了风格形态的八种基本类型后，刘勰还用形象描述的方式，对每一种风格类型的特征与内涵都做了解说："典雅者，镕式经诰，方轨儒门者也；远奥者，馥采曲文，经理玄宗者也；精约者，核字省句，剖析毫厘者也；显附者，辞直义畅，切理厌心者也；繁缛者，博喻酿采，炜烨枝派者也；壮丽者，高论宏裁，卓烁异采者也；新奇者，摈古竞今，危侧趣诡者也；轻靡者，浮文弱植，缥缈附俗者也。"自汉末曹丕论文体风格开始，至齐梁时代的刘勰，可见对风格特征描述由简约渐趋繁丰的总体趋势。曹丕论文体风格，简约地说"奏议宜雅，书论宜理，铭诔尚实，

诗赋欲丽",寥寥数语,没有对风格类型的特征进行任何解说;晋初陆机论文体风格为"诗缘情而绮靡,赋体物而浏亮。碑披文以相质,诔缠绵而凄怆。铭博约而温润,箴顿挫而清壮。颂优游以彬蔚,论精微而朗畅。奏平彻以闲雅,说炜晔而谲诳",陆机在曹丕"一言以蔽之"的基础上有所发展,将每种文体的特点加以简单描述、解说,虽然仍有简略之失,但比较前人,已经进步不少了。陆机直接影响到了刘勰对每种风格的形象解说。这种解说的特点是:先论每种风格的区别特征,次述其来源,形象生动。这种描述式解说的方式,为后世风格类型的提出、说明奠定了基础,确立了范式。尤其在唐代司空图那里,新语迭出,蔚为大观。我们来看曹、陆、刘三人对风格特征的不同描述:

> 曹丕—诗赋(文体)—丽
> 陆机—诗(文体) —缘情而绮靡
> 刘勰—壮丽—高论宏裁,卓烁异采者也

现依刘勰所述,将"八体"之特征排列如下:

> 典雅—镕式经诰—方轨儒门
> 远奥—馥采曲文—经理玄宗
> 精约—核字省句—剖析毫厘
> 显附—辞直义畅—切理厌心
> 繁缛—博喻酿采—炜烨枝派
> 壮丽—高论宏裁—卓烁异采
> 新奇—摈古竞今—危侧趣诡
> 轻靡—浮文弱植—缥缈附俗

为了更好地理解刘勰所概括的这八种风格类型，我们将一一对其特征、内涵及各"体"在《文心雕龙》中的运用进行解析。

一、八体特征与运用探究

（一）典雅

"典雅"的风格，其特征是"镕式经诰"，渊源于"方轨儒门"。何谓"镕式经诰"？《镕裁》篇说："规范本体谓之镕"。经诰即经典、典诰之别称，就是《诗》《书》《礼》《易》等儒家经典。"镕式经诰"就是说典雅这种风格是规范的儒家经典文献风格，所以说其渊源是"方轨儒门者也"，是正宗文风。刘勰之所以将典雅列在首位，作为八体中地位最高、最重要的类型，是他以"征圣、宗经"为主的文学观在风格类型论中的体现。刘勰在《序志》篇自述对"圣人"孔子的膜拜之情：

> 予生七龄，乃梦彩云若锦，则攀而采之。齿在逾立，则尝夜梦执丹漆之礼器，随仲尼而南行。旦而寤，乃怡然而喜，大哉！圣人之难见哉，乃小子之垂梦欤！自生人以来，未有如夫子者也。

此处实际上是刘勰征圣思想的根源。据此，刘勰盛赞记录圣人言行、思想的圣文经典：

> 敷赞圣旨，莫若注经，而马郑诸儒，弘之已精，就有深解，未足立家。唯文章之用，实经典枝条，五礼资之以成文，六典因之致用，君臣所以炳焕，军国所以昭明，详其本源，莫非经典。

此处紧承上文征圣思想，征圣必然导致宗经，儒家经书是记载圣人言行语录的，而且，"六典因之致用"，典籍是经世致用的法宝，所以说"详其本源，莫非经典"。由此，刘勰提出"论文必征于圣，窥圣必宗于经"的文论观，并以之作为根本准则，以是否宗经来衡量一切。《文心雕龙》全书中，征圣、宗经的思想作为一条理论红线贯穿始终。在论述"文之枢纽"的原理论部分，直接列出《征圣》《宗经》篇专论这一主张；列《正纬》《辨骚》篇作为对不宗经的文章作品的批判与纠正。《宗经》篇论述经典有以下"六义"，即六大优点时说：

> 故文能宗经，体有六义：一则情深而不诡，二则风清而不杂，三则事信而不诞，四则义贞而不回，五则体约而不芜，六则文丽而不淫。扬子比雕玉以作器，谓五经之含文也。

经典有上面的六大好处，其在风格类型方面的特点是"风清而不杂"。在《征圣》篇里，刘勰详述经典的风格特点：

> 是以论文必征于圣，窥圣必宗于经。《易》称"辨物正言，断辞则备"，《书》云"辞尚体要，弗惟好异"。故知正言所以立辩，体要所以成辞，辞成无好异之尤，辩立有断辞之义。虽精义曲隐，无伤其正言；微辞婉晦，不害其体要。体要与微辞偕通，正言共精义并用；圣人之文章，亦可见也。颜阖以为："仲尼饰羽而画，徒事华辞。"虽欲訾圣，弗可得已。然则圣文之雅丽，固衔华而佩实者也。

"圣文"（即经典）"体要与微辞偕通，正言共精义并用"，也就是上述"风清而不杂"之意，是最好最高的文风。在《文心雕龙》全书中，论述典雅风格的还有以下几处：

> 建安之末，文理代兴，潘勖九锡，典雅逸群。卫觊禅诰，符采炳耀，弗可加已。（《诏策》）

> 是以模经为式者，自入典雅之懿；效《骚》命篇者，必归艳逸之华。（《定势》）

> 章表奏议，则准的乎典雅；赋颂歌诗，则羽仪乎清丽。（《定势》）

可见，典雅既是经典作品（模经为式）的文风，也可以用于描述作家作品风格（潘勖九锡）及文体风格（章表奏议）。在其他篇章中，刘勰有时也用"典"或"典懿"等术语来代替"典雅"，如：

> 暨武帝崇礼，始立乐府，总赵代之音，撮齐楚之气，延年以曼声协律，朱马以骚体制歌，《桂华》杂曲，丽而不经，《赤雁》群篇，靡而非典。（《乐府》）

> 原夫颂惟典懿，辞必清铄，敷写似赋，而不入华侈之区。（《颂赞》）

> 《封禅》靡而不典，《剧秦》典而不实。（《封禅》）

从上述引例来看，刘勰使用"典雅"这一术语，主要是用于反对"丽而不经，靡而非典"，或"典而不实"的"华侈"之作的。"华侈、靡丽"，其实就是风格八体中的"繁缛、轻靡"两体，刘勰是旗帜鲜明地反对这两种风格的。

除了使用"典雅""典懿""典"等术语外，刘勰据"圣文之雅丽，固衔华而佩实者也"的风格论，标举"雅丽"说，笔者通过检索发现，除"雅丽"外，还有"丽雅""雅润""儒雅""彬雅""温雅"等术语，其含义与"典雅""雅丽"相同：

然其文辞丽雅，为词赋之宗，虽非明哲，可谓妙才。(《辨骚》)

若夫四言正体，则雅润为本。(《明诗》)

及班固述汉，因循前业，观司马迁之辞，思实过半。其《十志》该富，赞序弘丽，儒雅彬彬，信有遗味。(《史传》)

孟坚雅懿，故裁密而思靡。(《体性》)

雅丽黼黻，淫巧朱紫。(《体性》)

商周丽而雅，楚汉侈而艳。(《通变》)

自宋武爱文，文帝彬雅。(《时序》)

虞夏文章，则有皋陶六德，夔序八音，益则有赞，五子作歌，辞义温雅，万代之仪表也。(《才略》)

张衡通赡，蔡邕精雅，文史彬彬，隔世相望。(《才略》)

挚虞述怀，必循规以温雅；其品藻流别，有条理焉。(《才略》)

由上述分析及引例可见，典雅虽可指"商周丽而雅"的时代风格，但主要用于指称文体风格与作品风格，属于刘勰所极力推崇的正统风格。

（二）远奥

这种风格的特征是"馥采曲文"，就是很讲究文采，但是文意隐晦艰涩，曲折难懂。其来源是"经理玄宗"，就是玄学思想。魏晋时期玄学兴起，清谈玄奥的黄老思想影响到了文学创作，就形成了晦涩玄奥的远奥文风。如《明诗》篇论正始时代的玄学文风："及正始明道，诗杂仙心；何晏之徒，率多浮浅。"又《明诗》篇论"晋世群才"文风："江左篇制，溺乎玄风，嗤笑徇务之志，崇盛忘机之谈，袁孙已下，虽各有雕采，而辞趣一揆，莫与争雄，所以景纯《仙篇》，挺拔而为隽矣。"《时序》篇也有与此相近的论述："自中朝贵玄，江左称盛，因谈余气，流成文体。是以世极迍邅，而辞意夷泰，诗必柱下之旨归，赋乃漆园之义疏。"刘勰之后，钟嵘在《诗品序》中论玄言诗风，与刘勰近似："永嘉时，贵黄老，尚虚谈。于时篇什，理过其辞，淡乎寡味。爰及江表，微波尚传，孙绰、许询、桓、庾诸公诗，皆平典似《道德论》，建安风力尽矣。"由检索结果来看，"远奥"的风格主要特征在于"奥"，"奥"即深也。如："鹖冠绵绵，亟发深言；鬼谷眇眇，每环奥义。"（《诸子》）"昔屈平有言：文质疏内，众不知余之异采。见异唯知音耳。扬雄自称：心好沉博绝丽之文。其不事浮浅，亦可知矣。夫唯深识鉴奥，必欢然内怿。"（《知音》）文意深，并不是一件坏事，但如果走向曲折艰涩之途，就不好了。"远奥"即深远，属于曲高和寡的艰深类型，难于理解，少有人懂。刘勰批评说："《六经》以典奥为不刊，非以言笔为优劣也。昔陆氏《文赋》，号为曲尽，然泛论纤悉，而实体未该。"（《总术》）"典奥"即近于"远奥"之意，刘勰认为其艰深太过，为六经所"不刊"，即不采用。总之，刘勰是不满远奥的风格的。《练字》篇则以"阻奥"分析此说："及魏代缀藻，则字有常检，追观汉作，翻成阻奥。故陈思称：'扬马之作，趣幽旨深，读者非师传不能析其辞，非博学不能综其理。'岂直才悬，抑亦字隐。"当"扬马之作，趣幽旨深"到了"非师传不能析其辞，非博学不能综其理"的艰深地步时，自然就大大地限制、缩小了其文章的阅读及传播范围，久而久之，终于"翻成阻奥"，极为不利。

当然，"奥"之一字，并非只有深的含义，也有博大、阔大之意，如："蔡邕《释诲》，体奥而文炳；景纯《客傲》，情见而采蔚。"（《杂文》）刘勰对这种意义上的"奥"之文风持欣赏态度，不吝赞美之辞："《诗》文宏奥，包韫六义。"（《比兴》）"夫经典沉深，载籍浩瀚，实群言之奥区，而才思之神皋也。"（《事类》）"不剖文奥，无以辨通才。"（《总术》）詹锳先生认为，远奥的风格与隐秀之"隐"相近或相通。查《文心雕龙》全书，其理论来源似为《总术》篇的这一说法："精者要约，匮者亦鲜；博者该赡，芜者亦繁；辩者昭晰，浅者亦露；奥者复隐，诡者亦曲。"那么，"奥者复隐"一说之"隐"，是否即"隐秀"之"隐"呢？答曰：不是。且看："夫心术之动远矣，文情之变深矣，源奥而派生，根盛而颖峻，是以文之英蕤，有秀有隐。"（《隐秀》）《隐秀》篇讲"心术之动远，文情之变深"，实乃《文心雕龙》所主张的"情言文"的写作操作模型论之发端。《情采》篇说："故情者文之经，辞者理之纬；经正而后纬成，理定而后辞畅：此立文之本源也。"此处"心术""文情"之意，即"情者文之经"之意也。情理决定文辞，这种情理是深而且远的。刘勰使用一种比喻式的说法"源奥而派生，根盛而颖峻"，情理既是源，也是根。故知"源奥"之"奥"，也是深或远之意，但并非曲折幽深之意，与上文所论之"远奥""阻奥""典奥"不同。

再查《隐秀》篇自述"隐"之含义及"隐"与"奥"的关系，得三例：

> 隐也者，文外之重旨者也；秀也者，篇中之独拔者也。隐以复意为工，秀以卓绝为巧。
>
> 夫隐之为体，义生文外，秘响旁通，伏采潜发，譬爻象之变互体，川渎之韫珠玉也。
>
> 凡文集胜篇，不盈十一，篇章秀句，裁可百二。并思合而自逢，非研虑之所课也。或有晦塞为深，虽奥非隐，雕削取巧，虽美非秀矣……（隐篇所以照文苑，）秀句所以侈翰林，盖以此也。

据此可知：隐与奥之意并不相同。奥乃晦塞为深的风格，而隐则不是风格类型，主要针对隐篇而言——或"以复意为工"，或追求"文外之重旨者也"，是写作"秘响旁通，伏采潜发"的修辞技法论。所以，"隐"属于写作技法，"奥"属于写作风格，二者不同。因此，"远奥的风格与隐秀之'隐'相近或相通"的说法不能成立。

总而言之，玄学思想是道家的主张，不属于儒学正统的范围，玄学文体"辞意夷泰"，当然应该借机批评一下。可见，刘勰所论述的远奥文风，应该是特定历史条件下的产物，因为在"宋初文咏，体有因革。庄老告退，而山水方滋"后，玄学文学逐渐退出了历史舞台，远奥的风格也就比较少见了。因此可以说，远奥文风属于时代风格的范畴。

（三）精约

特点是"核字省句，剖析毫厘"，就是简练准确，精细分辨。如《才略》篇评挚虞所作之《文章流别论》时说："挚虞述怀，必循规以温雅；其品藻流别，有条理焉。"又《序志》篇论《文章流别论》："详观近代之论文者多矣……《流别》精而少功，《翰林》浅而寡要。"《颂赞》篇则说："挚虞品藻，颇为精核。"可见，刘勰认为挚虞《文章流别论》有两个主要优点：一是有条理，二是精核；即言之有序，简练准确，这就是精约的风格特点。在刘勰之前，陆机论文体风格说："诗缘情而绮靡。……论精微而朗畅。" 刘勰主张的精约风格，近似于陆机主张的"精微"，二者之间应当有继承关系。刘勰主张精约，一个主要的目的是用精约来反对过于繁缛的文风。比如，刘勰批评汉大赋"丽缛成文"的风格时说："汉室陆贾，首发奇采，赋《孟春》而进《新语》，其辩之富矣。贾谊才颖，陵轶飞兔，议惬而赋清，岂虚至哉！枚乘之《七发》，邹阳之《上书》，膏润于笔，气形于言矣。仲舒专儒，子长纯史，而丽缛成文，亦诗人之告哀焉。相如好书，师范屈宋，洞入夸艳，致名辞宗。然核取精意，理不胜辞，故扬子以为'文丽用寡者长卿'，诚哉是言也！王褒构采，以密巧为致，附声测貌，泠然可观。子云属意，辞义最深，观其涯度幽远，搜选诡丽，而竭才以钻思，故能理赡而辞坚矣。"（《才略》）在刘勰看来，写文章不能太过于讲究文采，应当文质相符，故而他对"丽缛""夸艳"的汉赋风格甚为不满，认为其"楚艳汉侈，流弊不还"，因此批评司马相如"理不胜辞"、文胜于质，而赞美王褒"泠然可观"，扬雄"辞义最深"，"故能理赡而辞坚"。刘勰认为，文采与内容相符的历史双璧是张衡和蔡邕，《才略》篇说："张衡通赡，蔡邕精雅，文史彬彬，隔世相望。"刘勰最欣赏既有丰赡的文采，又有精约、雅正文风的作品，这样的作品"文史彬彬"，也就是孔子所谓之"文质彬彬"的状态。那么，文章怎样写才能做到不丽缛而精约呢？《附会》篇将其提高到"命篇之经略"的地位来论述："凡大体文章，类多枝派，整派者依源，理枝者循干。是以附辞会义，务总纲领，驱万涂于同归，贞百虑于一致，使众理虽繁，而无倒置之乖，群言虽多，而无棼丝之乱。扶阳而出条，顺阴而藏迹，首尾周密，表里一体，此附会之术也。夫画者谨发而易貌，射者仪毫而失墙，锐精细巧，必疏体统。故宜诎寸以信尺，枉尺以直寻，弃偏善之巧，学具美之绩：此命篇之经略也。"检索《文心雕龙》全书，直接使用"精约"这一术语的情况比较少，更多的是使用"简约""要约""精核""精密""精要"等术语。刘勰主张的"精约"风格，主要是用来描述作品风格，如：

　　又崔瑗《文学》，蔡邕《樊渠》，并致美于序，而简约乎篇。（《颂赞》）
　　详观兰石之《才性》，仲宣之《去伐》，叔夜之《辨声》，太初之《本无》，辅嗣之《两例》，平叔之二论，并师心独见，锋颖精密，盖论之英也。（《论说》）

有时也用于论作家风格，如：

> 乐府者，声依永，律和声也。……是以师旷觇风于盛衰，季
> 札鉴微于兴废，精之至也。（《乐府》）
>
> 情辨以泽，文子擅其能；辞约而精，尹文得其要。（《诸子》）
>
> 精者要约，匮者亦鲜；博者该赡，芜者亦繁。（《总术》）

或者论述时代风格，如：

> 及成康促龄，穆哀短祚，简文勃兴，渊乎清峻，微言精理，
> 函满玄席；澹思浓采，时洒文囿。（《时序》）
>
> 自近代以来，文贵形似……然物有恒姿，而思无定检，或率
> 尔造极，或精思愈疏。（《物色》）

或者论文体风格：

> 观此众条,并书记所总: 或事本相通,而文意各异,或全任质素,
> 或杂用文绮,随事立体,贵乎精要。（《书记》）
>
> 符檄书移,则楷式于明断;史论序注,则师范于核要。（《定势》）

通览《文心雕龙》，我们可以发现，"精约"主要用于指称作家、作品、文体与时代风格，应用范围很广，刘勰是很赞赏精约风格的。

（四）显附

特征是"辞直义畅",就是直率明白,晓畅通达,同时"切理厌心",不啰嗦麻烦。"显附"这一风格，主要是通过"显"的方式表现其特征的。《文心雕龙》中，"显"与"隐""幽"相对，如以下几处：

纤巧以弄思，浅察以衔辞，义欲婉而正，辞欲隐而显。(《谐谳》)

仲宣《登楼》云："钟仪幽而楚奏，庄舄显而越吟。"(《丽辞》)

幽显同志，反对所以为优也。(《丽辞》)

夫缀文者情动而辞发，观文者披文以入情，沿波讨源，虽幽必显。(《知音》)

所以，刘勰"辞直义畅"之说，即显明、明白、通畅之意，或用"明核""明断"语表述之。如下列各句：

列御寇之书，气伟而采奇……墨翟、随巢，意显而语质。(《诸子》)

移者，易也，移风易俗，令往而民随者也……陆机之《移百官》，言约而事显，武移之要者也。(《檄移》)

陈思之表，独冠群才。观其体赡而律调，辞清而志显，应物制巧，随变生趣，执辔有余，故能缓急应节矣。(《章表》)

然后标以显义，约以正辞，文以辨洁为能，不以繁缛为巧；事以明核为美，不以环隐为奇：此纲领之大要也。(《议对》)

故练于骨者，析辞必精；深乎风者，述情必显。(《风骨》)

符檄书移，则楷式于明断；史论序注，则师范于核要。(《定势》)

善删者字去而意留，善敷者辞殊而义显。(《镕裁》)

从以上各例可以看出，"显"是包括"辞显""意显""事显""志显""显义""情显""义显"等内容与形式若干要素的综合性术语，是内容与形式相统一所表现出来的风格特征。

那么，何谓"附"呢？"附"是否"切理厌心"之意呢？《文心雕龙》论"附"这一术语共有三十多处，主要取依附之意，这显然不可能是用来形容风格的词汇。查《比兴》篇，得如下二句：

> 故比者，附也；兴者，起也。附理者切类以指事，起情者依微以拟议。起情故兴体以立，附理故比例以生。比则畜愤以斥言，兴则环譬以托讽。盖随时之义不一，故诗人之志有二也。
>
> 且何谓为比？盖写物以附意，飏言以切事者也。故金锡以喻明德，珪璋以譬秀民，螟蛉以类教诲，蜩螗以写号呼，浣衣以拟心忧，席卷以方志固：凡斯切象，皆比义也。至如"麻衣如雪"，"两骖如舞"，若斯之类，皆比类者也。

据此二处可知，"显附"之"附"，应当就是"比兴"之"比"，其意思为类比、比喻，并通过"比"的方式寄予情感、思想。"比"乃诗歌创作方法"六义"之一，"显附"用此，余以为有采用"比"的方法，创作明白晓畅的文风之意。

细观其余"七体"采用的术语，都是并列式结构的近义词，唯显附不同。"显"是风格，"附"是其创作要求或方法。如《辨骚》篇云："固知楚辞者，体宪于三代，而风杂于战国，乃《雅》《颂》之博徒，而词赋之英杰也。观其骨鲠所树，肌肤所附，虽取镕《经》旨，亦自铸伟辞。""肌肤所附"语，即言其与《诗经》相比，在思想内容（旨）上取法《诗经》，而在语言创造方面"自铸伟辞"。"附"即"比"也。又《明诗》篇："又古诗佳丽……直而不野，婉转附物，怊怅切情，实五言之冠冕也。""附物"，即比物之意，也就是《比兴》篇"写物以附意"之意。总之，刘勰以"显附"来倡导直率明白、

晓畅通达的风格类型，主要用于文体风格与具体的作家作品风格的
描述。他是比较赞赏这一风格的。

（五）繁缛

特点是"博喻酿采"，多用比喻、比拟、比兴手法来形成文采；
源于繁丽多姿的言说方式。"繁缛"的风格，与精约相对，其主要
特征是绮丽、藻饰，也就是文采过度。刘勰认为这是一类有消极色
彩的风格，对此是不满的。例如《议对》主张："文以辨洁为能，
不以繁缛为巧。"《哀吊》则云："祢衡之吊平子，缛丽而轻清；陆
机之吊魏武，序巧而文繁。降斯以下，未有可称者矣。"《定势》也说：
"断辞辨约者，率乖繁缛。"《情采》篇论庄子、韩非子之文采时说：
"庄周云'辩雕万物'，谓藻饰也。韩非云'艳乎辩说'，谓绮丽也。
绮丽以艳说，藻饰以辩雕，文辞之变，于斯极矣。"刘勰在《情采》
篇赞语中对这种"绮丽以艳说，藻饰以辩雕"的文风给予"繁采寡情，
味之必厌"的评价，表明了自己的不满之情。

《文心雕龙》论"繁缛"或近似风格的术语还有很多，主要是
用于论述作家风格与时代风格，以下几处可做其代表：

> 马融《长笛》云"繁缛络绎，范蔡之说也"，此以响比辩者也。
> （《比兴》）
> 士衡矜重，故情繁而辞隐。（《体性》）
> 昔谢艾、王济，西河文士，张骏以为"艾繁而不可删，济略
> 而不可益"。（《镕裁》）
> 至如士衡才优，而缀辞尤繁；士龙思劣，而雅好清省。（《镕
> 裁》）
> 所谓诗人丽则而约言，辞人丽淫而繁句也。（《物色》）
> 精者要约，匮者亦鲜；博者该赡，芜者亦繁。（《总术》）

以上论作家风格，以下则论时代风格：

> 三代政暇，文翰颇疏。春秋聘繁，书介弥盛。(《书记》)
> 立本有体，意或偏长；趋时无方，辞或繁杂。(《镕裁》)

　　同时，刘勰认为"楚艳汉侈"的楚辞与汉大赋是繁缛风格的代表。并且，刘勰认为汉赋是从楚辞继承而来的，汉赋"祖述楚辞，灵均余影，于是乎在"，故而对此多有批评，比如："汉室陆贾，首发奇采，赋《孟春》而进《新语》，其辩之富矣。贾谊才颖，陵轶飞兔，议惬而赋清，岂虚至哉！枚乘之《七发》，邹阳之《上书》，膏润于笔，气形于言矣。仲舒专儒，子长纯史，而丽缛成文，亦诗人之告哀焉。相如好书，师范屈宋，洞入夸艳，致名辞宗。然核取精意，理不胜辞，故扬子以为'文丽用寡者长卿'，诚哉是言！"(《才略》)此处"丽缛、夸艳"二词，即有繁缛之意，是刘勰所批评的风格。《时序》篇论汉代文风，也有近似语："逮孝武崇儒，润色鸿业，礼乐争辉，辞藻竞骛：柏梁展朝宴之诗，金堤制恤民之咏，征枚乘以蒲轮，申主父以鼎食，擢公孙之对策，叹倪宽之拟奏，买臣负薪而衣锦，相如涤器而被绣。于是史迁寿王之徒，严终枚皋之属，应对固无方，篇章亦不匮，遗风余采，莫与比盛。越昭及宣，实继武绩，驰骋石渠，暇豫文会，集雕篆之轶材，发绮縠之高喻，于是王褒之伦，底禄待诏。自元暨成，降意图籍，美玉屑之谈，清金马之路。子云锐思于千首，子政雠校于六艺，亦已美矣。爰自汉室，迄至成哀，虽世渐百龄，辞人九变，而大抵所归，祖述楚辞，灵均余影，于是乎在。"在刘勰看来，汉代文风"辞藻竞骛"，是"遗风余采，莫与比盛"的，是繁缛到了极点的。《风骨》篇批评繁缛文风说"若瘠义肥辞，繁杂失统，则无骨之征也"。文章形成繁缛风格的原因，是因为"繁杂失统"，即不遵守经典雅丽、典雅的正统风格造成的，这样写出来的文章就没有骨力，像个大胖子。纠正的办法就是"正末归本"，宗经征圣。刘勰在《宗经》篇里说道：

> 夫文以行立，行以文传，四教所先，符采相济。励德树声，莫不师圣，而建言修辞，鲜克宗经。是以楚艳汉侈，流弊不还，正末归本，不其懿欤！

刘勰批评"楚艳汉侈"，是因为其"鲜克宗经"，故至于"流弊不还"。实际上就是批评楚辞诸篇与汉大赋诸作过于华丽的文风。刘勰在这里以宗经观纠正繁缛之弊，先说"四教所先，符采相济"，"符"指内容，"采"指风格，这两句说儒教典籍是内容与风格和谐统一的，因此刘勰主张"正末归本"，是把繁缛的风格当作"末"来看待的，应该回归到正统的典雅文风这一本源上来。《风骨》篇论回归、学习经典的好处说："昔潘勖锡魏，思摹经典，群才韬笔，乃其骨髓峻也。"紧接着提出"能鉴斯要，可以定文，兹术或违，无务繁采"的创作要求。所谓的"斯要、兹术"，即宗经说也。尤其要"无务繁采"，摒弃繁缛的文风。同时，刘勰还指出了学习、习染正确文风的重要性："是以模经为式者，自入典雅之懿；效《骚》命篇者，必归艳逸之华；综意浅切者，类乏酝藉；断辞辨约者，率乖繁缛：譬激水不漪，槁木无阴，自然之势也。"（《定势》）一再告诫人们要学习经典典雅的风格，"确乎正式"，克服繁缛之弊。因此，刘勰特别提出"正采"一说，作为纠正繁缛的规范："是以联辞结采，将欲明理，采滥辞诡，则心理愈翳。固知翠纶桂饵，反所以失鱼。言隐荣华，殆谓此也。是以衣锦褧衣，恶文太章；贲象穷白，贵乎反本。夫能设模以位理，拟地以置心，心定而后结音，理正而后摛藻，使文不灭质，博不溺心；正采耀乎朱蓝，间色屏于红紫：乃可谓雕琢其章，彬彬君子矣。"（《情采》）本段文字提出的"正采"说十分重要。何谓"正采"呢？一是指按照"设模以位理，拟地以置心"的自然之道的原则来创作；二是指文风的创作要"文不灭质"，即符合《征圣》篇"圣文之雅丽，固衔华而佩实者也"的要求。这样创造出来的文风就是"正采"。可见，"正采"就是"雅丽""典雅"的文风。刘勰所谓的"言隐荣华"，就是后面的"隐秀"说，讲究含蓄、委婉的写作方法与策略，是专门针对繁缛的文风提出来的。刘勰追求的"正采"，既符合自然之道的创作原则，也符合征圣、宗经的儒家规范要求，是"彬彬君子"的风格要求，即孔子所谓的"文质彬彬"的状态，而那些言情过度、"华实过乎淫侈"的作品则是不可取的。

由上述可知，刘勰赞赏文采，但是反对文采过度繁缛的作家作品风格。

（六）壮丽

特点是立意高远，篇章宏大，有超越常文的卓绝文采；"壮丽"的风格一是壮美，二是高远，主要代表的是境界宏大、开阔、博大的风格类型。在刘勰以前，就有以壮论风格的地方。曹丕《典论·论文》论作家风格时称"应玚和而不壮，刘桢壮而不密。"陆机《文赋》论文体风格则曰"铭博约而温润，箴顿挫而清壮。"可见，壮丽之风格，也是广泛地运用于描述各种风格类型的。《体性》篇论作家作品风格时，下列诸子大约属于壮丽的风格："公干气褊，故言壮而情骇；嗣宗俶傥，故响逸而调远；叔夜俊侠，故兴高而采烈。"刘勰论"齐楚两国"的文学地域风格时说："唯齐、楚两国，颇有文学。齐开庄衢之第，楚广兰台之宫，孟轲宾馆，荀卿宰邑，故稷下扇其清风，兰陵郁其茂俗，邹子以谈天飞誉，驺奭以雕龙驰响，屈平联藻于日月，宋玉交彩于风云。"（《时序》）刘勰不吝其辞，以"谈天飞誉""雕龙驰响""联藻日月""交彩风云"这一类夸张的话语极力赞美"齐、楚两国，颇有文学"。这种态度，可以在《原道》篇"自然之道"的文学本质论中找到依据："傍及万品，动植皆文：龙凤以藻绘呈瑞，虎豹以炳蔚凝姿；云霞雕色，有逾画工之妙；草木贲华，无待锦匠之奇。夫岂外饰，盖自然耳。至于林籁结响，调如竽瑟；泉石激韵，和.若球锽：故形立则章成矣，声发则文生矣。夫以无识之物，郁然有采，有心之器，其无文欤？"可见，刘勰认为"齐、楚两国，颇有文学"的原因是本于"自然之道"的创作原则。这对一贯坚持宗经思想，主张"文质彬彬"的"正采"，反对繁缛、"奇采"的刘勰来说，确实是很难得的。

刘勰认为"齐、楚两国，颇有文学"的代表作品是楚辞，因此夸赞说："固知楚辞者，体宪于三代，而风杂于战国，乃《雅》《颂》之博徒，而词赋之英杰也。观其骨鲠所树，肌肤所附，虽取镕《经》旨，亦自铸伟辞……故能气往轹古，辞来切今，惊采绝艳，难与并能矣。"（《辨骚》）遍览《文心雕龙》，除了对楚辞，刘勰再也没有对其他作品有过这样高的评价了。"气往轹古，辞来切今，惊采绝艳，难与并能"，即"壮丽"也，有"风骨"之作也。在历代文论对楚辞的评价中，尤其"惊采绝艳"一语，似有空前绝后之意。

再查《文心雕龙》全文，以下论述同样表示"壮丽"的风格，且在术语选用上也与之近似，刘勰以"壮采""宏壮""壮笔""雅壮"诸说来论述作家风格与作品风格，如其论作家风格：

> 及仲宣靡密，发篇必遒；伟长博通，时逢壮采。（《铨赋》）
> 士衡之疏放，彭泽之豪逸，心密语澄，而俱适乎壮采。（《隐秀》）
> 诸子以道术取资，屈宋以楚辞发采。乐毅报书辨而义，范雎

上书密而至，苏秦历说壮而中，李斯自奏丽而动。(《才略》)

> 刘琨雅壮而多风，卢谌情发而理昭，亦遇之于时势也。(《才略》)

论具体文体的代表作品之风格则说：

> 崔瑗《七厉》，植义纯正；陈思《七启》，取美于宏壮。(《杂文》)
>
> 列御寇之书，气伟而采奇；邹子之说，心奢而辞壮。(《诸子》)
>
> 陈琳之檄豫州，壮有骨鲠。(《檄移》)
>
> 桓温檄胡，观衅尤切，并壮笔也。(《檄移》)
>
> 秦皇铭岱，文自李斯；法家辞气，体乏弘润；然疏而能壮，亦彼时之绝采也。(《封禅》)

上述文体与作家作品之风格特征，就是壮美、雄浑、豪迈、高远的壮丽风格。可见，刘勰对壮丽这一风格十分欣赏，其赞誉是发自内心的。

（七）新奇

特点是"摈古竞今，危侧趣诡"，抛弃了古代的优良文风，竞相模仿近代"趣诡"的不良文风。一句话，不走正道，不习染雅正之风造成的。刘勰对新奇的文风持猛烈的批判态度。《通变》篇论述道："今才颖之士，刻意学文，多略汉篇，师范宋集，虽古今备阅，然近附而远疏矣。夫青生于蓝，绛生于茜，虽逾本色，不能复化。桓君山云：'予见新进丽文，美而无采；及见刘扬言辞，常辄有得。'此其验也。故练青濯绛，必归蓝茜；矫讹翻浅，还宗经诰。斯斟酌乎质文之间，而隐括乎雅俗之际，可与言通变矣。"这里，刘勰猛烈地攻击"今才颖之士""多略汉篇，师范宋集"的"近附而远疏"

的学文之道，所以其文章"矫讹翻浅"，"美而无采"，不足以言文。"近附而远疏"就是"摈古竞今"，就是"竞今疏古"，是形成新奇文风的方法论错误的根源。刘勰批评说："魏晋浅而绮，宋初讹而新：从质及讹，弥近弥澹。何则？竞今疏古，风末气衰也。"然后，刘勰还从创作方法的高度分析了形成新奇文风的原因："若夫立文之道，惟字与义。字以训正，义以理宣。而晋末篇章，依希其旨，始有'赏际奇至'之言，终有'抚叩酬酢'之语，每单举一字，指以为情。夫赏训锡赍，岂关心解；抚训执握，何预情理。《雅》《颂》未闻，汉魏莫用，悬领似如可辩，课文了不成义，斯实情讹之所变，文浇之致弊。而宋来才英，未之或改，旧染成俗，非一朝也。"（《指瑕》）

文风新奇，关键是"《雅》《颂》未闻"，"旧染成俗"所致，也就是不宗经典造成的。这和《体性》篇论述"才气学习"对风格形成的重要影响是一致的。《体性》篇说"学有浅深，习有雅郑"，就是告诫"才英"之士们近雅远郑，因为"郑声淫"，而雅为正。荀子说："是故君子……近中正而远邪僻也"。《体性》篇结尾论述习染的重要性时说"必先雅制，沿根讨叶"，就是要按照儒家经典的规范来学习、习染。在《情采》篇中，刘勰说："故情者文之经，辞者理之纬；经正而后纬成，理定而后辞畅：此立文之本源也。"将写作主体的情感比作文之经，将言辞的组合条理比作理之纬，经正可使纬成，文理确定可使言辞畅达，由情性到文理，从文理到言辞，从言辞再到文章，都必须遵循一个字——正。故而刘勰极力提倡"确乎正式"，提倡符合经典的"正言""正辞""正文""正采"诸说，反对"反正""奇辞""奇文""奇采"。正，就是雅正，就是要求宗经。宗经是从情感的修养开始的。文章看起来是由情感决定的文字、言辞功夫，实际上是"必先雅制"的修为要求，是修炼人品、积学炼才的中正品格、雅正思想在写作上的体现。所以说，刘勰的"习有雅郑"思想，是他宗经征圣文学观在主体修为方面的外化体现。如果"《雅》《颂》未闻","旧染成俗",就会形成"新奇"的文风。

　　《文心雕龙》提到新奇,主要是对追逐时风者的批评。如《明诗》篇说:"宋初文咏……俪采百字之偶,争价一句之奇,情必极貌以写物,辞必穷力而追新,此近世之所竞也。"《风骨》篇则说:"若骨采未圆,风辞未练,而跨略旧规,驰骛新作,虽获巧意,危败亦多,岂空结奇字,纰缪而成经矣?"在刘勰看来,文学史上,楚辞就有"反正""效奇"的毛病。《辨骚》开篇就说:"自《风》《雅》寝声,莫或抽绪,奇文郁起,其《离骚》哉!"风雅、雅正的作品衰落了,于是出现了"奇文郁起"的现象,《离骚》即为其代表。依前述,《风》《雅》属于"正文",正与奇相对,刘勰认为《离骚》是"奇文",不是雅正的作品,将其列入了不符合经典雅正风格的范围。所以其风格只能叫作"奇采",算不得"正采":"至于托云龙,说迂怪,丰隆求宓妃,鸠鸟媒娀女,诡异之辞也;康回倾地,夷羿弊日,木夫九首,土伯三目,谲怪之谈也;依彭咸之遗则,从子胥以自适,狷狭之志也;士女杂坐,乱而不分,指以为乐,娱酒不废,沉湎日夜,举以为欢,荒淫之意也:摘此四事,异乎经典者也。故论其典诰则如彼,语其夸诞则如此。"楚辞"异乎经典"的四个方面:即"诡异之辞""谲怪之谈""狷狭之志""荒淫之意"。刘勰认为其中的丰富想象是属于奇谈怪论,在文中体现的情志、胸怀局促狭小,而且有荒淫的内容;尤其"荒淫之意",是经典绝对不允许存在的,按"发乎情而止乎礼义"观之,这是"无礼"之作,当然和典雅、雅正的风格相违,乃"邪僻"语,不可近。所以,刘勰总结说"故论其典诰则如彼,语其夸诞则如此",一言以蔽之,指出了在他看来的《离骚》的优缺点:体制内容符合典诰,而言辞文采夸张荒诞;一句话,"辞反正为奇",文风新奇,遂不可取。

　　对此,刘勰提出的补救之道是"还宗经诰",即要宗经,然后才可以"斟酌质文，隐括雅俗"，形成雅正的优良文风。《风骨》篇论述说："若夫熔铸经典之范，翔集子史之术，洞晓情变，曲昭文体，然后能孚甲新意，雕画奇辞。昭体，故意新而不乱；晓变，故辞奇而不黩。"对于如何做到克服"新奇"，刘勰的意思是非常明确的，应当做到以下几点要求。

第一，要宗经。就是要以儒家经典文献为蓝本，"镕铸经典之范，翔集子史之术"，在儒家经典中去学习写法，感染文风。吸收儒家刚健中正的人格要求与作文要求。《体性》篇说："夫才有天资，学慎始习，斫梓染丝，功在初化，器成采定，难可翻移。故童子雕琢，必先雅制，沿根讨叶，思转自圆。"就是要以"雅正"的儒家经典为规范读本，为作文之根本，积学炼才，构建拥有高尚人格的写作主体，以风格为枝叶，根深而正，其枝叶自然雅正而"自圆"。可见，宗经是克服新奇文风的条件之首。

第二，懂通变。"洞晓情变"就是《通变》篇论述的"会通"与"新变"的思想。刘勰的通变思想兼顾继承与发展的问题，但更多的是指变革，讲发展。

第三，依定势。"曲昭文体"的含义，不仅要求写作者熟悉各类文体的写法、特点、要求，更希望作者能如《定势》篇所要求的那样，依据文体确立风格，遵守"本采"，即按照文体自身风格要求来进行创造。在写作过程中不随意违背文体要求，不"反言"、不"反正"，若不如此，就会造成混乱，形成奇辞，形成"新色"，即新奇的风格："自近代辞人，率好诡巧，原其为体，讹势所变，厌黩旧式，故穿凿取新；察其讹意，似难而实无他术也，反正而已。故文反正为乏，辞反正为奇。效奇之法，必颠倒文句，上字而抑下，中辞而出外，回互不常，则新色耳。"这种"率好诡巧""穿凿取新"的"新色"（即新奇风格）正是刘勰所极力批评、反对的。

（八）轻靡

特点是文风浮华，内容贫乏，是因为不求实际，附庸低俗文风形成的。陆机《文赋》说"或言拙而喻巧，或理朴而辞轻"，并无优劣之分。但"轻靡"却是刘勰猛烈攻击的文风。如果说"楚艳汉侈"的繁缛文风遭到批评在于其文采太过，已经超出了典雅的文风很远，但毕竟多有可取之处，比如论楚辞的优点"酌奇而不失其贞，玩华而不坠其实"，刘勰对此是持肯定态度的。然而，轻靡之风格虽也讲究文采，但已经是属于"为文而造情"，早已不是"为情而造文"的古质文风了。

故其论轻靡风格的特点是"浮文弱植，缥缈附俗"。其弊有四：一是浮，二是弱，三是虚，四是俗。"浮文弱植"的"浮""弱"之弊是轻靡文章的形式体现，"缥缈附俗"则是其内容体现。浮则空，弱则无力；虚则华，俗则不雅。詹锳先生说"轻靡"指的是"文章没有骨力，不能树立"。轻靡这种风格最是要不得。

刘勰还使用"绮靡""靡丽""流靡""轻绮""浮华""浮轻""轻澹"等近似于"轻靡"的术语来批评这种不良风格。如其论轻靡风格的作品说：

> 《九歌》《九辩》，绮靡以伤情。（《辨骚》）
> 《桂华》杂曲，丽而不经；《赤雁》群篇，靡而非典。（《乐府》）
> 曾是莠言，有亏德音，岂非溺者之妄笑，胥靡之狂歌欤？（《谐谳》）
> 《封禅》靡而不典，《剧秦》典而不实。（《封禅》）

论述作家风格则说：

> 至于魏之三祖，气爽才丽，宰割辞调，音靡节平……虽三调

之正声，实《韶》《夏》之郑曲也。(《乐府》)

陈思之文，群才之俊也，而《武帝诔》云"尊灵永蛰"，《明帝颂》云"圣体浮轻"，浮轻有似于蝴蝶，永蛰颇疑于昆虫，施之尊极，岂其当乎？(《指瑕》)

应傅三张之徒，孙挚成公之属，并结藻清英，流韵绮靡。(《时序》)

此外，刘勰更多的是在批评魏晋时轻靡的时代文风，如：

晋世群才，稍入轻绮。张潘左陆，比肩诗衢，采缛于正始，力柔于建安。或析文以为妙，或流靡以自妍，此其大略也。(《明诗》)

于时正始余风，篇体轻澹，而嵇阮应缪，并驰文路矣。(《时序》)

并分析其形成的原因在于统治者的提倡或社会风尚的影响：

曹公称"为表不必三让"，又"勿得浮华"。所以魏初表章，指事造实，求其靡丽，则未足美矣。(《章表》)

近代辞人，率多猜忌，至乃比语求蚩，反音取瑕，虽不屑于古，而有择于今焉。又制同他文，理宜删革，若掠人美辞，以为己力，宝玉大弓，终非其有。全写则揭箧，傍采则探囊，然世远者太轻，时同者为尤矣。(《指瑕》)

这两种原因，就是《时序》篇提出的因为统治者的"崇替在选"与"文变染乎世情"，而导致时代文风形成、变化的两个主要因素。

与"新奇"相同，刘勰认为"轻靡"之风形成的原因还是不遵守经典"六义"造成的，还是"竞今疏古"的后果。所谓"魏晋浅而绮，宋初讹而新：从质及讹，弥近弥澹。何则？竞今疏古，风末气衰"

是也。因此，"轻靡"也应该属于刘勰论述的时代文风范围。

二、"八体"关系简说

据前文分析可知：

典雅：主要是指儒家经典的文体风格；

远奥：主要用于永嘉、江表之时代风格与玄学文学的作品风格；

精约：主要指作家作品风格；

显附：主要指作家作品风格；

繁缛：主要指"楚汉侈而艳"的时代风格与楚辞、汉赋的文体风格；

壮丽：用于作家作品、地域风格，主要指楚辞等文体风格；

新奇：主要指"宋初讹而新"的时代风格；

轻靡：用于时代风格与作家作品风格，主要是指"魏晋浅而绮"的时代风格。

可见，上述"八体"实际是《文心雕龙》风格类型说的基本类型，各体可以应用于文体、时代、作家、作品、地域风格等多种情况。刘勰标举"圣文之雅丽"，推崇"商周丽而雅"的雅丽文风，赞赏精雅、雅壮的风格。故知在"八体"中，典雅的风格最高，并以与典雅风格是相谐还是相悖为标准衡量其他"七体"。精约具有精雅的特征；显附风格"辞直义畅"，与刘勰主张的"风清而不杂"的经典风格相谐，二者是典雅风格所包括的两个因素；壮丽的风格有卓绝的文采，是雅壮与雅丽相结合的优良文风。这四体是优良的风格类型。与典雅相违背的有远奥、繁缛、新奇、轻靡四体：远奥是魏晋时代的玄学文风，繁缛则文采过度，二者有失正之弊；新奇与轻靡是魏晋、齐梁时代出现的"风末气衰"的不良时代风格，比远奥、繁缛更差。这四体是刘勰批评的风格类型。

因此，刘勰以宗经观为指导思想建立起来的风格类型学说，属于"戴着镣铐跳舞"的风格论。刘勰论风格不像曹、陆二人那样客观、公正的纯论风格特征,而是加了一个紧箍咒,给风格理论戴上了"宗经"的镣铐——符合经典"典雅"风格的其他各"体"类型就是优良的,否则就是不良的。他将曹丕"诗赋欲丽"的"丽"修正为"雅丽",对陆机"诗缘情而绮靡"的"绮靡"说法持批评态度,"绮靡"大约就是八体中的繁缛,刘勰不喜欢这种风格。由此,"八体"中孰重孰轻、孰优孰劣,就一望而可知了。简而言之,风格"八体"说建立了刘勰以宗经尚典的文学创作观、批评观为指导思想的风格类型论。

第一,八体的排序,表明了他对各体风格由重到轻、从优到劣的评价态度。这种态度,表明了刘勰对待风格类型的审美价值时,是从宗经的文化学立场出发的,褒贬分明,而不是像前辈曹丕、陆机或后学司空图、王国维那样,从美学角度出发,站在平等、客观的立场论风格形态。

第二,刘勰尤其以宗经思想反对新奇,体现了他的宗经观是贵古贱今的保守、复古的宗经观。

第三,使用"轻靡"这一术语来否定华、俗的文风,体现的不仅是他宗经典、贵典雅的风格思想,而且排斥、否定多文采的作品与俗文学,尚雅贬俗。这是有相当的针对性的,是对当时绮丽浮华的齐梁文风而发的否定之辞。

第四,八体风格中,既有他认为可作范式的典雅风格,赞赏的精约、壮丽、显附风格,也有特定时代出现的玄学远奥风格,始自庄子、盛于楚汉的繁缛风格,因近代"摈古竞今"错误倾向出现的新奇、轻靡风格。可以说,风格八体是优良文风与不良文风、基本文风与时代文风的综合统一,兼具二者特色。

第五,由风格八体向下推导,为《体性》篇"情性"论、"才气学习"说,《风骨》篇"风骨"说、"正式"说,《通变》篇"述时"说、"通变"观,《定势》篇"本采"说、"反正"说,《情采》篇"文质"论、"正采"说等一系列风格范畴论的提出埋下了伏笔,而这些理论范畴组成了整个《文心雕龙》风格学的理论硬核,加上"宗经"的思想规范与典雅的风格类型规范,整个《文心雕龙》的风格理论由是得以建立。

《体性》篇在描述完八体之特点、来源之后,刘勰采用二元对立的归纳方式,将八体归为四对。四组之间有一正一反的关系:"故雅与奇反,奥与显殊,繁与约舛,壮与轻乖,文辞根叶,苑囿其中矣。""反、殊、舛、乖"在这里都是相反相对的意思。从上面的分析来看,刘勰推崇的应当是典雅、显附、精约、壮丽的风格,尤其对"镕式经诰,方轨儒门"的典雅风格与"高论宏裁,卓烁异采"的壮丽风格颇为激赏,而不赞赏远奥"馥采曲文"、繁缛"博喻酿采"的风格,批评新奇"摈古竞今"、轻靡"浮文弱植"的风格。刘勰说"文辞根叶,苑囿其中矣",风格八体包举了作品、作家、时代、文体的各种风格类型,构成了一个完整的风格类型说系统,隐含了八卦的意象。后人据此画出了下面这幅图:

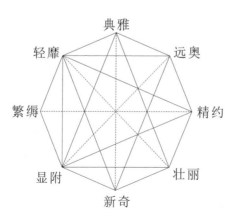

刘勰的风格八体

这幅八体风格图，采用了《易经》八卦的图式方法，形象、准确、直观地表示了刘勰四对八体的风格类型。当代学者詹锳在《〈文心雕龙〉的风格学》[①]、文学理论家童庆炳在《文学理论教程》[②]中都引用了这幅图。童庆炳先生还将刘勰归纳的八体换掉，代之以陈望道先生的风格八体论，作为他《文学理论教程》中论述风格形态的类型规范。

据此图，八体只是刘勰风格类型论的基本形态，相互之间也并非只有对立、分隔的关系。图中的实线表示这些风格类型之间可以相互结合而成为其他形态的风格。于是，八体就可以一再组合，由八体而衍生出很多种风格类型来，因此可以说"八途包乎万变"[③]也。

刘勰的八体论，在文学风格类型划分的历史上意义特别重大。

第一，他是历史上第一个以专篇专论的形式论述风格类型理论的文论家；第二，风格八体的提出，表明了古代文论的极大发展，已经从以前的零散论述转入规范、专门化的魏晋文论研究；第三，风格八体是后来风格类型繁分法的范式，从刘勰到当代诸家，皆以八体及其变化为宗；第四，刘勰首次采用了对每一种风格类型进行描述式阐释的方式进行形象性解说，这对后世风格理论影响极大。

刘勰之后，历代对风格类型繁分论的研究更是应者如云，蔚为大观。梁代萧子显提出文章风格的三体论；初唐崔融《唐朝新定诗体》有"质气""清切""情理"等十体；李峤《评诗格》中也有"飞动""情切""精华"等十体之说；王昌龄《诗格》提出"诗有五趋向"说；皎然《诗式》以"识理""高古""典丽""风流"等为七德，以"高""逸"等为十九体，建构了一个比较完备的风格理论体系；

---

① 詹锳：《〈文心雕龙〉的风格学》，第9页。
② 童庆炳：《文学理论教程》，北京：高等教育出版社，1998年，第256页。
③ 〔清〕刘开：《书文心雕龙后》，转引自詹锳：《〈文心雕龙〉的风格学》，第9页。

遍照金刚则在《文镜秘府论·论体》中，讨论了"博雅""清典""绮艳""宏壮""要约""切至"等六种风格；南宋严羽在《沧浪诗话·诗辨》中提出了诗歌风格"高""古""深""远"等九品说；元人杨载《诗法家数》则提出"雄浑""悲壮"等六体说；明人胡应麟在《诗薮》外编卷四中，讨论了为数众多的古代诗人类型各异的风格特色，总结了自己"清新、秀逸、冲远、和平、流丽、精工、庄严、奇峭"的风格类型论；清代冒春荣在《葚园诗说》卷二中深刻、全面、细致地论述了风格类型及风格的创造问题，可以理解为清代文论家对风格类型研究的集大成之说。

其中，最著名的代表当属钟嵘与司空图。梁代钟嵘标举"滋味""自然英旨"说，所著述之《诗品》，臧否一百多位魏晋英才，是文论史上研究作家风格的首部专著；《诗品》多以文气、骨力论述作家作品，倡导"建安风力""左思风力"的刚健文风。唐末司空图则吸取了刘勰风格"八体"理论的精华，纠正其复古守旧的宗经思想之弊，结合自己倡导的"韵味"说，作《二十四诗品》，成为以专著形式研究诗歌作品风格的开山之作。司空氏"把一个严整的风格论体系与传统的诗歌艺术完美地融合了起来，把中国风格论的诗性特征演绎到了一个令人拍案称奇的绝妙境界。其后的诗品、诗话、词话、论诗等都沿袭这种风格批评的内容和形式，使风格批评在保持传统中不断发展"①。在清代，以司空图《诗品》为蓝本，有蒋斗南《诗品》目录绝句六章、曾纪泽《演诗品》二十四首、袁枚《续诗品》三十二则、顾翰《补诗品》二十四则、郭麐《词品》十二则、杨夔生《续词品》十二则等研究风格类型的专著，真可谓

---

① 王小盾：《〈文心雕龙〉风格理论的〈易〉学渊源》，《清华大学学报（哲学社会科学版）》，2005 年第 5 期。

极度辉煌。

在现当代，则有陈望道、周振甫、王元化、王明居、王之望、童庆炳等先生继续在这一领域里辛勤耕耘，并各有专著或专文论述风格类型学说。

第四节　《文心雕龙》的雅丽风格论

"《文心雕龙·体性》篇末有一句话：'八体虽殊，会通合数，得其环中，则辐辏相成。'"①对"环中"所指，有解释为"关键""枢纽""中心"诸说。笔者详细推敲《文心雕龙》原文的语气语义，认为"会通合数"是指对八体风格的汇通融合，"环中"指的是"雅丽"的理想风格，八体合成雅丽，雅丽统摄八体。二者的来源和运用，都遵循着一个共同的规律。试析如下。

一、八体与雅丽

前贤对于刘勰八体风格来源的研究可以分为两类。一是认为八体源出《周易》之八卦数理关系，以敏泽、张少康、王小盾先生为代表。二是认为八体来自于对各种风格类型的综合取舍，如牟世金、詹锳、祖保泉等先生。但是，这两大类意见往往不相和谐。王小盾先生批评过徐复观先生"八体中五体出自五经，而三体出自楚辞"的"文体风格论"的说法。王先生认为，八体所对应的是文王八卦，每一体的特征都是向对应的卦相取材而来。笔者以为可以对此再做讨论。徐先生论述八体，是通过对《征圣》篇的解读：

故《春秋》一字以褒贬，《丧服》举轻以包重，此简言以达旨也。此应为精约体的所自出。《邠诗》联章以积句，《儒行》缛说以繁

① 杨明照：《增订文心雕龙校注》，第380页。

辞，此博文以该情也。此应为繁缛体的所自出。书契断决以象夬，
文章昭晰以象离，此明理以立体也。此应为显附体的所自出。四
象精义以曲隐，五例微辞以婉晦，此隐义以藏用也。此应为远奥
体的所自出。彦和在《体性》篇里以远奥为经理玄宗，而《周易》
即为三玄之一，故两处并不矛盾。又谓正言所以立辩，体要所以
成辞，此乃总括圣人立言之标准，实即典雅一体的具体注脚。①

很明显，徐先生论述"典雅"等五体的来源，是从文体风格角度出
发的，其理论依据是刘勰自己的论述。从术语使用与术语含义角度
来看，这一归纳没有多大问题。徐先生认为这五体是对"五经文体
的总括"，五经以雅正为宗，也就是说"典雅"等五体归结起来的
共同特征是"雅"。徐先生又认为另外三体是"出自楚辞"：

> 对于楚辞的风格，可以用"壮丽"二字加以概括，所谓气往
> 轹古，辞来切今，惊采绝艳，难与并能……惊才风逸，壮志烟高
> 等话，都是"壮丽"两字的扩大形容。②

这是对"壮丽"的最佳解释。但是，徐先生对"轻靡""新奇"二
体来源的看法，就有待商榷：

> 至于"轻靡"始于晋世，而"新奇"始于谢灵运，然此皆系
> 沿楚辞之"丽"的系统而衍变出的。③

---

① 徐复观：《中国文学精神》，第 179 页。
② 徐复观：《中国文学精神》，第 180 页。
③ 徐复观：《中国文学精神》，第 180 页。

徐先生注释"'轻靡'始于晋世":

> 《明诗》篇:"晋世群才,稍入轻绮。"《时序》篇:"然晋虽不文,
> 人才实盛……并结藻清英,流韵绮靡。"①

又注释"'新奇'始于谢灵运":

> 《明诗》篇:"宋初文咏,体有因革。庄老告退,而山水方滋;
> 俪采百字之偶,争价一句之奇,情必极貌以写物,辞必穷力而追新。
> 此正指谢灵运而言。"②

晋世群才之"轻绮"与"结藻清英,流韵绮靡"是不是就是"轻靡"呢?杨明先生专门讨论过"轻靡"一体,认为"靡"即"丽"也,"轻靡"即"轻丽"或"清丽",并举例若干证明之。③关键是徐先生说"'轻靡'始于晋世",就已经不是在讨论文体风格,涉及的是晋代的时代文风,时代文风和文体风格是两码事。而"新奇"始于谢灵运的说法,则主要来自于"庄老告退,山水方滋"句,谢灵运写作山水诗,是在玄言诗之后,故有此说。至于说到"俪采百字之偶,争价一句之奇"的创作现象,那是整个时代的风气,不应该说"此正指谢灵运而言",这样又转移到了作家风格上去了。与徐先生类似,其他认为八体是各种风格综合结果的学者,也有这种前后矛盾的现象,如范文澜、张少康等先生。

但是,徐先生指出"轻靡"与"新奇"二体"此皆系沿楚辞之'丽'

---

① 徐复观:《中国文学精神》,第180页。
② 徐复观:《中国文学精神》,第180页。
③ 杨明:《文心雕龙精读》,上海:复旦大学出版社,2007年,第115页。

的系统而衍变出的"，这个说法是对的。"壮丽"与"轻靡""新奇"三体，其共同的核心特征确实是"丽"。

这样，"八体"的前五体核心特征是出自经典之"雅"，后三体核心特征是"丽"。刘勰最为推重"雅丽"的文风，雅丽是圣文——即五经的文风。前文谈到八体综合归纳起来即为雅丽风格，现在圣文五经就具有这一特征，那么后三体呢？其实这很好回答。《辨骚》篇论述楚辞有同于经典的四同，也有异于经典的四异，刘勰以"取镕《经》旨，自铸伟辞"①称之，认为楚辞是"雅颂博徒，词赋英杰"②，是继承五经（以《诗经》为主）而能正确新变的伟大作品。楚辞源出五经，其"丽"的风格特点也出自于五经，在"雅丽"风格的笼罩之下。从徐先生对"八体史的根源"的分析，可以看出两种有明显区别的分类：前五体"雅"，后三体"丽"。这样的归纳，有一个问题是，前五体中的"繁缛"一体，实则应该划入"丽"的范围之内。这样，我们可以看出两点：一是五经文风也含有"丽"的因素，所以说："扬子比雕玉以作器，谓五经之含文也。"③二是重新归纳，则徐先生"八体"来源中有四体以"雅"为主，另四体以"丽"为主，可以表示为：

典雅、精约、远奥、显附——雅
繁缛、壮丽、轻靡、新奇——丽

合而论之，则"八体"风格可以统归为"雅丽"的理想风格。此即"会通合数，得其环中"句的比喻深意。所以，徐先生认为"八

---

① 杨明照：《增订文心雕龙校注》，第51页。
② 杨明照：《增订文心雕龙校注》，第51页。
③ 杨明照：《增订文心雕龙校注》，第27页。

体"从根源上出自五经与楚辞两大类文体之风格，从特征上看是讲得通的。徐先生对八体来源的看法，带有综合文体、时代与作家风格的意味。

徐先生没有看到的是，刘勰"八体"从术语来源上借鉴了前人，包括曹丕、陆机的文体风格论、挚虞（仅存佚文九条）、李充（仅存佚文三条）关于文体及其风格论的术语。在形成八体风格之后，又运用这一理论回头去分析评价作家、作品、文体、时代风格乃至地域、流派风格。刘永济先生曾列出八体以及"八体屡迁"后形成的其他风格在《文心雕龙》文体论部分的运用情况简表①，从实例上支持了这个看法。

二、文风雅丽，华实新变

刘勰解析"雅丽"的文风为"衔华佩实"：一是华丽，二是质实。依照《原道》篇的内容，天地万物皆为实物，此即为"实"；万物

---

① 刘永济先生《文心雕龙校释》曾做过这类简略的归纳，集有一二十条例证，刘先生的目的是"任举其书评文之语如下，以见其变之繁"。现罗列其任举之语于下："《骚经》《九章》，朗丽以哀志。（《辨骚》）《远游》《天问》，瑰诡而慧巧。（《辨骚》）《桂华》杂曲，丽而不经。（《乐府》）《赤雁》群篇，靡而非典。（《乐府》）枚乘《菟园》，举要以会新。（《铨赋》）相如《上林》，繁类以成艳。（《铨赋》）子云《甘泉》，构深玮之风。（《铨赋》）仲宣靡密，发篇必遒。（《铨赋》）景纯绮巧，缛理有余。（《铨赋》）潘岳诸诔，易入新丽。（《诔碑》）祢衡吊张，缛丽而轻清。（《哀吊》）枚乘《七发》，独拔而伟丽。（《杂文》）张衡《应间》，密而兼雅。（《杂文》）傅毅《七激》，会清要之工。（《杂文》）相如《封禅》，靡而不典。（《封禅》）扬雄《剧秦》，典而不实。（《封禅》）"上述例证都是随意从"论文叙笔"的文体论部分采集而来的，这些适用于评价作品风格或作家创作特征的这些术语，归纳或结合起来，可以清楚地看出它们是指向《体性》"八体"风格的。刘永济先生解释说道："由上列观之，虽约为八体，而变乃无穷。""舍人此篇虽标八体，非谓能此者必不能彼也。"从刘先生的上述例证与解释可以看出：一是八体术语来源与"论文叙笔"部分作品风格的评价密切相关；二是八体在相互变化，刘先生客观地指出刘勰对于风格类型的评语，"不尽取此八体十六字，每以行文之便，用同义之字，如伟丽即壮丽，明绚即显丽之类也"。刘永济：《文心雕龙校释》，北京：中华书局，2007 年，第 94—96 页。

莫不有文采，此即为"华"。"衔华而佩实"的说法，是《原道》篇"自然之道"的另外一种表述。再推而论之，天地、四时、万物、人心，皆在变化，那么记载这些变化的文章，也有与之相同的第三个特点：变。刘勰在《征圣》篇里说写文章应该掌握"抑引随时，变通适会"的技法，就是看到了这个特点。于是"雅丽"文风就有了三个特点：一华，二实，三变。在此，我们可以给"雅丽"风格重新作一解说："然则圣文之雅丽，固衔华而佩实且通变者也。"徐复观先生认为"雅丽"是刘勰主张的"理想的文体"，他说：

> "雅"是来自五经的系统，所以代表文章因为内容之正大而来的品格之正大，丽是来自楚辞系统，所以代表文章形相之美，即代表文学的艺术性。雅丽合在一起，即体要之体与体貌之体融合在一起的理想状态。①

这是目前为止，学术界对《文心雕龙》雅丽文风所给予的最高评价。

探究刘勰"雅丽"这一理想风格，不能回避它的理论来源与运用。关于雅丽风格的来源，可以从两个角度讨论。

第一，上溯到汉魏晋代文论，可以看出"雅丽"文风来自于对作家风格与文体风格的归纳。后汉班固《离骚序》评屈原说："其文弘博丽雅，为辞赋宗。后世莫不斟酌其英华，则象其从容。"② 刘勰《辨骚》篇引班固评屈："文辞丽雅，为辞赋之宗。"③ 其说同此。班固"弘博丽雅"一说，概括了屈原楚辞鸿丽雅正的风格，这是一种宏大的雅丽之美，而不同于儒家经典中和的雅丽之美。曹丕在《典

---

① 徐复观：《中国文学精神》，第 181 页。
② 张少康：《中国历代文论精选》，北京：北京大学出版社，2003 年，第 41 页。
③ 杨明照：《增订文心雕龙校注》，第 51 页。

论·论文》中论文体风格时说："奏议宜雅……诗赋欲丽。"① 这八种文章体裁归为四类风格，从典雅到华丽，结合起来看，就是雅丽的文风，雅丽文风是对所有文体风格的共同评价。其后，陆机《文赋》论文体风格时指出"诗缘情而绮靡……奏平彻以闲雅"等十体文风。② 这些论述，是刘勰"圣文"雅丽风格的直接理论来源。

第二，历代史书中对雅丽风格的直接运用。以《文心雕龙》成书于齐梁相交之际为时间基准，刘勰能够看到的史书是很多的，一方面，诸如《史记》《汉书》《宋书》等史书能够看到，另一方面，南朝著述之风大盛，修史著作很多，虽然这些史书质量有所参差，大多数也没有流传下来，但是刘勰在定林寺"博通经纶"，饱览过经籍子史，是可以肯定的。前十五史中"雅丽"一共出现四次③，两条运用"雅丽"论人，另两条用来论文。这是与刘勰《文心雕龙》"圣文雅丽"直接相关联的用法。但是，刘勰有没有见过史书中"雅丽"一说，不好绝对判定。因此，"雅丽"这一术语的运用是很少的，用来论文就更少。在上述材料不太可能为刘勰看到的情况下，运用"雅丽"论文是刘勰的创举。不过，除了直接论述"雅丽"的情况，从《史记》开始，历代史书对雅文、丽文的论述多如牛毛，举不胜

---

① 张少康：《中国历代文论精选》，第 69 页。

② 张少康：《中国历代文论精选》，第 75 页。

③ 前十五史中"雅丽"一共出现四次，简列于下：1.《南史·陆慧晓传》"三子：僚、任、倕并有美名，时人谓之三陆。初授慧晓兖州，三子依次第各作一让表，辞并雅丽，时人叹伏。"2.《北史·李顺传·附李希远传》："希远弟希宗，字景玄。性宽和，仪貌雅丽，有才学。"3.《魏书·李顺传·附李希远传》："希远第二弟希宗，字景玄。出后宪兄。性宽和，仪貌雅丽，涉猎书传，有文才。"4.《旧唐书·杨炯传》："则天初，坐从祖弟神让犯逆，左转梓州司法参军。秩满，选授盈川令。如意元年七月望日，宫中出盂兰盆，分送佛寺，则天御洛南门，与百僚观之。炯献《盂兰盆赋》，词甚雅丽。"上述四条材料，有两条运用"雅丽"论人，有两条用来论文。这是与刘勰《文心雕龙》"圣文雅丽"直接相关联的用法。但是，《北史》《魏志》与《旧唐书》，刘勰肯定是看不到的，《南史》是对南朝四史的杂烩，刘勰有没有见过《南史》中"雅丽"一说，不好绝对判定。

举。因此，"雅丽"文风的提出，是刘勰向经典、史书取法的结果。这也间接印证了《风骨》篇"镕铸经典之范，翔集子史之术"一说的开明意义。

《文心雕龙》论述雅丽之理论远源有二，雅论直接来自于《毛诗序》"雅者，正也"的说法，同时又有儒家雅乐正声的传统诗乐观念的影响；丽论则要复杂得多，因为儒家五经雅正有余而华丽不足，刘勰为了给经典雅丽寻找到丽论的渊源，向道家"自然之道"借鉴取法，以"文源于道"的哲学高度来论述人文有采的道理，这样，就为所有文章寻找到了尚丽的依据，经典是圣人从天地物色中仰观俯察而生的产物，当然也会像自然物色那样华丽美好。于是，经典雅丽的文风得以确立。

刘勰为经典雅正文风加上华丽外衣的用意在于：一是为"文出五经"做出铺垫，因为后代文章由质趋文，越来越华丽，而汉赋与齐梁宫体诗歌均以艳丽著称，要坚持"文出五经"，就必须要为华丽之文找到华丽之源。二是为了论述"六义"之"文丽而不淫"作铺垫。既然是经典，具有雅丽之美，那么，就应该是"丽则"的正美，而不是"丽淫"的艳美，这就为全书崇诗抑骚树立了基本原则。三是为了树立雅丽文学思想，刘勰主张经典雅正与辞赋华丽的折衷结合，以此生成"执正驭奇""衔华佩实"的雅丽创作理论。雅丽，就由文体风格上升到了审美论的核心标准，又成为创作论的总纲，在枢纽论中建立起来。

《文心雕龙》树立的雅丽风格，是最理想的风格，是全书所有风格类型的最高标准与核心指归。比如《明诗》篇总结诗歌风格时说：

> 若夫四言正体，则雅润为本；五言流调，则清丽居宗：华实异
> 用，惟才所安。故平子得其雅，叔夜含其润，茂先凝其清，景阳

振其丽；兼善则子建、仲宣，偏美则太冲、公干。①

这一段，既包含诗歌体裁的风格要求，又列举了若干著名诗人的创作风格特点，四言诗以雅润为主，五言诗歌则逐渐变得清丽起来。"雅润"与"清丽"一"实"一"华"，二者的结合，组成的是正是"雅丽"的诗风。在这里，其实蕴含了八体中论述"典雅""壮丽""轻靡""繁缛"等涉及或"雅"或"丽"的风格类型，只是没有展开而已。

《体性》篇赞语有"雅丽黼黻，淫巧朱紫"句，冯春田先生认为："雅丽"，即雅正（或典雅）华美。刘勰用此语，一般是指作品既有雅正的内容，又具美好的文采，即"丽辞雅义，符采相胜"或"衔华而佩实"。古代以白黑青等为正色，与正色相对的有间色，绿红碧紫黄是也。雅丽黼黻，是说文章的雅丽就如同黼黻那样典雅华美。②"在古代朱为正色，紫为间色，《论语·阳货》：'恶紫之夺朱也'。何晏《集解》：'朱，正色；紫，间色之好者。恶其以邪好而乱正色。'刘勰所说的朱紫，正是以朱紫相杂、以邪乱正来比喻作者淫辞浮奢而失其质或淆乱典雅。"③这个理解与笔者将八体合成雅丽文风的推测有一致性。

一般认为，《定势》篇讨论的是文体风格的问题，刘勰论述了从"典雅"到"巧艳"的六体文体风格，明显体现"雅丽"风格这一中心，与《体性》八体从"典雅"到"轻靡"的核心指向一样，都是以"雅丽"风格为最高指归。

这样，"雅丽"是圣文的文体风格，是"商周丽而雅"（《通变》）的时代文风，是汉赋"丽词雅义"（《铨赋》）的创作要求，是"雅

---

① 杨明照：《增订文心雕龙校注》，第65—66页。

② 冯春田：《文心雕龙释义》，济南：山东教育出版社，1986年，第164页。

③ 冯春田：《文心雕龙释义》，第164页。

丽黼黻"(《体性》)的风格赞语，这是用于风格审美和文体创作的情况；扩展一步，是"四言雅润，五言清丽"的诗歌创作大要，也是"雅义以扇其风，清文以驰其丽"的章表文体特点。在书中，刘勰经常运用与"雅丽"同义的"华实""文质""正采""丽则"等语代替雅丽，进行了诸如"风归丽则"(《铨赋》)、"诗人丽则"(《物色》)、"华实相胜"(《章表》)、"正采彬彬"(《情采》)、"文质相称"(《才略》)、"符采相济"(《宗经》)的众多论述。

刘勰以雅丽风格作为其风格类型理论的核心，体现了他既宗经尚雅，也追求文采华丽的文学观念。雅丽统摄八体，二者反映了刘勰尚雅崇丽的文学观念，共同形成了《文心雕龙》的文学风格理论体系。在形成了风格理论体系之后，刘勰将其广泛运用于对各类风格的论述中去，具有重大的理论价值和影响。

第五节 "风骨"论研究新探

何谓"风骨"？"风"与"骨"各为何意？二者之间有何关系？或者说二者是否属于一个整体，不可分割？"风骨"是指阳刚的风格吗？"风骨"是否包含文采美在内？"风骨"是不是"建安风骨"？上述种种问题，一直以来，都是"龙学"研究中的最热点问题，各家众说纷纭，莫衷一是。据陈耀南先生统计，仅仅到 1990 年，关于"风骨"的理解就有六十多种，论文上百篇；又经过二十多年的发展，出现了更多的研究文章乃至专著，新说不少。

回顾"风骨"研究史，论述"风骨"内涵的时候有两种主要的倾向：分论"风""骨"与合观"风骨"。将"风""骨"分论的意见主要有三种情况：一是"风即文意，骨即文辞"说（黄侃）；与之相反的意见是"风即文辞，骨即文意"说（刘永济）；还有一类意见是认为"风"与"骨"近义，均指内容与形式（张少康）。这三类意见中影响最大的是黄侃先生"风即文意，骨即文辞"说，后人无论是赞成，是反对，或是改动此说，都逃不开将"风"与"骨"割裂开来分析的路数。强调"风骨"合观的研究意见主要有如下五种：一是认为"风骨"是阳刚的风格类型（詹锳、王小盾等），这是当前最主要的意见；二是认为"风骨"是集合"典雅、精约、显附、壮丽"等优良文风的"雅丽"风格（刘禹昌）；三是认为"风骨"是文质彬彬的中和之美（牟世金）；四是认为"风骨"内涵与"建安风骨"或"建安风力"近似（王运熙等）；五是指出"风骨"是儒家刚健中正的人格修养的表现（李凯）。有的研究者还讨论了"风骨"与文采的关系问题，主要的意见有三类：一是"风、骨、采"三者并列，与《宗经》"六义"相互对应（易中天）；二是认为"风骨"与文采分属文章的内容和形式，二者是相互对立的关系（张少康）；三是指出"风骨"与文采是并列关系，而不是从属关系或因果关系（曹顺庆）。刘永济先生从《镕裁》"三准"说角度提出解析"风骨"为"风、骨、采、情、事、辞"等要素的意见，也可以归入此类。更进一步，有的研究者从魏晋时风与人物品藻、书画理论、文学理论、时代风气之弊与文学创作之弊等角度提出了刘勰论述风骨的背景与目的，其代表有王运熙、汪涌豪先生等。

上述研究意见有许多可取之处：研究者看到了"风""骨"分论与"风骨"合论的不同，"风骨"生成是因为魏晋齐梁年间重情尚美以及人物品藻风气大盛的时代背景（见《世说新语》《人物志》与史书等），看到了书法、绘画等艺术部类对"风骨"的探索与成果（宗炳《画山水序》等），看到了文学理论中与"风骨"近似的论述（钟嵘《诗品》等），看到了刘勰提出风骨意在救弊当下的用意，也看到了树立风骨作为审美理想的目的（易中天等），还从文化渊源角度看到了儒家思想与人格修养对刘勰风骨论的影响（李凯），并讨论到了"风骨"对唐代文学与后代文学的影响（王运熙等）。但是，综合各家意见，往往相互矛盾，常从一个角度探讨风骨的内涵；对时代背景与风骨影响的研究当然非常有价值，不过"风骨"与同时代研究"建安风力"的意见是不是保持一致？或者后代文学"风骨"是否即刘勰"风骨"之义？如此等等，使得"风骨"尽管群说无数，论争也同样非常之多。

笔者以为，这些纷繁意见的形成有一个非常重要的原因：片面对待文本本身。因此，对《风骨》篇进行最基本的内容分析，是研究《文心雕龙》"风骨"说的第一条途径。本章首先分析《风骨》的内容，在此基础上，再来分析、消解"风骨"研究的一些争议。

一、《风骨》篇文本解析

从《风骨》篇全文来看，首先论述了"风"的感染教化力量巨大；接着解析了"风"与"骨"各自的特点，以及在赋、策等具体作品中的表现；然后合论"风骨"，提出"风骨"之美与"风骨"重气的特点；再以鸟喻文，指出了"风骨"与文采的关系；进一步，指出了如何创作有"风骨"的作品的方法，表明解蔽当下文学创作不良倾向的用心；最后提出"风清骨峻"的"风骨"理想。在这些内容中，有关"风骨"研究的最基本的争议产生于"风骨"究竟是应该分述还是合观，以及"风骨"内涵何指上。

（一）"风"与"风力"

《颂赞》篇指出："夫化偃一国谓之风，风正四方谓之雅，雅容告神谓之颂。风雅序人，故事兼变正；颂主告神，故义必纯美。"[①]直接将"风"的教化感染功能与《诗》"变风变雅"的深层原因告

---

① 杨明照：《增订文心雕龙校注》，第108页。

诉了读者。《颂赞》的这个意见出自《毛诗序》对"风"与"变风"的论述。除了"风"之功能与"变风变雅"说，《文心雕龙》论述的"风骨"问题，也要追溯到《毛诗序》对"风"的论述上来。《风骨》篇开宗明义："《诗》总'六义'，风冠其首；斯乃化感之本源，志气之符契也。"[1]尽管有注者认为"六义"中风、雅、颂是诗体，赋、比、兴是诗法（唐孔颖达始），但是，这也不能否认《毛诗序》"一曰风……六曰颂"的"诗六义"是将"风冠其首"的。"风"有强大的感染教化作用："风，风也，教也，风以动之，教以化之。"[2]"风"能讽动人心，教化人性。又说到该如何"讽教"的方法："上以风化下，下以风刺上，主文而谲谏，言之者无罪，闻之者足以戒，故曰风。"[3]所以刘勰认为"风"是"化感之本源，志气之符契"，从教化人心与个人情志的培养，都离不开"风"，这是其感染力对人的熏陶内化的改变作用。作者内心的思想感情、气质性格和作品的"风"相一致，这显然是从发生学的角度在重申《体性》篇"吐纳英华，莫非情性"的"文如其人"的意见。因此，作品外在的风格特征，一定会与作家本身的情感、气质相吻合。所以《风骨》篇中在论述"风"的时候，一般都与"情""气"相联系，如下例：

> 怊怅述情，必始乎风。
>
> 情之含风，犹形之包气。
>
> 意气骏爽，则文风清焉。
>
> 深乎风者，述情必显。
>
> 思不环周，索莫乏气，则无风之验也。

---

[1] 杨明照：《增订文心雕龙校注》，第 388 页。
[2] 张少康：《中国历代文论精选》，第 28 页。
[3] 张少康：《中国历代文论精选》，第 29 页。

相如赋仙，气号凌云，蔚为辞宗，乃其风力遒也。

骨采未圆，风辞未练。

风清骨峻，篇体光华。

情与气偕，辞共体并。

蔚彼风力，严此骨鲠。①

"情"有如下几个特点：情始于风、情含于风、述情要显、情与气偕。"气"的特点是：形外气内、气爽风清、风气刚健、与情相偕。由此推出"风"的几个特点是：含情包气、风力遒劲、风清不杂、风需生气。"情""气""风"三者，由作家主体情感气质到文本感染力的最后形成，是"情动言形""因内符外"的层层递进关系。"情气"生"风"，"风"显"情气"。所以刘勰主张"缀虑裁篇，务盈守气"，批评"思不环周，索莫乏气"，使"文明以健"，呈现"刚健既实，辉光乃新"的外显之"风"，这样的文章才能"篇体光华""珪璋乃聘"，体现出既美好又致用的价值。这样来看，《风骨》论"风"，主要是探讨"风"的特点是巨大的感染力，"风"的生成主要来自于作家"情"与"气"的内在修养和主体气质类型。所以，"刚健""力遒"所指并非是气质力量如何巨大刚劲，而是指鲜明外显的文学感染力，这种感染力主要是针对读者而言的阅读体会。因此，"风以动之"就包含了如下所示的内容：

作家情气—文本之风—风化读者

读者观文—体会其风—如见其人

① 杨明照：《增订文心雕龙校注》，第388—389页。按：此处引文均出自于《风骨》篇，故集中作注。

《毛诗序》有例证："《关雎》，后妃之德也，风之始也，所以风天下而正夫妇也。故用之乡人焉，用之邦国焉。"①《关雎》是《周风》之首，是"德"风之始，所以"化成天下"。孔子说："《关雎》乐而不淫，哀而不伤。"（《论语·八佾》）有中和之美，是"吾从周"的典范作品。刘勰倡言"商周丽而雅"的审美标准，所以在化用《毛诗序》"风化"说的时候，也是间接地将孔子诗教观念与对周代文学褒赞的文学史论吸收过来，合而用之的。

《风骨》篇中论述"风化"感染的例子更有说服力："相如赋仙，气号凌云，蔚为辞宗，乃其风力遒也。"②司马相如《大人赋》言神仙之事，汉武帝读后，"飘飘有凌云之意"，武帝之心意受文章之"风"感染促动，方有这种骏爽之感。据《史记·司马相如列传》载：

> 天子既美子虚之事，相如见上好仙道，因曰："上林之事未足美也，尚有靡者。臣尝为大人赋，未就，请具而奏之。"相如以为列仙之传居山泽间，形容甚臞，此非帝王之仙意也，乃遂就大人赋。……相如既奏大人之颂，天子大悦，飘飘有凌云之气，似游天地之间意。③

正是这篇赋，相如的写作目的是想借机讽谏，但是，不仅没有收到良好的婉转进言的效果，还被扬雄作为"文丽用寡"的典型代表，遭到了批评。扬雄认为赋的写作太过靡丽，④美则美矣，主题被冲

---

① 张少康：《中国历代文论精选》，第 28 页。

② 杨明照：《增订文心雕龙校注》，第 388 页。

③ 〔汉〕司马迁：《史记》（影印本），第 3056—3063 页。

④ "赋"在此处主要指相如赋与扬雄赋。扬雄青壮年时仰慕相如，于是模拟相如赋作，"作四赋"，声名鹊起。其后因仕途不畅，又见赋家地位低下，遂有此说。事见《汉书·扬雄传》。

得很淡，到了"曲终奏雅"的时候，读者（汉武帝）已经不知道作家（相如）要说什么忠言建议了，已经被那些奇思妙想、闳侈巨衍的夸饰语言和内容描写完全吸引。司马相如苦心经营的《大人赋》，比《上林赋》更加绮靡虚诞，其用意本来是想借此提醒汉武帝不要铺张浪费，结果却适得其反。扬雄"文丽用寡"一说，是真实地反映了相如赋巨丽而不实用的特点。刘勰则以为《大人赋》感染力巨大，生动之气充盈满篇，这就是风力遒劲的优秀作品。所以，《风骨》所论之"风力遒劲"，绝非劲健有力或刚健有力之意，主要是指文学作品的内容丰富、文气生动、感染力强的特征。

同时，"风力"所指，还具有以下两个被忽略的特点。

一是文学作品感染力的得来，需要作家具有相当丰富乃至神奇的想象力。以《大人赋》为例①，本篇神奇巨丽，是司马相如丰富神奇的想象力的结果。用《文心雕龙》的话说，是作家"才、气、学、习"的结果。主体写作才华的高妙，是文章风格独特，吸引读者的第一要素。

二是本篇闳侈巨衍，主旨不显，是典型的"文丽用寡"的讹滥之文，为什么刘勰会说这篇文章"风力遒劲"呢？这就可见"风力"无关文章的思想倾向，而只关系到文章的内容充实丰富，技法高妙与语言精彩，文章的形式之美与内容之美触动了读者的心灵。因此，"风"的教化感染功能在脱离政教之后，"风力"即与雅正的思想无关，而成为文章内容与外在语言表达的佳作。

---

① 本篇因为字数太多，故而不录。相如以"大人"隐喻天子，赋中描写"大人"遨游天庭，与真人相周旋，以群仙为侍从，过访尧舜和西王母，乘风凌虚，长生不死，逍遥自在，是迎合武帝喜好神仙，欲求长生不死的心理，而暗含规讽之旨，是"隐主旨，秀佳句"的典范作品。相如此赋想象丰富，文字靡丽，极尽夸饰之能事，但是其内容和形式都仿自屈原《远游》，故独创性稍逊。

据此可知，"风即文意"与"风即文辞"说均不能成立。

（二）"骨"与"结言"

在《风骨》篇中，"风"与"骨"首先是以对举形式存在，然后才是以合用形式存在的。"骨"指什么呢？

细查原文，"骨"有以下几层基本含义：一是指文章语言或文章结构，本篇指出，"沉吟铺辞，莫先于骨""故辞之待骨，如体之树骸"，写文章的第一要素是语言运用问题，这是写作的本质特点。二是指对语言的要求与规范，"结言端直，则文骨成焉""练于骨者，析辞必精"，告诉读者，写作时语言要端直显明，不要迂回隐伏，同时要精练简约，不要繁文缛词。第三是由语言运用生成的词语与声律之美，"捶字坚而难移，结响凝而不滞"，写作的练字遣词与优美韵律，是文章诵读观看时产生听觉美与视觉美的重要因素。以这三点为基础，刘勰指出不能够"瘠义肥辞，繁杂失统"。从这些分析来看，"骨"主要指语言表达及其相关要求，所以，黄侃先生的"骨即文辞"说有一定道理。

本篇又引潘勖《册魏公九锡文》为例，证明这是向经典学习，以至于成为"骨髓峻"的典范文章。《文心雕龙》对"潘勖锡魏"还有两处论述，一则见于《诏策》篇"潘勖九锡，典雅逸群"[①]，一则见于《才略》篇"潘勖凭经以骋才，故绝群于锡命"[②]。二者所述，与本篇完全一致。《册魏公九锡文》是他学习经典写法、习染经典风格、运用自身才华的产物。《体性》篇论述"典雅"风格："典雅者，镕式经诰，方轨儒门者也。"[③]"典雅"是五经典诰雅正的文风。《诏

---

① 杨明照：《增订文心雕龙校注》，第 265 页。
② 杨明照：《增订文心雕龙校注》，第 575 页。
③ 杨明照：《增订文心雕龙校注》，第 380 页。

策》篇论述策体文学多处，其说曰：

> "策"封王侯。策者，简也。
>
> 王言之大，动入史策。
>
> 武帝崇儒，选言弘奥。策封三王，文同训典；劝戒渊雅，垂范后代。
>
> 故授官选贤，则义炳重离之辉；优文封策，则气含风雨之润；敕戒恒诰，则笔吐星汉之华；治戎燮伐，则声有洊雷之威；"眚灾肆赦"，则文有春露之滋；明罚敕法，则辞有秋霜之烈：此诏策之大略也。
>
> 赞曰：皇王施令，寅严宗诰。[①]

很明显地，"潘勖锡魏"能得到刘勰的赞赏，最主要的原因有如下两个：一是模仿经典，文同"训""典"，即模仿《尚书》典诰之体来写诏书；二是"优文封策，气含风雨之润"，封赏曹操，文气贯通，"选言弘奥，典雅逸群"。这篇文章之所以"骨髓峻"，是具有体制雅正、风格典雅、语言质朴精炼的优点。这就表明："骨"不只是前述之语言文辞问题，而是内容与语言结合外显的风格问题。

于是，疑虑也就此而生，曹操当时功盖天下，挟天子以令诸侯，汉献帝册封加九锡于他，是最高的封赏，是对曹操的妥协，而潘勖《册魏公九锡文》不过是一篇应景的应用文而已，居然和五经一样典雅美好。其文是否如此，见文即知。萧统《文选》、袁宏《后汉纪》卷三十、

---

① 杨明照：《增订文心雕龙校注》，第264—266页。按：此处引文均出自同一篇，故集中作注。

陈寿《三国志·魏志·武帝纪》、严可均《全后汉文》卷八十七①均录

①〔清〕严可均:《全后汉文》(下册),北京:商务印书馆,1999年,第880—881页。其文曰:"制诏:使持节丞相领冀州牧武平侯:朕以不德,少遭愍凶,越在西土,迁于唐、卫。当此之时,若缀旒然,宗庙之祀,社稷无位;群凶觊觎,分裂诸夏,率土之民,朕无获焉,即我高祖之命将坠于地。朕用夙兴假寐,震悼于厥心,曰'惟祖惟父,股肱先正,其孰能恤朕躬'?乃诱天衷,诞育丞相,保乂我皇家,弘济于艰难,朕实赖之。今将授君典礼,其敬听朕命。昔者董卓初兴国难,群后释位以谋王室;君则摄进,首启戎行,此君之忠于本朝也。后及黄巾反易天常,侵我三州,延及平民,君又翦之以宁东夏,此又君之功也。韩暹、杨奉专用威命,君则致讨,克黜其难,遂迁许都,造我京畿,设官兆祀,不失旧物,天地鬼神于是获乂,此又君之功也。袁术僭逆,肆于淮南,慑惮君灵,用丕显谋,蕲阳之役,桥蕤授首,棱威南迈,术以陨溃,此又君之功也。回戈东征,吕布就戮,乘辕将返,张杨殂毙,眭固伏罪,张绣稽服,此君之功也。袁绍逆乱天常,谋危社稷,凭恃其众,称兵内侮,当此之时,王师寡弱,天下寒心,莫有固志,君执大节,精贯白日,奋其武怒,运其神策,致届官渡,大歼丑类,俾我国家拯于危坠,此又君之功也。济师洪河,拓定四州,袁谭、高干,咸枭其首,海盗奔进,黑山顺轨,此又君之功也。乌丸三种,崇乱二世,袁尚因之,逼据塞北,束马县车,一征而灭,此又君之功也。刘表背诞,不供贡职,王师首路,威风先逝,百城八郡,交臂屈膝,此又君之功也。马超、成宜,同恶相济,滨据河、潼,求逞所欲,殄之渭南,献馘万计,遂定边境,抚和戎狄,此又君之功也。鲜卑、丁零,重译而至,单于箪于、白屋,请吏率职,此又君之功也。君有定天下之功,重之以明德,班叙海内,宣美风俗,旁施勤教,恤慎刑狱,吏无苛政,民无怀慝;敦崇帝族,表继绝世,旧德前功,罔不咸秩;虽伊尹格于皇天,周公光于四海,方之蔑如也。朕闻先王并建明德,胙之以土,分之以民,崇其宠章,备其礼物,所以藩卫王室,左右厥世也。其在周成,管、蔡不静,惩难念功,乃使邵康公赐齐太公履,东至于海,西至于河,南至于穆陵,北至于无棣,五侯九伯,实得征之,世祚太师,以表东海;爰及襄王,亦有楚人不供王职,又命晋文登为侯伯,锡以二辂、虎贲、钺铖、秬鬯、弓矢,大启南阳,世作盟主。故周室之不坏,繄二国是赖。今君称丕显德,明保朕躬,奉答天命,导扬弘烈,缓爰九域,莫不率俾,功高于伊、周,而赏卑于齐、晋,朕甚恶焉。朕以眇眇之身,讬于兆民之上,永思厥艰,若涉渊冰,非君攸济,朕无任焉。今以冀州之河东、河内、魏郡、赵国、中山、常山、钜鹿、安平、甘陵、平原凡十郡,封君为魏公。锡君玄土,苴以白茅;爰契尔龟,用建冢社。昔在周室,毕公、毛公入为卿佐,周、邵师保出为二伯,外内之任,君实宜之,其以丞相领冀州牧如故。又加君九锡,其敬听朕命。以君经纬礼律,为民轨仪,使安职业,无或迁志,是用锡君大辂、戎辂各一,玄牡二驷。君劝分务本,穑人昏作,粟帛滞积,大业惟兴,是用锡君衮冕之服,赤舄副焉。君敬尚谦让,俾民兴行,少长有礼,上下咸和,是用锡君轩县之乐,六佾之舞。君翼宣风化,爰发四方,远人革面,华夏充实,是用锡君朱户以居。君研其明哲,思帝所难,官才任贤,群善必举,是用锡君纳陛以登。君秉国之钧,正危处中,纤毫之恶,靡不抑退,是用锡君虎贲之士三百人。君纠虔天刑,章厥有罪,犯关干纪,莫不诛殛,是用锡君铁铖各一。君龙骧虎视,旁眺八维,掩讨逆节,折冲四海,是用锡君彤弓一,彤矢百,旅弓十,旅矢千。君以温恭为基,孝友为德,明允笃诚,感于朕思,是用锡君秬鬯一卣,珪瓒副焉。魏国置丞相已下群卿百寮,皆如汉初诸侯王之制。往钦哉,敬服朕命!简恤尔众,时亮庶功,用终尔显德,对扬我高祖之休命!"

有此文。文章通篇是对曹操的赞美褒扬之辞，是否献帝本意已无从知晓。从文辞来看，质朴精炼，是典型的"典诰之体"，内容属于"事信而不诞，义贞而不回"，但是文章显然不是"丽文"。这就告诉读者，有"骨髓峻"的作品就是语言精约、内容质实、风格典雅的作品。"骨髓"应该是包含文章内容与形式两个方面才对。因为仅仅从字面意思我们就可以知道："骨"是人体的骨骼，是竖立体格的结构支撑，而"骨髓"是人体最内部的生命物质，怎么可能是外在语言文辞的东西呢？而"骨髓峻"则是"骨髓"外显的峻拔端直，是文章内容情感外化的结果，必然是内容与形式兼备才能说通。

《文心雕龙》其他篇目对"骨"的运用，可以旁证笔者对"骨"的推断。首先，是对"骨髓"的运用，全书另有五处：

> 洞性灵之奥区，极文章之骨髓者也。（《宗经》）[1]
>
> 甘意摇骨髓，艳词洞魂识。（《杂文》）[2]
>
> 辞为肌肤，志实骨髓。（《体性》）[3]
>
> 情志为神明，事义为骨髓。（《附会》）[4]
>
> 虽复轻采毛发，深极骨髓。（《序志》）[5]

这五处"骨髓"，含义与本篇"骨髓峻"极为近似，通过《附会》所论可以看出，主要的含义是指文章"事义"，属于文章内容之要素；又可以有文章之"志""甘意"等含义，均属内容。其次，是对"骨鲠"的运用，全书另有四处：

---

① 杨明照：《增订文心雕龙校注》，第 26 页。

② 杨明照：《增订文心雕龙校注》，第 181 页。

③ 杨明照：《增订文心雕龙校注》，第 381 页。

④ 杨明照：《增订文心雕龙校注》，第 519 页。

⑤ 杨明照：《增订文心雕龙校注》，第 611 页。

观其骨鲠所树，肌肤所附，虽取镕《经》旨，亦自铸伟辞。(《辨骚》)①

才锋所断，莫高蔡邕。观杨赐之碑，骨鲠《训》《典》。(《诔碑》)②

陈琳之檄豫州，壮有骨鲠。(《檄移》)③

杨秉耿介于灾异，陈蕃愤懑于尺一，骨鲠得焉。(《奏启》)④

《辨骚》中的"骨鲠"显然具有文章结构的含义，这也是人体"骨鲠"的基本含义，刘勰用于对文章结构之比喻；《诔碑》中的"骨鲠"一说有写法借鉴《尚书》的含义，具有内容与形式双重内涵而偏重于形式；《檄移》中的"骨鲠"是指文风之"壮美"；《奏启》中的"骨鲠"则主要指作家之情志与作品之"文气"。另外，全书中还有一些关于"骨采""骨""次骨"的论述，按照篇目顺序，集中见于以下选例：

繁华损枝，膏腴害骨，无贵风轨，莫益劝戒。(《铨赋》)⑤

蒯聩临战，获祐于筋骨之请：虽造次颠沛，必于祝矣。(《祝盟》)⑥

相如之《难蜀老》，文晓而喻博，有移檄之骨焉。(《檄移》)⑦

观《剧秦》为文，影写长卿，诡言遁辞，故兼包神怪；然骨

---

① 杨明照：《增订文心雕龙校注》，第 51 页。
② 杨明照：《增订文心雕龙校注》，第 155 页。
③ 杨明照：《增订文心雕龙校注》，第 282 页。
④ 杨明照：《增订文心雕龙校注》，第 317 页。
⑤ 杨明照：《增订文心雕龙校注》，第 97 页。
⑥ 杨明照：《增订文心雕龙校注》，第 123 页。
⑦ 杨明照：《增订文心雕龙校注》，第 282 页。

制靡密，辞贯圆通，自称"极思"，无遗力矣。(《封禅》)①

树骨于"训""典"之区，选言于宏富之路。(《封禅》)②

章以造阙，风矩应明；表以致禁，骨采宜耀。(《章表》)③

吹毛取瑕，次骨为戾，复似善骂，多失折衷。(《奏启》)④

虽有次骨，无或肤浸。(《奏启》)⑤

陆机《断议》，亦有锋颖；而腴辞弗剪，颇累文骨。(《议对》)⑥

总体上看，上述十八例《风骨》之外用"骨"的选句，以"骨髓"为最多，意指文章"事义""情志"等；"骨鲠""文骨""骨采""次骨""树骨""骨制"主要指文体、语言、风格、结构等，为文章外在语言形式美。以此类推，"骨"必然包含文章内容与语言两个方面。《风骨》篇"骨髓峻"一说，实际指的是潘勖《册魏公九锡文》内容事关君国大事，语言体裁借鉴经典，故而文风典雅之义。

这使得"骨即文辞"说与"骨即文意"说均不得成立。

（三）风、骨与风骨

上述对"风"与"骨"分述的结果是："风""骨"均可以用于文章之内容与语言形式美，不能偏于一个方面。而"风"与"骨"虽然都可以指内容与形式，但是二者内涵并不一致，风主要用于文章的感染力，即"风清"；司马相如《大人赋》丽而不雅，"风力遒也"，感染力巨大。"骨"主要用于文章的典雅美，即"骨峻"；潘勖《册魏公九锡文》雅而不丽，"骨髓峻也"，典雅中正。"风""骨"各自

---

① 杨明照：《增订文心雕龙校注》，第 296 页。
② 杨明照：《增订文心雕龙校注》，第 296 页。
③ 杨明照：《增订文心雕龙校注》，第 307 页。
④ 杨明照：《增订文心雕龙校注》，第 318 页。
⑤ 杨明照：《增订文心雕龙校注》，第 319 页。
⑥ 杨明照：《增订文心雕龙校注》，第 332 页。

站在丽与雅的一面，而没有站在雅丽的结合处，是颇为遗憾的。事实上，刘勰认为一篇理想的文章，应该是"风""骨"兼备而不是二者分开的，也就是说，"风骨"应该是一个整体的概念，"风清骨峻"应该合观。以下三个意见支持这一看法。

第一，刘勰在"瘠义肥辞，繁杂失统"之后提出"此风骨之力也"，既然精约简练是文辞之"骨"的要求，为什么又成了对"风骨"合观的要求了呢？"风骨之力"显然不可能是"骨之力"能够代替的。这就提示我们，要么"风"与"骨"不得分开，要么就是"风"与"骨"内涵一致，否则，就是刘勰乱写的笔误。仔细分析上述论"骨"的节选，确实存在一个很大的失误：忽略了刘勰在论"骨"的时候，是将"风"与"骨"同时论述的。显然，对"骨"的要求与对"风"的要求紧密联系在一起，片面地分论"风""骨"，看来是不对的。比如下例：

> 是以怊怅述情，必始乎风；沉吟铺辞，莫先于骨。故辞之待骨，如体之树骸；情之含风，犹形之包气。结言端直，则文骨成焉；意气骏爽，则文风清焉。①

于此可见，本段之"结言意气"句，是黄侃先生"风意骨辞"说的本源依据。不幸的是，《文心雕龙》以骈文写就，多用互文修辞，上述节选表面上"风""骨"分论，实际上是将"风""骨"暗合的例子。也就是说，"风骨"不能分开。前面讲到，"风"是指运用语言表达了丰富的内容因而感染力巨大，"骨"也是在论述语言表达和内容结合生成典雅之美，二者都必须是文章内容与语言形式

---

① 杨明照：《增订文心雕龙校注》，第388页。

完美结合的产物。事实上确实如此："风"由什么而生？一是作家内在情感气质，二是写作时语言风格的形式之美；离开作家，面对文章的时候，"风"与"骨"不都是通过技法、运用语言、描写内容的风格之美吗？"风骨"合观，于此可知。

第二，在刘勰分述"风""骨"的语句中，我们可以见到"风骨"必须合观的典型例子：

> 若丰藻克赡，风骨不飞，则振采失鲜，负声无力。①
>
> 故练于骨者，析辞必精；深乎风者，述情必显。捶字坚而难移，结响凝而不滞，此风骨之力也。②
>
> 若瘠义肥辞，繁杂失统，则无骨之征也。思不环周，索莫乏气，则无风之验也。昔潘勖锡魏，思摹经典，群才韬笔，乃其骨髓峻也；相如赋仙，气号凌云，蔚为辞宗，乃其风力遒也。能鉴斯要，可以定文；兹术或违，无务繁采。③

例一以为"风骨不飞"的原因是"丰藻克赡"，也就是繁文缛词，这样会失去文采美与声律美，没有"风骨"的根本原因是语言表达的繁杂失败。例二以为精约的文风与显明的情感是形成"风骨"美的基本要求，这样，练字准确、声律优美、情感显明，"风骨"之力就产生了。据此可知，"风""骨"一起共同作用于"风骨之力"，而所谓"风骨之力"，绝对不是刚健有力之"力"，而是情感深沉、声律优美、文采美丽的意思；"风骨"应当合观。例三最为明显，潘勖《册魏公九锡文》"思摹经典"，难道只是向经典学习语言之

---

① 杨明照：《增订文心雕龙校注》，第 388 页。
② 杨明照：《增订文心雕龙校注》，第 388 页。
③ 杨明照：《增订文心雕龙校注》，第 388 页。

"骨"，不学习"典诰之体""化感之风"就能让"群才韬笔"的吗？"能鉴斯要，可以定文；兹术或违，无务繁采"句用在司马相如《大人赋》之后，因此，"斯要"与"兹术"一定是对"骨髓峻"与"风力遒"的共同要求，这个要求表明有"风骨"的作品必须做到"骨髓峻"与"风力遒"二者兼备，即典雅与巨丽兼备的"雅丽"之美。

第三，本篇在论述"风骨"美的正确创造时说："若能确乎正式，使文明以健，则风清骨峻，篇体光华。"文章要"明"而且"健"，此即合观"骨髓峻"与"风力遒"，"风清骨峻"顺势而成。赞语说："蔚彼风力，严此骨鲠"，互文见义，"风骨"合观。

上述论证表明，"风"与"骨"均包括文章内容与语言形式两个方面的内涵，都是主体运用才华指向特殊的外在风格形式美的创造。《册魏公九锡文》与《大人赋》虽然在例证上一雅一丽，但是都具有类似的构成要素，兼备内容与形式，"风骨"因此应该作为一个整体概念来对待。

（四）"风骨"美的创造

"风骨"合观以后，核心的指向是一种特殊的文采美，这种美使得文章"篇体光华"，文采华丽。这种华丽，已经不再是《大人赋》只针对特定"好仙"心理的读者汉武帝而言的虚辞滥说、神仙内容之"丽而不雅"，也显然不再是《册魏公九锡文》之雅而不丽，而是二者各自优点的正向结合，是内容充实、事义雅正、文辞优美、文气通畅、宫商和谐的华丽之美。"风骨"是文章语言表达的最佳状态，是一种文章审美理想。

所以本篇指出："结言端直，则文骨成焉；意气骏爽，则文风清焉。"文章的"风骨"之美，从内容、文气、语言、文风几个方面看都是最理想的。既然如此，一个作家要创作出有"风骨"之美的作品，需要哪些构成因素，以及需要哪些技法与写作规范呢？

第一，有充实生动的文气，这是对作家作品的同时要求，是风骨美的第一要素。本篇说："是以缀虑裁篇，务盈守气，刚健既实，辉光乃新：其为文用，譬征鸟之使翼也。"[①]作家写文章之前必须"务盈守气"，藻雪精神，修养身心，蓄养生气，通过"养气"达到最佳写作状态。这样写出来的文章文气贯通，内容充实，文采辉光，感染力强，象征鸟高飞在天。风骨美的来源，是作家情志美、活力美的蓄养。在这一点上，《大人赋》是最佳例证。因此，《风骨》所论"文气"有两层意思，一是从主体修养角度提倡的"务盈守气"。杨明照先生注"守气"为"守身之气"，即人的元气。二是从批评鉴赏的角度所看到的文章生气。刘勰引用曹丕论文气的一大段话：论孔融、徐干、刘桢等名家为文有气。这一系列的文气有刚有柔，刘桢偏向于刚，而徐干偏向于柔。

第二，做到文采美与骨力健的完美结合，这是从作品审美角度给出的理想要求。刘勰明确指出，有"风骨"的作品必然是文采华丽并且骨力强劲的作品："夫翚翟备色，而翾翥百步，肌丰而力沈也；鹰隼乏采，而翰飞戾天，骨劲而气猛也。文章才力，有似于此。若风骨乏采，则鸷集翰林；采乏风骨，则雉窜文囿；唯藻耀而高翔，固文笔之鸣凤也。"[②]文采过度的作品像野鸡，有美艳繁缛之弊；缺乏文采的作品像老鹰，显得太过质实；文采华丽适度的作品像凤凰，达到了"藻耀而高翔"的理想境界。所以，刘勰赞赏的"风骨"之美，是一种语言华丽与质实内容完美结合的外显壮采。这就说明一个问题：风骨包含文采，而且是壮丽文采。

第三，风骨是文章内容与语言表达结合的完美状态，需要高超的写作技法。没有充实丰富的内容，《大人赋》何以吸引汉武帝，《册

---

① 杨明照：《增订文心雕龙校注》，第 388 页。

② 杨明照：《增订文心雕龙校注》，第 388—389 页。

魏公九锡文》何以阐明曹操能享九赐殊荣之功绩？没有完美的语言和高超的表达技巧，"好神仙"的汉武帝绝不会被吸引住，文章都不看，哪里来的激动感发"凌云之志"？所以，针对特定读者或特定文体，选择对应的充实内容，运用精彩的语言，"捶字坚而难移，结响凝而不滞"，用词精妙，声律和谐，"此风骨之力也"。

第四，"风骨"美的基本创作要求是：

> 若夫镕铸经典之范，翔集子史之术，洞晓情变，曲昭文体，然后能孚甲新意，雕画奇辞。昭体，故意新而不乱；晓变，故辞奇而不黩。①

这一段话包含了"风骨"创造的四个要求：镕铸经典、学习子史、洞晓情变、曲昭文体。前两条对应的是《册魏公九锡文》学习经典和《大人赋》源于阴阳家言语技巧的神奇瑰丽，刘勰重点论述了"洞晓情变，曲昭文体"的重要性。第一，懂通变。"洞晓情变"的意思，就是紧接的《通变》篇论述时代风格的变化思想。第二，依定势。"曲昭文体"的含义，是希望作者能如《定势》篇所要求的那样，依据文体确立风格，在写作过程遵守文体"本采"的要求；在经过上述两个环节的规范性要求之后，作家才能"孚甲新意，雕画奇辞"，使创新求奇在"正"路上进行，不会出现偏差。如果不能正确处理新、旧、奇、正的关系，离开经典，不依本采，追新逐奇，就会出现"文滥"之弊：

> 若骨采未圆，风辞未练，而跨略旧规，驰骛新作，虽获巧意，危败亦多，岂空结奇字，纰缪而成经矣？《周书》云："辞尚体要，

---

① 杨明照：《增订文心雕龙校注》，第389页。

弗惟好异。"盖防文滥也。①

通观《文心雕龙》全书，刘勰此说，针对的正是近代文学"诡奇新色"
的讹滥弊端。正确地学习写作技法，尊重本采，不求奇异，是解蔽
之良方。所以指出了创作有"风骨"的作品务必做到"确乎正式""能
研诸虑"，即对"经典、子史、情变、文体"数端牢记于心，熟稔于手，
施展于笔，写成美文。

在上述"文气、文采、骨力、宗经、子史、晓变、昭体"等要
素与规范中，宗经是创作的总体指导思想，主要是对作品内容的规范；
晓变是针对写作之内容而言，要反映时代变化，写出世风时情；昭
体是针对文体与语言运用等作品形式提出的对言辞新变的规范性要
求。"藻耀高翔"的理想效果则包括了骨力遒劲、文气刚健、文采
卓绝等内容与形式要素的完美结合，这样的作品就是有"风骨"之作。
刘勰论述"正式"技法与研究"诸虑"，不仅在于正确创作有"风骨"
之美文，还在于纠正近代文学的发展弊端，具有双重用意。

通过对《风骨》篇基本内容的分析，我们可以看出前代"风骨"
研究的许多合理的意见，部分意见也有继续讨论的必要；同时，还
可以得出一些新的意见。综合来看，从《风骨》内容分析得出的意
见主要是：

第一，"风意骨辞"说与"风辞骨意"说各执一端，需要合观
风、骨。

第二，风骨美的构成要素与《宗经》六义说并不对应，因此，将风、
骨、采分为真、善、美，以对应"六义"之"情、风、事、义、体、文"
的意见，需要重新思考。因为风骨即文采美，与真、善并无绝对关系，
《大人赋》可证。同样，以"三准"解释风骨，并分而为六的论述，

---

① 杨明照：《增订文心雕龙校注》，第389页。

也不能成立。

第三，风骨美的创造原则，实际上就是对"文之枢纽"部分诗骚结合、雅丽结合的创作原则的再现，风骨尽管并不是"骨髓峻"与"风力遒"二者对等叠加而成的，但是其对"风清骨峻"的中和之美的追求，显然是指向文质彬彬的雅丽正采美这一目的的。风骨是在雅正基础上特别突出的文采美。

第四，风骨不是阳刚的风格类型，而是对《体性》八体与刚柔风格类型的汇通化合。曹丕文气论将"清浊"之气刚柔合观，刘勰引用曹丕的话，并没有"壮言慷慨，乃称势也"（《定势》），而是通论文气，不分刚柔。"风清骨峻"之"风清"，源出"六义"之"风清而不杂"，一篇文章符合"本采"，风格纯正，不出现"雅郑共篇，刚柔一体"（《定势》）即为"风清"，故而"风清"包含刚柔，不止阳刚之美。在此基础上，《风骨》与《隐秀》不构成刚柔的对举风格类型。

第五，由上述可知风骨即雅正华丽的文采之美，因此有关风骨与文采的关系诸说，比如内容与形式说、对立说、并列说等意见，可以再作讨论。

第六，风骨的创造，从蓄养文气的作家修养论开始，是特定读者、特定文体、洞晓情变、修饰技法、宫商声律、练字遣词等综合因素共同作用的结果，整体上指向雅丽之美这一目的来进行创造。因此，《风骨》篇实为《文心雕龙》下篇创作论的理论核心。

第七，《风骨》的写作目的，是在树立一种集合《体性》八体风格类型而生成的特殊审美范畴，风骨是《文心雕龙》雅丽文学思想指导下的审美理想论。

第八，古代文论"建安风骨""汉魏风骨""建安风力"诸说各有特指，均非《文心雕龙》风骨之意。

上述浅薄意见，绝对没有责难前代方家的用意，而是在前代方家研究的基础上合观统照后提出的一孔之见。对于其中的第一、二两点，在本节的分析中可以直接证明；第四、八两点，已经在笔者硕士学位论文中论述过；其余几点，将在下面分节论述。

二、风骨含采：论风骨与文采的关系

在当前对"风骨"的研究中，有一个问题长期以来处于争执不休的状态。这个问题是：风骨和文采究竟属于什么关系？有的学者认为风骨包含文采。牟世金先生认为"《风骨》是一篇要求文质并茂的基本论著"①，易中天先生认为"唯有兼风、骨、采而有之者，才像凤凰一样，既能翱翔万里，又有文采斐然，而这也正是刘勰的审美理想"②。更多的研究者则认为风骨和文采是对立或并列的关系，风骨不含文采。其主要论据来自于《风骨》篇的一段论述："若风骨乏采，则鸷集翰林；采乏风骨，则雉窜文囿。"③张少康先生说："风骨指作品的精神风貌特征，它和作为物质手段的辞采恰好形成一组对立的关系。"④也就是说，"风骨"是文章的思想内容，而文采是文章的外在形式，风骨与文采是内容和形式的对立关系。还有一种影响较大的说法是："文采并不是风骨的一个组成因素（或来源）"，"风骨与文采并不是从属关系（或因果关系），而是并列关系。有风骨的作品不一定有文采；同样，有文采的作品不一定有风骨"⑤。认为风骨不含文采的学者，主要是将风骨与文采视为文章的内容与

①　张少康：《刘勰及其〈文心雕龙〉研究》，北京：北京大学出版社，2010年，第138页。

②　易中天：《〈文心雕龙〉美学思想论稿》，上海：上海文艺出版社，1988年，第125页。

③　杨明照：《增订文心雕龙校注》，第388页。

④　张少康：《刘勰及其〈文心雕龙〉研究》，第138页。

⑤　曹顺庆：《中西比较诗学》，北京：北京出版社，1988年，第233页。

形式，内容与形式是对立或并列的关系。笔者认为：风骨与文采不是内容与形式的关系，风骨含采，刘勰主张文章应该达到"风清骨峻"的理想境界。试析如下。

（一）文学和文采的关系

刘勰认为，文学语言涉及修饰问题，除了写作的基本要求"辞达"，还提出了"圣贤书辞，总称'文章'，非采而何"①的观点，这就告诉我们，文学需要文采作为其外在的表现形式。《文心雕龙》"剖情析采"的重要篇目《情采》篇提出了这样一个观点：

> 故立文之道，其理有三：一曰形文，五色是也；二曰声文，五音是也；三曰情文，五性是也。②

这三大类"文"是指广义的文，包括了各种人为的艺术形式在内，绘画、音乐都是文，只不过和情文（即人文）在表达媒介上有所不同而已。再由《原道》篇看，"文"的范围不仅包括一切人为的艺术形式美，更包括各种自然物色美在内：

> 傍及万品，动植皆文：龙凤以藻绘呈瑞，虎豹以炳蔚凝姿；云霞雕色，有逾画工之妙；草木贲华，无待锦匠之奇。夫岂外饰，盖自然耳。至于林籁结响，调如竽瑟；泉石激韵，和若球锽：故形立则章成矣，声发则文生矣。夫以无识之物，郁然有采，有心之器，其无文欤？③

天文、地文、人文，都是文，"万品皆文"，都富含"采"之因素。

---

① 杨明照：《增订文心雕龙校注》，第 415 页。
② 杨明照：《增订文心雕龙校注》，第 415 页。
③ 杨明照：《增订文心雕龙校注》，第 1 页。

自然界也有形文与声文：龙凤、虎豹、云霞、草木，属于形文；林籁、泉石，属于声文。这些"无识之物"全部都是"郁然有采"的。由此可见，自然之美是客观存在的，美是事物所体现所包含的本质属性。人作为"有心之器"，创造出模仿自然美的各种艺术形式，写成"人文"，具有华美的形式与辞藻，才符合"郁然有采"的自然特征。刘勰论述的人文，不仅包含美，而且富含文采。《原道》篇：

> 夫玄黄色杂，方圆体分，日月叠璧，以垂丽天之象；山川焕绮，以铺理地之形：此盖道之文也。①

刘勰说所有的"文"都是"道之文"，"人文"属于其表现形式之一，而"道"在人身上的体现即是心，所以说"心生而言立，言立而文明，自然之道也"。不管是物色之文还是人心之文，文采绚丽，乃是本然特点。《序志》篇开篇论述"为文之用心"时说：

> 夫"文心"者，言为文之用心也。昔涓子《琴心》，王孙《巧心》，心哉美矣，故用之焉。古来文章，以雕缛成体，岂取驺奭之群言雕龙也。②

明言"文心"为"美"心，"古来文章，以雕缛成体"，告诉我们，所有文学作品都需要雕琢修饰，以求文采华美，这是文章的共同规律。道之文、自然之文、艺术之文、人心之文四者之间的关系可以用下图表示出来，皆含文采：

---

① 杨明照：《增订文心雕龙校注》，第1页。
② 杨明照：《增订文心雕龙校注》，第609—610页。

人心之文（文学作品）

↑

艺术之文（美术音乐情文）

↑

自然之文（形文声文人文）

↑

自然之道

（二）文学内容与形式的关系

三国时期，哲学家王弼认为文学作品是"言、象、意"的表里关系[①]；在当代，童庆炳先生认为文学文本有"话语、形象、意蕴"三个层次。[②] 这两种三层认识论都认为内容与形式是由表及里的关系，不可分割。《情采》篇有一段话，谈到了文章的内容和形式：

> 夫水性虚而沦漪结，木体实而花萼振：文附质也。虎豹无文，则鞟同犬羊；犀兕有皮，而色资丹漆：质待文也。[③]

这段话提出的"文附质""质待文"，质是内容，文是形式。除去"文与质"，刘勰还运用其他范畴来论述内容与形式，如"情与采""意与辞""义与词"等，最重要的是"情与采"。刘勰指出二者存在三层关系。

第一，是表里关系。《情采》指出"文采所以饰言，辩丽本于

---

① 童庆炳：《文学理论教程》，第 177 页。
② 童庆炳：《文学理论教程》，第 178 页。
③ 杨明照：《增订文心雕龙校注》，第 415 页。

情性"①，情性是创作的根本，属于内；而文采属于创作的形式，属于外。《体性》提出"情动而言形，理发而文见，盖沿隐以至显，因内而符外"②的创作规律，旁证了二者的这一关系。

第二，情性决定文采。刘勰认为："诗人什篇，为情而造文；辞人赋颂，为文而造情。"③《诗经》的创作合乎这一要求，是好的；而辞赋的创作背离了这一要求，是不好的。因此批评说："商周丽而雅，楚汉侈而艳。"④一褒一贬，态度分明。

第三，情与采应该完美结合。"文附质""质待文"的文质关系，虽然在源头上是来自于孔子"文质彬彬"的人物评价，但在刘勰之前早已运用到了文学创作与文学批评中来。《情采》篇末提出"使文不灭质，博不溺心；正采耀乎朱蓝，间色屏于红紫：乃可谓雕琢其章，彬彬君子矣"⑤的"正采"说，主张"彬彬君子"的写作之美，是他对内容与形式关系的最佳看法。

在论"文之枢纽"的前五篇中，刘勰指出，圣人的文章之所以成为后代的楷模，除了是对"道"的经典阐述外，从创作的角度说，还在于"圣文"能做到文质炳焕，华实并用。他在《征圣》篇说："然则圣文之雅丽，固衔华而佩实者也。"⑥"圣文"之雅是指思想内容的雅正，丽是指言辞文采之华美，因此，"衔华而佩实"是刘勰提出的内容和形式关系的基本要求：内容雅正充实，文采华丽丰美，文质彬彬，"雅丽黼黻"（《体性》）。在《宗经》篇里，对于如何创作出"雅丽"之文，刘勰提出了"六义"的具体要求："故文能宗

① 杨明照：《增订文心雕龙校注》，第415页。
② 杨明照：《增订文心雕龙校注》，第379页。
③ 杨明照：《增订文心雕龙校注》，第416页。
④ 杨明照：《增订文心雕龙校注》，第397页。
⑤ 杨明照：《增订文心雕龙校注》，第416页。
⑥ 杨明照：《增订文心雕龙校注》，第18页。

经，体有六义：一则情深而不诡，二则风清而不杂，三则事信而不诞，四则义贞而不回，五则体约而不芜，六则文丽而不淫。"①这六条创作标准，可以将其纳入内容和形式的范围。其中的"情、事、义"可以归入内容，"风、体、文"归入形式。文章内容与形式这六个方面的要素，缺一不可。有一点必须强调的是：内容和形式是相互依存的整体关系。这在刘勰的相关论述中还有很多例子，此不赘述。

从批评角度讲，《知音》篇"六观"说同内容与形式的创造对应一致："是以将阅文情，先标六观：一观位体，二观置辞，三观通变，四观奇正，五观事义，六观宫商。斯术既行，则优劣见矣。"②这"六观"中的"通变、事义"属于内容，"文体、言辞、风格奇正与宫商声律美"属于形式，内容与形式结合起来看，才能全面评价一篇文章的优劣。

由此可见，从"六义"的创作角度与"六观"的鉴赏角度，都能有力地证明内容与形式应该结合统观的观点。文章的内容与形式是统一的整体，不应该割裂开来，因此，认为内容与形式属于对立或并列关系的看法，尤其是认为风骨与文采属于对立或并列关系的看法就是有待商榷的。

（三）风骨与文采的关系

刘勰主张文章要有风骨美，风骨包含文采在内。刘勰要求文采不能过度，要达到既有骨力，又有文采的理想境界。

首先，从刘勰采用的辩证方法论来看。《序志》提出了"唯务折衷"的写作方法论，以此为据，"风骨乏采"与"采乏风骨"各为一极，论述的是文采过度或不足对风骨美的影响。刘勰赞扬"唯藻耀而高翔"这一"折衷骨采"的壮丽之美，是对上述两极情况的消解。

其次，从《风骨》论述文采美的内证来看。在引述曹丕的文气

---

① 杨明照：《增订文心雕龙校注》，第 27 页。
② 杨明照：《增订文心雕龙校注》，第 592 页。

论观点后，刘勰明确指出，有风骨的作品不只是文气充沛，也必然是有"辉光"之文采的作品。风骨是很讲究文采的：

> 夫翚翟备色，而翾翥百步，肌丰而力沉也；鹰隼乏采，而翰飞戾天，骨劲而气猛也。文章才力，有似于此。若风骨乏采，则鸷集翰林；采乏风骨，则雉窜文囿；唯藻耀而高翔，固文笔之鸣凤也。[①]

在此，刘勰以正反结合的手法，先从正面论述文采与骨力的完美结合，骨力与文气的完美结合。这两种情况，是风骨美的两种表现形态。然后，刘勰从反面论述只有骨力而缺乏文采的作品显得太过刚硬；而文采过度，缺乏骨力的作品，则是一派繁缛的绮丽之相。这二者都不好。写文章应当将文采与骨力结合起来，作品才会像凤凰那样"藻耀而高翔"。有风骨的作品就是要讲究并追求文气、骨力与文采三者的结合之美。

清纪昀评"风骨乏采"句说："风骨乏采是暗笔，开合以尽意耳。"[②]意思是说，"风骨乏采"与"采乏风骨"一明一暗，二者应该结合起来看待，合起来的意思就是风骨含采，风骨与文采不可分割。范文澜先生注："纪评曰'风骨乏采是陪笔，开合以尽意耳。'案纪说非是。夏侯湛《昆弟诰》，苏绰《大诰》之属，不得谓为无风骨，而藻采不足，故喻以鸷集翰林。采乏风骨，则齐梁文章通病也。"[③]范先生也是将风骨与文采割裂开来看待的，这种看法现在看

---

① 杨明照：《增订文心雕龙校注》，第 388 页。

② 〔清〕黄叔琳辑注，纪昀评：《文心雕龙辑注》，北京：中华书局，1957 年，第 283 页。

③ 范文澜：《文心雕龙注》，第 518 页。

来并不正确。早在黄注、纪评之前，明人杨慎就曾评"风骨"说："左氏论女色曰美而艳。美犹骨也，艳犹风也。文章风骨兼全，如女色之美艳两致矣。"① "女色之美艳两致"，原本不分表里，不能割裂，是内外合一的整体美感；"文章风骨兼全"，也是不分表里的整体美感。杨慎的评语是说，风骨原本不该被分开来看待，而应该是一个整体的文章风格美学评价。又，杨慎评后文"文明以健"句曰："引'文明以健'，尤切。明即风也，健即骨也。诗有格有调，格犹骨也，调犹风也。"② 文章诗歌的"明健"，即是有"风骨"，即是有"格调"。文章的"明健"不可分，诗文的"格调"不可分，则"风骨"不可分。因此"风骨"作为一个整体概念，包含文采之美，是比较明确的。

从具体作家作品的旁证来看。在"藻耀而高翔"的结合处，刘勰赞美的是以屈原为代表作家的楚辞。刘勰对楚辞给予了高度的赞美，《辨骚》云：

> 固知楚辞者，体宪于三代，而风杂于战国，乃《雅》《颂》之博徒，而词赋之英杰也。观其骨鲠所树，肌肤所附，虽取镕《经》旨，亦自铸伟辞。故《骚经》《九章》，朗丽以哀志；《九歌》《九辩》，绮靡以伤情；《远游》《天问》，瑰诡而慧巧；《招魂》《大招》，耀艳而深华；《卜居》标放言之致，《渔父》寄独往之才。故能气往轹古，辞来切今，惊采绝艳，难与并能矣。③

第一，楚辞"取镕《经》旨，自铸伟辞"，在体制上宗于经典，在

---

① 王文才，万光治：《杨升庵丛书》之《升庵批点文心雕龙》，成都：天地出版社，2002年，第739页。
② 黄霖：《文心雕龙汇评》，上海：上海古籍出版社，2005年，第101页。
③ 杨明照：《增订文心雕龙校注》，第51页。

形式言辞上雄伟独创。尤其是言辞方面超越"典诰"的中正特征，刘勰以"伟辞"称之，激赏之意见于笔端。第二，楚辞"耀艳而深华"，此即《风骨》篇"藻耀而高翔"之"藻耀"，"辉光乃新"之"辉光"。是说楚辞文采斐然，"耀艳深华"。第三，楚辞"气往轹古"，讲究文气，超越古人。第四，楚辞"惊采绝艳，难与并能"，这正是"卓烁异采"的壮丽风格所具有的特征。可见，楚辞既有"气往轹古"的文气，更有"惊采绝艳"之文采，"骨鲠所树""自铸伟辞"，是壮丽等优良风格的集成之作。楚辞"能研诸虑"，正是"确乎正式，文明以健，风清骨峻，篇体光华"的有"风骨"的代表作品。

因此，《文心雕龙》折衷"骨采"，认为"风骨"是一种特殊的文采之美。

三、风清骨峻：作为审美理想的风骨论

在当前风骨研究的众多纷乱的头绪中，我们其实可以从《风骨》篇特别重视的"文气"论角度出发，来理解刘勰论述风骨之本意：在"务盈守气"的创作状态下写出具有"风清骨峻"的中和之美的文章。"风骨"是《文心雕龙》的共时审美理想。

（一）重气之旨，藻耀高翔

明人曹学佺眉批《风骨》篇首曰："'风骨'二字虽是分重，然毕竟以风为主，风可以包骨，而骨必待乎风也，故此篇以风发端，归重于气，气属风也。"[1]曹氏是将文章的感染力（风）"归重于气"，抓住了刘勰以文气论风骨的本意。在《体性》篇中，刘勰认为，作家的主体之气是根本性的，它是才能和志意的基础，是文学创作的基础，是形成自身独特风格的基础，所谓"才力居中，肇自血气；气以实志，志以定言""吐纳英华，莫非情性"。（《体性》）这种观点，

---

[1] 黄霖：《文心雕龙汇评》，第99页。

来自于曹丕"气之清浊有体"的先天禀赋论思想，并且把曹丕作品
风格是作家气质才性的表现这一论点阐述得更为具体。因此，在《风
骨》篇里，刘勰提出"缀虑裁篇，务盈守气"，强调在写作中作者
内在"守气"或血气的盈满充实，是创作的根本因素，并再次引用
了曹丕的观点，举实例来证明"务盈守气"的重要性。

> 故魏文称："文以气为主，气之清浊有体，不可力强而致。"
> 故其论孔融，则云"体气高妙"。论徐干，则云"时有齐气"。论
> 刘桢，则云"有逸气"。公干亦云："孔氏卓卓，信含异气；笔墨
> 之性，殆不可胜。"并重气之旨也。①

范文澜先生注此段时说："此魏文帝《典论·论文》语……细审文意，
所谓气之清者，即彦和云'意气骏爽，则文风清焉'之风。文风之
清，其关键在意气骏爽。故文帝论孔融体气高妙，以融为人性近高
明也；徐干为人恬淡优柔，性近舒缓，故曰时有齐气。李善注曰：'言
齐俗文体舒缓，而徐干亦有斯累。'《汉书·地理志》曰：'故《齐
诗》曰："子之营兮，遭我乎峱之间兮。"此亦其舒缓之体也。'"②
刘勰主要赞赏"逸气""异气""凌云之气""高妙之气"等倾向
于"清"的文气，鲜明地表明了自己对曹丕以气论文风"重气之旨"
的赞赏之情。清黄叔琳论此段时说"气是风骨之本"③，纪昀则评
曰"气即风骨，更无本末"④。黄叔琳的意思是，气与风骨是一内
一外的东西，风骨是文章外在的表现之美，气是文章内在的根本要

---

① 杨明照：《增订文心雕龙校注》，第 388 页。
② 范文澜：《文心雕龙注》，第 517 页。
③ 〔清〕黄叔琳辑注，纪昀评：《文心雕龙辑注》，第 282 页。
④ 〔清〕黄叔琳辑注，纪昀评：《文心雕龙辑注》，第 283 页。

素，这正是刘勰"重气之旨"的原意。纪昀的意思是说，气与风骨，是合二为一的东西，二者互为表里，相互依存，没有内外之分，也没有本末之分，风骨就是文章透露出来的文气。二人的意见，看起来好像不同，其实是一样的意思，是实质相同的两种说法。

在引述曹丕的文气论观点后，刘勰特别提倡刚健骏爽的文气、文风，强调文章应当写得"风清骨峻"，即思想感情表现得鲜明爽朗、语言劲直有力，呈现出清峻的风貌。刘勰依据"其为文用，譬征鸟之使翼也"的形象的比喻手法，以鸟喻文，明确指出，风骨具有华丽的文采：

> 夫翚翟备色，而翾翥百步，肌丰而力沈也；鹰隼乏采，而翰飞戾天，骨劲而气猛也。文章才力，有似于此。若风骨乏采，则鸷集翰林；采乏风骨，则雉窜文囿。唯藻耀而高翔，固文笔之鸣凤也。[①]

以凤凰比喻文章风、骨、采的完美结合，刘勰是第一人。明人杨慎评曰："此论发自刘子，前无古人。徐季海移以评书，张彦远移以评画，同此理也。"[②] 这种提法，与前文"缀虑裁篇，务盈守气"的观点是完全一致的。前文，刘勰运用比喻的评语说："若丰藻克赡，风骨不飞，则振采失鲜，负声无力。是以缀虑裁篇，务盈守气，刚健既实，辉光乃新。其为文用，譬征鸟之使翼也。"[③] 范文澜先生注："'丰藻克赡'下四语，谓瘠义肥辞，其弊若此。'务盈守气'谓文以情志为主也。《礼记·月令》：'季冬之月，征鸟厉疾。'《正义》

---

① 杨明照：《增订文心雕龙校注》，第 388 页。
② 黄霖：《文心雕龙汇评》，第 101 页。
③ 杨明照：《增订文心雕龙校注》，第 388 页。

曰:'征鸟,谓鹰隼之属也。时杀气盛极,故鹰隼之属,取鸟捷疾严猛也。'此以征鸟气盛为喻。"① 依范先生此解,"气"即情志,那么在"缀虑裁篇"时"务盈守气",保持情志生气的充沛饱满,这样写出来的文章就会有三个主要的特点:第一,刚健;第二,充实;第三,辉光。这恰好是宗白华先生归纳的《周易》美学的三个主要特点。宗白华先生在《中国美学史中重要问题的初步探索》一文中说:

> 《易经》是儒家经典,包含了宝贵的美学思想。如《易经》有六个字:"刚健、笃实、辉光",就代表了我们民族一种很健全的美学思想。②

我们前文讨论过《周易》刚柔气论与八卦数理关系对刘勰风格类型理论的本源意义,现在可以说,刘勰的"风骨"论思想,也是受《周易》气论思想与美学思想的影响而得出的,"风骨"为后代美学提供了一个典型的批评范式,泽被千秋。

在刘勰看来,"翰飞戾天,骨劲而气猛"的代表人物是刘桢。《体性》篇列汉魏名家十二人,论刘桢为"公干气褊,故言壮而情骇"。詹锳先生释"气褊"为性子急躁而不稳定。③《魏志·王昶传》记述王昶评价刘桢的话说:"东平刘公干,博学有高才,诚节有大意,然性行不均,少所拘忌,得失足以相补。吾爱之重之,不愿儿子慕之。"④ "性行不均,少所拘忌"即是指刘桢性格不稳定,不太注意礼仪常规,无拘无束。范文澜先生注:"《魏志·王粲传》注引《典略》

---

① 范文澜:《文心雕龙注》,第 516 页。
② 宗白华:《美学散步》,上海:上海人民出版社,1981 年,第 43 页。
③ 詹锳:《〈文心雕龙〉的风格学》,第 13 页。
④ 〔晋〕陈寿:《三国志》,北京:中华书局,1959 年,第 554 页。

载桢平视太子夫人甄氏事。谢灵运《拟邺中集诗序》曰：'桢卓荦偏人。'此气褊之征。"① 然而，"众人咸伏"而刘桢独"平视甄氏"的结果是："太祖闻之，乃收桢，减死输作。"② 这种"少所拘忌"的性格使他付出了惨痛的代价。曹丕《典论·论文》评刘桢时称"壮而不密"；范文澜先生注："《文选》魏文帝《与吴质书》：'公干有逸气，但未遒耳。'《颜氏家训·文章篇》：'凡为文章，犹人乘骐骥，虽有逸气，当以衔勒制之，勿使流乱轨躅，故意填坑岸也。'《才略篇》曰：'刘桢情高以会采。'情高，故有逸气，未遒，谓有时至流乱轨躅也。"③ 刘桢文章诗歌气势雄壮，但是往往有所疏漏以至于"流乱轨躅"。梁钟嵘《诗品》评谓："魏文学刘桢，其源出于《古诗》。仗气爱奇，动多振绝。真骨凌霜，高风跨俗。但气过其文，雕润恨少。然自陈思已下，桢称独步。"④ 刘桢的文章与诗歌写得很好，所受评价也很高。其存在的主要问题是"气过其文，雕润恨少"，就是缺乏文采，略显刚硬。所以詹锳先生说："这种骇人视听的粗壮风格，和他的急躁脾气是一致的。"⑤

（二）风清骨峻，会通八体

《宗经》篇论述写文章应该"依经立义"的"六义"时说："故文能宗经，体有六义：一则情深而不诡，二则风清而不杂，三则事信而不诞，四则义贞而不回，五则体约而不芜，六则文丽而不淫。扬子比雕玉以作器，谓五经之含文也。"⑥ 其中的第二条"风清而不杂"，意思就是说文章风格应该清纯而不杂乱；第六条"文丽而不淫"，

---

① 范文澜：《文心雕龙注》，第 509 页。
② 〔晋〕陈寿：《三国志》，第 448 页。
③ 范文澜：《文心雕龙注》，第 518 页。
④ 张怀瑾：《诗品评注》，天津：天津古籍出版社，1997 年，第 182 页。
⑤ 詹锳：《〈文心雕龙〉的风格学》，第 13 页。
⑥ 杨明照：《增订文心雕龙校注》，第 27 页。

意思是说文章应该写得有文采而不过度。这正是本篇"风清骨峻"的另一种说法。易中天先生较早注意到了"六义"与风骨之间的关系，他通过分析认为，"六义"的真、善、美是"从风、骨、采三方面提出的六条美学原则"①，同时指出："唯有兼风、骨、采而有之者，才像凤凰一样，既能翱翔万里，又有文采斐然，而这也正是刘勰的审美理想。"②尽管"风、骨、采"与"六义"之间并不能对等观照，但是审美理想一说，则是非常正确的。

我们必须注意到一个重要的事实：《文心雕龙》将《风骨》篇置于《体性》篇之后，是有深刻的用意的。在《体性》篇中，刘勰论述了简略的"风趣刚柔"的刚柔风格类型论，详细阐述了"数穷八体"的"八体"风格类型论。依据本章第一节所述风骨在"文气、文采、语言、昭体、晓变、宗经"几个方面的审美构成与创作规范，刘勰极力赞美"藻耀而高翔"的作品，将《体性》篇"刚柔"说与"八体"论一一纳入到"风骨"这一理想范畴中来。《体性》篇提出的"八体"说作为对繁多风格类型的高度概括，其中既有刘勰所称赞的"典雅、精约、壮丽、显附"风格，也有与上述四体相反的"新奇、繁缛、轻靡、远奥"四体，这"八体"，有优良文风与不良文风的区别。刘勰标举风骨，将风骨作为风格"八体"论的审美理想；同时，在《风骨》篇中高度重视"文气"，欣赏、赞美"刚健既实"的阳刚风格。这也证明了风骨说实际上就是对风格类型"风趣刚柔"的简分法与"数穷八体"的繁分法的高度综合，是取二者精华所提出的风格理想。

比如，刘勰明确表示自己对文采过度、繁文缛辞、缺乏骨力的作品的不满："若丰藻克赡，风骨不飞，则振采失鲜，负声无力""瘠

---

① 易中天：《〈文心雕龙〉美学思想论稿》，第120页。

② 易中天：《〈文心雕龙〉美学思想论稿》，第125页。

义肥辞，繁杂失统，则无骨之征也""采乏风骨，则雉窜文囿"。刘勰在这里主要批评的就是繁缛、轻靡的风格。繁缛的文风"瘠义肥辞""负声无力"，是"失统"的表现，背离了"文质彬彬"的审美与创作要求；而轻靡的文风像野鸡一样在文坛上上蹿下跳，虽然色彩艳丽，但却"浮文弱植"，难登大雅之堂。刘勰一向坚持"诗言志"的正统文论观："大舜云：'诗言志，歌永言。'圣谟所析，义已明矣。是以'在心为志，发言为诗'，舒文载实，其在兹乎？诗者，持也，持人情性；三百之蔽，义归'无邪'，持之为训，有符焉尔。"① 刘勰以传统的"言志"说反对陆机提出来的"诗缘情而绮靡"的"言情"论调，遂以"楚汉侈而艳"，"魏晋浅而绮"之语批评这两种类型。同时，还批评"讹而新"的新奇文风。刘勰标举的是典雅的正统文风，他举例说："昔潘勖锡魏，思摹经典，群才韬笔，乃其骨髓峻也。"主张"无务繁采"，提倡精约的文风："能鉴斯要，可以定文，兹术或违，无务繁采。"同时，高度赞美壮丽的文风："唯藻耀而高翔，固文笔之鸣凤也。"《体性》篇论壮丽文风之特征是"壮丽者，高论宏裁，卓烁异采者也"，立意高远，境界宏大，文采卓绝，正是此处"藻耀而高翔"之意。

刘勰既从文气角度主张"刚健既实"的阳刚风格，也从八体角度提倡"藻耀而高翔"的壮丽风格，反对繁缛、轻靡的风格，倡导典雅、精约的优良文风，故而总括性地提出他的风格理想是：

> 然文术多门，各适所好，明者弗授，学者弗师。于是习华随侈，流遁忘反。若能确乎正式，使文明以健，则风清骨峻，篇体光华。能研诸虑，何远之有哉！②

① 杨明照：《增订文心雕龙校注》，第 64 页。
② 杨明照：《增订文心雕龙校注》，第 389 页。

"确乎正式"就是宗经,确立"典雅""雅丽"的正统文风。《征圣》篇说:"圣文之雅丽,固衔华而佩实者也。""雅丽"的文风,是儒家五经文风的归纳综合,是最高的风格典范;"文明"就是明白通畅,说的是"辞直义畅"的"显附"风格;"健"就是"刚健既实""高论宏裁,卓烁异采者"的阳刚、"壮丽"的风格。在这里,刘勰主张"研诸虑","诸虑"即刚柔与八体风格,"研诸虑"。就是研究、综合刚柔与八体中的优良文风,摈弃不良文风,将二其高度综合起来,统一在"风骨"这一风格理想中,就可以写出"刚健既实,辉光乃新"的佳作,达到"风清骨峻,篇体光华"的理想效果。①

四、确乎正式:《风骨》篇在创作论中的特殊地位

在第一节有关《风骨》篇内容的粗略分析中,笔者提出了这样一个假设推论:风骨的创造,从蓄养文气的作家修养论开始,是特定读者、特定文体、洞晓情变、修饰技法、宫商声律、练字遣词等综合因素共同作用的结果,整体上指向雅丽之美这一目的来进行创造。因此,《风骨》篇实为《文心雕龙》下篇创作论的理论核心,这就将《风骨》从审美论提到了创作论角度。这一提法是否正确,需要论证。

(一)《风骨》:在风格论专题中的特殊地位

《文心雕龙》从《体性》到《情采》属于比较明显的文学风格论专题篇目,在这一部分中,《风骨》篇处于风格审美的核心位置。由上节,《风骨》是《体性》"八体"的审美理想;风骨的创造原则中"昭体,晓变"对应《通变》《定势》两篇,其"确乎正式"的要求,暗合《情采》篇文质彬彬的意见。因此,"风骨"论上承《体性》刚柔、八体说,下启《通变》《定势》《情采》篇之"通变""本采""正采"

① 王万洪:《〈文心雕龙〉的文气说考论》,《成都理工大学学报(社会科学版)》,2011 年第 5 期。

诸说，是《文心雕龙》风格类型论的核心范畴。

对于如何创造风骨之美，刘勰以为：

> 若夫镕铸经典之范，翔集子史之术，洞晓情变，曲昭文体，然后能莩甲新意，雕画奇辞。昭体，故意新而不乱；晓变，故辞奇而不黩。若骨采未圆，风辞未练，而跨略旧规，驰骛新作，虽获巧意，危败亦多，岂空结奇字，纰缪而成经矣？《周书》云："辞尚体要，弗惟好异。"盖防文滥也。①

本段一正一反，首先从正面论述了创造"风骨"美的四条基本原则，然后反面举证不能正确创造的失误弊端。比照《宗经》"六义"可知，这一原则在经典"六义"的基础上还增加了"翔集子史之术"的新内容，这是对待写作真实情况的变通意见，直接针对本篇《大人赋》"风力遒"的例子而言。因此，分析"风骨"创作原则在风格论专题中的贯通表现，也应该从正、反两个方面来进行全面观照。

在《体性》篇中，刘勰论述作家风格曰："是以贾生俊发，故文洁而体清；长卿傲诞，故理侈而辞溢；子云沈寂，故志隐而味深；子政简易，故趣昭而事博；孟坚雅懿，故裁密而思靡；平子淹通，故虑周而藻密；仲宣躁锐，故颖出而才果；公干气褊，故言壮而情骇；嗣宗俶傥，故响逸而调远；叔夜俊侠，故兴高而采烈；安仁轻敏，故锋发而韵流；士衡矜重，故情繁而辞隐。触类以推，表里必符。岂非自然之恒资，才气之大略哉？"②细查本段，实则与"典雅、远奥、精约、显附"等八体风格基本一致：比如"响逸而调远"可与"远奥"对应，"兴高而采烈"可与"壮丽"对应。这种对应并不对等，

---

① 杨明照：《增订文心雕龙校注》，第389页。
② 杨明照：《增订文心雕龙校注》，第380页。

而是在整体上基本一致。因此，"八体"风格在形成之后，立刻被运用到了对作家风格的论述之中。这样，从作品风格角度与主体情性风格角度讲，二者与《风骨》篇内容均具有对应的一致性，并且都指向"风骨"这一审美理想。尽管"八体"与作家风格有各自不同的表现侧面，但这一核心是不会变的。

《通变》篇论述时代文学的不同风格与文学循环新变的发展特点，其后从《时序》篇具体展开，阐述"质文代变"的规律与影响文学发展的各种内外因素。所有因素体现在写作上，"文"背后的根本因素就是一个"情"字。时代不同，"文情"有异，文风就不一样，文质变化就会出现。因此，《风骨》篇"洞晓情变"一说，完全适用于历代文学发展"黄唐淳而质，虞夏质而辨，商周丽而雅，楚汉侈而艳，魏晋浅而绮，宋初讹而新：从质及讹，弥近弥澹"①的文风变化规律，而且是导致这一文风变化发生的根本原因。

《定势》篇论述文体风格的"本采"说，指出每种文体都有自己独特的风格："章表奏议，则准乎典雅；赋颂歌诗，则羽仪乎清丽；符檄书移，则楷式于明断；史论序注，则师范于核要；箴铭碑诔，则体制于宏深；连珠七辞，则从事于巧艳。"②面对不同的文体，应当尊重其"本采"，而不是改变其体势。因此，《风骨》"曲昭文体"一说，就是对这一原则的浓缩，而《大人赋》之"风力遒"，《册魏公九锡文》之典雅美，正是对赋体文学与策体文学各自不同文体风格的基本反映，就算是司马相如来写《册魏公九锡文》一文，风格也应该是典雅中正的。

《情采》篇论述"正采"彬彬的优良文风，在正视"辩丽本于情性"的基础上提出对"情性"的规范，间接的是对"文丽"的规范。因此，"为情而造文"的风雅之作"要约而写真"，是"丽则"的作品；"为

---

① 杨明照：《增订文心雕龙校注》，第397页。
② 杨明照：《增订文心雕龙校注》，第407页。

文而造情"的诸子之徒"淫丽而烦滥",是"丽淫"的作品。《风骨》篇"确乎正式"说的提出,就是针对这些讹滥创作而言的,有了"正式"的方法,才会有"正采"的结果。

因此,从五篇专题的正面论述来看,《风骨》篇是居于风格论核心位置的。同样,从这五篇专题的反面论述来看,也是如此。

《体性》以为:"夫才有天资,学慎始习,斫梓染丝,功在初化,器成采定,难可翻移。"① 因此,习染雅正的文风尤为重要,如果习染不雅,风格不正,一旦养成,就难以改变。遗憾的是本篇并没有展开对习染不正的举例,而《风骨》篇则进行了这个补充论述:"若骨采未圆,风辞未练,而跨略旧规,驰骛新作,虽获巧意,危败亦多,岂空结奇字,纰缪而成经矣?《周书》云:'辞尚体要,弗惟好异。'盖防文滥也。"② "跨略旧规,驰骛新作"是不学经典、追新逐奇的不正之风的具体反映,学习者"习华随侈,流遁忘反",新奇文风,"虽巧亦败"。顺着这个思路,《通变》以为:"魏晋浅而绮,宋初讹而新",已经表现得相当地新而不正;更严重的是近代文学:"今才颖之士,刻意学文,多略汉篇,师范宋集,虽古今备阅,然近附而远疏矣。夫青生于蓝,绛生于茜,虽逾本色,不能复化。"③ 这就是习染不正,根基不牢,"跨略旧规,驰骛新作"的不良创作,其"竞今疏古,风末气衰"之弊,毫无"正式"可言,不仅繁丽新奇,而且轻艳浮浅,"风清骨峻"之美,于此荡然无存。《定势》以为:"自近代辞人,率好诡巧,原其为体,讹势所变,厌黩旧式,故穿凿取新,察其讹意,似难而实无他术也,反正而已。故文反正为乏,辞反正为奇。效奇之法,必颠倒文句,上字而抑下,中辞而出外,回互不

---

① 杨明照:《增订文心雕龙校注》,第 380 页。
② 杨明照:《增订文心雕龙校注》,第 389 页。
③ 杨明照:《增订文心雕龙校注》,第 397 页。

常，则新色耳。"①这完全是"空结奇字，纰缪成经"的具体化，"新色"之变的结果，是诡俗反正的不雅之作大量涌现，这些"骨采未圆，风辞未练"的新色，是《文心雕龙》全书猛烈批评的对象。《情采》篇反对"采滥忽真""繁采寡情"的诸子之徒，反对"近师辞赋"的习染倾向，反对"淫丽诡滥"的不良文风，这与《风骨》篇开启的"无务繁采""盖防文滥"的提法完全一致。

我们必须要注意的一个现象是，《文心雕龙》中针对文学创作的不良倾向而进行大面积攻击的对象主要有两个：一个是汉赋，诗骚对举的时候，崇诗抑骚；另一个就是近代文学的离本诡滥，反正尚奇，竞今疏古。其中，对后者进行集中批评的正是文学风格论的这几个专题篇目，以《风骨》发端，于《通变》《定势》《情采》中严厉批评，《事类》篇与此遥相呼应，最后在《序志》篇中总结提示。

因此，从正反两个角度来看，《风骨》篇都位于文学风格论的核心位置。

（二）《风骨》：与"文之枢纽"的特殊对应

在前文中，笔者简略梳理了雅丽审美思想在这一部分的贯通表现与核心地位。现在，我们知道，风骨美是在雅丽思想指导下提出的审美理想，创造风骨的四条基本原则又成为风格论专题的创作核心理论。那么，雅丽文学思想与风骨美的创作原则，是否具有某种程度的一致性呢？答案是肯定的。

在"文之枢纽"部分，刘勰从"文源于道"的哲学高度论述了文学尚丽的本质属性，指出儒家经典就是最优秀的原道产物，因而具有"衔华佩实"的"雅丽"之美与"繁简、显隐、随时、变通"这四条最重要的写作技法；"雅丽"展开之后，形成了贯通全书的"情、风、事、义、体、文"的"六义"说，经典雅丽之美上升为雅丽创

---

① 杨明照：《增订文心雕龙校注》，第407页。

作之法；针对经典雅正少丽的特点，刘勰吸收纬骚瑰奇之丽，提出了指导写作的总原则："衔华佩实，执正驭奇。"雅丽文学思想得以正式提出。

从创作原理角度看，《辨骚》篇"凭轼以倚《雅》《颂》，悬辔以驭楚篇，酌奇而不失其贞，玩华而不坠其实"的创作原理，是在诗骚结合的基础上提出来的，具有明显折衷经典雅正与楚辞奇丽而生"雅丽"的特点。我们知道，楚辞奇丽的一大源头，是阴阳纵横家的言语之诡丽；向下看，汉赋巨丽的特点，正是来自于阴阳之诡丽与楚辞之奇丽，三者都不是雅正之丽；但是刘勰主张合观，在宗经尚雅的基础上吸收纬骚尚丽的创作，结合而成雅丽创作论。《风骨》篇主张"镕铸经典，翔集子史"，正是"雅丽"创作论将经典与诸子结合论述的翻版。从案例来看，《辨骚》篇的诗骚结合，与《风骨》篇的策赋结合，走的都是典雅文风与诡丽文风结合的相同之路。因此，不论从是渊源取法还是风格追求来说，雅丽创作原则与风骨创作原则，是完全一样的。

从经典"六义"的角度来看，"六义"包含"情深而不诡，风清而不杂，事信而不诞，义贞而不回，体约而不芜，文丽而不淫"，每一"义"都有正向与反向的两面。"六义"的正向结合生成"情深、风清、事信、义贞、体约、丽则"的经典雅丽之美，"六义"的反向结合成为"情诡、风杂、事诞、义回、体芜、丽淫"的辞赋巨丽之美，对比《辨骚》《铨赋》《比兴》《夸饰》诸篇的论述以及司马相如与扬雄的赋作，这一推论可成立。《风骨》篇所列举的潘勖《册魏公九锡文》一文，就是模拟"情深、风清、事信、义贞、体约、丽则"的经典雅丽之美的范文，故称"骨髓峻"，而司马相如《大人赋》虚辞滥说，完全体现了"情诡、风杂、事诞、义回、体芜、丽淫"的辞赋巨丽之美，刘勰称之为"风力遒"。楚辞丽而不雅的奇丽文风，得到了刘勰最高的赞誉，诗骚结合，成为雅丽创作论；《大人赋》同样丽而不雅的巨丽文风，也得到了刘勰的最高赞美，策赋结合，成为风骨创作论。所以，从"六义"角度来看，雅丽与风骨，在创作与审美两个角度上看，具有很强的一致的。这表明了一个道理：文学创作毕竟不是注解经书，不需要太多的雅正思想，而需要正确吸收各类文体的优点来进行创造与创新。雅丽从经典文风到文学思想，其最高理想就是风骨美。对雅丽之文的创造，也就是对风骨美的创造。

（三）《风骨》在"剖情析采"中的理论地位

从本节前两部分的比较分析可知："确乎正式"的风骨创作论，与《辨骚》诗骚结合的创作原则是完全一致的，同时在风格论的专题篇目中处于核心位置，那么在从《镕裁》到《总术》的十几篇中，是否也贯通了风骨美的创作影响呢？也就是说，《风骨》篇是不是"剖情析采"部分的理论指导？

回答是肯定的。

第一，从线索上说，风骨是特殊之美，是《文心雕龙》的审美理想。下篇集中十九个篇章论述创作，从不同角度论述文学尚丽的本质表现以及正确创造雅丽之文的规范，这就使得《风骨》篇首先占据了尚美尚丽的理论制高点。因为风骨是审美之理想，十九篇创作论，就是围绕如何创造这一理想而展开的。

第二，从实证上说，本篇在风格论五篇中居于核心位置，后面的十几篇都是围绕这五篇而展开的论述，从主体修养、谋篇布局、修饰技法等方面集中进行"情—采"这一线性写作模式上各个问题的讨论，讨论的核心是雅丽之文与雅丽之美的正确创造。而风骨作为雅丽之文的理想状态，一定是这些篇目从不同侧面进行讨论时应该涉及的。

　　《镕裁》篇在"情理设位，文采行乎其中。刚柔以立本，变通以趋时"①的基础上展开裁剪繁杂文辞、进行"斟酌浓淡"的工作，其"昭体、晓变、刚柔、文采"的要素，是在进行精约文风、正美文风的创造；而反对繁冗、主张"析辞必精"，本就是《风骨》篇论述"文骨"的非常重要的内容，刘勰以"瘠义肥辞，繁杂失统，则无骨之征"为喻，将文辞的精约不繁，提到了一个非常高的地步，在这一点上，《风骨》与《镕裁》相一致。《附会》篇与《镕裁》对应，论述文章结构及其重要性，提出"情志为神明，事义为骨髓，辞采为肌肤，宫商为声气"②的"缀思恒数"，这显然是《知音》"六观"与《宗经》"六义"综合而成的四项重要标准，《风骨》篇"思不环周，索莫乏气，则无风之验"一说，论述了思维严密、结构周详、文气贯通是文章文风优良的重要表现，而"情志、事义、辞采、宫商"数端，确为《风骨》篇的重要内容。《章句》篇总述字、词、句、段、篇的纲领要求，重点在于"外文绮交，内义脉注；跗萼相衔，首尾一体"③的内圆外文上，这是一篇有风骨的作品的基本要求，观《大人赋》与《册魏公九锡文》，章句安排当为上乘。其后的《丽辞》《比兴》《夸饰》《事类》诸篇，都是从正反两面合论诗骚而立论的修辞技法专篇，其核心目的就是为了正确创造雅丽之文；同时，在对正美追求的基础上突出华丽文采，这正是《风骨》篇的主旨所在。《隐秀》篇中对于"秀句"创造的论述极多，其核心是在阐明文章中秀句的"突出之写"，有风骨的作品必有"惊采绝艳"之秀句，否则，"辉光乃新"的风骨美将从何体现？《辨骚》所举屈辞就是极好的例子。《指瑕》篇指出文章瑕疵，《风骨》篇对"新奇离本"的批评与之相互对应。《养

---

① 杨明照：《增订文心雕龙校注》，第 425 页。
② 杨明照：《增订文心雕龙校注》，第 519 页。
③ 杨明照：《增订文心雕龙校注》，第 440 页。

气》篇更不用说，重视文气、"务盈守气"，乃是风骨美之主体根源。
《声律》篇论述宫商声律，《练字》篇论述遣词用字，《风骨》篇"捶
字坚而难移，结响凝而不滞"与之暗合，这二者是"风骨之力"——
风骨具有视觉与听觉感染力的重要方面。《总术》篇提出"执术驭篇"，
《风骨》"确乎正式"的四条创作原则是《总术》重要的总结对象。
综上所述，《风骨》篇正确创造风骨美的方法，贯通了"剖情析采"
的创作论部分，处于正确进行审美创造的指导地位。

第六节 "隐秀"论风格说辨正

当前，对《文心雕龙》风格理论的研究正在走向深入，许多问
题得到了更为清楚的研究，在这些研究中，独创较多而成体系的代
表性成果是詹锳先生所著《〈文心雕龙〉的风格学》（以下简称《风
格学》）一书。在有关《隐秀》这一篇目的研究中，该书提出了这样
三种意见：一是认为远奥的风格与隐秀之"隐"相近或相通；① 二是
隐秀之"秀"与新奇的风格接近，但又不是新奇；② 三是认为风骨与
隐秀分属于刚柔风格，隐秀是柔性风格的代表。③ 上述第一、二种看法，
是将隐秀拆开解析，并各自与《体性》"八体"风格中的远奥、新奇
二体对应联系在一起；第三种看法，是将《体性》篇提出的刚柔风
格论具体化，并对应刚柔为风骨与隐秀；这样的对应，还有研究者
从《周易》乾刚坤柔的特征角度提出来，尤其是认为隐秀具有坤象"含
弘光大"的品格。笔者以为，从《文心雕龙》原文的论述，再对照
《风格学》自身的论述，这三种意见都是可以再作讨论的。隐秀是刘
勰主张的写作之美与写作策略的重要范畴，试析如下。

① 詹锳：《〈文心雕龙〉的风格学》，第 9 页。
② 詹锳：《〈文心雕龙〉的风格学》，第 9 页。
③ 詹锳：《〈文心雕龙〉的风格学》，第 104 页。

一、隐与远奥

《风格学》在阐释"八体"风格时认为，远奥的风格与隐秀之"隐"相近或相通。《体性》篇解释远奥这种风格的特征是"馥采曲文，经理玄宗"，因其来源是玄学思想，虽然很讲究文采，但是文意隐晦艰涩，曲折难懂。《明诗》篇以"诗杂仙心""率多浮浅"诸语论述正始时期的玄言诗风，同篇又论"晋世群才"文风曰："江左篇制，溺乎玄风，嗤笑徇务之志，崇盛忘机之谈。"①《时序》篇也有与此相近的论述："自中朝贵玄，江左称盛，因谈余气，流成文体。"②刘永济先生《风骨》篇校释引述《隋书·经籍志》集部后论"永嘉以降，玄风既扇，辞多平淡，文寡风力"诸语，认为刘勰对玄言诗风的批评"针时最切"。③比刘勰稍后，钟嵘在《诗品序》中论玄言诗风为："永嘉时，贵黄老，尚虚谈，于时篇什，理过其辞，淡乎寡味。"④这一看法与刘勰近似，二人意见均含贬义。从上述评论来看，远奥风格的主要特征在于文意深远，难于理解。刘勰是不满远奥的风格的。《练字》篇则以"阻奥"分析此说：

> 及魏代缀藻，则字有常检，追观汉作，翻成阻奥。故陈思称："扬马之作，趣幽旨深，读者非师传不能析其辞，非博学不能综其理。"岂直才悬，抑亦字隐。⑤

扬马之作文风艰深，读者对其文辞与文理难以读懂，难以理解，这样就必然会限制其文章的阅读与传播范围，"字隐"之弊已经"翻

---

① 杨明照：《增订文心雕龙校注》，第65页。
② 杨明照：《增订文心雕龙校注》，第541页。
③ 刘永济：《文心雕龙校释》，第99页。
④ 张怀瑾：《钟嵘诗品评注》，第73页。
⑤ 杨明照：《增订文心雕龙校注》，第484页。

成阻奥"，极为不利。简言之，刘勰所论述的远奥文风，是特定历史条件下的产物，属于时代风格的范畴。《风格学》认为隐秀之"隐"与远奥相近或相通，其说无据。

刘勰在《总术》篇曾指出："奥者复隐，诡者亦曲。"那么，"奥者复隐"一说之"奥"，是否即隐秀之"隐"呢？《隐秀》开篇说：

> 夫心术之动远矣，文情之变深矣，源奥而派生，根盛而颖峻，是以文之英蕤，有秀有隐。[①]

"源奥"与"根盛"对举，刘勰以水源渊深可以发源支流为喻，是在论述写作中对"文情"的掌控方法问题。《隐秀》篇讲"心术之动远，文情之变深"，实乃《文心雕龙》所主张的"情—言—文"的写作过程论之一精彩例证。《情采》篇说：

> 故情者文之经，辞者理之纬；经正而后纬成，理定而后辞畅：此立文之本源也。[②]

刘勰提出"立文之本源"，将写作主体的情感比作文之经线，将言辞的组合条理比作纬线，经正可使纬成，文理确定可使言辞畅达，由情性到文理，从文理到言辞，从言辞再到文章，"情—言—文"的过程模型完整地展开来。《隐秀》"心术""文情"之意，即指"情之经"，这种情理是深而且远的。正确地处理好情与辞的关系问题，是写好文章的"本源"，意义重大。刘勰说"源奥而派生，根盛而颖峻"，情理既是写作之源，也是写作之根。故知源奥之"奥"，

---

① 杨明照：《增订文心雕龙校注》，第 495 页。
② 杨明照：《增订文心雕龙校注》，第 415 页。

也是深或远之意，但并非指曲折幽深，与远奥风格特征不同。再查《隐秀》篇，刘勰自述隐之含义及隐与奥的关系，得三例：

> 隐也者，文外之重旨者也；秀也者，篇中之独拔者也。隐以复意为工，秀以卓绝为巧。
>
> 夫隐之为体，义生文外，秘响旁通，伏采潜发，譬爻象之变互体，川渎之韫珠玉也。
>
> 凡文集胜篇，不盈十一，篇章秀句，裁可百二。并思合而自逢，非研虑之所课也。或有晦塞为深，虽奥非隐，雕削取巧，虽美非秀矣……（隐篇所以照文苑，）[1] 秀句所以侈翰林，盖以此也。[2]

据此可知：隐与奥之意并不相同。奥乃"晦塞为深"的风格，而隐则不是风格类型，主要针对隐篇章旨意而言——或"以复意为工"，或追求"文外重旨"，是写作达到"秘响旁通，伏采潜发"之含蓄美的修辞技法论。

在具体的写作实践中，隐还有可能是作家采用的一种写作策略，指对诗文主旨的有意曲隐。这不仅是对读者而言的"意在言外""余味曲包"的鉴赏美感追求，往往也是作者有意为之或迫不得已采用的写作策略。汉武帝喜好文学并鼓励文学创作，为汉大赋的创作提供了"崇替在选"的浩荡皇恩，司马相如写给汉武帝看的《大人赋》，当然是"秀句"无数的好东西，以至于汉武帝读后，顿有飘飘凌云之志，《风骨》盛赞该文风力遒劲。但是，此作主旨的表达以隐为特征，虽然曲终奏雅，暗含讽谏之旨，却因不能明白直谏而收效甚微，甚

---

① 杨明照先生《增订文心雕龙校注》无此句，据詹锳先生《文心雕龙义证》、吴林伯先生《文心雕龙义疏》补入。

② 杨明照：《增订文心雕龙校注》，第 495 页。按：此处引文均出同篇，故集中作注。

至适得其反，故扬雄以"文丽用寡"目之。是司马相如不懂得讽谏吗？当然不是，是因为作文时不便直谏，或不得直谏而已，故而只好"曲隐主旨"。

因此，隐秀之"隐"主要是指"不写之写"[①]的写作技法与写作策略。《征圣》篇以为圣文具有"繁略殊形，隐显异术，抑引随时，变通适会"四大写作技法优点，其二为"隐显异术"，据此可知，《宗经》篇以为《春秋》与《周易》主隐的技法要求，正是本篇论隐之渊源。隐是"不写之写"的特殊技法，是为了实现一种含蓄的特殊之美。因此，"远奥的风格与隐秀之'隐'相近"的说法不能成立。

二、秀与新奇

《风格学》认为，隐秀之"秀"与新奇的风格接近，但却不是新奇。刘勰论述新奇风格的特点是"摈古竞今，危侧趣诡"，这是抛弃古代的优良文风，竞相模仿近代"趣诡"的不良文风的结果。因此，刘勰对新奇的文风持批判态度，《通变》篇论述道：

> 今才颖之士，刻意学文，多略汉篇，师范宋集，虽古今备阅，然近附而远疏矣。夫青生于蓝，绛生于茜，虽逾本色，不能复化。[②]

"才颖之士"采用疏远附近的学文之道，所以其文章"矫讹翻浅"，"美而无采"，不足以言文。"近附而远疏"是形成新奇文风的方法论错误的根源。刘勰批评说：

> 魏晋浅而绮，宋初讹而新：从质及讹，弥近弥澹。何则？竞

---

① "隐篇"是一种有意为之的特殊技法。"不写之写"与本文"秀句"具有的"突出之写"的意见，是李凯教授指导时所言。

② 杨明照：《增订文心雕龙校注》，第397页。

今疏古，风末气衰也。①

然后，刘勰还从创作实践的角度分析了形成新奇文风的原因：

> 若夫立文之道，惟字与义。字以训正，义以理宣。而晋末篇章，依希其旨，始有"赏际奇至"之言，终有"抚叩酬酢"之语，每单举一字，指以为情。夫赏训锡赉，岂关心解；抚训执握，何预情理。《雅》《颂》未闻，汉魏莫用，悬领似如可辩，课文了不成义，斯实情讹之所变，文浇之致弊。而宋来才英，未之或改，旧染成俗，非一朝也。②

文风新奇，表面原因是选字误用与词义误解，关键是"《雅》《颂》未闻"，"旧染成俗"所致，是不学习经典造成的。这和《体性》篇论述"才气学习"对风格形成的重要影响是一致的。《体性》篇谈到习染的重要性时提出"必先雅制，沿根讨叶"的要求，按照儒家经典的规范来学习、模仿。故而刘勰极力提倡"确乎正式"，提倡符合经典的"正言""正辞""正文""正采"，反对"反正""奇辞""奇文""奇采"。正，就是雅正，要求宗经，从情感的修养开始就需如此。写文章看起来是由情感到言辞的表达过程，实际上是"必先雅制"的修为要求，是修炼人品、积学炼才的中正品格、雅正思想在写作上的体现。所以说，刘勰的"习有雅郑"思想，是他宗经尚雅文学观在主体修为方面的外化。王小盾先生说，《文心雕龙》提到新奇，主要是对追逐时风者的批评。③如《明诗》篇说：

---

① 杨明照：《增订文心雕龙校注》，第 397 页。
② 杨明照：《增订文心雕龙校注》，第 500—501 页。
③ 王小盾：《〈文心雕龙〉风格理论的〈易〉学渊源》，《清华大学学报（哲学社会科学版）》，2005 年第 5 期。

"宋初文咏，体有因革。庄老告退，而山水方滋；俪采百字之偶，争价一句之奇，情必极貌以写物，辞必穷力而追新，此近世之所竞也。"①对此，刘勰提出的补救之道是"还宗经诰"，然后才可以"斟酌质文，隐括雅俗"，形成雅正的优良文风。《风骨》篇论述说："若夫镕铸经典之范，翔集子史之术，洞晓情变，曲昭文体，然后能孚甲新意，雕画奇辞。昭体，故意新而不乱；晓变，故辞奇而不黩。"②对于如何做到克服"新奇"，应当做到以下几点：第一，要宗经。以儒家经典文献为蓝本，"镕铸经典之范"，在儒家经典中去学习写法，感染文风，这是克服新奇文风的首要条件。第二，懂通变。"洞晓情变"即《通变》篇论述的"会通"与"新变"的思想，这一思想兼顾继承与发展的问题，但更多的是指变化，讲发展。"翔集子史之术"，在多样写法中转益多师，探索汲取，提高写作技法。第三，依定势。"曲昭文体"的含义，不仅要求写作者熟悉各类文体的写法、特点、要求，更希望作者能如《定势》篇所要求的那样，遵守"本采"，按照文体自身风格要求来进行创造。在写作过程中不随意违背文体要求，不"反言"、不"反正"，若不如此，就会造成混乱，形成奇辞与"新色"，即新奇的风格。

从对该体特征的分析与运用来看，新奇属于时代风格范围。查《隐秀》篇关于秀的论述，主要有：

> 秀也者，篇中之独拔者也。
>
> 秀以卓绝为巧。
>
> 波起辞间，是谓之秀。
>
> 篇章秀句……雕削取巧，虽美非秀矣。

① 杨明照：《增订文心雕龙校注》，第65页。
② 杨明照：《增订文心雕龙校注》，第389页。

> 如欲辨秀，亦惟摘句。
>
> 秀句所以侈翰林，盖以此也。
>
> 言之秀矣，万虑一交。动心惊耳，逸响笙匏。[①]

刘勰所谓之秀有以下几层含义：第一，主要指诗文中的秀句，与"隐篇"相对。第二，秀是"独拔""卓绝"而文采斐然的诗句。第三，从接受美学角度来看，秀句"状溢目前"，形象生动，富于表现力。第四，"秀句所以侈翰林"，具有《文赋》所论"立片言而居要，乃一篇之警策"[②]的作用。第五，秀句不是来自形式上的雕琢和工巧，"雕削取巧，虽美非秀"。第六，秀句内涵广泛，可以抒写"无聊""不遂""悲极""怨曲"等社会生活内容。

综上所述，刘勰是极力崇尚秀句的。秀是一种富于独创性的非常个性化的文学语言或文学描写，具有《征圣》"精理为文，秀气成采"的不同凡响、"惊采绝艳"的美感效果，是诗文中最为传神写照的佳句，是有意为之的"突出之写"，属于写作语言的表达技巧范围。因此，秀不是也谈不上接近新奇的风格。

三、隐秀与阴柔风格

《风格学》把风骨视作阳刚的风格，认为还有一种阴柔的风格与之相对应，这就是隐秀。这种说法也不能成立。

第一，《风骨》与《隐秀》位置不协。《风骨》在《文心雕龙》的第二十八篇，《隐秀》则远在第四十篇，《文心雕龙》论题篇目数量虽取"大《易》之数五十"，但第二十八篇与第四十篇是否就

---

① 杨明照：《增订文心雕龙校注》，第495—496页。按：此处引文均出同篇，故集中作注。

② 张少康：《中国历代文论精选》，第75页。

是对应乾刚坤柔的篇目，并无准当依据。① 因此，说二者刚柔相对，难以服人。此其一。

第二，看《隐秀》在创作论中的位置。在其前后，分别是关于镕裁、声律、对偶、比兴、夸饰、用典、练字、指瑕、养气等论题的篇目，所论述的都是具体的写作技法与文章修辞的问题，《隐秀》篇被包围在其中。结合前后各篇所讨论的话题可知，在刘勰的写作意图中，《隐秀》最大的可能性是写作技法与文章修辞的专论，而不是讨论阴柔的风格问题。刘勰将《隐秀》篇位列《练字》篇之后，其布局不是偶然的。《练字》论述文章句子组合时词句的选取、运用及其原则，《隐秀》即紧接着论述在选词之后怎样创造秀句、佳句、美句的问题，二者是在论述写作时怎样由词到句的行文措辞关系，"隐秀"属于语言表达的特殊技巧。王国维论述其"境界"说，曰：能感知，能写之。何谓能感知？王氏举例说："'红杏枝头春意闹'，著一'闹'字，而境界全出。'云破月来花弄影'，著一'弄'字，而境界全出矣。"② 由此例，则"闹"字与"弄"字为刘勰"练字"之佳选，既准确明白，又包含对美感境界的创造；"红杏枝头"与"云破月来"则为刘勰所论之秀句，千百年来，都具有"状溢目前""卓绝独拔"之秀美。

第三，《隐秀》不论柔气。阳刚与阴柔本是刘勰从文气角度分出的风格类型说，《风骨》主气，所论甚多;《隐秀》虽有一处谈"气"，但与柔性美无关：

---

① 夏志厚先生在《文艺理论研究》1990 年第 3 期撰文指出：刘勰《文心雕龙》全书篇目五十篇，上下各二十五篇，其数目均对应《周易》之天数与地数，并以此为据，对全书体例结构进行了一、三、五、七、九的重新组合。其中，没有任何论述证明第二十八篇与第四十篇为刚柔相对的篇目，夏先生将《隐秀》篇归属于修辞论。笔者认为这种探讨很有启发意义，但并不认同夏先生对《文心雕龙》体例重构的比附意见。

② 王国维：《王国维文集》，北京：中国文史出版社，1997 年，第 143 页。

"朔风动秋草,边马有归心",气寒而事伤,此羁旅之怨曲也。[1]

这里,刘勰是在举例论述何谓篇中之秀句。秀句是"独拔""卓绝"的鲜明生动、警策感人的名句或警句。"朔风"句乃实实在在的边塞悲怨诗句,刘勰评价为"气寒而事伤,羁旅之怨曲"。《时序》篇论建安文学:"观其时文,雅好慷慨,良由世积乱离,风衰俗怨,并志深而笔长,故梗概而多气。"[2] 以此对应观照之,则"朔风"句之"气",就不是柔气,而是"世积乱离,风衰俗怨"的梗概之气、阳刚之气。所以,从文气刚柔角度来看,不能够支持"隐秀"是阴柔风格的说法。

第四,"隐秀为阴柔风格论"的意见之失。这一大类意见主要可以分成两种,一是从《周易》乾坤刚柔的角度来看的,二是从对《隐秀》篇内容的分析角度来看的。

首先,看《风格学》论述之失。《风格学》认为,刘勰"设《隐秀》篇论述诗歌里的柔情或柔性风格"[3]。《隐秀》是否专论诗歌的创作而不包含其他文体,在此略而不论,但是从刘勰本论来看,意非如此。刘勰举"隐篇"佳制曰:

> 将欲征隐,聊可指篇:《古诗》之《离别》,乐府之《长城》,词怨旨深,而复兼乎比兴。陈思之《黄雀》,公干之《青松》,格刚才劲,而并长于讽谕。[4]

① 杨明照:《增订文心雕龙校注》,第 496 页。
② 杨明照:《增订文心雕龙校注》,第 541 页。
③ 詹锳:《〈文心雕龙〉的风格学》,第 104 页。
④ 杨明照:《增订文心雕龙校注》,第 496 页。

刘勰所举《离别》《长城》诸篇，无一不是慷慨悲怨的作品。《风格学》论述建安时期的诗风说："这与《隐秀》篇论述曹植、刘桢诗篇的'格刚才劲'是一致的。《体性》篇还对刘桢的个人风格有所解释：'公干气褊，故言壮而情骇。'"① 由此，读者不得不产生一个疑问：慷慨磊落、格刚才劲、言壮情骇诸语，所指究竟是阳刚风格还是柔性风格？建安诗风是属于柔性风格吗？以刘桢为例，此人绝非柔性风格的代表：在刘勰看来，刘桢是"翰飞戾天，骨劲而气猛"的典型。《体性》篇论刘桢为"公干气褊，故言壮而情骇"。詹锳先生释"气褊"为性子急躁而不稳定。② 曹丕《典论·论文》评刘桢称"壮而不密"；梁钟嵘《诗品》评谓："气过其文，雕润恨少。"③ 刘桢的诗歌写得很好，存在的主要问题是缺乏文采，略显刚硬。由此可知，刘桢不可能是柔性美的代表。再从刘勰所摘录的若干秀句来看：

> 如欲辨秀，亦惟摘句。"常恐秋节至，凉飙夺炎热"，意凄而词婉，此匹妇之无聊也。"临河濯长缨，念子怅悠悠"，志高而言壮，此丈夫之不遂也。"东西安所之？徘徊以彷徨"，心孤而情惧，此闺房之悲极也。"朔风动秋草，边马有归心"，气寒而事伤，此羁旅之怨曲也。④

《风格学》中曾单独分析这些诗句："象征弃妇的愁怨……显示出主人公的壮志未遂……显示出一位思妇极度悲愁的情怀……造成了一种令人感伤的气氛。"⑤ 这样的愁怨壮志与悲愁怨曲，正与《时序》

---

① 詹锳：《〈文心雕龙〉的风格学》，第97页。

② 詹锳：《〈文心雕龙〉的风格学》，第13页。

③ 张怀瑾：《钟嵘诗品评注》，第182页。

④ 杨明照：《增订文心雕龙校注》，第496页。

⑤ 詹锳：《〈文心雕龙〉的风格学》，第99—100页。

论述的建安诗风一致。《风格学》中也说："临河濯长缨，念子怅悠悠"就是"志高而言壮"的。① 如此，隐秀不是柔性的风格。

其次，主张隐秀具有《周易》坤象品格的观点之失。研究者对《隐秀》"互体变爻而化成四象"之"四象"的理解是"含弘光大"，而"含弘光大"正是《周易》坤象的品格，则隐秀可视为柔性的风格。② 历代对《隐秀》之"四象"与《征圣》篇"四象精义以曲隐"之"四象"的含义有多种理解：或解为"老少阴阳"（《系辞》本论，黄叔琳承朱熹取于邵雍说），或解为"春夏秋冬"（从《系辞》本论化出），或解为"实假义用"（唐孔颖达《正义》引庄氏说）。以上解说，其发生时代均在刘勰之后，不可能是刘勰"四象"的取义。王小盾先生解释这两处"四象"为"含弘光大"，取法荀爽、李道平《易》学。朱清、王新春、陈良运、黄高宪等先生认为，刘勰《文心雕龙》所取之《易》学素材，是来自汉代《易》学，主要是京房《易》学。京房《易》学系统地提出了八宫象数、阴阳二气、四象、互体、飞伏、卦变诸说，《文心雕龙》则化用这些成果，对应提出八体、刚柔、隐显异术、文变无方、变文之术等理论。《隐秀》所提及之"互体变爻"，是在汉代京房《易》学中才出现的《易》学新成果，不是《系辞》本论所有，并非本于坤象"含弘光大"的品格。由此可知，上述理解"四象"为"老少阴阳""春夏秋冬""实假义用""含弘光大"的说法都是不能成立的。陈良运先生认为"四象"具体指《系辞》本论之"得失、忧虞、进退、昼夜"，其"精义"对应为"吉凶、悔吝、变化、刚柔"，是卦象"互体变爻"的结果；③ 朱清先生则认为"在

---

① 詹锳：《〈文心雕龙〉的风格学》，第 96 页。

② 王小盾：《〈文心雕龙〉风格理论的〈易〉学渊源》，《清华大学学报（哲学社会科学版）》，2005 年第 5 期。

③ 陈良运：《勘〈文心雕龙·隐秀〉之"隐"》，《复旦学报（社会科学版）》，1999 年第 6 期。

汉易中一个卦体所包含的四个子卦象就是四象"①。刘勰在《隐秀》化用"四象",是在讨论"互体变爻"的文变之术,即《征圣》所谓"隐显异术"的写作技法,这是刘勰取京房《易》学"飞伏"说提出的具体写作要求,隐篇与秀句一隐一显,互为飞伏。除隐秀论受飞伏理论影响,在《文心雕龙》全书中,刘勰还在论述"刚柔""阴阳""奇正""表里"、复古与新变等论题上,化用了由"飞伏"论生成的范畴对比或理论对比思维,《体性》篇提出的表里相符、论述风格八体提出的两两相对,《定势》篇提出的"执正驭奇",《辨骚》篇清理的楚辞与经典关系的"四同"和"四异"等,均为这种对比思维运用的结果。②京房"飞伏"论发展到虞翻《易》学时,生成了"旁通"说。虞翻"旁通"说是指两个相反的卦象其卦义可以相因相通,一卦的卦义可以隐藏或包含与之相反的另一卦的卦义。③《隐秀》提出"秘响旁通,伏采潜发",是对虞翻"旁通"说的转化运用,故而隐篇与秀句并不决然对立,二者也可以互相转化。由上述可知,隐秀虽然与《易》学理论关系密切,但并不是指柔性美的风格类型。

四、辨明论题的意义

上述将隐秀看作风格论的意见是不合《文心雕龙》原意的。刘勰在《体性》篇提出的远奥与新奇风格,内涵各有侧重,不能将隐

---

① 朱清:《〈文心雕龙〉与汉代易学》,《南都学坛(人文社会科学学报)》,2005年第6期。

② 正反对比的辩证思维在古代典籍中非常之多,而且运用娴熟,论述问题时普遍采用之。比如道家《老子》《庄子》以及儒家《荀子》等著作,对于这类对比思维的运用,还演化出了正反、正反合、顺向铺排等若干种思维模式,孕育句子或段落篇章。《文心雕龙》的写作受这种思维模式影响非常之大,全书每篇都可见到。因此,对比思维绝非《周易》独有。

③ 朱清:《〈文心雕龙〉与汉代易学》,《南都学坛(人文社会科学学报)》,2005年第6期。

与秀类同于二者，同时隐秀也不是阴柔的风格。于是，我们可以顺
势讨论如下两个问题：一是风骨与隐秀不构成对举的刚柔风格的问
题；二是《隐秀》篇的主旨，实际上是在论述写作之美与写作策略
问题。

（一）《风骨》与《隐秀》不是对举的刚柔风格论专篇

通过对隐秀属于风格论意见的梳理与重新论证，我们可以看出，
这些意见被提出的根源，在于研究者将风骨看作阳刚的风格类型，
受《周易》刚柔气论思想的影响，故而视隐秀为柔性的风格。因此，
要辨明隐秀不属于风格论的意见，需要明确两点认识：一是风骨并
非阳刚的风格；二是《文心雕龙》的刚柔风格论不成体系，并无实指，
书中没有具体的篇目对应刚柔风格类型。

对第一点，杨明先生等研究者早就论据充分地指出，刘勰标举
风骨，是在提倡一种明朗动人、精炼准确的文风，这是一种普遍的
文风，不是专指阳刚风格而言。① 这种意见，马正平先生在《文风
的两个层次》一文中也曾指出：准确、鲜明、生动的文风，是适用
于各个时代的共时文风，是对文风的基本要求。② 笔者在硕士学位
论文中曾分析风骨的六个审美构成要素，认为刘勰风骨镕铸了刚柔
与八体风格，是他主张的风格理想与优良的共时文风。研究者之所
以说风骨是阳刚风格，是因为《风骨》篇述及 "刚健既实" 的阳刚
之气，但是，该篇同样主张舒缓柔和的齐气③，实兼刚柔二气而有之。
对于第二点，在《文心雕龙》一书中，刘勰虽然指出了 "风趣刚柔"、
"势有刚柔" "刚柔以立本" 诸语，但是，不同于《体性》篇论述八
体风格那样，刘勰并没有对粗略提及的刚柔风格论进行特征、运用

---

① 杨明：《文心雕龙精读》，第 131 页。

② 马正平：《写作行为论》，重庆：西南师范大学出版社，1995 年，第 336 页。

③ 关于曹丕所言之齐气，各家理解多为舒缓之气。四川师范大学钟仕伦教授考论
其为 "扩大豪迈之气"，很有新意。笔者此处仍从前说。

方面的解析，刚柔论是没有形成完备的结构体系的。故而《风骨》与《隐秀》不是刚柔风格的代表。

（二）《隐秀》篇主旨探原

当前，对《隐秀》篇主旨的研究主要分为两大类，一是文学风格论，二是形象论或手法论，以第一种影响较大。王小强先生新近提出审美特征论，[①] 陶水平先生则认为《隐秀》篇主旨是在从创作论的角度谈言意关系，或从修辞论的角度来探讨文学创作的规律。[②] 综观上述各论，都有一个趋势，即将隐与秀分开讨论而不作整体合观。刘勰虽然多次将隐、秀分开论述，但考虑到他写作时所采用的互文手法，并主要结合《隐秀》全文所述来看，[③] "隐秀"应该是一个整体概念，不能割裂开来看。理由如次。

第一，《隐秀》篇结尾说："（隐篇所以照文苑），秀句所以侈翰林，盖以此也。"可见，隐是指对整篇文章的要求，秀是对部分精彩语句的要求，二者相结合，就可以达到"照文苑""侈翰林"的审美效果。因此，"文之英蕤，有秀有隐"，隐篇、秀句是文章整体美感的两个方面，是紧密联系的。

第二，"使酝藉者蓄隐而意愉，英锐者抱秀而心悦。"[④] 从写作主体或鉴赏主体思维特征的角度看，"隐秀"也是一个整体。

第三，刘勰以为："若篇中乏隐，等宿儒之无学，或一叩而语穷；句间鲜秀，如巨室之少珍，若百诘而色沮：斯并不足于才思，而亦有愧于文辞矣。"[⑤] "篇中乏隐"与"句间鲜秀"，论述不懂隐意与

---

① 王小强：《"篇隐句秀"说：〈文心雕龙〉文学审美特征论——对〈文心雕龙·隐秀〉主旨的解析》，《内蒙古师范大学学报（哲学社会科学版）》，2007 年第 2 期。

② 陶水平：《〈文心雕龙·隐秀篇〉主旨新说》，《赣南师范学院学报》，2000 年第 4 期。

③ 目前，有关《隐秀》篇真伪的辨正还没有取得新的进展，在此以现行版本为准论述之。

④ 杨明照：《增订文心雕龙校注》，第 496 页。

⑤ 杨明照：《增订文心雕龙校注》，第 496 页。

缺乏秀句的败笔之作，这二者各自侧重于用意与表达，共同构成整体的文章写作过程，不能割裂。

第四，刘永济先生指出"文家言外之旨，往往即在文中警策处，读者逆志，亦即从此处而入。盖隐处即秀处也"①，并举屈原《九歌》、司马相如《大人赋》、曹植《洛神赋》等篇为例证明之。刘先生这一说法不一定全对，但从若干创作实践与名作欣赏角度看，也有一定的道理，唐人孟浩然《望洞庭湖赠张丞相》、韦应物《滁州西涧》等皆合刘先生此论。刘勰《隐秀》所引之若干秀句，无一不是深含旨意者。由此，隐篇与秀句往往一致。最明显的例子就是司马相如《大人赋》，该篇的写法是"曲隐主旨"的"不写之写"与"独秀佳句"的"突出之写"的完美结合，是"隐篇秀句"的典范作品，更是《征圣》篇论述的经典"隐显异术"的代表佳作。由此也可看出，视隐秀为阴柔风格的失误——《大人赋》是《风骨》篇中"风力遒"的代表作，而风骨被视为阳刚的风格——如此，则自相矛盾。

笔者以为《隐秀》篇主旨是在论述如何进行隐篇与秀句的创造，以及二者相互关系的问题。"隐秀"连起来讲，有两层意思：一是"隐"篇章之旨意，而"秀"佳句之文采；二是讲文采不能过度，"隐"是对"秀"的约束与规范。写作者要注意"荣华格定"（《情采》），将"秀"限制在一定的程度上。这一思想，来源于《情采》篇：

> 是以联辞结采，将欲明理，采滥辞诡，则心理愈翳。固知翠纶桂饵，反所以失鱼。言隐荣华，殆谓此也。是以衣锦褧衣，恶文太章；贲象穷白，贵乎反本。夫能设模以位理，拟地以置心，心定而后结音，理正而后摛藻，使文不灭质，博不溺心；正采耀

---

① 刘永济：《文心雕龙校释》，第 141 页。

乎朱蓝，间色屏于红紫：乃可谓雕琢其章，彬彬君子矣。①

何谓"正采"？一是指按照"设模以位理，拟地以置心"的自然之道的原则来创作；二是指文采要达到"彬彬君子"的要求。"正采"既符合自然之道的创作原则，也符合征圣宗经的雅丽文风要求，是"文质彬彬"的最佳状态。要实现"正采"，很重要的一点是要做到"言隐荣华"。推而论之，"言隐"就是写作时要注意策略，讲究含蓄委婉的写作方法，此即隐秀本意。《原道》篇说：

> 逮及商周，文胜其质，《雅》《颂》所被，英华日新。文王患忧，繇辞炳曜，符采复隐，精义坚深。②

"符采复隐"的目的是要使"文胜其质""英华日新"的风格变化在内容上达到"精义坚深"的正确要求，这也是对"言隐荣华"的不同表述。可见，隐秀思想是贯穿《文心雕龙》全书的重要写作指导原则。

文章应该如何隐秀呢？刘勰在《隐秀》篇提出"伏采潜发"的要求：

> 夫隐之为体，义生文外，秘响旁通，伏采潜发。③

"伏采"即采用含蓄委婉的写作方法来创作"精义坚深"的文章，使之既有"隐言"与"复意"，又有"正采"与"秀句"，到达"义

---

① 杨明照：《增订文心雕龙校注》，第416页。
② 杨明照：《增订文心雕龙校注》，第2页。
③ 杨明照：《增订文心雕龙校注》，第495页。

生文外"的效果。隐篇与秀句相结合，则为最佳：

> 始正而末奇，内明而外润，使玩之者无穷，味之者不厌矣。①

《定势》篇针对遵循文体创造风格的问题，提出"执正驭奇"的主张，刘勰将其发挥在隐秀之美的创造上，对应地提出"始正而末奇"的遣词造句的写作要求，使隐篇"文外之旨"在卓绝惊艳的秀句衬托之下达到"玩之无穷，味之不厌"的审美效果。《知音》篇论述文学鉴赏理论时提出"六观"之说，其中"四观奇正"，并明言这是鉴别文章"优劣"的条件之一。真正懂得隐秀写作技法的作品，是自然为之，中正美丽的作品：

> 烟霭天成，不劳于妆点；容华格定，无待于裁镕；深浅而各奇，秾纤而俱妙，若挥之则有余，而揽之则不足矣。②

此处所论，除去继续标举"正采"原则外，刘勰还特别提到自然之美的重要性。在《原道》《情采》《物色》诸篇中，刘勰很重视文学创造的自然之美，并认为自然之美远胜人工修饰之美。文学写作是人为的艺术形式创造之一，当然少不了润色修饰的举动，但是这种润色不能过度，务必遵守"自然会妙"的写作原则：

> 故自然会妙，譬卉木之耀英华；润色取美，譬缯帛之染朱绿。朱绿染缯，深而繁鲜；英华曜树，浅而炜烨。隐篇所以照文苑，

---

① 杨明照：《增订文心雕龙校注》，第495页。
② 杨明照：《增订文心雕龙校注》，第495页。

秀句所以侈翰林，盖以此也。①

在"自然会妙"的自然美与"润色取美"的修饰美共同作用下，"隐篇秀句"的结合，就可以写出明白易懂、文采光耀的作品。这种作品的文风，刘勰曾冠以"雅丽"的风格论之，《征圣》篇说："圣文之雅丽，固衔华而佩实者也。"这样的作品，外秀内实，"丽词雅义，符采相济"。《宗经》篇论述"雅丽"文风的创造时提出"六义"说，以为"六则文丽而不淫"，要求文采华丽而不过度，追求"丽则"之美，这正是"隐篇照文苑，秀句侈翰林"的绝佳统照。

通过上述辗转互证可知，秀句与隐篇相和谐，是写作语言表达的高级状态，是作家写作技法纯熟修炼的外化表现。刘勰《隐秀》篇主旨，是在雅丽思想指导下，论述隐篇与秀句的创造与二者的关系问题，讲究"伏采潜发""自然会妙"的创作原则。《隐秀》是在讨论写作美学与具体写作策略的问题。

---

① 杨明照：《增订文心雕龙校注》，第496页。

第六章 《文心雕龙》写作技法论

根据刘勰在《序志》篇的自述，《文心雕龙》从《神思》到《总术》的十九篇进行"剖情析采"的工作，是为写作之"毛目"，而今人一般称之为创作论是也。王元化、牟世金、戚良德等前辈学者早在二十世纪八十年代就已经推出过专书《文心雕龙创作论》讨论之，王志彬先生则以宏大的视野推出过专论这一部分的大著。由此可知，学术界对创作论部分的关注度和投入度都是很高的，产出的成果也是举世公认的。笔者认为，十九篇创作论并不能只从"创作论"这个整体去研究，实际上，可以大体从三个部分来考虑：第一个部分是以《神思》为主、散布全书的写作思维论，在前面的文字中已经以专章形式进行讨论；第二个部分是以《体性》到《情采》为主、散布全书的写作风格论，也已经在前面的专章之中进行讨论；第三部分是以《镕裁》开始、《附会》结束、《总术》为结论，并以《声律》到《指瑕》为核心内容的写作技法论，这一部分具体讨论了修改、裁剪、声律、章句、比兴、夸张、用典、炼字、结构等有关文章写作的各方面问题，并提出了主体修养论和篇章秀句的创造问题，是真正从技术层面研究写作之法的核心内容，本章就来简要论述一下这些对写作最有帮助的技法问题。

第一节 谋篇布局，纲领昭畅

《文心雕龙》创作论的谋篇布局部分主要包括《镕裁》《章句》《附会》等篇。一篇文章的写作，行文过程始终受思维掌控。"三准"

说主要具体论述写作思维对行文操作前、中、后三个阶段的正确掌控；"缀思恒数"则具体论述首尾结构的布局与"情志、事义、辞采、宫商"的安排原则；"裁文匠笔"则是对一篇文章的篇、章、句、辞、言提出大小缓急、随便适会的动态写作观念。上述谋篇布局的主要理论，都以雅丽"六义"为核心，论述如何正确地处理情采、创造正采的问题。

一、《镕裁》。《镕裁》篇的写作目的是"隐括情理，矫揉文采"，即在前述《情采》篇"正采"彬彬的审美创作上，对"情经辞纬"的"立文本源"进行"繁略殊形"的裁剪工作，是文章"芜秽不生，纲领昭畅"的重要技法。为了正确剪裁繁缛之辞，提倡精炼文风，本篇提出了重要的"三准"说：

> 凡思绪初发，辞采苦杂；心非权衡，势必轻重。是以草创鸿笔，先标三准：履端于始，则设情以位体；举正于中，则酌事以取类；归余于终，则撮辞以举要。然后舒华布实，献替节文。绳墨以外，美材既斫，故能首尾圆合，条贯统序。若术不素定，而委心逐辞，异端丛至，骈赘必多。[1]

"三准"说是思维过程论，属于具体的行文操作技法，而不是创作原理论。"三准"说"设情、位体、酌事、撮辞、华实"等由内到外的情、体、事、辞、采全部包括，将由情到采的写作全过程清楚地展示出来。将《知音》"六观"与《宗经》"六义"合观统照，就是要做到正确地"舒华布实，献替节文"，防止"委心逐辞，异端丛至"，创作"情正、思正、采正"的文章。因此，本篇特别强调"万趣会文，不离辞情"一说，写作时无论文体、时代、作家、

---

[1] 杨明照：《增订文心雕龙校注》，第 425 页。

环境、状态发生怎样的变化，始终都是在正确思维模式统摄下的"情—辞"创造过程，这是写作的普遍规律。因此，在"情经辞纬，立文本源"原则指导下，着重强调"情周而不繁，辞运而不滥"，即写作雅丽之文，创造正采之美。

二、《章句》。在《文心雕龙》的研究中，很少看到对《章句》篇进行研究的文章，这可能是因为对该篇重要意义的理解还不够。实际上，本篇综论"显写作"阶段从言到篇的完成过程，处于前写作阶段"情—思"与后写作阶段裁剪取舍、修改调整的中间位置，是写作行文最重要的文章生成的过程。刘勰开宗明义，将一篇文章的大小组成要素详细列出：

> 夫人之立言，因字而生句，积句而为章，积章而成篇。篇之彪炳，章无疵也；章之明靡，句无玷也；句之清英，字不妄也：振本而末从，知一而万毕矣。①

写作本质上是思维控制下的语言艺术。因此，立言写作，篇章句字，从大到小的规范要求十分重要，刘勰主张"振本而末从，知一而万毕"，这个"本"与"末"指的是什么？从开篇"设情有宅，置言有位"的说明与前述"情经辞纬"的"立文本源"来看，情为写作之本，言为写作之末。一篇文章从言辞开始到句、段、章、篇的生成，都是"言"的组合结果，因此，正确的情就是写作的内在根本。刘勰内外合观、情辞统照，以《诗经》的创作为典范，来论述这个道理：

> 寻《诗》人拟喻，虽断章取义，然章句在篇，如茧之抽绪，

---

① 杨明照：《增订文心雕龙校注》，第440页。

"原始要终",体必鳞次。启行之辞,逆萌中篇之意;绝笔之言,追媵前句之旨。故能外文绮交,内义脉注;跗萼相衔,首尾一体。若辞失其朋,则"羁旅而无友";事乖其次,则飘寓而不安。是以搜句忌于颠倒,裁章贵于顺序:斯固情趣之指归,文笔之同致也。①

"外文绮交"一说,指《诗经》外显的文采华丽美好;"内义脉注"一说,指《诗经》创作"启行之辞,逆萌中篇之意;绝笔之言,追媵前句之旨"的首尾圆合的篇章结构,这个结构,是内在情思前后呼应而成的。二说的结合,即"内情外采"的"情采"论,也就是"文质彬彬"的"正采"说,是"衔华佩实"的雅丽美。而"搜句忌于颠倒,裁章贵于顺序"的论述,与《定势》《情采》《镕裁》诸篇一样,暗指近代文人"奇辞诡俗,颠倒文句"的创作失误。"文笔同致"的提出,则表明了对前代文体文笔合观的意见。《文心雕龙》不分文笔的原因,在于雅丽之美并不只是针对有韵之文,无韵之文同样有采,这从"论文叙笔"的"赋颂歌赞"与"诏策章表"均以雅丽为宗,可以清楚地看出来。

三、《附会》。本篇的主要内容是论述文章结构问题,结构问题的核心是写作思维,②因此与《镕裁》篇"三准"遥相呼应,暗示着文术论的即将结束。首先,刘勰用比喻手法将附会之术揭示出来:

---

① 杨明照:《增订文心雕龙校注》,第 440 页。
② 笔者以为:本篇实为《文心雕龙》的逻辑思维论,偏重于行文的内在控制与具体操作;《神思》实为《文心雕龙》的感性思维原理,偏重于论述思维规律与外在养成。因此,研究刘勰的写作思维,应该将二者结合起来看,同时不要忽略散落在书中的其他精彩意见,比如《镕裁》"三准"、《原道》"道—圣—文"、《物色》"物—意—文"、《情采》"立文本源"等重要论述,方为全面。

何谓附会？谓总文理，统首尾，定与夺，合涯际，弥纶一篇，使杂而不越者也。若筑室之须基构，裁衣之待缝缉矣。①

"附会"就是处理文章篇章结构的问题。文章结构分为前写作构思立意的结构与文章写成之后的实际外显结构，二者是一隐一显的关系，而且往往并不一致，在写作过程中有所变化。本篇的提出，就是为了让读者知道并学习"总文理，统首尾，定与夺，合涯际，弥纶一篇"这个理论，要使写作"杂而不越"。提出"附会"的概念之后，刘勰告诉读者，附会是"缀思之恒数"，任何文章都离不开一个好的结构组织：

夫才量学文，宜正体制：必以情志为神明，事义为骨髓，辞采为肌肤，宫商为声气；然后品藻玄黄，摛振金玉，献可替否，以裁厥中：斯缀思之恒数也。②

这里列出了文章内外四要素："情志"与"事义"是内容，二者属内；"辞采"与"宫商"是文采，二者属外。内外四要素的结构运用方法是"以裁厥中"，即适度选择，折衷运用，这是结构文章的基本思维规律与原则。"学文正体"的根本目的是为了"品藻玄黄，摛振金玉"，创造美文。据此可知"附会"的创作结构论，仍然以"六义"与"六观"为法，包含创作、批评与审美三个层面，包含了动笔之前"习染雅制"、写作之中创造文采的方方面面，其核心是指向雅丽美文的创造。

但是，在具体的写作中，只掌握形而上的原则是不够的，最好

---

① 杨明照：《增订文心雕龙校注》，第519页。
② 杨明照：《增订文心雕龙校注》，第519页。

能有形而下的具有可操作性的技法，刘勰提出自己的看法：

> 是以附辞会义，务总纲领：驱万涂于同归，贞百虑于一致。使众理虽繁，而无倒置之乖；群言虽多，而无棼丝之乱。扶阳而出条，顺阴而藏迹；首尾周密，表里一体：此附会之术也。①

处理结构问题的附会之术，具体说来有四个要求：一是紧扣中心，不要枝蔓；二是条理有序，不要混乱；三是首尾周密，相互照应；四是内外一致，显与隐合。真实的写作经验告诉我们，要做到这四点是很不容易的，这是必须要有极强的逻辑思维能力才能控制得住的事情，附会之术虽然是结构组织问题，实质上完全是思维预设能力和控制能力强弱的训练问题。

更为可贵的是，刘勰不光是在大体结构上泛泛而谈，而是继续深入，讲到了前后衔接的技法，乃至句子顺序的生成要求：

> 统绪失宗，辞味必乱；义脉不流，则偏枯文体。
> 若首唱荣华，而媵句憔悴，则遗势郁湮，余风不畅。
> 惟首尾相援，则附会之体，固亦无以加于此矣。②

这些论述从结构原理讲到句子生成，层层降低，层层可感，操作性极强。其核心紧扣文章结构这个论题，反复强调"首尾相援"的重要性。结构不畅，就会使多变的思绪更加错杂，句子表达错乱而且语序混乱，就会中心不明，文体特征也无从显示。因此，确立结构或者削减章句，都要遵从于最核心的思维控制，使得"去留随心，

---

① 杨明照：《增订文心雕龙校注》，第520页。
② 杨明照：《增订文心雕龙校注》，第520—521页。按：此处集中作注。

修短在手"，不在表达上出问题。

需要注意的一点是，本篇提出"弃偏善之巧，学具美之绩"的"命篇之经略"，[①] 这与《定势》篇"兼解具通"之说非常相似，意在说明"附会"结构之术多样灵活，博学多识才能正确运用。其后所举的若干创造正误的例子，主要指向在创造文采美的同时，要注意对博与约、繁与简的正确把握。本篇"附会之术""缀思恒数""命篇经略""驭文之法""附会之体"等概念，包含了习染、思维、结构、情思、辞采、宫商、声律、篇章、字词、正误等有关写作的众多方面，这给我们两个启发：一是总结《文心雕龙》文术论的真正篇章是《附会》篇而不是《总术》篇，《总术》篇真正的作用是在强调"执术驭篇"的重要性；二是《文心雕龙》论述雅丽之美，在前述文学风格论的外在表层之下，有许多的如何创造这些风格美的具体技法，若干技法的组合运用，最终生成雅丽美文。

"谋篇布局"主要是在思维控制下的整体把握，属于文术论的宏观层面，还没有进入具体层面操作技法，这与《丽辞》《比兴》《练字》《指瑕》等微观层面的修饰技法专题不一样。所以，"执术驭篇"之术，分为"谋篇布局"和"修饰技法"两个宏观微观有别的板块。谋篇布局的几个专题，将裁减、结构、章句等写作问题进行了深刻而具有可操作性的论述，为创造文章雅丽之美做出了重要的技法探索。

第二节　修辞技法，正采彬彬

具体的修辞技法论主要涉及《声律》《丽辞》《比兴》《夸饰》《事类》《练字》《指瑕》等篇，是《文心雕龙》论述文术的主体部分，

---

① 杨明照：《增订文心雕龙校注》，第 520 页。

是刘勰"执术驭篇"的重要内容。修辞方法、宫商声律、练字正误等若干具体技法的核心，指向的是雅丽之美如何创作的问题。刘勰除了继续强调"原道有采"的文学尚丽主张，还重视古代作品与古代创作方法，崇《诗》抑骚，反复推崇经典的对文采之美的正确创造，这与序论、枢纽论、文体论的论述是前后一致的。

一、《声律》。在《知音》"六观"中，"宫商"是其重要的一"观"。文学创作讲究声律之美，是魏晋宋齐时代重要的新兴理论，是"文学自觉"重视规律探索的新变成果。三国时期的曹操、曹植，宋齐时代的沈约等人，都是诗歌声律美的重要理论家。《文心雕龙》对文学创作讲究声律美这一点态度积极，这与稍后的钟嵘《诗品》态度不同。声律美的创造，在《原道》《情采》中以"声文"名之，《原道》指出"林籁结响，调如竽瑟；泉石激韵，和若球锽"的优美自然声文，《情采》进一步指出"五音比而成《韶》《夏》"，将"声文"从自然天籁推进到诗歌雅乐。对于宫商声律的探索，是对"声文"之美的自然追求，属于文学雅丽之"丽"的探索。而《练字》等篇，属于对文学"形文"之美的探索。因此，宫商声律论兼有文学原道之美与对新变理论当下运用的双重特点。刘勰指出，"声有飞沉，响有双叠"①，写作时要注意文字声韵的间隔重复、抑扬顿挫，对于"逐新趣异"的"文家之吃"，以"务在刚断"纠正之。同时提出：

　　左碍而寻右，末滞而讨前。则声转于吻，玲玲如振玉；辞靡于耳，

---

① 朱清先生以为刘勰"声有飞沉"一说，出自汉代京房《易》学的"飞伏"论。从声律美为文学自然属性来看，这一说法值得再作思考。文学具有声律之美，就如同文学具有夸饰之美一样，是"自然之道"的本来属性，刘勰同时以为文学对偶的"丽辞"之美，一样的属于文学本身的自然属性。高低起伏、轻重缓急，是自然天籁的常态表现，所以，笔者不同意声律"飞沉"出于"飞伏"论一说。"飞伏"论实则《征圣》篇"显隐异术"之别称，用于《隐秀》之"隐篇秀句"可以说通，用于声律理论则并不果然。

累累如贯珠矣。①

　　这个意见指出，声律技法是在写作思维控制下瞻前顾后、用辞求美的左右逢源过程。珠声盈耳，音节和律，是其基本要求。刘勰之前，沈约等人论此颇详，事见《南史·陆厥传》所录沈约《答陆厥书》等②；刘勰之后，梁元帝萧绎《金楼子》指出："至如文者，惟须绮縠纷披，宫徵靡曼，唇吻遒会，情灵摇荡。"③与刘勰"务在刚断""玲玲振玉""累累珠声"的意见遥相呼应。

　　刘勰以为：文学声律美之"大纲"是其"和韵"特征：

①　杨明照：《增订文心雕龙校注》，第 431 页。

②　《南史·陆厥传》载沈约《答陆厥书》云："宫商之声有五，文字之别累万。以累万之烦，配五声之约，高下低昂，非思力所学，又非止若斯而已。十字之文，颠倒相配，字不过十，巧历已不能尽，何况复过于此者乎。灵均以来，未经用之于怀抱，固无从得其仿佛矣。若斯之妙而圣人不尚，何也？此盖曲折声韵之巧，无当于训义，非圣哲立言之所急也。是以子雄譬之雕虫篆刻，云壮夫不为。自古词人，岂不知宫羽之殊，商徵之别。虽知五音之异，而其中参差变动，所昧实多。故鄙意所谓此秘未睹也。以此而推，则知前世文士，便未晓此处。若以文章之音韵，同管弦之声曲，则美恶妍蚩，不得顿相乖反。譬犹子野操曲，安得忽有阐缓失调之声？以洛神比陈思他赋，有似异手之作。故天机岂则律吕自调，六情滞则音律顿舛也。士衡虽云炳若缛锦，宁有濯色江波，其中复有一片是卫文之附。此则陆生之言，即复不尽者矣。韵与不韵，复有精粗，轮扁不能言之，老夫亦不尽辨此。"除此，沈约《宋书·谢灵运传论》又说："夫五色相宣，八音谐畅，由于玄黄律吕，各适物宜。欲使宫羽相变，低昂舛节。若前有浮声，则后须切响。一简之内，音韵尽殊；两句之中，轻重悉异。妙达此旨，始可言文。至于先士茂制，讽高历赏（四字疑有讹脱）。子建《函京》之作，仲宣《灞岸》之篇，子荆《零雨》之章，正长《朔风》之句，并直举胸情，非傍诗史。正以音律调韵，取高前式。自灵均以来，多历年所，虽文体稍精，而此秘未睹。至于高言妙句，音韵天成，皆暗与理合，非由思至。张蔡曹王，曾无先觉，潘陆颜谢，去之弥远。世之知音者，有以得之。此言非谬，如曰不然，请俟来哲。"沈约、谢朓、王融、周颙等人对"四声八病"的音律问题各有见解，而以沈约为最。刘勰对此甚为推重，而钟嵘不以为然。

③　〔南朝梁〕萧绎：《金楼子》（《文渊阁四库全书》影印本），第 853 页。

> 是以声画妍蚩，寄在吟咏；滋味流于字句，风力穷于和韵。
> 异音相从谓之和，同声相应谓之韵。韵气一定，则余声易遣；和
> 体抑扬，故遗响难契。属笔易巧，选和至难；缀文难精，而作韵
> 甚易。虽纤意曲变，非可缕言；然振其大纲，不出兹论。[①]

和韵说的提出，显然是受到儒家雅乐正声理论的影响。《礼记·乐记》
"合气"说与"和乐"美的提出，儒家诗教对中和美的推重与论述，
是刘勰"和韵"追求"中和"声律之美的直接渊源。而雅丽之美，
本就是"华实相胜"的中和之美。因此，《声律》的本质，是在为
文学雅丽之美提供宫商声律中和美的理论支撑。

在本篇中，刘勰举出了声律得失方面的具体案例：

> 又《诗》人综韵，率多清切；楚辞辞楚，故讹韵实繁。及张
> 华论韵，谓士衡多楚，《文赋》亦称知楚不易：可谓衔灵均之余声，
> 失黄钟之正响也。[②]

《诗经》具有清切的正声雅韵之美，楚辞具有讹韵实繁的侈艳之美。
其"诗人丽则，辞人丽淫"的基本意见，从枢纽论一致贯通到文术论。
刘勰推重文学雅丽之美及其创作技法之心，可谓良苦。

二、《丽辞》。本篇在《原道》基础上以为文学讲究对偶，是"自
然之道"的基本特性：

> 造化赋形，支体必双；神理为用，事不孤立。夫心生文辞，

---

① 杨明照：《增订文心雕龙校注》，第431—432页。
② 杨明照：《增订文心雕龙校注》，第432页。

运裁百虑；高下相须，自然成对。①

文源于道，形体成双；文学丽辞，自然成对。这就将丽辞修辞方法
提到了哲学高度上来论述。刘勰说，《诗》《骚》等经典作品就是
自然成对的，"《诗》人偶章，大夫联辞，奇偶适变，不劳经营"。
这种诗骚合观的文学创作丽辞技法特点，不需要刻意追求之，而是
无意之间寻找到的修辞方法。真正有意识主动探究并运用丽辞技法
的是汉赋诸家：

> 自扬马张蔡，崇盛丽辞：如"宋画吴冶，刻形镂法"，丽句
> 与深采并流，偶意共逸韵俱发。至魏晋群才，析句弥密：联字合趣，
> 剖毫析厘。然契机者入巧，浮假者无功。②

汉赋创作自觉探索技法规律，显示了"自觉"发展的趋势；"丽句
与深采并流，偶意共逸韵俱发"，显示了"博大鸿丽"的特点；魏
晋文学运用丽辞"析句弥密，剖毫析厘"，显示了"魏晋浅而绮"
的创作特点；丽辞技法发展到近代文学，则更为崇尚，运用最多，
《明诗》以"俪采百字之偶，争价一句之奇"称之。顺着这个思路，
可见文学发展是一代不如一代，近代更为讲究丽辞技法修饰的文学
创作是最差的。
　　丽辞是骈文的最基本修辞技巧，《文心雕龙》本身就以丽辞技
法写就，非常注意声律、丽辞、比兴、事类诸种修辞的运用。因此，
对于最基本的丽辞技法，刘勰最有发言权：

---

① 杨明照：《增订文心雕龙校注》，第 447 页。
② 杨明照：《增订文心雕龙校注》，第 447 页。

> 若气无奇类,文乏异采,碌碌丽辞,则昏睡耳目。必使理圆事密,
> 联璧其章;迭用奇偶,节以杂佩:乃其贵耳。类此而思,理斯见也。①

运用丽辞的原则是:奇气异采,理圆事密,迭用奇偶,崇尚奇丽之美,讲究自然之对。丽辞之丽固然不是雅丽之丽,但是文学句式的对称美,句法的参差奇偶美,是雅丽之美在视觉上、形式上、表达上的极具修饰特点的尚丽表现。从《诗经》、楚辞、汉赋、魏晋文学一脉顺下,从无意识的运用丽辞到自觉探索丽辞技法,再到崇尚丽辞骈偶的近代写作时尚,实践表明:作家们对文学特征的认识逐渐清楚,"文学自觉"时代正在慢慢到来。

三、《比兴》。《文心雕龙》在创作方法上深受《毛诗序》的影响,《诗序》"四始六义"说的提出与"变风变雅"的深层探讨,对刘勰在文体论部分阐述《明诗》《乐府》《铨赋》《颂赞》诸篇,尤其对"赋颂"二体影响深刻;在创作论中,《风骨》篇贯通了"风"之教化感染论,而《比兴》篇纯为《诗经》写作手法的再现。在开篇对"比显而兴隐"的解释说明之后,刘勰将比兴手法在《诗》《骚》文学中的运用情况做了详细比较,批评辞赋运用比兴不当:

> 楚襄信谗,而三闾忠烈,依《诗》制《骚》,讽兼比兴。炎
> 汉虽盛,而辞人夸毗;诗刺道丧,故兴义销亡。于是赋颂先鸣,
> 故比体云构,纷纭杂遝,倍旧章矣。②

刘勰认为楚辞在手法上同于《诗经》,比兴兼备,所以是丽而且雅

---

① 杨明照:《增订文心雕龙校注》,第 448 页。
② 杨明照:《增订文心雕龙校注》,第 456—457 页。

的佳作，这是汉儒从经学角度评屈骚的直接翻版；汉赋违背《楚辞》，兴义销亡，比体云构，所以是夸张声貌、丽而不雅的不良之作。这就奠定了一个基本的基调：赋不如骚。刘勰主张诗骚雅丽，反对汉赋艳丽。

《比兴》归纳汉赋的比喻修辞有"喻声、方貌、拟心、譬事"四种基本的类型，先后列出汉赋名家宋玉、枚乘"比貌之类"、贾谊"以物比理"、王褒"以声比心"、马融"以响比辩"、张衡"以容比物"为例证明之。汉赋特别重视运用比喻而忽略运用含蓄的起兴手法，创作显而不隐，缺乏含蓄蕴藉之美，整体上夸饰过度：

> 若斯之类，辞赋所先；日用乎比，月忘乎兴：习小而弃大，所以文谢于周人也。[1]

所以辞赋不如《诗经》，外显的铺张鸿丽不如"隐显异术"的比兴兼备。这种情况，越往后代发展就越是突出：

> 至于扬班之伦，曹刘以下，图状山川，影写云物，莫不织综比义，以敷其华：惊听回视，资此效绩。又安仁《萤赋》云"流金在沙"，季鹰《杂诗》云"青条若总翠"，皆其义者也。故比类虽繁，以切至为贵；若刻鹄类骛，则无所取焉。[2]

汉赋艳丽，织综比义，以敷其华；而且"流弊不还"，影响直到魏晋。汉魏晋代文学的一大不足就是用比忘兴，夸张华丽，文采过繁。综

---

① 杨明照：《增订文心雕龙校注》，第 457 页。
② 杨明照：《增订文心雕龙校注》，第 457 页。

合刘勰赞美《诗经》、楚辞比兴兼备而批评赋体文学用比忘兴的意见，可见他对雅丽正采与丽词雅义之法的提倡。

四、《夸饰》。前述《宗经》《通变》等篇都谈到了"楚艳汉侈"的华丽之美与"夸张声貌"的夸饰技法；《丽辞》《比兴》篇也都先后对辞赋夸饰过度进行了不同角度的分析。因此，《夸饰》一篇就专为解决文学创作如何正确使用夸张手法而列。值得注意的是，刘勰在本篇中指出了儒家经典的夸饰问题，对于宗经观念深入骨髓的刘勰来说，这显得难能可贵。其渊源所在，应该是孟子开启的"尽信书则不如无书"的质疑精神与王充大胆提出的"疾虚妄"的"论衡"宗旨。到了刘勰这里，他采用了正视问题、绝对宗经的态度和折衷诗赋、标举雅丽的创作标准。对于出自五经的夸饰描写，一律肯定其合理性；对于出自其他文体，诸如辞赋等文学创作中的夸饰描写，则给予批评纠正。

《夸饰》篇从哲学依据、诗骚创作、方法正误几个方面论述了这个意见。文章开篇就说：

> 夫形而上者谓之道，形而下者谓之器。神道难摹，精言不能追其极；形器易写，壮辞可得喻其真；才非短长，理自难易耳。故自天地以降，豫入声貌，文辞所被，夸饰恒存。①

刘勰认为，"形而上者"的自然之"道"决定了自然万物文采艳丽的特点，作为"形而下者"的文章之"器"也应该是"文辞所被，夸饰恒存"的。夸饰手法，是出自于天地自然的。这就为后世所有文章尚丽尚美的美丽精神找到了坚实可信的哲学基础。于是，不论

---

① 杨明照：《增订文心雕龙校注》，第465页。

是经典也好，辞赋也好，都是文采绚丽、具有夸饰特点的。这个哲学依据，很好地回答了孟子对"血流漂杵"的质疑，因为《尚书·武成》篇用的是夸张修辞，并不是写实纪实。^①刘勰同时认为经典在某些方面的夸张描写也有过度的现象：

> 虽《诗》《书》雅言，风俗训世，事必宜广，文亦过焉。是以言峻则嵩高极天，论狭则河不容舠，说多则"子孙千亿"，称少则民靡孑遗；襄陵举滔天之目，倒戈立漂杵之论。^②

这段文字中所提到的若干"文亦过焉"的例子，主要是出自"《诗》《书》雅言"的内容。刘勰承认这些描写夸饰过度，其中就包括孟子责难的"倒戈立漂杵之论"。但是，尽管经典有这样的问题存在，但是仍然要维护经典的权威性，所以，一定要找一个理由。刘勰找的理由是经典之"义"：

> 辞虽已甚，其义无害也。且夫鹢音之丑，岂有泮林而变好？荼味之苦，宁以周原而成饴？并意深褒赞，故义成矫饰；大圣所录，以垂宪章：孟轲所云"说《诗》者不以文害辞，不以辞害意"也。^③

---

　　① 《尚书·武成》记载武王伐纣事，节选原文如下："既戊午，师逾孟津。癸亥，陈于商郊，俟天休命。甲子昧爽，受率其旅若林，会于牧野。罔有敌于我师，前途倒戈，攻于后以北，血流漂杵。一戎衣，天下大定。乃反商政，政由旧。释箕子囚，封比干墓，式商容闾。散鹿台之财，发钜桥之粟，大赉于四海，而万姓悦服。列爵惟五，分土惟三。建官惟贤，位事惟能。重民五教，惟食、丧、祭。敦信明义，崇德报功。垂拱而天下治。""血流漂杵"这种说法，是刘勰笔下的"夸饰"之言。孟子并不认同，他认为武王伐纣是"本仁义而伐无道"，是"得道者多助"的"至仁伐至不仁"，理所当然应该"无敌于天下"。

　　② 杨明照：《增订文心雕龙校注》，第 465 页。

　　③ 杨明照：《增订文心雕龙校注》，第 465—466 页。

经典言辞泰甚，是因为"意深褒赞，故义成矫饰"。写作者的本意是想运用这些言辞来褒赞圣人及其言行，我们作为后来的读者，应该尊重这个褒赞的良好用心，不要用自己片面的理解来歪曲圣文之"义"；所以刘勰引用孟子"以意逆志"的话来作为论据，阐说此意。也就是说，经典之夸饰，就算过度也是好的，不能责难。《宗经》提出的"六义"以为，经典著作"三则事信而不诞，四则义贞而不回"。即使有违，不得批评。这显然是刘勰站在绝对宗经、取法儒家的思想立场上做出的矛盾论述。

而对于经典以外的其他文体中的夸饰现象，是一定要狠狠批评的。刘勰找的靶子主要是辞赋创作：

> 自宋玉景差，夸饰始盛；相如凭风，诡滥愈甚。故上林之馆，奔星与宛虹入轩；从禽之盛，飞廉与鹡鹩俱获。及扬雄《甘泉》，酌其余波：语瑰奇则假珍于玉树；言峻极则颠坠于鬼神。至《西都》之比目，《西京》之海若，验理则理无可验，穷饰则饰犹未穷矣。又子云《羽猎》，鞭宓妃以饷屈原；张衡《羽猎》，困玄冥于朔野。变彼洛神，既非魑魅；惟此水师，亦非魑魅：而虚用滥形，不其疏乎？此欲夸其威，而其事义睽刺也。至如气貌山海，体势宫殿，嵯峨揭业，熠耀焜煌之状，光采炜炜而欲然，声貌岌岌其将动矣：莫不因夸以成状，沿饰而得奇也。于是后进之才，奖气挟声；轩翥而欲奋飞，腾踔而差蹋步。辞入炜烨，春藻不能程其艳；言在萎绝，寒谷未足成其凋。谈欢则字与笑并，论戚则声共泣偕：信可以发蕴而飞滞，披瞽而骇聋矣。①

辞赋崇尚夸饰，从战国到两汉，循流而作，"诡滥愈甚"。从宋玉

---

① 杨明照：《增订文心雕龙校注》，第466页。

开始到两汉辞赋的创作，呈现出越来越严重的夸饰过度的问题。不仅如此，赋"劝而不止"的讽谏功能越来越弱，"事义暌刺"，言说迂回虚诞的弊端则越来越明显。以至于后世的模仿者与学习者误入歧途，"辞入炜烨"而"言在萎绝"。刘勰对辞赋的整体评价并不高，往往以"楚艳汉侈，流弊不还""楚汉侈而艳"指责之，又以为学习词赋，并非习染雅制，故称"效《骚》命篇者，必归艳逸之华"，认为辞赋的影响也是不好的。《定势》篇引用桓谭"文家各有所慕，或好浮华而不知实核，或美众多而不见要约"的话，暗中指向的目标，同为辞赋夸饰艳丽的创作。

对辞赋夸饰巨丽的批评贯通《文心雕龙》全书，《通变》篇就认为辞赋之艳丽与"夸张声貌"的写法，在两汉时代登峰造极，表现得尤为明显。因此，刘勰尽管积极主张文学创作尚丽尚美，但更主张丽而有度、夸而有则，应该追求"风归丽则"的雅丽之美。刘勰据此开出药方，认为拯救汉赋夸饰巨丽之弊端，应该这样来做：

> 酌《诗》《书》之旷旨，翦扬马之甚泰，使夸而有节，饰而不诬，亦可谓之懿也。①

"《诗》《书》之旷旨"是要求雅正，"扬马之甚泰"是辞赋的巨丽，要做到二者的结合，"使夸而有节，饰而不诬"，创作既雅且丽的作品，才是对夸饰手法的正确运用。这个思想，早在《辨骚》篇就提出来过："若能凭轼以倚《雅》《颂》，悬辔以驭楚篇，酌奇而不失其贞，玩华而不坠其实，则顾盼可以驱辞力，欬唾可以穷文致，亦不复乞灵于长卿，假宠于子渊矣。"②"《雅》《颂》"指代"《诗》《书》

① 杨明照：《增订文心雕龙校注》，第 466 页。
② 杨明照：《增订文心雕龙校注》，第 51 页。

雅言"，儒家经典；"楚篇"指代"奇文"楚辞，汉赋诸作。二者结合，"酌奇而不失其贞，玩华而不坠其实"，取"执正驭奇""衔华佩实"的雅丽文风为极则，那么就可以轻易地写出好文章来了。

刘勰解蔽夸饰、正确对待夸饰手法的论述，显然是运用了"折衷诗骚"的方法论，显然是在极力主张其"雅丽"文学思想。雅丽文风不仅既雅且丽，符合"正采"文质彬彬的特点，而且占据了中和《诗》《骚》的审美特点，体现了"折衷"的思维方法理论，还是文学创作的典范原则，与尚丽尚美的自然之美和尚雅尚正的儒家思想相吻合，具有最大的包容性和可操作性。

《夸饰》篇很好地回答了孟子关于经典夸张描写的质疑，以折衷《诗》《骚》的雅丽文学思想合观统照，既主张文学的尚丽本质，又规范其合度与适度。同时，本篇引用了孟子"说《诗》者不以文害辞，不以辞害意"的"以意逆志"论，作为正确解读文学作品时通观艺术美与思想性的重要论据，为经典的被质疑寻找到了解蔽之匙。上述两个方面的运用，是《文心雕龙》贯通全书的雅丽思想与鉴赏知音理论的集中体现。由此也可见孟子关于经典的论述对《文心雕龙》的巨大影响。

五、《事类》。前述《丽辞》《比兴》《夸饰》等篇具有明显的崇经贬赋的倾向，《事类》篇则在此基础上进一步阐明经典对于后代文学写作的巨大"宝库"功能，其宗经尚雅、追求正丽之心甚炽。文章首先说明"明理引辞，征义举事"的引用技法"乃圣贤之鸿谟，经籍之通矩也"，经典最早纯熟地使用了这一写作的重要技法。然而，商周儒家经典之后，写文章运用引用这一技法的情况并不理想：

> 观夫屈宋属篇，号依《诗》人；虽引古事，而莫取旧辞。唯
> 贾谊《鵩赋》，始用鹖冠之说；相如《上林》，撮引李斯之书：此

万分之一会也。及扬雄《百官箴》，颇酌于《诗》《书》；刘歆《遂
初赋》，历叙于纪传；渐渐综采矣。至于崔班张蔡，遂据擿经史，
华实布濩：因书立功，皆后人之范式也。①

屈宋楚辞虽然是模拟广泛地运用引用技法的经典而成，但是
只引事例，不用旧辞；到了贾谊、相如的赋作中才偶然引用到前人
的文句，尽管引用的不是儒家经典，也真是难得；从扬雄大量引用
儒家经典和刘歆引用史书开始，引用技法才大面积运用开来；东
汉诸家则"据擿经史""因书立功"，成为运用引用技法的后人范
式。对引用技法进行"史"的追溯过程，至少包含了以下三点信
息：一是刘勰开明的文学写作观。尽管儒家五经是最重要的，但是
其他书籍文献中也有很多可资借鉴的东西，所以后代写作时可以引
用。《文心雕龙》文学思想宗法儒家，但是讨论文术技法并不都是
如此。二是"文出五经"的说法，指的是后代文学向经典学习写
法，而不是指所有文体都是经典的产物。对于儒家经典，本段中
屈宋不引，贾谊相如不引，刘歆也不引，因此经典远不是写作的
唯一来源。枢纽论提出"文出五经"，意在对"宗经"观念进行极
端地强调。文体如此繁多，经典绝不可能是所有文体的渊源。因
为有一个简单的推论：经典是人文的源头吗？当然不是。仅从本
篇经典惯用引用技法来说，经典"明理引辞，征义举事"，所引用
的辞与事从何而来？是否在经典产生之前，就有了相当成熟的人
文？否则，经典所引，就将无据；"文出五经"也不可成立。三是
本段有力证明了《风骨》为下篇之核心这一假设。《风骨》篇提出
创作时取法经典并"翔集子史之术"的主张，因为"子史之术"具
有"华实布濩"即华实结合的特点，向其取法，是补充经典雅正少

---

① 杨明照：《增订文心雕龙校注》，第473页。

丽的有效途径。枢纽论极力赞美辞赋之丽，并提出结合经雅骚丽的创作原则，而辞赋之丽的重要源头就在于阴阳纵横家言辞之宏丽；在"论文叙笔"的《史传》《诸子》《论说》等篇章中，刘勰大力论述了"子史之术"的种种优点，这些优点都是后代文学可资借鉴取法的对象。这样的丰富取法，势必会降低经典的核心地位，所以才在《风骨》篇中集中了写作"取经典，合子史"的意见。这个意见是直面真实写作所得出的，而不是方法论意义上的独尊儒家经典。

因此，刘勰清楚地看到了经典在写作中并不被征引的真实情况，直到儒学独尊、经学大兴的两汉时代，写作才开始向经典取材，这与当时的时代背景密切相关：

> 夫经典沉深，载籍浩瀚，实群言之奥区，而才思之神皋也。扬、班以下，莫不取资：任力耕耨，纵意渔猎；操刀能割，必裂膏腴。①

在强调"子史之术"的之后，回头强调"镕铸经典之范"的重要意义。经典文风雅丽，衔华佩实，是写作引用的最佳对象。《定势》以为：习染经典会使文风典雅，不入误区。那么，该怎样来进行正确的取法呢？

> 是以综学在博，取事贵约；校练务精，捃理须核：众美辐辏，表里发挥。事得其要，虽小成绩，譬寸辖制轮，尺枢运关也。或微言美事，置于闲散，是缀金翠于足胫，靓粉黛于胸臆也。②

---

① 杨明照：《增订文心雕龙校注》，第473页。
② 杨明照：《增订文心雕龙校注》，第473—474页。

引用技法的修养与运用在于"博而能一"与"博观精阅"的结合。"众美辐辏，表里发挥"，取法"环中"，习染经典，技法纯熟之后，"因内符外"，写作文章才会"繁略殊形，隐显异术，抑引随时，变通适会"，步入正途。如果不这样，就会走到错误、随意、乱引用、图夸饰的歧途上去。本篇批评了一个"用事"信口开河、严重错误的例子：

> 陈思，群才之英也，《报孔璋书》云："葛天氏之乐，千人唱，万人和，听者因以蔑《韶》《夏》矣。"此引事之实谬也。按葛天之歌，唱和三人而已。相如《上林》云："奏陶唐之舞，听葛天之歌，千人唱，万人和。"唱和千万人，乃相如接入。然而滥侈葛天，推三成万者，信赋妄书，致斯谬也。①

刘勰对引用失误的批评，实际上是对夸饰过度的批评。《宗经》"六义"之"事信而不诞"，即体现在此篇对正确"用事"的论述中。经书，只有"皓如江海，郁若昆邓"的经书，才是后代文士用事的最佳选择：

> 夫山木为良匠所度，经书为文士所择；木美而定于斧斤，事美而制于刀笔：研思之士，无惭匠石矣！②

"木美事美"，是质实之美；"斧斤刀笔"，是文学技法。二者的结合，是文与质、雅与丽的结合。与《宗经》篇结合起来看，本篇显然有强调经典功能地位的作用。在《丽辞》《夸饰》等篇集中论丽之后，《事类》篇拉回尚雅，在主张雅而且丽的同时，提出"经典子史"结合的技法，因为技法优良是正确创造的重要途径。

---

① 杨明照：《增订文心雕龙校注》，第 474 页。
② 杨明照：《增订文心雕龙校注》，第 474 页。

六、《指瑕》。《指瑕》篇在前述《声律》声文、《练字》形文以及《丽辞》《比兴》《夸饰》《事类》修辞技法论的基础上，集中论述遣词与文义的雅正规范，基本上属于今天所讲的作文修改方法论。本篇指出：

> 若夫立文之道，惟字与义。字以训正，义以理宣。而晋末篇章，依希其旨，始有"赏际奇至"之言，终有"抚叩酬酢"之语，每单举一字，指以为情。夫赏训锡赉，岂关心解；抚训执握，何预情理。《雅》《颂》未闻，汉魏莫用，悬领似如可辩，课文了不成义，斯实情讹之所变，文浇之致弊。而宋来才英，未之或改，旧染成俗，非一朝也。[①]

"晋末篇章"在"立文之道"的练字与文义两个方面均问题严重，这是因为他们的文章"《雅》《颂》未闻，汉魏莫用"，即不学经典，不学前代所致，"竞今疏古"的结果，是"情讹所变，文浇致弊"，《文心雕龙》前后数十次痛斥的讹滥之弊，根源在此。晋代以后的"宋来才英"，不改晋人之法，"旧染成俗"，讹滥仍在。对照《明诗》《物色》所论，刘勰是指以谢灵运为代表的晋宋山水文学的创作，《通变》以为"宋初讹而新"，文风新奇，是因为用字好奇，文义不雅。"近代辞人"做得更差：

> 近代辞人，率多猜忌，至乃比语求蚩，反音取瑕，虽不屑于古，而有择于今焉。又制同他文，理宜删革。若掠人美辞，以为己力，宝玉大弓，终非其有。全写则揭箧，傍采则探囊，然世远者太轻，

---

① 杨明照：《增订文心雕龙校注》，第 500—501 页。

时同者为尤矣。①

他们"率多猜忌","比语求蚩，反音取瑕"，妍丽华美，奇辞频出；又往往"掠人美辞，以为己力"，剽窃成风，模拟抄袭。上述"晋末篇章""宋来才英""近代辞人"三说，分别对应晋、宋、齐三代文学，曾有研究者指出《文心雕龙》论文止于晋代，因而不论陶渊明等人，看来这个说法是错误的。②

刘勰"指瑕"，在指正历代文学发展瑕疵的同时，尤其重视对晋、宋、近三代文学创作的指瑕。与前述诸篇结合起来看，即是以雅丽之法指正近代文学的创作发展之路。

修辞技法专题的主要内容是在论述"丽文"的正确创造问题。《声律》篇阐述字音宫商"和韵"之美，《丽辞》篇论述奇气深采的骈偶之美，《比兴》篇论述比显兴隐的诗赋之别，《夸饰》篇论述诗夸为义而赋夸无度的差异，《事类》篇主张引用技法需合观子史而以经典为根，《指瑕》篇阐明重视"立文之道，惟字与义"的作用，加上《练字》一篇，写作时用字、修改、修辞、音节等微观层面的技法问题都得到了深刻准确地阐述。这些具体的文术修辞技法理论，其核心是《夸饰》篇；这几篇共同的指向，是正确创造雅丽之美文。

---

① 杨明照：《增订文心雕龙校注》，第 501 页。
② 如果"近代辞人"意指齐代文人能够坐实，那么《文心雕龙》成书当不在齐代，而在梁代。对此的争论、考证文章不少，以周绍恒先生用力最勤。但至少有一点可以肯定：《文心雕龙》论文绝对不是止于晋代，其不论陶渊明、谢灵运诸家，别有原因。除本篇外，《通变》篇"今才颖之士，刻意学文，多略汉篇，师范宋集"一说也可以证明《文心雕龙》论文至少到了齐代。事实上，刘勰不论陶渊明，是因为雅丽文学思想的不足所致。雅丽思想尚雅贬俗、崇古抑今，主张为文致用，重视文人身份，带有明显的贵族化倾向，同时，刘勰对近代皇室文学采取避讳回避的写作策略。陶渊明为文不用，并非显贵，退隐山林，自娱自乐，这是雅丽文学思想"原道、致用、宗经、尚丽"所排斥的对象。

第三节　自然会妙，润色取美

修饰技法之外的《隐秀》一篇，论述的是"自然会妙"的创作原则与"润色取美"的人工修饰，理论主张与《原道》《情采》篇颇有相似之处，其核心是主张"隐篇秀句"的中和雅丽之美。本篇重点在"隐篇秀句"的区别与各自特征上。"隐"的特点是：

> 夫隐之为体，义生文外，秘响旁通，伏采潜发，譬爻象之变互体，川渎之韫珠玉也。故互体变爻，而化成四象；珠玉潜水，而澜表方圆。①

"隐篇"所具有的"飞伏""互体""变爻""四象"特点，是受汉代孟、京《易》学，尤其是京房《易》学影响的结果。一方面，我们可以看到刘勰论文取法儒家经典《周易》这一特点；另一方面则提示我们，《文心雕龙》的宗经观念是在汉代经学兴盛、独尊儒家的背景下建立起来的。据本篇所述，"隐篇"实际上是一种特殊的写作策略，是故意采用的"不写之写"的写作方法，以达到含蓄多义的审美效果。而"秀"的特点是：

> 始正而末奇，内明而外润，使玩之者无穷，味之者不厌矣。彼波起辞间，是谓之秀。纤手丽音，宛乎逸态，若远山之浮烟霭，娈女之靓容华。然烟霭天成，不劳于妆点；容华格定，无待于裁镕；深浅而各奇，秾纤而俱妙，若挥之则有余，而揽之则不足矣。②

---

① 杨明照：《增订文心雕龙校注》，第 495 页。
② 杨明照：《增订文心雕龙校注》，第 495 页。

"秀"主要是对"句"而言，"始正而末奇"一说，是文学创作"执正驭奇"的表现；"容华格定，无待于裁镕"，是说秀句没有繁杂枝蔓之弊，无须裁剪；"烟霭天成，不劳于妆点"则表明秀句具有自然物色天然之丽。文章秀句美丽，暗合《原道》尚丽之论。总之，秀句是文采之秀，与"隐篇"含蓄多义不同，是文章的"突出之写"。

在分述了"隐章秀句"各自的特点之后，刘勰提出了"隐秀"之美的创作原则论：

> 故自然会妙，譬卉木之耀英华；润色取美，譬缯帛之染朱绿。朱绿染缯，深而繁鲜；英华曜树，浅而炜烨。（隐篇所以照文苑，）[1]秀句所以侈翰林，盖以此也。[2]

从总的审美角度来看，"隐秀"是"英华曜树"的"自然会妙"的产物，同时也是"润色取美"的人工修饰之美的产物，是自然美与艺术美结合的特殊之美。从渊源角度来看，"隐秀"是先秦儒家"朱"之正色美的产物，即雅丽之美。

第四节 总结技法，执术驭篇

《总术》一篇，总结从《神思》到《附会》的文术。本篇首先提出"文笔"问题：

> 今之常言，有"文"有"笔"，以为无韵者"笔"也，有韵者"文"也。夫"文以足言"，理兼《诗》《书》；别目两名，自近代耳。颜延

---

① 杨明照先生《增订文心雕龙校注》无此句，据詹锳先生《文心雕龙义证》、吴林伯先生《文心雕龙义疏》补入。

② 杨明照：《增订文心雕龙校注》，第496页。

年以为："笔之为体，言之文也；经典则言而非笔，传记则笔而非言。"请夺彼矛，还攻其楯矣。何者？《易》之《文言》，岂非言文？若笔不言文，不得云经典非笔矣。将以立论，未见其论立也。予以为：发口为言，属翰曰笔；常道曰经，述经曰传。经传之体，出言入笔；笔为言使，可强可弱。分经以典奥为不刊，非以言、笔为优劣也。[①]

文体论的诸多论述表明：在雅丽思想指导下，《文心雕龙》主张不分有韵无韵，即雅文与丽文合观，这实际上也暗示了魏晋重情尚美的时代风气对他的文学思想影响有限。总结文笔之后，刘勰开始阐明自己研究文术的原因：

> 昔陆氏《文赋》，号为"曲尽"；然泛论纤悉，而实体未该。故知九变之贯匪穷，"知言之选"难备矣。[②]

作文之术是写作的重要基础。刘勰提出的陆机《文赋》本是《文心雕龙》论述创作的近源，但是"陆赋巧而碎乱"，虽论文术，不成体系，本篇"泛论纤悉，而实体未该"一说与此同。"九变之贯"一说，上承《通变》时代风格变化论，下启《时序》篇"辞采九变"的文学史论，核心即雅丽之美。然后，刘勰指出当代文士"精虑造文，各竞新丽；多欲练辞，莫肯研术"的不足，新丽之文虽好，仍需以文术为基础，以经典为法则。其"精、匮、博、芜、辩、浅、奥、诡"的四对八种作家文风组合显示，如果修养写作之法时只是片面执着于某一端，就会出现"义华而声悴，理拙而文泽"的文

① 杨明照：《增订文心雕龙校注》，第 529 页。
② 杨明照：《增订文心雕龙校注》，第 529 页。

病，也就是说，写作应该义脉贯通、声律和谐、情理昭畅、文采华丽。若干"文如其人"的风格的综合，类同于《体性》"八体"的"会通合数"之综合，是以雅丽之美为圆心，运转而成各种风格的文章。

为了正确地创造雅丽之美，本篇总结性地提出"执术驭篇"的主张，总结了前面的创作理论。文术论不分文体，只要是写作文章都可以用：

> 若夫善弈之文，则术有恒数：按部整伍，以待情会；因时顺机，动不失正。数逢其极，机入其巧，则义味腾跃而生，辞气丛杂而至；视之则锦绘，听之则丝簧，味之则甘腴，佩之则芬芳：断章之功，于斯盛矣。[①]

这段语言优美的话含义十分模糊，仔细分辨，可见刘勰将思维、情思、方法、文义、辞采等问题都包含了进去。"文体多术，共相弥纶"则提示读者：写作方法这么多，如何选取，怎样运用？这就需要作家修炼技法、训练思维、博观精阅、"备总情变"，"共相弥纶"之后才可熟练运用。

上述文术理论涉及结构、思维、裁剪、声律、章句、用典、比兴、夸饰、用字等问题，是若干创作技法的具体体现，主要的指向有三个：一是对文学雅丽之美的追求，二是对如何正确尚丽的规范，三是以雅统丽，救弊当代文学。在这一论述中，往往是以《诗》《骚》为主要体裁来做分析，崇诗抑赋，反对丽淫，主张丽则；同时，不忘对文学新变与近代文学的不足进行规范或批评，意在救弊。十九篇创作论整合起来的核心，是指向雅丽之文与雅丽之美的正确创造。

[①] 杨明照：《增订文心雕龙校注》，第530页。

第七章　《文心雕龙》写作导师论

　　《文心雕龙》以儒家思想为主导，以诸子思想、魏晋玄学等为辅助，历时约千年，论述文体八十余种，评论作家一百余家，并对以屈原为首、司马相如及扬雄、陆机等为代表的文学作家做出了多方面的评价。通观《文心雕龙》一书，在"枢纽论"的《征圣》篇中指出："征之周、孔，则文有师矣。"写作当以儒家经典为范本，当以儒学宗师为榜样，这是刘勰的一家之言，也是《文心雕龙》论述写作问题的基本皈依。这样的思想取法当然有其独尊儒术的合法性，也有其偏执己见、将文学附庸于儒学的不合理性。但是，我们现在来研究《文心雕龙》及其写作理论，首先要站在刘勰本人的思想立场上，尊重他本人的论证内容，而不能以我们现在的观点、思想、立场来代替刘勰。所以，根据刘勰的原话，整个《文心雕龙》中最伟大的作家，应该是周公和孔子。周公制礼正乐，创建了西周礼乐制度，编纂了《周礼》这样的伟大作品；孔子删述经典，创作了《春秋》这样的历史经典：他们确实是儒学史上的伟大作家。

　　综观刘勰对先秦两汉儒家思想的继承与吸收，其核心还是在先秦孔子一家，孔子是刘勰展开"文章"写作的精神导师和实践导师，刘勰大有将自己视为孔子在齐梁文坛代言人之意。笔者耗时多年，写成120万字的《〈文心雕龙〉儒家思想渊源论》，本章将单论孔子，一则因为孔子思想对《文心雕龙》的影响是全方位、根本性的，二则在《文心雕龙》思想影响的研究范围内，还没有研究者仔细进行过这样的梳理。笔者以为，孔子至少在以下方面对《文心雕龙》产生了根本的影响：一是作为刘勰创作该书的精神教父；二是对中道思维方法的全面运用；三是对中和之美文艺思想的全面追求；四是复古商周的文学观念；五是著书正乐的伟大举动；六是立体综合的学习修养理论；七是高超的言语艺术。以上各个方面的深刻影响，成为《文心雕龙》写作成书的骨干内容和主导思想。孔子文艺美学思想是刘勰采纳的重中之重，以其为代表的儒家文艺思想是《文心雕龙》成书的主导思想。

第一节　《文心雕龙》评论孔子概说

《文心雕龙》书中对孔子有无上的尊崇和敬爱之情，全书至少二十八次直接论述到了孔子，这些论述集中地表现在《原道》《征圣》《宗经》《正纬》《史传》《序志》等核心篇目之中，并散见于全书的其他篇目。刘勰对孔子的顶礼膜拜贯通全书，主要有以下内容：

> 人文之元，肇自太极，幽赞神明，《易》象惟先。庖牺画其始，仲尼翼其终。(《原道》)①
> 至夫子继圣，独秀前哲，熔钧六经，必金声而玉振。(《原道》)②
> 爰自风姓，暨于孔氏，玄圣创典，素王述训，莫不原道心以敷章，研神理而设教。(《原道》)③
> 夫子文章，可得而闻，则圣人之情，见乎文辞矣。(《征圣》)④
> 先王圣化，布在方册，夫子风采，溢于格言。(《征圣》)⑤

---

① 杨明照：《增订文心雕龙校注》，第 1 页。
② 杨明照：《增订文心雕龙校注》，第 2 页。
③ 杨明照：《增订文心雕龙校注》，第 2 页。
④ 杨明照：《增订文心雕龙校注》，第 17 页。
⑤ 杨明照：《增订文心雕龙校注》，第 17 页。

征之周孔，则文有师矣。(《征圣》)①

颜阖以为，仲尼饰羽而画，徒事华辞。虽欲訾圣，弗可得已。(《征圣》)②

皇世《三坟》，帝代《五典》，重以《八索》，申以《九丘》。岁历绵暧，条流纷糅。自夫子删述，而大宝咸耀。(《宗经》)③

有命自天，乃称符谶，而八十一篇，皆托于孔子，则是尧造绿图，昌制丹书，其伪三矣。(《正纬》)④

于是伎数之士，附以诡术：或说阴阳，或序灾异，若鸟鸣似语，虫叶成字，篇条滋蔓，必假孔氏。(《正纬》)⑤

故河不出图，夫子有叹；如或可造，无劳喟然。(《正纬》)⑥

昔康王河图，陈于东序，故知前世符命，历代宝传。仲尼所撰，序录而已。(《正纬》)⑦

周公慎言于金人，仲尼革容于欹器：则先圣鉴戒，其来久矣。(《铭箴》)⑧

逮尼父之卒，哀公作诔；观其慭遗之辞，呜呼之叹，虽非睿作，古式存焉。(《诔碑》)⑨

昔者夫子闵王道之缺，伤斯文之坠，静居以叹凤，临衢而泣麟，于是就太师以正《雅》《颂》，因鲁史以修《春秋》。举得失以表黜

---

① 杨明照：《增订文心雕龙校注》，第 17 页。
② 杨明照：《增订文心雕龙校注》，第 18 页。
③ 杨明照：《增订文心雕龙校注》，第 26 页。
④ 杨明照：《增订文心雕龙校注》，第 41 页。
⑤ 杨明照：《增订文心雕龙校注》，第 41 页。
⑥ 杨明照：《增订文心雕龙校注》，第 41 页。
⑦ 杨明照：《增订文心雕龙校注》，第 41 页。
⑧ 杨明照：《增订文心雕龙校注》，第 139 页。
⑨ 杨明照：《增订文心雕龙校注》，第 154 页。

陟，征存亡以标劝戒。(《史传》)①

比尧称典，则位杂中贤；法孔题经，则文非元圣。(《史传》)②

若乃尊贤隐讳，固尼父之圣旨，盖纤瑕不能玷瑾瑜也。(《史传》)③

史肇轩黄，体备周孔。(《史传》)④

及伯阳识礼，而仲尼访问；爰序道德，以冠百氏。然则鬻惟文友，李实孔师；圣贤并世，而经子异流矣。(《诸子》)⑤

昔仲尼微言，门人追记，故抑其经目，称为《论语》。盖群论立名，始于兹矣。(《论说》)⑥

迄至正始，务欲守文；何晏之徒，始盛玄论。于是聃、周当路，与尼父争途矣。(《论说》)⑦

刘琨诗言："宣尼悲获麟，西狩泣孔邱。"若斯重出，即对句之骈枝也。(《丽辞》)⑧

夫《尔雅》者，孔徒之所纂，而《诗》《书》之襟带也。(《练字》)⑨

自生人以来，未有如夫子者也。(《序志》)⑩

齿在逾立，则尝夜梦执丹漆之礼器，随仲尼而南行。旦而寤，乃怡然而喜：大哉！圣人之难见哉，乃小子之垂梦欤！(《序志》)⑪

---

① 杨明照：《增订文心雕龙校注》，第 205 页。
② 杨明照：《增订文心雕龙校注》，第 206 页。
③ 杨明照：《增订文心雕龙校注》，第 208 页。
④ 杨明照：《增订文心雕龙校注》，第 208 页。
⑤ 杨明照：《增订文心雕龙校注》，第 229 页。
⑥ 杨明照：《增订文心雕龙校注》，第 246 页。
⑦ 杨明照：《增订文心雕龙校注》，第 246 页。
⑧ 杨明照：《增订文心雕龙校注》，第 448 页。
⑨ 杨明照：《增订文心雕龙校注》，第 485 页。
⑩ 杨明照：《增订文心雕龙校注》，第 610 页。
⑪ 杨明照：《增订文心雕龙校注》，第 610 页。

　　　　盖《周书》论辞，贵乎体要；尼父陈训，恶乎异端：辞、训之异，
宜体于要。(《序志》)①

　　在这些篇目中，《原道》主要谈到孔子继承先圣删述经典的伟绩，《征
圣》主要谈到孔子作为经典作家的榜样示范作用，《正纬》主要抬
出孔子来作为纬书"四伪"与反经不雅的照妖镜，《史传》主要讲
到孔子在史记文学体裁的创造之功与千年影响，《论说》主要讲到
了《论语》在论体文学的首创之功与魏晋玄学谈玄论虚对儒学正统
地位的冲击影响，《序志》主要讲到刘勰对孔子深及骨髓的崇拜之
情与征圣为文的理论依据。《文心雕龙》之中，没有任何人的地位
有孔子如此之高。

　　刘勰在论述文学写作之道的过程中，将孔子及其言行运用于思
想标杆、著书立说、文体发展、纠正弊端、具体创作、文字小学、
文如其人、创作规律等方面。刘勰除了直接抬出孔子为自己的论述
找论据，还处处以儒家五经为思想标准或艺术标准，作为衡量历时
的文学史、共时的时代论、具体的作家作品、深刻的文学规律的第
一武器。而这五经，始自文王、周公而重构于孔子的就有《诗》《书》
《礼》《易》四经，加上创于孔子的《春秋》史传文学，五经无一不
与孔子关系密切。所以说，孔子的言行、思想对刘勰的影响，毫无
疑问是最为巨大的。非常遗憾的是，前贤对于孔子（包括其他诸子）
思想与《文心雕龙》关系的研究，均属泛论，而无具体论述。就具
体表现而言，包括如下几个方面：一是孔子复古尊礼的政治理想对
刘勰建立复古返本的文学秩序王国理想的影响，二是孔子"吾从周"
的文学取法对刘勰以商周文学为折衷范式的史学意识的确立，三是
孔子若干影响深远的文艺美学与音乐美学思想对刘勰文学与美学思

───────────

① 杨明照：《增订文心雕龙校注》，第 610 页。

想体系的建构，四是孔子文武双全建功立业对刘勰经世致用的榜样示范作用，五是孔子删述经典重构雅乐的伟大行为对刘勰树德建言写作《文心雕龙》的巨大影响，六是孔子主张的"中庸"之道与听音观政的鉴赏解读方式对刘勰思想方法论与文学鉴赏理论的启示作用。

第二节　作为刘勰精神教父的孔子

孔子在思想准则上推崇周代的礼法制度，追求复古有序的理想社会政治制度，这使他成为刘勰尊崇的精神教父，这是贯穿《文心雕龙》全书的一个不变思想。

一、贫贱经历

青年时代相似的贫贱经历与起而拯之的奋斗精神，是刘勰以孔子为"征圣"对象的起点。据《梁书·文学传》记载：

> 刘勰字彦和，东莞莒人。祖灵真，宋司空秀之弟也。父尚，越骑校尉。勰早孤，笃志好学。家贫不婚娶，依沙门僧祐，与之居处，积十余年，遂博通经论，因区别部类，录而序之。①

《南史·文学传》的记载与此大同小异：

> 刘勰字彦和，东莞莒人也。父尚，越骑校尉。勰早孤，笃志好学。家贫不婚娶，依沙门僧祐居，遂博通经论，因区别部类，录而序之。②

---

① 〔唐〕姚思廉：《梁书》（影印本），北京：中华书局，1997年，第710页。
② 〔唐〕李延寿：《南史》（影印本），北京：中华书局，1997年，第1781页。

　　刘勰虽然出身士族，但到他这一代时，家道已经衰败，父亲早死，家贫不能婚娶，于是到上定林寺跟随名僧僧祐居处，一共有十多年的时间。关于刘勰出身究竟是庶族还是士族的问题，他为什么不婚娶的问题，以及他到定林寺跟随僧祐学习的动机与目的，杨明照、王元化、张少康等先生论之已详，虽然观点有差异，但不是本文所论述的范围，故于此不述。笔者想说的是，刘勰由一个家道殷实、地位中上的士族青年，因为家庭的衰败而成为一个无法在社会立足容身的贫寒青年，这个变化，对他的心灵成长与精神成长，是有很大影响的。幸运的是，刘勰没有消沉，没有坐以待毙，他能够主动到名僧僧祐那里去学习提高，本身就带有力争出头、重振家道的内在原因。但是，长期的贫贱生活，以及当时等级森严的门阀制度，使得他的进取求仕的理想难于实现。《文心雕龙·程器》篇说：

　　　　盖人禀五材，修短殊用；自非上哲，难以求备。然将相以位隆特达，文士以职卑多诮，此江河所以腾涌，涓流所以寸折者也。名之抑扬，既其然矣；位之通塞，亦有以焉。①

本段表面上是在总结前文所述的文士瑕疵与将相疵累，间接表达的却是自己心忧名声不彰、地位不显的忧愤之情。刘勰成书之后，是想以此晋身扬名的，所以他主动做出了拦道沈约而献书求誉的事情。因此，他的书中不方便直说当时社会用人制度的弊端与门阀垄断的森严。晚于刘勰的颜之推，因为已经身在北朝，所以在《颜氏家训·涉务》篇中对此做出了深入的分析与揭露：

　　　　吾见世中文学之士，品藻古今，若指诸掌，及有试用，多无

---

① 杨明照：《增订文心雕龙校注》，第 599 页。

所堪。居承平之世，不知有丧乱之祸；处庙堂之下，不知有战陈之急；保俸禄之资，不知有耕稼之苦；肆吏民之上，不知有劳役之勤，故难可以应世经务也。晋朝南渡，优借士族；故江南冠带，有才干者，擢为令仆已下，尚书郎中书舍人已上，典掌机要。其余文义之士，多迂诞浮华，不涉世务；纤微过失，又惜行捶楚，所以处于清高，盖护其短也。至于台阁令史，主书监帅，诸王签省，并晓习吏用，济办时须，纵有小人之态，皆可鞭杖肃督，故多见委使，盖用其长也。人每不自量，举世怨梁武帝父子爱小人而疏士大夫，此亦眼不能见其睫耳。

梁世士大夫，皆尚褒衣博带，大冠高履，出则车舆，入则扶侍，郊郭之内，无乘马者。周弘正为宣城王所爱，给一果下马，常服御之，举朝以为放达。至乃尚书郎乘马，则纠劾之。及侯景之乱，肤脆骨柔，不堪行步，体羸气弱，不耐寒暑，坐死仓猝者，往往而然。建康令王复性既儒雅，未尝乘骑，见马嘶歕陆梁，莫不震慑，乃谓人曰："正是虎，何故名为马乎？"其风俗至此。[①]

颜之推所论，实际上正是刘勰悲愤感慨的名位通塞而口不能言的弊端。这个弊端，从司马氏篡位曹魏以来，历经两晋宋齐四朝，愈演愈烈。寒门子弟无以出头。世家贵族则掌控了所有的高层权力，刘勰呼吁的"贵器用而兼文采"的"梓材"之士，往往散在民间草莽之中，不得为用。刘勰以此自况，但是绝不消极对待，这个处下而思进思想的本源，是孔子及其人生遭遇。

司马迁《史记·孔子世家》载：孔子父亲叔梁纥本是鲁国贵族，老而无子，"与颜氏女野合而生孔子"，孔子的出身是不光彩的。而且，孔子出生不久父亲就死了，"丘生而叔梁纥死"，孔子很早就成

---

① 王利器：《颜氏家训集解》（增补本），北京：中华书局，1993 年，第 30 页。

了孤儿，母亲艰难地抚养他长大，甚至不告诉他父亲的坟墓在哪里。在十七岁以前，孔子生活非常艰难，他自述"吾少也贱"，做过许多为求生存而不得不干的杂事、卑贱之事，甚至被阳虎当众羞辱：

> 孔子要绖，季氏飨士，孔子与往。阳虎绌曰："季氏飨士，非敢飨子也。"孔子由是退。[1]

张守节《正义》曰："季氏为馈饮鲁文学之士，孔子与迎而往，阳虎以孔子少，故折之也。"这个说法显然是在为孔子遮羞找面子。原文告诉我们，阳虎讽刺他说，我们是在为"士"办招待，你算哪棵葱呢，你是"士"吗？因为身份的贫贱，想混顿伙食都是如此的艰难。孔子当时的生存状况之差，是比刘勰更惨的。就在孔子成名以后的一生追求当中,他也主要是出于郁闷不得志的境地,《史记·孔子世家》曾精辟地总结过他的一生经历：

> 孔子贫且贱。及长，尝为季氏史，料量平；尝为司职吏而畜蕃息。由是为司空。已而去鲁，斥乎齐，逐乎宋、卫，困于陈蔡之间，于是反鲁。[2]

对比《梁书》所载的刘勰一生，显然要比孔子更为幸运。但是，刘勰尊奉孔子，更主要的原因在于孔子经国致用的功业感召与恢复礼乐独身卫道的崇高思想。

二、精神动力

孔子毕生卫道的言行实践与精神品质，是感染刘勰写作《文心

---

① 〔汉〕司马迁:《史记》(影印本)，第 1907 页。
② 〔汉〕司马迁:《史记》(影印本)，第 1909 页。

雕龙》的巨大动因。在《论语》与司马迁《史记·孔子世家》《史记·仲尼弟子列传》等文献中，记录了孔子毕生为恢复礼乐制度而不懈奋斗的若干言行事迹。虽然孔子的理想目标有点曲高和寡，并带有不愿变通的意味，但是他凭借一己之力终生卫道的精神，是非常感染后人的。为了维护礼法制度，孔子本人对自己要求极为严格，据《孔子世家》记载：

> 其于乡党，恂恂似不能言者。其于宗庙朝廷，辩辩言，唯谨尔。朝，与上大夫言，訚訚如也；与下大夫言，侃侃如也。入公门，鞠躬如也；趋进，翼如也。君召使傧，色勃如也。君命召，不俟驾行矣。鱼馁，肉败，割不正，不食。席不正，不坐。食于有丧者之侧，未尝饱也。是日哭，则不歌。见齐衰、瞽者，虽童子必变。"三人行，必得我师。""德之不修，学之不讲，闻义不能徙，不善不能改，是吾忧也。"使人歌，善，则使复之，然后和之。子不语：怪，力，乱，神。①

孔子谨言慎言，严守礼法，忠厚宽和，以身作则维护已经衰败的礼乐法规，在独善其身这一点上做得很好。以身作则的同时，孔子对弟子诸生也有同样的严格要求，《仲尼弟子列传》记载说：

> 颜无繇字路。路者，颜回父，父子尝各异时事孔子。颜回死，颜路贫，请孔子车以葬。孔子曰："材不材，亦各言其子也。鲤也死，有棺而无椁，吾不徒行以为之椁，以吾从大夫之后，不可以徒行。"②

---

① 〔汉〕司马迁：《史记》（影印本），第1939—1940页。
② 〔汉〕司马迁：《史记》（影印本），第2210页。

孔子对颜路说，我不能把我坐的车给你用来埋葬颜回呀，我现在的身份是国家的大夫，有不可步行的礼的规定，出门是必须坐车的，我不能徇私呀。并且拿自己儿子来说事，而孔鲤与颜渊均为"士"，这样做，都是符合他们身份的，弟子与儿子是一样对待的，更是合于礼的。孔子毕生最讲究礼仪规矩，中正谨慎，这是国家纲纪制度的规定，即使面对他最爱的学生颜回身后因家贫无棺椁以下葬的贫穷局面，也无可更改。孔子一身对礼的坚持，于此可见。同时，孔子对于不守礼法的诸侯君王，也给予鞭笞。后来在卫国，遇到过国君不守正道的事情，孔子绝不附合敷衍：

> 居卫月余，灵公与夫人同车，宦者雍渠参乘，出，使孔子为次乘，招摇市过之。孔子曰："吾未见好德如好色者也。"于是丑之，去卫，过曹。[1]

卫灵公作为一国之君，与宠妃南子同乘一车，不知避讳，招摇过市，德行不修，在孔子看来，这是好色至极的表现，简直是纲纪混乱到了极点，于是他很生气，就离开了卫国。

上述三例，孔子推己及人，上至于国君，下达于弟子。另外的一件事，属于诸侯国之间的外交大事件，孔子严守礼法，以此为理由，维护了弱小的鲁国的国威，灭掉了强大的齐国的淫威。这是他追求恢复周初礼法制度的最佳案例：

> 定公十年春，及齐平。夏，齐大夫黎锄言于景公曰："鲁用孔丘，其势危齐。"乃使使告鲁为好会，会于夹谷。鲁定公且以乘车好往。孔子摄相事，曰："臣闻有文事者必有武备，有武事者必有文备。

---

① 〔汉〕司马迁：《史记》（影印本），第1920—1921页。

古者诸侯出疆，必具官以从。请具左右司马。"定公曰："诺。"
具左右司马。①

当时孔子为鲁国大司寇，摄相事，以礼治国，已经初见成效，
敏感的近邻齐国觉察到了孔子强鲁可能带来的危险，想借机收拾一
下孔子，限制鲁国的发展空间。孔子对此虽然并不知情，但是，他
坚持不忘最为看重的就是礼仪法规，作为两国国君见面的外交正式
场合，提醒鲁君不可忘记"古者诸侯出疆"的礼仪规矩，不可失礼，
免得齐国笑话。鲁国国君与齐国国君刚一相见，齐国以强凌弱，孔
子开始登场：

> 会齐侯夹谷，为坛位，土阶三等，以会遇之礼相见，揖让而登。
> 献酬之礼毕，齐有司趋而进曰："请奏四方之乐。"景公曰："诺。"
> 于是旍旄羽袯矛戟剑拨鼓噪而至。孔子趋而进，历阶而登，不尽
> 一等，举袂而言曰："吾两君为好会，夷狄之乐何为于此！请命
> 有司！"有司却之，不去，则左右视晏子与景公。景公心怍，麾
> 而去之。②

国君相会，规格等级最高，演奏"四方之乐"时，齐国有司预设的"旍
旄羽袯矛戟剑拨鼓噪"纷然而至，齐国有司与齐王、晏子等人是想
借机侮辱鲁王，侮辱孔子，灭掉孔子辅政治国的信心和威信。但是
孔子不惧怕，义正词严，绝不示弱，直接指出对方表现得糟糕狼狈，
类同于"夷狄之乐"，不是国风正音，完全不符合两国相交的正常
制度。

---

① 〔汉〕司马迁：《史记》（影印本），第 1915 页。
② 〔汉〕司马迁：《史记》（影印本），第 1915 页。

> 有顷，齐有司趋而进曰："请奏宫中之乐。"景公曰："诺。"
> 优倡侏儒为戏而前。孔子趋而进，历阶而登，不尽一等，曰："匹
> 夫而营惑诸侯者罪当诛！请命有司！"有司加法焉，手足异处。①

齐国有司继续卖弄关子，改奏"宫中之乐"，结果虽有雅乐，却有"优
倡侏儒为戏而前"，这是赤裸裸地侮辱鲁国国君，为礼法所不容许。
孔子深谙此道，绝不示弱，决定按照"营惑诸侯者罪当诛"的规定，
杀一儆百，以示威仪。

> 景公惧而动，知义不若，归而大恐，告其群臣曰："鲁以君
> 子之道辅其君，而子独以夷狄之道教寡人，使得罪于鲁君，为之
> 奈何？"有司进对曰："君子有过则谢以质，小人有过则谢以文。
> 君若悼之，则谢以质。"于是齐侯乃归所侵鲁之郓、汶阳、龟阴
> 之田以谢过。②

这一段是孔子文武双修，礼法治国，在强国面前、大义凛然的最精
彩画面。孔子的言行举止，使得齐景公大为恐惧，自知"得罪于鲁
君"，"乃归所侵鲁之郓、汶阳、龟阴之田以谢过"。凭借言语礼法，
不战而屈齐之威，这是孔子一生政治生涯中立功最大、声名最显的
一次。

在孔子的思想深处，文士必须练武，国防武备要常抓不懈，是
有来源的。孔子认为："以不教民战，是谓弃之。"（《论语·颜渊》）
孔子的主张是：在诸侯相争的局面下，如果不先对老百姓进行作战
训练，这就叫抛弃他们。又说："仁者必有勇，勇者不必有仁。"（《论

---

① 〔汉〕司马迁：《史记》（影印本），第 1915 页。
② 〔汉〕司马迁：《史记》（影印本），第 1915—1916 页。

语·宪问》）正是因为有这样的思想基础，他才敢于挺身而出，要求斩杀齐国有司。面对强大的齐国，而且国君在场，没有相当的勇毅胆识和武备思想，是不敢这么做的。刘勰《程器》提出文武双修的理论，早就有了祖师。

孔子为了维护礼法，常常表现出绝不变通，哪怕不做官也在所不惜的态度：

> 子路曰："卫君待子而为政，子将奚先？"子曰："必也正名乎。"子路曰："有是哉，子之迂也。奚其正？"子曰："野哉由也。君子于其所不知，盖阙如也。名不正则言不顺，言不顺则事不成，事不成则礼乐不兴，礼乐不兴则刑罚不中，刑罚不中则民无所措手足。故君子名之必可言也，言之必可行也。君子于其言，无所苟而已矣。"①

孔子坚持己见，不愿变通，独守礼法，讲究名正言顺，追摩三王淳朴教化，即使到了人生暮年，流浪在外十几年，仍然坚定不移。自己的学生，一直追随孔子游历的子路都说老师竟然这样迂腐，怎么不知道变通一下呢？其实不是孔子不知变通，而是他不能变通，决不放弃心中的理想。这是他声名远播，口碑极佳，却始终不被重用的败因之一。在春秋末年战乱频繁的动荡时局之下，国君很难接受孔子的政治主张，孔子的政治主张不得实行。

孔子本人出身贫贱，青年时代生存艰难，但是坚持上进的精神，成年成名后文武双修、建功立业的壮举，使同样出身下层、早年丧父的青年刘勰内心产生了强烈的共鸣，孔子对刘勰的精神世界有巨

---

① 〔魏〕何晏等注，〔宋〕邢昺疏：《论语注疏》，上海：上海古籍出版社，1992年，第2506页。

大的影响。《文心雕龙·程器》篇主张文士应该文武双备，"摛文
必在纬军国"，起源就在于对孔子学文尚用、维护礼法、为国立功、
刚毅坚强精神的尊崇，也是对当时国家政治人物精神气质屠弱不振
风气的批评。①《颜氏家训》记载了颜之推目睹的一些不良风气：

> 多见士大夫耻涉农商，羞务工伎，射则不能穿札，笔则才记
> 姓名，饱食醉酒，忽忽无事，以此销日，以此终年。或因家世余
> 绪，得一阶半级，便自为足，全忘修学；及有吉凶大事，议论得失，
> 蒙然张口，如坐云雾；公私宴集，谈古赋诗，塞默低头，欠伸而已。
> 有识旁观，代其入地。何惜数年勤学，长受一生愧辱哉！
>
> 梁朝全盛之时，贵游子弟，多无学术，至于谚云："上车不
> 落则著作，体中何如则秘书。"无不熏衣剃面，傅粉施珠，驾长
> 檐车，跟高齿屐，坐棋子方褥，凭斑丝隐囊，列器玩于左右，从
> 容出入，望若神仙。明经求第，则顾人答策；三九公宴，则假手
> 赋诗。当尔之时，亦快士也。及离乱之后，朝市迁革，铨衡选举，
> 非复曩者之亲；当路秉权，不见昔时之党。求诸身而无所得，施
> 之世而无所用。被褐而丧珠，失皮而露质，兀若枯木，泊若穷流，
> 鹿独戎马之间，转死沟壑之际。当尔之时，诚驽材也。有学艺者，
> 触地而安。自荒乱已来，诸见俘虏。②

颜之推后于刘勰，身在北朝，他敢于直接揭露这些弊端。刘勰
身在南朝，采用了隐晦间接的表达策略。对于这种"上车不落则著作，
体中何如则秘书"的腐败屠弱与"明经求第，则顾人答策；三九

---

① 关于此点，论述较为充分的有刘永济先生《文心雕龙校释》与曹顺庆先生《中
西比较诗学》。可参。

② 王利器：《颜氏家训集解》（增补本），第19页。

公宴，则假手赋诗"的舞弊擅权者进行了间接的讽刺，说：

> 盖人禀五材，修短殊用；自非上哲，难以求备。然将相以位隆特达，文士以职卑多诮，此江河所以腾涌，涓流所以寸折者也。名之抑扬，既其然矣；位之通塞，亦有以焉。[①]

刘勰借古讽今，强烈地表达了自己对于名位抑扬与通塞的意见，对于因为门阀控制使自己名不扬且位不通的生存现实极为不满，他的人生愿望不得实现，极为苦闷。但是，他逆社会陋习而动，不坠青云之志：

> 盖士之登庸，以成务为用。鲁之敬姜，妇人之聪明耳。然推其机综，以方治国；安有丈夫学文，而不达于政事哉？彼扬、马之徒，有文无质，所以终乎下位也。昔庾元规才华清英，勋庸有声，故文艺不称；若非台岳，则正以文才也。文武之术，左右惟宜。[②]

刘勰决心"以成务为用"来勉励自己，以"安有丈夫学文，而不达于政事哉"的志向来鼓舞自己，以"文武之术，左右惟宜"的思想来激励自己。而上述种种内在理想动力的化身，孔子是最佳的人选。刘勰提出的"摛文必在纬军国，负重必在任栋梁；穷则独善以垂文，达则奉时以骋绩"的文士人生理想，孔子完全符合他的这些论述，简直是量身定做的评价标准。刘勰借此寄托自己的人生理想，决心做一个"文武之术，左右惟宜"而且能够"丈夫学文，达于政事"的孔子式的人物，说孔子是刘勰的精神教父，是完全符合青年刘勰

---

① 杨明照：《增订文心雕龙校注》，第 599 页。
② 杨明照：《增订文心雕龙校注》，第 599 页。

的精神追求的。《序志》篇有两个略带神秘色彩的美梦故事，显示了这种精神动力对刘勰成长的巨大作用：

> 予生七龄，乃梦彩云若锦，则攀而采之。齿在逾立，则尝夜梦执丹漆之礼器，随仲尼而南行。旦而寤，乃怡然而喜，大哉！圣人之难见哉，乃小子之垂梦欤！ [①]

刘勰在童年与而立时两次梦见孔子，是否真实，是无法印证的。其实他本人想说的是：圣人难见，我见了两次，如何能够不高兴？是不是孔子要我做点什么事呢？有这个可能。读《序志》篇就知道，刘勰决定写《文心雕龙》，哪怕再难也不怕，得罪人也不要紧，他要的是求实，要的是表达自己的看法。这与孔子"迁"而不改何其相似？《文心雕龙》体大虑周，是在综合论述上千年的文学史、创作论、品评数以百计的作家作品并常常独创立论的基础上写出来的，其难度之大，是否也可以将刘勰看作文学发展的精神卫道者呢？

至少在刘勰自己看来，他是具有这样"贵器用而兼文采"的本事的，属于《周书》论士称许的"梓才"，他模仿效法的对象就是孔子。颜之推《颜氏家训·涉务》篇对"国之用材"做出了六个方面的规定：

> 士君子之处世，贵能有益于物耳，不徒高谈虚论，左琴右书，以费人君禄位也。国之用材，大较不过六事：一则朝廷之臣，取其鉴达治体，经纶博雅；二则文史之臣，取其著述宪章，不忘前古；三则军旅之臣，取其断决有谋，强干习事；四则藩屏之臣，取其明练风俗，清白爱民；五则使命之臣，取其识变从宜，不辱君命；

---

① 杨明照：《增订文心雕龙校注》，第 610 页。

六则兴造之臣，取其程功节费，开略有术，此则皆勤学守行者所能辨也。人性有长短，岂责具美于六涂哉？但当皆晓指趣，能守一职，便无愧耳。①

从前述孔子的言行事迹来看，他至少在前三项上占据了稳固的位置。《孔子世家》正文之前《索隐》曰："孔子非有诸侯之位，而亦称系家者，以是圣人为教化之主，又代有贤哲，故称系家焉。"《正义》曰："孔子无侯伯之位，而称世家者，太史公以孔子布衣传十余世，学者宗之，自天子王侯，中国言六艺者宗于夫子，可谓至圣，故为世家。"显然，孔子的历史文化贡献远在颜之推"国之用材"之上。刘勰《文心雕龙》独列《征圣》一篇，以周公、孔子为儒家两大圣人，而重心在于继续赞美孔子。

三、文学秩序

刘勰面对儒学不兴、文风讹滥的现状，迫使他注重从复古尊孔的角度入手，在礼法规矩中吸取有用因素，建立讲究秩序遵循规律的文学发展正途。这是刘勰所追求的核心目标之一。《序志》篇论述《文心雕龙》的写作动因说：

> 去圣久远，文体解散。辞人爱奇，言贵浮诡；饰羽尚画，文绣鞶帨：离本弥甚，将遂讹滥。盖《周书》论辞，贵乎"体要"；尼父陈训，恶乎"异端"：辞、训之"异"，宜体于要。于是搦笔和墨，乃始论文。②

刘勰面对的齐梁文坛，是自"楚艳汉侈，流弊不还"（《宗经》）以来、

---

① 王利器：《颜氏家训集解》（增补本），第 30 页。
② 杨明照：《增订文心雕龙校注》，第 610 页。

建安与晋宋文学"从质及讹""竞今疏古"（《通变》）从而"离本弥甚，将遂讹滥"（《序志》）的糟糕局面，因此，在现实创作与当代理论中去寻找救弊良方，已属不可能。因为刘勰深刻地洞察到，文学是不能离开社会思潮、审美思潮、政治制度乃至君王喜好而独立发展的，社会现实的变迁，是在往礼崩乐坏的局面发展，文学不能幸免。以下数例，或可说明当时儒学不兴、文学发展离经叛道的大坏局面。

《晋书·儒林传序》："有晋始自中朝，迄于江左，莫不崇饰华竞，祖述虚玄，摈阙里之典经，习正始之余论，指礼法为流俗，目纵诞以清高，遂使宪章弛废，名教颓毁，五胡乘间而竞逐，二京继踵以沦胥，运极道消，可为长叹息者矣。"①

《陈书·儒林传序》："魏、晋浮荡，儒教沦歇，公卿士庶，罕通经业矣。"②

《南史·儒林传序》："故自两汉登贤，咸资经术。洎魏正始以后，更尚玄虚，公卿士庶，罕通经业。时荀颉、挚虞之徒，虽议创制，未有能易俗移风者也。自是中原横溃，衣冠道尽。逮江左草创，日不暇给，以迄宋、齐，国学时或开置，而劝课未博，建之不能十年，盖取文具而已。是时乡里莫或开馆，公卿罕通经术。朝廷大儒，独学而弗肯养众；后生孤陋，拥经而无所讲习，大道之郁也久矣乎！"③

《周书·儒林传序》："雕虫是贵，魏道所以陵夷；玄风既兴，晋纲于焉大坏。"④

① 〔唐〕房玄龄等：《晋书》（影印本），北京：中华书局，1997年，第2346页。
② 〔唐〕姚思廉：《陈书》（影印本），北京：中华书局，1997年，第433页。
③ 〔唐〕李延寿：《南史》（影印本），第1729—1730页。
④ 〔唐〕令狐德棻等：《周书》（影印本），北京：中华书局，1997年，第805页。

《魏书·儒林传序》："自晋永嘉之后，运钟丧乱，宇内分崩，群凶肆祸，生民不见俎豆之容，黔首惟睹戎马之迹，礼乐文章，扫地将尽！"①

《隋书·儒林传序》："自晋室分崩，中原丧乱，五胡交争，经籍道尽。"②

《北史·儒林传序》："自永嘉之后，宇内分崩，礼乐文章，扫地将尽。"③

以上征引文献都共同指向了一个严峻的问题：自汉魏动乱以来，南北六朝的整体政治格局是动荡混乱的，学术思想"崇饰华竞，祖述虚玄"，儒学是式微的，文坛局面是"运极道消"而"礼乐文章，扫地将尽"的。最明显的莫过于刘勰生活的齐梁时代，这种状况非常糟糕。据《梁书·儒林传序》所载：

汉末丧乱，其道遂衰。魏正始以后，仍尚玄虚之学，为儒者盖寡。时荀颙、挚虞之徒，虽删定新礼，改官职，未能易俗移风。自是中原横溃，衣冠殄尽；江左草创，日不暇给；以迄于宋、齐。国学时或开置，而劝课未博，建之不及十年，盖取文具，废之多历世祀，其弃也忽诸。乡里莫或开馆，公卿罕通经术。朝廷大儒，独学而弗肯养众；后生孤陋，拥经而无所讲习。三德六艺，其废久矣。④

自"汉末丧乱，其道遂衰"以来数百年崇尚玄虚、儒道陵替的

---

① 〔北齐〕魏收：《魏书》（影印本），北京：中华书局，1997 年，第 1841 页。
② 〔唐〕魏徵等：《隋书》（影印本），北京：中华书局，1997 年，第 1705 页。
③ 〔唐〕李延寿：《北史》（影印本），北京：中华书局，1997 年，第 2703 页。
④ 〔唐〕姚思廉：《梁书》（影印本），第 661 页。

结果是，当时的儒生，已经从"博学乎《六艺》之文"的"古之儒者"（《汉书·儒林传》），蜕化成了"孤陋独学""罕通经术"的家伙，刘勰面对的是"三德六艺，其废久矣"的孱弱局面。

这样，就必须在古代的创作或理论中去寻找解决办法。刘勰极力为自己的文论主张找到万人敬仰的复古经典范例，这个范例就是孔子及其复古尚法的理论主张。可以说，孔子的政教、诗教理论，使他成为儒家文论史上第一位主张征圣复古、建立文学发展秩序的理论家。《汉书·儒林传序》详细记载了孔子的征圣、宗经思想：

> 古之儒者，博学乎《六艺》之文。《六艺》者，王教之典籍，先圣所以明天道，正人伦，致至治之成法也。周道既衰，坏于幽、厉，礼乐征伐自诸侯出，陵夷二百余年而孔子兴，衷圣德遭季世，知言之不用而道不行，乃叹曰："凤鸟不至，河不出图，吾已矣夫！""文王既没，文不在兹乎？"于是应聘诸侯，以答礼行谊。西入周，南至楚，畏匡厄陈，奸（按：同"干"）七十余君。适齐闻《韶》，三月不知肉味；自卫反鲁，然后乐正，《雅》《颂》各得其所。究观古今篇籍，乃称曰："大哉，尧之为君也！唯天为大，唯尧则之。巍巍乎其有成功也，焕乎其有文章！"又曰："周监于二代，郁郁乎文哉！吾从周。"于是叙《书》则断《尧典》，称乐则法《韶舞》，论《诗》则首《周南》。缀周之礼，因鲁《春秋》，举十二公行事，绳之以文、武之道，成一王法，至获麟而止。盖晚而好《易》，读之韦编三绝，而为之传。皆因近圣之事，以立先王之教，故曰："述而不作，信而好古"；"下学而上达，知我者其天乎！"①

---

① 〔汉〕班固：《汉书》（影印本），北京：中华书局，1997年，第3589—3590页。

班固的记述，除了将孔子整理经典、创作《春秋》、正定雅乐的起因经过描述得非常细致，还强调了孔子是在征圣、宗经心态下完成这些工作的，揭示了孔子的内心取法与精神动力之源泉，是"皆因近圣之事，以立先王之教。"孔子面对礼崩乐坏的局面，尊奉周文王，感慨"文王既没，文不在兹乎？"尊崇唐尧，称曰："大哉，尧之为君也！唯天为大，唯尧则之。"唐尧之世"焕乎其有文章！"周文王作《易》，于是孔子"晚而好《易》，读之韦编三绝，而为之传"。

同时，孔子对于周公的辅佐成王、制定"六经"、规范礼乐、经世致用、立功立德，交口不绝地称赞之，并以之为榜样，在《论语》中反复申述自己对周公仁政致用、化成天下、泽被后世言行的钦羡模仿之情。孔子毕生以复兴礼乐、宣讲仁政、投身政治为荣，他能历经困厄而百折不回，亲身卫道而规矩谨严，才使他成为周公之后的另一位标志式的儒家圣人，从而被孟子、荀子、扬雄、刘勰等人奉为毕生追摩的极则。

正是因为对孔子言行思想的极端崇拜，刘勰才会在梦里两次与孔子幸会，并以之为此生尊奉儒家思想的精神教父。《文心雕龙》的写作，实际上是刘勰以孔子为自身内在动力的外化成果。刘勰面对的六朝政治与文坛现状，同样是礼崩乐坏战乱频仍的政治格局、是流弊不还新奇讹滥的文学现实、是百家争鸣诸子交锋的思想大潮，文学的正确发展必须要有一个精神世界的领袖，如同孔子"征圣"尊奉文王与周公一样，刘勰"征圣"选定的是孔子。刘勰自己，实际上就是孔子思想在六朝文坛的现实使者，是为正本清源、指引文坛而来。《文心雕龙》一书，就是在孔子卫道精神的感染下，刘勰决心为纠正文学发展的不良倾向而作。

第三节　中庸之道的全面践行

子曰："齐一变，至于鲁；鲁一变，至于道。"①孔子说："齐国一改变，可以达到鲁国这个样子，鲁国一改变，就可以达到先王之道了。"孔子提出了"道"的范畴，这个"道"是治国安邦的最高原则，其形而下的体现，是兴起于尧舜时代而大盛于西周初年的礼乐制度。在春秋时期，齐国的封建经济发展较早，而且在管仲、晏婴等名臣的主持下实行了一些改革，成为当时最富强的诸侯国。与齐国相比，鲁国封建经济的发展比较缓慢，但意识形态和上层建筑保存得比较完备。所以孔子说，齐国改变就达到了鲁国的样子，而鲁国再一改变，就达到了先王之道。这反映了孔子对周礼的无限眷恋之情与复古尚礼的思想。这个"道"，是孔子在所有领域尊奉的最高原则。遵先王之道，守复古之法，孔子的政教、诗教以及音乐、修身、教育、学习、言语等思想见解，其核心倾向都是致力于建构雅正有序的社会生活制度，使之合于周代礼乐、文学中正的法度规范。刘勰复古尚雅、征圣宗经的文学思想，就是直接取法于孔子的。因为尊道崇道，孔子在各个方面都主张以"雅、正、礼、乐"为标准来折衷评价各种表现，主张中正平和，不偏不倚，不激不厉。这在《论语》等文献中有集中的表现。子曰："中庸之为德也，其至矣乎！民鲜久矣。"②孔子说认为：中庸这种道德，该是最高的了，大家已经是长久地缺乏它了。在这样的理论基础上，孔子主张"质胜文则野，文胜质则史。文质彬彬，然后君子"③的个人修养和审美要求，后来被尊为儒家文艺美学的重要理论范畴。孔子要求子夏做君子，谓

---

① 〔魏〕何晏等注，〔宋〕邢昺疏：《论语注疏》，第 2479 页。
② 〔魏〕何晏等注，〔宋〕邢昺疏：《论语注疏》，第 2479 页。
③ 〔魏〕何晏等注，〔宋〕邢昺疏：《论语注疏》，第 2479 页。

子夏曰："女为君子儒，无为小人儒。"①孔子本人在语言表达上"不语怪、力、乱、神"，严格要求自己，并为他人做表率。

孔子的中庸有所用的"用中"思想，是刘勰归纳文学发展由质朴到华丽、由雅正到新奇结合的"雅丽"思想所采用的"折衷"方法论之所出。而孔子中庸之道与"中庸为用"的思想方法，顺着儒家诸子一脉向下，传到刘勰这里，使刘勰成为这一中和思想的成功继承者。同时，孔子中庸之道与《周易》主张的辩证思维方法有紧密联系。《史记·孔子世家》说："孔子晚而喜《易》，序《彖》《系》《象》《说卦》《文言》。"《仲尼弟子列传》则进一步佐证曰："孔子传《易》于瞿。"当然，关于文王是否作《易》，周公、孔子是否作《传》，是一个争论不休的问题。我们从孔子删述经典与"晚而喜《易》"的角度来看，他是相当熟悉《周易》的。孔子的中庸思想与《周易》中提出的"分而为二"、并举两端的观点，与其中的动静、刚柔、阴阳、天地、正反、中正观念具有很大程度的一致性，二者的共同特点是两端并举、正反对比、执中为用。在《论语》等文献中，孔子表述自己的中庸思想，主要就是通过上述特点展示出来的并列、对比、执中等思维方法来实现的。《文心雕龙》全书以"折衷"方法论为主要论文方法，主要是受到了孔子开启、儒家诸子与儒家文论大力弘扬的中庸思想的影响。

一、礼法执中

《论语》借尧舜先帝之口，来宣讲孔子复古治国的礼法策略：

> 尧曰："咨，尔舜，天之历数在尔躬，允执其中。四海困穷，天禄永终。"舜亦以命禹，曰："予小子履，敢用玄牡，敢昭告于

---

① 〔魏〕何晏等注，〔宋〕邢昺疏：《论语注疏》，第2478页。

皇皇后帝,有罪不敢赦,帝臣不蔽,简在帝心。朕躬有罪,无以万方,万方有罪,罪在朕躬。周有大赉,善人是富。虽有周亲,不如仁人。百姓有过,在予一人。"谨权量,审法度,修废官,四方之政行焉。兴灭国,继绝世,举逸民,天下之民归心焉。所重民,食丧祭。宽则得众,信则民任焉,敏则有功,公则说。①

这一大段文字,记述了从尧帝舜帝以来先圣先王的遗训,中间或许有脱落之处,衔接不起来。后来的部分里,孔子对三代以来的美德善政作了高度概括,可以说是对《论语》全书中有关治国安邦平天下的思想总结,对后代产生了很大的影响。其中"允执其中"的执政方法,是尧帝在教导舜帝,告诉他执政应该公允诚实,中正无私。上升到方法论角度看,"执中"方法论的提出,启示人们看待问题不能偏颇,分析事物要公平,看到或正或反的两端之后要归于中正。取两端之利,或弃两端之弊,这样才会全面公平。这是孔子"中庸之道"在治国安邦问题上的具体运用。孔子的"执中"方法论,首先体现在礼法制度思想上:

　　子张问于孔子曰:"何如,斯可以从政矣?"子曰:"尊五美,屏四恶,斯可以从政矣。"子张曰:"何谓五美?"曰:"君子惠而不费,劳而不怨,欲而不贪,泰而不骄,威而不猛。"子张曰:"何谓惠而不费?"子曰:"因民之所利而利之,斯不亦惠而不费乎?择可劳而劳之,又谁怨?欲仁得仁,又焉贪?君子无众寡、无小大、无敢慢,斯不亦泰而不骄乎?君子正其衣冠,尊其瞻视,俨然人望而畏之,斯不亦威而不猛乎?"子张曰:"何谓四恶?"子曰:"不教而杀谓之虐,不戒视成谓之暴,慢令致期谓之贼,犹之与人也,

――――――――――
① 〔魏〕何晏等注,〔宋〕邢昺疏:《论语注疏》,第2535页。

出纳之吝，谓之有司。"①

这段文字，是子张向孔子请教为官从政的要领。孔子向子张讲了"五美四恶"，这是他政治主张的基本内容，其中包含有丰富的"民本"思想，比如："因民之所利而利之"，"择可劳而劳之"，反对"不教而杀""不戒视成"的暴虐之政。从孔子对"五美四恶"的阐述可以看出，孔子对德治、礼治社会有自己独到的主张，在今天仍不失其重要的借鉴价值。从论述方法上来看，"五美四恶"是典型的并举两极、正反对比的比较论述，是对恶的扬弃，对美的向往。这是执政运用"中正"思想的精彩个案。在回答鲁国季康子的提问时，孔子也主张中正：

> 季康子问政于孔子。孔子对曰："政者正也，子帅以正，孰敢不正。"②

孔子说，从政执政的原则，就是言行制度要中正，您带个头，大家就都会仿效您，国家就好治理了。政教为大，"正"政之后，是正"礼"。孔子尚中正之礼，在"礼之用"的层面提倡"和为贵"的原则：

> 有子曰："礼之用，和为贵。先王之道斯为美。小大由之，有所不行。知和而和，不以礼节之，亦不可行也。"③

对于礼法规矩，要以中和原则来推行它们，这是"先王之道"最美

---

① 〔魏〕何晏等注，〔宋〕邢昺疏：《论语注疏》，第2535页。
② 〔魏〕何晏等注，〔宋〕邢昺疏：《论语注疏》，第2504页。
③ 〔魏〕何晏等注，〔宋〕邢昺疏：《论语注疏》，第2458页。

的原则。同时，中和原则要与礼法制度结合起来，如果不能够以"礼"为外在的规范，想推行"和为贵"也不可能。这一内外结合的辩证原则，开启了孔子内在思想执中、用中，而外化行为尚正、尚雅的观念。在生活中合理地运用这些观念，就可以得到好的结果：

> 有子曰："信近于义，言可复也。恭近于礼，远耻辱也。因不失其亲，亦可宗也。"[1]

一个人讲信用，他说的话就值得相信；恭敬懂礼，就会远离耻辱；做事依靠亲近的人，就比较可靠。有子将礼法规矩世俗化行为化，将敦厚守礼的中和原则运用到具体的生活中去，这是孔子思想的具体运用。

孔子主张在坚持这些原则的时候，要做到持之以恒：

> 子曰："善人，吾不得而见之矣，得见有恒者，斯可矣。亡而为有，虚而为盈，约而为泰，难乎有恒矣。"[2]

孔子感叹圣人难见，君子也少，善人不多，能见到坚持操守的人也变得不容易，真是人心不古啊。因此，他对"没有而装作有，空虚而装作充足，贫乏而装作饱满"的人，评价为"难乎有恒"；反之，持之以恒，坚持礼法，就是孔子毕生的做法。"亡而为有，虚而为盈，约而为泰"的正反对比论述，更加深刻地体现了这个思想。依照这个思想，孔子不断地发出复古贬今的论调：

---

① 〔魏〕何晏等注，〔宋〕邢昺疏：《论语注疏》，第 2458 页。
② 〔魏〕何晏等注，〔宋〕邢昺疏：《论语注疏》，第 2483 页。

　　子曰："古者民有三疾，今也或是之亡也。古之狂也肆，今
之狂也荡；古之矜也廉，今之矜也忿戾；古之愚也直，今之愚也
诈而已矣。"①

孔子说："古代的百姓有三种小毛病，现在，不是那样的小毛病了，
情况要严重得多了。古代狂妄的人不过有些放肆直言，不拘小节，
现在狂妄的人却是放荡越礼，毫无顾忌；古代骄傲的人不过是棱角
太露，不可触犯他，现在骄傲的人却是凶恶好争，蛮横无理；古代
愚笨的人不过头脑有些简单直率，现在愚笨的人却是明目张胆地虚
伪欺诈。"孔子以为当代社会礼崩乐坏，古今对比，民风民心今不
如古，古代的人虽有毛病，但是不严重，当代的人简直令人感到无
可救药。这段话的潜台词是：如果能回到从前，或者退回去一些，
能取两段"皆差之差"为中等之差，也要好一些。对比执中的方式，
是《文心雕龙》最主要的思维方法之一，比如古今、奇正、正反、
雅俗、本末、异同等对立的范畴，就是这样展开论述的。详见《折
衷思维论》。

二、正色观念

　　在推行中和礼法的过程中，孔子对正色服饰观念的提倡，也是
礼仪尚中的一项重要外在修饰规定：

　　君子不以绀緅饰，红紫不以为亵服。当暑，袗绤绤，必表而
出之。缁衣羔裘，素衣麑裘，黄衣狐裘。亵裘长，短右袂。必有
寝衣，长一身有半。狐貉之厚以居。去丧无所不佩。非帷裳，必
杀之。羔裘玄冠不以吊。吉月，必朝服而朝。②

---

　① 〔魏〕何晏等注，〔宋〕邢昺疏：《论语注疏》，第 2525 页。
　② 〔魏〕何晏等注，〔宋〕邢昺疏：《论语注疏》，第 2494 页。

这一段涉及古礼，以"君子"开头，严格来说，应该是孔门对弟子的具体穿着礼仪、服饰色彩的要求，当然孔子在平日也是如此着装。总的来说，可视为孔门自身学礼和习礼的教育或规范，对于服饰的颜色、款式、季节、场合有明确严格的规定。孔子曾态度鲜明地对比说："恶紫之夺朱也，恶郑声之乱雅乐也，恶利口之覆邦家者。"（《论语·阳货》）孔子说："我厌恶用紫色顶替红色，厌恶用郑国的音乐扰乱雅乐，厌恶以巧言善辩的嘴巴来倾覆国家的人。"这里提到的"朱"，是大红色，古代传统称为正色。紫是红色和蓝色混合而成的颜色，虽与红色接近，然而不是正色而是杂色，或称间色。在春秋时期，史载鲁桓公和齐桓公都喜欢穿紫色衣服，可见那时紫色已取代了朱色的传统地位，连诸侯的衣服都以紫色为正色了。而孔子认为：朱色的光彩与地位不应被紫色夺去。孔子提倡的正色观念，对刘勰雅正的文采观有巨大影响。刘勰文学色彩观极为浓厚强烈，常常以自然、草木、鸟兽、云彩之色彩比喻文章，主张朱的正色，贬斥紫的间色，将孔子服饰正色的观念转化到了文学创作与理论研究上。

在《序志》篇里，刘勰为自己尊崇孔子的思想设置了一个美轮美奂的出场仪式："予生七龄，乃梦彩云若锦，则攀而采之。"彩云若锦是绚烂七色的天地辉光，刘勰攀而采之，与他"文源于道"、自然有采的文学思想暗合：

> 夫玄黄色杂，方圆体分，日月叠璧，以垂丽天之象；山川焕绮，以铺理地之形：此盖道之文也。（《原道》）[1]
>
> 傍及万品，动植皆文：龙凤以藻绘呈瑞，虎豹以炳蔚凝姿；云霞雕色，有逾画工之妙；草木贲华，无待锦匠之奇。夫岂外饰，

[1] 杨明照：《增订文心雕龙校注》，第1页。

盖自然耳。至于林籁结响，调如竽瑟；泉石激韵，和若球锽：故
形立则章成矣，声发则文生矣。夫以无识之物，郁然有采，有心
之器，其无文欤？（《原道》）①

在刘勰看来，天地万物是"郁然有采"的，人文文章源于自然，当
然也应该色彩绚烂，故而于书中反复申说声文、形文尤其人文应该
华美之意：

圣贤书辞，总称"文章"，非采而何？夫水性虚而沦漪结，
木体实而花萼振：文附质也。虎豹无文，则鞟同犬羊；犀兕有皮，
而色资丹漆：质待文也。（《情采》）②

故立文之道，其理有三：一曰形文，五色是也；二曰声文，
五音是也；三曰情文，五性是也。五色杂而成黼黻，五音比而成《韶》
《夏》，五性发而为辞章：神理之数也。（《情采》）③

是以绘事图色，文辞尽情；色糅而犬马殊形，情交而雅俗异势。
（《定势》）④

刘勰辩证地指出，有文采当然是好事，但是片面追求文采就会走向
只重视文采而忽略思想内容的极端，这是不对的。《序志》指出
"辞人爱奇，言贵浮诡；饰羽尚画，文绣鞶帨：离本弥甚，将遂讹
滥"的创作现象，而这类现象是普遍存在于文学发展过程中的，
比如：

---

① 杨明照：《增订文心雕龙校注》，第 1 页。
② 杨明照：《增订文心雕龙校注》，第 415 页。
③ 杨明照：《增订文心雕龙校注》，第 415 页。
④ 杨明照：《增订文心雕龙校注》，第 406 页。

穷瑰奇之服馔，极蛊媚之声色：甘意摇骨髓，艳词洞魂识。虽始之以淫侈，终之以居正，然讽一劝百，势不自反。(《杂文》)①

然才冠鸿笔，多疏尺牍；譬九方埋之识骏足，而不知毛色牝牡也。(《书记》)②

今才颖之士，刻意学文，多略汉篇，师范宋集，虽古今备阅，然近附而远疏矣。夫青生于蓝，绛生于茜，虽逾本色，不能复化。桓君山云："予见新进丽文，美而无采；及见刘扬言辞，常辄有得。"此其验也。故练青濯绛，必归蓝茜；矫讹翻浅，还宗经诰。斯斟酌乎质文之间，而隐括乎雅俗之际，可与言通变矣。(《通变》)③

从文体的创造、言辞的运用、文意的表达、学习的模仿等方面，都存在色彩混杂、不辨本色、瑰奇讹滥的问题，刘勰主张一定要以正色、经诰为准纠正之。这又回到孔子那里，《序志》说："齿在逾立，则尝夜梦执丹漆之礼器，随仲尼而南行。"礼器外润丹漆，由彩云若锦的众色缩小到了孔子提倡的朱红正色。文学也应该像礼法规定那样，朱紫异分，主次分明，优劣得所："正采耀乎朱蓝，间色屏于红紫：乃可谓雕琢其章，彬彬君子矣。"(《情采》)于是，刘勰以正色为基准，绳墨文采。类似的例子在书中比比皆是，诸如：

通儒讨核，谓伪起哀平；东序秘宝，朱紫乱矣！(《正纬》)④
世历二汉，朱紫腾沸。(《正纬》)⑤

---

① 杨明照：《增订文心雕龙校注》，第 181 页。
② 杨明照：《增订文心雕龙校注》，第 349 页。
③ 杨明照：《增订文心雕龙校注》，第 397—398 页。
④ 杨明照：《增订文心雕龙校注》，第 41 页。
⑤ 杨明照：《增订文心雕龙校注》，第 41 页。

丽词雅义，符采相胜，如组织之品朱紫，画绘之著玄黄。文虽新而有质，色虽糅而有本，此立赋之大体也。(《铨赋》)①

季代弥饰，绚言朱蓝。(《祝盟》)②

雅丽黼黻，淫巧朱紫。(《体性》)③

夫翚翟备色，而翾翥百步，肌丰而力沈也；鹰隼乏采，而翰飞戾天，骨劲而气猛也。文章才力，有似于此。若风骨乏采，则鸷集翰林；采乏风骨，则雉窜文囿。唯藻耀而高翔，固文笔之鸣凤也。(《风骨》)④

是以括囊杂体，功在铨别；宫商朱紫，随势各配。章表奏议，则准的乎典雅；赋颂歌诗，则羽仪乎清丽；符檄书移，则楷式于明断；史、论、序、注，则师范于核要；箴铭碑诔，则体制于宏深；连珠七辞，则从事于巧艳：此循体而成势，随变而立功者也。虽复契会相参，节文互杂，譬五色之锦，各以本采为地矣。(《定势》)⑤

故自然会妙，譬卉木之耀英华；润色取美，譬缯帛之染朱绿。朱绿染缯，深而繁鲜；英华曜树，浅而炜烨。(《隐秀》)⑥

至如《雅》咏棠华，"或黄或白"；《骚》述秋兰，"绿叶""紫茎"：凡摛表五色，贵在时见；若青黄屡出，则繁而不珍。(《物色》)⑦

上述征引的材料，涉及文学风格、创作原理、时代文风、文体风格、

① 杨明照：《增订文心雕龙校注》，第 97 页。
② 杨明照：《增订文心雕龙校注》，第 124 页。
③ 杨明照：《增订文心雕龙校注》，第 381 页。
④ 杨明照：《增订文心雕龙校注》，第 388 页。
⑤ 杨明照：《增订文心雕龙校注》，第 406—407 页。
⑥ 杨明照：《增订文心雕龙校注》，第 496 页。
⑦ 杨明照：《增订文心雕龙校注》，第 567 页。

景物描写、人工美与自然美的优劣问题等写作的方方面面。刘勰反复将"朱紫""朱蓝""朱绿""青黄""五色"等术语以比喻的方式进行对比论述，其目的就是要将源自孔子、折衷于"朱紫"的正色观念借鉴过来，运用到文学理论的阐述上去。从《文心雕龙》全书的若干例证来看，这种借鉴非常成功。在理论主张上，刘勰提倡美文与正采；在方法论上，则是孔子中和正色的中庸思想在起支撑作用。

三、中和诗教

与"允执其中""和为贵""五恶四美""朱紫"正色等政教礼教观念相一致，孔子提倡温柔敦厚的诗教原则与中和的审美标准。中和诗教是他中庸思想的重要内容之一：

> 子曰："《诗》三百篇，一言以蔽之，曰：'思无邪。'"①

"思无邪"原是《诗经·鲁颂·駉》第四章"駉駉牡马，在坰之野。薄言駉者，有骃有騢，有驒有鱼，以车祛祛。思无邪，思马斯徂"②中的一句。朱熹《集注》曰："《诗》三百十一篇，言三百者，举大数也。""蔽"，概括之义。孔子说："《诗经》中三百多首诗，用一句话来概括，就是思想纯正。"杨伯峻先生《论语译注》认为"思"是无实义的语音词，本来没有意义，是孔子独创性地将其作"思想"解释。清人俞樾《曲园杂纂·说项》中也这样说。关于"思无邪"，朱熹在《朱子语类》中说："思无邪，乃是要使读诗人'思无邪'耳。读三百篇诗，善为可法，恶为可戒。故使人'思无邪'也。"

---

① 〔魏〕何晏等注，〔宋〕邢昺疏：《论语注疏》，第 2461 页。
② 〔汉〕郑玄笺，〔唐〕孔颖达等正义：《毛诗正义》，上海：上海古籍出版社，1992 年，第 610 页。

唐人孔颖达分析孔子诗教时说，孔子认为《诗三百》虽对王室政治有所讽刺，但不好做直接的、尖锐的揭露和批评，故而教人以"温柔敦厚"。这样，"思无邪"就转化成了"温柔敦厚"的儒家诗教理论。"温柔敦厚"见于《礼记·经解》："孔子曰：'入其国，其教可知也。其为人也温柔敦厚，《诗》教也……其为人也，温柔敦厚而不愚，则深于《诗》者也。'"① 这是汉儒对孔子文艺思想的一种概括。孔颖达《正义》对此解释说："诗依违讽谏，不指切事情，故云温柔敦厚是诗教也。"② 又说："此一经以《诗》化民，虽用敦厚，能以义节之。欲使民虽敦厚不至于愚，则是在上深达于《诗》之义理，能以《诗》教民也。"③ 孔颖达从作家的写作态度和诗歌的社会作用入手，主张诗歌创作既需要运用温柔敦厚的原则，同时也必须以礼义对作家进行规范。温柔敦厚作为儒家的传统诗教，在汉代文论中最集中地体现在《毛诗大序》所强调的"发乎情，止乎礼义""主文而谲谏""风以动之，教以化之"等诗学主张中，要求委婉言说，不允许尖锐地揭露批判，因而在汉代大一统的政治格局背景下很有市场。辞赋作为汉代文学的代表，其"曲终奏雅""劝而不止"的主旨表达方式与讽谏之义，不能说没有受到这些主张的影响。

　　"思无邪"由伦理政教标准复归于文学理论，主要有两方面内容。一是文学创作强调作者的情感要真，动机要纯。所谓"思无邪"，即中正真诚之意。按照《易·文言》"修辞立其诚"的说法，要求诗人要有真情实感。刘勰《文心雕龙·宗经》篇列出经典之"六义"，第一条就是"情深而不诡"，讲究诚挚深厚的思想感情是经典作品

---

① 〔汉〕郑玄注，〔唐〕孔颖达正义：《礼记正义》，第 1609 页。
② 〔汉〕郑玄注，〔唐〕孔颖达正义：《礼记正义》，第 1609 页。
③ 〔汉〕郑玄注，〔唐〕孔颖达正义：《礼记正义》，第 1610 页。

的第一要义。二是从审美效果上说，要归于中和之美。孔子认为"思无邪"这句诗可以包括全部《诗经》的思想特点和美学意义。"无邪"，即正，就是中和之美。中和的最佳体现，是孔子认为《关雎》之"乐而不淫，哀而不伤"（《论语·八佾》）。《论语集解》引孔安国注："乐不至淫，哀不至伤，言其和也。"朱熹《集注》："淫者，乐之过而失其正者也；伤者，哀之过而害于和者也。"孔子要求快乐悲伤要以一种温和中正的度量表示出来，这是最高的原则。《关雎》是爱情诗，讲述青年男女的恋爱经过，孔子把它放在了第一首这样的显著位置。以《关雎》为代表的爱情诗歌在《诗经》中的大量存在表明，孔子并不是不食人间烟火的绝对礼教主义者，他提倡正确的婚恋观念和婚恋行为，对于老百姓喜怒哀乐、七情六欲的正常表达，是持支持甚至同情态度的。孔子以为，诗歌有"兴、观、群、怨"的功能，这是对《尚书·舜典》"诗言志"诗学理论的展开运用，所以《国风》中选录许多爱情诗、战争诗、悲怨诗、劳动诗，在《雅》《颂》部分也有少量存在。从底层到最高层，从《风》诗到《颂》诗，在题材内容上相当广泛，只要符合"无邪"这个审美标准的都可以，而这个标准的确立，是以"执中"方法论为理论武器得出的。司马迁在《史记·屈贾列传》中说"国风好色而不淫，小雅怨诽而不乱"，是对"乐而不淫，哀而不伤"的转化表述。《文心雕龙·宗经》"六义"中的第六条"文丽而不淫"，贯穿全书，则是上述原则的文学理论要求。

四、雅乐正声

与正色观念、中和诗教相协调，孔子赞美雅乐，提倡正音；贬斥淫乐，指责郑声。这表明了他尚雅贬俗的音乐美学思想，以及执中为用的评价方法。

> 子语鲁大师乐，曰："乐其可知也。始作，翕如也。从之，纯如也，皦如也，绎如也。以成。"①

本句中的"语"指告诉；"大师"是乐官名；"翕"，是合声；"纯"，是和谐；"皦"，是明；"绎"，是相续不绝。当时礼崩乐坏，雅乐缺废，所以孔子教导乐师怎样演奏音乐。孔子说："音乐是可知可感的：开头是合奏；随后是纯正、清晰、绵长的音调，这样就完成了。""始作"，说的是敲击金属乐器，也就是钟、钹之类。演奏时先击动钟、钹，造成一种共鸣性质的震动，听众就会产生被震慑的共鸣感觉，随后律吕相应，八音相随，最后归于雅正，这显示了《尚书·舜典》"八音克谐，无相夺伦"的中和美的影响。同时，孔子非常重视雅乐的教化感染功能，对于音乐从始到终的演奏过程，以雅乐正音的中和之美作为衡量标准。他说："师挚之始，《关雎》之乱，洋洋乎盈耳哉！"（《论语·泰伯》）孔子认为："从太师挚演奏的序曲开始，到最后演奏《关雎》结尾，丰富而优美的音乐在我耳边回荡。"因为这种中和雅乐的感染力对于听众熏陶内心、净化心灵作用很大，所以，他又具体举例说：

> 子谓《韶》："尽美矣，又尽善也。"谓《武》："尽美矣，未尽善也。"②

郭绍虞先生《中国文学批评史》评价说："孔子论乐谓《韶》则尽美尽善，谓《武》则尽美而未尽善：以美善合一为标准，则文学作品尚美而不主于善，固亦宜其为世所废弃了。此种极端的主张，盖

---

① 〔魏〕何晏等注，〔宋〕邢昺疏：《论语注疏》，第 2468 页。
② 〔魏〕何晏等注，〔宋〕邢昺疏：《论语注疏》，第 2469 页。

均出于孔子思想之暗示，而加以推阐而已。"①其实，孔子不是"尚美而不主于善"，而是主张既要"尽美"，又要"尽善"，使美与善完满地统一起来。孔子避免了由于看到美与善的矛盾而用善去否定美的狭隘功利主义（如墨家），也没有企图脱离现实的社会伦理道德的制约去追求绝对的自由和美（如老庄），这就是孔子在解决美善矛盾这个重大问题上的杰出之处。而这种解决问题的思维方法，就是"分而为二"、执中为用的中庸方法论。

从美学角度上看，孔子"尽善尽美"的音乐美学理论，主要是针对《韶》乐提出来的，《论语》记载："子在齐闻《韶》，三月不知肉味。曰：'不图为乐之至于斯也。'"（《论语·述而》）据《孔子世家》说，孔子当时在齐国躲避鲁国的内乱，颇有借机接近齐景公的想法，并一面专心于《韶》乐的学习。《韶》乐是上古中正雅乐，歌颂的是先王圣德与"美教化，移风俗"的功能，孔子从《韶》乐中获得了很大的审美享受，故有"尽善尽美"之谓；而《武》乐有杀伐征战内容在内，故称"美而未善"。孔子的真实意图，是在借审美来扬善，因为古礼最善。郑玄说："《韶》，舜乐也。美舜自以德禅于尧，又尽善谓太平也。《武》，周武王乐。美武王以此定功天下，未尽善谓未致太平也。"②这是说《武》逊于《韶》，是因为武王作乐时，功虽成而治未定。焦循、刘宝楠等人大致同意这种说法。何晏《论语集解》引孔安国语："《韶》，舜乐名。谓以盛德受禅，故尽善。《武》，武王乐也。以征伐取天下，故未尽善。"③这是说，《武》不如《韶》，是因为武王以武力征服，而不是以揖让受禅。邢昺、朱熹等人释义与之略同。这两种解释都可以说明孔子的礼治思想。

---

① 郭绍虞：《中国文学批评史》，天津：百花文艺出版社，1999 年，第 18—19 页。
② 〔魏〕何晏等注，〔宋〕邢昺疏：《论语注疏》，第 2469 页。
③ 〔魏〕何晏等注，〔宋〕邢昺疏：《论语注疏》，第 2469 页。

礼治也就是德治，要以德服人，所以《武》乐歌颂武王之以征伐取天下，就不能认为是尽善了。礼治规定圣王于功成治定之后才能作乐，而《武》乐作于未致太平之时，自然更不能认为是尽善了。孔子所谓"善"的根本是合于先王之礼。

我们探讨的重点并不在于孔子何以对《韶》乐和《武》乐做出了两种不同的评价，而在于它所表现出来的孔子对于美与善的关系的看法。孔子认为未"尽善"的东西，也可以是"尽美"的，明确地说明孔子看到了美具有区别于善的特征，它同善不是一回事。从善的观点看来并不是完满的东西，从美的观点看来却可以是完满的，从而有其独立存在的地位与价值。这种区别于善的美是什么呢？这种美指的就是音乐所具有的能给人以审美感性愉快和享受的形式特征，如声音宏大、美感和谐、节奏鲜明、旋律优美等等。孔子充分地肯定了这种美，只要它在根本上不是同善相矛盾的，即使尚未"尽善"，也不会失去它的意义和价值。进一步，孔子又在"尽美"基础上强调"尽善"的思想内容之美，作为他所追求的最崇高的审美理想——美善统一、和谐完美。

因为很早就接受雅乐美乐的熏陶，并且深刻感受到音乐教化的巨大功能，在离开鲁国流浪十几年重回鲁国之后，孔子积极地正定雅乐，兴复乐教："子曰：'自卫反鲁，然后乐正，《雅》《颂》各得其所。'"（《论语·子罕》）"《雅》《颂》各得其所"的音乐思想，既与礼崩乐坏的文化忧虑有关，更与他的政治教化思想密切关联：

> 颜渊问为邦。子曰："行夏之时，乘殷之辂，服周之冕，乐则《韶》《舞》。放郑声，远佞人。郑声淫，佞人殆。"①

---

① 〔魏〕何晏等注，〔宋〕邢昺疏：《论语注疏》，第 2517 页。

颜渊问孔子，老师呀，怎样才能治理好一个国家呢？孔子告诉他：
"用夏代的历法，乘殷代的车子，戴周代的礼帽，奏《韶》乐，
禁绝郑国的乐曲，疏远巧言善辩的小人，因为郑国的乐曲浮靡不
正派，佞人太危险。"如前述，孔子要求音乐教化"善"与"美"
的统一，但在具体的个案批评中，他是把"善"，也就是思想道
德标准摆在了第一位。孔子用"善"这个标准来确定他对音乐作
品的基本态度和评价，因此，他把《韶》乐放在《武》乐之上，
因为一个是"尽善"，一个是"未尽善"。在孔子看来，古代的
礼制有许多可取之处，比如"夏之时，殷之辂，周之冕，《韶》
之乐"，这一方面表明他复古复礼的观念，另一方面又具有尚雅
贬俗、崇古抑今的倾向。本句中，他对当时与周室雅乐相对的新
兴俗乐"郑声"采取否定和排斥的态度，"放郑声"，赶走它，"郑
声"和"佞人"一样都是有害的东西。

孔子所说的"郑声"，也称"郑卫之音"，即郑、卫两国（按：
在今河南中部与东部）的民间音乐。这一地区早期是商民族聚居区，
武王伐纣灭商后，将其一分为二，分别建立诸侯国，以监视殷商
遗民，防其作乱。但武王死后，两国勾结叛乱，周公旦率军镇压，
并将该地分封于康叔（按：周武王之弟），永久监管。从地理位
置上讲，郑国处于殷商文化的中心区域，其深受殷商文化之浸淫
自不待言。因此，郑、卫两地的风俗民情也表现了许多相同的特点。
《史记·货殖列传》云"郑、卫俗与赵相类"，而其记赵、中山之
俗时云："犹有沙丘纣淫地余民，民俗懁急，仰机利而食。丈夫
相聚游戏，悲歌慷慨，起则相随椎剽，休则掘冢作巧奸冶，多美
物，为倡优。女子则鼓鸣瑟，跕屣，游媚贵富，入后宫，遍诸侯。"
《汉书·地理志》记二国风俗时则云："幽王败，桓公死，其子武
公与平王东迁，卒定虢、会之地，右雒左泲，食溱、洧焉。土陿

而险，山居谷汲，男女亟聚会，故其俗淫。""卫地有桑间濮上之阻，男女亦亟聚会，声色生焉，故俗称郑卫之音。"因此，"郑卫之音"实际上就是保留了商民族音乐传统的"前朝遗声"。由于它表达感情的奔放、热烈和大胆，也内含着某种团聚意识，因而使独宗"雅乐"的周王室及其维护者常常加以排斥和否定。

在春秋战国时期，"郑卫之音"又成为新兴音乐的代称。由"郑卫之音"这一名称，我们可以推知郑音与卫音赖以产生的共同的文化土壤，以及由此而呈现出来的基本相同的文化属性。《诗经·国风》凡160篇，《郑风》《卫风》合为31篇，约占五分之一。各国"风"诗，多是短小歌谣，《郑风》《卫风》中却有一些大段的分节歌，可以想见其音乐结构的繁复变化。在一些反映民俗生活的诗篇中，常有对男女互赠礼物（《郑风·溱洧》）、互诉衷肠的爱情场面的描写，透露出一股浪漫气息，产生了很强的艺术感染力。正是因为这些特色，才使能从铿锵鸣奏的"金石之乐"中听出钟律不齐，精通音乐的魏文侯对孔子门徒子夏说了下面一段话："吾端冕而听古乐，则唯恐卧；听郑卫之音，则不知倦。敢问古乐之如彼，何也？新乐之如此，何也？"① 在《孟子》中，较魏文侯稍晚的齐宣王则说得更坦率："寡人今日听郑卫之音，呕吟感伤，扬激楚之遗风"，"寡人非能好先王之乐也，直好世俗之乐耳"。他们的评价，代表了新兴地主阶级对僵化凝固的雅乐的厌弃，对活泼清新的俗乐的热爱。相反，维护并力求恢复周礼与雅乐传统的孔子则认为"恶郑声之乱雅乐也"（《论语·阳货》），系统反映儒家音乐思想的《礼记·乐记》里则说"郑卫之音，乱世之音也，比于慢矣"②，又说"乱世之音怨以怒，其政乖"③。《毛诗序》

---

① 〔汉〕郑玄注，〔唐〕孔颖达义：《礼记正义》，第 1538 页。

② 〔汉〕郑玄注，〔唐〕孔颖达义：《礼记正义》，第 1528 页。

③ 〔汉〕郑玄注，〔唐〕孔颖达义：《礼记正义》，第 1527 页。

观点与之近似。其后，"郑声"之名与"郑卫之音"等名称并行于世。《汉书·礼乐志》云："（成帝时）郑声尤甚。黄门名倡丙强、景武之属富显于世，贵戚五侯定陵、富平外戚之家淫侈过度，至与人主争女乐。"从这里可以看出，与"郑卫之音"相同，"郑声"也是被作为新声的代称使用的。由于儒家思想在漫长的封建社会中居于极特殊的政教地位，"郑卫之音"便始终成为靡靡之音的代名词。其实郑国的音乐艺术性很强，属于"美"乐，但是"美"而过度，就不是"尽善尽美"的"治世之音安以乐"的雅乐。由此可见，政治力量对文学艺术的发展作用实在不可低估，《文心雕龙·时序》提出"崇替在选"一说，准确表现出了这个趋势。

当然，孔子厌恶郑声，说"郑声淫"，也许不光是针对郑声思想内容的浪漫奔放气质，郑声中的一些分节长歌，结构繁复，变化较多，这与中正适度的要求不一样，可能也是孔子厌恶郑声的一个原因。孔子以乐观政，将音乐审美理论与政治教化、国家治理原则合而论之，向弟子传授治国安邦的方法策略：复古礼，兴雅乐。夏代的历法有利于农业生产，殷代的车子朴实适用，周代的礼帽华美，《韶》乐优美动听，这是孔子理想的生活方式，也是他向往的文质彬彬、安然有序的古代理想政治。

《左传·襄公二十九年》记载了一个"季札观乐"的故事，也是著名的尚雅贬俗的例子：

> 吴公子札来聘。……请观于周乐。使工为之歌《周南》《召南》，曰："美哉！始基之矣，犹未也，然则勤而不怨矣。"为之歌《邶》《鄘》《卫》，曰："美哉，渊乎！忧而不困者也。吾闻卫康叔、武公之德如是，是其《卫风》乎？"为之歌《王》，曰："美哉！思而不

惧，其周之东乎！"为之歌《郑》，曰："美哉！其细已甚，民弗堪也。是其先亡乎？"为之歌《齐》，曰："美哉，泱泱乎！大风也哉！表东海者，其大公乎？国未可量也。"为之歌《豳》，曰："美哉，荡乎！乐而不淫，其周公之东乎？"为之歌《秦》，曰："此之谓夏声。夫能夏则大，大之至也，其周之旧乎！"为之歌《魏》，曰："美哉，沨沨乎！大而婉，险而易行，以德辅此，则明主也！"为之歌《唐》，曰："思深哉！其有陶唐氏之遗民乎？不然，何忧之远也？非令德之后，谁能若是？"为之歌《陈》，曰："国无主，其能久乎！"自《郐》以下无讥焉！为之歌《小雅》，曰。"美哉！思而不贰，怨而不言，其周德之衰乎？犹有先王之遗民焉！"为之歌《大雅》，曰："广哉！熙熙乎！曲而有直体，其文王之德乎？"为之歌《颂》，曰："至矣哉！直而不倨，曲而不屈；迩而不逼，远而不携；迁而不淫，复而不厌；哀而不愁，乐而不荒；用而不匮，广而不宣；施而不费，取而不贪；处而不底，行而不流。五声和，八风平；节有度，守有序。盛德之所同也！"[1]

同篇又载其"观舞"之事：

见舞《象箾》《南籥》者，曰："美哉，犹有憾！"见舞《大武》者，曰："美哉，周之盛也，其若此乎？"见舞《韶濩》者，曰："圣人之弘也，而犹有惭德，圣人之难也！"见舞《大夏》者，曰："美哉！勤而不德。非禹，其谁能修之！"见舞《韶箾》者，曰："德至矣哉！大矣，如天之无不帱也，如地之无不载也！虽甚盛德，其蔑以加于此矣。观止矣！若有他乐，吾不敢请已！"[2]

① 〔晋〕杜预注，〔唐〕孔颖达等正义：《春秋左传正义》，上海：上海古籍出版社，1997年，第2006—2007页。

② 〔晋〕杜预注，〔唐〕孔颖达等正义：《春秋左传正义》，第2008页。

上述季札观乐与观舞的故事，其解读原理同于上节中我们讨论过的孔子以乐知人的方式。一方面，我们可以看到在各国外交场合中，演唱《诗经》、演奏音乐、乐舞合一的礼仪制度非常普遍，各国外交官都有较高的音乐和文学修养；另一方面，以乐观政、复古雅乐的思潮很盛行。

季札观乐的故事包含了许多文学批评的因素。季札虽然是对周乐发表评论，其实也就是评论《诗》，因为当时《诗》是入乐的。清人马瑞辰说："《诗》三百篇，未有不可入乐者。……《左传》：吴季札请观周乐，使工为之歌周南、召南，并及于十二国。若非入乐，则十四国之诗，不得统之以周乐也。"① 虽然，脱离了音乐的诗或许少了感发作用，而周乐中的舞已不能再现，但毕竟季札评论的周乐，其文字主体还能在《诗经》中看到，所以我们可以从中总结出传统文学批评的一些特点。

首先，是文学与政教的关系。《诗经》最先并非作为纯文学作品出现，相反的，它有具体实际的使用场合。郭预衡先生《中国古代文学史》指出："春秋时政治、外交场合公卿大夫'赋诗言志'颇为盛行，赋诗者借用现成诗句断章取义，暗示自己的情志。公卿大夫交谈，也常引用某些诗句。"并且，诗的采集是有意识为政教服务的。《孔丛子·巡守》篇："古者天子命史采诗谣，以观民风。"《汉书·食货志》："孟春之月，群居者将散，行人振木铎徇于路以采诗，献之太师，比其音律，以闻于天子。故曰：王者不窥牖户而知天下"。文学既然重视其社会功用，文学批评自然也强调政治教化。这集中体现在《论语》"兴观群怨"的论述中。从季札对周乐的评论看，他正是把音乐文学和政教思想结合起来了。

---

① 〔清〕马瑞辰：《毛诗传笺通释》卷一《诗入乐说》，北京：中华书局，1989年，第1—2页。

所以季札能从《周南》《召南》中听出"勤而不怨",从《邶》《鄘》《卫》中听出"忧而不困";反之音乐文学对政治也有反作用,不好的音乐文学也会加速政治的败坏,于是季札从《郑》中听出"其细已甚,民弗堪也",认为"是其先亡乎?"所以孔子认为要"放郑声",是有先兆的。但必须指出并不是真的有所谓亡国之音,而是靡靡之音助长了荒淫享乐的社会风气,从而使得政治败坏,以致亡国。刘勰所处的齐梁时代,永明体大盛,公卿贵族心在艳歌淫词,《玉台新咏》等诗集应运而生。刘勰所面对的诗坛局面,与"郑声"实际上差不多。

其次,是文学的中和之美。孔子论诗,强调"温柔敦厚"的诗教。季札论诗和孔子非常接近,注重文学的中和之美。他称"勤而不怨""忧而不困""乐而不淫""大而婉,险而易行""思而不贰,怨而不言""曲而有直体"等语,全面地表现了这种审美意识。更突出的表现是他对《颂》的评论:"直而不倨,曲而不屈;迩而不逼,远而不携;迁而不淫,复而不厌;哀而不愁,乐而不荒;用而不匮,广而不宣;施而不费,取而不贪;处而不底,行而不流。"连用了十四个语意对比的并列短语来形容,发出的感叹是"至矣哉",因为"五声和,八风平;节有度,守有序",所以是"盛德之所同"。季札对中和美的推崇确实到了极致。中和美是儒家中庸思想在美学上的反映。孔子认识到任何事不及或过度了都不好,事物发展到极盛就会衰落,所以他就"允执厥中"。在个人感情上也不能大喜大悲。体现在文学批评与音乐批评中,要求"乐而不淫,哀而不伤",抑制过于强烈的感情,以合于礼。季札、孔子乐论之后,战国荀子音乐理论、汉代《毛诗序》、《礼记·乐记》等儒家音乐文学理论对他们的思想一脉相承。《文心雕龙·乐府》篇是集中论述刘勰雅乐正声观念的篇章,该篇有非常明显的尚雅贬俗倾向。

其思想所本，来自于儒家乐论。

《乐府》篇的主要观点来自以孔子、《乐记》为代表的儒家雅乐正声理论。《乐记》继承了《毛诗序》音乐感化人心、反映政治的功能与特点，《文心雕龙》同样主张文学与音乐相通，认为文学与音乐的政教功能都是巨大的。顺此，雅乐正声的主张，又带来了尚雅贬俗的《乐府》专题。《乐府》篇开始就说：

> 乐府者，声依永，律和声也。钧天九奏，既其上帝；葛天八阕，爰乃皇时。①

首先，乐府声诗是指一种音乐文学的表达方式，这种表达以《尚书·舜典》"声依永，律和声"的咏歌长言为特点，《礼记·乐记》"说之，故言之，言之不足，故长言之。长言之不足，故嗟叹之，嗟叹之不足，故不知手之舞之、足之蹈之也"②是其具体阐释；其次，诗乐一体，诗乐不分，这就将萌芽状态的声乐与《诗经》合观统照，刘勰的目的，是要将有关《诗经》的种种神秘理论与政教功能转移到对乐府诗歌的评价上来，也就是说，将源自孔子的音乐理论中雅乐正声、贬斥郑声的观念运用过来。这一方面显示了刘勰宏观的诗歌发展研究视野，另一方面也显示了他先入为主、尚雅贬俗的理论局限。这种特点贯穿《乐府》全篇：

> 师旷觇风于盛衰，季札鉴微于兴废，精之至也。
> 雅声浸微，溺音腾沸，秦燔《乐经》，汉初绍复。
> 迄及元、成，稍广淫乐：正音乖俗，其难也如此。

---

① 杨明照：《增订文心雕龙校注》，第82页。
② 〔汉〕郑玄注，〔唐〕孔颖达正义：《礼记正义》，第1545页。

　　至于魏之三祖，气爽才丽，宰割辞调，音靡节平。观其《北上》众引，《秋风》列篇，或述酣宴，或伤羁戍，志不出于慆荡，辞不离于哀思。虽三调之正声，实《韶》《夏》之郑曲也。

　　若夫艳歌婉娈，怨诗诀绝，淫辞在曲，正响焉生？ [①]

通过这些摘录，我们可以清楚地看到，在《乐府》篇"原始以表末"部分对于音乐文学发展的整体历史梳理中，贯穿着孔子雅乐郑声、尚雅贬俗的理论主张，以及季札观乐与《荀子·乐论》《毛诗序》《礼记·乐记》的诗乐政教理论。这些主张与理论，既有尚雅尚正的鲜明立场与正道正行的归化之功，也显示了刘勰雅丽思想在尚雅贬俗方面的局限。这就是，不能正确、通达地正视文学的新变现象，固守儒家礼乐政教观念，固守贵族上层阶级的思想立场，必然会或多或少地忽略民间文学、忽略雅体雅言之外的俗文学，并导致对它们的不公正评价。抱着"岂惟观乐，于焉识礼"的鉴赏立场与诗乐致用的功能目的，刘勰对于"乐府"诗体在发展过程中出现的"雅郑"分流现象进行了深刻地探索。首先，他提出"乐本心术，故响浃肌髓，先王慎焉，务塞淫滥。敷训胄子，必歌九德，故能情感七始，化动八风"的教化感染"正教正风"说，以此为准，评骘历代。其次，对汉代乐府诗歌改变前代中正典雅之变多有不满。刘勰认为：一则汉乐府融入了辞赋体裁与辞赋技法，"延年以曼声协律，朱马以骚体制歌，《桂华》杂曲，丽而不经，《赤雁》群篇，靡而非典"，汉乐府靡丽之风大盛，而典雅之风渐衰。二则汉乐府对秦代乐府声诗的管理制度多有效法，"秦世不文""法家少文"本是刘勰定论，所以说，汉代乐府声诗"虽摹《韶》《夏》，而颇袭秦旧，中和之响，阒其不还"。顺流而下，"魏之三祖"则"或述酣

　　[①] 杨明照：《增订文心雕龙校注》，第82—83页。按：此处集中作注。

宴，或伤羁戍，志不出于慆荡，辞不离于哀思"，内容多写自我，不及家国；思想慆荡哀思，怨而且露。这可不是"乐而不淫，哀而不伤""主文谲谏"的论述，更不是"发乎情，止乎礼义"的中和之响。所以刘勰对他们打着"正声"的牌子，写的却是"郑曲"的创作很不以为然。汉魏乐府虽然各有不足，但是毕竟还有可取之处，还没有完全背离雅乐正道。然而近代乐府声诗的创作则简直惨不忍睹：

> 然俗听飞驰，职竞新异，雅咏温恭，必欠伸鱼睨；奇辞切至，则拊髀雀跃：诗声俱郑，自此偕矣！ ①

对比《文心雕龙》全书的论述可知，刘勰此处所论，当是"近代以来"，即晋宋齐三代以来的乐府声诗创作。刘勰以之为"俗听飞驰"、标新立异、"奇辞切至"的"诗声俱郑"的不良创作。近代文学在刘勰眼里基本上是不值一提的，而且是越往近代发展，文学讹滥诡异的趋向就越是严重，不仅取法不高，"竞今疏古"，而且内容不雅，言辞反正，故而文风新奇，一无是处。这种贬斥近代文学的反向，是尊崇古代文学。崇古抑今的思想倾向，与尚雅贬俗的思想倾向一样，都是过于尊崇经典雅正的弊端产物。类似的意见，在《杂文》《谐讔》《诸子》等篇中也比较明显。

这里，我们要特别强调一下孔子听音观政的政治智慧和艺术修养。孔子对于音乐的品味欣赏、评价解读的"听音知人"的方法，对刘勰也有影响。《史记·孔子世家》记载有这样一个故事：

> 孔子击磬。有荷蒉而过门者，曰："有心哉，击磬乎！硁硁乎，

---

① 杨明照：《增订文心雕龙校注》，第83页。

莫己知也夫而已矣！"①

孔子击奏石磬。有个扛着草筐从门口经过的人听见了，发表意见说："击奏石磬的人真是有心这样敲的吧！敲击出这种硁硁的声音，是在通过音乐诉说没人赏识自己罢了！"孔子在敲击乐器的时候，多半是不知道门口会来一个有心人的，他是在借音乐来表心情，这种心情是否是旁听者理解的"恨无知音赏"，孔子没有告诉我们最后的结果。在这个故事里，孔子是演奏者，敲击的声音是演奏的作品，门口旁听的人相当于欣赏者。欣赏者得出的判断，是他自己的理解，这个理解和孔子的真实心境是否一致并不重要，重要的是这种听音知音的方法。汉代扬雄曾有过"言，心声也；书，心画也；声画形，君子小人见矣。声画者，君子小人之所以动情乎"（《法言·问神》）的论断。扬雄认为人们所表达的"言"和"书"应该是其心中思想感情的真实流露。他说："无验而言之谓妄。君子妄乎？不妄。"君子之所以敢于表达心曲是因为"君子不言，言必有中"（《法言·君子》）。因此，扬雄认为"声画形，君子小人见矣"。通过辨听演奏者通过乐器发出的声音，根据自己已有的经验和积累，来推断演奏者内心的思想起伏与情感状态，这是一种"声如其人"的判断解读。这种解读方式，开启了后代"以文观人""文如其人"观点的先河。这个故事是司马迁根据《论语》改写的，《论语·宪问》：

> 子击磬于卫，有荷蒉而过孔氏之门者，曰："有心哉，击磬乎！"既而曰："鄙哉，硁硁乎，莫己知也，斯己而已矣。深则厉，浅则揭。"②

① 〔汉〕司马迁：《史记》（影印本），第 1925 页。
② 〔魏〕何晏等注，〔宋〕邢昺疏：《论语注疏》，第 2513 页。

根据《论语》可知，欣赏者不是一次就对演奏者做出了"恨无知音赏"的判断，而是经过了长时间的听音品味之后，才说出这番话的。在远处，他听不仔细，泛泛地说这个音乐不一般，演奏者是个有心抒情的人；细听之后，他觉得这个演奏者内心郁闷不堪，似乎有点鄙野的感觉。音乐嘛，还是要中正平和的好。"斯已而已"，言有郁闷敲出来就好，但是也就可以了，不要再走向极端了，"深则厉，浅则揭"，言抒情过度或抒情过浅都是不好的。一下子，听音知人的故事，就变成了借机宣扬儒家中和音乐美，并进一步宣扬不激不厉的温柔敦厚的礼乐观念的载体。音乐成了教化的工具，但是"音如其人"的解读方式还在。

《孔子世家》中的另一个故事，循序渐进、脉络清晰地展示了这个解读方式：

> 孔子学鼓琴师襄子，十日不进。师襄子曰："可以益矣。"孔子曰："丘已习其曲矣，未得其数也。"有间，曰："已习其数，可以益矣。"孔子曰："丘未得其志也。"有间，曰："已习其志，可以益矣。"孔子曰："丘未得其为人也。"有间，有所穆然深思焉，有所怡然高望而远志焉。曰："丘得其为人，黯然而黑，几然而长，眼如望羊，如王四国，非文王其谁能为此也！"师襄子辟席再拜，曰："师盖云文王操也。"①

这个故事不乏神秘色彩，主要是孔子的征圣思想在主宰着它。一方面，我们可以看出孔子对于学习音乐的专注投入精神，即不会贸然盲进，一个阶段不领悟通透，绝不急于进入下一个阶段，这种循序渐进了然于神心的方法值得我们学习；另一方面，主要是孔子现身

---

① 〔汉〕司马迁：《史记》（影印本），第1925页。

说法，为我们展示了"听音知人"解读方法的具体操作方法。

首先，"已习其数""已习其志"终至于"得其为人"的三个阶段告诉我们，欣赏一首音乐或解读一篇文章，不要急于发表意见，不要以第一印象为准，要多欣赏领悟、察其细微，反复体会，才会味其精妙，疾口信口的评价往往是不当的。孔子"十日不进"、数番"有间"的心态，是最好的证明。

其次，欣赏音乐需要全面的修养与想象能力。孔子在数度体会熟悉老师教导的乐曲旋律节奏、演奏技巧、情感志趣的基础上，推想：是谁才能创作出这样的乐曲来呢？他是在怎样的环境条件下创作这首曲子的呢？作曲家的德行修养、内心情感是怎样的呢？这首曲子大气中正，不是文王，还有谁能写得出来呢？当他把自己的推测步骤放电影一样告诉老师的时候，老师大为惊讶：哎呀，孔子真是有心有德有音乐广博修养的人，连作者是周文王也听得出来，我佩服他。

虽然这个故事里仍然充满着孔子复古征圣的思想，充满着他毕生追求的礼乐理想，但是，"乐如其人"的意见与"听音知人"的鉴赏方法，对刘勰"文如其人"的《体性》篇风格论与"披文入情"的《知音》篇鉴赏论，有着很大的影响。这里主要讨论前一个问题。

《体性》篇指出，文学作品的产生，是一个"情动而言形，理发而文见；沿隐以至显，因内而符外"的过程，在这个过程中，从作家内心情感到作品文本完成，是从无到有、由内到外的线型过程，具有"各师成心，其异如面"的特点，作家有什么样的修养和情感，就会表现出什么样的文章面貌和文风特点。而这些特点或风格，是因人而异的，没有完全相同的，就像人的长相一样差异巨大。造成这些差异的原因，是作家个体的才、气、学、习各不一样："辞理庸俊，莫能翻其才；风趣刚柔，宁或改其气；事义浅深，未闻乖其学；体式雅郑，鲜有反其习。"学习深浅有别，才华高低有异，气质强弱有分，取法雅郑不同，因此，历代以来的文学作品在整体上就会出现"一曰典雅，二曰远奥，三曰精约，四曰显附，五曰繁缛，六曰壮丽，七曰新奇，八曰轻靡"这八种不同的风格。表现在具体的作家作品个案上，才会有"贾生俊发，故文洁而体清；长卿傲诞，故理侈而辞溢；子云沈寂，故志隐而味深；子政简易，故趣昭而事博；孟坚雅懿，故裁密而思靡；平子淹通，故虑周而藻密；仲宣躁锐，故颖出而才果；公干气褊，故言壮而情骇；嗣宗俶傥，故响逸而调远；叔夜俊侠，故兴高而采烈；安仁轻敏，故锋发而韵流；士衡矜重，故情繁而辞隐"①的巨大差异。上述作家都是一时之选，他们的作品多数是麟凤之作，之所以差异如此之大，是和他们各自的个性特征相一致的。这个道理，就是"吐纳英华，莫非情性"的"文如其人"的规律。个性如何，作品就会对应呈现相同的风格。以这个规律"触类以推"，其他作家也必定"表里必符"。《时序》《才略》篇品鉴上古三代以至于晋宋年间的作家作品数以百计②，现举王粲为例：

> 若夫四言正体，则雅润为本；五言流调，则清丽居宗：华实异用，惟才所安。故平子得其雅，叔夜含其润，茂先凝其清，景阳振其丽；兼善则子建、仲宣，偏美则太冲、公干。(《明诗》)③
> 及仲宣靡密，发篇必遒。(《铨赋》)④

---

① 杨明照：《增订文心雕龙校注》，第 380 页。
② 据笔者初步统计，计有 163 人。
③ 杨明照：《增订文心雕龙校注》，第 65—66 页。
④ 杨明照：《增订文心雕龙校注》，第 96 页。

仲宣所制，讥呵实工。(《哀吊》)①

仲宣《七释》，致辨于事理。(《杂文》)②

详观兰石之《才性》，仲宣之《去代》，叔夜之《辨声》，太初之《本无》，辅嗣之《两例》，平叔之《二论》，并心独见，锋颖精密，盖论之英也。(《论说》)③

仲宣举笔似宿构。(《神思》)④

仲宣躁锐，故颖出而才果。(《体性》)⑤

仲宣溢才，捷而能密，文多兼善，辞少瑕累：摘其诗赋，则"七子"之冠冕乎！(《才略》)⑥

仲宣轻锐以躁竞。(《程器》)⑦

《体性》论述王粲个性急躁、思维敏捷、才华横溢、新意颖出。刘勰以这个标准衡量他，在书中累计论述王粲十二次，本处辑录的九次都包含在上述特点之中。这一方面说明刘勰的论述前后一致，贯通始终，另一方面也说明他对"文如其人"规律领悟深透，运用娴熟。同时，刘勰对王粲在体裁上以诗赋为主、创作特点鲜明上的评价，与曹丕《典论·论文》"王粲长于辞赋"和钟嵘《诗品》以为王粲"发愀怆之词，文秀而质羸"的评价，总体上是一致的，虽师心独见，也准确合时。

---

① 杨明照：《增订文心雕龙校注》，第 168 页。
② 杨明照：《增订文心雕龙校注》，第 181 页。
③ 杨明照：《增订文心雕龙校注》，第 246 页。
④ 杨明照：《增订文心雕龙校注》，第 370 页。
⑤ 杨明照：《增订文心雕龙校注》，第 380 页。
⑥ 杨明照：《增订文心雕龙校注》，第 575 页。
⑦ 杨明照：《增订文心雕龙校注》，第 598 页。

五、文艺思想

孔子在文艺美学上提倡"思无邪"的诗教观念,"兴观群怨"的诗歌功能,"文质彬彬"的中和之美,"乐而不淫,哀而不伤"的中正敦厚的表现方式,"尽善尽美"的音乐美学思想,"雅乐郑声"的尚雅贬俗观念。对于这些有关政教与诗教的原则规范和美学思想,这里主要对如下三条展开介绍。

第一,孔子尊崇古代先贤,并以之为修养、礼法、文学领域的典范,成为他征圣思想的写照:

> 子曰:"大哉,尧之为君也。巍巍乎,唯天为大,唯尧则之。荡荡乎,民无能名焉。巍巍乎,其有成功也。焕乎,其有文章。"①

这一章记述了孔子对帝尧的推崇,他对尧的称赞之词可说是无以复加。这是孔子的征圣思想的集中体现,他必须要找到一个万人敬仰的人物,再以此为标准,来阐释自己的礼法思想观念。借助圣人的高度和虚拟力量,来达成自己的目的。"焕乎,其有文章"句,在表达尧帝时代文采绚烂的同时,还略带依附征圣思想的宗经观念。刘勰走的就是孔子的路子,将礼乐教化体制下的先古圣王,改换为文学事业上的周公孔子,以六经为准则,大力提倡扬雄"在则人,亡则书"的主张,将征圣宗经原则列为自己文学理论的崇高起点,作为衡量文学发展的基本准则。

第二,孔子主张"绘事后素"、华实并重的美学原则。《论语》记载:

---

① 〔魏〕何晏等注,〔宋〕邢昺疏:《论语注疏》,第 2478 页。

> 子夏问曰："'巧笑倩兮，美目盼兮，素以为绚兮。'何谓也？"
> 子曰："绘事后素。"曰："礼后乎？"子曰："起予者商也，始可与言《诗》已矣。"①

"巧笑倩兮，美目盼兮，素以为绚兮"的前两句见《诗经·卫风·硕人》篇，是在赞美一个美女打扮得好看。子夏从孔子所讲的"绘事后素"中，领悟到仁先礼后的道理，受到孔子的称赞。就伦理学说，这里的礼指对行为起约束作用的外在形式——礼节仪式；素指行礼的内心情操。礼后于什么情操？孔子没有直说，但一般认为是后于仁的道德情操。孔子认为，外表的礼节仪式同内心的情操应是统一的，如同绘画一样，质地不洁白，不会画出丰富多彩的图案。在孔子看来，"素"质是美女打扮的根本依凭，绘画装饰是在"素"质基础上来进行的后一步动作。这个思想，移用到美学研究上，就是刘勰所说的"文附质"现象："夫水性虚而沦漪结，木体实而花萼振：文附质也。"（《文心雕龙·情采》）自然界的事物，质地为本，文采为附，其基本生长状况本就如此。再化用到文学的创作上，就是"情理设位，文采行乎其中"（《文心雕龙·镕裁》）的"文附情"现象，情志为根本，文采为后发。因此，孔子虽然对周代文学"郁郁乎文哉"的文采缛丽之美大加赞尚，提出自己文学"尚丽"的主张，虽然对自己弟子"吾党之小子狂简，斐然成章，不知所以裁之"（《论语·公冶长》），喜悦豪情不能自已，但他更主张的是"质胜文则野，文胜质则史。文质彬彬，然后君子"（《论语·庸也》）的修养之道。"绘事后素"主张的礼与仁的表现关系，略作转化，可以看作是孔子华实并重的美学原则，既质且文，既雅且丽。

---

① 〔魏〕何晏等注，〔宋〕邢昺疏：《论语注疏》，第 2466 页。

第三，孔子主张文贵修饰，润色取美。在文章写作上重视文采的修饰之美。

> 子曰：“为命，裨谌草创之，世叔讨论之，行人子羽修饰之，东里子产润色之。”①

孔子说：“郑国的法令，都是由裨谌起草的，世叔审阅的，子羽修饰的，子产润色的。”是说郑国的四大臣裨谌、世叔、子羽、子产，共同起草、审阅、修饰外交辞令，最后由子产作出决定。孔子所说的这句话，间接反映了行政公文的写作程序与受重视的程度，还有一层就是公文写作是非常讲究修饰润色的，不仅要使之符合外交辞令的通行规则，还要写出文采之美来。刘勰论述写作之道，不仅讲究“自然会妙”的依据自然本质进行创作的原则，还非常主张“润色取美”的人工修饰之美，这在《隐秀》篇中有集中的论述。

刘勰最大程度地吸收运用了上述散见于《论语》中的文艺美学理论，形成了《文心雕龙》在《序志》《征圣》《宗经》《正纬》等篇目中集中论述并作为全书红线贯穿始终的以儒家五经为思想标准与艺术标准的“尚雅”精神与“尚丽”主张，以及《乐府》《谐讔》《诸子》中对民间文学的“贬俗”倾向。在《情采》篇里，刘勰集中地论述了“文附质”与“质待文”两种文质关系，提出了“彬彬君子”的“正采”说，与《征圣》篇“衔华佩实”的“雅丽圣文”遥相呼应。全书在“文源于道”因而“郁然有采”的哲学依据之上，设定了宗经尚雅、真实质朴的思想规范与朴素之美的审美主张，并从写作实际出发，提出了“润色取美”的人工修饰原则，将孔子“无邪”“文

---

① 〔魏〕何晏等注，〔宋〕邢昺疏：《论语注疏》，第 2510 页。

质""绘素""修饰"观点的中和审美思想发挥到了极致。孔子礼乐政教与文学、音乐思想，是刘勰雅丽思想的直接来源之一。

六、品德修养

在个人仁德的修养中，孔子也是以中庸之道来作为衡量标准的。《论语》中这方面的语录，往往以正反对比的句式出现。

> 子张学干禄。子曰："多闻阙疑，慎言其余，则寡尤。多见阙殆，慎行其余，则寡悔。言寡尤，行寡悔，禄在其中矣。"①

本则论述孔子中和的名利观。关于"禄"，杨伯峻、钱穆、李泽厚先生解释为"俸禄、禄位"，笔者对这个意见存疑。《说文》"禄，福也"，而《诗经》也有"天被尔禄"的说法，认为"禄"是上天赐予的，这是当时人的普遍想法，所以"禄"的本义应该是"福气、福运"。孔子告诉子张，要得到好的福气，应该博闻多见，慎言慎行，同时心存质疑，自己内心谨慎选取言行。这其实是孔子对待个人名利荣辱的意见，这些福禄一类的东西，孔子是不太在意的。他要追求的是千古流芳的大名大利，是兴复礼乐的制度建设、重构经典的文化壮举。当然，做这些事的前提是个人修养，孔子一方面强调行动与实践，主张"君子欲讷于言而敏于行"（《论语·里仁》），说出了修养需要"刚毅木讷"这类偏于"质"的话；另一方面，他又对自己弟子大加赞美，说出了"吾党之小子狂简，斐然成章，不知所以裁之"（《论语·公冶长》）这一类偏于"文"的话。其中心还在于"文质彬彬，然后君子"的折衷意见上。孔子本人就是这种文质彬彬的人，《史记》记载，孔子身高九尺六寸，身材极为高大；

---

① 〔魏〕何晏等注，〔宋〕邢昺疏：《论语注疏》，第 2462 页。

《论语》说他"温而厉，威而不猛，恭而安"（《论语·述而》），这种"执两用中"、矛盾统一的君子人格，一般人是无法养成的。《尚书·舜典》曾提出"直而温，宽而栗，刚而无虐，简而无傲"的个性修养目标，我们看孔子，可以说是这一目标的理想人物。《淮南子·氾论训》提出中和之气与圣人得道之说："天地之气莫大于和，和者，阴阳调，日夜分，而生物。春分而生，秋分而成，生之与成，必得和之精。故圣人之道，宽而栗，严而温，柔而直，猛而仁。太刚则折，太柔则卷，圣人正在刚柔之间，乃得道之本。"① 孔子个性的修养，是"正在刚柔之间，乃得道之本"的，所以他被称为圣人。这种圣人个性，是天地"和气"化生的产物，这又与中和的个性美关联起来。

孔子以内外兼修、文质皆美的理念教育弟子，使学生也能领会其中的精义。在《论语》中，记载着孔子的得意门生子贡关于个性修养的论述：

> 棘子成曰："君子质而已矣，何以文为？"子贡曰："惜乎，夫子之说君子也。驷不及舌。文，犹质也；质，犹文也。虎豹之鞟，犹犬羊之鞟。"②

棘子成说："君子只要具有好的品质就行了，要那些表面的仪式干什么呢？"子贡说："真遗憾，夫子您这样谈论君子。一言既出，驷马难追。本质就像文采，文采就像本质，都是同等重要的。去掉了毛的虎、豹皮，就如同去掉了毛的犬、羊皮一样。"这里是讲个性修养表里一致的问题。棘子成认为只要有好的品质就可以作为"君

---

① 陈广忠：《淮南鸿烈解》，合肥：黄山书社，2012年，第68页。
② 〔魏〕何晏等注，〔宋〕邢昺疏：《论语注疏》，第2503页。

子"了，不需要外表的修饰文采。但子贡反对这种说法。他的意思是，良好的内在精神与思想品质应当有适当的美的表现形式，否则，本质再好，也无法显现出来。后来屈原提出"内美与修能"内外皆美的修养准则，是在孔子文质皆备的基础上对个性美的进一步追求。《文心雕龙》以零散的论述，在书中不断地指出作家修养的若干问题，比如情感、文术、鉴赏、博见、养气、思维、才学、习染等等，其核心是要养成品质中正、执术驭篇、洞晓情变、曲昭文体的写作综合技能，以写好文章。

七、文学发展

孔子中庸、中行的观念，还体现在他的文学发展与文章写作观念上。前面我们已经讨论过孔子"周监于二代，郁郁乎文哉，吾从周"（《论语·八佾》）的文学发展观对刘勰文学史论观念的影响。孔子"吾从周"的文学观，在历时的轴线上，呈现出前质后文的发展趋势。孔子主张的文采斐然与从周思想，是刘勰折衷于商周"雅丽"文学史论之渊源。而对待写作问题，孔子主张征圣宗经、述而不作：

> 述而不作，信而好古，窃比于我老彭。①

这一则是孔子自述对待写作的态度以及内心小小的潇洒愿望。孔子说："我的文化传承原则，是尊重前人文化原本的历史意义和事实精神，并不将自己的没有确定的理解强加其中；我热爱学习前人经验和教训的智慧和理性总结，但是学习并能够加以证实才是我接受它们的原则；我个人人生的志向，就是能够成为老聃、

---

① 〔魏〕何晏等注，〔宋〕邢昺疏：《论语注疏》，第 2481 页。

彭祖一样的伟大智慧拥有者和文化传承者。"本句的争论在"老彭"何指？有的研究者说是殷商时代盛德巍巍的"三老"高官，孔子想做大官；郑玄以为是老子和彭祖两个人，孔子想逍遥出尘；朱熹说是殷商时代的彭祖，孔子想长寿。这些争论对我们的探讨影响不大。关于"述而不作"，朱熹《集注》："述，传旧而已。作，则创始也。"我们可以联系孔子删述经典、正定雅乐的行为：他是整理得多——《诗》《书》《礼》《易》四经以及雅乐，写作得少——《春秋》一书。孔子的"多述少作"与他"信而好古"的态度是结合起来的。孔子的思想以兴复礼乐、征圣宗经为准的，缩小一点说是尊崇三王古制与西周政教礼教与乐教，孔子认为它们是最好的东西。"述而不作"只删述不创作，应了后面这句"信而好古"，只相信爱好过去的东西。东周以后，开始礼崩乐坏，地方诸侯与贵族不再遵守过去与中央政府定下的、共同遵守的礼制，国家大一统局面动摇并出现各自为政的局面，战乱开始，政体崩溃。孔子除了对礼崩乐坏失望外，对出现的与过去文化礼制不同思想性质的事物很抵触，他认为只有西周的文化与政治才是最完美的。因此，孔子以实际行动强调了创作是他不会做的事。孔子这种卫道自豪也略显骄傲的内心世界，影响了后代人慎言、慎行之后慎创作、重积淀的写作态度。刘勰《文心雕龙·序志》告诉我们：他本来就想解经立名，学孔子"述而不作"，只是因为前人干得太好了，已经没有给他留下言说空间了，才被迫从"述"改成"作"的。《北史·袁翻传》："皇代既乘乾统历，得一御宸，自宜稽古则天，宪章文武，追踪周孔，述而不作。"清朱彝尊《刘永之传》："其自称曰：'述而不作，信而好古。'夫岂以其圣而傲当世哉！"都是向孔子取法的例证。

八、处事交际

在日常生活中涉及人际交往的时候，孔子也会采用执中合礼的方法来处理或教导学生。《论语》记载了孔子立身处世的原则：

> 子谓颜渊曰："用之则行，舍之则藏，唯我与尔有是夫。"子路曰："子行三军，则谁与？"子曰："暴虎冯河，死而无悔者，吾不与也。必也临事而惧，好谋而成者也。"①

孔子宣讲自己做事"用之则行，舍之则藏"的方法，强调自己不作出头鸟并退而三思再求成功的人生策略。这种思想充满辩证因素，并且有避其锋芒待机而动的生存智慧。《诗经·大雅·烝民》是周宣王时尹吉甫写来送给仲山甫的一首诗，其第四章有"既明且哲，以保其身。夙夜匪懈，以事一人"的句子，意思是说明智的人善于保全自己。"明哲保身"就成为儒家保全自己的处世原则之一。《孟子·尽心上》说："穷则独善其身，达则兼善天下。"这句话就是从孔子"用之则行，舍之则藏"的观点转化而来的，以至于成为后世读书人存身立命的思想法宝。扬雄《反离骚》曾评价屈原："君子得时则大行，不得时则龙蛇，遇不遇，命也。何必湛身哉！"扬雄说屈原，你死了有什么用呢？留得有用之身，来日方可更长嘛。刘勰说，"梓材"之士应该"穷则独善以垂文，达则奉时以骋绩"，就是受孔子处世智慧影响说出来的修养之言。

孔子在处世上还主张"叩其两端"的尽力原则：

> 子曰："吾有知乎哉？无知也。有鄙夫问于我，空空如也，

---

① 〔魏〕何晏等注，〔宋〕邢昺疏：《论语注疏》，第 2482 页。

我叩其两端而竭焉。"①

孔子说:"我有知识吗?其实没有知识。有一个乡下人问我,我对他谈的问题本来一点也不知道。我只是从问题的两端去问,这样对此问题就可以全部搞清楚了。"我们看到了孔子的谦虚精神,至于"叩其两端而竭焉",还需要梳理一下。这句话并不是说处理问题要从正反两面入手,把问题彻底搞清楚,而是说要掌握全部知识和学问,对他来说,也是很需要努力的事情。"竭"的本义就是"负举",也是我们今天说"背东西"的意思。我们背东西,比方说背一个麻袋,需要左右用力均衡,要抓住它的两只上角,所以"叩其两端而竭"是孔子一个比喻的说法,是做事竭尽全力、左右均衡的意思。这是一种典型的两端并举,具有折衷倾向的思维方法,也是讨论问题、读书求学的思维方法论。

两端都不可偏废,要均衡发展,这就需要"中行"之道来作为目的:

> 子曰:"不得中行而与之,必也狂狷乎!狂者进取,狷者有
> 所不为也。"②

孔子说:"我找不到奉行中庸之道的人和他交往,只能与狂者、狷者相交往了。狂者敢作敢为,狷者对有些事是不肯干的。"由这句话我们可以知道,孔子对中庸之道看得很清楚,虽然他主张中庸之道,但是他也知道,真正能做到中庸之道的人并不多,所以他才能看到"狂者"和"狷者"的可取之处。换句话说,"中庸之道"并不适合

---

① 〔魏〕何晏等注,〔宋〕邢昺疏:《论语注疏》,第 2490 页。
② 〔魏〕何晏等注,〔宋〕邢昺疏:《论语注疏》,第 2508 页。

所有的场合，有的时候，能够"狂狷"一些会更好。事实上为了到达最后好的结果，许多时候往往不得不使用一些偏激的方式或策略，比如在齐鲁两国相交的雅乐演奏问题上，孔子主张杀人以正礼，所谓矫枉必须过正，说的也就是这个道理。于此也可以看到他刚毅勇猛精进的另一面。

因为主张"中行"，孔子还阐述了做事应该汇集大家意见，而能独立思考、独立取舍的观点：

> 子曰："君子和而不同，小人同而不和。"①

孔子说："君子讲究协调而保持自己独立的见解，小人没有自己独立的见解而不讲究协调。"能够保持独立见解的合作是更加有力量的合作，没有独立见解的盲目的合作只是乌合之众，是不能长久的，也是没有力量的。刘勰《文心雕龙·序志》篇对写作该书时的文学理论发展背景的述评，以及"折衷"方法论的选取，就是这句话的运用范例。《序志》说：

> 详观近代之论文者，多矣：至如魏文述典，陈思序书，应玚《文论》，陆机《文赋》，仲治《流别》，弘范《翰林》：各照隅隙，鲜观衢路。或臧否当时之才，或铨品前修之文；或泛举雅俗之旨，或撮题篇章之意。魏典密而不周，陈书辩而无当；应论华而疏略，陆赋巧而碎乱；《流别》精而少功，《翰林》浅而寡要。又君山、公干之徒，吉甫、士龙之辈，泛议文意，"往往间出"：并未能振叶以寻根，观澜而索源；不述先哲之诰，无益后生之虑。②

① 〔魏〕何晏等注，〔宋〕邢昺疏：《论语注疏》，第 2508 页。
② 杨明照：《增订文心雕龙校注》，第 610—611 页。

刘勰认为，在他之前面世的若干文学理论著作，都存在一些明显的
弊端，是不太理想的。这些著作，整体价值也是不高的，它们"不
述先哲之诰，无益后生之虑"，所以我要来写一部能克服这些缺点
的文论著作，这就是孔子"和而不同"思想的具体化。而在"折衷"
论文方法的选择上，刘勰也表明了当自己观点与前人存在异同时的
处理办法：

> 及其品评成文，有同乎旧谈者，非雷同也，势自不可异也；
> 有异乎前论者，非苟异也，理自不可同也。同之与异，不屑古今；
> 擘肌分理，唯务折衷。按辔文雅之场，环络藻绘之府，亦几乎备
> 矣。①

刘勰说，在论文中会遇到观点与前人相同或相异的情况，这些都是
不可避免的，我不会因为时间的古今而有所轻重，我会"叩其两端"
而中行，这样来研究文学问题，才是对的。

孔子在为人处世的问题上，还有许多言论体现了"分而为二"、
然后中行的道理。比如：

> 子贡问曰："乡人皆好之，何如？"子曰："未可也。""乡人
> 皆恶之，何如？"子曰："未可也。不如乡人之善者好之，其不善
> 者恶之。"②

孔子的回答，是"折衷"方法论对比思维的经典运用。大家都说好，
自己不一定也跟着说好，反之亦然。因为一味从众不一定是对的，

---

① 杨明照：《增订文心雕龙校注》，第 611 页。
② 〔魏〕何晏等注，〔宋〕邢昺疏：《论语注疏》，第 2508 页。

保持自己的独立思考与取舍才更重要。孔子还运用这种正反对比的方法来区分君子与小人，他说："君子泰而不骄，小人骄而不泰。"（《论语·子路》）从个人评价又上升到国家与个人的关系层面，说："邦有道，危言危行，邦无道，危行言孙。"（《论语·宪问》）孔子认为，在治世中，言谈正直，行为正直；在乱世中，行为正直，言谈谦逊。治乱之世差异巨大，如何做到很好的言行修养，就时时需要中庸之道来规范自己。对于个体修养的完善，使孔子敢于批评那些历史上的著名君王。子曰："晋文公谲而不正，齐桓公正而不谲。"（《论语·宪问》）孔子说："晋文公狡诈而不正直，齐桓公正直而不狡诈。"这种君王之间的对比评价，是孔子中行而狂狷精神的表现。

虽然孔子讲究仁德的修养，主张"人不知而不愠"的含蓄隐忍，那么，遇到别人的怨愤或恩德时该怎么办呢？

> 或曰："以德报怨，何如？"子曰："何以报德？以直报怨，以德报德。"[1]

有人问："以恩德报答怨恨，怎样？"孔子说："只报怨，这样怎么来报答恩德呢？应该以正直报答怨恨，以恩德报答恩德。"问话人只看到了问题的一面，而孔子"叩其两端"，看到了问题的两面性，既全面回答了提问者，又启发了他的问题思维意识。

孔子的这些关于交际修养的思想，在他的学生那里继续发扬光大。子张认为，修养上"中行"的最高表现，是能海纳百川，有容乃大：

> 子夏之门人，问交于子张。子张曰："子夏云何？"对曰："子

---

[1] 〔魏〕何晏等注，〔宋〕邢昺疏：《论语注疏》，第 2513 页。

夏曰：可者与之，其不可者拒之。"子张曰："异乎吾所闻：君子
尊贤而容众，嘉善而矜不能。我之大贤与，于人何所不容；我之
不贤与，人将拒我，如之何其拒人也？"①

子夏的门人向子张询问交友之道。子张反问："子夏是怎样说的？"
子夏的门人回答说："老师讲过：'可交的就与他交，不可交的就
拒绝他。'"子张说："这和我听说的不同：君子能尊敬贤人，又
能容纳众人；能赞美好人，又能怜悯能力差的人。我如果是很贤明的，
对于别人为何不能容纳呢？我如果不贤明，别人将会拒绝我，如何
谈得上拒绝别人呢？"子张并不是孔子门下最优秀的学生，他的见
解，是孔子苦心教导的结果。孔子主张宽容，反对从众，突出个人
独立的辨别能力：

子曰："众恶之，必察焉；众好之，必察焉。"②

这一段讲了两个方面的意思。一是孔子绝不人云亦云，不随波逐流，
不以众人之是非标准决定自己的是非判断，而要经过自己大脑的独
立思考，经过自己的理性判断，然后再做出结论。二是一个人的好
与坏不是绝对的，在不同的地点、不同的人们心目中，往往有很大
的差别。所以孔子必定用自己的标准去评判他。这是"执两用中"
思想的体现，这种体现是以对比思维模式来实现折衷于正的结果。
这样的例子很多。比如孔子对于交友问题的论述：

孔子曰："益者三友，损者三友。友直，友谅，友多闻，益矣。

① 〔魏〕何晏等注，〔宋〕邢昺疏：《论语注疏》，第 2531 页。
② 〔魏〕何晏等注，〔宋〕邢昺疏：《论语注疏》，第 2518 页。

友便辟，友善柔，友便佞，损矣。"①

孔子说："有益的朋友有三种，有害的朋友也有三种。与正直的人
交友，与诚信的人交友，与见闻学识广博的人交友，是有益的。与
习于歪门邪道的人交友，与善于阿谀奉承的人交友，与惯于花言巧
语的人交友，是有害的。"益友与损友对比提出，褒贬强烈。继孔
子提出损益三友的交友原则之后，对此最著名的例证，在颜真卿名
作《争座位帖》中以"古人云：益者三友，损者三友。愿仆射与军
容为直谅之友，不愿仆射为军容佞柔之友"这样难听的话对仆射郭
英乂进行规讽。郭英乂为了献媚宦官鱼朝恩，在菩提寺兴道之会上
两次把鱼朝恩排于尚书之前，抬高宦官的座次。颜真卿不留情面地
对此加以批评。这种"分而为二"的对比论述，还体现在孔子对于
快乐问题的论述中：

> 孔子曰："益者三乐，损者三乐。乐节礼乐，乐道人之善，
> 乐多贤友，益矣。乐骄乐，乐佚游，乐宴乐，损矣。"②

孔子说："有益的快乐有三种，有损的快乐也有三种。以得到礼乐
的调节陶冶为快乐，以称道别人的优点好处为快乐，以多交贤德的
友人为快乐，是有益处的。以骄奢放肆为快乐，以闲佚游荡为快乐，
以宴饮纵欲为快乐，是有损害的。"

　　在采用对比论述的同时，孔子也用单执一端的方法提出自己的
意见，或正或反，归之于正。比如：

---

① 〔魏〕何晏等注，〔宋〕邢昺疏：《论语注疏》，第 2521 页。
② 〔魏〕何晏等注，〔宋〕邢昺疏：《论语注疏》，第 2522 页。

> 孔子曰:"君子有三戒:少之时,血气未定,戒之在色;及其壮也,血气方刚,戒之在斗;及其老也,血气既衰,戒之在得。"①

孔子说,年轻戒女色,壮年戒打架,老年戒贪婪。那么,君子要怎样做才对呢?君子守礼,以礼乐规矩为折衷,养成温柔敦厚的个性。孔子以为,一个人的血气个性决定了他的行动。刘勰《体性》《风骨》等篇以气论文,认为文如其人,讲的正是这个道理。这是从反面论述得出的道理;正面一端的言论如:

> 子张问仁于孔子,孔子曰:"能行五者于天下,为仁矣。"请问之。曰:"恭宽信敏惠。恭则不侮,宽则得众,信则人任焉,敏则有功,惠则足以使人。"②

本句是正面的折衷,以仁为核心,"分而为五"——修养"恭宽信敏惠"的五德,化合可以成仁德。孔子认为君子有三戒仁德,君子也有畏:

> 孔子曰:"君子有三畏:畏天命,畏大人,畏圣人之言。小人不知天命而不畏也,狎大人,侮圣人之言。"③

君子敬畏天命,敬畏在高位的人,敬畏圣人的话。小人不知天命而不畏,不尊重在上位的人,蔑视圣人的话。有句俗话说:大海知道自己深,所以沉默不语;小溪不知自己浅,所以四处奔流。君子就像大海,深厚博大,孔子教育我们要做君子。他用六言六蔽来说明

---

① 〔魏〕何晏等注,〔宋〕邢昺疏:《论语注疏》,第 2522 页。
② 〔魏〕何晏等注,〔宋〕邢昺疏:《论语注疏》,第 2524 页。
③ 〔魏〕何晏等注,〔宋〕邢昺疏:《论语注疏》,第 2522 页。

这个问题：

> 子曰："由也，女闻六言六蔽矣乎？"对曰："未也。""居，
> 吾语女。好仁不好学，其蔽也愚；好知不好学，其蔽也荡；好信
> 不好学，其蔽也贼；好直不好学，其蔽也绞；好勇不好学，其蔽
> 也乱；好刚不好学，其蔽也狂。"①

孔子六言六蔽的主张，其核心是指向中和精神，是对个性、文化、
礼仪知识学习过程中出现的错误倾向的总结，主要涉及个体内在德
行品质的修养问题。接下来，孔子举出历史上著名的隐逸贤人例子
来证明自己中和进退的立身原则：

> 逸民：伯夷、叔齐、虞仲、夷逸、朱张、柳下惠、少连。子曰："不
> 降其志，不辱其身，伯夷、叔齐与？"谓："柳下惠、少连降志辱
> 身矣。言中伦，行中虑，其斯而已矣。"谓："虞仲、夷逸隐居放
> 言，身中清，废中权。我则异于是，无可无不可。"②

孔子说，伯夷、叔齐能不抑志，不辱身；柳下惠、少连，抑志而辱身，
但说话合乎伦理，行为深思熟虑；虞仲、夷逸，过隐居生活，说话
放纵无忌，能保持自身清白，废弃官位而合乎权宜变通，这是三类
在不同遭遇情况下能中伦、中权的人，懂得变通、符合伦理，言行
中正。可是孔子与这些人不同，没有什么可以，也没有什么不可以。
孔子是典型的明哲保身的人。

---

① 〔魏〕何晏等注，〔宋〕邢昺疏：《论语注疏》，第 2525 页。
② 〔魏〕何晏等注，〔宋〕邢昺疏：《论语注疏》，第 2529—2530 页。

第四节　复古商周的文学史观

孔子提倡"郁郁乎文"的文学尚美主张与"吾从周"的文学复古范式，这为刘勰建立秩序化理想化的文学理论，为刘勰提倡"商周丽而雅"的典范文风与学习范式，尤其为《文心雕龙》一书的文学史观念提供了标准。子曰："周监于二代。郁郁乎文哉，吾从周。"（《论语·八佾》）孔子认为周代文学文采斐然，是他学习的对象。《史记·孔子世家》点明了孔子取法周代文学的原因：

> 孔子之时，周室微而礼乐废，诗书缺。追迹三代之礼，序《书传》，上纪唐虞之际，下至秦缪，编次其事。曰："夏礼吾能言之，杞不足征也。殷礼吾能言之，宋不足征也。足，则吾能征之矣。"观殷夏所损益，曰："后虽百世可知也，以一文一质。周监二代，郁郁乎文哉。吾从周。"故《书传》《礼记》自孔氏。[1]

孔子在"追迹三代之礼，序书传，上纪唐虞之际，下至秦缪，编次其事"的删述经典的过程中，对上古三代以至于夏商周三代的文学发展做出了自己的评鉴。在孔子看来，殷夏两代的文风，"一文一质"，商代比夏代趋向于有文采，而文学发展到了周代，文采更加缛丽，呈现出"郁郁乎文哉"的特点。孔子是愿意选择文采郁郁的周代文学为典范的，"吾从周"的主张，是他"周之德，其可谓至德也已夫"（《论语·泰伯》）思想在文学上的反映，既带有复古到文王周公时代的主张，也有他对文学新变由质趋文现象的肯定。

孔子不是一味地复古，而是正确地看到了文学新变带来的华丽变化，使得文学"质文"交加，这与他论述人的内外修养"文质彬彬"

---

① 〔汉〕司马迁：《史记》（影印本），第 1935—1936 页。

的标准是一致的。《论语·雍也》："子曰：'质胜文则野，文胜质则史。文质彬彬，然后君子。'"孔子说："质朴胜过文采就显得粗野，文采胜过质朴就显得浮华。文采和质朴配合适当，这才有君子的风度。"这段话本来说的是人的修养问题。"质"是朴素的本质，"文"是人类给自己加上去的许多经验与见解。人类本质必须加上文化的修养，才能离开野蛮时代，走进文明社会的轨道。孔子提出"质胜文则野"，完全顺着人的本质发展，文化浅薄，则流于落后野蛮；而"文胜质则史"则指出，如果掩饰了人的善良本质，人就会变得虚伪浮华。所以孔子说："文质彬彬，然后君子。"这两样要均衡发展，后天文化的熏陶与人性本有的敦厚朴素的气质互相均衡了，那才是真正的君子。就孔子本意来说，他是在人的修养上倾向于"质"的，子曰："刚毅木讷，近仁。"（《论语·子路》）孔子更重视内质刚毅，言辞木讷的个性。将这样的标准移用到文学的发展上，在质朴基础上发展而来的周代文学文采蓊郁，是孔子喜欢的类型。

《文心雕龙·征圣》篇记载了一个责难孔子文采过度而不成的例子，可以看到文质变化过程中两种观念的交锋：

> 颜阖以为，仲尼"饰羽而画"，徒事华辞。虽欲訾圣，弗可得已。[①]

关于颜阖"訾圣"一事，见于《庄子·列御寇》：

> 鲁哀公问乎颜阖曰："吾以仲尼为贞干，国其有瘳乎？"曰："殆哉圾乎！仲尼方且饰羽而画，从事华辞，以支为旨，忍性以视民而不知不信；受乎心，宰乎神，夫何足以上民！彼宜女与？予颐与？误而可矣。今使民离实学伪，非所以视民也，为后世虑，不若休之。

---

① 杨明照：《增订文心雕龙校注》，第18页。

难治也。"①

颜阖诋毁孔子可以说不遗余力,他说孔子一心想着粉饰装扮、追求
和讲习虚伪的言辞,没有诚信,难以治国,等于是在鲁哀公面前把
孔子的政治前途堵死了,其用心与晏子向齐景公分析儒家难以治
国②完全不一样,是直接地乱说。所以孔子说"恶利口之覆邦家者",
并对"巧言令色"的家伙多次批评。孔子的文学观明显尚丽,追求
美文。颜阖借此诋毁他的政治水准。面对若干诋毁,孔子门人曾站
出来论战:

> 叔孙武叔毁仲尼,子贡曰:"无以为也。仲尼,不可毁也。
> 他人之贤者,丘陵也,犹可逾也。仲尼,日月也,无得而逾焉。
> 人虽欲自绝,其何伤于日月乎?多见其不知量也。"③

叔孙武叔毁谤仲尼。子贡说:"不要这样做啊!仲尼是毁谤不了的。
别人的贤能,如丘陵,还可以越过去;仲尼的贤能,如日月,是无
法越过的。有人虽然想要自绝于日月,对日月有什么损伤呢?只是
看出这种人不自量力啊。"子贡还说:"夫子之不可及也,犹天之
不可阶而升也。"(《论语·子张》)学生们敬仰孔子,把他比作
日月上天,将别人对老师的责难挡了回去。

孔子"吾从周"的思想深刻地影响到了刘勰的文学发展史观念。
《文心雕龙·通变》篇说:

---

① 陈鼓应:《庄子今注今译》,第 841 页。

② 事见《史记·孔子世家》。齐景公非常欣赏孔子的治国策略,准备重用他。这
时候晏子站出来,向景公分析了儒家治国难以成功的原因。这种分析是建立在理性基
础之上的,与颜阖诋毁孔子不一样。

③〔魏〕何晏等注,〔宋〕邢昺疏:《论语注疏》,第 2533 页。

是以九代咏歌，志合文则：黄歌断竹，质之至也；唐歌在昔，则广于黄世；虞歌卿云，则文于唐时；夏歌雕墙，缛于虞代；商周篇什，丽于夏年。至于序志述时，其揆一也。暨楚之骚文，矩式周人；汉之赋颂，影写楚世；魏之篇制，顾慕汉风；晋之辞章，瞻望魏采。摧而论之，则黄唐淳而质，虞夏质而辨，商周丽而雅，楚汉侈而艳，魏晋浅而绮，宋初讹而新：从质及讹，弥近弥澹。何则？竞今疏古，风末气衰也。①

刘勰建立的文学时代风格演化脉络，是在孔子文学史观的基础上延续发展而成的。刘勰以"商周丽而雅"为基本准则，在此之前，文学倾向于质朴之美，在此之后，越来越具有华丽之美。在《时序》篇对"蔚映十代，辞采九变"的文学"文质"变化史的详细论述中，还是以此为准绳的。

《通变》篇以商周"雅丽"文风折衷观照九代文风，清晰映照出"从质及讹"的文风流弊，深刻体察到"竞今疏古"的学习弊端。因此提出"矫讹翻浅，还宗经诰"的拯救原则，就是复归到五经典雅中正的文风上去。五经，正是经周公确立、孔子删述重构的商周以来的优秀文学遗产。对于文学发展由质朴到华丽，乃至圣人对于华丽过度的救弊之举，《原道》篇就有论述：

自鸟迹代绳，文字始炳，炎暤遗事，纪在《三坟》，而年世渺邈，声采靡追。唐虞文章，则焕乎始盛。元首载歌，既发吟咏之志；益稷陈谟，亦垂敷奏之风。夏后氏兴，业峻鸿绩，九序惟歌，勋德弥缛。逮及商周，文胜其质，《雅》《颂》所被，英华日新。文王患忧，繇辞炳曜，符采复隐，精义坚深。重以公旦多材，

---

① 杨明照：《增订文心雕龙校注》，第397页。

振其徽烈，制诗缉颂，斧藻群言。至若夫子继圣，独秀前哲，镕钧六经，必金声而玉振；雕琢性情，组织辞令，木铎起而千里应，席珍流而万世响，写天地之辉光，晓生民之耳目矣。①

"唐虞文章，焕乎始盛"，文学开始发展起来；"夏后氏兴"，"勋德弥缛"，文学呈现出逐渐缛丽的现象；"逮及商周"，"文胜其质"，"英华日新"，已经出现了孔子所说的"郁郁乎文哉"的现象。三代文学，显示了从质及文的演化历史。而华美过于质朴的弊端，开始让"文王患忧"起来，经过文王的纠正与周公"制诗缉颂"的创作（按：实为搜集与整理）实践，文学发展又回到了正途上。在这个基础上，孔子应运而生，"镕钧六经"，重构经典，使六经之圣文，具有"衔华佩实"的雅丽文风，"义固为经，文亦足师"，成为"辞义温雅"的"万代之仪表"。

《文心雕龙》全书充满了对周代文学的崇敬之情，刘勰除了在《章表》篇里直接引用了孔子"周监二代，文理弥盛"的话，还在全书中数十次论述商周文学，以及专门谈到《周礼》《周书》、文王、周公和周代作家上百次，从整个时代、圣人代表、作家作品等几方面进行了深刻的论述。以下举例证之。

第一，是泛论"商周丽而雅"的整体文学特点，以及对后代文学的垂范作用。

逮及商周，文胜其质，《雅》《颂》所被，英华日新。文王患忧，繇辞炳曜，符采复隐，精义坚深。重以公旦多材，振其徽烈，制《诗》缉《颂》，斧藻群言。（《原道》）②

① 杨明照：《增订文心雕龙校注》，第1—2页。
② 杨明照：《增订文心雕龙校注》，第2页。

商周以前，图箓频见；春秋之末，群经方备：先纬后经，体
乖织综，其伪四矣。(《正纬》)①

自商暨周，《雅》《颂》圆备，"四始"彪炳，"六义"环深。
子夏监绚素之章，子贡悟琢磨之句，故商、赐二子，可与言《诗》
矣。(《明诗》)②

至邓璨《晋纪》，始立条例。又摆落汉魏，宪章殷周，虽湘
川曲学，亦有心典谟。及安国立例，乃邓氏之规焉。(《史传》)③

商周篇什，丽于夏年。(《通变》)④

商周丽而雅。(《通变》)⑤

商周之世，则仲虺垂诰，伊尹敷训；吉甫之徒，并述《诗》
《颂》：义固为经，文亦足师矣。(《才略》)⑥

孔子认为商周文学趋向于文，夏代文学趋向于质，商周文学整体上
"丽而雅"，所以孔子评价为"郁郁乎文"，显示出了尚丽尚美的
文学观念。刘勰《文心雕龙》顺着这个思路展开论述。认为商周时代，
是《诗》之《雅》《颂》大量创作涌现的时候，因为《诗》在后来
政教外交场合的重要作用，以及周公"制《诗》缉《颂》"、树《诗》
为经典，使得"英华日新"的文学新变与文采华美的《雅》《颂》
之作成为商周文学的代表作。同时，儒家经典文献《书》《礼》《易》
《春秋》也在这段时间先后产生，尤其是《书》对史记文学体裁的
启蒙作用，一直影响着后代史传文学的写作，以至于邓璨写作《晋纪》

---

① 杨明照：《增订文心雕龙校注》，第 41 页。
② 杨明照：《增订文心雕龙校注》，第 64 页。
③ 杨明照：《增订文心雕龙校注》，第 207 页。
④ 杨明照：《增订文心雕龙校注》，第 397 页。
⑤ 杨明照：《增订文心雕龙校注》，第 397 页。
⑥ 杨明照：《增订文心雕龙校注》，第 573—574 页。

的时候，也是"摆落汉魏"而向"典谟"取法的。合观《文心雕龙》
对商周文学的评价，充满赞美之情，认为这段时间的文学"丽而雅"，
是文质彬彬的典范，是《诗》《书》致用的典范，是后代文学趋向
华美而务必回头正本清源的取法所在。

第二，是论述商代文学在文体创造方面的继承作用与启蒙作用，
往往向前与夏代文学合观。

> 颂者，容也，所以美盛德而述形容也。昔帝喾之世，咸墨为颂，
> 以歌《九韶》。自《商》已下，文理允备。（《颂赞》）①
>
> 夫化偃一国谓之风，风正四方谓之雅，雅容告神谓之颂。风
> 雅序人，故事兼变正；颂主告神，故义必纯美。鲁国以公旦次编，
> 商人以前王追录，斯乃宗庙之正歌，非宴飨之常咏也。（《颂赞》）②
>
> 至于商履，圣敬日跻。玄牡告天，以万方罪己，即郊禋之词也；
> 素车祷旱，以六事责躬，即雩禜之文也。（《祝盟》）③
>
> 箴者，所以攻疾防患，喻针石也。斯文之兴，盛于三代。《夏》
> 《商》二箴，余句颇存。（《铭箴》）④
>
> 诔者，累也，累其德行，旌之不朽也。夏商以前，其词靡闻。
> （《诔碑》）⑤
>
> 古者，左史记事者，右史记言者。言经则《尚书》，事经则《春
> 秋》也。唐虞流于典谟，商夏被于诰誓。（《史传》）⑥

《文心雕龙》独列"论文叙笔"的文体论二十篇，从这个角度看，

---

① 杨明照：《增订文心雕龙校注》，第107—108页。
② 杨明照：《增订文心雕龙校注》，第108页。
③ 杨明照：《增订文心雕龙校注》，第122页。
④ 杨明照：《增订文心雕龙校注》，第140页。
⑤ 杨明照：《增订文心雕龙校注》，第154页。
⑥ 杨明照：《增订文心雕龙校注》，第205页。

显示了刘勰对于文学发展史的重视程度。许多问题和理论的阐释，都是在具体的文体发展史中进行的。商代文学前承三代、夏代，在文体发展史上占据了重要的地位。刘勰认为："颂""祝"二体在商代成熟起来，"诔"体在商代正式形成，"箴"体在商代得以保存，《尚书》的"诰""誓"二体在商代非常兴盛。商代文学主要的价值功能是保存了上古文体与形成新的文体，在文体发展史上作用巨大。刘勰并不赞美商代文学，这或许与孔子征圣文王作《易》、赞美周公定六经有关。因为商代没有出色的儒家圣人被孔子尊崇过，反倒是上古尧舜被孔子提及较多，而刘勰征圣、宗经、论文的观念与孔子完全一致。由此可见，断代文学的兴盛，一定要与出色的作家、政治家相联系，所以尽管商代历经五百余年，文学成就却没有得到《文心雕龙》较高的单独评价，这与周代文学的崇高地位迥然不同。

第三，是对周代文学的极高褒扬，这与孔子"吾从周"的文学理想显然是高度一致的。《文心雕龙》赞美周代文学不遗余力，从整体风貌、文体发展、经典作家、经典作品、典型意义等角度列出了数十条论述意见。小结于下：

1.论述以五经为首的周代文学在创作技法上的整体特点与垂范作用。

> 故知繁略殊形，隐显异术，抑引随时，变通适会，征之周、孔，则文有师矣。(《征圣》)[1]

《文心雕龙》全书充满着浓厚的宗经色彩，对于五经，刘勰不吝褒赞之词。他常常在论述后代文学不能正确新变的时候，主张"还宗

---

① 杨明照：《增订文心雕龙校注》，第17页。

经诰"铬铸经典""必先雅制""隐括雅俗""正末归本"等。论述风格，以儒门"典雅"为宗；论述习染，以模拟经典为式；论述技法，以《诗》兴《骚》比为例；如此等等。一个重要的原因是，经典在写作技法上做到了"繁略殊形，隐显异术，抑引随时，变通适会"，这是其他文献或文学作品不能望其项背的。六经成于周公编订，经孔子铬均删述，是百世不易的万代仪表。具体体现在如下几个方面。

在内容上：

> 《易》惟谈天，入神致用。故《系》称：旨远、辞文、言中、事隐。韦编三绝，固哲人之骊渊也。《书》实记言，而训诂茫昧，通乎《尔雅》，则文意晓然。故子夏叹《书》"昭昭若日月之明，离离如星辰之行"，言照灼也。《诗》主言志，诂训同《书》，摛风裁兴，藻辞谲喻，温柔在诵，故最附深衷矣。《礼》以立体，据事制范，章条纤曲，执而后显，采掇片言，莫非宝也。《春秋》辨理，一字见义：五石六鹢，以详略成文；雉门两观，以先后显旨。其婉章志晦，谅已邃矣。（《宗经》）①

在功能上：

> 三极彝训，其书曰经。经也者，恒久之至道，不刊之鸿教也。故象天地，效鬼神，参物序，制人纪，洞性灵之奥区，极文章之骨髓者也。（《宗经》）②

后进追取而非晚，前修久用而未先：可谓太山遍雨，河润千

---

① 杨明照：《增订文心雕龙校注》，第 26 页。
② 杨明照：《增订文心雕龙校注》，第 26 页。

里者也。(《宗经》)①

在风格上：

或简言以达旨，或博文以该情，或明理以立体，或隐义以藏用。故《春秋》一字以褒贬，《丧服》举轻以包重，此简言以达旨也。《邠诗》联章以积句，《儒行》缛说以繁辞，此博文以该情也。《书》契断决以象《夬》，文章昭晰以象《离》，此明理以立体也。四象精义以曲隐，五例微辞以婉晦，此隐义以藏用也。(《征圣》)②

在文体演变史上：

故论说辞序，则《易》统其首；诏策章奏，则《书》发其源；赋颂歌赞，则《诗》立其本；铭诔箴祝，则《礼》总其端；记传盟檄，则《春秋》为根：并穷高以树表，极远以启疆，所以百家腾跃，终入环内者也。(《宗经》)③

在创作原理与审美特征上：

故文能宗经，体有六义：一则情深而不诡，二则风清而不杂，三则事信而不诞，四则义贞而不回，五则体约而不芜，六则文丽而不淫。故扬子比雕玉以作器，谓"五经"之含文也。(《宗经》)④

---

① 杨明照：《增订文心雕龙校注》，第 27 页。
② 杨明照：《增订文心雕龙校注》，第 17 页。
③ 杨明照：《增订文心雕龙校注》，第 27 页。
④ 杨明照：《增订文心雕龙校注》，第 27 页。

因为《文心雕龙》全面地论述到了五经在写法、功能、风格、审美、影响等方面的典型意义，所以后来的文学发展，必须以儒家经典为准绳。符合这个要求的，就是好的发展；不合这个要求的，就是不良的发展；由此定下全书文论与美学理论的基调。所以詹福瑞、李建中、孙蓉蓉等研究者认为《宗经》篇才是《文心雕龙》枢纽论的核心，进而成为全书理论的核心。笔者同意这个意见并认为：从《宗经》这个核心推演开来，可以肯定地看到刘勰《文心雕龙》文学思想以儒家为主导这一事实。而对于《体性》风格"八体"之渊源，徐复观先生认为"其中有五体是从五经当中流出的"，这五体是："典雅"出于五经的整体风貌，"远奥"出于"隐义以藏用"，"精约"出于"简言以达旨"，"繁缛"出于"博文以该情"，"显附"出于"明理以立体"。显然，徐先生的意见是认为"八体"出于五经文体风格论。从文体特征的角度看，这个说法是有道理的。此外，也有研究者认为八体出于《周易》文王八卦，这是从《文心雕龙》风格论的哲学渊源角度来看的。二者各成其说，皆有可取之处。

2.论述周代文学在文体发展史上承上启下的作用，这是周代文学的一个重要价值，也是篇幅最长、内容最多的部分。

> 在昔三王，诅盟不及，时有要誓，结言而退。周衰屡盟，以及要劫，始之以曹沫，终之以毛遂。（《祝盟》）①
>
> 及周之辛甲，百官箴阙，唯《虞箴》一篇，体义备焉。（《铭箴》）②
>
> 周世盛德，有铭、诔之文。大夫之材，临丧能诔。诔者，累也，累其德行，旌之不朽也。夏商以前，其词靡闻。周虽有诔，未被于士。

---

① 杨明照：《增订文心雕龙校注》，第123页。
② 杨明照：《增订文心雕龙校注》，第140页。

（《诔碑》）①

　　若夫殷臣咏汤，追褒《玄鸟》之祚；周史歌文，上阐后稷之烈：诔述祖宗，盖诗人之则也。（《诔碑》）②

　　周穆纪迹于弇山之石，亦古碑之意也。（《诔碑》）③

　　自周命维新，姬公定法，紬三正以班历，贯四时以联事。诸侯建邦，各有国史，"彰善瘅恶，树之风声"。（《史传》）④

　　戒敕为文，实诏之切者；周穆命"郊父受敕宪"，此其事也。（《诏策》）⑤

　　昔有虞始戒于国，夏后初誓于军，殷誓军门之外，周将交刃而誓之。故知帝世戒兵，三王誓师，宣训我众，未及敌人也。至周穆西征，祭公谋父称，古"有威让之令，令有文告之辞"，即檄之本源也。（《檄移》）⑥

　　故谓谱者，普也。注序世统，事资周普。郑氏谱《诗》，盖取乎此。（《书记》）⑦

　　券者，束也。明白约束，以备情伪，字形半分，故周称判书。（《书记》）⑧

　　五言见于周代，《行露》之章是也；六言、七言，杂出《诗》《骚》。情数运周，随时代用矣。（《章句》）⑨

---

① 杨明照：《增订文心雕龙校注》，第 154 页。
② 杨明照：《增订文心雕龙校注》，第 155 页。
③ 杨明照：《增订文心雕龙校注》，第 155 页。
④ 杨明照：《增订文心雕龙校注》，第 205 页。
⑤ 杨明照：《增订文心雕龙校注》，第 266 页。
⑥ 杨明照：《增订文心雕龙校注》，第 281 页。
⑦ 杨明照：《增订文心雕龙校注》，第 347 页。
⑧ 杨明照：《增订文心雕龙校注》，第 348 页。
⑨ 杨明照：《增订文心雕龙校注》，第 441 页。

从上述论述来看，盟体因为政治格局的混乱，显得非常衰落；箴体在周代几乎不存；铭、诔两体因为"盛德"之故，在周代极为兴盛；碑体与史记在周代才刚刚兴起；诏体起于周王口谕；檄体源于周代战争"文告之辞"；谱体受周谱影响很大；券体源于周代判书；五言诗歌在周代开始出现，商周《诗》中还间或有六言、七言杂出的杂言诗，刘勰从这一现象中总结出了文学"情数运周"而有断代之分的规律。相比于商代文学对文体发展史的贡献，周代文学明显具有如下几个特征：一是文体种类大大增加，显示了文学繁荣昌盛的发展特点；二是许多新兴的文体都与国家战争、政治、君王号令有关，这实际上暗示了文学发展必然受到政治影响的外在规律，《时序》篇就专门为此而作；三是文体有盛就有衰，一些衰落的文体在周代处于消失状态，这是文学发展符合自然兴衰的规律所致，暗中与新变、代谢的自然之道相合；四是通过文体演化，可以看出文学发展"随时代用"的决定性因素，没有实用价值的文体，会被逐渐淘汰掉；五是周代文学的兴盛局面，主要是由应用文为主构成的。当然，我们必须强调的一个观念是：所谓的周代文学，是指应用文与《诗》并称的泛文体概念，不是专门的纯文学概念。

3. 论述周代文学的整体风貌。

> 远称唐世，则焕乎为盛；近褒周代，则郁哉可从：此政化贵文之征也。(《征圣》)[1]
>
> 夏铸九牧之金鼎，周勒肃慎之楛矢，令德之事也。(《铭箴》)[2]
> 周监二代，文理弥盛。(《章表》)[3]

---

① 杨明照：《增订文心雕龙校注》，第 17 页。
② 杨明照：《增订文心雕龙校注》，第 139 页。
③ 杨明照：《增订文心雕龙校注》，第 306 页。

在刘勰笔下，周代文学整体上是"郁哉可从""文理弥盛"的，背后的推动因素是"令德之事"所致。显然，这完全是孔子"周监二代，郁郁乎文"以及对文王、周公令德赞美的翻版。

4. 分析周代文学兴旺发达的制度化、规范化原因。

> 及周之太祝，掌"六祝"之辞。是以"庶物咸生"，陈于天地之郊；"旁作穆穆"，唱于迎日之拜；"夙兴夜处"，言于祓庙之祝；"多福无疆"，布于少牢之馈；宜、社、类、祃，莫不有文：所以寅虔于神祇，严恭于宗庙也。(《祝盟》)①
>
> 又汉代山陵，哀策流文；周丧盛姬，内史执策。(《祝盟》)②
>
> 虞重纳言，周贵喉舌，故两汉诏诰，职在尚书。(《诏策》)③
>
> 若乃按劾之奏，所以明宪清国。昔周之太仆，"绳愆纠谬"；秦有御史，职主文法；汉置中丞，总司按劾。(《奏启》)④

刘勰以为，周代文学之所以兴盛，一个非常重要的原因是制度化、秩序化，在国家政治活动中极为重视文学事业的发展。虽然文学仍然依附于政治，但是这种有序的制度大大推动了文学事业的兴旺发达，在历史上只有汉代才可以与周代相媲美。因此，《文心雕龙》书中对文学史的论述，往往以政治有道无道、是否尊崇儒学为依据，认为礼乐政教制度完善并得以执行的时代，其文学必然昌盛；并在书中提出建立秩序化、理想化的文学发展模式，这就是：复归商周，宗经征圣，以"圣文雅丽，衔华佩实"为创作标准与审美标准，对文学新变进行正确地指引和规范，改变"文辞讹滥""流弊不还"

---

① 杨明照：《增订文心雕龙校注》，第 122—123 页。
② 杨明照：《增订文心雕龙校注》，第 123 页。
③ 杨明照：《增订文心雕龙校注》，第 265 页。
④ 杨明照：《增订文心雕龙校注》，第 318 页。

的文坛现状。

　　5.论述文学发展承前启后的规律，及周代文学对后代文学发展
的影响。

　　　　汉初四言，韦孟首唱；匡谏之义，继轨周人。(《明诗》)①
　　　　至于序志述时，其揆一也。暨楚之骚文，矩式周人。(《通变》)②

　　6.将周代文学与近当代文学作对比，得出今不如昔的结论。

　　　　若斯之类，辞赋所先；日用乎比，月忘乎兴：习小而弃大，
　　　所以文谢于周人也。(《比兴》)③

以上两点，其核心意义在于对周代文学继续赞美，指出周代文学对
后代诗歌、辞赋体裁发展的影响，同时包含如下几个意见：一是"诗
可以怨"的匡谏之义对汉代诗歌的影响；二是"楚之骚文，矩式
周人"，是指班固"赋者，古诗之流也"的骚从诗出的意见；三是
在创作手法上，"比显而兴隐"，汉赋用"比"太多，其文"淫丽"，
不如《诗》之比兴兼备而有"丽则"之美。于此，刘勰再次将汉赋"丽
辞雅义"的创作标准在写作手法的得失问题上渗透进来。

　　7.论述杰出作家与政治家周公、孔子对后代文学的影响。

　　　　征之周、孔，则文有师矣。(《征圣》)④

---

① 杨明照：《增订文心雕龙校注》，第64页。
② 杨明照：《增订文心雕龙校注》，第397页。
③ 杨明照：《增订文心雕龙校注》，第457页。
④ 杨明照：《增订文心雕龙校注》，第17页。

《时迈》一篇，周公所制；哲人之颂，规式存焉。(《颂赞》)①

周公慎言于金人，仲尼革容于欹器：列圣鉴戒，其来久矣。(《铭箴》)②

(《史传》)史肇轩黄，体备周、孔。③

出于建立征圣、宗经文论体系的目的，出于对周代文学赞美的目的，出于为后代文学树立极则的目的，《文心雕龙》对参与五经创作、删述的代表人物周公与孔子二人寄予了最高级别的褒赞。对周公，刘勰以为他留下了《颂赞》《史传》文体的经典作品，留下了"金人慎言"的千年美誉，是后代为"文有师"的典型代表；对孔子，赞美弥漫全书。

8.论述周代文学的杰出作品对后代的影响或其理论价值作用。

一是引用《周礼》所载的文章或语句，来对应评价后代作家的创作或失误：

自教以下，则又有命。《诗》云："有命自天。"明命为重也。《周礼》曰："师氏诏王。"明诏为轻也。今诏重而命轻者，古今之变也。(《诏策》)④

刺者，达也。《诗》人讽刺，《周礼》"三刺"；事叙相达，若针之通结矣。(《书记》)⑤

先王声教，书必同文：辖轩之使，纪言殊俗，所以一字体，总异音。《周礼》保氏，掌教"六书"；秦灭旧章，"以吏为师"。(《练

① 杨明照：《增订文心雕龙校注》，第108页。
② 杨明照：《增订文心雕龙校注》，第139页。
③ 杨明照：《增订文心雕龙校注》，第208页。
④ 杨明照：《增订文心雕龙校注》，第266页。
⑤ 杨明照：《增订文心雕龙校注》，第348页。

字》）①

又《周礼》井赋，旧有"匹马"；而应劭释"匹"，或量首数蹄，斯岂辩物之要哉？（《指瑕》）②

二是引用《周易》的语句，来论述文学的创作：

若首唱荣华，而媵句憔悴，则遗势郁湮，余风不畅：此《周易》所谓"臀无肤，其行次且"也。（《附会》）③

需要指出的是，据王更生先生搜集梳理，《文心雕龙》引用《周易》多达一百四十二处之多。本处所见，只不过是唯一称《周易》的例子，仅一斑而已。

三是赞美周代文学的兴盛发达，以《诗》为主要对象：

逮姬文之德盛，《周南》"勤而不怨"；太王之化淳，《邠风》"乐而不淫"。（《时序》）④

《文心雕龙》引《诗》一百四十一处，本处仅为《周南》之一处。

四是引用《周书》记载的语句，作为论述文学方法或作家修养的标准：

"周爰咨谋"，是谓为议。议之言宜，审事宜也。《易》之《节卦》："君子以制度数，议德行。"《周书》曰："议事以制，政乃

---

① 杨明照：《增订文心雕龙校注》，第 484 页。
② 杨明照：《增订文心雕龙校注》，第 501 页。
③ 杨明照：《增订文心雕龙校注》，第 520—521 页。
④ 杨明照：《增订文心雕龙校注》，第 539 页。

弗迷。"议贵节制,经典之体也。(《议对》)①

　　若骨采未圆,而风辞未练,而跨略旧规,驰骛新作,虽获巧意,危败亦多,岂空结奇字,纰缪而成经矣?《周书》云:"辞尚体要,弗惟好异。"盖防文滥也。(《风骨》)②

　　《周书》论士,方之"梓材",盖贵器用而兼文采也。(《程器》)③

　　盖《周书》论辞,贵乎"体要";尼父陈训,恶乎"异端":辞、训之"异",宜体于要。(《序志》)④

刘勰引用《周书》,用于文体创作论、"风骨"创造论、"梓材"标准论、写作技巧论等几个方面,直接将《周书》的叙述用于写作之道的方方面面。

　　9. 赞美"圣历方兴"文学事业之鼎盛:

　　《时序》:今圣历方兴,文思光被;海岳降神,才英秀发;驭飞龙于天衢,驾骐骥于万里。经典礼章,跨周轹汉;唐、虞之文,其鼎盛乎!鸿风懿采,短笔敢陈?颙言赞时,请寄明哲!⑤

当前,"龙学"界普遍的意见是认为刘勰在此赞美的是"皇齐御宝",周绍恒等先生则认为《文心雕龙》成书于梁代,刘勰赞美的是梁武帝。不论是齐是梁,刘勰均显示了极高的策略意识与避讳原则。作家活在当下,必然尊重当下。钟嵘《诗品》也是这样,不论当代,只追往古。其说曰:

---

① 杨明照:《增订文心雕龙校注》,第 332 页。
② 杨明照:《增订文心雕龙校注》,第 389 页。
③ 杨明照:《增订文心雕龙校注》,第 598 页。
④ 杨明照:《增订文心雕龙校注》,第 610 页。
⑤ 杨明照:《增订文心雕龙校注》,第 542 页。

> 方今皇帝，资生知之上才，体沈郁之幽思，文丽日月，赏究
> 天人。昔在贵游，已为称首。况八纮既奄，风靡云蒸，抱玉者联肩，
> 握珠者踵武。以瞰汉、魏而不顾，吞晋、宋于胸中。谅非农歌辕议，
> 敢致流别。嵘之今录，庶周旋于闾里，均之于谈笑耳。①

说来说去，就是担心自己品鉴不周，得罪了人，那岂不糟糕？我们
当然不好说钟嵘此论是否受到刘勰为尊者讳、为尊者赞的影响，但
是，钟嵘比刘勰走得更远，考虑得更周全，倒是真的：

> 一品之中，略以世代为先后，不以优劣为诠次。又其人既往，
> 其文克定。今所寓言，不录存者。②

钟嵘品鉴流别，除了不录当下帝王皇室，还有一个原则——"不录
存者"，凡是活着的诗人作者，概不考虑。这就避免了许多得罪人
的可能，更少了很多因必须避讳而不中肯、不合己意的评价。可见，
一个成熟的写作研究者，不仅要为自己的理论主张寻找出路，充分
论述，更要关注写作的一些禁忌，注意避讳原则与策略意识。

第五节 著书正乐与立言不朽

孔子从政受阻，退而求其次，开始著书立言。《史记·孔子世
家》载："季氏亦僭于公室，陪臣执国政，是以鲁自大夫以下皆僭
离于正道。故孔子不仕，退而脩诗书礼乐，弟子弥众，至自远方，
莫不受业焉。"孔子著书立言、正定雅乐的壮举，对刘勰具有积极
的影响。《文心雕龙》不仅处处张扬宗经的思想，还以孔子著书正

---

① 张怀瑾：《钟嵘诗品评注》，第 107 页。
② 张怀瑾：《钟嵘诗品评注》，第 116 页。

乐的举动为榜样,阐明了自己的写作动力。孔子删述《周易》《诗经》《礼记》《尚书》,写作《春秋》,正定《雅》《颂》,后世相传的儒家五经,都与他有关系。孔子从维护周礼的角度出发,主张继承传统:

> 子曰:"法语之言,能无从乎?改之为贵。巽与之言,能无说乎?绎之为贵。说而不绎,从而不改,吾未如之何也已矣。"①

孔子说:"听到古礼上的法语正言,能够不跟从吗?但是需要改进它才能使它更加珍贵。听到恭维称赞的话,能够不沾沾自喜吗?辨别它才能使它更加珍贵。如果沾沾自喜不加辨别,盲目跟从不加改进,我拿他这样的人是没有办法的?"这是孔子宗经思想的理论依据。孔子既强调法语之言,又主张改之为贵,重构已有的法语之言。《淮南子·氾论训》讽刺说:

> 王道缺而《诗》作,周室废,礼义坏,而《春秋》作。《诗》《春秋》,学之美者也,皆衰世之造也,儒者循之,以教导于世,岂若三代之盛哉!以《诗》《春秋》为古之道而贵之,又有未作《诗》《春秋》之时。夫道其缺也,不若道其全也。诵先王之《诗》《书》,不若闻得其言,闻得其言,不若得其所以言,得其所以言者,言弗能言也。②

这段话说到了孔子删述经典的背景与不足,大有一代不如一代,写了不如不写之意。《淮南子》以为:先王之言已经不得而闻,今天

---

① 〔魏〕何晏等注,〔宋〕邢昺疏:《论语注疏》,第 2491 页。
② 陈广忠:《淮南鸿烈解》,第 68 页。

传下来的《诗》《书》，记录的是文字，不如语言；万一先王的语言我们能听到的话，又比不上语言背后的王道规律，这个"言弗能言"的东西，实际上就是没有说出来的"道"。因此，道—言—文三者呈现出的由形而上到形而下的关系，这种从无到有的关系表明，文是无法载道的，何况《诗》《书》《春秋》是在"周室废，礼义坏"的"衰世"重定或写作的呢？这个意见有道理，因为孔子毕竟不是上古三王时代的人，他再怎么删述，也不可能复原经典的呀！但是，承续文化礼制，首先靠的是直面惨淡、力挽危局的勇气。《孔子世家》记录了孔子重构经典的文化壮举：

> 孔子之时，周室微而礼乐废，诗书缺。追迹三代之礼，序书传，上纪唐虞之际，下至秦缪，编次其事。曰："夏礼吾能言之，杞不足征也。殷礼吾能言之，宋不足征也。足，则吾能征之矣。"观殷夏所损益，曰："后虽百世可知也，以一文一质。周监二代，郁郁乎文哉。吾从周。"故书传、礼记自孔氏。[①]

从文学的角度，这是文学经典与文风雅丽的来源。没有孔子，我们后人还能不能看到这些经典，是不好说的。《史记·儒林传序》记载此事：

> 太史公曰：余读功令，至于广厉学官之路，未尝不废书而叹也。曰：嗟乎！夫周室衰而《关雎》作，幽厉微而礼乐坏，诸侯恣行，政由疆国。故孔子闵王路废而邪道兴，于是论次《诗》《书》，修起礼乐。适齐闻《韶》，三月不知肉味。自卫返鲁，然后乐正，《雅》《颂》各得其所。世以混浊莫能用，是以仲尼干七十余君无

---

① 〔汉〕司马迁：《史记》（影印本），第1935—1936页。

所遇，曰"苟有用我者，期月而已矣"。西狩获麟，曰"吾道穷矣"。
故因史记作《春秋》，以当王法，以辞微而指博，后世学者多录
焉。①

司马迁两次说到"礼乐《诗》《书》"四经是经过孔子"论次""修
起"而成的，并且《雅》《颂》之乐的"正"与《春秋》一书的"作"，
都是孔子独立完成的工作。在删述、解构经典与重构经典的过程中，
孔子最喜欢的是《周易》一书：

> 孔子晚而喜《易》，序《彖》《系》《象》《说卦》《文言》。读
> 《易》，韦编三绝。曰："假我数年，若是，我于《易》则彬彬矣。"②

今天我们看到的《周易》，不是一人一时的创作，而是多人多时创
作的结晶。其中，孔子是重要作者之一，刘勰《宗经》所说的"《易》
张'十翼'"，就是孔子"序《彖》《系》《象》《说卦》《文言》"
所作的内容。子曰："加我数年，五十以学《易》，可以无大过矣。"（《论
语·述而》）这不仅是孔子对儒家经典的重视，还体现了他对于读《周
易》而能知天命的认识。《周易》一书思想内容渊深无极，难以穷究，
孔子也入了迷。刘勰《文心雕龙》中，以《周易》为五经之首，征
引一百四十二处。王小盾、戚良德等先生曾一度以为《周易》是《文
心雕龙》思想之本源。刘勰对《周易》如此重视，这不能不说与孔
子著《易》而大增其内容与提倡其理论价值有关。

　　孔子严谨务实，他自述在政治追求失败后，写作《春秋》一书
的缘起与目的时说：

---

① 〔汉〕司马迁：《史记》（影印本），第 3115 页。
② 〔汉〕司马迁：《史记》（影印本），第 1937 页。

　　　　子曰："弗乎弗乎，君子病没世而名不称焉。吾道不行矣，
吾何以自见于后世哉？"乃因史记作《春秋》，上至隐公，下讫哀
公十四年，十二公。据鲁，亲周，故殷，运之三代。约其文辞而
指博。故吴楚之君自称王，而《春秋》贬之曰"子"；践土之会
实召周天子，而《春秋》讳之曰"天王狩于河阳"：推此类以绳
当世。贬损之义，后有王者举而开之。《春秋》之义行，则天下
乱臣贼子惧焉。①

君子"病没世而名不称"，孔子非常担心名节不彰，不能"自见于
后世"，故而著述立论，写作《春秋》，是想以此载道之外，更能
彰显名节。刘勰在《序志》篇里，非常明确地表达了自己写书的理
想追求：

　　　　形同草木之脆，名逾金石之坚，是以君子处世，树德建言。
岂好辩哉？不得已也！②

不得已"树德建言"的刘勰，是在向孔子学习，思慕之心，昭然如此。
《诸子》篇中充满了这样的名节观念。开篇就说：

　　　　诸子者，入道见志之书。太上立德，其次立言。百姓之群居，
苦纷杂而莫显；君子之处世，疾名德之不章。唯英才特达，则炳
曜垂文，腾其姓氏，悬诸日月焉。③

---

① 〔汉〕司马迁：《史记》（影印本），第 1943 页。
② 杨明照：《增订文心雕龙校注》，第 610 页。
③ 杨明照：《增订文心雕龙校注》，第 228 页。

结尾又论：

> 身与时舛，志共道申；标心于万古之上，而送怀于千载之下；
> 金石靡矣，声其销乎？①

赞语再申：

> 丈夫处世，怀宝挺秀。②

孔子"病没世而名不称"，刘勰"疾名德之不章"；孔子担心"何以自见于后世哉？"刘勰担心"金石靡矣，声其销乎？"孔子作《春秋》，是想"推此类以绳当世"，刘勰作《文心雕龙》，是想"文果载心，余心有寄"，"标心于万古之上，而送怀于千载之下"。两相比照，刘勰著书的目的，简直就是孔子第二，至少在扬名后世这一点上，是完全一致的。

孔子是想以《春秋》一书，作为记录历史，以绳当世的利器，达到"《春秋》之义行，则天下乱臣贼子惧焉"的效果。而且，严格按照自己的意见标准来衡量国家政治，这个标准就是礼乐制度。故而采用纪实实录的笔法，不顾这样做会得罪于人的后果。

> 孔子在位听讼，文辞有可与人共者，弗独有也。至于为《春秋》，笔则笔，削则削，子夏之徒不能赞一辞。弟子受《春秋》，孔子曰："后世知丘者以《春秋》，而罪丘者亦以《春秋》。"③

---

① 杨明照：《增订文心雕龙校注》，第230页。
② 杨明照：《增订文心雕龙校注》，第230页。
③ 〔汉〕司马迁：《史记》（影印本），第1944页。

这是《春秋》"实录"笔法的本义体现。孔子的意思，核心在于"以文载道"，而读者能够"观文明道"。孔子以身作则，以此教授弟子，从思想上规范他们的想法。对于"后世知丘者以《春秋》，而罪丘者亦以《春秋》"的事情，即使在遭遇困厄的时候，孔子也从来没有动摇惧怕过。《史记·孔子世家》载，孔子中年遭遇齐国的反间计，被迫离开鲁国后游历天下，主要在卫、陈、蔡、郑等小国辗转流离，皆不被重用，而且时时遇到猜忌、陷害，数度流离失所，困厄不堪。在外十三年中，虽然差点得到楚昭王的七百里封赏，仍然因被顾忌会最终威胁到楚国江山而不能得。在匡、蒲等小国，还多次遇险，差点身死人手，可谓狼狈潦倒之至。但是，孔子从来没有动摇过自己的政治主张与内心要求，面对多次的机遇，都是这样，即便不被任用，也要继续坚持，做一个悲情的卫道者。他写作《春秋》，就是要实事求是地记录历史，使之成为以文述政的利器。刘勰完全继承了这个做法，《序志》自述写作《文心雕龙》一书的基本动机是：

> 自生人以来，未有如夫子者也。敷赞圣旨，莫若注经，而马郑诸儒，弘之已精，就有深解，未足立家。唯文章之用，实经典枝条，五礼资之以成文，六典因之致用，君臣所以炳焕，军国所以昭明，详其本源，莫非经典。而去圣久远，文体解散。辞人爱奇，言贵浮诡；饰羽尚画，文绣鞶帨：离本弥甚，将遂讹滥。盖《周书》论辞，贵乎"体要"；尼父陈训，恶乎"异端"：辞训之"异"，宜体于要。于是搦笔和墨，乃始论文。[1]

刘勰自述心路，告诉读者：我本来是想注解经书，以求对圣人的思

----

[1] 杨明照：《增订文心雕龙校注》，第 610 页。

想作最近距离的领悟的，但是前贤之作已经达到了很高的水准，我这条路就被堵死了；因为文章具有"经国之大业，不朽之盛事"（《典论·论文》）的巨大功效，使我看到了重新接近夫子的希望；而且，千年以来，作为孔门四科之一，文学在发展过程中出现了许多问题，我现在写这本书，就是想通过指出这些问题，重申夫子的主张，使文学在正途上良好地发展下去。刘勰用心之良苦，可见一斑。笔者不认为刘勰是为了给自己的作品拉上一个大明星来打广告，而是从内心真诚地尊崇孔子的言行与思想，他才说得出这样充满感激之情的话。

孔子重构文学经典之后，又从诗乐结合的角度，正定了雅乐，做出了另一项巨大的贡献：

> 孔子语鲁大师："乐其可知也。始作翕如，纵之纯如，皦如，绎如也，以成。""吾自卫反鲁，然后乐正，《雅》《颂》各得其所。"古者《诗》三千余篇，及至孔子，去其重，取可施于礼义，上采契后稷，中述殷周之盛，至幽厉之缺，始于衽席，故曰"《关雎》之乱以为《风》始，《鹿鸣》为《小雅》始，《文王》为《大雅》始，《清庙》为《颂》始"。三百五篇孔子皆弦歌之，以求合《韶》《武》《雅》《颂》之音。礼乐自此可得而述，以备王道，成六艺。[1]

孔子保存经典文献与正定雅乐，这些在政治理想不得施展之后进行的种种著书立说的举动，是刘勰"树德建言"的写作动力之源泉。《宗经》篇说：

> 皇世《三坟》，帝代《五典》，重以《八索》，申以《九丘》。

---

[1] 〔汉〕司马迁：《史记》（影印本），第 1936—1937 页。

> 岁历绵暧，条流纷糅。自夫子删述，而大宝咸耀。于是《易》张"十翼"，《书》标"七观"，《诗》列"四始"，《礼》正"五经"，《春秋》"五例"。义既埏乎性情，辞亦匠于文理，故能开学养正，昭明有融。①

刘勰首先赞美了五经"自夫子删述，而大宝咸耀"的经过，然后指出其能够"开学养正，昭明有融"的作用。《程器》篇顺势说道：

> 是以"君子藏器"，"待时而动"，发挥事业。固宜蓄素以弸中，散采以彪外；梗楠其质，豫章其干。摛文必在纬军国，负重必在任栋梁；穷则独善以垂文，达则奉时以骋绩：若此文人，应"梓材"之士矣。②

刘勰的人生理想是"穷则独善以垂文，达则奉时以骋绩"，这种追求立功立德、待时而动的思想，不为外界改变自己追求的思想，是直接取法于孔子的人生遭际与坚持不屈精神的，这种精神，对刘勰有着根本的影响。早就有研究者指出：刘勰写作《文心雕龙》一书，不得不说是带有"待时而动，发挥事业"的经世致用目的的，这个目的的实现，是"摛文必在纬军国，负重必在任栋梁"的内因使然，故而刘勰早年依托于僧祐、书成后拦道于沈约，都有出世求进的想法。③孔子作为重构儒家经典的圣人，名垂青史，滋养百代，他的著书立言行为深深地感染了刘勰，这是他决心写成《文心雕龙》并以孔子思想为准绳的重要原因。

---

① 杨明照：《增订文心雕龙校注》，第26页。
② 杨明照：《增订文心雕龙校注》，第599页。
③ 杨明照、王元化、张少康先生等人论此较多，可参。

《晋书·儒林传序》称赞孔子重构经典的行为说：

> 昔周德既衰，诸侯力政，礼经废缺，雅颂陵夷。夫子将圣多能，固天攸纵，叹凤鸟之不至，伤麟出之非时，于是乃删《诗》《书》，定礼乐，赞《易》道，修《春秋》，载籍逸而复存，风雅变而还正。其后卜商、卫赐、田、吴、孙、孟之俦，或亲禀微言，或传闻大义，犹能强晋存鲁，籓魏却秦，既抗礼于邦君，亦驰声于海内。①

孔子的伟绩体现在两个方面：一是"载籍逸而复存，风雅变而还正"，为文化事业续脉；二是影响到卜商、孟子等人，继续干政诸侯、发扬儒道。更为主要的是，孔子重构的六经，具有伟大的功能：

> 爰自风姓，暨于孔氏，玄圣创典，素王述训，莫不原道心以敷章，研神理而设教，取象乎《河》《洛》，问数乎蓍龟，观天文以极变，察人文以成化；然后能经纬区宇，弥纶彝宪，发挥事业，彪炳辞义。故知道沿圣以垂文，圣因文而明道，旁通而无滞，日用而不匮。《易》曰："鼓天下之动者，存乎辞。"辞之所以能鼓天下者，乃道之文也。②

用刘勰的话说，这些经典具有"贵器用而兼文采"的双优特色，其核心在于"为用"的一面："能经纬区宇，弥纶彝宪，发挥事业，彪炳辞义"，能"旁通而无滞，日用而不匮"，能"鼓天下之动"，具有强大的政教功能与日用功能。孔子干了一件大好事。

---

① 〔唐〕房玄龄等：《晋书》（影印本），第 2345 页。
② 杨明照：《增订文心雕龙校注》，第 2 页。

第六节　君子人格与学习修养

孔子是先秦两汉儒家诸子中最重视学习与教育的伟大思想家和教育家。他的许多学习理论与教育理论，直到今天仍然散发出耀眼光芒。尤其是，孔子对于君子人格的养成，对学习的态度、方法、对象、精神等问题的详细论述，成为刘勰《文心雕龙》才气学习论、作家修养论、文术习染论、创作鉴赏论的根本之源。

一、君子人格

孔子在德行修养上提倡君子人格，主要表现在以下几个方面。

其一，做人要正直磊落。孔子提出修养的外在标准，即"刚、毅、木、讷"，也就是刚强、果断、质朴、语言谦虚。要求学生修养时远"恶"、不"佞"、守"正"、尚"礼"。他自己对待君王也是不求避讳，敢于犯颜直谏，是一个正直磊落的人。

其二，做人要重视"仁德"，这是孔子强调最多的问题。孔子说："弟子入则孝，出则悌，谨而信，泛爱众，而亲仁。行有余力，则以学文。"（《论语·学而》）在他看来，礼义仁慈，是在学习之上更重要的根本的东西。孔子又说："人而不仁，如礼何？人而不仁，如乐何？"（《论语·八佾》）这说明只有在仁德的基础上做学问、学礼乐才有意义。那么怎样才能算仁呢？颜渊问仁，子曰："克己复礼为仁。"（《论语·颜渊》）也就是说，只有克制自己，让言行符合礼就是仁德了。可见"仁"不是先天就有的，而是后天"修身""克己"的结果。同时他还提出实践仁德的五项标准，即："恭、宽、信、敏、惠"（《论语·阳货》）。他教人追求仁德的方法，那就是"博学于文，约之以礼"（《论语·颜渊》），即广泛地学习文化典籍，用礼约束自己的行为，这样就可以不背离正道。

其三，做人要重视修养的全面发展。《论语·宪问》记载：

> 子路问成人。子曰："若臧武仲之知，公绰之不欲，卞庄子之勇，冉求之艺，文之以礼乐，亦可以为成人矣。"曰："今之成人者何必然。见利思义，见危授命，久要不忘平生之言，亦可以为成人矣。"①

子路问怎样算完美的人，孔子说："如果具有臧武仲的智慧，孟公绰的清心寡欲，卞庄子的勇敢，冉求的才艺，再加上知礼懂乐的修养，就可以算完人了。"又说："现在的完人就不必这样了，见到利益时，考虑道义；见到危险时，奋不顾身；长期贫穷也不忘平日的诺言，也可以算完人了。"在此基础上，孔子强调做人还要重视全面发展。子曰："志于道，据于德，依于仁，游于艺。"（《论语·述而》）即志向在于道，根据在于德，凭藉在于仁，活动在于六艺（礼、乐、射、御、书、数），只有这样才能真正地做人。体现了孔子对人的社会性的认识，以及个人修养的相互制约作用，他说："兴于诗，立于礼，成于乐。"（《论语·泰伯》）所以，对于个人修养来说，全面发展显得极为重要。

其四，孔子提出"君子不党""君子不器"的标准，并且要求重义避利，追求道义。在这些论述的基础上，孔子提出了君子人格的集中表现要求。孔子曰："君子有九思：视思明，听思聪，色思温，貌思恭，言思忠，事思敬，疑思问，忿思难，见得思义。"②孔子说："君子在九个方面多用心考虑：看，考虑是否看得清楚；听，考虑是否听得明白；脸色，考虑是否温和；态度，考虑是否庄重恭敬；说话，

---

① 〔魏〕何晏等注，〔宋〕邢昺疏：《论语注疏》，第 2511 页。
② 〔魏〕何晏等注，〔宋〕邢昺疏：《论语注疏》，第 2522 页。

考虑是否忠诚老实；做事，考虑是否认真谨慎；有疑难，考虑应该询问请教别人；发火发怒，考虑是否会产生后患；见到财利，考虑是否合于仁义。"孔子所谈的"君子有九思"，全面概括了人言行举止的各个方面，他要求自己和学生们一言一行都要认真思考和自我反省，这里包括个人道德修养的各种规范，如温、良、恭、俭、让、忠、孝、仁、义、礼、智等等，所有这些因素集中构成了孔子的道德修养学说。

二、学习理论

此外，孔子提出了许多学习理论，主要有以下几点。

其一，学习好学的态度。首先，要爱学乐学。孔子赞扬颜回"一箪食，一瓢饮，在陋巷，人不堪其忧，回也不改其乐。"(《论语·庸也》)有一次，叶公向子路问孔子是个什么样的人，子路不答。孔子教导子路说："女奚不曰：其为人也，发愤忘食，乐以忘忧，不知老之将至云尔。"(《论语·述而》)孔子自述其心态，"发愤忘食，乐以忘忧"，连自己老了都觉察不出来。孔子从读书学习和各种活动中体味到无穷乐趣，是典型的现实主义和乐观主义者，他不为身旁的小事而烦恼，表现出积极向上的精神面貌。其次，要有踏实的精神，主张"默而识之，学而不厌"。(《论语·述而》)第三，专心致志，勤奋刻苦。子曰："我非生而知之者，好古，敏以求之者也。"(《论语·述而》)孔子尊崇古法，这句话一方面含有自谦的成分，另一方面告诉学生自己的一切知识都是勤奋努力学习的成果，鼓励学生发愤学习，成为各方面有用的人才。《史记·孔子世家》记载了孔子三十五岁时的一件事："孔子适齐，为高昭子家臣，欲以通乎景公。与齐太师语乐，闻《韶》音，学之，三月不知肉味，齐人称之。"[1]这件事表现了孔子专注于学习用心细微的精神。同篇又记载了"孔

---

① 〔汉〕司马迁：《史记》(影印本)，第 1910—1911 页。

子晚而喜《易》，韦编三绝"的故事，穿书用的牛皮都翻断了好几次，可见孔子读书的勤苦。第四，要主动学习，不耻下问。孔子提倡和赞扬像孔圉那样"敏而好学，不耻下问"的学习精神，他说："生而知之者上也，学而知之者次也，困而学之，又其次也。困而不学，民斯为下矣。"(《论语·季氏》)主张一个人要学而知之，修养德行，主动进步。

其二，学习要讲究方法。孔子提出及时复习的方法，"学而时习之，不亦说乎"(《论语·学而》)、"温故而知新，可以为师矣"(《论语·为政》)。同时，孔子特别强调学思结合，他说："学而不思则罔，思而不学则殆。"(《论语·为政》)另外，孔子还非常重视精益求精，"如切如磋，如琢如磨"，反对一知半解，浅尝辄止。

其三，内容要博而能精。孔子主张学习要广博，他提出"文，行，忠，信"，即文化、品德、忠诚、守信四项内容并重。《论语·子罕》载达巷党人曰："大哉孔子！博学而无所成名。"他本人就非常博学。同时，孔子强调学习要抓根本的东西。在回答子贡的问题时，孔子用"予一以贯之"的话表明学习重在抓住根本。

其四，明确的学习目的。孔子认为，学习的目的在于"学以致用"。子曰："诵《诗》三百，授之以政，不达；使于四方，不能专对；虽多，亦奚以为？"(《论语·子路》)也就是说，熟读《诗经》，是为了完成政治任务，为了治理国家，是有为而学。由此可见，读书的目的，在于应用与实践。孔门弟子子夏也说："仕而优则学，学而优则仕。"(《论语·子张》)这一思想实质上也体现了学与用的关系，间接体现了孔子办私学的目的，即通过教育培养德才兼备而能登上政治舞台的人才。当然，学习的目的主要是对道义、真理的追求，"士志于道"，"朝闻道，夕死可矣"(《论语·里仁》)。

三、积极影响

刘勰继承并化用了这些修养德行的原则，并特别强调博学多才的积极意义，以及学习的具体方法，构建了自己完整的作家修养理论体系。《体性》篇集中地论述了"才、气、学、习"的作家修养原则，提出"因内而符外"的文学规律，作品的形成是由作家内在精神修养与写作技法锻炼来实现的。通过对汉魏十二名家及其作品特色的分析思考，指出作家个体"才有庸俊，气有刚柔，学有浅深，习有雅郑"的差异性，这种差异性通过后天的学习是可以得到调整的。"童子雕琢，必先雅制"，向经典雅正的作品学习，向规范优秀的作品学习，养成优良的人格素质，再来写文章，就会"沿根讨叶，思转自圆"。在《附会》篇里，刘勰指出：

> 夫才量学文，宜正体制：必以情志为神明，事义为骨髓，辞采为肌肤，宫商为声气；然后品藻玄黄，摛振金玉，献可替否，以裁厥中：斯缀思之恒数也。①

就是说，写文章要注意情志的真实可信，讲究引用典故的准确得体，锻炼辞采，讲究声律，并将"以裁厥中"的折衷思想方法作为指导来写作文章，"献可替否"。这段话作为刘勰所论述的"缀思之恒数"，实际上涉及《宗经》"六义"中"一则情深而不诡，三则事信而不诞，四则义贞而不回"的创作原则，以及《知音》"六观"中"二观置辞，五观事义，六观宫商"的情志宫商辞采等问题；同时笼罩了全书下篇的《体性》《风骨》《情采》《镕裁》《声律》《比兴》《事类》《丽辞》等文采创造的原理或具体方法，涉及写作的方方面面。没有广闻博观的见闻、精益求精的态度、具体可操作的方法技巧，

---

① 杨明照：《增订文心雕龙校注》，第519页。

刘勰作为理论家和写作实践者，就提不出这样的见解；作为读者，我们也看不到这样精深的论述。除了《体性》《附会》，在书中，刘勰往往以周公、孔子的典范精神作为榜样，指出经典在思想或艺术标准上的优良示范作用，要求后来的作家学习模仿其技法与文风。刘勰指出，五经具有"繁略殊形，隐显异术，抑引随时，变通适会"的优点，主张"征之周、孔，则文有师矣"。又说圣人之文章"体要与微辞偕通，正言共精义并用"，因此"后进追取而非晚，前修久用而未先"，具有最高的学习价值与模仿价值，在指导思想上点明了学习经典是走入正途的不二法门。

在写作学习上，刘勰表明了自己宗经复古的学习观，不这样就有可能误入歧途，他说："模经为式者，自入典雅之懿。"（《定势》）对辞赋文学抱有贬义，指斥辞赋"楚艳汉侈，流弊不还"、"效《骚》命篇者，必归艳逸之华"。对于近代学习写作的文人取法不古感到痛心疾首："今才颖之士，刻意学文，多略汉篇，师范宋集，虽古今备阅，然近附而远疏矣。"（《通变》）在此基础上，刘勰归纳整个近代文学"从质及讹，弥近弥澹"的不良发展原因是"竞今疏古"。没有正确的学习态度和学习内容，放弃了古代优良的文学作品而取法于近现代"风末气衰"的不良作品，不受根本，自创新色："自近代辞人，率好诡巧，原其为体，讹势所变，厌黩旧式，故穿凿取新。察其讹意，似难而实无他术也，反正而已。"（《定势》）因此，全书无数次反复重申"还宗经诰"，主张"正式""正采""正言""正辞""正体"，以正确的"执正驭奇""执术驭篇"的态度修养和技法学习来写好文章。

在正本复古的文学主张之外，作为一名成功的写作实践者，刘勰主张博学多识，主张借鉴儒家以外的古典优良作品，《风骨》篇指出："若夫镕铸经典之范，翔集子史之术；洞晓情变，曲昭文体，然后能荤甲新意，雕画奇辞。"在以经典为本的同时，需要向史传文学学习，因为"原夫载籍之作也，必贯乎百氏，被之千载，表征盛衰，殷鉴兴废，使一代之制，共日月而长存，王霸之迹，并天地而久大"。史传文学具有伟大的现实意义，可以学习"实录无隐"的写法，领会"寻繁领杂之术，务信弃奇之要，明白头讫之序，品酌事例之条"的科条分明、体大虑周的特点，详查"讹滥之本源，述远之巨蠹"，保持正确真实的写作态度。

同时，向历代诸子学习，其"入道见志"的特点，有利于立德立言，达成彰显名德的目标。具体而言，诸子著作特点各异，有利于博见学习，取其精华：

> 研夫孟、荀所述，理懿而辞雅；管、晏属篇，事核而言练；列御寇之书，气伟而采奇；邹子之说，心奢而辞壮；墨翟、随巢，意显而语质；尸佼、尉缭，术通而文钝；鹖冠绵绵，亟发深言；鬼谷眇眇，每环奥义；情辨以泽，文子擅其能；辞约而精，尹文得其要；慎到析密理之巧，韩非著博喻之富；吕氏鉴远而体周，淮南泛采而文丽：斯则得百氏之华采，而辞气之大略也。①

上述所及，包括了先秦儒家、法家、道家、阴阳家、墨家、兵家、纵横家的优秀代表作品，刘勰主张向这些作品学习，汇通百家，总和文术，为我所用。这样开明求实的态度、博观精阅的取法、公正准确的评价，在于这些作品本身确实优秀，"六国以前，去圣未远，故能越世高谈，自开户牖"（《诸子》），因而值得学习。举个例子，刘勰说"鬼谷眇眇，每环奥义"，《鬼谷子》属纵横家书，《论

---

① 杨明照：《增订文心雕龙校注》，第 230 页。

说》篇称其"《转丸》骋其巧辞，《飞钳》伏其精术"，是培养言说技术的经典名篇。鬼谷子著书课徒，带出了苏秦、张仪、孙膑、庞涓等弟子，适应战国乱世而生，各擅所学，尤其苏秦、张仪："一人之辨，重于九鼎之宝；三寸之舌，强于百万之师。六印磊落以佩，五都隐赈而封"（《论说》），达到了辩士纵横的顶峰。而论辩之术在战国时代，并非纵横家的专利，各家都有代表人物：

> 孟轲膺儒以磬折，庄周述道以翱翔；墨翟执俭确之教，尹文课名实之符；野老治国于地利，驺子养政于天文；申、商刀锯以制理，鬼谷唇吻以策勋；尸佼兼总于杂术，青史曲缀于街谈。承流而枝附者，不可胜算：并飞辩以驰术，餍禄而余荣矣。①

上述所举十例之代表人物，其飞辩所驰之术，是非常值得学习甚至研究的。像这样的好东西，刘勰主张不要放过，要"翔集"其术，为我所用。

刘勰非常重视勤学与博见的重要性。《梁书·文学传》说他"笃志好学"，在依附沙门僧祐，与之居处的十余年时间内，博览群书，刻苦用功，达到"博通经论"的地步；僧祐主持佛典的编纂工作，就假手刘勰，由他来完成"区别部类，录而序之"的工作；后来刘勰声名日甚，以至于"京师寺塔及名僧碑志，必请勰制文"，青年刘勰已经是文坛名家，文章高手。正是因为有博观精阅的阅读经历与为文写作的实际经验，刘勰在《神思》中极力主张"博见为馈贫之粮，贯一为拯乱之药"的"博而能一"的原则，作为思维训练的有效途径，主张"积学以储宝，酌理以富才，研阅以穷照，驯致以绎辞"的主体修养方法；在《通变》篇中提出"博览以精阅"的阅

---

① 杨明照：《增订文心雕龙校注》，第 229 页。

读思想，作为正确通变以求"规略文统"的第一原则；在全书中反复提出"雅正"的情感、措辞、写法、事例、风格等要求，并且以之为规范，作为后人学习写作的准绳。从孔子到刘勰，由修身到为文，一脉相承的中正思想与学习方法，得到了从人到文的转化和延续。

第七节　高超的言语艺术

孔门"德行、言语、政事、文学"四科中，言语居于文学之前，以宰予、子贡为优秀代表。孔子及其弟子是高度重视语言艺术修养的，这一点在以前被忽略了。《论语》一书以语录体写成，记载了孔子、宰予、子贡高超的言语艺术，这不仅是孔子思想的辑录，也对后代语录文体的兴盛，包括从《孟子》到汉赋的问答结构模式都有影响，更被刘勰称为群论立名之首，《论说》篇曰：

> 圣哲彝训曰经，述经叙理曰论。论者，伦也；伦理无爽，则圣意不坠。昔仲尼微言，门人追记，故仰其经目，称为《论语》。盖群论立名，始于兹矣。自《论语》以前，经无"论"字。《六韬》二论，后人追题乎！①

这段话不仅仅是刘勰对孔子或《论语》的称赞，从更深层来看，与《文心雕龙》雅丽思想的来源及其文学发展史观密切相连。《文心雕龙》一书所论述的文体，累计有二十个专篇，包含八十多类体裁，显然，是属于杂文体、杂文学观或泛文学观、泛文体论。② 无

---

① 杨明照：《增订文心雕龙校注》，第 245—246 页。
② 这个意见有一些争论，罗宗强、王运熙等先生大致同意杂文体一说；张少康等先生则不同意这个意见。

论从全书上篇"枢纽"核心、文体次序来看还是下篇"剖情析采"的重点内容来看，是诗骚并举、文体并举的美文与应用文体体裁并存的。①《诗经》是歌诗之源，无须争论。在《辨骚》《铨赋》等篇章里，刘勰指出：楚辞是"轩翥诗人之后，奋飞辞家之前"的"奇文"，循流而作，则成汉赋，辞赋是"兴楚而盛汉"的。"追风入丽""洞入夸艳""辞人之赋丽以淫"，是以屈原宋玉为代表的"�之奇意"的基本特点，这个特点，则是以《雅》《颂》为本的《诗经》所不具备的。因此，简单地说楚辞为"古诗之流"、"出乎《雅》《颂》"，即骚体出于《诗经》，是经不起推敲的。因为辞赋宏侈巨丽的特点，是《诗经》所不具有的，更是儒家其余四经不具备的。尽管刘勰在《原道》《征圣》《宗经》《情采》《声律》《丽辞》《夸饰》等篇目中谈到了六经"英华日新""郁郁乎文""扬子比雕玉以作器，谓五经之含文""圣贤书辞，总称'文章'，非采而何"、"《诗》人综韵，率多清切""《诗》人偶章，大夫联辞，奇偶适变，不劳经营""虽《诗》《书》雅言，风俗训世，事必宜广，文亦过焉"的含"丽"因素，但是客观地说，儒家经典还是以质实雅正为主，重"雅"轻"丽"的特点相对明显。

那么，以"侈丽闳衍"的"丽"而非"雅"为基本特点的辞赋，其体之生，应该是有另外的源头。笔者以为，这个源头，就是战国诸子的言语艺术。其中，以阴阳家和纵横家为主，包含儒家与墨家在内。这里暂时只谈儒家孔门。

首先，孔子是言语一科的设立者，孔子与弟子言语修养甚高。《史记·孔子世家》记载了孔子三十岁时与齐景公的论政过程。

　　齐景公与晏婴来适鲁，景公问孔子曰："昔秦穆公国小处辟，

---

① 关于《文心雕龙》是以诗骚为主还是各体共存，也有争议，笔者取共存说。

其霸何也?"对曰:"秦,国虽小,其志大;处虽辟,行中正。身举五羖,爵之大夫,起累绁之中,与语三日,授之以政。以此取之,虽王可也,其霸小矣。"景公说。①

孔子能将大国国君说到心悦诚服的地步,言语的针对性、实效性是非常之强的。孔子三十五岁时为躲避鲁国的内乱,跑到齐国去,假借闻《韶》乐"三月不知肉味"而"齐人称之"的令名,实际上在等待时机。后来,果然得偿所愿:

> 景公问政孔子,孔子曰:"君君,臣臣,父父,子子。"景公曰:"善哉! 信如君不君,臣不臣,父不父,子不子,虽有粟,吾岂得而食诸!"他日又复问政于孔子,孔子曰:"政在节财。"景公说,将欲以尼溪田封孔子。②

齐景公对孔子非常欣赏,一再问他治国的方法,孔子应答如流,这表明孔子生在乱世,处于国小力弱的鲁国,颇有政见,也表明孔子本身就善于辩论,在言语一科中表现出了极高的才华,体现了自己对天下大事的关注与国家政治利弊的洞察力,非常准确中肯。孔子的干政游说有个特点,他不属于口若悬河不让与人的类型,而是言辞精约言出必中的风格,这是因为德行纲常的政教观念限制了他语言的发挥。若不是晏子从中作梗,孔子这次几乎要成功了。如果说这次孔子主要还是以治国策略打动齐景公的话,那么《论语》中的一段记载,则可以看作是孔子高度重视言语修养的汇总。

---

① 〔汉〕司马迁:《史记》(影印本),第1910页。
② 〔汉〕司马迁:《史记》(影印本),第1911页。

> 定公问："一言而可以兴邦，有诸？"孔子对曰："言不可以若是其几也。人之言曰：为君难，为臣不易。如知为君之难也，不几乎一言而兴邦乎？"曰："一言而丧邦，有诸？"孔子对曰："言不可以若是其几也。人之言曰：予无乐乎为君，唯其言而莫予违也。如其善而莫之违也，不亦善乎？如不善而莫之违也，不几乎一言而丧邦乎？"①

在孔子看来，一个君王可以"一言而兴邦"，也可以"一言而丧邦"。儒家对言语的重视由此可见一斑，因此，孔门设置言语一科，表明了学会交际言语（主要用于政治教化）的重要程度。孔门言语科的优秀弟子中，宰予思维活跃，具有质疑精神，敢于离经叛道，是孔门言语一科的代表人物之一。言语科的另一位高手是子贡，子贡不仅应对了陈国子禽对孔子的责难，更在鲁国内乱时挺身而出，凭借三寸不烂之舌成为以口舌之利而为国家社稷立功造福的第一人，据《史记·仲尼弟子列传》载：

> 田常欲作乱于齐，惮高、国、鲍、晏，故移其兵欲以伐鲁。孔子闻之，谓门弟子曰："夫鲁，坟墓所处，父母之国，国危如此，二三子何为莫出？"子路请出，孔子止之。子张、子石请行，孔子弗许。子贡请行，孔子许之。②

子贡执行了孔子学以致用的干政行为，"至齐，说田常"，让他暂时别动；然后"南见吴王"，怂恿吴王攻打齐国；再"之越"，劝说越王趁机报仇复国；再还"报吴王"而"吴王大说"，"遂发九

---

① 〔魏〕何晏等注，〔宋〕邢昺疏：《论语注疏》，第 2507 页。
② 〔汉〕司马迁：《史记》（影印本），第 2197 页。

郡兵伐齐"；然后"因去之晋"，说服晋君"修兵休卒以待之"，等着收拾征战疲敝的吴国军队。做完了这些，于是"子贡去而之鲁"，回去向孔子复命去了。最后的结果是：

> 吴王果与齐人战于艾陵，大破齐师，获七将军之兵而不归，果以兵临晋，与晋人相遇黄池之上。吴晋争彊。晋人击之，大败吴师。越王闻之，涉江袭吴，去城七里而军。吴王闻之，去晋而归，与越战于五湖。三战不胜，城门不守，越遂围王宫，杀夫差而戮其相。破吴三年，东向而霸。①

这一游说诸侯干政保国的过程，使子贡成为孔子门下以言语立功的第一高人。子贡的言说艺术，"从横参谋，长短角势"（《论说》），壮丽婉转，直取人心，完全是后来苏秦、张仪等人游说诸侯纵横捭阖的路数。孔子知人，故能在鲁国危难之际命其出口而"言"退齐师。所以司马迁评价说：

> 故子贡一出，存鲁，乱齐，破吴，强晋而霸越。子贡一使，使势相破，十年之中，五国各有变。②

这就是"鼓天下之动者存乎辞"（《原道》），"一人之辨，重于九鼎之宝；三寸之舌，强于百万之师"（《论说》）的壮举。刘勰举子贡的例子，作为与姜太公、烛之武、苏秦、张仪、范雎、李斯等言语名家并列的人物。可见，儒门中不是没有辩士，只不过并不

---

① 〔汉〕司马迁：《史记》（影印本），第2200页。
② 〔汉〕司马迁：《史记》（影印本），第2201页。

以此为主业而已。

其次，儒家并不主张游说之辩，讲求的是中正规范的君子人格和合乎礼仪的规范言语表达，不提倡信口发挥或离经叛道，所以长于论辩而敢于质疑礼法规定的宰予要被孔子骂为"不仁"，是"朽木"，是"粪土之墙"，孔子甚至因为迁怒而偏激地对待宰予，在他请教"五帝之德"时断然拒绝回答，以"耻之"的心态对待他。直到另一位因为相貌丑陋而被孔子看不起的澹台灭明名满天下声震诸侯之后，孔子才发出了"吾以言取人，失之宰予；以貌取人，失之子羽"（《史记·仲尼弟子列传》）的感慨。在孔子那里，对待君王要忠言直谏，得罪也不怕，因为内心是正直为国的。"子路问事君，子曰：'勿欺也，而犯之。'"[①]子路问怎样对待上级，孔子说："不要欺骗，可以犯颜直谏。"我们知道，忠言逆耳固然好，能不逆耳，岂不更好？孔子、孟子都是这样的典型，不讲艺术，只有忠言。

继孔子开启言语一科之后，到后来的孟子，就以其雄辩之术而著称天下。孟子使儒家的论辩艺术发展到了历史最高水准，在百家争鸣的干政游说中，丝毫不让其他诸家。

但是，因为儒家思想标准是仁爱中正，使得他们往往处于虽然占尽道理而政见不得施展的尴尬境地，孔子与孟子在整体上都属于这样的悲情人物。司马迁《史记·孔子世家》记载，齐景公在与孔子论政之后，很想重用孔子，晏子却以更敏锐的眼光阻挡了孔子的仕途，甚至为孔子一生的追求与命运定了一个基调：

> 晏婴进曰："夫儒者滑稽而不可轨法；倨傲自顺，不可以为下；

---

① 〔魏〕何晏等注，〔宋〕邢昺疏：《论语注疏》，第 2512 页。

> 崇丧遂哀，破产厚葬，不可以为俗；游说乞贷，不可以为国。自
> 大贤之息，周室既衰，礼乐缺有间。今孔子盛容饰，繁登降之礼，
> 趋详之节，累世不能殚其学，当年不能究其礼。君欲用之以移齐俗，
> 非所以先细民也。"后景公敬见孔子，不问其礼。异日，景公止
> 孔子曰："奉子以季氏，吾不能。"以季孟之间待之。①

从这件事来看，无论晏子是否存有独相齐国的私心，但是他的分析非常深刻准确、切中时弊的同时，确实击中了儒家政教的弱点，见效慢，好礼仪，重形式。不如其他诸家思想治理国家立竿见影，然后能使国富兵强，立于不败之地，甚至吞并他国。孔子的思想在于治民尊民，不是改革政治，兵强国富。后来的孟子，也是这样的遭遇。儒家理论务本也治本，但是不治标，对战乱征伐空有复古礼乐的理论，并无具体应对的实践策略，这是其无力为用的缘由。

而另外的阴阳家、纵横家，却凭借虚辞滥说、宏侈巨丽的语言内容，迂回婉转、打动人心的言说策略，以及适用于直接有用、拓土开疆的杀伐格局的政治策略而大行其道。记载这些辩士直接言说的文章虽然不多，但是《鬼谷子》《战国策》《史记》等子书或史书中，往往能看到他们干政诸侯精彩言说的案例。这些言说，加上儒家的论辩之术，被刘勰准确地发现并开拓出来，作为楚辞兴起的来源。《时序》篇说：

> 春秋以后，角战英雄；"六经"泥蟠，百家飙骇。方是时也，
> 韩魏力政，燕赵任权；"五蠹""六虱"，严于秦令；唯齐、楚两国，

---

① 〔汉〕司马迁：《史记》（影印本），第 1911 页。

颇有文学。齐开庄衢之第，楚广兰台之宫；孟轲宾馆，荀卿宰邑：故稷下扇其清风，兰陵郁其茂俗。邹子以谈天飞誉，驺奭以雕龙驰响；屈平联藻于日月，宋玉交彩于风云：观其艳说，则笼罩《雅》《颂》。故知晔烨之奇意，出乎纵横之诡俗也。①

在对辞赋来源的讨论上，刘勰实际上将班固"赋者，古诗之流也"（《两都赋序》）的观点推翻了，不仅不再局限于"歌咏赋颂，生于《诗》者也"（《颜氏家训·文章》）与"赋颂歌赞，则《诗》立其本"（《宗经》）的说法，反而大胆地将儒家诸子尤其是孟子极力批评的阴阳纵横之术提出来，作为辞赋的主要源头。因为二者之间，实际上的差异就是一为言辞，一为文字，而在表达技法、内容形式、风格特点上则完全对应吻合。可见，刘勰虽然尊崇孔子，但是他也信服事实，并不盲目征圣，而能有独立超越的见解。这也是《文心雕龙》一书历经千年而能历久弥新，成为古代文论的核心研究对象的重要原因。

当然，《论语》一书所采用的语录体裁、问答模式，可以看作是后代辞赋主客问答形式的滥觞，尤其是孔子虽然未能变通但是始终坚持的雅正思想，成为辞赋文学"曲终奏雅"（《汉书·司马相如传赞》）一直坚持的写作思想准则。从这两个角度讲，《论语》一书不仅对论体文学有开山之功，对辞赋体裁的发展，也有巨大的范式作用。

结语
综上所述，孔子首先建立起了征圣宗经、捍卫礼乐之道的思想

---

① 杨明照：《增订文心雕龙校注》，第539页。

品格，他的实际行动又表明，文人干政也可以成功，文武双修是可以实现的，在孔子一生对于复兴礼乐制度所做的努力中，零散可见他的文艺美学思想、言语观念、修养交际原则，孔子据此主张雅言、雅乐、正色、正音等尚雅贬俗、复古崇丽的理论，这些观念或理论中，贯通了中庸、中正的尚中原则与学礼尚用的道理。上述思想理论深刻地影响到了刘勰《文心雕龙》写作的方方面面，尤其是成为其文学美学思想的主要来源。刘勰以孔子为精神教父，再现、发展了孔子文论，是孔子文论在齐梁文坛的代言人。

参考文献

（一）经部

〔汉〕郑玄注，〔唐〕孔颖达正义：《礼记正义》，上海：上海古籍出版社，1992。

〔汉〕郑玄笺，〔唐〕孔颖达等正义：《毛诗正义》，上海：上海古籍出版社，1992。

〔魏〕何晏等注，〔宋〕邢昺疏：《论语注疏》，上海：上海古籍出版社，1992。

〔晋〕杜预注，〔唐〕孔颖达等正义：《春秋左传正义》，上海：上海古籍出版社，1997。

〔元〕陈澔注，金晓东校点：《礼记》，上海：上海古籍出版社，2016。

〔清〕马瑞辰：《毛诗传笺通释》，北京：中华书局，1989。

周秉钧注译：《尚书》，长沙：岳麓书社，2001。

蒋鹏翔：《阮刻毛诗注疏》，杭州：西泠印社，2013。

（二）史部

〔汉〕司马迁：《史记》（影印本），北京：中华书局，1997。

〔汉〕班固：《汉书》（影印本），北京：中华书局，1997。

〔晋〕陈寿：《三国志》，北京：中华书局，1959。

〔晋〕皇甫谧：《帝王世纪》，沈阳：辽宁教育出版社，1997。

〔唐〕房玄龄等：《晋书》（影印本），北京：中华书局，1997。

〔唐〕姚思廉：《梁书》（影印本），北京：中华书局，1997。

〔唐〕姚思廉：《陈书》（影印本），北京：中华书局，1997。

〔北齐〕魏收：《魏书》（影印本），北京：中华书局，1997。

〔唐〕令狐德棻等:《周书》（影印本），北京：中华书局，1997。

〔唐〕魏徵等:《隋书》（影印本），北京：中华书局，1997。

〔唐〕李延寿:《南史》（影印本），北京：中华书局，1997。

〔唐〕李延寿:《北史》（影印本），北京：中华书局，1997。

（三）《文心雕龙》

〔清〕黄叔琳辑注，纪昀评:《文心雕龙辑注》，北京：中华书局，1957。

杨明照:《增订文心雕龙校注》，北京：中华书局，2000。

牟世金，陆侃如:《刘勰和文心雕龙》，上海：上海古籍出版社，2011。

范文澜:《文心雕龙注》，北京：人民文学出版社，1958。

詹锳:《〈文心雕龙〉的风格学》，北京：人民文学出版社，1982。

詹锳:《文心雕龙义证》，上海：上海古籍出版社，1989。

黄侃:《文心雕龙札记》，北京：中华书局，1962。

刘永济:《文心雕龙校释》，北京：中华书局，2007。

王运熙:《文心雕龙探索》（增补本），上海：上海古籍出版社，2005。

杨明:《文心雕龙精读》，上海：复旦大学出版社，2007。

冯春田:《文心雕龙释义》，济南：山东教育出版社，1986。

李建中:《文心雕龙讲演录》，桂林：广西师范大学出版社，2007。

戚良德:《文心雕龙校注通译》，上海：上海古籍出版社，2008。

张少康:《刘勰及其〈文心雕龙〉研究》，北京：北京大学出版社，2010。

易中天:《〈文心雕龙〉美学思想论稿》，上海：上海文艺出版社，1988。

王文才，万光治:《杨升庵丛书》之《升庵批点文心雕龙》，成都：天地出版社，2002。

黄霖:《文心雕龙汇评》，上海：上海古籍出版社，2005。

吴林伯:《文心雕龙义疏》，武汉：武汉大学出版社，2013。

林杉:《文心雕龙文体论今疏》，呼和浩特：内蒙古教育出版社，2000。

林杉:《文心雕龙创作论疏鉴》，呼和浩特：内蒙古教育出版社，1997。

汪洪章:《文心雕龙与二十世纪西方文论》，上海：复旦大学出版社，2005。

李炳勋:《文心雕龙理论体系新论》，郑州：文心出版社，1993。

李天道:《文心雕龙审美心理学》，成都：电子科技大学出版社，1996。

（四）其他

1. 专著

〔春秋〕李聃著，赵炜编译:《道德经》，西安：三秦出版社，2018。

〔战国〕庄子著，贾云编译:《庄子》，西安：三秦出版社，2018。

〔南朝梁〕萧绎:《金楼子》，《文渊阁四库全书》影印本。

〔清〕严可均:《全上古三代秦汉三国六朝文》，北京：中华书局，1965。

牟世金：《牟世金文集》，北京：人民文学出版社，2022。

陈鼓应：《庄子今注今译》，北京：中华书局，1983。

李守奎、洪玉琴译注：《扬子法言译注》，哈尔滨：黑龙江人民出版社，2003。

张怀瑾：《钟嵘诗品评注》，天津：天津古籍出版社，1997。

王利器：《颜氏家训集解》（增补本），北京：中华书局，1993。

陈广忠：《淮南鸿烈解》，合肥：黄山书社，2012。

王国维：《王国维文集》，北京：中国文史出版社，1997。

徐复观：《中国文学精神》，上海：上海世纪出版社，2006。

曹顺庆：《中西比较诗学》，北京：北京出版社，1988。

宗白华：《美学散步》，上海：上海人民出版社，1981。

马正平：《写作行为论》，重庆：西南师范大学出版社，1995。

马正平：《写的智慧》（1—5卷），重庆：西南师范大学出版社，1995。

穆克宏主编：《魏晋南北朝文论全编》，上海：上海远东出版社，2012。

郑奠，谭全基：《古汉语修辞学资料汇编》，北京：商务印书馆，1980。

郭绍虞：《中国文学批评史》，天津：百花文艺出版社，1999。

郭绍虞主编：《中国历代文论选》（四卷本），上海：上海古籍出版社，1979。

童庆炳：《文学理论教程》，北京：高等教育出版社，1998。

张少康：《中国历代文论精选》，北京：北京大学出版社，2003。

金庸：《射雕英雄传》，广州：广州出版社，2004。

〔美〕M.H.艾布拉姆斯著，郦稚牛等译：《镜与灯——浪漫主义文论及批评传统》，北京：北京大学出版社，1989。

2. 论文

曹顺庆：《文心雕龙的灵感思维》，四川大学硕士学位论文，1983。

戚良德：《〈文心雕龙〉是一部什么书》，《光明日报》理论版，2021 年 12 月 6 日。

戚良德：《〈周易〉:〈文心雕龙〉的思想之本》，载《周易研究》，2004 年第 4 期。

陶礼天：《〈文心雕龙〉文学地理批评思想初探》，《首都师范大学学报（社会科学版）》，2018 年第 5 期。

王小盾：《〈文心雕龙〉风格理论的〈易〉学渊源》，《清华大学学报（哲学社会科学版）》，2005 年第 5 期。

童庆炳：《刘勰〈文心雕龙〉"阴阳惨舒"说与中国"绿色"文论的起点》，《江汉大学学报（人文科学版）》，2005 年第 6 期。

陶水平：《〈文心雕龙·隐秀篇〉主旨新说》，《赣南师范学院学报》，2000 年第 4 期。

陈良运：《勘〈文心雕龙·隐秀〉之"隐"》，《复旦学报（社会科学版）》，1999 年第 6 期。

朱清：《〈文心雕龙〉与汉代易学》，《南都学坛（人文社会科学学报）》，2005 年第 6 期。

王小强：《"篇隐句秀"说:〈文心雕龙〉文学审美特征论——对〈文心雕龙·隐秀〉主旨的解析》，《内蒙古师范大学学报（哲学社会科学版）》，2007 年第 3 期。

李兆新：《写作学视阈中的〈文心雕龙〉研究概述》，《语文学刊》，2017 年第 3 期。

林飞：《〈文心雕龙〉:中国古代独立而系统的写作学理论专

著》,《广西广播电视大学学报》,1999 年第 4 期。

潘新和:《还〈文心雕龙〉"写作学"专著之真面目——走出龙学研究的"文学理论"误区》,《福建师范大学学报（哲学社会科学版）》,1997 年第 2 期。

万奇:《〈文心雕龙〉之书名、框架和性质今辨》,《内蒙古师范大学学报（哲学社会科学版）》,2009 年第 2 期。

周森甲:《〈文心雕龙〉究竟是一部什么样的伟大巨著? ——兼议写作学独立学科地位的否定论》,《湘潭大学学报（哲学社会科学版）》,1996 年第 4 期。

罗宏梅:《曹丕"文气说"及"清浊"之辨》,《贵州文史丛刊》,2007 年第 2 期。

后　记

2021年夏天，著名"龙学"家戚良德教授向我透露喜讯：山东大学拟组织出版《文心雕龙》研究著作，愿意接受我参与其中。我知道戚老师作为国内研究《文心雕龙》的专家，主要是约请已经成名、学有专攻、水平很高的"龙学"名家推出著作，我显然是不够标准的。戚老师之所以愿意接受我的参与，是为了鼓励后进向学，帮助我尽快成长，并为向"龙学"界推出四川《文心雕龙》研究的一点成果而打开绿灯。这是戚老师高风亮节、胸怀廓大、重视研究延续的"为文之用心"的表现。向山东大学致敬，向戚老师致敬！

本书写作完成了十二章，因写作哲学论、写作美学论、写作文化论字数均在一万左右，而写作主体论、写作客体论则越写越多，以至于难以收尾，故将这五个部分暂时删去，待真正达到我想要的成熟度之后再推出。特向戚老师致歉，向各位关爱我的前辈学者致歉！

我没有接受过正规的大学教育和学术训练，主要靠自言自语和自娱自乐的方式来做《文心雕龙》研究，尽管热爱之情二十年不减，新的观点还在不断跳出，但我的思辨水平不高，写作能力有限，乞望学界方家和读者朋友批评指正，你们的指导将促进我的成长，谢谢你们！

著者

2022年7月31日

图书在版编目（CIP）数据

《文心雕龙》的写作学 / 王万洪著 . -- 武汉：崇
文书局，2023.8
（龙学前沿书系）
ISBN 978-7-5403-7384-9

Ⅰ．①文… Ⅱ．①王… Ⅲ．①《文心雕龙》—研究
Ⅳ．① I206.2

中国国家版本馆 CIP 数据核字（2023）第 121506 号

丛书策划：陶永跃
责任编辑：郭晓敏
封面设计：杨　艳
责任校对：董　颖
责任印制：李佳超

《文心雕龙》的写作学
WENXINDIAOLONG DE XIEZUOXUE
出版发行：长江出版传媒｜崇文书局
地　　址：武汉市雄楚大街 268 号 C 座 11 层
电　　话：(027)87677133　　邮政编码：430070
印　　刷：湖北新华印务有限公司
开　　本：880mm×1230mm　　1/32
印　　张：14.5
字　　数：360 千
版　　次：2023 年 8 月第 1 版
印　　次：2023 年 8 月第 1 次印刷
定　　价：98.00 元
（如发现印装质量问题，影响阅读，由本社负责调换）